古龍著作封面大展
香港主要出版物

古龍在武俠春秋出版社之作品展示

古龍在武俠春秋出版社之作品展示

古龍在武俠春秋出版社之作品展示

古龍在武俠春秋出版社之作品展示

古龍在武俠春秋出版社之作品展示

古龍在武林出版社之作品展示

古龍在武林出版社之作品展示

古龍在武林出版社之作品展示

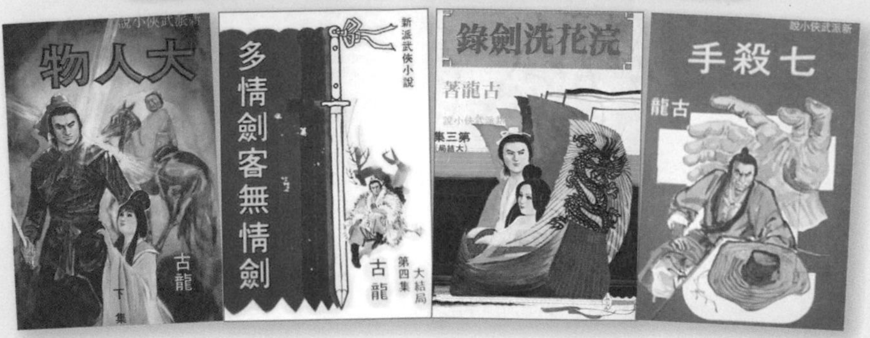

古龍在武林出版社之作品展示

古龍在武林出版社之作品展示

古龍在玉郎出版社、武俠圖書雜誌出版社之作品展示

古龍在環球出版社之作品展示

古龍在天地出版社之作品展示

遊俠錄
上集
第一集
浣花洗劍錄
七種武器

長篇武俠奇情小說
天涯明月刀
古龍
上集
蒼穹神劍
第五集
古龍著
武功出版社印行

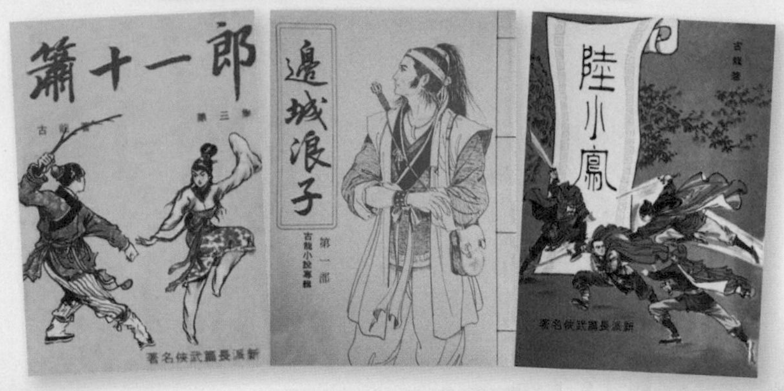
蕭十一郎
第三集
古龍
新派長篇武俠名著
邊城浪子
第一部
古龍小說專輯
陸小鳳
新派長篇武俠名著

古龍作品之港澳翻印本

鐵血大旗門
古龍著
第一部
金刀情俠
古龍小說專輯
第三部
鐵血傳奇
第一集
古龍著

鳳凰東南飛
古龍著
兩雄相遇
古龍著
長篇武俠奇情小說

俠名留香
第一集
古龍著
古龍
武林外史
第一冊
古龍
經典武俠叢書
風鈴中的刀聲
上冊

古龍作品之港澳翻印本

古龍作品之港台連載刊物

古韜龍劍論集

賞析古龍

古劍龍吟 名家會評

陳曉林 策劃．林保淳、盧亮廷 主編

目錄

賞析

對比

充滿現代精神的古龍小說：《賞析古龍》是多視角、多面相的集粹

著名武俠研究與評論家、中華武俠文學會會長 林保淳

在中國武俠小說發展的過程中，金庸、古龍向來並尊，但讀者情各有所鍾，論者亦各有左右袒，頗類於《紅樓夢》中的「擁黛」、「擁釵」派。不過，從相關的討論網站、發表評論文章，以及學界相關的研究論文看來，「擁金」、「擁古」是頗有軒輊之別的。

別的不說，僅從各地所召開的學術研討會來說，以金庸小說為主題的討論會，早已有數十場之多，而古龍專題的研討會，至今則僅僅有二〇〇五年在淡江大學為紀念古龍逝世二十周年而召開的「古龍與武俠小說國際研討會」，會後由台灣學生書局出版了《傲視鬼才一古龍》，這也是目前僅見的一本專門以古龍為專題的論文集。相較

於金庸的論文集子，簡直就是鳳毛麟角。

因此，有關金庸小說評論的文字，廣有流傳，名家觀點精彩紛陳，而金庸小說的精義也隨之獲得深入的闡解，這無疑有助於金庸聲名的傳播；而討論古龍的文章，星分沙散，儘管亦頗有熠熠精彩之論，卻苦於斷簡殘篇、蒐羅匪易，未能對讀者有多少的啟發。

金、古如此之大的差別，當然主要是由於生平遭際有異，而未必是其作品高下準據。文學作品的評價，本就是隨時而宛轉的，盛唐之際，李白之名高千古，杜甫聲名未彰，但宋代以後，杜甫盛名鵲起，「詩聖」壓倒「詩仙」，而「李杜」終是唐代詩人的冠冕。是故金古目前的畸輕畸重，也未可遽加論定，時移世易之後，古龍小說的評價未必不會超越金庸。儘管如此，金、古二人在武俠小說界的宗師地位，一樣是可以確立的。

金、古皆具宗師地位

金庸、古龍小說的差異，論者已多有闡述，大抵上，金庸以高華流麗、氣勢宏偉取勝，一如五嶽名山，巍峨崢嶸，令人高山仰止，而攀越其難；古龍則清新俐落、雋永深刻，一如桂林山水，川媚珠潤，玲瓏婉轉，平易近人。一雄闊，一秀美，風格雖異，而皆堪稱巨著。個人以為，金庸是「古典派」，饒富傳統色彩，古龍是「現代派」，充滿現代精神。古典固彌足珍貴，而現代亦屬不可或缺。如果從現代社會發展的角度來說，古龍無疑是更具前瞻意義的。

古龍小說中的文字，簡單明快、乾淨俐落，鮮少用成語、典故，就是置身於白話第一流散文名家中，也不見遜色；在人物塑造上，貼近真實人性，從不播弄高偉形象，筆下英雄俠客，喜怒哀樂，各有緣起，高尚幽微，有時互集一身，隨事生發，隨情起滅，所強調的就是一個「真」字，所以更能撼動人心。情節雖頗以奇詭見長，而往往出人意表又合乎情理，終是人性中所曾有或可有者。尤其是其小說的節奏，明快而有序，與當代社會脈動兩相合拍，故無板滯冗長之弊，更是武俠作家中無出其右者；而其變化多端的敘事手法，尤屬一絕。

古龍武俠小說的特色，正如其筆名之「龍」，屈伸變化，不可方物，唯在一「變」字，而其一生創作，也莫不以「變」為最高指導原則。《易經・乾卦》以龍為喻，古龍以龍為名，可以沉潛，可以見田，可以躍淵，可以在天，可以悔悟，就是「變」的極致。是故高明可化為沉潛，正言可以若反，平淡可以炫麗，詭奇可以如常，相對於當前變化萬千的社會，無論若何其變，都能夠切近人性之所本有，這就是古龍小說的「現代性」。

金迷較多，古影響後進大

據我的觀察，金庸的小說迷，目前還是較古龍為多，這應與金庸小說版權的歸屬定於一尊，且金庸後期曾親手加以校改，以及出版商強力的推薦有關。古龍的小說，版權既往頗有爭議，各出版社無法統合，故每有闕漏，其全集僅出現一時，又因小部分作品版權屆期而絕版；此自然在推薦的力道上遠不如當初《金庸作品全集》般的火熱；而古龍生前未能及時將其作品作全面的修訂，各出版社所據底本不一，亦難有全貌可供討論，故讀者欲從而無由，於人數上就難免參差。

不過，就影響後起作家而言，無論新舊作家，卻明顯多規仿於古龍，司馬翎後期以「天心月」為筆名的《極限》、《強人》系列，就有取於古龍迅快變幻場景；溫瑞安自《四大名捕會京師》以來，則力追古龍的懸疑與奇詭，冷楓《武林至尊》的趙師舫，明顯步趨楚留香；黃鷹的《沈勝衣》、《驚魂六記》，更等如是古龍的翻版；其他「後金古時期」的新銳作家，包括了大陸「新武俠」諸作者，也多切近於古龍的「風騷」，這應是不爭的事實。

金庸與古龍的武俠小說，該作若何評價，仁智所見，當各有不同。但金庸的相關評論，雖不能說至矣盡矣，卻已是汗牛充棟；而古龍的評論，至今猶如一地的碎琉璃，無人收檢，故雖有佳評妙文，亦難以管窺，不免是椿憾事。

兩岸三地同議古龍作品

二〇〇五年的古龍會議，是由我策劃執行的，後來編纂成書的《傲世鬼才一古龍》也是由我編訂；十多年來，我一直頗為關注有關古龍小說的研究，更曾閱覽過許多精彩的古龍評論文章，鑑於金、古論文數量如此輕重不一、聚散不等的現象，長久以來，就有編輯一套以古龍為專題的論文集的打算，曾經幾度向若干出版社提出建言，都未蒙採納，始終引以為憾。所幸台灣風雲時代出版社的陳曉林社長，既是古龍好友，又是古龍書迷，且頗以發揚武俠文化為使命，經幾次商討，決意在如出版業蕭條停滯的窘境下，奮袂而出，擬分類蒐羅相關文章，編為三本，分由陳曉林、我，以及大陸古龍版本專家程維鈞擔任主編。

我所負責的為《賞析古龍》部分。基本上，此編所收，是由我和我指導的博士生盧亮廷任其責的。盧亮廷從大四開始就從學於我，忠懇好學，向來是我武俠研究的臂助，奔波蒐羅檢校的工作，不辭辛勞，理當特加推薦。

此編所收，幾乎涵括了兩岸三地研究古龍的名家及後起者，陳曉林、陳墨、湯哲聲、王立、楊照、周益忠、翁文信、薛興國，都是學有專攻而又精研於古龍小說的，所論固是抉奧剔微，深入肯綮；其他新進、後學，雖未必有高名厚望（部分未能識荊），但吉光片羽，亦是精采可見。或論生平，或論風格，或論主題，或論評價，有歷史角度、有文化角度，有哲學角度，有媒體角度；既有單部小說，亦有全體觀照，雖不敢說是海陸珍饈，盡呈眼前，而相信各地佳餚，亦足以供食客品味。

古代詩文流傳，每藉文論、詩話、詞話的評介，抉精發微，才能廣為後學所認知、學習、取法，甚望此編古龍的賞析，也能藉這些精闢的評介，讓一代奇才古龍的武俠作品，得到更多的關注。

庚子夏八月，林保淳序於木柵說劍齋

賞析

作家古龍研究綜述

古龍，原名熊耀華，著名武俠小說家，與金庸、梁羽生並稱「當代武俠小說三大家」。十九歲時古龍就在《晨光》雜誌上發表了處女作《從北國到南國》，一九六〇年以《蒼穹神劍》步入武俠小說的創作園地，在二十餘年的創作生涯中，古龍一共出版了七十二部武俠小說，計兩千多萬字。在武俠小說史上，古龍秉承著「求新、求變、求突破」的寫作追求開拓了一個全新的武俠時代。

大陸對古龍及其武俠小說的研究起步於上世紀九十年代，最早可以追溯到一九八九年朱雙一在《福建論壇（人文社會科學版）》第一期上發表的《古龍武俠小說的現代特徵及其文化價值》一文，時至今日已有多部專著和近百篇學術論文發表，但與金庸研究的「金學」相比較，古龍研究仍然還顯得比較薄弱。目前發表的專著和論文的研究主要集中在以下幾個方面：

一、關於古龍生平及其創作史的研究

英國浪漫主義詩人華茲華斯說：「詩是強烈情感的自然流露。」[1]文學創作是作者感情的表現活動。古龍的一生充滿傳奇色彩，他的出生年月和籍貫等問題在評論界仍存在爭議。研究他的人生體驗，對於理解他的作品具有十分重要的意義。

關於這方面研究比較突出的有覃賢茂的專著《古龍傳》[2]，作者以時間發展的順序敘述了古龍生平的諸多軼事，比如古龍與「三劍客」——諸葛青雲、臥龍生、司馬翎三人的友情，在成名之前曾為著名小說家充當「槍手」的人生經歷等等，為我們瞭解古龍的性格以及他作品中的理想追求提供了寶貴的資料。

另外還有論文《古龍武俠小說創作史論》[3]、《淺談古龍童年體驗對其創作的影響》[4]等，前者從古龍創作生涯的角度，結合古龍不同年齡階段的人生體驗，將古龍的創作歷程分為探索期、成熟期、鼎盛期、衰退期，並分析評價了他各個時期的代表作品；後者集中討論童年期對古龍創作的影響，認為古龍在童年的缺失性體驗導致了古龍的寂寞和自戀情結，從而得出古龍的創作很多都是對童年缺失的一種心理補償的

1 [英]華茲華斯：《「抒情歌謠集」序言》，劉若瑞編：《十九世紀英國詩人論詩》，北京：人民文學出版社，一九八四年版，第廿二頁。
2 覃賢茂：《古龍傳》，成都：四川人民出版社，一九九五年版。
3 方忠：《古龍武俠小說創作史論》，鎮江師專學報（社會科學版），一九九八年。
4 張翠玲：《淺談古龍童年體驗對其創作的影響》，現代語文（文學研究），二〇〇九年。

結論。另外，方忠的《台灣武俠小說的歷史流變》[5]從文學發展史的角度研究古龍的創作，將古龍的小說放在文學史的大環境中考察，注重評析前後作家寫作之間的相互影響。

二、關於古龍小說藝術特色和審美追求的研究

古龍武俠小說的文體、語言、敘述方式都自成一家、別具一格，同時也代表了「現代主義」新派武俠小說的主要藝術特點，古龍的一生都在實踐自己的藝術審美追求，故能在金庸之後脫穎而出，並對其後的蕭逸、溫瑞安等產生了較大的影響。

這方面的專著有曹正文先生的《武俠世界的怪才——古龍小說藝術談》[6]，曹正文先生以讀書札記的方式品讀了古龍的武俠名篇，其中涉及到人物論、心態描寫、小說氛圍、藝術結構、情節安排等諸多方面。同時還提出了古龍小說在結構上的缺陷。他認為，古龍的長篇小說，比如所謂《快刀浪子》，明明是一本偽書，竟有知名評者煞有介事地據此書批評古龍作品。此外還有論文如《新派武俠小說的中興——論古龍武俠小說》[7]，從內容、形式等方面分析了古龍武俠作品的特色和不足，並且將「現代主

5 方忠：《台灣武俠小說的歷史流變》，台灣研究，一九九八年。
6 曹正文：《武俠世界的怪才——古龍小說藝術談》，上海：學林出版社，一九九〇年版。
7 睢力，張軼敏：《新派武俠小說的中興——論古龍武俠小說》，陰山學刊（社會科學版），一九九四年。

義」新派武俠的特徵概括為對「情」的極力渲染以及對「人性解放」等西方文化意識的借鑑。方忠的論文《論古龍武俠小說的文體美學》[8]提出古龍獨創了「武俠推理」這一獨特的文體，作家通過借鑑電影劇本的寫作模式，使作品呈現出一種簡潔、緊湊、明快、跳躍性的敘事特點。戈成的《俠趣諧趣理趣──古龍語言藝術分析》[9]較為準確地概括了古龍武俠小說的語言特點，特別是他在理趣一節當中論述了古龍語言中體現出的「禪境」，涉及審美心理學的批評方法，具有開創性的意義。蘆海英的《論古龍武俠小說的現代性特徵》[10]引入「現代性」這一概念，認為虛化小說背景、強烈的節奏感、變幻的情節等都是古龍小說中現代性的體現。

三、關於古龍小說創作主題和思想內涵的研究

主題和思想的深度是古龍的武俠精神所在，也是古龍之所以可以淡化招式、淡化歷史背景卻仍然倍受歡迎的主要原因。孔慶東、龐書緯合著的《古龍一百句》[11]從道德、悲憫情懷、「俠」的真諦等諸多方面解讀古龍的武俠小說中所蘊藏的思想內涵，

8 方忠：《論古龍武俠小說的文體美學》，世界華文文學論壇，二〇〇〇年。
9 戈成：《俠趣諧趣理趣──古龍語言藝術分析》，閱讀與寫作，二〇〇〇年。
10 蘆海英：《論古龍武俠小說的現代性特徵》，淮海工學院學報（社會科學版），二〇〇六年。
11 孔慶東，龐書緯：《古龍一百句》，上海：復旦大學出版社，二〇〇八年版。

整部書都充滿哲理的思辨性。這個方面具有代表性的論文是方忠的《複雜人性的多維凸顯——古龍武俠小說的主題意蘊》[12]，他指出，古龍小說中的複雜人性主要體現在對「愛情」、「友情」、「自由精神」這三個方面的表現。《存在主義思想對古龍武俠小說創作的影響》[13]從西方哲學的角度挖掘古龍小說的內涵，認為古龍的創作受存在主義的影響，表現出一種荒謬感，從而提昇了武俠小說的檔次和品位。柳龍飛、李芬蘭的《論古龍作品中的漂泊主題》[14]提出西方基督教文化對古龍筆下浪子人格的影響，不能停止的漂泊是浪子的人生宿命，浪子的精神歸依源自基督教文化中的「愛」。

《論古龍作品中的孤獨意識》[15]一文指出，古龍的小說中表現的是一種孤獨主題，他筆下的俠客都是以極大的勇氣來面對孤獨、選擇孤獨的，只有孤獨才能保全他們生命的完善、理想的純潔和人格的獨立。李亞旭[16]從古龍後期的作品入手，認為「俠」和「義」是古龍後期小說的主要精神。《試論禪宗思想在古龍小說中的體現》[17]和《試論古龍武俠小說中的道家思想》[18]二文分別從佛與道的角度探討古龍小說中的思想內蘊，

12 方忠：《複雜人性的多維凸顯——古龍武俠小說的主題意蘊》，台灣研究，一九九九年。
13 余曉棟：《存在主義思想對古龍武俠小說創作的影響》，理論與創作，二〇〇九年。
14 柳龍飛，李芬蘭：《論古龍作品中的漂泊主題》，遼東學院學報，二〇〇六年。
15 李軍輝：《論古龍作品中的孤獨意識》，中國鄭州市委黨校學報，二〇〇八年。
16 李亞旭：《論古龍後期小說的俠義精神》，世紀橋，二〇〇七年。
17 李軍輝：《論古龍作品中的孤獨意識》，中國鄭州市委黨校學報，二〇〇八年。
18 吳立響：《試論古龍武俠小說中的道家思想》，世界華文文學論壇，二〇〇八年。

將思想研究提昇了一個高度。

四、古龍與金庸的比較研究

梁羽生是新派武俠小說的開創者，金庸則是新派武俠小說的最大成功者。金庸武俠小說崛起後，許多評論家斷言，金庸之後，武俠小說不可讀了。但是到了七〇年代末期，古龍卻從武俠小說作家蜂擁而起的文壇上脫穎而出。研究古龍與金庸的創作異同，對於梳理武俠小說的發展路徑、進一步促進新派武俠小說的繁榮發展，都是有幫助的。

前文提到的專著中就有討論金庸與古龍的內容。覃賢茂的《古龍傳》在下篇的第一章中說：「我認為金庸的成就無疑相似於杜甫。杜甫為詩聖，金庸則為俠聖……李白為詩仙，古龍則為俠仙。」[19]而曹正文先生也在《武俠世界的怪才——古龍小說藝術談》一書中指出金庸與古龍的小說有六大不同：背景不同、對社會環境與風俗人情的描寫不同、結構不同、故事銜接的手法不同、人物的塑造不同、語言表達不同。他還指出這兩人作品風格不同是由他們性格和學識的差異造成的。

另外，有代表性的論文有李如的《俠之大者與俠之風流——論金庸和古龍小說的

19覃賢茂：《古龍傳》，成都：四川人民出版社，一九九五年版，第三八〇頁。

異同》[20]，他認為，金庸與古龍小說的不同主要表現在：人性慾望的不同闡釋、歷史背景的不同選擇、語言風格的不同表現、價值取向的不同等幾個方面。錢素芳的《個體生命與集體意識——從人性的角度看金庸和古龍小說的異同》[21]從心理學的全新角度闡釋造成金庸、古龍小說差異的原因。王開銀的碩士論文《金庸、古龍武俠小說語言風格比較研究》[22]從語言學角度比較二者的寫作風格。陳潔的《金庸古龍武俠小說比較論》[23]從精神內涵、人物形象、創作形式三點切入，較為全面地分析了二者的差別。孫欽星的《兩朵文化的奇葩——金庸古龍武俠小說比較談》[24]從中老年文化和青年文化的角度考察了金、古小說的差異，並對二人的創作成就做了較為準確的評價。

五、其他研究

關士禮的《論古龍武俠小說中的一種誤讀》[25]是眾多研究中的一個異聲。之前的研

20 李如：《俠之大者與俠之風流——論金庸和古龍小說的異同》，安徽警官職業學院學報，二〇〇四年。
21 錢素芳：《個體生命與集體意識——從人性的角度看金庸和古龍小說的異同》，青海師專學報（社會科學版），二〇〇二年。
22 王開銀：《金庸、古龍武俠小說語言風格比較研究》，新疆大學碩士學位論文，答辯日期二〇〇八年五月廿八日。
23 陳潔：《金庸古龍武俠小說比較論》，浙江大學學報（人文社會科學版），一九九九年。
24 孫欽星：《兩朵文化的奇葩——金庸古龍武俠小說比較談》，語文學刊，二〇〇六年。
25 關士禮：《論古龍武俠小說中的一種誤讀》，名作欣賞，二〇〇七年。

究者多數認為古龍後期的作品藝術水準有所下降，關士禮則對這一評價提出疑問，他認為前人劣評的理由並不充分，相反古龍後期的作品具有許多不可超越的異質性，造成劣評的原因是誤讀與遮蔽，這篇論文對我們重新評價古龍的後期作品提供了新的思路，重評古龍小說創作的整體成就被提上議案。《古龍小說復仇模式及其對傳統的突破》[26]從敘事學的角度研究古龍的武俠小說，文章由古論今，認為古龍的武俠小說對傳統的突破體現在「友情與仇怨」、「愛情與仇怨」、「兒子長大後復仇」、「忍辱復仇」四種模式上。另外還有陳墨的專著《新武俠十二家》[27]，他從語言、藝術、主題等多個角度研究古龍的武俠小說，並對古龍的若干單篇作品進行了鑑賞。

六、結語

總而言之，大陸地區對古龍武俠小說的研究取得了令人可喜的成績，但仍然還有許多值得挖掘和拓展的方向。為了使古龍研究進一步發展，使之可與「金學」研究相媲美，筆者提出以下建議：

首先，加強與台灣地區的交流與合作，台灣大學中文所博士林保淳先生主編的

26 王立，隋正光：《古龍小說復仇模式及其對傳統的突破》，東南大學學報（哲學社會科學版），二〇〇七年。

27 陳墨：《新武俠十二家》，北京：文化藝術出版社，一九九二年版。

《傲世鬼才一古龍：古龍與武俠小說國際學術研討會論文集》[28]具有很高的學術價值，我們應該及時引進這樣的研究成果，做好兩岸的學術交流，為古龍研究注入新的血液。

其次，進一步開拓研究方法，例如精神分析學、民俗學、人類學、闡釋學、接受美學、原型批評等等，這些都是切合古龍這個個體具體研究客體的新方法。

再次，研究古龍的其他文體的創作，古龍除了創作武俠小說，還留下了不少純文學的作品，例如他的散文集《誰來跟我乾杯》，這些文章也同樣代表了古龍的藝術追求和藝術成就，值得我們解讀與探討。

最後，可以結合影視文學的理論研究古龍作品，試比較小說文本與電影劇本之間的關係。古龍很早就嘗試電影與文學的互動，例如將蒙太奇手法運用到武俠小說當中，其後期的代表作《蕭十一郎》就是先有劇本後有小說的，「就是因為先有了劇本，所以在寫《蕭十一郎》這部小說的時候，多多少少總難免要受些影響」[29]，所以古龍也是實踐影視文學創作的先行者，這方面的研究有待發展。

大學教師、文學評論家 **呂荧晨**

28 林保淳：《傲世鬼才一古龍：古龍與武俠小說國際學術研討會論文集》，台北：台灣學生書局，二〇〇六年版。
29 葉洪生：《論劍，武俠小說談藝錄》，上海：學林出版社，一九九七年版，第三一三頁。

握緊刀鋒的古龍

已故武俠小說家古龍的名字再現新聞江湖，他昔日的女友趙倍毓最近捲入劉泰英新瑞都案，古龍的生平事蹟也再度成為媒體關注對象。他死前寫的書法「握緊刀鋒」，正好形容他豪放而寂寞的傳奇一生。

逝世了十七個年頭的古龍，為甚麼再次引起世人的注意？為甚麼再度成為話題？因為香港邵氏電影公司最近推出懷舊經典系列，第一批推出市場的十隻影碟之中，便選了把古龍小說火紅登上影壇的楚原作品《流星・蝴蝶・劍》；而在台灣新聞中最火紅的國民黨昔日「大掌櫃」劉泰英與新瑞都事件中，又傳出劉泰英相關帳戶與「好友」趙倍毓帳戶間，有一千萬元新台幣（約二十九萬美元）的異常往來。趙倍毓年輕時曾以趙姿菁的藝名進入演藝圈，因為與古龍在酒店房間裏「共處一室」而引起軒然大波。

古龍小說改編的連續劇亦在中國大陸陸續開拍，古龍熱因而又一次流行。原名熊耀華的古龍到底是一個怎樣的人？可不可以用他生前最後的書法大字「握緊刀鋒」來概括他？

是的，用「握緊刀鋒」這四個字來形容古龍的一生，是最貼切的。

那一天，距離古龍離開人世應該只有不到十天吧。夜裏十二點多，我家的電話響起，是古龍的聲音，他說他忽然感到很寂寞，要我立即到他家聊聊天。一進門，手裏拿著毛筆的他就把我拉到他的書房，指著大書桌中央的一幅字問我：「寫得好吧？你看我寫了那麼多張，就這張最滿意。」真的，書桌兩旁和地上都是宣紙，每一張上面都寫著同樣的四個大字。他把桌子中央以外的其他張字通通抱成一團，揉作一堆，然後全部丟到垃圾桶裏。我們就站在桌子前，看著他認為寫得最好的四個書法大字——握緊刀鋒。

「喜歡嗎？等我裱好了送給你。」他邊說邊和我走到客廳。然後他又說：「我們應該喝點酒吧？」我說：「醫生不是說你不能喝酒嗎？」他說：「醫生問我平常喝甚麼酒，我就說我都喝白蘭地XO，醫生說你不能再喝啦。醫生說我不能再喝XO，我們就來喝點Gin吧。」於是他從酒櫃拿出一瓶英國的杜松子酒。我們就那樣喝著，到天空露出魚肚白時，那一瓶杜松子已全空了。

生命裏不能沒有酒

這個晚上，古龍寫下了「握緊刀鋒」四個書法大字。這個晚上，古龍明知他的肝已經不能再承受任何酒精，但是他堅持非喝不可，還用詭辯的方式來故意曲解醫生的忠告。這不是一種握緊刀鋒的精神，又是甚麼？他寧可淌血，也不能忍受生命裏沒有酒的日子。他寧可讓刀鋒來割傷甚至要了他的命，也不能過沒有酒喝的日子。就是這一天，相信他已經有不想再活的念頭了吧？因為幾天之後，他就呼朋引伴到北投，一杯一杯不停的喝，把北投的陪酒小姐一個一個的全都叫來，讓美酒美人在他生命的最後旅程裏，從他眼前，從他口中，走入永恆。

是的，古龍就是這樣握緊刀鋒走完他的人生。對別人來說，他去世得太突然了。對他本人來說，突然的，是他不能接受的肝的病變。突然的，是他決定不再握緊那握緊了一輩子的刀鋒，因為沒有了酒，握緊刀鋒的痛是令人不能忍受的。多少痛楚，多少苦難，他都能忍受，因為他的生命裏有酒。刀鋒冷，他的熱情不冷，尤其是刀鋒上有他因為握得太緊而流出的熱血。

刀鋒利，他無懼，因為他早已把鋒利的刀鋒握在手上。但是突然的，他已經沒有能力去承受酒精的壓力，那是一切力量的泉源啊！啊！他能不選擇終結嗎？他能不選擇在剎那的輝煌中走向永恆嗎？

童年在香港度過

古龍說他是香港人，因為他的童年是在香港度過的。不錯，他的廣東話講得很好，他成名之後也一再地說他很想回香港走走，不過由於他很多電影版權的酬金是從香港支付的，而他又一直未向香港政府報過稅，所以他怕回港時會被扣在機場，所以他從離開香港之後都未曾再重返。

他是江西人，他喜歡對朋友說他不敢返鄉，因為他沒有面目見「江西父老」。他在香港和剛隨父母遷居到台灣的童年生活是愉快的，直到他的父母離了婚，然後他的父親為了一個女人，把家裏的小孩全都忽然拋棄不管，跑了。這個時候的古龍便開始了他握緊刀鋒的生涯了，那是讀中學的時候吧，他和他的妹妹們便都要自謀生路了。

靠著寫稿，古龍讀完了淡江英專的英國文學課程。之後的他，過的是既放浪又隱逸的生活。隱逸的是他躲在鄉間埋首武俠小說創作，放浪的是他一拿到稿費便和朋友把酒言歡。他知道必須不停創作才能有收入狂歡痛飲，所以他是以握緊刀鋒的心態來寫完一部又寫一部，他不能停下來，停下來就沒有錢去買酒了。《蒼穹神劍》、《月異星邪》、《失魂引》、《孤星傳》、《湘妃劍》、《浣花洗劍錄》這些早期的作品，便是這樣誕生的。然後，他的著名作品陸續出現了，因為他的經驗豐富了，他的文筆磨練出光芒了，他對日本的推理小說讀得多了，他看的西方小說也多了，他的人生閱歷更深了，出現在他身邊的女人個個性格不同都可以成為他小說中的女人了。

是的，古龍生命中出現過很多女人，不過大部分他都是從不認真的。不認真的原因，自然是他父親竟然可以為了女人而拋棄子女，所以他除了恨他父親之外，還恨女人。沒有女人，他和他的妹妹便不會那麼小就孤苦零丁無依無靠了。所以他對女人的心態，是握緊刀鋒淌著血來作為過場的。但是，人畢竟是有血有肉的人，所以他還是有過真愛。第一段真愛造成他的同居歲月，生下了一個後來隨母姓的男孩，後來成為台灣跆拳道的國家選手。那是他最幸福的時日，就是在這段時日裏，他寫下了《多情劍客無情劍》的悲劇。最快樂的人卻創作一個最悲劇的人物，為甚麼？這就是刀鋒握得太緊太久造成的情懷吧？人生都是痛苦的是不是？快樂也只是短暫如流星一閃即逝。

最快樂時寫出悲劇

於是古龍就只能和小李飛刀一樣，活在思念和回憶的日子裏了。和真愛分開的日子是古龍痛苦的日子，然而他卻在這段日子裏，寫下了《歡樂英雄》。那是甚麼樣的歡樂？是手掌心在滴血的歡樂啊！是刀鋒割到內心深處的歡樂啊！

就是在這段需要放浪歡樂來排解苦痛的日子裏，我認識了古龍。他對我之所以一見如故，是我熟讀過他的作品，是我在認識他的第一天晚上便醉倒在他家中。那時我正在報紙上用雜文來寫影評，一天要看兩三部電影，古龍便時常和我一起去看一起討論。有一次看了三部電影之後，我們到了西門町他最愛的一家牛肉麵館，他邊吃著他最喜愛的咖哩牛肉細粉，邊對我說三部電影一部好看，一部可看可不看，一部難看，所以可以用《雞・雞肋・雞骨頭》來做題目。我照用了，他很高興。大概是這次經驗，種下了他找我代筆的伏線吧。

楚原執導的《流星・蝴蝶・劍》把古龍的懸疑武俠電影推向高峰，最紅的時候，連不是他的小說，只看看製作人的故事大綱便掛上古龍原著的名字，他只是簽個名便拿幾十萬的版權費。那一段日子，他對我說他賺了七千多萬新台幣。他把房子從永和搬到天母，為自己買了一部富豪三門豪華轎車，請了一個司機，車子後面每天都至少放上十二瓶白蘭地XO，夜夜飲宴，狂歡作樂，差不多一兩個星期便更換身邊的女人。那些女人，都長得頗有姿色，都是些影藝邊緣的女星，都希望能一拍古龍的電影，做一做女主角。

也就是在這段日子，他和長得非常清純的梅寶珠結了婚，並且共組了寶龍電影公司。可惜這時的古龍實在是太紅了，太多的女人不是愛慕他的名氣，就是想透過結識他來在電影和電視國度裏飛躍。寶珠對於那麼多的女人，起初還能忍受，知道他逢場作戲的個性，但是他動不動就失蹤好幾天的做法，令她擔心古龍會變心，所以就帶著和古龍生下的小孩，返回南部的家去了。於是古龍更加放浪了，在報上的連載小說時常脫稿，他便告訴編輯找不到他就找我代筆幾天。最厲害的一次是他寫了《陸小鳳之鳳舞九天》前面八千字，創造了一個武功天下無敵的大壞蛋之後，後面全交給我來續貂，要我想辦法把殺不死的壞人給殺死。

特殊的寫作習慣

為了要我代筆代得順暢，他後來便在構思故事時把我叫到他身邊，把他的構想對我說了，以便他失蹤時可以把故事發展下去。古龍寫作時有個習慣，一定是酒一杯，煙一根，煙上要抹上有薄荷味的綠油精，邊吸邊寫。不過這段日子的他，精力消耗太多了，不夠精神的他，常常會拿著香煙，把臉貼在冷冰冰的牆上，似乎在傾聽牆內的甚麼精靈，對他說出故事的內容。如果他傾聽不到甚麼，他是不會去動筆的，如果他不動筆，報社的編輯就要焦急了，等他吃飯的朋友就只有乾等了。

古龍就是這麼認真的，他想做的時候，他一定要完成，他不想做的時候，殺了他的頭他也不會去做。

有一次在北投的吟松閣，古龍和一班朋友正在飲酒作樂，半途他泡溫泉，從溫泉回房的路上，他經過一間房間，房門剛好打開，裏面坐的一位大哥剛好看到古龍，便大聲叫古龍進去喝酒，古龍不想，便回到房裏。沒多久，有人推門進來，大罵古龍不給面子，舉起武士刀便砍向古龍，古龍舉手一擋，命保住了，手也沒斷，不過養了好長日子的傷。這段恩怨在多位好朋友的斡旋之下，由大哥請客陪罪。那天古龍要我陪他一起去吃這頓飯，飯前他便是把臉貼在牆上傾聽好久才把連載寫好，所以到的時候人家已經等很久，菜也都已端到桌上。古龍看了看滿桌的山珍海味，忽然大叫一聲：「夥計，來一個蛋炒飯！」好在有人知道古龍最愛吃蛋炒飯，不然萬一人家以為古龍又不給面子，再來砍殺一下，那就不得了啦。

豪賭性格絕不服輸

古龍就是這麼一個很堅持的人，記得那是他四十五歲的生日吧，他在家裏宴客，酒席是從外面請回家做的。到賀的客人之一的香港武打影星王羽堅持要請客，要付酒席錢。古龍也堅持不讓他付，兩人爭持了很久，只差沒有吵架而已。後來是王羽讓步，說不付就不付，不過他說既然古龍生日大家那麼高興，他建議推牌九。古龍做莊，王羽第一把就押兩萬，贏了，押四萬，又贏了，押八萬，終於輸了，便說他不賭了。古龍問為甚麼？王羽說兩萬塊飯錢他已經付了，然後兩個都大笑了起來。我當時想，如果王羽連贏十把怎麼辦？當然古龍是依然會面不改容的玩下去。因為我在過年的賭局裏，看見過古龍因為沒有現金而把房契拿出來押上的豪氣。

古龍就是有這一份豪賭的性格，他絕不服輸，更不會認為「命裏有時終須有，命裏無時莫強求」這兩句話是對的，他就是要從「無」裏去創作「有」，他就是要去強求他最想要的。可是，人生之中總好像是有點定數，有些事有就是有，沒有就是沒有，這樣的事，有人稱為宿命，而幾乎大部分作家都躲不過的一條宿命，就是文窮而後工，古龍自然也是避之不開。太多錢了，太多女人了，太多酒與朋友了，古龍本來想開拓武俠到更新的境界的構想，比如他想了很多年的驚魂系列，比如他構想的七種不同的武器，都在飲宴的虛耗中把創意磨掉了。同樣的，酒能傷肝的宿命他也未能逃開。在得意的狂歡中忘記了很久的那把刀鋒銳利的刀，又重新在他的生命裏出現，他命定了又要再握緊那也許可以不再握緊的刀鋒。

武俠小說走入低潮了，武俠片也乏人問津了，因兩者而大紅大紫的古龍，也因為肝病而陷入了人生的最低峰。在這段低迷的日子裏，好在有一位年紀非常輕的女子，甚麼也不計較的在照顧他，讓他在幾乎是一無所有的時候，還擁有一段也算是刻骨銘心的愛情吧？但是，那段黃金歲月實在太輝煌燦爛了，那個人生的高峰實在是站得太高了，剎那間要落入地面的平凡裏，對一個浪子來說，情何以堪？怎麼可以忍受得了？他自己在最後的日子裏寫下「握緊刀鋒」四個字，想來是除了對他一生的總括之外，更是他極想自勉的想法吧？然而，那刀鋒畢竟是握得太久了，那傷口再也無力支撐再一次的緊握了。一九八五年的秋天，他把刀鋒從生命裏釋放了，以最輝煌的方式。

他的好友王羽本來想以四十七瓶白蘭地給他陪葬的，但是怕有人因為這麼值錢而去盜墓，最後決定在葬禮當天打開來由他的老友共飲送別。我記得，那天有香港名作家倪匡在場。當我們走到棺木的前方，看著古龍的遺容，有人舉起酒瓶說：「老哥，敬你！」的時候，我看到古龍的七孔滲出了淡淡的血水。那是我見過的好多次的現象。我小時候生活在海邊，每當有人淹死了，屍體撈回岸上，親人只要認出而大叫死者的名字，死者的七孔便也像古龍那天的情況一樣，滲出了淺紅的血水。這大概是表示聽到了親人的呼喚吧。

接班人還未出現

或者，當時的古龍除了聽到好友的呼喚之外，還嗅到了酒香？八五到零二，十七個年頭過去了，寂寞的十七歲，古龍的好友們可曾懷念過他？可曾想到過他這十七年的寂寞歲月？打開雅虎網，裏面有九萬多個是用古龍名字的網址。在經過了寂寞的十七年之後，大家何不一起舉杯，用九萬個「敬你」來向他呼喚，對他說大家想他念他愛他？十七年了，還沒有新一代的武俠小說作家能脫穎而出。也許，寫作的路是漫長而艱辛的，特別是起步的階段。但是，十七年了，難道接班再續的人才都沒有嗎？

也許這是一個幸福的世紀，沒有人會再握緊刀鋒過日子了。曾經握緊刀鋒的古龍，只能是絕響了！

友情愛情親情——古龍的感情生活

為什麼三種感情中把愛情放在第二位？因為古龍和別人不同的地方，就是他最重視友情，他認為友情是長久的，而愛情是短暫的，至於親情，從他少年時代離家出走之後，親情的溫暖，已隨著家的消失而變得冷淡了。

古龍認為，愛情雖然真摯、浪漫、盲目、衝動，那是在愛情萌生時才會產生愈來愈濃烈的愛的感覺，但卻是短暫得很的。古龍認為，當愛情發展到最濃烈的時候，那份感情就自然而然地慢慢變得淡薄。不過，當他懷念起那份消失的愛情時，那份忘情的感覺卻是真切而深刻的。所以儘管古龍和三個女子生過孩子，但這三段愛情，都是短暫的。而對他心情影響最大的，是最後和梅寶珠從正式結婚走到正式離異。

我記得有一回當我和古龍為了某事而爭持不下即將決裂時，他特地請來倪匡挽救這段友情，但當他要離婚時，卻默然接受，一點想挽回的意願也沒有表示出來。離婚對他的打擊到底有多大？很多人都不明白，因為那時他身邊有的是一位年輕女子，就因為這位女子，讓正式和他辦過結婚手續的梅寶珠，決定和他分手。

資深媒體人、作家 **薛興國**

古龍武俠小說創作史論

發軔於唐傳奇的中國武俠小說在經歷了漫長的發展之後，在清代出現了第一個創作高潮期，以《仁俠五義》、《兒女英雄傳》為代表的清武俠小說以完備的體式、成熟的表現技巧和多樣化的敘事模式，掀開了武俠小說史的光輝一頁。到民國時期，武俠小說創作出現了第二個高潮期，平江不肖生、還珠樓主、宮白羽、王度廬、鄭證因、朱貞木等武俠名家掀起了武俠創作狂潮，武俠小說因而成為讀者最多、影響最大的通俗文類。五十年代以後，香港、台灣地區出現了第三個武俠小說創作高潮期。

以梁羽生開風氣之先、金庸為集大成者的新派武俠小說在短時間內迅速崛起，影響遠播海外。六十年代，僅在台灣一地從事武俠小說創作的就達三百餘人。七十年代初，「武林盟主」金庸在寫完《鹿鼎記》後宣佈「封刀」，為「武俠迷」留下了永遠的遺憾。

人們慨歎：金庸之後，武俠小說不可再讀了。「武俠小說熱」由此開始降溫。然而，就在這時候，海峽彼岸已有十餘年武俠創作史的古龍以極為旺盛的創作熱情、強勁的創作勢頭，挾《多情劍客無情劍》、《俠盜楚留香》的雄威，接連寫出了《蕭十一郎》、《陸小鳳傳奇》、《七種武器》、《歡樂英雄》等傑作，將武俠小說創作推向新的高峰。他越過了所有同輩作家，甚至越過了梁羽生而與已成為人們偶像的金庸比肩而立。

香港名作家倪匡由衷讚歎：「在古龍武俠小說出現之前，金庸是眾人模仿的對象，但只有古龍能突破金庸的模式而另創一種新風格。他的作品構思奇特，人物性格鮮明，如陸小鳳、楚留香等，都相當精彩，膾炙人口，人物富有浪漫色彩和激情。」（參見曹正文《金庸古龍比較談》）

古龍的出現，在武俠小說史上有著重要的意義。考察古龍小說的發展，對於深入把握港台新派武俠小說的特徵及其演變軌跡，進而認識通俗文學的本體特徵，是極為有益的。

古龍的武俠小說創作生涯，開始於一九六〇年。在此之前，他已經寫作了好幾年純文學作品，發表有散文、小說、新詩等，其文學才華得到初步顯露。一九六〇年，在淡江英專輟學的古龍出版了武俠處女作《蒼穹神劍》，正式開始了武俠小說創作生涯。到一九八五年逝世為止，在廿五年時間裏，他共出版了七十二部武俠小說，計兩千餘萬言，在武俠小說史上樹起了一塊豐碑。

綜觀古龍的武俠小說創作歷程，大致可以分為四個時期：探索期（一九六〇至一九六四），成熟期（一九六五至一九六七），鼎盛期（一九六八至一九七三），衰退期（一九七四至一九八五）。下面從這四個時期發展演變的角度對古龍的創作道路加以論述。

一九六〇年，古龍出道「武林」。其時，台灣的武俠小說創作風起雲湧，狂潮迭起。以臥龍生、司馬翎、諸葛青雲「三劍客」為代表的各路武林高手盤踞台灣各地大小報紙的副刊，每天發表數量頗為可觀的武俠小說。

要在如此龐大的武俠創作隊伍裏脫穎而出，實非易事。這一年，古龍以驚人的創造力出版了《蒼穹神劍》、《月異星邪》、《劍氣書香》、《湘妃劍》、《劍毒梅香》、《孤星傳》六部武俠小說，躋身於新銳作家的行列。由於初出道，對武俠小說創作缺乏研究，古龍作品從結構、技巧到人物都存在著明顯的不足，但儘管如此，卻已顯示出巨大的潛力。在上述六部作品中，《孤星傳》具有代表性。

小說寫男女主人公幼年時經歷一場飛來橫禍，雙方父母親人慘死，他倆舉目無親，相依為命，後被兩位世外高人分別收留。

若干年過去了，兩人吃盡千辛萬苦，終於相聚。然而他們的反差是那樣的大：女孩出落得亭亭玉立，美貌絕倫，而男孩簡直像個侏儒，又小又醜。

作品的結局是，男女主人公結合了，而且成為江湖上人人稱羨的恩愛夫婦。這部小說初步顯示了古龍的創作原則和審美趨向，表現了其劍走偏鋒、愛出奇招的特點。

古龍寫得最多的是快意恩仇的歡樂英雄，作品通常有一個圓滿的結局。由於從小生活不幸，古龍便通過自己的小說製造些歡樂，寫人物的歡樂人生和理想信念。盡可能地拒絕悲劇，這是古龍一生的創作原則。

踏上武俠小說創作道路後，古龍不斷探索武俠小說的創作藝術。一九六一年，他出版了《失魂引》和《遊俠錄》。《失魂引》首次引入推理的結構方式和技巧，佈局奇詭，開武俠推理小說的先河。《遊俠錄》則通過人物的對比，表現了對「俠」與「武」兩者關係的思考：俠客不是因武功卓絕而是以人格力量巨大才得到人們的敬重。

在創作第一個時期，古龍還寫出了《護花鈴》、《殘金缺玉》、《飄香劍雨》等作品。總體來看，藝術水準並不很高，缺乏與當時「武林」頂尖高手抗衡的實力；作品不少，但優秀之作不多。這種情形，直到《浣花洗劍錄》出現，才算有了突破。

這部小說寫一日本劍客來中國尋訪「武道」，經過種種曲折，最終得出了「無招破有招」的武學真諦。

書中對無上劍道的闡釋，表現了古龍對「武學」的精闢見解。中國武學博大精深，而古龍則從佛道之中得到啟示，不拘泥於武打招式的描寫，將有形的武術變為高深莫測的武學。後來，《多情劍客無情劍》這樣寫李尋歡和上官金虹的決鬥。李尋歡問：「你的環呢？」上官金虹回答：「環已在。」李尋歡又問：「在哪裏？」上官金虹答道：「在心裏。手中無環，心中有環。」上官金虹說：「請出招！」李尋歡答道：「招已在。」上官金虹問：「在哪裏？」李尋歡說：「在心裏。我刀上雖無招，心中卻有招。」從這番對話來看，兩人的武學已臻巔峰。「無環無我，環我兩忘」，確實道出了武學奧義。而從古龍的創作歷程看，這一武學精論的雛形便是《浣花洗劍錄》中的「無招破有招」。此後，古龍便沿著這一路子不斷寫下去。

他撇開繁瑣的打鬥過程，而重視打鬥時的氣氛、環境、人物心理的描寫，一招之間勝負立判。最著名的如李尋歡的「小李飛刀，例無虛發」。此外，《浣花洗劍錄》有意識地描寫人性的種種，重估人生價值，而在結構形式上也顯出情節緊湊、語句簡短等特點。這些預示著一種武俠新文體的出現。

在經歷了五年的探索之後，一九六五年，古龍推出了《大旗英雄傳》、《武林外史》兩部力作。前者在古龍的創作中是一個重要的轉捩點，它標誌著古龍的武俠小說走向了成熟，開始形成自己獨特的風格。

尤其大俠鐵中棠的形象，是古龍武俠小說中第一個血肉豐滿的藝術形象。

緊隨其後的《武林外史》佈局更為開闊，情節更為曲折，作品以十年前發生的武林慘禍引出一連串奇事，而以少年俠客沈浪為主人公，寫他憑智慧和俠義精神奔走江湖，最終揭穿陰謀，剷除惡人。與鐵中棠頂天立地、力攬狂瀾的大俠風範相比，沈浪屬於另一類型的俠客，他固然有俠義精神，但也存在著不少弱點，性格懦弱。唯其如此，這一人物更真實，也更可愛。

作品有一個情節是雲夢仙子和王憐花母子設置圈套，將沈浪陷於「武林公敵」的處境。

這種將人物置之死地而後生的「武林公敵」情節模式，在古龍後來的作品中還有多次運用。與《武林外史》相比，《名劍風流》有了更大的提高。

古龍沿著武俠推理小說的路子大膽推進。小說開篇便是一連串撲朔迷離的疑案，孰忠孰奸，誰是巨大騙局的製造者，騙局背後隱藏著的是什麼……青年俠士俞佩玉一出場便要面對如此複雜的問題。作品不時設置扣人心弦的懸念引領讀者的期待視野，推理嚴密，佈局奇詭而精巧。

一九六七年《絕代雙驕》的問世，在古龍武俠小說創作道路上樹起了一塊里程碑。在這部鴻篇巨制中，古龍天才的想像力和創造力得到了淋漓盡致的發揮。全書共有五卷，一百餘萬字，出場人物多達百人，其氣魄之大，場面之廣，結構之嚴謹，都是罕見的。

天下第一美男子江楓拒絕了移花宮主的愛情，卻與移花宮女花月奴相愛。花月奴懷孕後與江楓出逃，一路被移花宮主追殺，臨死前生下一對雙胞胎。父母雙亡的這兩個男孩，一個被移花宮主撫養長大，成了沒有感情的花無缺；另一個則被「十大惡人」收養，取名江小魚。移花宮主企圖讓這一對雙胞胎互相殘殺，以報昔日未獲江楓所愛之仇。然而，江小魚雖在「惡人谷」長大卻天性善良，在歷經磨難後終於成為一代俠客。移花宮主的陰謀最終未能得逞。整部作品情節跌宕起伏，扣人心弦，既有驚心動魄的江湖紛爭，又有溫柔纏綿的感情糾葛，既有強烈的悲劇色彩，又充滿輕鬆活潑的喜劇效果，亦莊亦諧，情趣橫生。

《絕代雙驕》標誌著古龍武俠小說風格的真正確立。其一，人性的開掘頗具深度。古龍小說人物與金庸小說人物相比，有著明顯的區別。金庸擅長於寫「俠之大者」，塑造光彩照人的英雄形象，如陳家洛、郭靖、喬峰、令狐冲、楊過等；而古龍則專擅寫「俠之風流」，他筆下的人物機智、豪放、灑脫、不拘小節，而又不乏種種弱點，屬於有缺點的可愛的好人，如楚留香、陸小鳳、李尋歡、阿飛、蕭十一郎等。《絕代雙驕》裏的江小魚是古龍筆下第一個真正的「俠之風流」。江小魚天性善良，富有同情心，見義勇為，快意恩仇，但他畢竟是在「惡人谷」長大的，在「十大惡人」的言傳身教之下，沾染上一些惡習，既幫助別人又常常捉弄人。作者沒有把他寫成「高、大、全」的英雄，而是放開筆寫他的種種弱點，寫他的促狹，寫他的失策，也寫他受騙上當，這樣就寫出了其善良、機智、勇敢、愛恨分明的另一面。這樣，人物的描寫就顯得立體化，富有深度，人物形象因其不「高大」而越發可愛，可親可近。

作品中的其他人物也各具個性，江別鶴、江玉郎、「十大惡人」、燕南天、蘇櫻等人或正或邪，或亦正亦邪，均性格鮮明。

其中，語言風趣生動，富有詩意，句式簡短，跳躍性強，開敘事詩體新風。以一九六八年《多情劍客無情劍》為標誌，古龍的武俠小說創作進入了全盛期。此書分上下兩部。上部《多情劍客無情劍》一九六八年連載於香港的《武俠世界》，下部《鐵膽大俠魂》一九六九年連載於香港《武俠春秋》，一九七〇年上下部合起來出版單行本。

在古龍武俠小說中，《多情劍客無情劍》是一個異數。古龍是一個擅寫喜劇人物的作家，陸小鳳、楚留香、江小魚、葉開、王動、郭大路等成名人物，大都是樂觀開朗、風流灑脫的喜劇人物。古龍筆下絕少出現真正的悲劇人物。《多情劍客無情劍》是一個例外，這是一部典型的悲劇俠情小說，而主人公李尋歡則是真正意義上的悲劇人物。小說以李尋歡與林詩音的愛情悲劇為線索展開情節。

李尋歡出身豪門，武功卓絕，少年英俊，又有一個溫柔美貌的未婚妻林詩音，可謂春風得意。不料在一次與「關外三凶」相鬥時寡不敵眾，身陷絕境，危急之中龍嘯雲救了他，兩人結為兄弟，情同手足。

然而，龍嘯雲愛上了林詩音，這使李尋歡陷於兩難之中。為報救命之恩，他忍痛割愛，以家相贈，浪跡江湖，以「無情」傷害林詩音，成為無家可歸的浪子。不明真相的林詩音絕望之餘，嫁給了龍嘯雲。二十年後，李尋歡抑制不住相思之情，重返家園，周圍卻佈滿陷阱，險象環生。小說突出地表現了主人公內心世界的孤獨和痛苦，寫出了他對林詩音的刻骨思念。

他既不能傷害朋友龍嘯雲又無法割捨對未婚妻的感情，最終朋友之義戰勝了男女之情。然而，這只是暫時的解脫，留下的卻是永久的痛苦：自己的心固然傷痕累累，林詩音也心如槁木。

令他悲憤的是，當他回到昔日家園時，從他那裏繼承了愛情和家業的龍嘯雲竟視他為情敵，設置圈套，欲置他於死地。而他卻因太愛林詩音不忍再傷她的心而無法對龍嘯雲父子實施復仇。不幸的經歷，非凡的毅力，高尚的情感，自我犧牲的精神，優柔寡斷的性格，構成了鮮明生動的悲劇形象。在李尋歡的身上還交織著其他幾條線索，如李尋歡與阿飛，李尋歡與林仙兒，李尋歡與上官金虹，李尋歡與孫小紅等。這些線索使李尋歡的形象更加血肉豐滿，具有立體化的效果。

《多情劍客無情劍》表現了古龍對武俠小說的新體認：武打場面化繁為簡，武功招式由博而約，注重環境描寫、氣氛渲染、心理揭示。金庸和梁羽生都擅寫武功與技擊的「招式」，如「降龍十八掌」、「打狗棒法」、「黯然銷魂掌」、「追風劍法」等。

古龍先前的作品也不乏精彩的武功技擊的描寫。而從《多情劍客無情劍》開始，風格驟變，輕易不寫武功和武打場面，常有些驚心動魄的場面，竟未寫一招一式，就輕輕帶過。如李尋歡與郭嵩陽的決鬥。「小李飛刀」是李尋歡的絕世武功，但作者從未寫飛刀的形狀和長短，如何出手，只用「小李飛刀，例無虛發」八個字便巧妙帶過。人物的決鬥，只突出一個「快」字，往往一招取勝。

作者用大量的篇幅來寫「殺氣」、「境界」等偏於形而上的東西，藉以凸現人物的人格和精神。「武戲文唱」體現了古龍「求新、求變、求突破」的藝術追求，開創了武俠小說的新格局。

在全盛期，古龍的創作激情空前高漲，佳作不斷湧現。《蕭十一郎》、《流星・蝴蝶・劍》、《俠盜楚留香》系列、《陸小鳳傳奇》系列、《歡樂英雄》、《七種武器》

等，都堪稱武俠小說精品。這些作品以整體實力牢固地奠定了古龍在中國武俠小說史上的地位。

《蕭十一郎》的創作路子類似《多情劍客無情劍》。作品敘述蕭十一郎因特立獨行而為江湖社會不容，大陰謀家逍遙侯設置圈套，誣指其為無惡不作的武林公敵，於是一場驚心動魄的鬥智鬥勇就在正邪兩派人之間展開。這部小說沒有結局，結尾處寫的是蕭十一郎為剷除武林公害，決計與逍遙侯決一死戰。這是一條茫茫不歸路，人物命運如何，這給讀者留下了充分想像的空間。

作品還穿插描寫了孤獨寂寞的蕭十一郎與有夫之婦沈璧君之間奇妙的愛情，寫出了人物由陌路相逢到相識相知、患難與共、肝膽相照的情感發展過程。正因為主人公的愛情如此真摯、強烈，其結局的無望和無奈也就更讓人同情和歎息。

古龍不愧為寫情聖手，他將王度廬的「悲劇俠情」的精髓巧妙地融進自己的小說中，其作品情之深、情之苦已是青出於藍而勝於藍。

但古龍沒有沿著這條路再走下去。在接下來的創作中，他恢復了自由灑脫、熱情奔放的創作個性。富有原始野性的生命個體，摒棄社會「準則」的行為規範，以灑脫不羈、狂放孤傲的精神去追求自由的人生、詩意的人生，這是古龍小說普遍的英雄模式。從《流星・蝴蝶・劍》開始，古龍回到了《絕代雙驕》的道路。

從這裏再出發，他走向更為輝煌的武俠境界。

《流星・蝴蝶・劍》的敘事風格如行雲流水，揮灑自如。作品的構思和情節明顯地借鑑了美國著名通俗小說《教父》。古龍很看重這部作品，將它與《多情劍客無情劍》、《俠盜楚留香》、《陸小鳳傳奇》等名作並列，標舉為自己創作成熟期的代表作（見《大旗英雄傳》前言）。

主人公孟星魂原本是個冷面殺手，但有一顆良知尚未泯滅的靈魂，一旦感知來自冥冥的召喚，便義無反顧地投向自由的懷抱。與小蝶——一位被蹂躪的美麗女性的邂逅相遇，改變了他的人生走向。於是厭倦了寂寞的殺人生涯的孟星魂在生活中找到了真愛，走上了覺醒的道路。小說結尾，孟星魂已成為一個快意恩仇、充滿人性味的俠義英豪。一言以蔽之，《流星・蝴蝶・劍》表現的是英雄情懷，武林膽色，主人公孟星魂鮮明地體現了俠之風流和風采。

到《歡樂英雄》，正如書名所示，古龍著力描寫的是「歡樂」英雄。郭大路、王動、燕七、林太平，這是一群熱情奔放、積極向上的歡樂英雄，他們把愛和生命當作歡樂的源泉。這裏的「愛」，既是男女之間的愛情，也是朋友之間的友情。

他們的身上體現出積極追求人性自由和個性解放的高遠的人生境界。

《俠盜楚留香》是一部系列長篇小說，包括《鐵血傳奇》（分為《血海飄香》、《大沙漠》、《畫眉鳥》三部）、《鬼戀俠情》、《蝙蝠傳奇》、《桃花傳奇》、《新月傳奇》、《午夜蘭花》，卷帙浩繁，前後創作時間達十餘年。《鐵血傳奇》係成熟期的作品，而《新月傳奇》、《午夜蘭花》則屬於衰退期的作品，所以前後風格大不一樣。

作品以「風流盜帥」楚留香為主角，用推理的手法，揭開武林中種種凶殺之謎，在撲朔迷離、神鬼莫測的情節中，描寫了楚留香的形象。

楚留香的一生充滿了傳奇。有關他的故事都充滿了冒險和刺激，充滿了機智和風趣，充滿了對人類的愛與信心。《血海飄香》寫的是楚留香與高僧無花的鬥智鬥勇，最終揭開了無花凶殘殺手的真面目。《大沙漠》寫楚留香與石觀音的驚險鬥爭。《畫眉鳥》有兩條線索：一是楚留香與柳無眉及其丈夫周旋、惡鬥，二是楚留香大戰水母陰姬。《鬼戀俠情》寫的是楚留香智破「借屍還魂」的神秘案件，使有情人終成眷屬。《蝙蝠傳奇》先寫海船上發生的兇殺案，再寫楚留香與蝙蝠公子的交鋒，極大地發揮了推理的作用。《桃花傳奇》寫的是愛情的力量，把主人公寫成是一個有血有肉敢愛敢恨的風流大俠。到《新月傳奇》，楚留香顯得更為成熟。他身上所顯示出來的成熟男子的氣質，是以前的小說所沒有過的。《午夜蘭花》是「楚留香後傳」。由於吟松閣風波和離婚的打擊，古龍身心疲憊，差點送命。

在這種心境下寫出來的《午夜蘭花》便帶了分「鬼氣」。與稍後寫作的《劍神一笑》中的陸小鳳相彷彿，「楚留香一開始就是個死人」，而活著的楚留香一直到作品最後才出現。至於神秘的「蘭花先生」到底是誰，故事結尾也沒有交代。

以上這一系列故事，寫出了一個瀟灑脫俗、風流自賞、睿智善良的人物形象。

楚留香固然武功很高，但不少對手的武功並不在他之下，如無花、石觀音、水母陰姬等，神奇的是他竟然戰無不克、攻無不勝，其中的奧妙就在於他有超人的勇氣和智慧。更叫人不可思議的是，儘管江湖世界是個充滿暴力的世界，楚留香自然也免不了使用暴力，但綜觀全書，他竟然未殺過一個人。一些凶狠對手並非死於他的武功之下，而是懾於其正義之道、一身正氣而走上自絕的道路。

這種暴力與血腥氣無涉，真可謂「優雅的暴力」。

楚留香也正以其人格力量而成為正義的象徵。

這部小說在藝術上最為突出的一點，便是成功地將推理小說的技巧引入武俠小說創作。從總體上看，作品採用了推理小說的形式。如《血海飄香》以海上飄來幾具死屍開篇，一上來便布下重重疑雲，而楚留香所做的，就是運用推理，一層層揭開懸案。又如《蝙蝠傳奇》則寫茫茫大海中船上發生的兇殺案，將環境規定在一艘船上，這樣就可以充分發揮推理的作用。

作者也正是採用類似《尼羅河上的慘案》所使用的推理形式讓楚留香當了一回偵探。推理形式和技巧的運用，加強了作品情節的生動性，產生了引人入勝、扣人心弦的藝術效果。

繼《俠盜楚留香》系列之後，古龍又推出了《陸小鳳傳奇》系列。其中包括《陸小鳳傳奇》、《繡花大盜》、《決戰前後》、《銀鉤賭坊》、《幽靈山莊》、《鳳舞九天》。

與前者一樣，這一系列是有關陸小鳳的一串故事，各個故事既相對獨立，又可以聯成一個整體，從而多方面地描寫了陸小鳳的形象。

與前者相比，《陸小鳳傳奇》系列在藝術上更為成熟。這部一百二十萬字的系列武俠小說以陸小鳳為中心，描寫了許多栩栩如生的人物形象。如西門吹雪、花滿樓、老實和尚、司空摘星、上官飛燕、雪兒、牛肉湯等等。自然，著墨最多、最為鮮活生動的還要數陸小鳳。這一人物與楚留香有許多相似之處。他們都是武功高超、見義勇為、懲惡鋤奸、正義凛然的大俠，同時又都風流風趣、富有急智，屢涉險境卻都能憑機智和無畏化險為夷。相形之下，陸小鳳形象更加活生生，更富有人情味。

在《俠盜楚留香》系列中，作者有將楚留香越來越神化的傾向，而陸小鳳則要現實得多。陸小鳳有著常人一樣的喜怒哀樂，身上表現出來的是本真的人性。他又與眾不同，勇氣、毅力、智慧過人。憑著這些寶貴財富，他衝破種種險阻，破譯一件件離奇曲折、險象環生的怪事，將真相大白於天下。為了突出陸小鳳的形象，作者除了將人物放在驚心動魄的故事情節中加以表現外，還善於運用對比的手法，通過其他人物與陸小鳳的對比映照，凸現其性格。

如與金九齡鬥勇，與上官飛燕鬥智，與司空摘星鬥巧，與宮九鬥詐，與霍休鬥穩；而又用西門吹雪的冷峻嚴肅來反襯出陸小鳳的熱情幽默，用老實和尚的神秘莫測反襯陸小鳳的坦蕩真誠。這樣，人物形象就更加血肉豐滿，真實可親。

在《俠盜楚留香》系列中，古龍已成功運用了推理的形式，但覺得還未能盡善盡美。他懷著彌補這一遺憾的願望來寫《陸小鳳》。在這一系列中，古龍最大限度地實現了自己的願望，將推理的表現形式和技巧運用得爐火純青。

陸小鳳成為武俠小說中的「福爾摩斯」，是最為著名的武俠人物之一。

《陸小鳳傳奇》寫的是陸小鳳為流亡的金鵬王朝追尋被叛臣侵吞寶物的破案過

程，大金鵬王之死是重大懸案，而真假上官丹鳳的識別又成為破案的關鍵。《繡花大盜》寫的是「紅鞋子」的秘密。《幽靈山莊》通過對「老刀把子」真相的揭露，粉碎了江湖邪惡勢力的一大陰謀。《鳳舞九天》先設置神秘島疑團，然後從江湖寫到江山。這些作品都佈滿疑雲，情節跌宕起伏，撲朔迷離，最後結局常大大出乎讀者的意料，而細想之下，又覺得合乎情理，由此不能不佩服作者的獨具匠心和巧妙編織故事的卓越才能。《陸小鳳傳奇》系列是古龍武俠推理小說的代表作。

這一時期寫的《大人物》和《七種武器》也是罕見的武俠珍品。《大人物》表現了古龍重構武俠世界的企圖，包含著深刻的哲理。

作品中那些江湖俠客大都欺世盜名，有名無實，圍繞著誰是真正的大人物的追尋，人物的真面目暴露無遺。

他們有武無俠，仗倚蓋世武功爭名奪利，距真正的俠之風流和風采相去甚遠。這顯示出古龍小說「反武俠」的傾向。這一傾向在《七種武器》中得到更為充分的呈現。這也是一部系列小說，原計劃寫七部，結果只完成了六部，它們是《長生劍》、《碧玉刀》、《孔雀翎》、《多情環》、《霸王槍》、《離別鉤》。

作品看上去寫的是武器，實際上寫的則是人性和人格的力量，即寫的不是物質的武器而是精神的武器，諸如自信、誠實、愛憎等。

俠客作為正義的象徵，應該是品格第一，其次才論到武功。然而，不少武俠小說過分地渲染武功和暴力，所謂的俠客常常有武無俠，這就限制了武俠境界的提昇。

《七種武器》通過對人性的深刻挖掘，豐富了武俠的內涵，提昇了武俠的境界，這與以往的武俠小說判然有別。

從一九六八年到一九七三年是古龍武俠小說創作最為輝煌的時期。作品數量之多、品質之佳、品位之高，在古龍自己的創作生涯中固然是空前的，在台灣武俠小說史上也是極為引人矚目的。在金庸引退後，古龍被推上了「武林盟主」的寶座，他的作品風靡一時。他成為眾人模仿的對象，其風格影響了許多作家。

然而，古龍創作的巔峰時期就要過去。一九七三年是他豐收的一年，共出版了八部小說。但這裏面也隱含著危機。其中，《天涯・明月・刀》已初露衰退的端倪。

古龍是個在藝術上銳意進取、不斷創新的作家。他將「求變、求新、求突破」作為自己創作的驅動力。這對一個作家來說，本是好事，但如果陷入為變而變、為新而新的怪圈，就會走火入魔，步入形式主義的泥淖。《天涯・明月・刀》便是一個例證。古龍在這部小說中全然改變了中國武俠小說的傳統語言和寫作模式，導入散文詩的形式，偏重於文句的創造，而更加輕視小說特有的藝術結構和情節，背離了武俠小說的基本特點。這固然表現出古龍敢於突破、敢於創新的精神，作品中傅紅雪、燕南飛等人物也各具神采，但讀者並不認可這部小說。

古龍自稱「寫這一部是他一生中最累、最痛苦的」（見《大旗英雄傳・序》），為此耗費了許多心血，但他也不得不承認：「我受到挫折最大的便是《天涯・明月・刀》。」這部作品的受挫，說明任何文體的革新，都不能隨心所欲，而應該與作品的內容、主題相適應；一味追求形式和風格的突破，效果只能適得其反。遺憾的是，古龍當時並未意識到這一問題的嚴重性。他沿著「求變、求新、求突破」的慣性，很執著地走下去。

於是，一九七四年他受挫更大。這一年，標誌著古龍創作進入了衰退期。與前一年相比，一九七四年古龍創作量驟減，只出版了三本小說：《劍・花・煙雨江南》、《邊城浪子》和《陸小鳳》系列之四《銀鉤賭坊》。《劍・花・煙雨江南》是個很優雅、很詩意的書名，但整部作品虎頭蛇尾，很多情節剛剛展開便草草收尾。這表現出古龍開始對創作缺少應有的自信。《邊城浪子》是《天涯・明月・刀》的後傳，儘管後者大受挫折，但古龍並不甘心，他要在《邊城浪子》中重振雄風。這部作品主要寫傅紅雪的身世，古龍又把小李飛刀的傳人、《九月鷹飛》中的葉開拉了進來，以壯聲勢。雖然作品的水準不低，但總的來說，未能完全達到預定的目的。

此後，古龍接連出版了《血鸚鵡》、《三少爺的劍》、《大地飛鷹》、《白玉老虎》、《圓月彎刀》、《飛刀・又見飛刀》等。這些作品與全盛期的諸多作品相比，藝術水準下降了不少，這無可爭辯地說明古龍的創作在滑坡、衰退。

不過，需要說明的，儘管上述作品存在這樣或那樣的缺陷，但與當時其他作家的武俠小說相比，優勢還是明顯的。它們畢竟保持著古龍小說的基本風格。之所以讓人感到有這樣那樣的不是，是因為有了其全盛期武俠經典作品作為參照。

事實上，創作力下降的古龍在衰退期也寫出了一些藝術水準較高的作品，如《碧血洗銀槍》、《英雄無淚》等。語言的純熟，結構的精巧，人物的描寫，懸念的設置，意境的營造，一如全盛期的傑作。儘管寫得有些吃力，但看得出他雄心猶在，寶刀未老。遺憾的是，這樣的作品並不多見，以後的創作未能保持住強勁的勢頭。一九八四年，《獵鷹・賭局》出版。這是古龍的絕筆，古龍的武俠小說創作生涯走到了盡頭。古龍的武俠小說創作開始於台灣新派武俠小說的草創期，而後隨之發展而走向成熟，走向輝煌。他是台灣新派武俠小說的傑出代表，他的創作道路也正標示著台灣新派武俠小說的基本走向。

古龍一直追求「求變、求新、求突破」。他在《多情劍客無情劍・代序》中寫道：「我們這一代的武俠小說，如果真是從平江不肖生的《江湖奇俠傳》開始，至還珠樓主的《蜀山劍俠傳》到達巔峰，至王度廬的《鐵騎銀瓶》和朱貞木的《七殺碑》為一變，至金庸的《射鵰英雄傳》又一變，到現在又有十幾年了，現在無疑又到了應該變的時候！要求變，就得求新，就得突破那些陳舊的固定形式，嘗試去吸收。」正是由於有了「求變、求新、求突破」的意識，古龍才自覺地突破前人的窠臼，走自己的創作道路，進而形成了獨特的風格，確立了自己在武俠小說史上的地位。但後期的古龍也因此陷入了為變而變、為新而新的泥淖，掉進了自設的怪圈而難以自救。古龍的成功固然在於此，古龍的失敗也正起因於此。

江蘇徐州師範大學文學院教授 方忠

古龍小說中復仇模式及其對傳統的突破

中國古代敘事文學在其長期的發展過程中，形成了它種種穩定化的敘事模式。其中「復仇模式」是被新派武俠小說廣泛運用的一種。

因為這種模式是具體的來源於一個民族長期的歷史承傳和積澱，所以雖則模式沿襲會造成熟悉此道的讀者一定程度的審美疲勞，但借用之無疑會在自覺不自覺間通過集體無意識與讀者互動共鳴。

古龍武俠小說則踵武金庸，力圖在對傳統復仇模式進行借鑑的同時，又有所突破，從而不僅在審美上給人以新鮮之感，而且思想上能給人以啟迪和昇華。

從古龍武俠小說復仇模式對傳統復仇主題繼承與超越角度，探討其反文化、反傳統思想，揭示其人性啟迪意義與文化反思價值，是很有意義的。

一、「友情與仇怨」模式

傳統的兩極對立思維，決定了傳統敘事文學中友情與仇怨這兩股繩只能借助友情服務於復仇（如助友雪仇、代友雪仇、結友雪仇等）這種母題才能紐結在一起。我們可以看到傳統文學是如此青睞這一母題：從《刺客列傳》中先秦刺客為主（恩遇之友）報仇到漢代遊俠借友報仇，以及唐宋傳奇，至《三國演義》、《水滸傳》，明清筆記小說，友情服務於仇怨的母題一遍又一遍的演繹，樂此不疲而又未免因缺少新鮮血液而顯得機械和老套。

進入二十世紀之後舊派武俠文學的出現，給這友情與仇怨模式帶來了一絲新的血液。而一九六〇年代後，新派武俠小說的代表——古龍的武俠小說對這一模式尤以獨特和深刻的筆觸延及人類心靈的深處，用人性之筆為「友情與仇怨」模式注入新的生命。

古龍小說《英雄無淚》寫朱猛是北面道上四十路綠林好漢中勢力最大的「中州雄獅堂」堂主，因未參加司馬超群的盟約而與之結仇。他隻身闖入司馬超群的地盤長安，揮筆留書以示蔑視，然而他沒有想到，當他與卓東來相對而站時，卓東來的人馬已快馬加鞭要血洗「中州雄獅堂」了。鮮血點燃了他的仇恨，他毅然率領僅有的八十三名兄弟奔赴長安，尋司馬超群及卓東來復仇，而此時的司馬超群已幡然醒悟，擺脫了卓東來的控制。當司馬超群站在他面前，他並不因司馬超群的落魄而輕視、辱罵他，趁機將他殺死，而是極為欣賞司馬超群的雖落魄卻仍有傲骨，敢於好漢做事一人當的豪情，他忍不住同情、安慰他，甚至化干戈為玉帛，與他成為死生契友。在這裏人性與真情的光輝掩沒了千百年來「有仇不報非君子」的倫理召喚，傳統文學中依靠復仇的堅決，表現人物壯美的習慣在此被打破，因俠義互感而「有仇不報」更能凸顯人性的莊嚴崇高。

《七種武器》之四《多情環》中主人公蕭少英是雙環門掌門人的得意弟子，為報雙環門滅門之仇，他靠自己超人意志和膽略混入天香堂，並取得了堂主葛亭香信任，憑藉這種地位他終於摧毀了天香堂，迫使葛亭香自殺，為師門和愛妻報了仇，但感人至深的卻是他與葛亭香之間竟因互相瞭解而頓生情誼，這種不共戴天仇敵間的友情，在感情造成的強烈衝擊中使人物形象變得更加深沉動人，也使故事充滿了人情味，從而更加撼人心旌。

人格與真情的力量戰勝了復仇的欲望，俠不再是殺人如麻的復仇機器，而是心有千千結的有機個體。《史記趙世家》寫屠岸賈對可能漏網的趙氏嬰兒必要斬草除根。而在金庸《雪山飛狐》寫當年李自成四大衛士本情同手足，卻因誤會結怨，遺續百年，集中到胡一刀、苗人鳳身上。身負世仇的兩位英雄一晤面交手，就迅即俠義互感，惺惺相惜。比武前夕胡一刀竟一夜累死五匹馬，趕到三百里外殺了苗的仇人商劍鳴；而苗人鳳也慨然許諾胡一旦失手，要像親兒子般照顧他的兒子，友情在英雄眼裏重於情理世仇，胡一刀當面叮囑苗：「你若殺了我，這孩子日後必定找你報仇，你好好照顧他吧。」這是怎樣的一種信任與相知！哪裏有絲毫「斬草除根」的陰暗影子，只有充溢著豪俠之間的渴慕摯情，友情與仇怨的份量和位置，在俠的深心中明顯發生了扭轉。

古龍對金庸這種超越傳統的「友情與仇怨」觀念可謂激賞非常，小說《楚留香傳奇——血海飄香》不避相犯，出現了與上如出一轍的情節：丐幫幫主任慈與日本武士天楓十四郎比武，天楓十四郎敗北，慘死前他把兒子南宮靈託付給他，任慈允諾，細心將遺孤撫養大，如同己出。雖後來任慈終被南宮靈害死，但若不至此更無以彰顯豪俠相惜之誼高於一切，包括仇怨乃至生命。當然故事不免摻雜「非我族類，其心必異」的思想。

可以看出，古龍小說中，服務於復仇的友情顯然沒有化干戈為玉帛的仇人之間友情更有市場，這種改變一方面顯示了古龍對複雜人性的理解、真實表現與關注，友並非固定永遠是情投意合之友，仇也未必一生始終為勢不兩立之仇，這是一種基於生活真實的審美再現；另一方面，仇與友作為兩個對立的極端，它們之間的情感衝突必將是激烈而富有戲劇性的，古龍對這一典型的青睞，又同時是基於藝術真實的表現。此外，就是古龍以此「友情——復仇」衝突解決的敘事，試圖建構並倡揚一種較之傳統意義上無以復加的復仇倫理之上的，具有更高意義的範疇——俠義倫理。

關於友情與仇怨模式，古龍除了在以上幾篇寫出了化仇為友之外，還嘗試著寫出了不肯輕易出手幫助朋友的，如《陸小鳳》中的西門吹雪與陸小鳳；面對朋友的傷害，有仇不報的，如《多情劍客無情劍》中的李尋歡與龍嘯雲等等，都超越了傳統友情與仇怨模式的兩極對立思維模式，把表現個體情感與人格價值看作是比延順前輩倫理慣性更值得去做的事。於是，舊有的復仇至上得到了挑戰和衝擊，而俠義至情得以豐富，大俠的人性深度和人格價值得以昭示和高揚。

二、「愛情與仇怨」模式

愛與恨是文學中永恆的話題，愛與恨的交錯最能綻放出異樣瑰麗的光彩，吸引著作者和讀者去創作去感悟。

古龍的武俠小說對這一模式的精彩演繹突出表現在「愛戀不成則仇恨」和「仇家子女相愛」兩個母題上。

在中國的傳統文學中一個慣常母題就是「女性勾引不成則誣害」。六朝時《殷芸小說》卷八稱：「武子（王季）左右人，嘗於閣中就婢取濟衣服，婢欲姦之，其人云：『不敢。』婢云：『若不從，我當大呼。』其人終不從，婢乃呼曰：『某甲欲姦我？』濟令殺之。」類似君子小人之爭，情慾未獲滿足的侍婢誣陷得逞，拒絕誘惑者則偏因高尚而冤死。而對這一母題關注尤多的明清時期，從《水滸傳》寫潘金蓮構陷小叔武松，到《東周列國志》寫驪姬巧殺太子申，乃至明清的公案、世情小說，母題在一個普遍性的世界文學背景下頻繁反覆地出現，顯示出強韌的生命力。古龍的武俠小說同樣饒有興趣地繼續演繹著這一母題，但難得的是他又翻空出奇，有所不同。

首先，「女性勾引不成則誣陷」中的「勾引」兩字表現了世人對勾引者的鄙薄態度。在傳統文學中，勾引者往往為居於弱勢群體的女性，她們或為滿足一己情慾，或為達到某種政治目的，而故意進行陷害，都體現了一種對於女性「人性惡」的揭露和性別譴責傾向。而古龍小說中情況並非如此。小說《絕代雙驕》寫移花宮女婢花月奴與天下第一美男子在私奔途中被人劫殺，臨死之際產下了雙生子。

移花宮兩宮主因為最終愛江楓而不得，愛極生恨，設毒計分頭撫育兩子，企圖讓兩子長大後互相殘殺以解心頭之恨。兩宮主的復仇方法雖未免狠毒，但無可否認兩宮主對江楓的愛畢竟刻骨銘心，不是簡單地為了一時情慾或別的什麼目的，而就是一種真真切切的愛，然而你愛的人不愛你，悲劇上演遂不可避免。而在《邊城浪子》中，白鳳公主得知心上人另有新歡，負心於己，一氣之下竟自毀容貌，然後把仇恨種子種在「兒子」傅紅雪心中，要他殺「父」報仇。這裏白鳳公主對心上人的愛，似乎又難於用「勾引不成則誣害」模式來涵蓋。不擇手段的報復與痛恨竟真切無疑地來自於刻骨銘心的真愛，這一現代化了的更為複雜的愛恨情仇，如果以傳統表現模式來揣測，又有誰能解通讀懂？

其次，古龍武俠小說對「勾引不成則誣陷」母題的另一突破表現在：復仇女性的「恨」絕不僅僅停留在一般性的「誣害」的層面上。女主人公為了這由愛生來的恨，復仇實施可謂苦心孤詣。

《劍・花・煙雨江南》寫小雷為使戀人纖纖逃過九幽一窩蜂的劫難而使其離開自己時，謊稱另有所愛，不明真相的纖纖愛極生恨，為報復小雷的負心絕情，先是與金川虛情假意，後來又答應嫁給侯爺對小雷進行報復。然而這種以犧牲自己的幸福對「負心人」進行報復的方式，恐怕只對心裏還愛你的人才會起作用，那麼這個人到底是「愛人」還是「仇人」，可真正難以說清。

同樣屬於操縱婚戀以報情仇而做得更為過火的要算是《多情劍客無情劍》中的林仙兒了。林仙兒自有絕代風采，鍾情於李尋歡後幾次自薦枕席，媚惑未遂便懷恨在心，發誓自己得不到他就要毀了他。中國人的「寧毀勿予」的國民劣根性再次發揮作用了。為報復李尋歡，林仙兒不惜犧牲了自己的人格與尊嚴，或許她應該明白，真正愛一個人是要讓他（她）幸福，而不是佔有他（她）？

上述幾例，至少出現了「育仇人之子使相殘以報復」、「育子殺父以報復」、「操縱婚戀以報復」、「毀容伺機以報復」等敘事模式，均體現了女性作為復仇主體時的銜恨深切，不擇手段。《禮記》中有「父之仇，不共戴天」，「兄弟之仇，不反（返）兵」的規定，為血親復仇的竭盡全力不擇手段，已被儒家為主流文化的古代中原人稱道、頌揚了兩千多年。而在古龍的武俠小說裏，愛恨情仇的交錯對個體的左右至少不亞於血親復仇。「勾引不成則誣害」母題在古龍武俠小說裏已轉變成「愛戀不成則仇恨」，這種看似不經意的轉變，卻是意義非凡的跳躍，在一定意義上是重視個體體驗，超越傳統倫理框架對人性束縛的一大進步，而對這種進步表現得更為突出的則是在「仇家子女相愛」母題結構中。

「仇家子女相愛」，在傳統文學中基本上算是一個「缺項」（基於《春秋公羊傳》定公四年「復仇不除害」即不延及子弟親屬的原則，以及正邪華夷之辨，小說中表現有些忠良子、漢將娶奸臣之女，番邦敵國的公主女將為妻妾，當不在此例）。武俠小說卻填補了這一空白，從舊派武俠小說顧明道的《荒江女俠》、王度盧《鶴驚崑崙》到新派的《萍蹤俠影錄》、《碧血劍》都或多或少關注了「仇家子女相愛」這一母題，而古龍於此下力最大。

《湘妃劍》寫金劍俠仇絮，練成絕技假扮書生報父仇，卻得到仇人之女毛文祺的愛戀，而仇絮卻偏不為情所牽制，暗中復仇不止，並且也沒有為毛文祺的自暴自棄而憐憫，仍與毛的師姐相愛了。毛文祺毀容自傷的悲劇不僅在於單戀，而根源於其姑姑毛冰，她被兄長使美人計去接近仇敵，卻動了真情懷孕，但仍履行使命暗算了仇敵。毛冰生下來的兒子就是仇絮，事實上仇絮是在向舅舅復仇，仇絮的表妹毛文祺不過是家族內世仇的犧牲品。作品嚴肅地提出了這一困惑：為什麼上一輩的仇怨，非要下一輩犧牲幸福去承領！

不像《劍客行》中的展白，報父仇過程中竟得五位美貌俠女垂青，全是仇家之女，他索性先復仇再結緣，勝利凱旋而又挾女而歸。而《月異星邪》中卓長卿、溫瑾這一對仇人子女最終幸福地走在了一起，因為唯一知道溫瑾是卓長卿殺父仇人親生女的雲中程，希望「永遠不會再有人傷害他們的幸福了」，而將永遠隱藏這個秘密。

《楚留香傳奇》第四部《蝙蝠傳奇》中，仇人子女左明珠和薛斌相愛，為了克服來自家族的巨大阻礙，這對情侶竟然如同莎士比亞筆下羅蜜歐與茱麗葉那樣玩起了詐死復活把戲，左明珠為了和相愛的人在一起，竟然可以裝出連父親都不認識。

個性要求同倫理規定的矛盾從來沒有如此激烈的衝撞，「仇家子女相愛」母題提出了在個體情感與群體使命的對立中，愛情這一人類最美好的感情更為珍貴，為了理念中的仇怨犧牲青年男女終身的幸福是不對的。母題向傳統的復仇高於一切原則，提出了不容忽視的疑問和挑戰。

三、「兒子長大後復仇」模式

血親復仇是正史傳記所記載最常見的類型，而在血親復仇中，為父報仇最重要也最普遍。《春秋公羊傳》定公四年有言：「父母之仇不共戴天。」西晉皇甫謐也說：「父母之仇，不與共天地，蓋男子之所為也。」可見在傳統倫理的折射下，讓受害者親生兒子承領復仇使命，被認為是最佳人選。《史記趙世家》寫趙氏孤兒、干寶《搜神記》寫赤比，至唐此類故事模式定型化，像吳承恩《西遊記》中唐僧幼年為「江流兒」故事即本自溫庭筠《乾巽子》等。從中可以看出，「兒子長大後復仇」模式至少有兩個特點。

首先是孝子長大後一旦知道真相，為親復仇便升騰為之生存的最終使命，仇恨便佔據個體的全部靈魂，復仇意志之堅決，縱仇家對其有恩亦不動搖。就好像明人《白羅衫》一劇中寫繼父把徐繼祖（蘇雲之子）恩同己子一般撫養，徐繼祖知情後仍沒有放過奪母害父的仇凶（繼父）。

而在古龍武俠小說中，就出現了對這種執著復仇正義性的質疑。《楚流香傳奇——血海飄香》中，日本武士天楓十四郎在與丐幫幫主任慈的比武對決中敗北而死，慘死前他把自己的兒子南宮靈託付給任慈。任慈不但答應，而且細心撫養。南宮靈後來恩將仇報，害死了任慈。在傳統文學中，南宮靈的做法本也是無可厚非的仇父報，但古龍卻將南宮靈設計成為一個忘恩奪權的賊子形象。

人物形象的本質改變說明作者審美心態和價值觀念的改變，《月異星邪》中作者對此有進一步思考。當女主人公溫瑾以為把自己撫養長大且疼愛有加的溫如玉就是自己殺父殺母仇人，要與卓長卿合力復仇時，作者借一女婢之口發出這樣的疑問：「生育之苦，固是為人子女者必報之恩，但養育之恩，難道就不是大恩麼，難道就可以不報麼！」卓長卿也不停地反思：「我既應該讓她報父母之仇，卻也應該讓她報養育之恩呀？」「恩」與「仇」孰輕孰重！血緣對復仇主體意志的決定作用終於開始動搖，真情也可以與血緣相抗衡了。這可以說是傳統文學中不曾有過的情況。

這一情節又很自然地促使我們聯想起金庸《射鵰英雄傳》中楊康出手援救完顏鴻烈的一節（第十六回「九陰真經」），繼父之於養子的多年恩同己出的情分真切而自然的表露：「兩人十八年來父慈子孝，親愛無比，這時同處斗室之中，忽然想到相互間確有血恨深仇……」楊康此時若要報仇，即刻便可得手，但恩養之情為他全面考慮後果留下了迴旋餘地：「……但怎麼下得了手！那楊鐵心雖是我的生父，但他給過我什麼好處！媽媽平時待父王也很不錯，我若此時殺他，媽媽在九泉之下也不會喜歡。再說，難道我真的就此不做王子，和郭靖一般的流落草寇麼！……」

可見古龍對「兒子長大後復仇」模式的這一超越，未嘗沒借鑑金庸，抑或對金庸小說人性表現的有意承續，但這絲毫不影響古龍作品自身特色，正如金庸所說：「西洋戲劇的研究者分析，戲劇與小說的情節，基本上只有三十六種。也可以說，人生的戲劇很難越得出這三十六種變型。

然而過去已有千千萬萬種戲劇與小說寫了出來，今後仍會有千千萬萬種新的戲劇上演，有千千萬萬種小說發表。人們並不會因情節的重複而感到厭倦。因為戲劇與小說中人物的個性並不相同。當然，作者表現的方式和手法也各有不同。」並且，如果說楊康對恩養之恩的表現尚有因其功利目的而大打折扣的一面的話，古龍作品中的人物則不折不扣地表現為是一種人性的內在呼喚使然。

其次，在傳統「兒子長大後復仇」這一模式中，母親往往擔負著點燃、培育兒子復仇之火的任務，如《後水滸傳》中許惠娘，《西遊記》中唐僧之母殷小姐，《清史稿・孝義傳二》中王恩榮之母等，母親幾乎無一例外地成為復仇過程的主導，她們或是亡夫遺命的轉達者、確認者，或是兒子復仇行動的掩護者、支持者，好像母親存在的價值只在於為夫報仇。

傳統漢語文學以幾乎各種文體（除了賦與詞）包括詩歌、史傳、戲曲傳奇、小說來歌頌節烈母親的這種復仇精神，社會輿論的導向和傳統行為的慣性已經不允許有任何特例出現，這無疑是男性中心話語世界的「意識形態形象」的系列文學產物。而古龍則與金庸一樣敢做突破傳統的先鋒。

小說《邊城浪子》寫傅紅雪是一個被「母親」白鳳公主用仇恨澆鑄起來的復仇機器，他為了仇恨而活在世上，因為仇恨他想愛卻不能愛，他痛苦著，然而命運對他更無情的作弄是：實際上他既不是白鳳公主的兒子，也不是要為之復仇的「父親」的兒子，一切不過是場誤會。

傅紅雪被無端賦予了仇恨這一可怕的情結，而且這一心理動機的不斷強化，以至於吞噬了他整個身心，扭曲了人的本性，喪失了人最美好的慾望和感情。而造成這悲劇性的一切的「母親」未免讓人痛恨。作者從對個體兒子造成的傷害角度，重新審視母親在復仇過程所起到的作用，注意到對於這類作用要客觀求實地評價，把母親培育兒子復仇火種的神聖性與正義性消解殆盡。

四、「忍辱復仇」模式

「忍辱復仇」模式在中外文學史上早有廣泛表現。印度史詩《摩訶婆羅多》中，黑公主稱得上一個隱忍復仇的典範。

她是堅戰五兄弟的共同妻子，在堅戰賭博失敗輸掉她之後，她當眾受到了侮辱，她被難敵的弟弟難降揪著頭髮拖著走。自此她就保留著蓬亂的頭髮，要理清這頭髮就要用難降的血當頭油來梳理。流放森林的十多年中，她追隨丈夫們，總是抱怨堅戰這人沒有男子漢氣概，她往往和怖軍一起向堅戰施加壓力，要他即刻開始戰鬥，奪回權利，報仇雪恨。黑公主的隱忍復仇，又因其是般度五兄弟的共同妻子而煥發出影響周圍人的鼓動力。黑公主以女性特有的隱忍復仇方式激勵男性，其原型輻射作用是不可低估的。

與中國古代「精衛填海」執意復仇大為異趣的，是對復仇能否成功的理智判定的推重。巴厘文佛本生故事說烏鴉夫婦酒醉在海邊洗澡，海浪吞噬了雌鴉，被痛哭聲引來的眾烏鴉憤而不停地吸水吐到岸上，試圖以舀乾海水向大海復仇，可是牠們終於認識到這復仇努力徒勞無益。故事雖旨在說明著薩轉生的海神顯形嚇走烏鴉是解救牠們，但昭示了不要因復仇情緒化衝動而做無謂的犧牲的意蘊。

與此相關的是佛經對於忍辱的推重。「羼提」是「忍辱」的音譯，為佛教「六波羅蜜」（六度）之一，而「羼提波羅蜜」指的就是忍辱之行。佛經故事一再申明佛陀在調達（又譯提婆達多等）以惡相待時，忍辱再三。

不過全面體察，佛經也不是絕對不主張復仇，而是提倡有充分把握時再行使復仇。元魏西域僧人吉迦夜共曇曜譯《雜寶藏經》卷十《烏梟報怨緣》寫烏梟結怨，相鬥多時無休止。

有一智烏以苦肉計自任，聲稱被眾烏拔掉羽毛啄傷其頭，騙取了梟的憐憫，收養穴中，烏羽毛豐滿後日銜乾草枯枝來穴中以報恩。一日大雪，群梟聚穴中避寒，烏卻銜來牧牛人的火燒穴，使眾梟全數殄滅。國外學者將此故事歸於第 220B〔烏鴉和老鷹的戰爭〕類，即：「烏鴉假裝投降但其實在做密探，而最後消滅了老鷹。」《五卷書》此故事早期異文描寫，一隻名叫斯提羅耆頻的烏鴉，試圖為自己的族類巧計報仇，以「苦肉計」進入貓頭鷹營堡中，牠每天從樹林裏叼一塊木頭到窩裏來。

從表面上看，烏鴉是為了擴大烏窩，一大堆木頭在堡壘門口堆起，太陽昇起貓頭鷹什麼都看不見了，斯提羅耆頻趕快飛到彌伽婆哩那那裏，說道：「主子呀！我已經準備好，敵人的洞穴就可以燒掉了。你帶了隨從來吧，每一隻烏鴉都要從樹林子裏揀一塊燃燒著的木塊帶了來，丟到洞穴門口我的窩上；這樣一來，所有的敵人就都會像在軍毘鉢迦地獄那樣，統統會給折磨死。」……如此行事，果然消滅了貓頭鷹家族。故事果報的結構中，蘊含了深刻的忍智慧與復仇哲理。印度民間故事的傳入，為中國古人原有的本能的隱忍增添了自覺意識、強度、勢能以及宣洩隱忍更多的方式機巧，這是毫無疑義的。

中國古代表現隱忍懷恨有個字，就是「賺」，《史記，外戚世家》寫栗姬子劉榮被立為太子，但栗姬在妒恨長公主女時，自己也遭讒毀「挾邪媚道」，引起景帝怨恨：「帝嘗體不安，心不樂，屬諸子為王者於栗姬，日：百歲後，善視之。」栗姬怒，不肯應，言不遜。景帝恚，心赚之而未發也」。終於找機會廢太子為臨江王，

「栗姬愈恚恨，不得見，以憂死」。而「嗛嗛」則是銜恨隱忍的樣子，柳宗元《詠史》詩：「燕有黃金台，遠致望諸（樂毅）君。嗛嗛事強怨，三歲有奇勳。……」說的是《史記，燕召公世家》寫燕昭王怨齊，即位後對郭隗說「齊因孤之國亂而襲被燕，孤極知燕小力少，不足以報。然誠得賢士以共國，以雪先王之恥，孤之願也。」終於召賢士樂毅為將連下齊七十餘城。

忍辱復仇，也是古代中國復仇智慧和決心的集中表現之一，越國戰敗，越王勾踐給闔閭看墳、脫鞋，服侍其入廁，受盡嘲笑和羞辱，他頑強地忍耐著精神和肉體上的折磨，對吳王夫差表現得恭敬馴服，甚至以嘗糞驗病取得吳王信任得釋回國，臥薪嚐膽終報大仇。孫臏裝瘋惑龐涓、程嬰托孤、豫讓漆身吞炭行刺等都是家喻戶曉的忍辱復仇故事。

古代中國人還十分關注周邊民族隱忍的復仇智慧與決心。《史記·大宛列傳》稱烏孫王昆莫之父來自匈奴西邊的小國，當初，「匈奴攻殺其父，而昆莫生，棄於野。烏嗛肉蜚其上，狼往乳之。單于怪以為神，而收養之。」裴駰《集解》引徐廣語曰：「讀『嗛』與『銜』同。《酷吏傳》：「義縱不治道，上忿銜之。」《史記》亦作『嗛』字。」用嘴叼著，極為形象，引申為小心翼翼地含著某物，精心置於適當之處。「銜恨」，從字源學上就有了謹慎小心、隱忍不露而時刻伺機復仇的形象化意味。此後野史及通俗小說對此母題的演繹廣泛而多樣。「兒子長大後復仇」模式中就有許多表現母親忍辱育子或辱為仇人妻妾，最後成功雪仇的故事。

受孟子啟發，蘇軾《留侯論》評張良意味深長：「古之所謂豪傑之士，必有過人之傑，人情有所不能忍者。」農耕民族忍辱負重、後發制人的天性使得國人對「忍辱」有著獨特關注。令人遺憾的是，「忍辱復仇」模式在民國舊派武俠小說中卻發生了缺失。那些俠客們往往或一出場便具有超人的本領，戰無不勝，攻無不克；或如張良遇黃石公，於谷澗、山洞絕世高人手中偶得武功秘笈，一練成為蓋世高手，承接神怪小說「上山學藝，下山無敵」模式。無論怎樣，像大仲馬《基督山伯爵》中的鄧蒂斯那樣，俠作為復仇個體在復仇過程中遇到的困難、屈辱和磨煉，往往被大大忽略了，「武功高強，俠到仇除」儼然成為「俠」字的題中自有之意。「忍辱復仇」模式在俠文學中的缺失，無疑成為俠形象臉譜化、模式化的重要原因之一。

阿拉伯民間故事集《一千零一夜》也宣揚了復仇隱忍思想。似乎以弱勝強的巧計實施，就離不開復仇主體的深心隱忍，《狐狸和狼的故事》寫久受欺壓的狐狸，不得不對狼畢恭畢敬，牠迫於無奈忍受狼的虐待，心裏暗自說：「殘酷無情和造謠中傷，這都是作惡多端、自取滅亡的原因。古人說得好：『強霸者毀其身，狂妄者悔無濟，謹慎者保其身。』中庸、適度的行為是一種高尚的品性，禮貌是成大事立大業的秘訣。從古人的經驗和教訓裏，我認為對狼這個暴虐作惡的歹徒，應該忍辱負重，採取佯為諂媚、奉承的態度，反正遲早牠是難免是要被摔倒的。」終於找機會將狼誘入陷阱中，使其被人亂棍打死。

這些，相信對於古龍小說忍辱復仇敘事的具體營構，均不無啟發。在上述中外相關母題滋哺下，古龍武俠小說較為自覺地轉益多師，大量地將「忍辱復仇」模式回歸到俠文學中，在作品中可分為以下幾類：

（一）戀酒色惑亂仇敵耳目。如《七種武器．多情環》中的蕭少英，以貪戀酒色，自甘墮落，迷惑敵人，保存了復仇的勢力，最後成功復仇。在有些作品中，酒與色這一古龍小說中經常出現的意象，竟也成為掩護成功復仇的有效道具。

（二）忍辱為仇敵親信伺機報仇。《白玉老虎》中大風堂為抵禦來自霹靂堂和蜀中唐的攻擊，上演了一場樊於期獻頭刺秦王的故事。上官刃手提好友趙簡頭顱潛入唐家堡，取得唐家信任。從此他便忍受了各種試探和侮辱，蒙受賣友求榮罵名，屈受友人之子不解真相的仇怨——一切都為了瓦解仇敵，振興大風堂。《多情環》中的蕭少英同樣依靠超人的意志，承領各種屈辱混入天香堂並取得堂主信任，最終摧毀天香堂，報了殺妻滅門大怨。

（三）自辱以激發復仇信念。《圓月彎刀》中謝小玉之母天美為報教主不愛之仇，自毀容貌，在幽谷中苦練武功絕藝，以俟報復。天美毀容以自辱，以恥辱的力量，時時提醒自己勿忘復仇目標。《邊城浪子》中白鳳公主亦如此。並且這種自辱以激發復仇信念的做法，不再是古代吞炭毀容的豫讓這樣鬚眉男子的禁臠，而往往成為古龍筆下復仇烈女的專利。

（四）其他。如《名劍風流》中俞佩玉為了找到殺父仇人，經歷了常人難以想像的磨難。沒有什麼奇計怪招，他就靠得一身正氣和忍辱負重的精神，在磨難中成熟，在煉獄中精進，不棄不捨，終報父仇且成大業，是「天將降大任於斯人也，必先苦其心志，勞其筋骨」的招牌注腳。同樣，《血鸚鵡》中血奴本是西域一王國的公主。其父親被惡人挾持離開京城，並以交換珠寶作為條件。公主為救父親捨棄富貴，化名血奴，住進妓院，和國王的心腹歷盡屈辱和艱辛，終手刃仇人雪報父仇。對屈辱的忍受讓一個弱女子帶給讀者強烈的心靈震撼。

於是，古龍筆下的俠，不再僅僅依靠武功取勝，更靠的是人格、意志和智慧。古龍不是一個崇尚武力的作家，他認為即使在江湖世界，武力也往往不是最重要的因素。在武力之上還有個體人格、公理道義更能夠起決定性作用的因素。

「忍辱復仇」模式的複歸，表現為對作為復仇主體——俠經歷「人情有所不能忍者」的過程的描寫，這充分展示了復仇者的人格魅力，其間融會的「挫折——困辱——奮鬥——成功」母題，更為復仇之舉平添一層超越豪俠之氣的壯美光環。

以上四種模式並非古龍復仇模式的全部，卻足以看出古龍在自己的武俠小說創作中，對傳統復仇主題進行了有意識的、卓有成效的多重超越。

古龍自己並不否定自己對傳統小說模式的繼承，也不否認對金庸武俠小說的借鑑，但古龍同時又要求自己將古典的與現代的，中國與西方的文化精華融會貫通，創造出一種新的民族風格文學。

大陸學者袁良駿批評認為中國小說陳舊、落後的小說模式本身，極大地限制了「新武俠小說」家們文學才能的發揮，「『新武俠小說』再創新求變，也跳不出如來佛的手掌心，擺脫不了武俠小說固有的那些根本侷限。」

這當然是缺少根據的論斷。以金庸「接班人」身分出現的古龍在這一點上表現得似比金庸更為自覺，於是在復仇描寫上也時有出藍之色。

古龍曾有這樣的夫子自道：「這十幾年中，出版的武俠小說已算不出有幾千幾百種，有的故事簡直成了老套，成為公式，老資格的讀者只要一看開頭，就可以猜到結局……所以武俠小說作者若想提高自己的地位，就得變；若想提高讀者的興趣，也得變。」他又在《風鈴中的刀聲》序中說：「作為一個作家，總是覺得自己像一條繭中的蛹，總是想要求一種突破。」古龍先生實現這種反傳統突破的著眼點和關鍵所在，就是讓「人性」真正介入武俠小說。

古龍對於人性的關注應該說與他所受教育是分不開的，古龍雖然受中國傳統文化影響較少，卻受西方現代文化影響較大。大學就讀於外文系的古龍讀過大量西方存在主義大師的哲學著作，其思想觀念傾向於「生命哲學」。

他對個體人性的理解是極為深刻的：「人性並不僅是憤怒、仇恨、悲哀、恐懼，其中也包括了愛和友情，慷慨與俠義，幽默與同情。」他認為優秀的武俠小說應「多寫些光明，少寫些黑暗，多寫些人性，少寫些流血」。

古龍說到，也努力做到了，他以求新求變的自覺理念和汪洋恣肆的筆姿成為「武林」中可堪與金庸比肩的一代宗師。複雜而深刻的人性展示，讓古龍武俠小說不再僅僅是刀光劍影的比武場地，而更是刻意求新的審美平台。這，讓古龍武俠小說的復仇敘事確有與眾不同之點，也是古龍對於人類文學審美營構的歷史貢獻之一。

中國武俠文學學會副會長、大連大學研究所教授　王立
文學研究者　隋正光

參考文獻

1王立：《中國古代復仇文學主題》，長春：東北師範大學出版社，一九九八。
2王立：〈女性弱點與古代小說引誘不成反誣母題〉，宗教民俗文獻與小說母題。長春：吉林人民出版社，二〇〇一。
3金庸：〈韋小寶這小傢伙　明報月刊〉，一九八一（十），收入絕品。台北：遠流出版事業公司，一九八六。
4王立：《武俠小說復仇模式及其對傳統的超越》，台灣東吳大學，縱橫武林——中國武俠小說國際學術研討會論文集，台北：學生書局，一九九八。
5《佛本生故事選烏鴉本生》郭良鋆，黃寶生譯，北京：人民文學出版社，二〇〇一。
6《補哩那婆羅多》：五卷書，季羨林譯，北京：人民文學出版社，一九八一。
7《一千零一夜》：第二冊，納訓譯，北京：人民文學出版社，一九八二。
8袁良駿：《武俠小說指掌圖》，北京：新華出版社，二〇〇三。
9古龍：〈說說武俠小說〉，《歡樂英雄》。
10古龍：〈風鈴．馬蹄．刀〉，《風鈴中的刀聲》。

存在主義思想對古龍武俠小說創作的影響

細看古龍武俠小說的作品，其最突出的成就與特徵之一，就在於它的開放性，把西方現代文學的精神及其敘事規範引入武俠小說創作中。

古龍對中西方現代敘事規範的引入，極大地豐富了武俠小說創作的手段。如《楚留香系列》與《陸小鳳系列》，有明顯的偵探小說的味道，《白玉老虎》則有間諜小說的敘事特徵；《蕭十一郎》表現了騎士精神，等等。而他對西方現代文學精神的吸收，則進一步提昇了武俠小說的檔次和品味，其中最為明顯的是他對存在主義思想的引入。

他後期的幾部重要代表作品中，都具有明顯的存在主義傾向。他在吸收並融合了存在主義思想後，對傳統的俠義理念進行了重新梳理，對武俠小說的創作進行了徹底改造，突出表現了現代人的生存狀況、精神生活和追求探索，形成了古龍武俠小說的鮮明特色。

一、古龍存在主義傾向的形成原因

以存在主義哲學為基礎產生的存在主義文學，是一種對存在主義哲學進行形象闡述的文學思潮。它於二十世紀三〇年代末興起於法國，第二次世界大戰後影響歐、美及亞非諸國，五〇至六〇年代達到高潮，七〇年代逐漸衰弱，八〇年代隨著沙特的去世而結束。

存在主義文學流派產生了一大批具有深遠影響的世界級作家。沙特作為存在主義哲學的集大成者，也是存在主義文學的傑出代表，著名作品有《噁心》、《情》等。卡謬作為法國存在主義作家，一生創作極豐，影響巨大。另外，存在主義不僅是存在主義文學的思想支柱，而且對其他文學藝術流派也有深刻影響，產生了一大批有存在主義傾向的作家作品，如美國的索爾・貝婁，英國的戈爾丁，等等。

存在主義哲學主要有三個基本原則：其一是「存在先於本質」。認為人的「存在」在先，「本能」在後。首先是人的存在，露面，出場，後來才說明自身。所謂存在，首先是「自我」存在，是「自我感覺到的存在」，我不存在，則一切都不存在。所謂「存在先於本質」，即是「自我先於本質」，也就是說人的「自我」決定自己的本質。

其二是「世界是荒謬的，人生是痛苦的」。認為在這個「主觀性林立」的社會裏，人與人之間必然是衝突、抗爭與殘酷，充滿了醜惡和罪行，一切都是荒謬的。在這個荒謬、冷酷處境中，世界給人的只能是無盡的苦悶、失望與痛苦。窮人是如此，富人也如此。

其三是「自由選擇」。這是存在主義的精義。存在主義的核心是自由，即人在選擇自己的行動時是絕對自由的。它認為人在這個世界上，每個人都有各自的自由，面對各種環境，採取何種行動，如何採取行動，都可以做出「自由選擇」。「如果存在確實先於本質，人就永遠不能參照一個已知的或特定的人性來解釋自己的行動，換言之，決定論是沒有的——人是自由的。」沙特認為，人在事物面前，如果不能按照個人意志作出「自由選擇」，這種人就等於丟掉了個性，失去「自我」，不能算是真正的存在。沙特的存在主義哲學不僅是存在主義文學的思想核心，而且成為後現代主義文學各個流派的思想基礎。

憂慮與恐懼是存在主義作家共同的創作傾向。存在主義哲學流派的創始人海德格爾認為，「煩」和「畏」揭示了人「存在」的全部生存狀態。「煩」揭示的是將來——過去—現在的整體結構，「煩」的整體結構中隱藏著「畏」，人如不勝其煩，就會感到畏懼，而「畏」之所畏歸根到底是「死」，「畏」是非本真的「煩」。「煩」的本真狀態、也是最後形態是：向死而生。就是說，人活著時就是在領會著死。他認為人之所以痛苦，是因為面對著的是一個無法理解的世界，即是一個荒謬的世界，人永遠只能憂慮和恐懼，正是憂慮和恐懼，才揭示人的真實存在。

古龍的成熟作品中多有存在主義思想的顯現。他的創作之所以具有存在主義思想的傾向，與他的生平經歷有著密切的關係。他的成長幾乎與存在主義文學的發展同步。古龍出生於一九三六年，大學就讀於台灣有名的學府淡江英專，專業為英文。在這期間，古龍幾乎手不釋卷，但閱讀的大都是歐美小說。他的武俠小說創作始於六〇年代，七〇年代進入創作的巔峰。從他的求學到創作，整個過程正是存在主義思潮風靡世界的時候，酷愛歐美文學的古龍，肯定會接觸到存在主義文學並受其影響。

古龍一生顛沛流離，過早地經歷了憂慮和恐懼，品嘗孤獨的滋味，這為他在創作中滲入存在主義思想提供了基礎和可能。他的童年正好在抗日戰爭與新中國成立之間。在這樣一個充滿戰爭與分離的動盪年代出生的人，無疑承受了人類史上最悲慘的巨變與大難。

對幼年的古龍而言，這種恐怖的記憶對他未來的創作無疑會產生巨大的影響。十四歲時，古龍隨著他的父母遷居到台灣。經歷了戰爭的噩夢後，少年古龍遇到了人生旅途上另一場災難——父母離異。對於少年的孩子來說，沒有什麼比父母的離異更讓人感到寒心、感到絕望。他惶恐不安的目睹了親人的分離，並將憤怒與怨恨發洩在父親身上。於是，一場父子之間的爭吵接踵而至，倔強的古龍離家出走，過早地承擔了自食其力的艱辛。他四處漂泊，為求生存，幫人打工，食不果腹，困頓潦倒。對於這樣的少年經歷，使他過早地品嘗了生存的艱難與孤獨的恐懼，讓他的創作與存在主義思潮又有了一個新的契合點。

二、古龍武俠小說中的荒謬感

「世界是荒謬的，人生是痛苦的」，這是存在主義作家所側重表現的重點。古龍武俠小說並非直接赤裸裸地表現人物對世界的荒謬感，而是讓人物的行動說話，讓人物的意圖與形成的後果相比較，從而得出荒謬的感覺。

《多情劍客無情劍》是古龍晚期的重要作品。在李尋歡身上，古龍就表現了他的荒謬感。李尋歡出身名門，生活優裕，並有一位青梅竹馬的情人林詩音。可是他卻出於義氣將自己深愛的女人讓給了救過他一命的兄弟龍嘯雲。這一他自認為俠義的行為卻將所有與他有關的人逼入了痛苦的深淵。與起初的設想完全相反，龍嘯雲不僅沒有感恩，最終還成了一個背信棄義的奸詐小人，並設計毒害李尋歡。

然後，龍嘯雲的行為，卻又不能讓人過多指責。「我的確是為了這個家，為了我的兒子。我們本來活得好好的，你（李尋歡）一來就全都改變了」，這是龍嘯雲的辯白，但隱藏在深處的是他對李尋歡的複雜情感，委屈、嫉妒、厭惡，卻又無法明說。林詩音雖然違心嫁給了龍嘯雲，並生了兒子龍小雲，但她卻念念不忘李尋歡。當李尋歡重返李園時，她責問李尋歡：「你這樣做對得起兄弟，可對得起我嗎？」李尋歡啞口無言。而龍小雲因為父母與李尋歡之間的畸形戀情，導致了心理變態，成了一個十分陰毒的人，最終被李尋歡廢了武功，成了一個半死不活的人。李尋歡自己則被這份感情糾纏了十年，思念成疾。他沉醉於對林詩音的無盡思念之中，並藉酒澆愁，不斷用小刀雕刻她的肖像以解心中之思念。十年前，他出於義氣而做的事，釀成了十年後的苦果，一切已經物是人非。「義」之一字，在這裏成了痛苦的根源。然而在現實世界中，「仁義禮智信」乃倫理「五常」，尤其是在江湖上，更是作為一名俠客的人生信條和價值尺度。

當某一觀念得到過分的強調後，往往會發展到另一個極端，成為行動的束縛。李尋歡自認為出於義氣的轉讓林詩音，表面看來有英雄氣慨，大俠風度，實則荒謬絕倫，違背人性。作者通過李尋歡這一悲劇人物十年前後行為與結果的比較，揭露了在中國流傳了幾千年的「義」的思想的異化與荒謬。古龍正是通過揭露江湖規矩的荒謬，進而揭示現實生活中一些觀念對人的束縛和異化，從而展示這個社會的荒謬。江湖世界雖然是個虛擬的世界，但其同現實社會生活還是有密切聯繫的。李尋歡身上傳統俠義價值的失落，與現代人身上傳統精神的失落有著極大的相似之處。他的孤獨和渴望體現了現代人生活的孤獨和渴望，他生活的荒謬體現了現代人生活的荒謬。

傅紅雪是古龍的另一代言人。他從小生活在仇恨與詛咒之中，童年、少年生活都是在苦練刀法的日子中度過的。這對常人來說絕對是一種難以忍受的黑暗生活，但他卻忍了下來，目的只有一個——復仇。他復仇的過程艱險曲折，復仇的對象陰險殘酷，但傅紅雪都克服了。當復仇的目的就要達到，仇人就要授首時，意外的事情卻發生了。幾位前輩高人告訴他，這個仇恨不應該由他承擔，而應該由另外一個人——葉開承擔，因為他根本不是白天羽的兒子，葉開才是。這真是一個天大的玩笑。那一刻，沒有人知道傅紅雪在想什麼，心中巨大的落差無人能想像。

沙特說：「根本的荒謬證實了一道裂痕——人類對統一的渴求和意識與自然之間的斷裂，人類對永生的渴求與存在有限性之間的絕緣，人類對其構成本體的『憂鬱』和奮鬥的徒勞之間的破裂。偶然、死亡、生命和真理之難以證明的多元論，以及現實的無法理解——這些都是荒謬的極端。」傅紅雪因為偶然被抱錯，復仇就成了一個「荒謬的極端」。堅持了十八年的復仇理念在一瞬間崩潰，十八年為復仇所付出的努力毫無價值，十八年生活在黑暗中的恐懼與憂慮剎那間瓦解。傅紅雪為了他人的信念活了十八年，個體的生命價值被他人的信念淹沒。這樣的現實對他來說實在無法理解，也是荒謬透頂。

他的生命本為復仇而活，希望自己的人生因此而有意義，但事實卻讓他感到世界的荒謬，人生的沒有意義。

「浪子形象」是古龍小說荒謬感的集中體現。浪子的情懷中最明顯的心理表現就是空虛以及由此而產生的孤獨感與焦慮。「有的浪子多金，有的浪子多情，有的浪子愛笑，有的浪子愛哭，不過所有的浪子都有著相同的空虛」（《大地飛鷹》）。確實，浪子失去了天真，拒絕在虛妄的信念中生活，但又找不到應堅守的信念。沒有理想的信念支撐自己生存的意義，擁有強大的生理能量和心理能量，卻又感到自己難以去承擔真正有意義的重任，於是，他空虛；並且由於缺乏建設性的勇氣與情感，連與他人建立富有建設性的聯繫都難以做到，或者難以忍受這種聯繫，於是，他孤獨。在空虛與孤獨中，浪子開始了對生命的掙扎。一種是積極的，在縱橫江湖，快意恩仇的瀟灑中，獲得對生命價值的重新認可。一如風流飄逸的楚留香，瀟灑自在的陸小鳳。他們有自己的生活準則，有自己的自由意志。另一種是消極的，退縮的，絕頂高手謝曉峰便是如此。當極度風流江湖之後，他消失了，默默地去尋找並承當了一切對自己的各種蹂躪，無動於衷。浪子不可能帶來真正的切實的心靈與理想，當建設性的願望趨向於滅亡時，就可能走向反面，放棄一切「有為」甚至企圖使自我消失來抵抗空虛與焦點。這是一種既不尖叫也不抱怨的絕望，一種極度的心靈疲憊。

一般來講，大俠都是些鐵人，能夠將外在的價值規範內化為情性，不屈不撓地去實行。但是這些信念、準則一旦落實到具體的生存層面，就有可能置自己於荒誕，悖謬之境。正如羅洛·梅所說：「空虛的時代往往是接著鐵人的時代崩潰而來，掏出他們心中的羅盤，他們立刻變得空洞。」古龍筆下缺少傳統意義上的俠士，更多的是俠士浪子化。他以自身的生存體驗，看透了人世間諸多觀念的虛妄性，看穿了附置於大俠身上的各類行為準則的荒謬性，塑造了大批的浪子形象來批駁和展露現代生活的荒謬，探索現代商品經濟下人的焦慮、空虛、孤獨的精神狀態。

三、古龍式的對荒謬的反抗

存在主義認為，人所生活的世界是荒謬的、不自在的，它主張人用自由的行動對抗這個荒謬、不自在的世界。但是在怎樣進行反抗的問題上，存在主義的代表們提出了兩條不同的路線。以海德格爾為代表的一些存在主義者認為，世界是無法改變的，人生是空虛的，所以他們主張從格格不入的外部世界退縮到內心世界去尋找繼續存在的意志，主張從內心裏改變個人的意識，產生一些積極的價值，使自己生活在內心世界裏。反之，以沙特為代表的另一些存在主義者則主張從外部世界解決問題，即通過人的行為去干預世界，改變世界，使之成為人們可以「自由」生活的世界。

古龍對荒謬的反抗是綜合式的，或者說是矛盾的。

他一方面強調人的自由意志，主張從內心角度解決；另一方面又如沙特所說，通過人的行動自主選擇介入、干預和改變現狀，使之成為人們可以「自由」生活的世界。這一矛盾突出表現在李尋歡這一人物的身上。李尋歡深陷世界的荒謬，但他卻從未對生活喪失過信心和熱情。他的生活看似萎靡，然而他的生命卻熱情似火，原因在於他對崇高道義的追求。古龍不只一次地在小李飛刀系列中提及，小李飛刀的偉大，並不在於他的例無虛發的威力，而在於他的愛與寬恕，在於他對人的尊重，在於他的一身正氣。

李尋歡從未因外界事物的變化而改變過他的信念，相反卻希望能夠對他人產生影響。最典型的事例就是他感化了孤傲冷漠的阿飛，使他的內心充滿了友愛和溫情。

以李尋歡為代表的浪子形象正是古龍反抗荒謬，探索個體人生價值道路的代言人，浪子的情懷承載了古龍對現代人生活的焦慮、空虛和荒謬的思考，浪子的行動體現了古龍突破空虛，反抗荒謬的掙扎。

比李尋歡更瀟灑的是楚留香，他沒有李尋歡切身的痛苦，卻有李尋歡一樣偉大的情懷，豁達寬容，機智風趣，對人類充滿愛與信心，是他一生的追求。尊重對手，寬恕仇恨的人道主義精神是楚留香的行為準則；追求獨立的個體存在的價值，張揚生命意志則是楚留香的精神支柱。他四處奔波，用自己的愛去感化別人，改變世界，就如中原一點紅在楚留香的影響下，從一個冷血殺手變為一名有情有義的男子，最終與所愛的人遁隱而去。

《陸小鳳》中的花滿樓則昭示了另一種人生境界。他是個瞎子，卻從不自怨自憐，而是用一顆明亮的心去領略這個世界，用所有的力量去愛這個世界。他用內心的充實抵制著外界的荒謬，從內心世界去尋找繼續存在的意志，從內心改變個人的意識，產生出一些積極的價值。這種無視現實功利的高尚精神，閃動著理想主義和浪漫主義的光輝。

楚留香、花滿樓是古龍筆下充滿陽光，充滿希望的一派人物，有別於其他人物的落寞和空虛，如浪子，如殺手。在這一類人物的身上，承載了古龍對生命價值的思考，體現了他反抗荒謬世界的思想武器，那就是愛與獨立的個體生命價值及追求自由的生命意志。這樣的反抗方式，體現了沙特式的理念，卻又有別於任何一位存在主義傾向的作家的觀念，是純粹古龍式的，是存在主義理念在極具中國特色的武俠小說中同中國傳統文化發生碰撞所產生的結果，也奠定了古龍小說鮮明獨特的個性。

四、對俠義理念的重新闡釋

古龍的小說中有存在主義理念，但他並不是一名存在主義文學的作家，他只是一名有存在主義思想傾向的作家。古龍在吸收並融合了存在主義思想後，對傳統的俠義理念進行了重新梳理，對俠的形象進行了重新塑造，對俠的內涵進行了重新闡釋。他對諸種傳統的俠的信念與原則進行深入剖析，試圖創造出新時代俠義的新內涵。

古龍對傳統的俠的信念與原則的批判大致可分為以下幾種：

一是對荒謬的忠誠的批判。忠誠可以分為兩種，一為對團體的忠誠，一為對個人的忠誠。對團體的忠誠，常容易被人視為道德責任，並以此來彰顯英雄主義與犧牲精神。團體的使命感，會給團體成員的生活染上一種理想的光輝。但若團體的任務是一種虛假的神聖，而又將團體利益和團體標準置於最高位置，就會走向荒謬。甚至，假團體的名義，罪惡會被想像成為美德，卑鄙的行為，在團體的光暈中，也會產生堂皇的感受。如大風堂的小寶，為了團體利益，混入對方做男妓，忍受種種折磨。

在《三少爺的劍》中，鏢局首領大俠鐵開誠「輕描淡寫幾句話，就能要一個已在鏢局中辛苦了二十幾年的老人立刻橫劍自刎，而且心甘情願，滿懷感激」。當團體成了一種絕對效忠的偶像，而不追問其目的的正義性時，它就會蔑視並摧毀個體人格和良心的價值，使人喪失獨立自主的地位，將人的行為推向虛無荒謬的方向。

二是對偏執武學者的批判。俠客作為武士，追求武功無可非議，並且這本身也意味著用增強個體生理能量來反抗各種壓迫，獲得自由。但是，如果將武功目的化，又可能墮入另一種荒謬的境界。《浣花洗劍錄》中的「白衣人」為了所謂「武學」，一路殺戮，只要是能印證自己武功的武師，不分良莠老少，統統血流五步。俠肝義膽的白三空也仍然偏執武學：「閣下為了研究武學大道，不惜殺人，在下為了武學大道，不惜戰死。殊途同歸，你我本是同路人，今日你縱然將我殺死，我也不怪你。」《三少爺的劍》中的燕十三，先將人救活，再通過比劍來殺死對方或自己被殺死，因為「只要能看到世上有那樣的劍法出現，我縱然死在他的劍下，亦死而無憾」。果然，死時「眼神變得清澈而空明，充滿了幸福和平靜」。這種「武學大道」，這種「為藝術而藝術」的行為，沒有合乎倫理的價值追求，沒有人生境界的更高提昇，技術（武功）上的進步，只會導致虛無。這種虛無，需要不斷地用刺激來填補，所以這些「為武功而武功」之人，表面上堅韌不拔，不斷地找對手「求敗」，實際上是由於無處安頓靈魂。

三是對求勝強迫症者的批判。大俠李尋歡之子李曼青強迫其獨生子去與他的戀人「比武」，甚至殺死對方。他本人不去，不是因為怕死，而是擔心有可能敗。李家名譽使得他「活著一天，就只許勝，不許敗」（《飛刀．又見飛刀》）。西門吹雪也稱「我們這種人沒有敗，因為敗就是死」。

古龍評論道：「他要的是那一劍揮出的尊榮與榮耀，對他自己來說，那一瞬間已是永恆。」（《劍神一笑・序》）這種追求勝利，追求榮譽的偏執，來自於病態的「自我理想化」，是一種偏執狂的雄心。他們對狂熱追求的內容與目標並沒有清醒地反思，而只是滿足於「優異」本身。這種情結，還常常帶有內在的強迫性驅力，驅使他們去尋找一個又一個「勝」之榮譽，完全不顧及自己的真實願望、情感和興趣，不這樣做，他們就會陷入無法自拔的痛苦與焦慮之中，終日沉溺在榮譽的幻想中消耗著自己的生命，從而感受著世界的荒誕。

受存在主義思想影響，古龍武俠小說的俠義內涵是極為豐富的。愛情與友情，歡樂與痛苦，喧囂與寂寞，恐懼與憐憫……雜揉在一起，組成多聲部的主題。在這複雜的統一體中，對自由的崇尚和追求是最鮮明的樂章。

主人公仗劍江湖，藐視權威，為人俠義，不守規範，我行我素。他們是追求個性自由和精神獨立的一群，如江小魚、李尋歡、楚留香、陸小鳳、傅紅雪、葉開，等等。這些「俠之風流」明顯區別於陳家洛、郭靖、喬峰、令狐冲等金庸筆下「為國為民」的「俠之大者」。

古龍求新求變，對武俠小說這一歷史悠久的文學類型進行了現代性的轉換，使他對武俠小說做了從形式到內涵的徹底更新。這不僅在於敘事模式與語言風格的變化，更主要的還在於文化觀念的變化，在於對俠義形象的徹底解構和重新塑造。

浙江越秀外國語學院教授 余曉棟

深談古龍武俠小說中的俠者

一、前言

大俠，為國為民，俠之大者。[1]在文人生花妙筆的包裝下，在民族共同的幻夢中長期以來的沉澱累積下，俠是如此地被期盼，如此地被相信，好一個大俠。[2]

也許，真實的社會中不能遇到，也不可能真的出現，或者甚至無法容忍他的存在，但是，愈是如此，愈激起人民尋找俠的欲望，於是武俠小說就如此地填補了無數人的心靈，從慘綠少年的英雄追尋，到了歷盡滄桑，回首向來或者潦倒一生，或者小有所成後，依然不改初衷，著眼的角度雖不同，但是俠，就像偶像一樣被永遠的追

1 見於神鵰俠侶，郭靖之語。（金庸著、遠流）

2 文詳龔鵬程《大俠》，第一章扭曲了的俠客形象。（錦冠）

尋、期待，武俠小說也就網住了無數人流逝的時間和想像的空間。[3]

為何俠有如此的魅力呢？為國為民，任俠仗義、言必信、行必果，乃至劍客慚恩、少年報士，韓國趙廁、吳宮燕市等等特立獨行的英雄，雖然大快人心，但總是少了情愛的滋潤，不免有所憾焉，讀者群不免要縮小了許多，於是俠骨之外，就要柔情了。

這種俠骨帶上柔情的傳統，早已有之，唐人傳奇〈虬髯客傳〉中對於紅拂女的描寫不也是他的引人之處？而民國初年，鴛鴦蝴蝶派諸公，於撰寫武俠小說時，在俠義的英雄中，加上女紅妝的點襯，[4]刻劃教人蕩氣迴腸，生死兩難的情愛故事。自此以後的武俠小說總免不了要加上這些一見鍾情、再顧傾國、刻骨銘心、生死相許的男女主角，然後再來給他們終能大團圓的美滿結局，滿足了許多讀者的期盼。[5]

不過東西炒久了，總要倒人胃口，大團圓的結局既是在預料之中，誰還有興趣去看這些老套？——身負血海深仇的少年，歷盡千劫，幸遇奇人，幸有奇遇，且得佳麗

3 武盲有謂「我見過許多青少年，晨早的第一件事便是打開報紙，把連載的武俠追龍追完，然後才做其他的事。也見過許多其他的職業青年，成年人，每天除埋頭苦讀報紙連載外，還大包小包的租回家，一書在手，以為人生之樂，莫過於此。」（怎樣著寫武俠小說，大成六十六期）

4 據范烟橋敘述，武俠小說是「哀情小說過去後的新潮。」但是據龔鵬程則謂：「事實上，落葉夜蟬、淒感頑艷的鴛鴦蝴蝶派，乃是和近代武俠小說共生互榮的，不是它的前導。因為包括許氏（許廣父）在內，鴛鴦蝴蝶的名家，似乎也常伸出另一隻手來寫武俠小說。……」（鴛鴦蝴蝶與武俠小說、聯合文學二十三期）

5 馮幼衡有謂「武俠小說往往有大團圓式的結局。這對於在現實生活中受到挫折，感覺社會不公平，或覺得慾望不能滿足的讀者，可以獲得心理上的補償。並引「成人幻想」之說以證。見武俠小說讀者心理需要之研究。（新聞學研究二十一期）

的垂青，終能學得絕世武功，而報了大仇，且為武林除害，更重要的還得到了美人的垂青。這種以主角個人的生命歷程來敘述的方式，有人名之為「萬里追蹤法」，頗有嘲弄的意味。如武盲，即寫了篇「怎樣著寫武俠小說」，把武俠小說的作者——武俠師兄們，極盡可能的嘲弄一番，但是事實上果真是如此嗎？

一部武俠小說，動輒幾十萬甚至百萬言，可說是長篇小說中的特大號，而一位作家的作品，往往幾十部甚至上百部之多，若要找出其套用公式的例子，實不勝枚舉，正如在芸芸眾生中，要找但會吃喝拉睡，或不學無術者一樣，遍地皆是，但也不能說眾生皆然，所以都該殺。

只要有特立獨行者，他們苦心卓絕，思有異於眾人者，但又不會過於標新立異，想要平實的做個人，但又不願掉入世俗的泥淖中，這就夠了。武俠小說中的人物，哪個能如此？而對於武俠小說的作者來說，如有此類作者，豈非值得特別注目？

但是古龍做到了，在回答武盲的文章中，他已表明自己的觀點，和他一直努力的方向。[6]

本名熊耀華的古龍，[7]以他獨特的人生體驗，失去了家庭溫暖，孤身由海外來台求

6詳見「我也是江湖人」（古龍），大成，六十六期，其中（六）江湖人，多麼讓人難瞭解的江湖不平則鳴，以牙還牙等身為江湖人的悲哀，並且「一直試圖將這種可悲的矛盾融入武俠小說中。」葉洪生，在〈冷眼看現代武壇〉中，對古龍的「求新求變論」也大加讚揚。（文藝月刊六二、六三期）

7古龍於一九八五年九月廿一日，病逝於台北，得年四十八歲。

學謀生，加上好友、好酒、婚姻生活的不和諧等[8]，心境如此，於是他的小說到了中晚期，在文字風格上就大為不同，表現出來的是有別於眾所熟悉的俠骨柔情，而且擺脫了傳統招式繁複冗長的描寫，乍看之下好像三兩下就決定了一場勝負，教人覺得意猶未盡。還有他的小說中，往往一段只有三兩句話，一行未滿又是一段，一句話三兩個字就成了一行的情況，幾乎充斥於其後期的小說中。有人認為這是散文詩的句法，但也有人懷疑他以牟利為目的，純為了增加篇幅而已。[9]

非但如此，他的小說中的大俠，為了擺脫以前聖人兼英雄——神的撰寫方式，為了強調其有血有肉，因而主角人物總是沉迷美酒，賭技高超，玩世不恭，對女子總是不太尊重，好像只是表露其享樂派、浪子式的人生觀，或者說是商品化的寫法。所以，古龍的新與變，雖有人以為他「為武俠小說開了不少新的技法和導向」逕名之為「新派武俠」[10]，但也有不少人就不太認可，甚或不敢恭維了。

因此，我們實在有必要對古龍小說一些與眾不同處，尤其是在他塑造小說人物的特色上，加以分析，看看他的用心所在，這樣也許有助於釐清一些誤解。

要談古龍的變，當然要先看他所塑造的人物，比如《流星・蝴蝶・劍》中的老伯——孫玉伯，還有著名的盜帥——楚留香或是陸小鳳等等角色，實與傳統的武俠小說

8 可參考陳曉林〈古龍離開了江湖〉（民生報七十四年九月二十三）、薛興國〈古龍點滴〉六節、七紅顏。（分見於民生報七十四年九月二十八、二十九日）

9 梁守中《武俠小說話古今》〈古龍小說商品化的弊病〉（遠流）於此頗有指責。

10 語見陳曉林〈古龍離開了江湖〉、葉洪生在〈武林盟主與九大門派〉將之列為壓軸的新派。（國文天地六十期）

中武功道德高超的少年英雄，大相逕庭。在此，不得不談其小說創作的淵源所在，林清玄在「訪古龍談他的楚留香新傳」中談：

> 那時〇〇七的史恩康納來，正像一陣狂風吹襲台灣。而受影響最大的是古龍。／〇〇七殘酷但優雅的行為。／冷靜，但瞬息的爆發力。／神經，但時時自嘲的幽默。／微笑，但能面臨最大的挫折。／這幾種品質，使古龍創造了楚留香。[11]

〇〇七式的英雄，造成了一陣狂風，使得古龍得到了創作楚留香的靈感，並且造成了轟動，可見這種楚留香現象，決非偶然，而古龍的成功也值得探尋。古龍以其外文系畢業的訓練，使他的小說淵源來自多方面，不再像其他人的株守一隅。[12]

古龍也不隱瞞他對西方名作的模仿。在〈關於武俠〉一文中[13]，他以米蘭夫人雖然是在德芬・杜・莫里哀的陰影下寫成的，但誰也不能否認它還是一部偉大的傑作為例，強調他寫《流星・蝴蝶・劍》時，受到〈教父〉的影響。他又說道：

11 文見〈午夜蘭花序〉。

12 陳曉林以為他的轉變：「基本上是與現代文學——尤其西方小說比較接近，而與原來中國長久以來傳統演義小說之間的距離愈來愈大：從回目與用字遣詞方面，都可以看出，到古龍筆下已經是相當現代化的小說，而不再根植於民族文學的固定形式，不再屬於陳套，而是嚐試性、開放性非常強烈的新生產物。」又說他「力圖走出中國傳統小說的窠臼，邁向更開闊的與現實結合的現代武俠。」（奇與正——試論金庸與古龍的武俠世界，聯合文學二十三期）

13 〈關於武俠〉原載〈大成〉四十三期。

他並沒有被悲哀擊倒，反而從悲哀中得到了力量。／這就是《多情劍客無情劍》和《鐵膽大俠魂》的真正主題，／但是這概念並不是我創造的，我是從毛姆的《人性枷鎖》中偷來的。

至於古龍如何展現他自己的企圖心呢？

在〈關於武俠〉一文中他說：

武俠小說中，現在最需要的，就是一些偉大的人，可愛的人，絕不是那些不近人情的神。

但是小說中如何表現既偉大又可愛的人呢？於此古龍又說道：

無論寫那種小說，都要寫得有血有肉，但卻絕不是那種被劍刺出來的血，被刀割下來的肉，更不是那種血肉橫飛，血肉模糊的血肉。

血肉，不如說是血淚，或者在古龍小說中應是頂天立地的血性男子。他們也是人，所以有人的七情六慾，平時也許只是個凡人，但必要時他們就會付出。古龍又說：

我說的血肉，是活生生的，是活生生的有血有肉的人。／我說的血，是熱血，就算要流出來，也要流得有價值。

此外古龍基本上是不嗜殺的，尤其楚留香其人更是從不殺人。——不錯殺一人。那麼古龍小說到底提供給我們什麼呢？

做為一位武俠小說的作著，他捨棄了傳統對招式的誇張，動輒大戰八百合。天地失色，日月無光的描寫方式，而是採取東瀛式的「迎風一刀斬」，往往一招就決定勝負，甚或不戰就可屈人之兵，等等以智慧氣勢取勝的境界。[14]而主角人物不再傳統的少年英傑、具備聖雄的美德，且又沒有說不盡的情話，像這樣的小說，還能傾動一時，到底其魅力何在？

在此試拈出他書中幾個比較常運用的招式、特色來探討，以求有助於解決這問題。

14 歐陽瑩之言其「捨棄奇招怪式，而著重出手的快、穩、狠、準，更著重武士的鬥志、氣勢、定力、心力」又說「古龍能寫出比武場合的神髓，高手對峙，凝如河嶽，發若雷霆，一招判生死，有點像日本武士片的比劍，不像我們的武打片，砰砰澎澎，過千招而毫無損傷，簡直是鬧著玩。／還有如上官金虹之敗呂鳳先。傅紅雪之敗公子羽，根本不動手便已徹底摧毀了對方鬥志，不戰而能屈敵之兵。此乃兵法中最高境界。」（泛論古龍的武俠小說），（南北極八十六期）此外，葉洪生、陳曉林等亦皆有論及，見聯合文學二十三期。

二、命名

命名，是一大學問，人類賦予萬物名稱，本就有其用意所在，名者，實之賓也，名與實之間，往往有某種特定的關係，雖有時也不盡然如此，如老子首章即說：「名可名，非常名。」但命名這一工作，若仔細探索，往往饒有興味。尤其在讀古龍的武俠小說中，英雄主角，甚或其他次要人物的姓名、字號，頗異於眾，於此或可以想見其作風之一斑。薛興國曾說：

> 他取的名字，和金庸剛好相反。金庸取名字是大智若愚，大巧若拙，郭靖、黃蓉、令狐冲，多平淡的名字，卻又多麼的貼切小說人物的身分。古龍的極盡巧智，李尋歡、楚留香、傅紅雪……誰看了都會知道，古龍是費盡心想出來的名字。[15]

其實古龍費盡心想出來的名字，為的一樣是要貼切小說人物的身分。——有血有肉的人而不是神，不是聖人。所以小說人物的心境、遭遇、形象、表現，見其名字往往可以得其彷彿。只不過不能望文生義而已，否則李尋歡豈不只是尋歡客？傅紅雪，何處有紅色的雪。若能一讀其小說，了解主人翁的生平心跡，就可思過半了。

15 薛興國，〈古龍點滴〉二、朋友。

比如李尋歡，以其探花出身的背景，在官場上何愁不能有一番作為？然而他卻棄官而去，終日沉醉在酒杯中，生亦何歡？所歡者何？在《多情劍客無情劍》中古龍藉著一黑衣童子的話說道：

我還知道他吃喝嫖賭，樣樣精通，所以我們早就想找他帶我們去尋尋歡，找找樂子了。[16]

可見他的名字、他的作為，和他這個人所給他人的印象是如何了。古龍又引另一位紅衣童子說道：

只可惜這小李探花卻不喜歡做官，反而喜歡做強盜。

如此一位人物，所給讀者的印象無疑是很奇特而且新鮮的。因而古龍假藉阿飛的心思說出這種感覺：

他們在這裏說，別人還未覺得怎樣，阿飛卻聽得出了神，他實在想不到他這新交的朋友，是有如此多姿多彩的一生。／他卻不知道這些人只不過僅將李尋歡

16《多情劍客無情劍》第二章海內存知己。

多彩的一生，說出了一鱗半爪而已，李尋歡這一生的事，他們就算不停的說三天三夜，也說不完的。

阿飛聽得出了神，實則任何讀者亦不免為之側目，甚或傾心，與傳統聖潔、年少的俠客相較，李尋歡豈非異數？於此，尋歡之名，實貼切地形容了他這個人，甚且也將讀者的身心從制式教育所桎梏，及社會規範的制約中釋放出來了，藉著這種人，豈非可達到短暫的自我放逐、或從中得到某種程度的滿足？尤其在今追求美好、強調品質的社會中，若要得到適當的消解，李尋歡這種人物，豈非正是最理想的？且李尋歡這種人還有他的骨氣，以至於連朋友都誤解他、甚至出賣他，他還是面不改色地說了底下這句話：

> 生死等閒事耳，我這一生本已活夠了，生有何歡，死有何懼？為什麼還要在這些匹夫小人面前卑躬曲膝？

原來隱藏在尋歡這名字下的，是死有何懼。[17]而不願在小人前卑躬曲膝，適又可以激起讀者那埋葬在心底的浪漫的無畏無懼。而李尋歡本人既「中過皇帝老兒點的探

17 龔鵬程：「在這人情荒漠的世代，我們不斷築牆以保護自己／而潛藏在內心陰黯角落裏的自我／卻是個肝膽相照、仗義執言的大俠。」（大俠）

花，而飛刀在百曉生的兵器譜中亦排名第三，這第三名的探花，所得來的「探花郎」的名號，正又可與「尋歡」相互對照。

李尋歡這個人讓阿飛傾心不已，結為莫逆。而阿飛其人，作者並沒寫出他的真正姓名，豈非給讀者充分想像的空間，填入自己的某些特質或幻想。[18]

阿飛這個名字，其實可由李尋歡的稱讚他「好快的劍、好快的劍」中想到運劍如飛。而少了姓氏的阿飛，無寧更能烘托出他從曠野中來。沒有文明社會的浸染和教育，有的只是原始的本能，可說從天外飛來，闖入這江湖中，李尋歡可以代表一個對江湖機變早已看透、也飽嘗的過來人，阿飛，不正也可以代表一個原來一塵不染、涉世未深者，以至於掉進有心人所安排的情愛枷鎖中，讓原本可以起飛的他，飛不起來，如此這兩個人，成為書中的主軸也可說其來有自了。

上宮金虹，其人以上官為姓。可見他地位的尊崇，而金虹一名，以金錢堆砌，雖絢爛奪目，卻如霓虹一般，不久即化為烏有，正如他和他所創的金錢幫一樣。而荊無命，這一條命早已賣了他主人——上官金虹。還能有自己的性命嗎？或許正可以代表供權勢者驅使的爪牙，他們令人卑憫的一面。

那個恩將仇報的龍嘯雲，姓名龍吟虎嘯，氣沖雲霄，不正有正氣凜然的名字嗎？然而所行所為卻如此地讓人不齒，其他如趙正義等人，假正義之名，行一己之私者就

18可參考馮幼衡〈武俠小說讀者心理需要之研究〉，（二）認同。

更不用多說了。[19]對表面的正義做無情的揭露，或許也可表示他對許多傳統道德教條、正義口號的嘲諷。

至於《邊城浪子》中人物的命名，也頗可尋味，傅紅雪這個名字，作者一開始就假藉一位女子的口吻述說道：

這是雪，紅雪。／她的聲音淒厲、尖銳，如寒夜中的鬼哭：「你生出來時，雪就是紅的，被鮮血染紅的。」

於是傅紅雪的人就如同他的名字，命運就被一心要復仇的女子注定了。所以小說中如此描述著：

她走來，將紅雪撒在他頭上、肩上：「你要記住，從此以後，你就是神，復仇的神，無論你做什麼，都用不著後悔，無論你怎麼樣對他們，都是應當的！」聲音裏充滿了一種神秘的自信，就彷彿已將天上地下，所有神魔惡鬼的詛咒，都已藏入這一撮赤紅的粉末裏，都已附在這少年身上。

被鮮血染紅的血，既附在傅紅雪的身上，所以他雖是個跛子，依然要走得很堅

19 以上人物俱見《多情劍客無情劍》。

挺，只因有復仇的壓力在，這復仇的壓力壓得他喘不過氣來，以至於第一次在他刀下流出來的血，竟是自己的——「反手一切，刺在他自己的腿上，刺得好深，鮮血沿著刀鋒湧出。」復仇的神，紅雪，流的竟是自己身上的紅血。無寧又是一大諷刺。

與他相對的是葉開，真正負有血海深仇的應是葉開，然而因緣際會，他自小在小李探花的薰陶下長大，非但練成了飛刀絕技，也把仇恨解開了。取名為開，即有此意，因而介紹他自己的名字上總說：「開門的開，也就是開心的開。」想開之後，打開心內那道門窗，自然可以開心。所以在馬空群即將死在傅紅雪復仇的刀下時，葉開的刀，就及時將之化解開來。[20]

另外一位炙手可熱的人物是楚留香，楚留香之能俠名留香，多少要拜這楚楚動人、或者說衣冠楚楚的姓，又有一個到處留香的名字。古龍也加以解釋過：

> 他做了一件很得意的事後，就會留下一陣淡淡的帶著鬱金芬芳的香氣，這也是楚留香這名字的由來。[21]

這種浪漫的性格，正可以由他的名字來詮釋出，也難怪他這個人在書裏書外都要顛倒眾生了。古龍也常在書中介紹他的小說人物。如《歡樂英雄》中說道：

20 葉開和傅紅雪之事見《邊城浪子》。
21《桃花傳奇》〈楔子〉。

> 郭大路人如其名，的確是個很大路的人。／大路的意思就是很大方，很馬虎，甚至有點糊塗。無論對什麼都不在乎。
>
> 王動卻不動。／王動雖不是死人，但動得比死人也多不了多少。／不到萬不得已的時候，他絕不動，他不想動的時候，誰也沒法子要他動。／但他也有動的時候，而且不動則已，一動就很驚人。[22]

主角那一副投合現代人脾胃的性格，由名字中就可以想見。又可知人物與名字中的關係。而《邊城浪子》中，他更假借著葉開的話說蕭別離：

> 木葉蕭蕭之蕭？別緒之別，愁離之離？／不祥未必，只不過……未免要令人與起幾分愁悵而已。

命名的亦很明顯，其實早些時的人物已可看出，在《絕代雙驕》中，江小魚其人，經過十大惡人的訓練，武功雖非頂尖，然而在凶惡的江湖中，豈非如魚得水？小魚本就是在江湖中生長和生活的。而花無缺，什麼都不缺，就少了真正的情愛。最高

22《歡樂英雄》〈郭大路與王動〉。

貴的背景——移花宮，最高妙的武功，最高尚的舉止行為，也掩飾不了他那缺少人間情愛的遺憾。這樣豈不正可與小魚兒相對！

只不過在此，古龍有時也會否認其間的關係，他說：

> 江湖人通常有個綽號，名字可以狗屁不通，綽號卻一定有點道理，陸小鳳既不小也不是鳳，西門吹雪當然也不會真的專吹雪，李尋歡能尋找的通常只有煩惱，李壞並不壞，胡鐵花和一朵鐵花之間，用八竿子也打不出一點關係來。[23]

綽號定有道理，任何人都可想出，於此不再臚列，但名字和人物的關係，就得看作者的巧思和讀者如何理解了。因為名字與事實表面上雖不一，卻正可知道這種看似矛盾，卻又相反相成的道理。李壞當然不會壞，但細想我們若聽一女子說：「你這個人壞死了。」所表現出來的無可言喻的情意，自然就窩心得很，總比那淡淡而麻木說「你好」要來得動聽。道理在此，這種大正小邪的人物，豈非他小說的賣點——吸引力所在。

而西門吹雪其人，自然不會去吹雪，但他那劍術令人生畏，名字也得從此去產生聯想。《劍神一笑》中有這段可以代表其他人對他的感受：

23《劍神一笑》第一部陸小鳳，第五章。

她從未想到只憑一個人的名字，也能讓他這麼害怕。她這一生中好像從來也沒有怕過什麼人，可是現在她卻忽然覺得冷得要命。／在蒼茫的夜色中，西門吹雪的一身白衣，看來冷如雪。

古龍又如此地白描——「西門吹雪，白衣如雪，他的心也冷如雪。」在此我們似乎可想到寒冷的西門外、北風吹、雲花飄，那冷颼颼的氣氛。然而古龍亦可以此為滿足，他已把西門吹雪塑造成：孤獨、寂寞、冷的感覺之後，仍然要再更一步的刻畫：

西門吹雪吹的是血。／他劍上的血，仇人的血。[24]

所以這人，難得一笑、從來不笑，的確要令人望而生畏。與此相對的，要讓人覺得有溫馨、可愛一面的人物，當然就要取得較為普通、或者女性化的名字，陸小鳳正是如此。「小鳳」這個女性化而又普通的名字，鳳字拆下來成為凡鳥，一隻平凡的鳥，然而鳳其實正是最不平凡的鳥，而陸小鳳這個人的德性，豈非平凡得很，然而他的機智及武功卻又正如鳳凰一樣，很不平凡。

24 同前。第二部西門吹雪。

至於胡鐵花身為楚留香的好友，可說醉酒終日，胡天胡地，然而其行跡雖花天酒地，性情卻似鐵，是鐵錚錚的漢子，當然內心也免不了無奈，古龍如此述說：

> 胡鐵花不是遊俠，是浪子。／他看起來雖然嘻嘻哈哈，希哩嘩啦，天掉下來也不在乎，腦袋摔下來也只不過是個碗大的窟窿，可是他的內心卻是沉痛的。／一種悲天憫人卻又無可奈何的沉深，一種「看不慣」的沉痛。[25]

因而看古龍的小說，免不了對他的人物的姓名好奇，的確，這樣的姓名是不可等閒視之的，雖然古龍自己否認了，但這何嘗不像胡鐵花那嘻嘻哈哈的口吻呢？

三、奇

文似看山喜不平，文章就是要有奇崛才能引人入勝，人物如李廣，若非他數奇，引起太史公的好奇而注意，否則以他對大漢朝當日的貢獻來說，又如何能名在七十列傳中？[26]奇確實有他的致命的吸引力。

古龍小說的奇，當然有他獨到的一面，他的推理式的武俠小說，佈局的懸疑弔

25《午夜蘭花》〈楚留香和他的朋友們〉。

26史記卷一百九李將軍列傳：「李廣老數奇」、顏師古注曰：「數奇，言廣命隻不耦合也。」

詭，變化莫測，的確充滿了奇的效果，正派、反派、英雄、梟雄，非到最後一刻無法辨出，就連主角人物如楚留香所傾心的女子為何，讀者一樣無從了解。這種吊足讀者胃口方式的奇，在此不談，所要探討的是他用數目字的奇數所表現出來的奇。

古龍小說中常用精確的數目字來表達一般人所說的雷霆萬鈞，殺人無數等籠統的說法。而且他更喜歡以數目字中的奇數來表達浪子的孤獨漂泊，數奇不偶的心跡。

因而他的小說中的人物名號多得是這樣如：燕七、杜七、朱五太爺、朱七七、燕十三、段十三、蕭十一郎等，對於喜歡好事成雙的國人來說，實在是故唱反調。

奇數的數目中，最特別的，當然是所謂不吉利的十三，十三這個數目字一出現，總是讓人覺得不安，總覺得有某種不祥的預兆，對於氣氛詭譎的營造，頗有功效。所以古龍在奇數中，特別偏好的又是十三。

比如《三少爺的劍》中，既有殺人甚且自殺的燕十三，又有個救人的段十三，而燕十三所創的劍名為奪命十三劍，《九月鷹飛》中衛八爺的門下有十三太保，也有個人物叫西門十三，《多情環》中盛天霸的環上有刻痕十三道，代表死在此環的十三位顯赫一時的好漢，然而盛某其人卻不免死在葛亭香等十三位殺手之下。《流星・蝴蝶・劍》中，金槍李的手下也有十三太保等等，不一而足。

又如《飄香劍雨》中，阮偉所得到的絕招名為「天龍十三劍」，而《蝙蝠傳奇》中引起江湖風波的華山鎮山劍法則是「清風十三式」。在《劍・花・煙雨江南》，雷奇峯經歷了十三年的忍耐與等待，《天涯・明月・刀》傅紅雪一刀揮出就可以削掉十三柄槍鋒。唯有公孫屠能打開的門有十三道鎖，西方星宿海多情子打出的透骨釘也是十三枚。

甚至連江湖人物活動的江湖，他更捨棄了傳統所用的大江南北，而特別愛提到南七北六十三省。南北十三省，不只一次地出現，除了顯出江湖的凶險外，也可發現他對此數目的偏好。

驚魂六記中的《血鸚鵡》，為了能令人從心底生出恐懼，他知道文字，「都絕對是最重要的一環」（血鸚鵡序），所以血鸚鵡中的血奴有十三隻，十三隻魔鳥，十三個魔人，是用一千三百滴魔血滴成的。另外有十三滴化為瞬間即可奪人魂魄的血紅魔石。黑衣人手握經過諸魔祝福的魔刀最厲害的是第十三刀。凡此種種十三的字眼遍佈全書，鋪敘成一恐怖詭譎的氣氛，果真驚魂。

而由十三衍出來的數目字，比如《霸王槍》那隻槍長一丈三尺七尺三分、重七十三斤七兩三錢，一個神秘的櫃子上的號碼是七十三，而王大小姐要追問丁喜的日子正好是五月十三，在《劍神一笑》中差點刺中陸小鳳的短刀長一尺三寸。《七殺手》中以左手功夫聞名的秦護花成名時是十三歲，三十一歲則接掌崆峒派。亦皆與十三有關。

凡此由奇數所達成的效果，古龍意猶不足，在晚期的作品中，他經常幾個字就一行，經常在一頁中看不到一段文字是兩行以上的，這種短句，頗似散文詩，不滿者以為「用得太多太濫，便變成了以牟利為目的」[27]。但是如果以古龍好奇來看，如此一行

27 梁守中《武俗小說話古今》〈古龍小說商品化的弊病〉。

末滿一行又起，奇而不偶的句法，寧可感受到他企圖表達筆下人物孤傲不諧，獨行其是的冷僻性格。冷本自於孤，而這些短句，在視覺效果上的確有某種冷的效果。[28]甚至在經營一個人將死，那種絕望且不甘的氣氛，的確有些像是特寫鏡頭，比如描述叛徒律香川將死時是如此的：

律香川咬牙道：「你……這畜牲，我拿你當朋友，你卻出賣了我。」

少年淡淡道：「這種事我是跟你學的，你可以出賣老伯，我為什麼不能？」

這一擊的力量更大。

律香川似已被打得眼前發黑，連眼前這愚蠢的少年都看不清了。

也許他根本就從未看清楚過這個人。

他怒吼著，想撲過去，捏斷這個人的咽喉，

可是他自己已先倒下地。

他倒下的時候，滿嘴都是苦水。[29]——《流星·蝴蝶·劍》

28 歐陽瑩之有謂「古龍分段極多，一句一段，一個字也可以一段，這正是他寫意的手法，在適當的地方，一個字往往比一百個字更有力、更傳神。」又說「古龍運字造句別開一面，簡潔直截，很多小說家、散文家都爭相做效。」（泛論古龍的武俠小說）

29 萬象圖書《流星·蝴蝶·劍》第廿九章。全書章回共廿九章，亦可見其好奇不好偶，此外《多情劍客無情劍》去掉末章〈蛇足〉亦為八十九章。

這種慢動作的特寫鏡頭，這種需要咀嚼的文字，確實不宜長篇大論的敘述下去，分行、短句地敘述所造成的效果，怎能一概予以抹殺。

這種方式用得較過火的是：有時一句話問了，聽者尚未回答，就告終了，需留待下一章才見分曉。[30]雖說破壞了章節的完整性，但這與章回小說中常見的「欲知後事如何，且待下回分解」實有異曲同工之妙，君不見連續劇中，更多的是這樣地吊人胃口。所以古龍如此表達，也就不宜太苛責了。更且於此過程中的不求完整，實可看出那種求奇不求偶的性格，答案總是要教人在等待中出現，正如文中的浪子怨女，總在等待中，一日又一日的渡過一般，如此豈不可將讀者的心與其文中的人物的心綰結為一，是以此種奇的運用，實不可等閒視之。

四、朋友與酒

昔日以前家未貧，苦將錢物結交親，如今失路尋知己，行盡關山無一人。

（酉陽雜俎卷八）

對於行走江湖者來說，朋友，尤其是知己。是如此地難尋，是敵？是友？往往難

30《楚留香傳奇》〈劍道新論〉章與〈多謝借劍〉章，有關李玉函與楚留香間的問答。梁守中之文亦曾引此。並責其「太隨心所欲」了。

以辨清。因而《多情劍客無情劍》中在李尋歡黯然無言時即有道：

> 一個最可靠的朋友，固然往往會是你最可怕的仇敵。／但一個可怕的對手，往往也會是你最知心的朋友。／因為有資格做你對手的人，才有資格做你的知己。因為只有這種人才能瞭解你。

所以龍嘯雲本是李尋歡的朋友，小李不惜將家業、甚至連心上人都讓給他，沒想到龍氏卻賣友求榮，只不過他這樣的舉止，卻只遭到李尋歡可怕的對手——上官金虹的羞辱，而上官金虹在與李尋歡決戰之前卻反成了知己。

此外郭嵩陽是李尋歡的對手，卻也是難得的知己。而阿飛將林仙兒視為知己，沒想到林仙兒卻成為害他武功大失的枷鎖。可見朋友與敵人之難以分明。[31]

同樣的情況早在《武林外史》中，快活王對沈浪的尊重也可看出，本為仇敵的對手，卻不免惺惺相惜。而絕代雙驕中，江小魚和花無缺在移花宮主刻意的安排下，本注定要成為仇敵，卻沒想到兩人卻一見如故，到了不得已而要決戰時，小魚兒甚至不惜詐死且騙得移花宮主說出真相，而兩人的孿生兄弟關係終能真相大白。如此，以四海之內皆兄弟的眼光看，原本是仇敵的關係，豈不都可化解開來，只不過免不了要有

31 歐陽瑩之〈泛論古龍的武俠小說〉於此亦有闡述。

代價。《三少爺的劍》中，燕十三和謝曉峯即是一例。燕十三最後無法拔劍刺死三少爺，就在燕十三已跟這人有了感情，所以像毒龍一樣的「奪命十三劍」的第十五式既不能刺向敵人，就只有吞噬了自己，帶給自己毀滅和死亡。[32]結果好像就是為了可敬的敵人——知己，寧可犧牲自己，讓自己死亡。

至於朋友間的相處之道，較令人羨慕的大概是楚留香和胡鐵花這一對了。《蝙蝠傳奇》中有道：

> 平時他們看來的確就像是冤家，隨時隨地都要你臭我兩句，我臭你兩句，但只要一旦發生事，就可看出他們的交情了。

朋友貴在相知心，而不是那些表面的情意，因而這樣的朋友不可能也不必太多、所以《流星‧蝴蝶‧劍》中的老伯有道：

> 因為忠實的朋友本就不用太多，有時只要一個就足夠了。

而刎頸之交，患難與共的好友，在平日如何尋找、如何判斷呢？相處時是否能痛

32《那一劍的風情》中藉著戴天和風傳神的對話對於燕十三的這一劍何以帶給自己毀滅，有所補述，但實為丁情之作，非古龍本意。

快的飲酒可說是最簡要的辦法。

無疑的，喝酒在古龍小說中描寫得甚至比武功還要用心，還要精彩。酒逢知杯少，酒是檢證朋友的標準，也難怪，在《多情劍客無情劍》中，龍嘯雲賣友求榮，要與上官金虹結拜，卻沒想到在敬酒時竟遭到上官的悍然拒絕，而章目就是〈自取其辱〉，頗有畫龍點睛之效。且上官金虹既視李尋歡為可敬的對手，就為此破了二十年來的戒，而第一次喝酒，且敬李尋歡一大杯酒。無怪乎李尋歡要長長嘆息了一聲，喃喃道：「上官金虹若不是上官金虹，又何嘗不會是我的好朋友？」

旁觀的人不免也要道：「李尋歡果然不愧是李尋歡，放眼天下，也只有李尋歡才能要上官幫主敬他一杯酒。」

失意潦倒的他，酒是唯一的知己，所以他：

> 一向認為世上只有兩件事最令他頭疼，第一件就是吃飯時忽然發現滿桌上的人都是不喝酒的。

只要有人來找他拚酒，別的事都可暫時放到一邊。

非李尋歡其人，又如何有如此氣魄。是以他一手調教出來的葉開也免不了有此豪情，所以他到了萬馬堂時，擔心的高手如雲，端不過是酒中高手。「怕的是萬馬堂的人不來灌他酒。」（邊城浪子）

《武林外史》中，與沈浪成為知己的熊貓兒，亦有驚人的酒量：「舉起酒罈、仰起頭，將罈中酒往自己口中直倒下去，一口氣竟喝下去幾乎半罈」，所以他的武功雖不怎麼樣，在書的地位中，比起沈浪卻毫不遜色。

同樣的在《絕代雙驕》中，小魚兒以他喝酒如喝水的酒量，贏得十大惡人對他的信任。女子喝酒也有值得大書特書的，《蕭十一郎》的風四娘能贏得眾人包括蕭十一郎的敬重，就在於她「喝得越多，眼睛反而越亮，誰也看不出她是否醉了。」

當然，酒還是浪子的最愛。楚留香的好友胡鐵花喝得最凶，古龍描寫他道：

這個人可以沒有錢、沒有房子、沒有女人，甚至連沒有衣服穿都無妨，但卻絕不能沒有朋友，沒有酒。

楚留香雖然喝酒少得多，因為重視機智的他認為「一個人酒若喝多了，膽子也許會壯些，力氣也許會大些，但反應也一定會變得遲鈍得多。」但是為了好友的喝酒，他卻如此地安慰道：

喝酒又有什麼不好？喝酒的人才有男子氣概，古來有名的英雄、將相、詩人，那個不喝酒，女孩子見到你喝酒的豪氣，一顆心早已掉在你酒杯裏了。

女人，只是枷鎖，只是早該捨棄的破衣服，對於浪子來說玩弄感情的女子無寧如此，但若深於感情者卻又是浪子的最怕了。[35]

雖然林仙兒最後還發現，她原本還是愛阿飛的：

> 她折磨他，也許就因為她愛他，也知道他愛她。

這種矛盾、不可理喻的心態，也許是有權勢欲望的女子才有的，她也不願掉進感情的枷鎖，但卻希望男子對她忠心。所以才會如此地欺騙。總之，想在江湖上闖出名堂者是不能有真感情的。

另外在《流星・蝴蝶・劍》中，那位老伯的名言是：

> 一個男人若為了一個女人而沉迷不能自拔，這人就根本不值得重視，所以你也不必去同情他。

35 很多人認為古龍小說中對於女性不夠尊重，所以他的小說中的女俠沒有獨立的地位。對於古龍這個大男人主義者來說，好像認為理所當然。他在《關於武俠》中即說道：「在很小的時候，我就不喜歡看那種將女人寫得比男人還要厲害的武俠小說。」但是他也說道：「永恆的女性，引導人類上昇，」何者為是呢？他又道：「女人可以令男人降服的，應該是她的智慧，體貼和溫柔，絕不該是她的刀劍。」「我尊敬聰明溫柔的女人，就和我尊敬正直俠義的男人一樣。」所以他對與男人爭名奪利者，都毫不客氣，但對於聰明溫柔如孫小紅者，《多情劍客無情劍》就寫得頗為動人。

男人就應該像個男人，說男人的話，做男人的事。

道道地地，男人本位的思想，難怪他的身分就像教父一樣，在江湖好漢中，可以一言九鼎。但最後卻也不免幾乎毀在一位年輕的妓女手中，可見說得到的人未必就能做得到。

就因如此，古龍為表明不可有感情的束縛，他所寫的絕情，就不用道學的方式，卻可說是隨波逐浪式的——隨物應機，不主故常，萬物生滅流轉，心識隨之。[36] 因此在紅塵中打滾，在色慾中沉迷，竟成了他寫情的方式，不寫純情，而寫情慾。[37]

自王度盧以《鶴驚崑崙》五部曲開言情武俠之風尚後，[38] 武俠小說中寫情總是纏綿悱惻，刻骨銘心。或許藉著婉約之美，來調劑陽剛之氣，可收刮純情男女流不盡的淚水。但是東西炒久了，免不了老掉牙成為老套。而且聖潔的愛情，正如正義神話一樣，以俊男美女作為包裝，外表儘管七寶樓台，眩人耳目，但拆穿之後，往後台一看，恐將不成片段。

何者？男歡女愛，雖也有純樸可愛之時，然而難保日後性質逐漸變化。容貌會改變，偉大的愛情縱然不褪色，但怎能保證他的聖潔、純情，一如初衷？

36 葉夢得《石林詩話》卷上有云：「禪宗論雲門有三種語，其一為隨波逐浪句，謂隨物應機，不主故常。」

37 陳曉林以為「古龍小說裏的愛情，大部分是一種浪漫式的，有點浪子性格的意味。」（聯合文學二十三期）

38 參見葉洪生〈觀千劍而後識器〉——「最早用新藝筆法而特重俠骨柔情者——以顧明道、王度盧為代表。」及〈鴛鴦蝴蝶與武俠小說〉（見聯合文學二十三期）

以金庸為例，在《射鵰英雄傳》中，郭靖和黃蓉，是多麼討人喜歡的一對，俠骨柔情的代表，莫此為甚。然而到了神鵰俠侶中，這對賢仇儷，已為人父母了。天下父母心總是愛自己的子女，黃蓉也不例外，然而若不是黃蓉的護短，使得小楊過吃了不少悶虧，又怎麼會養成孤僻冷漠、桀傲不馴的個性？雖說他是楊康之子，但稚子何辜？我們可愛的黃蓉，現在只是偉大的媽媽而已，她的心除了先生孩子外，哪還容得下楊過這小子？但這對於俠義來說，不免就有所缺憾了。

而武俠小說既往往前後相接，且慣於以書中主角人物一脈相承，古龍這種打破男女感情的侷限，使得他們的下一代不再出現成為主角，也許不失為一種無奈的選擇吧！設想：李尋歡如和林詩音結合，阿飛與林仙兒有情人也成了眷屬，到了九月鷹飛，到了《天涯・明月・刀》時，葉開、傅紅雪所要面對的新的武林霸權，竟是李尋歡或阿飛之後，豈不難堪？

以浪子、遊俠為主軸的寫法，既排斥世家，對於此類英雄之後，總要設法避免。早在《絕代雙驕》，那位大英雄燕南天不就如此說道：

> 男子漢不肯娶妻，究竟也不失是件聰明之舉。

所以在《蕭十一郎》中，連城璧和沈璧君，雙璧的結合，豈不羨煞人。然而在沈璧君遇難後，情況就改觀了，真正關心她的竟只是大盜蕭十一郎，蕭十一郎雖然是盜，不過卻頗像浪子，儘管關心沈之安危，卻只是基於人之惻隱之心耳，本無他求，更別說乘人之危了。在沈璧君想報答他時，蕭十一郎卻只是冷冷道：

> 我最喜歡別人報答我，無論用什麼報答我都接受。但現在你說了也沒有用，所以還不如不說的好。

這種口氣，是如此地粗野無禮，但設想若蕭十一郎是以謙恭溫和的態度出現，豈不要讓沈璧君陷入兩難的地步，而蕭郎豈非也就要成多情郎、薄倖郎。只不過這種方式是禮教家庭下長大的沈氏所無法了解的，所以：

> 沈璧君怔住了。她發現這人每次跟她說話，都好像準備要吵架似的，在她的記憶中，男人們對她總是文質彬彬，慇勤有禮，平時很粗魯的男人，一見到她也會裝得一表斯文，平時很輕佻的男人，一見到她也會裝得一本正經，她從來也未見到一個看不起她的男人。／現在她總算見到了。／這人簡直連看都不願看她。

沈璧君以前的自信，來自於她武林第一美人的身世背景，來自於連夫人的頭銜，蕭十一郎若是不能自持，如此荒郊野外，曠男怨女，怎能不出事？沈璧君若也不能自持，面對救命恩人，感念之餘，蕭郎豈不要陷入無窮的糾葛中？所以釜底抽薪之計，就是故意顯示他的無禮，無禮豈非無情的最好表達方式？但拒人於千里之外的表達，焉知不是「情到多時情轉薄」的無奈？至於連城璧其人呢？藉著小公子等人譏誚的笑意說：

像連城璧這種人，若是為了聲名地位，連自己的命都會不要的，妻子更早就被放到一邊了。／屠笑天失聲笑道：「如此說來，嫁給連城璧這種人，倒並不是福氣。」／小公子笑道：「一點也不錯，我若是女人，情願嫁給蕭十一郎，也不願嫁給連城璧。」

小公子等人以旁觀者的眼神，看清了人間所謂幸福夫婦的脆弱性，雖然他們是介入者，如果沒有他們的搶奪連夫人，又怎會拆穿了這雙璧婚姻的虛有其表？所以又給他們成為一旁的觀者來訴說作者心底所要表達的——浪子的無情。比起君子的有情還要更有情。

蕭郎的冷漠甚至無體，只因他的情最真，所以看得特別重，正如重然諾、一言不輕出一樣，但是只要答應了，就是駟馬難追了，而一般的君子如連城璧又如何能做到呢？所以比較這兩人是：

（蕭郎）若是愛上一個女人，往往會不顧一切，而連城璧的顧忌卻太多了，做這種人的妻子並不容易。

帶有浪子性格的古龍，處理女子的感情，總是很特別，《絕代雙驕》中，透過鐵心蘭的心思道：

> 這花無缺固是如此善良，如此溫柔，但小魚兒，那又凶又壞的小魚兒，卻為什麼偏偏比花無缺更令她刻骨銘心，更令她難捨難分，牽腸掛肚。

他筆下的女子就是如此，你若深愛著她，她卻反而像林仙兒一樣不知珍惜；你若是像小魚兒般，她卻反而倍加思念。在武林外史中朱七七和沈浪豈非如此，只不過沈浪沒小魚兒那麼壞罷了。

也許作為個男性作者，推想其讀者羣以男性為主要，所以古龍以為男性讀者的心理如此，也就以此男人的眼光看女人，所以在描寫女人上，他也就不甚留餘地。[39]這種作風，在陸小鳳和楚留香身上表現得更明顯，兩人都是一副〇〇七那種萬人迷的調調。總是吸引著無數女子，他倆也只要自己中意。往往不加拒絕，這在看慣了傳統男

39古龍在〈談談「新」與「變」〉中曾引述他一位很喜歡的女子，告訴他「我從不看武俠小說。」以此類推，大概其他亦然。葉洪生則以為他的小說「女性則為大男人的附屬品，幾乎沒有一個獨立的女俠存在」——武林盟主與九大門派，(國文天地六十期)參見注解三十五。

女之防，重視感情聖潔的讀者來說，若是興起衛道之心，往往很難接受。然而若要打破正義的神話，對於純情的迷戀。豈非也要加以破除？「無益世道人心」等道學的話頭，又有何用？[40]要把虛假的柔情打破之後，也許真正的情意才能彰顯！

古龍在打破這種柔情的方式，也是可以探尋的。《蝙蝠傳奇》中，由於石繡雲的主動，使得楚留香無以自拔，一夜溫存後，香帥也不免有些不忍。因為他認為：

> 石繡雲如此純真，如此幼稚，如此軟弱。他不敢想像自己離開她之後，她會怎麼樣？她會不會自殺？

卻沒想到石繡雲居然主動地要離開他。並且說道：

> 以後？我們沒有以後！因為以後你一定再也見不著我。／楚留香怔住了。石繡雲忽然笑了笑，道：你為什麼吃驚？你難道以為我會纏住你，不放你走？

楚留香原來還有一絲大男人的心態在，總認為需要保護這弱女子的，卻沒料到這位女子竟有自己的想法。接近楚留香，原是她主動的，也難怪楚留香這萬人迷竟說不

40參見注解九所引文。

出話來。傳統的女子也許他可以想像得到，但是現代的女子呢？女子何嘗不可以有她自主的一面？也許大家也想跟楚留香一樣處處留香，但是如果對於每一位，都要如此執著於情意，非但是自作多情，情意豈非也成了枷鎖？所以也許最好像是蝴蝶跟花朵的關係，花朵留不住蝴蝶，蝴蝶也不會想把花朵搬回家，但是不礙他們的親近。

也許解開了傳統的道德枷鎖，就像民初那些想打破禮教束縛的潮流一樣，古龍也漸染於時代的狂流中，看遍了〇〇七中那些很「酷」的男主角，何嘗執著於感情，卻又不會無情……等處理感情的方式，居然大受歡迎，古龍當然不會想再去拾傳統之餘唾，要去作中流砥柱，於是他就在浪潮中，隨波逐浪，不主故常。他既創造了楚留香這角色，相對的對於女子角色的塑造也就要與眾不同了。

於是我們看到：在他的主角人物前，這些女子不管是林仙兒、上官雪兒、上官小仙，或是石繡雲等等，她們一個個解開其身上的衣物，展現其誘人的胴體，而且都採取主動，想要以此方式去抓住她們眼前的心上人。也許衣物的除去，正像道德束縛的除去，但是也不能說她們全都是敢愛敢恨，所以為人所不能為、不敢為，因為她們也可能別有所求，才肯如此犧牲。所以她們犧牲色相、追求目標的當時，不正可給大男人們一個反省：一個人為了追求目的，而不擇手段，而寡廉鮮恥時，豈不也跟這些女子沒兩樣？

試想：在《多情劍客無情劍》中，龍嘯雲的不擇手段，想要巴結上官金虹，忘恩負義，卻又要百般的偽飾，不正跟林仙兒一樣？她在李尋歡、在上官金虹之前展現胴體是別有所求的，但卻又在阿飛面前裝扮得如同聖女。雖說林仙兒喜歡阿飛，但龍氏當初何嘗不感激小李，但是他們為了名利，不惜將感情、恩情踩在腳底下，而用最原始的本能去追逐！

因此，林仙兒對阿飛的遮遮掩掩，故作聖女狀，就正如龍嘯雲那副偽善的嘴臉。在他們另有所求，要他們不計一切時，就原形畢露了。胴體的展現，原只是她們的原形畢露。李尋歡這位過來人，他看得清，所以不為所動，上官小仙那林仙兒之女，在《九月鷹飛》時是：「孩子的臉，婦人的身材，這雖然很不相稱，卻形成了一種奇妙的組合，組合成一種美妙的誘惑，一種足以令大多數男人犯罪的誘惑。」於是連葉開在內的許多人都被騙了，而上官小仙的目的也差點就得逞了。可見當女人以色相作為武器時，的確是防不勝防的。

上官雪兒在陸小鳳的眼中太小，而她竟只是為了證明自己不小而已，至於石繡雲並沒有權勢的野心，陸小鳳和楚留香才沒掉入這美人的枷鎖中。

所以對於古龍在描畫這些野心女子的展現胴體時，若想到的是他刻畫偽君子使出的手段時，也許更能了解他的用心。讀者若只稱道他的偽君子的嘴臉形容得好，卻不滿意那些假淑女原形畢露的妙，反而要扳起臉孔，斥其無益世道人心，豈非令人錯愕！

六、賭與財氣

今夕何夕歲云徂，更長燭短不可孤。咸陽客舍一事無，相與博塞為歡娛。馮陵大叫呼五白，袒跣不肯成梟盧。英雄有時亦如此，邂逅豈即非良圖，君莫笑，劉毅從來布衣願，家無儋石輸百萬。——杜甫今夕行

以杜甫之為詩聖，猶羨慕劉毅無錢亦狂賭百萬的豪情，更何況江湖中的英雄人物？在刀口下求生存，以鮮血作賭資、豪賭一場，不知是否尚有下一場？怎能不特別重視賭！江湖人物飲酒、縱博、鬥雞、走馬，與賭脫離不了關係，古龍小說中的主角人物，也免不了要賭技高超，《武林外史》中，沈浪決戰快活王先奪其氣的絕招，用的就是賭。

沈浪藉著觀察入微的智慧和面不改色的氣勢，使得不可一世稱霸武林的快活王（歡喜王）相形失色，氣勢為之一餒。沈浪用的即是他摸清了快活王的賭法：

若有大牌時，絕不急攻躁進，只是靜靜地等待著，等著別人上鉤……。但王爺手中之牌若是十分不好時，王爺卻必定狠狠下注，要將對方嚇退。

如此分析快活王，而快活王的用兵之道，豈非也如兵法之所恆見，或扮豬吃虎、虛張聲勢、甚或擺空城計，沈浪皆能不為所動，而他之篤定，乃算準王爺賭法不會改變：

> 每個人的習慣賭法，多已根深蒂固，情況越是緊張，越是情不自禁要使出這種習慣的賭法。

習慣使然，本性難移，所謂一貫伎倆，若能識破，正可將計就計，所以由賭也可以知人生。而沈浪如此詳知敵手，正合知己知彼、百戰不殆的古訓，因而以小博大，才能成功。所以賭不是靠運氣，賭可以觀看智慧、考驗定力。

同樣的，賭也可看出豪情、氣魄。

《絕代雙驕》，讓小魚兒佩服不已的惡賭徒——軒轅三光。要賭到天光、人光、銀光，才肯罷休。如此已是人世罕見了。而他在小鎮上當莊家豪賭更是妙不可言：

> 根本不是賺錢，而是為了要過賭癮，到那裏去賭錢的人，若是贏了，莊家照賠不誤，若是輸了，只要叩個頭就可走路，據說還不到三天，做莊家的已賠了十幾萬兩。

如此豪情、如此氣魄，實乃不可思議，軒轅三光以如此的方式扮演著活菩薩，豈不與那些受害者渴望的大俠一樣，天下的賭徒、窮漢，所盼望的不正是這種奇蹟？芸芸眾生、各有所求。軒轅氏此行，既可過賭癮，又可濟大眾，更何況這些賭資乃是道地的身外之物，慷他人之慨，又可解好友黑蜘蛛之愁恨，一舉而數得，豈不快活？正也表現了古龍怪異滑稽，江湖奇人的形象，一方面要自己快活，一方面也要扮演著俠客助朋友、救大眾，快樂又滿足。

然而身為賭徒。要立於不敗之地，賭技就要高超，要高超的賭技，就得苦練再苦練，和武功沒兩樣。

《白玉老虎》中，趙無忌為了要察訪殺父兇手的行踪，要請出軒轅一光這位賭徒來幫忙，因此他「在半個月內，他一共擲出了三十九次『三個六』幾乎把所有的賭場都贏垮了，連號稱賭王的焦七太爺，都曾經栽在他手裏。」所以軒轅一光怎能不被他釣上？

趙無忌賭技如此，只因他運用智慧、加上苦練，將骰子上點數的不同，影響到重量差異分辨出，這種明察秋毫的能耐，加上他從八、九歲就開始的訓練，到了二十幾歲時終於「有把握絕對可以擲出我想要的點子來！」

賭，並非靠運氣，一樣要苦練，趙無忌幾十年的功力，和那些練武的英雄人物豈非一致。當然。賭也要有信心，對自己和他人的信心，尤其事關終身幸福的豪賭。

《歡樂英雄》中的英雄雖是歡樂的，代價卻也是從賭博中來，林太平和玉玲瓏的終身幸福，竟是從陸上龍王中贏來的。林、玉兩家原本有恩怨，陸上龍王賭的如意算盤，是在他的武功的逼迫下，將兩家的恩怨一筆勾銷，叫玉玲瓏從此不再見陸上龍王之子——林太平。她若答應了，不也是完成大我，犧牲小我，這種兩難的題目，傳統的選擇一定只有犧牲自己，但玉琳瓏卻寧可選擇喝毒酒，也不願犧牲她的終身幸福，因而才能在自己的堅持下，賭贏了婚姻和幸福。41

終身大事是一場豪賭，遊戲人生的浪子如胡鐵花者流，不敢面對婚姻，豈非也缺少勇氣？因為不敢輸贏，就不免要陷入另外的枷鎖中。

與賭相關的是金錢，對錢的態度除了前所述的軒轅三光外，金錢幫的出現，無寧是對拜金主義社會的諷刺與挑戰。其實李尋歡和葉開等並未主動挑釁，只是身為金錢幫主，不管是上官金虹、上官小仙卻容不下別人，臥榻之側豈容他人酣睡，金錢所建立的權威，亦難容他人輕侮，於是要豪賭一場，主動出擊，但是都失敗了，金錢畢竟不是萬能的，飛刀所代表的正義，是他的剋星。

但古龍也絕非輕視金錢，他不讓小說中的人物，視錢財如糞土，所以經常要飽嘗勞動的滋味以求糊口。《絕代雙驕》的小魚兒當廚師，《三少爺的劍》中，三少爺謝曉峯，代名阿吉，幹各種卑賤的粗活。《大人物》中，也安排那位大小姐田思思經歷無錢之苦，想到掙錢的必要。怎麼賺呢？楊凡告訴她道：

41《歡樂英雄》末章。

賺錢的法子有很多種，賣藝、教拳、保鏢、護院、打獵、採藥、當夥計、做生意。……

一個人若想不捱餓，就得有自力更生的本事，只要是正正當當的賺錢，無論幹什麼都不丟人的。

英雄人物其實與普通人沒兩樣，也要生活，也要賺錢，這正是他小說中的人是有血有肉而不是神的例證。早在《飄香劍雨》中阮偉不也投入了南北鏢局，其他人物中，當鏢頭、任捕快的更不知凡幾，若無正當職業，就只有當大盜了，楚留香、十一郎不正如此？可見他小說的人物就是要實實在在的活著。

錢是重要的，一文錢可以逼死一條好漢，怎能不重要，沒有了錢，縱然是世家子弟、山莊主人也就不得不動歪腦筋，幹些見不得人的事了。《蝙蝠傳奇》中，天下第一劍客薛衣人為了維持莊中的生計，別無他法。只有「以三尺之劍，取人項上頭顱」幹刺客的勾當。薛衣人就是血衣人。還不是為了經濟問題？英雄人物不免如此困窘，以至於楚留香目睹真相後：

這一生中，從未比此時更覺得驚愕，難受，他呆呆的怔在那裏，而且連一句話都說不出來。

任誰也不會想到第一劍客，只能幹刺客來維持家計，楚留香的驚愕，豈不有助於對英雄豪傑們的經濟問題的從新估量！[42]

七、無招與機智

一身武藝只能勉強混口飯吃，雖然突顯生計的重要，但也可以想到在現實社會中，練就高超的功夫，若不能活用，也是枉然。尤其在今日社會，早該是以智慧取代武力的時代了。若再迷戀武力能解決一切，勢必只有走上那江湖的不歸路，工商時代講求的是快速，然而要快速，首先就要能以智慧應變，才能制敵機先，才能後發先至，而不是舞弄那些繁瑣的招式。否則就如畫蛇添足者一樣，嚐不到一盞芳醪。

所以古龍中後期的小說中，甚少見到有關招式的描選。比如有名的「小李飛刀、例不虛發。」只是以快取勝。以不可思議的快取勝。因為種種招式都不見了。所以無招並非不用招式，而是以簡御繁。

至於要做到此地步，可得尋找對方的破綻，因而沒有冷靜和機智是不成的。冷靜才能不被對方的氣勢所震驚，反而可以尋找對方的破綻，使得對方氣餒，甚至不寒而

42 參見注解十四引文。

慄、不戰而敗。

上官金虹打敗銀戟溫侯，是以他的氣勢壓倒了呂鳳先，然而當他要對付李尋歡時，終日醉酒的探花郎，在此時卻出奇的冷靜與機智，所以雙環就無可避免的敗在飛刀之下了。

同樣的，《天涯・明月・刀》中，公子羽也想不戰而屈傅紅雪。因而佈下種種懸疑，想要讓傅紅雪自己先倒下去，而傅紅雪也就醉酒終日，所幸最後關頭他依然能機智的抓住如意大師這條線。「安忍不動如大地，靜慮深密如秘藏。」明白了騙局所在，「不但靜如磐石，竟似真的已如大地般不可撼動。」於是冷靜地再度以快刀讓公子羽（燕南飛）敗在他手下。飛刀之前，若沒機智、若不冷靜，哪有飛刀？

早在《絕代雙驕》中亦然，江湖中小魚兒如魚得水，那是得自惡人們調教的機巧詭詐，花無缺武功再高，也不免要從頭學起，學什麼呢？機變權謀。古龍小說之以推理取勝，也可說是這種智慧權謀的運用。所以奸詐者如公子羽、逍遙侯、王夫人等人所布下的騙局教人疑惑不解，因而總要以智慧來克服。楚留香之迷人，應該是在他以智慧破了一件又一件的案，勝了一次又一次的仗。他能識破敵人的技倆，如《蝙蝠傳奇》中云：

> 丁楓用的這本是連環計，一計之外，還有一計，你這位聰明人，怎麼會看不出了。／胡鐵花道：「還有第二計？是那一計？」／楚留香道：「那是三十六計

中的第十八計，叫調虎離山。」

能識破他人之計，乃楚留香之所以為香帥，而能夠如此，在於他並非單憑武功，而是以兵法取勝，為人折服。薛衣人的話正足以代表：

薛衣人道：你先和我説話，分散我的神志，再以言詞使我得意，等到我對你有了好感時，鬥志也就漸漸消失。

你用的正是孫子兵法上的妙策，未交戰之前，先令對方的士氣一而衰，再而竭，然後，再以輕功消耗我的體力，最後再使出輕兵誘討之計，劍法乃一人敵，你所用的兵法戰略卻為「萬人敵」這也難怪你戰無不勝，連石觀音和神水宮主，都不是你的對手了。高手對敵，正如兩國交戰，能以奇計致勝，方為大將之才，你又有何慚愧之處？

真正最厲害的招式，就在此，是勝於決戰之前，是勝於無形的，這也是真正無招勝有招的精髓，是兵法的巧妙運用，楚留香以此每戰必勝。但也有人運用此法卻失敗了，正如戰場中同樣用兵法背水戰，韓信成功，馬謖卻在街亭失守、一敗塗地，若是不能善加運用，法寶一樣失靈。

《流星・蝴蝶・劍》中的老伯也用兵法「前後夾攻，聲東擊西，虛則實之，實則虛之，出奇不意，攻其不備」的方式準備鬥萬鵬王，然而卻在內有叛徒下，無以施展其計，其實，智者所謀，若已為奸詐者所窺伺，終不免要功敗垂成，因而如何識破此輩，亦是一大課題，否則分不清是敵是友，豈不要打迷糊仗？

八、正義和權勢

小說中，不免要有正邪的對決。但是邪往往並非遠方的敵人，反而周圍親近的人物，小魚兒的父親不就死在他的書僮的出賣之下，而這位書僮竟又搖身變成為江南大俠，欺世盜名，所為何在？

《武林外史》中快活王原是別號「萬家生佛」為武林同道最信任的柴玉關，就因他平日表現得輕財好友，無人避他，終於掉入他的奸計中，使得他一人稱雄。

李尋歡的好友龍嘯雲為何要虛情假義，假扮副正義凜然的模樣，而趙正義居然以正義為名。

為何這些大奸慝者，都喜歡披著正義的外衣？

只因為權勢是迷人的，追逐權勢者雖無所不用其極，但在講究江湖道義的武林中，若是沒披上這一層外衣，難免要引起公憤，因而適得其反，所以假扮一副正義的模樣，原來只是當做權勢的進身階而已。

但是只要追逐權勢者，免不了就要被權勢所宰制。甚至吞噬。它就如毒龍了。

也許這就是古龍所描繪的燕十三的奪命十三式的第十五招一樣，不能殺人只好自殺。同樣的上官金虹和上官小仙的金錢幫，不得已都要逼使自己向飛刀挑戰，都落敗了，使他們死亡的並不是飛刀，而是權勢這條毒龍，他逼使自己不得不走向死亡。

上官金虹代表著權勢、荊無命是他的捍衛者，捍衛者的命運只是如走狗一樣，不免被毀滅或驅逐，所以沒有自己的生命——無命，但人畢竟不是狗，在置之死地後，居然又重新活過來。

權勢不免要遭到覆滅的命運，那就是來自不甘被權勢驅使者的力量，他們只要一清醒，不被蒙蔽之後就可以成功。飛刀背後象徵的是光明和正義，來自刀的光明和正義，才真正有力量，才能瓦解權勢。因為刀代表的原是小老百姓的用具，而非君子、貴族的裝飾品。[43]貴族或君子也許只能跟權勢者妥協，或者逃避，能夠反抗權勢、敢於挑戰，且不為權勢所迷惑者，只有這些帶有浪漫性格的浪子、藝術家氣息的遊俠。所以李探花要一無所有之後，才具備了向權勢挑戰的條件？而在他終於清醒之時，也就是飛刀瓦解權勢之時。正義來自此，光明也來自此。葉開如此，楚留香、蕭十一郎等何嘗不如此？楚留香所用的是扇子，扇者，散也。除了有藝術氣息之外，何嘗不也是將陰謀、權勢解散掉的象徵[44]？所以那麼多的陰謀權勢都在他的扇子下煙消雲散。

43古龍〈關於飛刀〉有言：劍有時候是一種華麗的裝飾，有時候是一種身分和地位的象徵。／劍是優雅的，是屬於貴族的，刀卻是普遍化的，平民化的。」（飛刀又見飛刀，萬盛版）序，可見他對刀和劍的看法。

44林清玄「他寫盜帥楚留香，寫的不是小偷，是藝術家。」（訪古龍談他的楚留香新傳，午夜蘭花序）

男子追求權勢無所不用其極，寡廉鮮恥，而女子呢？何嘗不也如此？於是古龍以林仙兒來代表。她踐踏阿飛對他的愛，正如一般人踐踏了眼前的玫瑰一樣，為的是要去追尋天邊的晚霞。所以她以最原始的本能去追逐，無所不用其極地想要攀住權勢，雖告失敗、落得眾人的訕笑，但是權勢的迷人依然令人難以忘懷。

所以想要攀住它的人、或者它的代理人，在老一輩的掌權者走了後，還是會產生新的一代。上官小仙豈非代表這一典型？讀者若不健忘，上官金虹既把林仙兒踢出金錢幫，林仙兒也墮落成京城中可怕又可憐的娼妓，從未聞有一子半女，怎會在九月鷹飛中出現上官小仙呢？這並非古龍下筆矛盾。只因為權勢迷人，有人追逐，有人扶持以結合成一利益團體，扶明主的人，豈非要拱出一身分好的人來出頭？而上官小仙既集上官金虹的陰狠和林仙兒的美貌於一身，可以此顛倒眾生，宰制武林。這豈非趨炎附勢者所要押的寶？所以她才能冒出來，只不過還是逃不過象徵著正義和光明的飛刀罷了。[45]

追逐權勢者或假借仁義之名，或無所不用其極以逞其志。以為只要權勢一朝到手，就如《武林外史》中的歡喜王，《蕭十一郎》中的逍遙侯，名為王、名為侯，既歡喜又逍遙。但，想不到歡喜王一方面有來自昔日妻子王夫人的不甘心而陰謀顛覆，一方面又有沈浪等人的挑戰。終於不免土崩瓦解。至於逍遙侯一時雖還在逍遙，但日

45 古龍自云「因為他（小李）的刀本來就是個象徵，象徵著光明和正義的力量。／所以上官金虹的武功雖然比他好，最後還是死在他的飛刀下。」（關於武俠）

子也不久了，因為有蕭十一郎在。《蕭十一郎》的尾聲中，風四娘的話說得好：

你們以為他（蕭十一郎）一定不是逍遙侯的對手，你們錯了，他武功也許要差一籌，可是他有勇氣，他有股勁，很多人能以寡敵眾，以弱勝強，就因為有這股勁。

蕭十一郎的這一股勁，也來自象徵光明正義的割鹿刀，也就是權勢者不免要覆滅的原因。為了維護既有權勢，總要付出無比的代價。還有權勢者之間彼此的競爭，弱肉強食的叢林法則，也無法避免。

《白玉老虎》中，大風堂為了應付競爭的對手，維護既有的權勢，不惜以趙無忌之父趙簡犧牲生命，使得上官刃潛入敵後，上官刃，豈不是維護權勢——上官之利刃？司空曉風坐鎮留守，三人做此安排，瞞過了趙無忌，趙無忌也因而奔波一生，家毀了，兄妹妻子離散，他犧牲的代價不可謂不大，等到白玉老虎的秘密揭曉之後，結果是如何呢？

他的一切犧牲卻反而變得很可笑。／他幾乎真的忍不住要笑出來，把心肝五臟全都笑出來，再用雙腳踏爛，用劍割碎，用火燒成灰，再灑到陰溝裏去餵狗，讓趙無忌這個人徹底被消滅，生生世世永遠不再存在。／只有這麼樣，他的痛苦才會消失，可惜他做不到。因為他已經存在了，他的痛苦也已經存在了。

存在即痛苦，只因他存在於權勢之家，為了維護權勢，所以一生的幸福被如此地葬送。哭不得所以笑，除了笑之外，又該如何表達這種無奈？

至於《流星・蝴蝶・劍》中的老伯，也是很有權勢的教父，卻未想到外患萬鵬王之外，他的底部也有叛徒——權勢的追逐者——律香川，一個他最信任的部下，步步為營，取得了老伯所有的一切甚至其愛女的貞操，卻又迫不及待地要除去老伯。老伯當然像狡兔一樣，也有三窟，方能憑其智謀，死裏逃生，並且反敗為勝。但是贏得內部奪權之爭後，馬上就要迎戰外敵，權勢者之間無窮的爭鬥，無有已時。這種衝突當事人就像已被毒龍纏身一樣，掙脫不了。所以了悟的老伯不禁嘆息著道：

他沒有死，我也沒有死，所以我們只有繼續鬥下去，就算我們已覺得很厭倦，甚至很恐懼，也絕不能停止。

於是他嘆息著又道：

像我這種人，這一生已只能活在永無休止的厭倦和恐懼裏，我想去殺別人的時候，也正等著別人來殺我。

套一句古龍的名言：「人在江湖、身不由己」[46]。由於掌握了權勢，免不了就要引毒龍纏身。所以老伯才會訴說著這些心底的話，而他訴說的對象正是與他甚為投緣，甚且不計一切營救他和他的女兒小蝶的孟星魂。

孟星魂原本只是單純的刺客，受命於高老大，但在他的朋友葉翔以言語忠詰和行動的死諫下，並且仔細地觀察了老伯的為人，也許兩人中有種惺惺相惜的感覺吧！他終於改變了刺客的命運，一位受制於權勢宰制的刺客，在朋友的刺激，老伯言行的感動，還有那身世堪憐的小蝶的影響下，他終於改變了一切。背棄了曾經幫助他卻又利用他的高大姐，也就是掙脫了權勢的宰制，追尋到自我的價值。[47]

老伯欣賞孟星魂，所以用他的體驗，要星魂遠離權勢，不要步他後塵，嘗此苦果：

> 只要你有勇氣，還是可以改變自己的命運。／所以你千萬莫要再為任何事煩惱，快放下心事，去找小蝶。快去……／我要你們為我活下去，好好的活下去！

---

46 丁情〈古龍古話〉，民生報七十四年九月二十四日。

47 士為知己者死，權勢者往往如此利用遊俠，只因為「虛無感、不安感、有限感構成遊俠生命的存在，缺乏清明的道德，理性來建構一個有秩序的價值世界，因此只能訴諸情意的激力來開創另一種形態的價值世界，以情意的激力透過死亡的方式，才發現到自己是自由的，這自由便是遊俠形態所要肯定的價值所在。」（林鎮國，死亡與燃燒——談遊俠的生命情調，鵝湖十五期）只不過這種自由基本上是「朝向死亡的自由」，所以是「劍客慚恩、少年報士」那種為知己者賣命的形式，孟星魂不願再受制於高老大，可說揚棄此種形態的限定，他又在老伯的勸告下，終於得到解脫、擺脫刺客如流星般短暫的命運，所以最後終於能擁抱無限溫柔的大海。另外古龍的描寫遊俠往往不是傳統遊俠的生命基調。他的遊俠是「高高在上的，是受人讚揚和羨慕的。」（楚留香和他的朋友們）

快快樂樂的活下去！

老伯希望下一代好好地活下去，而不要他來承接霸業，維護權勢，看來他比任我行，那位在死前硬逼迫自己女婿要當副教主的任我行，確實要開竅得多。

所以結局中，孟星魂和小蝶終於可以擺脫權勢的束縛，飄然遠逝。可以「相依偎著凝視著無限溫柔的海洋」，「誰說大海無情」他們終於明白了，比起充滿血腥的南七北六十三省的江湖，那充滿凶險的江湖，大海的確要有情多了。

孟星魂就此遠逝，武林外史中的沈浪豈不也遠逝海外，其他的人物在功成之後，亦旋即遠逝，李尋歡和葉開等人不都如此？

遠離者既拋離了權勢的糾葛，所以才能得到真快活，《歡樂英雄》中，林太平拒絕他父親陸上龍王（陸上龍王豈非江湖之霸主、權勢的宰制者）所想給他的一切，要的只是「自由、愛情和快樂」。正可知人的生命所要的是這些，而不是權勢，只不過雖然不要權勢，但總不能為了一己的幸福而忘卻了自己的責任。所以楚留香的模式出現了。

楚留香，既然要在人間處處留香[48]，所以免不了要繼續在江湖中周旋，但是他的住所，居然是在海面的一艘船上，因為唯有如此才能真正的逍遙自在，才能當神出鬼沒

48 古龍說：「沒有事的時候，楚留香總喜歡住在一條船上。／通常常停泊在海邊，」（楚留香和他的朋友們）與江湖保持若即若離的方式，由此或可見得。

的俠盜。而身處船上，豈非也過著飄然遠逝的日子。要遠離充滿是非的江湖的確只有以海上為住所。早在《浣花洗劍錄》中的五色帆主紫衣侯不也如此，而且「五色帆是武林人心中至高無上的象徵」遠離是非之地、飄然而逝，反而給迷於當局者、迷在權勢紛爭中者無窮的希望？楚留香所負責任未了，常常要回到陸上，不也正是拋棄了權勢的糾葛之後，卻又成了被權勢宰制者的希望所寄。所以能不改行俠仗義的初衷。

九、結語

俠骨柔情，雖是天下人對於俠客的期望，卻不知除了老套之外，這種俠骨柔情還隱含著危險。一個犧牲自己幸福的俠客，處處為著正義奔波，施恩於人，豈非正在收買人心，以為己用？豈非正是他企圖建立霸權的手段？縱然無心於此，但周圍的人不免也要利用他，使他迷惑，甚至腐化。所以始則贏得尊重，終則遭到唾棄。想想那揭穿江南大俠嘴臉的歌：

> 江南大俠手段高，蜜糖來把毒藥包，吃在嘴裏甜如蜜，吞下肚裏似火燒，
> 糟！糟！糟！天下英雄俱著了道。——《絕代雙驕》

正是許多所謂大俠的真實面目，聖人和神在人間已不可能有了，有的只是活生生

的人，那麼該如何尋找呢？這些有血有肉的俠客何處尋呢！

首先由他們的名字可以發現，這些人對世情也許早看破了！所以他們有的感嘆：生有何歡，取名尋歡；有的卻早想開了，單名為開。所以尋歡其人，幫助阿飛躍脫枷鎖，重新起飛；葉開其人幫助那附上復仇之雪（血）的傅紅雪，解開仇恨的詛咒。陸小鳳，並不只是小小的凡鳥；楚留香可以給人間該有的芳香，加上沈浪、熊貓兒等，豈不都有些浪漫的性格，來去瀟灑，不為名利所絆，唯有他們才能做正義的事。因為「他們滿腔熱血，隨時可以為別人流出來，只要他們認為他們做的事有價值」。[49]

他們是奇人，所做也是奇事，因而在江湖的奇險中，氣氛的凝聚，有時也要靠奇數來顯出他們特立獨行、孤冷奇傲的作風。而十三這數目字的大加運用，豈不可見江湖的凶險。南七北六，這十三省的一再出現，豈非正是江湖本身就凶險得很，所以要追尋自在者就只有海上遠遊了。

至於要尋找朋友，只有在酒杯中可見真情，酒質最純，這種朋友也才最可靠，沈浪與熊貓兒、李尋歡和阿飛等如此，真正的對手，才有資格在一起喝酒，李尋歡和上官金虹，沈浪和快活王的惺惺相惜，不正也彰顯出來，而主角人物和大奸慝者的喝酒，正乃大俠的不避嫌疑，真性情，真正有血有肉的表現。

49 亦見古龍〈關於武俠〉，古龍強調他的俠，「是人，不是神。/因為他們也有人的缺點，有時也受不了打擊，他們也會痛苦、悲哀、恐懼。」在這一方面，無寧接近龔鵬程在《大俠》中所要拆穿的大俠神話，但古龍又強調其「都是頂天立地的男子漢」這也就是「有血有肉的人」、「偉大的人」、「可愛的人」。由此可知他心目中真正的俠。

但是談到柔情，這些人為什麼有的要逃避，像李尋歡、胡鐵花；有的差點陷入，終於掙脫出，像阿飛；有的拒人於千里之外，像蕭十一郎？

而且古龍對於這少年男女的柔情已看淡了，他要處理的無寧是飽經世故，經得起考驗的感情，連城璧和沈璧君正是他對此情的揭穿，若不揭穿，這些江湖男女的下一代，豈不成了世襲的武林霸權，他們這一代既已集武功、智慧、美貌，人間所羨慕的一切於一身，下一代若不作威作福也不成了。龍生龍、龍鳳配對之後，其他人的子女難道要注定世世代代去打洞？

所以他的人物若能成雙成對，要麼就要遠逝海外，要麼就不免要有所遺憾，如孫小蝶的貞操不也遭了律香川的摧殘？而最後他們的遠逝，豈不得其所哉！其他如沈浪和朱七七，朱七七不也有些令人不敢恭維，終於遠逝海外，情況亦然，林太平和玉玲瓏，賭贏了婚姻後，亦拋棄了繼承父業的權利，寧可要自由、快樂。具可見古龍不想承襲老套，讓他的主角人物的後代繼續出現江湖人間，所以對柔情的處理就煞費苦心了。

而且真正的感情不是一切都要最完美的，俊男美女的模式既可疑或可鄙，所以孟星魂要的是小蝶其人，而不問她淪落為妓女，遭受過摧殘的往事，正可見真情應該如此，是不可以計較的。

至於對於女人的描寫，動不動就脫掉其衣物，是古龍最為人詬病的，或者，古龍既認為江湖凶險、女子也來此混，所憑的本事，往往又只是其原始本能，才刻意揭露，如《情人箭》中的蘇淺雪，乃至於後來的林仙兒、上官小仙、高大姐等等豈不都有權力慾？何況解開衣物更可以說是要彰顯江湖中人追逐權勢時的原形畢露。

江湖中人好賭，由賭其實可以看出其機智、氣勢如沈浪；救世助人的豪情如軒轅三光；苦練再苦練的結晶如趙無忌，而江湖中所該有的條件不也由此可以思過半矣。

其他如行走江湖，亦如處在今日社會，生活所需，處處要錢，所以該憑本事來換取，處在江湖中最好的招式，就是機智，唯有機智，才能料敵機先，才能比對手快，而得到勝利，小李飛刀、楚留香的每戰必勝，就是如此，劍法只是一人敵，兵法卻是萬人敵，唯有如此才能打敗權勢者的陰謀，拆穿那些所謂的大俠的虛幻面，成功之後則飄然遠逝，不再涉足，或成為今日社會中，有血有肉、頂天立地的真正俠者。這也許是古龍這位江湖人的用心所在吧！

彰化師範大學副教授 周益忠

論古龍後期小說的俠義精神

古龍後期將傳統的俠士形象浪子化，使俠客既是浪子又有著俠義精神，天才的實現了變革武俠小說的理想。我們可以從古龍後期小說的浪子遊俠形象，分析古龍小說俠義精神的特點，以及這種俠義精神對傳統俠義觀的革新，並由此對金庸、古龍小說在武俠小說史上的地位做出評價。

一、俠：俠義與浪子的奇妙結合

在古龍筆下，「俠」與「盜」、「俠」與「色」沒有不可癒合的鴻溝。盜，在中國傳統觀念中是不容於正義的，是俠士形象所不屑於為的。即使俠士有時也會有「盜」的行為，小說家也會立刻給他安排合適的理由，諸如劫富濟貧。古龍的楚留香卻是以「盜」為榮、因「盜」而名。「楚留香系列」的第一部《血海飄香》開頭就富有詩意的渲染了楚留香的盜：「聞君有白玉美人，妙手雕成，極盡妍態，不勝心嚮往之。今夜子正，當踏月來取，君素雅達，必不致令我徒勞往返也。」

文雅的詞句詩意了盜的行為，楚留香無疑是武俠小說中第一個亦盜亦俠、盜俠完美結合的形象。雖然，以後楚留香不再表現自己的「優雅行為」，但他作為武林中「流浪中的公子，強盜中的元帥」卻是隨著他的盜而名震武林，並為當代讀者所廣泛稱道。古龍以「盜」釋「俠」，強調的是人物所具有的俠義心腸，不是行為方式，這種直指人性，不計較行為的創作觀念無疑為武俠小說俠士形象的塑造開拓了新的空間。

如果說以「盜」釋「俠」還會因為中國傳統的「劫富濟貧」觀念而為讀者所接受，那麼浪子在「色」方面的不自制，就不那麼容易為我們接受了。

在中國傳統觀念中，浪子本來就不是社會規範的正統。他們行為放蕩，「不入乎道德」遭受的是道德的白眼。古龍以浪子為俠，既寫他們俠義的行為，又寫他們盡情享受生活的「放蕩」，這不能不說是對武俠小說創作觀念的突破。浪子好酒好賭又好色，從社會道德上看他們是酒鬼、賭鬼、色鬼。好酒好賭還比較容易接受，而好色是絕對不能容忍於世俗道德的。

嚴偉英在《我彈古龍》中談到：「楚留香、陸小鳳有露水情人無數，尤其破案時總有漂亮女子送上門來，她們總有比男人強烈數倍的性慾。而楚留香、陸小鳳等人即便有了冤死的情人，最多也只是喝幾杯悶酒說幾句胡話……所謂『多情』也只是性吸引力強，性機能旺盛而已。」

其實，食、色，性也。浪子在女色方面所表現出來的隨意態度是正常的人性需求，也符合浪子這一特定的社會角色。如果浪子也像傳統大俠一樣視「色」為惡，為了保持聲名而甘作柳下惠，刻意壓抑自己，那麼浪子就不是浪子了，他們可以稱為江湖武林的道學家。古龍不忌諱浪子情色的放蕩，既符合浪子特定的社會角色，也和他自己的生活體驗有關。古龍是將自己的生活體驗寫進了小說，這是當代社會的情色關係，對傳統觀念下的大俠戒色是一種突破。

浪子由於特殊的社會角色和社會地位，在行俠方式上也具有自己的特徵。陳平原先生曾對俠客與英雄作過簡單的區分：「俠客鋤強護弱，是為平人間不平；英雄奪關斬將，是為解國家之危難——二者動武的目的不同。俠客『不軌於正義』，隱身江湖，至多作為『道統』的補充；英雄維護現存體制，出將入相，本身就代表『道統』——兩者動武的效果不同。」

從古龍後期小說明顯可以看出，浪子只是俠客，決不是江湖的英雄。由於古龍小說受西方偵探小說情節模式的影響，浪子行俠方式更多的是破案。在破案中遊蕩江湖，表現自己的智慧，獲得自己的江湖聲名和地位。這種行俠不僅僅是體現、維護江湖道義，更是浪子個性自由的突出與表現，俠義事蹟開始從武俠小說的中心讓給了浪子的自我表現。「陸小鳳系列」、「楚留香系列」中，陸小鳳、楚留香的行俠都帶有這種特點。陸小鳳有幾次行俠是緣於第三者的請求。

《大金鵬王》是上官丹鳳的請求；《數十件大案》是陸小鳳中了金九齡的激將計；

楚留香行俠也有很強的自主性。《血海飄香》是海上浮屍引起他的好奇；《大沙漠》是為了尋找賭氣出走的蘇蓉蓉；《畫眉鳥》是中了李玉函夫婦的計；在這兩個系列中浪子生活的時代雖然也有危害江湖的邪惡勢力。陸小鳳時代有青衣樓，楚留香時代有神水宮、石觀音、蝙蝠島等。可是浪子並不自覺地以剷除邪惡勢力為己任。浪子是遊俠，他們只在遊蕩江湖的過程中有限地幫助需要幫助的弱者，浪子絕對不會為了俠名而做一夜掃蕩七山十六寨強盜的「傻事」。

金庸武俠小說的主角是符合中國傳統思想的大俠，不是浪子。金庸喜歡以歷史作為大俠活動的背景，這種構思方式可以將人物放置到複雜的歷史環境中，從人物的複雜行為展示人物的精神境界。但是，將人物放置於歷史中，人物本身的精神境界就受到歷史的限制。

可以說，金庸的江湖俠士不管是儒俠、道俠、還是佛俠都是侷限於中國傳統觀念的。古龍小說的主角是浪子，人物的活動完全脫離了具體的歷史背景。江湖只是各種人物表現自己的空間，是各種人性匯演的舞台。因此，在古龍筆下，「俠」也只是一種符號。正義的人可以「俠」伐惡造福武林，邪惡之徒也能藉「俠」為所欲為。

《多情劍客無情劍》中，李尋歡對阿飛說：「只要你肯將出風頭的事讓給這些大俠們，這些大俠就會認為你『少年老成』是可造之才，再過十年二十年，等到這些大俠都進了棺材，就會輪到你出名了」。

這是古龍對「俠」的清醒認識：「俠」背後是人性，並非一般武俠小說中的正則全正，邪則全邪。正如前面所言，古龍要表現的是人性，他要將自己對人性的體悟和認識裝進武俠小說這一「舊瓶」中。因此，在古龍小說中，浪子所表現的是古龍所認為的人所本有的或應該有的東西，它遠遠超出了「俠」等外在的符號。

「俠」與非「俠」的區別是人性，這是對古龍對「俠」本質的當代詮釋，突破了武俠小說類型化和觀念化的弊端，思想深度可以直追西方當代的一些經典小說。睿智的古龍借助浪子這一特殊的社會角色，終於實現了自己變革武俠小說的雄心壯志。

二、義：空虛與意氣的病態碰撞

在古龍筆下，「義」往往和浪子緩解內心空虛的需要糾纏在一起。浪子行走江湖不是為了報仇，也不是自覺以維護江湖正義為己任。對這些外在「負擔」的擺脫，可以使浪子行走江湖有更多的自主意識和獨立行為，但也容易使浪子失去方向。同時，浪子沒有自己的家園，失去了社會的關懷，得不到世俗的理解，因此容易空虛寂寞。

俠客卜鷹對浪子小方說：「有的浪子多金，有的浪子多情，有的浪子愛笑，有的浪子愛哭，不過所有浪子都有一點相似：空虛。」可以說，空虛是古龍筆下浪子的共性。古龍筆下的許多浪子為了緩解這種空虛，常將自己獻身武道或獻身自己執著的事業。西門吹雪、郭嵩陽便是這兩種類型的代表。

花滿樓曾經評價西門吹雪道：「他竟真的將殺人當作了一件神聖而美麗的事，他已將自己的生命都奉獻給這件事。只有要殺人時，他才真正活著，別的時候，他只不過在等而已。」將自己獻給殺人事業，除此別無所求，西門吹雪不乏同道。中原一點紅、韓棠、荊無命都是此輩高手；郭嵩陽是另一類型的代表，《多情劍客無情劍》中郭嵩陽自稱：「郭某此生已獻與武道，哪有餘力再交朋友……」

獻身武道，以武消解內心的寂寞是郭嵩陽這一類人的共同特點。古龍小說的第一號主人公則需要朋友，將朋友置於一切之上，通過朋友之間的「義」逃避空虛。相對於一般武俠小說，這種「義」只是意氣之交，是一種病態的精神補償。

意氣相投是一種基於感性認識的「義」，而不是基於社會理性的「義」。這在浪子的朋友交往中，往往有敵我互相理解互相信任的表現。「他既是我的敵人，又是我的朋友」是浪子這種義的特點。

古龍筆下的梟雄與浪子同樣武功超絕、智慧奇高，又一樣行事異於常人，有著常人難以理解的孤獨、寂寞。《多情劍客無情劍》中，李尋歡與上官飛虹就是這樣的典型。作者借第三者的眼光寫出了他們的相似：「有的人已在竊竊私議：『李尋歡果然是李尋歡，放眼天下，也只有李尋歡才能要上官幫主敬他一杯酒』……「他們的作風和行事雖然完全不同，可是他們……他們全都不是人，他們做的事，全都是人做不到的」，「這話倒有幾分道理，他們的確都不是人，只不過一個是仙佛，一個卻是惡魔。」「一半是仙佛一半是惡魔」，古龍寫出了人性的複雜性，突破了武俠小說類型化的弊端，這在通俗文學中是一大進步。可是古龍過分強調了正邪的相似性，又容易

慘死和崑崙派掌門人的橫死，卻無法說出真相，結果為整個武林所不齒，只好亡命天涯，馬如龍也是如此，一轉眼之間，謀財害命的罪責堆在身上，雖然親見凶手承認，卻又無法證明，結果被整個武林討伐，差一點死於非命。

小李飛刀、楚留香這樣的俠客，在世俗社會中，也被描述成大盜式的人物。這樣的情節設計，是想顯現出古龍自身對人性的質疑，對世道的失望，還是對不平社會的宣泄？不管怎樣，他筆下的人物大都有一種被遺棄的孤獨，不僅許多人物的身世是孤兒出身，而且成人之後也與人群格格不入。他們從小缺乏親情，年幼的心靈和身體獨自承擔歲月的風雨。溫情的缺失、世人的誤解、社會的遺棄，是他們共同的境遇。

蕭十一郎總愛哼一首歌：

暮春三月，羊歡草長，天寒地凍，問誰飼狼？
人心憐羊，狼心獨愴，天心難測，世情如霜。

這是強者的悲哀，蕭十一郎總愛把自己比作一匹狼，在荒涼的山野中徘徊，無家可歸，守望著天明，蒼涼悲壯之中又帶著幾分孤獨寂寞，他一生都是個「局外人」，永遠是孤獨的，有時他覺得累得很，但卻從不敢休息，因為人生就像是條鞭子，永遠不停地在後面鞭打他，要他往前面走，要他去找尋，但卻又從不肯告訴他找尋什麼。因而，古龍筆下的男主角，總是落落寡合，懷著巨大的心靈傷痛，孤獨地生長，他們的內心懷著那麼強烈的情感，那麼美好地嚮往和愛，但世人總是拋他們以冷眼，總是以懷疑與猜忌乃至陷阱來扼殺他們。

古龍小說中，塑造了大量的無家可歸、無所依憑的俠客，對於他們來說「無論多深的痛苦和煩惱，都比不上『孤獨』那麼難以忍受。這裏縱然有最美的花朵，最鮮甜的果子，最清涼的泉水，卻也填不滿一個人心裏的空虛和寂寞」。因此，儘管蕭十一郎明知外面的世界是人吃人的世界，讓他覺得痛苦、厭煩，但每當他在這美麗而純淨的山谷中待上一兩個月後，卻還是要走出山谷去外面闖蕩一番，以排除心中的孤獨。

雖然這樣，這些英雄俠客卻仍要以極大的勇氣來面對孤獨、選擇孤獨，因為他們不是世俗中的普通人，而是英雄俠客。一方面他們是高手，不僅武功高，還有著與眾不同的人格，他們的武功境界，人生境界是別人所難以企及的，他們的處世原則也是別人所難以理解的，因此他們不得不孤獨；另一方面，他們也同時需要孤獨，他們要在孤獨中成全並保持自己——保持自己生命的完善、理想的純潔、個性的張揚以及人格的獨立，因為這些注定了只有在孤獨寂寞困苦之中才能實現，尤其是人格的獨立。

「人格的第一個前提是孤獨意識。沒有意識到人有孤獨的權力的人，也就沒有意識到人格」。因為人格的基本含義即是指個人性或私人性，它注定了屬於獨立的（某種程度上也可說是孤立的）個體，若否定了個人的獨立性也就否定了人格本身。所以，英雄俠客不僅意識到自己是孤獨的，而且還對這種孤獨感給以自我肯定並視為需要。因此，英雄俠客自己選擇了飄泊，選擇了孤獨。正如蕭十一郎所說的那樣：「但一個人若要活下去，就得忍耐……忍受孤獨，忍受寂寞……只有從忍耐中去尋得快樂。」如果一個人忍受不了這些，他不會成就自己的理想，也就算不上英雄俠客了。

尼采不也是認為孤獨實在是一件美德，是對高潔的渴望和追求嗎？一個人只有有意識地與周圍的世界保持一定的距離而不隨波逐流，他才能明察本心，意識到自己的個體性存在，意識到我之為「我」的獨特性、唯一性，從而建構起自己獨立的人格。

然而，獨立人格的建構也就決定了孤獨俠客們永遠無法停下漂泊的腳步。其一，浪子處於一個異化的社會，為了堅守與眾不同的獨立人格和人生理想，不得不與主流社會處於抗爭狀態，只有在孤立的抗爭中才能清晰地意識到自己的個體性存在。然而塵世名利以及世俗溫情與幸福的誘惑、侵蝕是無處不在、無時不在的，異化與反異化注定是一場沒有時限的鬥爭。孤獨，注定是俠客唯一的生命形態。其二，俠客們在自覺自反中堅守個體價值，以求自我向上，這是個體意識的發端和基礎。「真能自覺自反的人便會有真正的責任感。有真正的責任感便會產生無限向上之心」。具備了這種真切的責任感，俠客們才可能在逆境絕地、孤獨苦悶之中高揚起生命的風帆，最終生命也因此而得到真正的安頓、圓滿。正是由於英雄俠客內心深處揮之不去的孤獨感建構了他們獨立的人格意識，從而樹立了他的責任感。

「真正的責任心蘊藏在孤獨意識本身之中，那些尚未把自己與別人、與群體區分開來的人，那些還在群體襁褓中昏睡不醒的人，也不可能建立起真正的責任心」。當然，這裏的責任感並不是那種大而空的以天下為己任的虛幻的「責任感」，而是直接地為自己負責從而間接地為他人負責。英雄俠客清楚地意識到，我就是我，既然我是與眾不同的，既然我的所做所為都是出自我獨立自主的選擇，那麼由我的行動所帶來的任何後果都必須由我獨自一人來承擔而不能推托。

英雄俠客們的獨立人格不能不包括尊嚴在內。人的尊嚴並不是指我們通常所認為的「面子」或「身分」，而是指「人內心對自己精神主體的自覺堅持」。它首先涉及到自尊，並在自尊的基礎之上同樣去尊重他人。因為真正的自尊是以承認人人都有獨立而平等的人格為前提，是對這種普遍性的尊重。古龍的小說具有強烈的人文精神，即是指他對於人的人格、尊嚴、利益和個性的關注、熱愛和尊重。他筆下的英雄俠客平時是十分隨和浪漫的，頗有些玩世不恭之意，但一涉及到上述這些方面時，卻又變得十分的嚴肅認真。他們小心地維護著自己獨立的人格和一貫的原則，不容許他人來侵犯，甚至不惜為此犧牲自己的性命。同時，英雄俠客也承認他人的尊嚴並尊重他人作為人的人格、權利而不論男女老少、是何身分。如在《楚留香傳奇》中有一個人殘酷地打碎一個被挖去雙眼關在一個暗無天日的洞窟裏受人玩弄的妓女的僅存的希望時，一向極少出手的楚留香憤怒地出手了。

因為楚留香知道，她們是人，只要是人，就是平等的，誰也沒有權力剝奪別人的尊嚴和生命。古龍小說中的一個顯著的特點還在於英雄俠客對於他真正的對手的尊重和理解，他為能擁有這樣一位旗鼓相當的對手而驕傲，因為這些對手在某些方面也同樣可稱為英雄俠客，至少不是小人。他們決戰在生死攸關之際仍惺惺相惜、互相敬重。

如謝曉峰與燕十三、李尋歡與郭嵩陽等。當謝曉峰身負重傷，生命垂危之際，即將與他進行生死決鬥的燕十三卻喬裝打扮趕來為他醫治。而郭嵩陽為了給李尋歡試探敵情，甚至不惜以身試劍，硬是用身體去接對手的劍，結果留下一具有十九處劍傷的屍體讓李尋歡研究敵手的劍法。正是由於俠客們自身有著異常深重的個人命運感，自覺、勇敢、堅定地承載起這一人生宿命，所以他們悲哀而不消沉，孤獨而充滿激情，身世飄零卻更加呵護關心別人，蒙冤受誣卻滿懷寬恕與同情。這樣的俠客，不僅是武林的救星，對我們當今這個喧囂異化的時代，亦彰顯出一份希望，美麗而誘人。這才是古龍武俠世界的真正魅力所在。

其實，對於英雄俠客們的孤獨，我們都可以感受到一種痛並快樂的感覺，那是一份對信仰的堅守。因為他們對生命的品質有所要求，因為他們強烈的自我意識不允許自己隨波逐流，所以在這荒誕的世界裏，孤獨成為宿命。然而他們驕傲得讓人心動。「孤獨是一種最深刻，最難耐的生命體驗，因為人在孤獨感中最能感受自己作為一種個體真實的存在」，它反證了生命意識的存在。

在越來越逼仄的生存空間中，他們以孤獨個體的盡力擴張，以一種鮮明的不合作姿態，以靈魂的日益聖潔和高貴，來宣告荒誕統治的虛妄。可以說，他們在一定程度上，滿足了現代都市人所剩不多的生命夢想，那裏有他們最為神聖而莊嚴的一面。

然而，快樂背後是永久的悲傷。孤獨畢竟是孤獨。他們孤獨，是因為沒有真正的知己。儘管他們有著自覺的生命意識，有著清潔而溫暖的精神支撐，他們仍會感到一種心靈的疲憊。所謂高處不勝寒，即是如此。人字的結構本就是相互支撐，這不僅需要自己的努力，更需要他人的支持。而這一切，他們很難擁有。

當他人的溫暖成為一種奢望時，當自己的靈魂無處安頓時，自戀或者自憐就不可避免。他們或寄情於劍，或寄情於酒，或寄情於山水，或寄情於美女。然而這一切，只能給他們暫時的撫慰。即使夜夜笙歌，日日買醉，總有某些時刻，他們不得不清醒地面對。沒有一個人甘心孤獨，但得不到真正的理解和溝通，他們寧願孤獨。他們所能做的是，用自己的心溫暖自己。但這種溫暖，略勝於冰，卻遠遜於火。

其實就是這樣，無論是歡樂還是痛苦，沒有人會徹底地歸屬於哪一方，他們在兩種狀態中搖擺，這種搖搖的孤獨正是現代人真實的生命體驗。除了極少數幸運的人外，這種狀態被無限期地一再懸置，於是，人們帶著這種搖擺的姿勢，或惆悵或痛苦，在廣漠的大地上，永久地徘徊。

信陽師範學院歷史文化學院副教授 李軍輝

參考文獻

1 鄧曉芒：《靈之舞——中西人格的表演性》，上海：東方出版社，一九九五。
2 徐復觀：《中國學術精神》，上海：華東師範大學出版社，二〇〇四。
3 陳吉德：《殘缺的家庭——孫周電影論》，貴州大學學報（藝術版），二〇〇四。

古龍的「劍道」與「人道」：《陸小鳳傳奇》

古龍在整個武俠小說發展史中的地位，至今雖仍無定論，但「金」、「古」齊名，同為武俠小說史上引人矚目的兩顆巨星，對武俠創作產生深遠的影響，則應是人無異辭的。

大體上，金庸以其「宗師」的地位、優質的創作，為武俠小說開啟了步入文學殿堂的大門，這是金庸最值得稱道的「功績」；而古龍以奇詭俶儻之才情，一力變化求新，緊扣時代脈動，並以「去歷史化」的寥闊場景，為武俠開闢出另一境界，則是古龍最得力之處。一「正」一「奇」，誠如陳曉林所說：「金庸敘事平穩，古龍則跌宕多奇變」，古龍的「奇」正來自於他的「變」，所謂「習玩為理，事久則瀆；在乎文章，彌患凡舊，若無新變，不能代雄」，古龍早在一九七一年就甚有「求新求變」

的自覺：

所以武俠小說若想提高自己的地位，就得變！若想提高讀者的興趣，也得變！不但應該變，而且是非變不可！

怎麼變呢？有人說，應該從「武」變到「俠」。若將這句話說得更明白些，也就是武俠小說中應該多寫些光明，少寫些黑暗；多寫些人性，少寫些血！

事實上，古龍在《浣花洗劍錄》（一九六四年六月《民族晚報》開始連載）中，就已經劍及履及，積極拓展他的武俠事業，是武俠小說領域中最早將「創新」的理論形諸文字的作家。他不只一次的公開為文批評武俠小說「學藝」、「除魔」的俗套與公式，並宣示其以「東洋為師、非變不可」的決心。他強調：「要求變，就得求新，就得突破那些陳舊的固定形式，嘗試去吸收。」他反詰：「誰規定武俠小說一定要怎樣寫，才能算『正宗』！」因此，他率先採用散文體式行文，運用詩化的語句分行分段，造成文字簡潔明快的效果；擷取意識流的錯綜時空，布設蒙太奇式的場景組合，加快小說的節奏感；並以「正言若反」的筆法，塑造特立獨行的人物與詭異離奇的情節；更獨創一種特殊的「非敘述人」的對話體，自問自答，極為別緻。凡此，都是古龍在自覺意識下求新、求變所作的開創。

古龍的「變」，是全方位的「變」，無論從文字運用、場景變換、敘事手法、情節變化、主題意識，都曾經對後起的作家造成廣泛的影響，而其始則是透過對「武功」的新穎描寫開闢出一條坦途的：從《浣花洗劍錄》發軔，經《多情劍客無情劍》（一九六九年）醞釀，而在《大遊俠》中完成。本文即擬以《大遊俠》書中象徵古龍「劍道」達臻圓熟境地的代表人物——西門吹雪與葉孤城為中心，探討古龍在這方面的成就。

一、從陸小鳳傳奇說起

短幅的故事，單一英雄的傳奇，是古龍後期小說最喜愛的模式，也是一種創意，因為短幅故事不僅迅起迅結，擺脫了舊式武俠小說動輒數十萬言的長篇壓力，足以在節奏迅速的現代社會中爭取到多數的讀者；同時，精簡而緊湊的情節張力，也最適於表現他奇詭、多變的風格；更重要的是，藉單一故事的烘托，英雄得以在情節中崛起，展現不凡的風采。其中楚留香拜電影，尤其是鄭少秋主演的港劇之賜，最富盛名；而陸小鳳則是繼楚留香之後嶄露頭角的另一典型。

陸小鳳最先是在《大遊俠》（一九七三～一九七五年由南琪陸續出版）中露面，分〈陸小鳳傳奇〉、〈繡花大盜〉、〈決戰前後〉、〈銀鉤賭坊〉、〈幽靈山莊〉五段故事；其後則又有《鳳舞九天》（一九七五，南琪）、《劍神一笑》（一九八一，萬盛）兩部，總計七個故事。

在短幅的系列故事中，楚留香營造了胡鐵花這一相當成功的第二男主角。胡鐵花的粗率、直爽，與楚留香的風流蘊藉，正好相得益彰，在此，古龍充分擷取了傳統小說中的人物對襯手法，相信《水滸傳》中的宋江與李逵、《說岳全傳》中的岳飛與牛皋，皆是他取法的模範。在陸小鳳系列中，古龍刻意塑造第二男主角，不但人數、份量遠較楚留香為多，就是作用也完全不同。

我們可以說，在陸小鳳故事中，古龍掌握了更重要的人物技巧，賦予了人物更多樣化的性格特徵。在陸小鳳故事中，古龍開宗明義提到了熊姥姥、老實和尚、西門吹雪和花滿樓四人，此外，還有「偷王之王」司空摘星與「大老闆」朱停。這幾個人的出場次與作用不一，其中尤以老實和尚、西門吹雪、花滿樓與司空摘星最為重要，屢次在幾個故事中佔有關鍵的地位。

陸小鳳當然是故事中最重要的人物，古龍曾將陸小鳳與楚留香作了個對照：

> 楚留香風流蘊藉，陸小鳳飛揚跳脫，兩個人的性格在基本上就是不同的，做事的方法當然也完全不同。
>
> 他們兩個人只有一點完全相同之處。
>
> 他們都是有理性的人，從不揭人隱私，從不妄下判斷，從不冤枉無辜。

不僅性格不同，就是形貌的摹寫也頗有出入，楚留香「雙眉濃而長，充滿粗獷的男性魅力，但那雙清澈的眼睛，卻又是那麼秀逸，他鼻子挺直，象徵著堅強、決斷的鐵石心腸，他那薄薄的，嘴角上翹的嘴，看來也有些冷酷」。塑造楚香帥，古龍已力圖擺脫武俠小說中「俊男」的造型，但用語及形容，還是不免有幾分「帥哥」意味，而且，楚留香永遠文質彬彬，不曾狼狽出糗，就是連他「摸鼻子」的習慣性動作，也頗為「風流蘊藉」。

陸小鳳則不同，他的形貌，只有「眉很濃，睫毛很長，嘴上留著兩撇鬍子，修剪得很整齊」，古龍捨棄了一切俊美的形容詞，只為陸小鳳留下了他的註冊商標——「四道眉毛」。簡潔有力，讀者於想像中自不難捕捉到其神貌。陸小鳳經常出糗，不但擁有「陸三蛋」、「陸小雞」、「陸笨豬」等不雅的綽號（楚留香則是「老臭蟲」），而且在語言上也常吃虧露醜（尤其碰到司空摘星）。更重要的是，陸小鳳雖然武功深不可測，拿手絕技「靈犀一指」總是「來得正是時候」，卻不如楚留香的萬能；如果沒有周遭的朋友相助，陸小鳳不可能完成任何「事業」。換句話說，陸小鳳比楚留香多了一分「平凡」之氣，更易使人覺得分外親切，而「平凡」二字，正是古龍晚期小說刻意塑造的。

儘管如此，楚留香和陸小鳳系列還是有相同點，那就是以「破案」貫穿整體故事。陸小鳳與楚留香，在某種程度上都可以說是「神探」的化身，專門負責破解各種迷離詭異的案件，因此，古龍膾炙人口的詭奇風格，也在此系列中表現無遺。

不過，詭奇之於古龍究竟是利是弊，不但學者頗有異見，就是古龍自己也常質疑，就在撰寫陸小鳳系列的同時，古龍也逐漸意識到情節的詭奇變化，已無法再吸引讀者了，同時認為唯有「人性的衝突才是永遠有吸引力的」：

武俠小說已不該再寫神，寫魔頭，已應該開始寫人，活生生的人！有血有肉的人！

武俠小說的情節若已無法再變化，為什麼不能改變一下，寫寫人類的情感、人性的衝突，由情感的衝突中，製造高潮和動作。

兩段引文在後期古龍所發表的文章中屢屢出現，無論是對其他一力規模古龍的後起作家或古龍自己，皆不啻是暮鼓晨鐘！可惜的是，古龍雖身體力行，在後期作品中極力描寫其所謂的「人性衝突」，但一則他「為變而變」，陷入了人性反覆的死胡同中，無法作更深層的解構；一則自一九七七年以後，酒色交攻下虛弱的身體也大大削減了他的創作動能，以致不得不再度找「槍手」代筆。最後只有齎志以歿，空留俠名在人間。

二、西門吹雪與葉孤城

從情節而言，陸小鳳傳奇系列作品顯然仍以奇詭變化為主體，無論是《陸小鳳傳奇》中青衣樓的霍休與假大金鵬王、《繡花大盜》中監守自盜的名捕金九齡、《決戰前後》出人意表的謀叛、《銀鉤賭坊》中一連串的「假局」、《幽靈山莊》中西門吹雪「真、假」追殺陸小鳳，或是未完的《鳳舞九天》的「隱形人」，都極盡其詭譎變化之能事；不過，此時的古龍，真的很想寫「人」，寫「人性」。於是，在「平凡」的陸小鳳之外，古龍也「開宗明義」地提到了熊姥姥、老實和尚、西門吹雪和花滿樓四人。其中花滿樓以一失明之人，用「心」去感受世間的一切美麗，正可與《蝙蝠傳奇》中的原公子作一對照，古龍是刻意藉此一角色的燦爛笑顏凸顯世情溫暖的一面，但出現場次相對較少；西門吹雪則是此一系列中極力推揚的角色，且藉他的另一「化身」——葉孤城，兩相對照，不僅將「劍道」入於「人道」，圓融了他自《浣花洗劍錄》以來開創的武功新境界，更昭示了他所強調的「人性」。

西門吹雪在陸小鳳系列中已完成的前五部中，出場甚是頻繁，在《陸小鳳傳奇》中，西門吹雪力戰獨孤一鶴，初露劍神鋒芒；《繡花大盜》隱隱伏藏了他與葉孤城的「世紀之戰」；《決戰前後》則是他與葉孤城的「決戰」；《銀鉤賭坊》中他輕取羅剎教的枯竹；《幽靈山莊》中則扮演著「假追殺者」。大抵上，西門吹雪所扮演的是個劍術通神的角色，陸小鳳只要一遇上武功高強的敵手，就非請他出山不可，甚至不惜剃掉自己的「註冊商標」——四道眉毛中的「鬍子」。

西門吹雪吹的不是雪，是血。他劍上的血。

「這名字就像是劍鋒一樣，冷而銳利」，西門吹雪以「雪」為名，喜著一身白衣，性格孤傲絕俗，如雪般冷冽寒酷；他熱衷追求「劍道」，一看見新奇的武功，「眼睛更亮了」，「就像是孩子們看見了新奇的玩具一樣，有種無法形容的興奮和喜悅」。他殺人，殺人後習慣的動作是吹去劍鋒上的血，顯示了他對人命的輕蔑，而「雪」的白與「血」的紅，形成強烈而鮮豔的對比，血色的燦爛，無疑更襯托出雪白的冷岸、無情，「當你一劍刺入他們的咽喉，眼看著血花在你劍下綻開，你若能看得見那一瞬間的燦爛輝煌，就會知道那種美景是絕對沒有任何事能比得上的」，花滿樓曾評論西門吹雪道：

因為他竟真的將殺人當做了一件神聖而美麗的事，他已將自己的生命都奉獻給這件事，只要殺人時，他才是真的活著，別的時候，他只不過是在等待而已。

以「劍道」為性命的西門吹雪，顯然頗有以殺人試劍的意味，冰冷無情，如霜似雪。不過，西門吹雪還是有朋友的，雖然不多，「最多的時候也只有兩三個」，也正因為「朋友」二字，西門吹雪變成了陸小鳳有求必應的福星，甚至還頗有點「兩肋插刀」的義氣（如《幽靈山莊》故事中，他不惜犧牲名譽，假稱妻子受到陸小鳳調戲，演出假追殺戲碼）。事實上，西門吹雪第一次出場，古龍就刻意凸顯了他「俠義」的特徵——他不遠千里，在烈日下馳騎三天，焚香沐浴，齋戒三日，趕到一個陌生的城市，為了一個陌生人（趙剛）去殺另一個陌生人（洪濤），只因為洪濤殺了趙剛，而趙剛卻是個「很正直，很夠義氣的人，也是條真正的好漢」。

相較起來，白雲城主葉孤城則似乎少了一點人情味。葉孤城在小說中第一次出現，是在陸小鳳夜探平南王府之時，當時陸小鳳險些喪命在他那招著名的「天外飛仙」之下；而葉孤城顯示出的冷酷、孤傲、寂寞，也正與西門吹雪相同，「他們的人也都冷得像是遠山上的冰雪」，陸小鳳覺得：

他們都是非常孤獨，非常驕傲的人。他們對人的性命，看得都不重——無論是別人的性命，還是他們自己的，都完全一樣。他們的出手都是絕不留情的，因為他們的劍法，本都是殺人的劍法。他們都喜歡穿雪白的衣服。

但葉孤城是個「驕傲的人，所以一向沒有朋友，我並不在乎，可是一個人活在世上，若連對手都沒有，那才是真的寂寞」。西門吹雪在殺了蘇少英時，曾感慨：「你這樣的少年為什麼總是要急著求死呢？二十年後，你叫我到何處去尋對手？」兩個同樣孤高、寂寞的人，同樣是以劍道為性命的人，對他們來說，「劍道」其實就是「性命之道」，是他們身心性命的安頓之處。西門吹雪幽居萬梅山莊，葉孤城隱遁南海孤島，欲探求「劍道」；殊不知「劍」是「入世」的，故其「道」僅能於人間世的歷練上探求。於是他們飄然而出，踏臨人世，藉兩柄寂寞孤冷的劍，相互印證。陸小鳳一直不願，也不懂「決戰」的發生及意義，但經由一句，「正因為他是西門吹雪，我是葉孤城」，陸小鳳啞然無言：

這不算是真正的答覆，卻已足夠說明一切。西門吹雪和葉孤城命中注定了就要一較高下的，已不必再有別的理由，兩個孤高的劍客，就像兩顆流星，若是相遇了，就一定要撞擊出驚天動地的火花。這火花雖然在一瞬間就將消失，卻已足以照耀千古！

他們都是獨一無二的大宗師，不但世間僅能有其一，而且也唯有藉其交迸出來的火花，才能照亮「道」的途轍。「既然生了葉孤城，為什麼還要生西門吹雪」？因此，此戰勢在必行，這已是追求「劍道」者的宿命。

這場兩雄相遇的宿命決戰，從《繡花大盜》牽引而下，「月圓之夜，紫金之巔，一劍西來，天外飛仙」，地點在天子駐蹕的紫禁城之巔（太和殿屋頂）；時間選在淒迷的月圓之月。無疑，這極富傳奇的意味，也極富「劍道」與「人道」的省思。

三、古龍的「劍道」

古龍的武俠小說，自《浣花洗劍錄》（一九六四）精確的詮釋了「無劍勝有劍」的武學境界後，開始以氣氛的醞釀、氣勢的摹寫、簡潔的招式、迅快的比試，取代了傳統武俠中一招一式、有板有眼的武功描寫，這是他取法日本劍客小說家吉川英治、小山勝清、柴田錬三郎描摹宮本武藏的「劍道」而推陳出新的突破。

在《浣花洗劍錄》中，古龍藉紫衣侯之口，道出武學的奧秘：

我那師兄將劍法全部忘記之後，方自大澈大悟，悟了「劍意」。他竟將心神全都融入了劍中，以意馭劍，隨心所欲。……也正因他劍法絕不拘囿於一定之招式，是以他人根本不知該如何抵擋。我雖能使遍天下劍法，但我之所得，不過是劍法之形骸；他之所得，卻是劍法之靈魂。我的劍法雖號稱天下無雙，比起他來，實是糞土不如！

不拘囿於一定的招式，就是「無招」，「他人根本不知該如何抵擋」，則是「勝有招」，古龍是以道家「道法自然」的觀念詮釋的，故下文以自然萬物的原理為證，草木榮枯、流水連綿、日月運行等，皆是順應默化、生生不息的，唯是生生不息，故方能破除集狠、準、穩、獨、快於一身的「迎風一刀斬」。

此一開創，到《多情劍客無情劍》（一九六九）則有更進一步的發展，古龍在書中藉上官金虹、李尋歡與天機老人的語言機鋒，寫出了所謂「無招」的三層境界，這是武俠小說論武功境界「經典中的經典」：

手中無環，心中有環！（上官金虹）

在心裏，我刀上雖無招，心中卻有招。（李尋歡）

要手中無環，心中也無環。到了環即是我，我即是環時，就差不多了……妙參造化，無環無我，無跡可尋，無堅不摧！（天機老人）

無刀無招，卻是「有刀又有招」，此一境界，在《浣花洗劍錄》中已經揭示，但此書將刀（環）、招與「心」相聯繫，無疑更進一層，武學的境界，直等於人生的境界了。但天機老人卻顯是不以為然，更提出了第二層「環即是我，我即是環」，將「人與劍」完全結合；但人劍雖是合一了，仍有人與劍之別，故又提出「無環無我」的相忘境界，此方為武學的真正巔峰！在此，古龍以禪宗神秀與慧能的偈語印證，實則與莊子的「吾喪我」觀念亦相吻合——這真是所謂的「仙佛境界」了。「劍道」發揮至此，至矣，盛矣，蔑以加矣！

還是古龍的「絕境」，但如仙如佛固是高妙絕倫，卻分明與「人」之間有所扞格，陸小鳳系列故事以「人道」為重，只講到「人即是劍」的境界，並未「劍我兩忘」。蓋無論西門吹雪與葉孤城是多孤高懸絕，是「劍」就要入世，既入世就不得不受「人道」的侷限，而也唯有將「劍道」落實於「人道」，俠客的生命才有意義——這正是陸小鳳系列故事的主題。

公孫大娘曾評論葉孤城的「天外飛仙」一劍：

這一劍形成於招未出手之先，神留於招已出手之後，以至剛為至柔，以不變為變，的確可算是天下無雙的劍法。

劍、招、神、意四者相通，不變而有變，其實正是「人即是劍」的境界，故葉孤城可以篤定的說「我就是劍」。西門吹雪的劍道境界，也造臻於此：

——他的人與已與劍溶為一體，他的人就是劍，只要他的人在，天地萬物都是他的劍。

——這正是劍法中的最高境界。

人在、劍在、道也在，這是古龍後期最高武學境界的論斷，明顯與《多情劍客無情劍》不同。從哲學思想上論，此說正如禪宗菩提、明鏡的「是」與「非」一般，是落於「劍道」下乘的，可是，這卻和古龍後期企圖發掘的「人性」息息相關。

四、「人道」與「人性」

「我即是劍，劍即是我」，是陸小鳳系列中欲刻意強調的道理；然而，所謂的

「我」，究竟為何？何者之「我」才是古龍所肯定的？我們不妨先看看紫禁城頂西門吹雪與葉孤城決鬥前的對話：

西門吹雪忽然道：「你學劍？」

葉孤城道：「我就是劍。」

西門吹雪道：「你知不知道劍的精義何在？」

葉孤城說：「你說！」

西門吹雪道：「在於誠。」

葉孤城道：「誠？」

西門吹雪道：「唯有誠心正意，才能達到劍術的巔峰，不誠的人，根本不足論劍。」

葉孤城的瞳孔突又收縮。

西門吹雪盯著他，道：「你不誠。」

葉孤城沉默了很久，忽然也問道：「你學劍？」

西門吹雪道：「學無止境，劍術更是學無止境。」

葉孤城道：「你既學劍，就該知道學劍的人只要誠於劍，並不必誠於人。」

西門吹雪不再說話，話已說盡。

陸的盡頭是天涯，話的盡頭就是劍。

紫禁城上當代兩大劍客的決戰，就是在這段機鋒式的語言後開展的。學劍者該「誠於人」還是「誠於劍」？是這段對話最重要的部分。西門吹雪指摘葉孤城「不誠」，而葉孤城亦已默認。的確，葉孤城在這段傳奇中用盡了心思計謀，布弄各種疑陣，主要的目的就是想藉這場轟動天下的宗師對決吸引天下人的耳目，以暗遂其弒君篡位的詭計，西門吹雪所稱的「誠心正意」，顯然是非常儒家式且道德化的，這與歷來武俠小說中所設計的俠客形象如出一轍，葉孤城自覺虧欠，自然只得默認。「誠於人」是「人道」，故西門吹雪後來評述此戰時，也宣稱葉孤城「心中有垢，其劍必弱」。

不過，此戰的結局，真的就是西門吹雪勝了嗎？從「冰冷的劍鋒，已刺入葉孤城的胸膛，他甚至可以感覺到劍尖觸及他的心」看來，西門吹雪終是最後的生還者；但是，就在決定勝負的最後一劍時，情況是：

> 直到現在，西門吹雪才發現自己的劍慢了一步，他的劍刺入葉孤城胸膛時，葉孤城的劍必已將刺穿他的咽喉。
>
> 這命運，他已不能不接受。
>
> 可是就在這時候，他忽然又發現葉孤城的劍勢有了偏差，也許不過是一兩寸間的偏差，這一兩寸的距離，卻是生與死之間的距離。

這錯誤怎麼會發生的？

是不是因為葉孤城自己知道自己的生與死之間，已沒有距離？

對葉孤城來說，此戰「勝已失去了意義，因為他敗固然是死，勝也是死」，「既然要死，為什麼不死在西門吹雪的劍下」？葉孤城是不敗而敗，因此劍勢略作偏差，而滿懷感激地承受了西門吹雪的劍鋒——這不是技不如人。陸小鳳旁觀者清，早已看出葉孤城劍如行雲流水，而西門吹雪的劍，「像是繫住了一條看不見的線——他的妻子、他的家、他的感情，就是這條看不見的線」。

西門吹雪的入世精神，本就是古龍欲加強調的，而入世的結果，牽連起心中冰藏已久的感情（孫秀青及腹中小兒的親情愛情、陸小鳳的友情），有牽繫，就難免有羈絆，此時的西門吹雪已不再是「劍神」，而是「人」，「因為他已經有了人類的愛，人類的情感」；而葉孤城呢？陸小鳳「從未發覺葉孤城有過人類的愛和感情」，「人總是軟弱的，總是有弱點的，也正因如此，人才是人」，故西門吹雪所體會出的「劍道」精義落實於人與人誠摯真實的相處之道。

這是「入世」了，然而「入而不出」，西門吹雪以「性命之道」為「劍道」極致，得道而失劍。葉孤城「入世」的結果，依然了無牽掛，「葉孤城的生命就是劍，劍就是葉孤城的生命」，「入而能出」，以「劍道」為「性命之道」，得劍而失道。「劍道」的精義，由此可見，實應「誠於劍」；然而，「劍道」如若不能「誠於人」，如葉孤城一般，究屬何益？在這裏，古龍事實上已否定了「劍道」與「性命之道」的關聯性，劍道的極致是「誠於劍」，而「性命之道」的極致才是「誠於人」。問題是，人生當追求「劍道」還是「性命之道」？葉孤城臨戰心亂，西門吹雪耐心等候；葉孤城臨戰一語，視破壞了他周詳計劃的陸小鳳為「朋友」，葉孤城早已決心死於西門吹雪劍下，因為他已無所遺憾，「劍道」對他而言已經印證完成，但人生在世，或者「性命之道」才是更具意義的——這是古龍最後的「悟」。

事實上，葉孤城是否「不誠」於人呢？當陸小鳳窺破陰謀，飛身救駕的時候，葉孤城慨然而歎：「我何必來，你又何必來？」的確，名動天下、潔白無瑕、冷如遠山冰雪的白雲城主，緣何會墮入凡俗，陰謀弒君呢？他也誠於人，誠於「南王世子」（即《繡花大盜》中的平南王世子，他的愛徒）。這恐怕才是葉孤城心中最大的「垢」。

葉孤城是西門吹雪的另一個身影，如果西門吹雪經此一戰，終於能明白，「劍道」須「入而能出」，即可如《劍神一笑》中的他一樣，可以拋妻棄子，一如天上白雲，悠遊於山巒崗阜，無瑕無垢，無牽無絆，終成一代劍神。

但是，這樣的「劍神」，就很明顯不是古龍所欲追求、凸顯的「人道」、「人性」了。一九七一年，古龍在《歡樂英雄》一書的卷首宣稱：

> 武俠小說有時的確寫得太荒唐無稽、太鮮血淋漓；卻忘了只有「人性」才是每本小說中都不能缺少的。人性並不僅是憤怒、仇恨、悲哀、恐懼，其中也包括

了愛與友情、慷慨與俠義、幽默與同情的。我們為什麼要特別看重其中醜惡的一面呢？

古龍的「人性」其實正是指「人道」，因此極力欲排除人性中也有的醜陋面相，而發揮其積極樂觀的一面，儘管後來諸作，有時並未依循此一原則創作（如一九七四年的《多情環》甚至強調「仇恨」），但陸小鳳系列作品則顯然是他此一主張的最具體實現！

台灣師範大學教授、武俠研究與評論家 **林保淳**

試析《多情劍客無情劍》中的自我辯證與情慾焦慮

一、前言

作為古龍武俠創作成熟期代表作的《多情劍客無情劍》一書，不僅是放在浩如煙海的眾家武俠作品中顯得獨樹一格，即使是較之於古龍自己一生中的武俠創作，也是最能體現其創作底蘊與精神意涵核心的。

其主要特徵在於透過內在心象的展現完構了自我內在追求與認證。透過概念化、對立、互為鏡影的人物關係，反覆辯詰以求自我證明與統一。去時間化的人性觀是其表徵，內在自我的焦慮與混亂性是其衝突核心所在。至於面對情慾時的矛盾與宰制則是作為力求自保自我的完整性而進行的排拒手段。

古龍創作武俠小說銳意於求新變乃眾所皆知之事，[1]然而其新變之處絕不僅只在於所謂摻入現代筆法、口語化、支裂字句等文本風格的反映，也不僅於打鬥場面的描寫翻新和思想內涵上取用了西方思想等等所謂開現代新派武俠小說的敘求模式的變革。這些變革特色長期以來所受褒貶不一，引起各方爭論不休，其實大抵是類型對比下的研究結果，其弊往往易流於割裂與瑣碎。這種研究方式的好處固然是容易說出古龍作品較於其他武俠作的差異之處，但卻無法明白指出古龍武俠創作的真正核心意涵為何，因此褒揚者無法交代這些變化究竟根源自何種創作核心意念，而貶抑者亦難以說明何以後學模仿之輩往往只能得其皮毛，甚且趨於下流。[2]

作為類型化特徵鮮明的武俠小說在創作上明顯展露了強烈的敘事模式化的傾向，這使得一個涉身其中的創作者想在此種模式化的敘事風格中展現自我的創作意涵與特徵時，感到更形艱困。因此，即使是銳意求新變的古龍也難免受累於此，所以在他的全部武俠作品中，絕非每一部都能適當體現他個人獨特的創作意旨，也不是只要被劃入他的中、後期或成熟期的作品皆可作為分析其創作意旨的適當樣本。因此《多情劍

1古龍曾言：「這十幾年中，出版的武俠小說已算不出有幾千幾百種，有的故事簡直已成為老套，成為公式，老資格的讀者只要一看開頭，就可以猜到結局。所以武俠小說作者想提高自己的地位，就得變；若想提高讀者的興趣；也得變。」其銳意於求新、求變之情溢於言表。引文見《歡樂英雄》序，萬盛出版公司一九八九年一月革新版。

2葉洪生先生曾批評新派武俠作家學古龍者皆僅得其皮毛：「……影響到新、舊武俠作家千篇一律『泛古龍式』文體、分段及邏輯推理，充斥報章。但因彼輩之才學與想像力遠遜古龍，乃淪於『畫虎不成反類犬』的境地。」引文見《中國武俠小說史論》，頁九四。實則古龍之文體依其內涵主旨而言，有其不得不然的結合關係，不能理解其中要害，自然只得其皮毛，然而也絕非才學或想像力不足的關係而已。

客無情劍》一書的呈現便更顯現其重要性。

故本文以《多情劍客無情劍》為分析文本，嘗試尋繹古龍武俠創作的核心意旨，並非以此可為套用於所有古龍武俠作品中的模式，然而藉著創作核心意旨的揭示，卻可以協助釐清在古龍武俠作品中的許多引人爭議之處，諸如其人性觀、俠義觀、情慾觀乃至於語言風格文體特色等，而這些問題卻幾乎是在古龍的所有武俠作品中皆可發現的。

二、自我辯證的人物關係

《多情劍客無情劍》一書中出場的人物並不多，主要角色男性方面有李尋歡、上官金虹、阿飛、荊無命；女性方面則有林詩音、林仙兒、孫小紅。其中關於女性角色的分析留待稍後再加以討論，在此先集中分析李尋歡、上官金虹、阿飛、荊無命這四個主要男性角色之間對立、互為鏡影的分合關係。

全書主角李尋歡無疑是一個概念型人物，作為正面角色，李尋歡卻不是一個正義的化身，[3]更不是那種為國為民的大俠，而是帶著悲劇色彩、濃厚詩意的形象，展現為

3 古龍自謂李尋歡為正義的化身：「因為他的刀本來就是個象徵，象徵著光明與正義的力量。所以上官金虹的武功雖然比他好，最後還是死在他的飛刀下。」引文見〈談我所看過的武俠小說六〉，《聯合月刊》第二十四期。然而就情節發展來看，古龍並無一語提及上官金虹本來必勝李尋歡，也沒交代李尋歡是因為正義而打敗上官金虹，反倒是極力渲染小李飛刀的神奇。再者，若是有了正義就可以擊敗上官金虹，則天機老人也不會犧牲了。

一種蒼涼的姿態。所以他的性格優柔矛盾而毫無自覺，形象完美而實質血肉不足。他的空泛需要其他三個人物所代表的幾個極端的人性面向來加以補足。和李尋歡一樣，上官金虹、阿飛、荊無命也是概念型的人，也是無法獨立自足的存在。

他們分別代表了權力欲望（包括金錢、性）、原始的血氣熱力與死亡的絕望。這三個部分都是複雜人性的部分展現——或者說是古龍所觀察到人性的幾個張力點。把這三個人物所代表的人性面合起來，才是一個血肉完足的人物，也才能理解古龍藉由這些人物關係所塑造的男性自我形象的認同證明與人性觀。這樣的自我因此基本是膨脹而分裂的，在分裂中不斷膨脹衍生，在互為鏡影的對稱關係中反覆辯詰以達自我的證明、統一。

因為這樣的一種可以合而為一的四個、二組對稱人物關係（李尋歡、阿飛為一組對應於另一組上官金虹與荊無命），所以面對原本應該是死對頭的上官金虹時，李尋歡可以說出：「上官金虹若不是上官金虹，又何嘗不會是我的好朋友？」（《多情劍客無情劍》冊五，頁四）[4]，古龍並且藉由眾人之口再說出：「這兩人像是有些相同的地方」、「他們都不是人……李尋歡若不是李尋歡，也許就是另一個上官金虹。」（冊五，頁四至五）這樣反覆弔詭的話。所以古龍喜歡強調知己與仇敵可合一：「一個最可靠的朋友，固然往往會是你最可怕的仇敵，但一個可怕的對手，往往也會是你最知

4以後凡引內文處，一律只標示其冊數與頁數，所據版本為萬象圖書公司一九九二年十一月二版。

心的朋友……因為只有這種人才能瞭解你。」（冊三，頁廿五）所謂士為知己者死，古龍筆下驚天動地的友情就是奠基於這樣一種彼此間的瞭解，而這瞭解其實是與尋求一種自我認同與證明的追求息息相關。自我認證放在對稱而對立的人物關係之中就成了分裂的自我之間的對話與辯證。而這也正是古龍作品中令人不解的奇妙友誼的存在根基。

上官金虹是李尋歡的另一個自己，是一面鏡子，照出了他內在本質的另一個面向。而支持他抗拒於上官金虹所象徵的權力鬥爭欲望的動力則繫於阿飛身上那股原始的生命力與對生命的熱愛、對感情的執著，相對於李尋歡在愛恨上的無能，阿飛的愛恨實在是既強烈又真切。這樣一個敢愛敢恨的人物原本應該是可以被塑造得神完氣足，自立一格的，可惜古龍卻始終只讓他停留在原始的甚至是野蠻的層面上難以提昇。

在整部《多情劍客無情劍》中對阿飛的描述幾乎都與荒野、原始、求生、狼的意象連結在一起，他不僅漠視社會規範，更明顯有著反社會、反文化的傾向，因此這樣一個退回原始世界的人物就不可能成為武俠小說中被廣泛接受的理想追求的文化典型人物，只能化作一團令人震撼的狂熱生命力內在於李尋歡體內，所以也就無法成為一個自足獨立的角色。

與阿飛相對的，被認為是上官金虹的影子人物的荊無命則是死亡的象徵、絕望的代表人物。荊無命一出場，古龍就藉由透視荊無命的眼神形容他：「那根本不是雙人的眼睛，也不是野蠻的眼睛。……他漠視一切情感，一切生命——甚至他自己的生命！」一個人如果以殺人為職志，並且連自己的生命也不在乎了的話，那麼他其實已經是死亡的化身了。這樣的死亡的化身令人絕望、令人窒息，卻在書中成為上官金虹的影子。權力與死亡之間的結合糾葛因此是古龍人性觀察報告中的一個很重要的面向，同時也隱含了男性面對自我吞噬的權力欲望時的一種恐懼反應。

荊無命除了作為上官金虹的影子外，更重要的是與阿飛成為對應面而存在的關係。他們之間的關係也猶如李尋歡與上官金虹之間的關係一般，神似而又截然背反：「這也許是世上最相像兩個人！只有在兩人站在一起時，你仔細觀察，才能發覺這兩個人外貌雖然相似，但在基本上，氣質卻是完全不同的。荊無命臉上，就像是戴著個面具，永遠沒有任何表情變化。阿飛臉雖也是沉靜的、冷酷的，但目光隨時都可能像火燄般燃燒起來，就算將自己的生命和靈魂都燒毀也在所不惜。而荊無命的整個人卻已是一堆死灰。」（冊四，頁一一二）

古龍並且進一步藉林仙兒之口指出阿飛與李尋歡之間的關係，很像荊無命與上官金虹之間的關係。

這樣的一種四人、二組而可合而為一的人物關係所展現的自我分裂、對話、辯詰的結果，最後是以擊敗權力欲望、放逐死亡、解消生命熱力為收場。

李尋歡在對決中殺死了上官金虹其實不是為了正義，因為他從來就不曾主動挑戰上官金虹，甚至可以說是一直都在姑息，乃至於惺惺相惜。因為他其實和上官金虹一樣也熱愛權力，也高高在上，他的被迫出手殺死上官金虹至多只證明了他想超越權力的企圖。

而放逐荊無命，讓死亡與仇恨相伴而行，更是要藉此泯滅死亡的威脅。僅剩的支柱阿飛也走了，他要去尋找「身世」，然而像他這樣原始的象徵，身世絕不會在人間，所以只有到海上去尋覓。

那麼李尋歡最後還剩下些什麼？超越了權力、死亡、消解了原始、扎人的生命熱力後，他其實變得一無所有了。他既非仙佛也非聖人，棄絕權力、死亡與熱情後，連他原初的那一點因為矛盾衝突而掙扎出來的蒼涼詩意也化為烏有。所以他選擇回到婚姻體制內，回到社會規範中，因為他的自我已隨權力、死亡、熱情的消失而泯滅了。

由此可以解開古龍武俠世界中所表現的去時間化的人性觀與堅實異常的友情是如何產生的疑問了。

陳曉林先生曾於對比金庸、古龍二人的人性觀之後說：「金庸的人性觀是比較平正、通達的，具有發展性、持續性的人生觀；而古龍則是多變的、不可捉摸的。古龍筆下的人物在這幕場景的行為是可理解的，而在另一個場景，他的行為可能是突變。」費勇、鍾曉毅先生在其合著的《古龍傳奇》一書中則更進一步指出：「古龍的故事喜留下時間空白……說明古龍著眼的是純粹的人性本身，他不關注社會的歷史因素對於人的影響，他只探討在純粹的人與人交往的狀態中，人性應是如何流露與展開的。」

古龍自己曾說人性衝突是其創作意旨的焦點：「所以情節的詭奇變化，已不能再算是武俠小說中最大的吸引力。人性的衝突才是永遠有吸引力的。」[5]然而古龍眼中的人性究竟為何？展現在小說中的風貌又如何？誠如前引學者所言，古龍的人性觀基本上去除掉時間的因素，強調人性中永恆不變的質素。而在小說情節的展現中，他將人性的種種不同質素分別置入個別人物中，以此形成衝突、拉扯，塑造出一股「有血有肉」的熱烈張力。

因此他的人性當然就沒有發展性，也就是不變的，表現在人物身上的就成了一個個概念化的典型。他曾說：「不管是被時間遺忘，抑或是遺忘了時間，兩者之間都有一個共同的特徵——不變。」[6]時間可以改變，卻無法改變人性中不變的質素，所以李尋歡、上官金虹、阿飛、荊無命這些人物在小說中的性格始終如一。能夠產生變化的，只是這些不同質素之間互動結果。

所以古龍那不變的、不具發展性的人性，其實是相當內視的、拆解的、自我剖析折射的人生。他不打算讓筆下的任何人物單獨承受、展現人性變動的全貌，而將人性概念化為幾個張力點，置放在不同的人物身上，藉由性格不變、情節上對立的人物之間的互動來展現其實變化非常微妙激烈的人性。因此古龍所有人性變化的觀察就被結合、收納在企求統一、認證的自我分裂辯證[7]的對話活動過程中。

5 古龍曾言：「所以情節的詭奇變化，已不能再算是武俠小說中最大的吸引力。人性的衝突才是永遠有吸引力的。」引文見〈談我所看過的武俠小說二〉，《聯合月刊》第二十期。

6 引文見《古龍傳奇》附錄〈古龍妙論精選〉，頁三四九，費勇、鍾曉毅合著，廣東人民出版社一九九六年版。

7 辯證一詞在本文中採修辭語義，指辯詰認證之意，非指哲學意義上嚴格之辯證學義。

透過不同人性面向所發展的自我辯證所產生的強烈的自我分裂的危機，適時提供了友情介入的基礎。相知相惜的朋友，在古龍作品中不僅僅是朋友而已，更是另一個自我的投射，或者說是自我的一部分。古龍小說的友情的建立完全不需要現實的基礎與時間的累積，往往兩個人第一次見面就立刻成為生死莫逆之交，李尋歡與阿飛是如此，李尋歡與郭嵩陽、呂鳳先亦是如此。因為他們都是自我分裂的一部分，所以他們之間超乎尋常的友誼也就不足為奇，因為這樣的友誼其實是建立在一種自我分裂後企求認同、統一的基礎之上。

三、泯滅善惡的血氣熱力

然一切都是人性內在的互動變化，善與惡二面都源於人性根深柢固的一部分，都是合理的存在，而世間的規範又不可依賴，因此善惡的判定標準也就難以確立，善不成善，惡也非惡，一切都是人性質素的衍生變化，以及互動衝突下的自我矛盾與掙扎罷了。所以《多情劍客無情劍》中沒有仗義行俠的主題，[8]所憑恃的是一股熱力血氣的噴湧體現。

在《多情劍客無情劍》中處處充滿憤世嫉俗的筆調，俯拾皆是真、假君子的辯

8 義的形成必須符合一定程度的普遍認知甚至是社會規範，而在《多情劍客無情劍》中的人物皆是依其心理變化而行事，並以之推動情節的發展，因此仗義行俠實非其主題。

駁。名門正派、俠義之士往往是非不分，甚且是自私奸惡之徒。因此作為小說中的正面人物李尋歡與阿飛都表現出一種自我與社會之間的適應不良的矛盾衝突，[9]其中尤以阿飛為甚。因為阿飛代表的是狼一般的、原始的血氣熱力，自然難以見容於社會流俗。然而這其中的矛盾衝突並不僅只於憤世嫉俗，還在於善惡無根的人性觀結合了反社會傾向所導致的以追求原始的血氣熱力為表現方式的自我追求。

所以在《多情劍客無情劍》中被稱為世上第一智者，無所不知，無所不曉的百曉生，在阿飛眼中變成了令人厭惡的萬事通：「這種人自作聰明；自命不凡，自以為什麼事都知道，憑他們的一句話就能決定別人的命運，其實他們真正懂得的事又有多少？」（冊二，頁三三）至於與百曉生列於同一陣線的名門之士，更是顯得糊塗愚蠢而幼稚，或者欺世盜名，甚或受人擺弄。所以百曉生終將死在自己所品評的小李飛刀之下，而少林寺也因此而自取其辱。

這種反智的傾向因為阿飛的原始血性而凸顯，也反過來更襯托了阿飛的血氣熱力的令人著迷。全書中幾乎是以一種近乎著魔崇拜的語句，一再反覆強調阿飛身上這種發自原始的血氣熱力。在這種血氣熱力的籠罩下，善惡泯滅，智不足取，至於世間的社會規範更是毫無意義。那麼，正義在哪裏呢？正義沒有了根，本來就不是《多情劍

9 一般武俠小說中的俠客大抵亦頗有憤世之情或不苟流俗之處，然而阿飛的表現仍有其特性之處。一般俠客猶如金庸筆下的黃藥師雖特立獨行，卻又強調：「忠孝乃大節所在，共非禮法！」（見《神鵰俠侶》）這種高昂的人文精神絕不見於阿飛身上，阿飛對抗禮法的是血氣與蠻性。

客無情劍》所追求的標的，激發原始的血氣熱力才是全書的精神追求主旨。

然而這種一團茫昧的原始血氣熱力終究難以成為文明社會中的一個理想追求的典型，所以阿飛在書中始終無法獨立為一個自足的人格形象，而其追求的最後歸宿，也只能遠離人世，游於海外。而海外象徵了所有真正高人的最後歸宿，充滿了神話色彩的精神指標。阿飛的血氣熱力最後終於海外，也可看出古龍對此種原始血氣熱力的近乎崇拜的心態。

四、情慾的宰制與焦慮

《多情劍客無情劍》中的女主角應為林仙兒。至於令李尋歡朝思暮想的林詩音則不僅形象模糊，且越描越淡，是一個血肉不足的人物，相應於李尋歡的一點蒼涼詩意，她表現出一股幽怨淒涼的形象。

古龍對於林仙兒的著墨甚多，所佔篇幅幾乎超過李尋歡。以這麼多篇幅去描寫林仙兒這樣一個陰謀浪蕩的反面的女性角色，所代表的意義並不僅是單純的林仙兒這個角色所表現出來的負面形象而已，更展現了男性自我面對情慾時的焦慮與宰制。

林仙兒在小說中所代表的是性慾與陰謀，這二者合起來的結果恰恰指向了竊奪男性權力的危險性。所以《多情劍客無情劍》一書中極力描述林仙兒在性方面對男人的無可抗拒的誘惑力，又極力貶抑她的存在價值，好像在同時進行著一種吞食與嘔吐的雙重行徑，透過吞食滿足對女性色慾上的宰制，又藉由嘔吐消除因此而引起的自我的焦慮恐慌。

古龍曾說：「情慾是人類的弱點，尤其是對在比鬥中的人，更不能興起情慾。」而在小說中，林仙兒被形容為：「看起來像仙子，卻專門帶男人下地獄。」（冊四，頁一七七）[10]因此李尋歡直接地抗拒了林仙兒的誘惑，而連迷戀林仙兒至深的阿飛也自始至終沒與林仙兒發生過性關係。

林仙兒的性吸引力真能有這麼可怕？按小說來看，的確如此。連郭嵩陽、呂鳳先這樣鐵錚錚的好漢都不免被她所誘惑，甚至上官金虹、荊無命也願意拿部分的權力交換她的身體。尤其可怖的是，她竟可以讓阿飛和李尋歡一度反臉。

可以說林仙兒的性吸引力是與她的權力陰謀連結在一起，她想用她與男人之間的性關係奪取、轉用男人的權力，這是第一個令男人感到害怕的地方。此外，她還可以讓男人之間的友誼破裂，更是嚴重破壞了男性同盟的關係。

而後面這一點對古龍而言尤為可怕。因為阿飛與李尋歡之間的關係不是兩個獨立的個體，而是一個自我的二個分裂體。所以林仙兒以其性吸引力挑戰了阿飛和李尋歡的友誼，就等於是製造了男性自我的內在分裂。而這種分裂卻是由於渴望宰制女性（性慾）而引起的。

10引文出處同注六，頁三六〇。

阿飛為了林仙兒和李尋歡翻臉，肇因於李尋歡千方百計想讓阿飛離開林仙兒的干涉行動。李尋歡自己以其超人的克制能力抗拒了林仙兒的誘惑還不夠，還想操控阿飛對林仙兒的迷戀，其實追根究柢是想根絕林仙兒的性魅力對男性自我的傷力，或者說是想徹底宰制女性在性慾上對男性的牽引。

透過對林仙兒的宰制而完成了自我的統一。然而矛盾的是林仙兒在書中的性魅力也是男性所製造出來的，因為林仙兒在書中除了性與陰謀外，再無任何其他的表現空間，她的被徹底性慾化正是造就她無比的性魅力的根本原因。

此外，全書對林仙兒所代表的性慾魅力與陰謀的宰制與報復更表現在性行為中對林仙兒的性虐待上。讓讀者覺得林仙兒是自取其辱，其實是藉由性虐待展現男性對林仙兒的宰制與報復。

宰制是害怕被性慾望牽引而喪失男性自我的獨立完整性，報復則是針對林仙兒竊奪男性權力控制的企圖，而這兩者在根源上是合一的，因為在面對女性時，男性自我本就依賴膨脹的權力欲望而建立。

林仙兒在小說中的形象基本上完全符合傳統古典小說中所塑造出來的淫婦的形象，所以也就具有父權社會中男性性意識裏的淫婦原型所含有的雙面鏡的效果。

淫婦此一原型所代表的意涵並不僅止適用於違反禮法規範的通姦婦女而已，一個女人只要對性需求表現出渴望的態度，對性歡愉表現出樂於享受的想法，就已經符合了淫婦原型的要件，通不通姦倒在其次，[11]而林仙兒在這兩方面都已俱足。她不但表現出對性需求的渴望，也不斷地與各種男人通姦。淫婦原型可以照出父權社會底下的男性性意識的兩個矛盾面向：

一方面，男性既然慣於把所有的女性都性對象化以剝奪其作為一個完整的人的資格與可能性，那麼一個性慾旺盛的女人就完全符合男性對女性的本質認定，也容易被男性以性的手段加以操控，必然可以獲得男性的歡心（林仙兒正是這樣的一種角色）。

另一方面，既然女性被視為僅有性的存在，男性就無法不面對這樣被性慾化的女人理所當然應有的強烈性慾望，而當女人這樣強烈性慾超過男性正常性能力所能負荷時（依男性對女性的強烈性對象化傾向來看，女性的性慾強度必然要超過男性所能供應的範圍了），以及男性在權力操控女性過程中所可能產生的權力的流失太多時（尤其當男性並沒有擁有超乎常人的性能力時，更是要用更多的社會權力關係去籠絡女人，也就流失了更多的權力），淫婦就反過來成為一種可怖的、難以控制的性獸（林仙兒也是這樣的一個女人）。解決這其中既愛且懼的矛盾的常見方式，就是在性行為中對女性施以虐待。

由此可以進一步看出古龍為何要把林仙兒描寫成一個喜歡勾引男人去性虐待她，

11 王溢嘉先生曾指出：「蘭陵笑笑生所塑造的『潘金蓮』很生動地反映了漢民族『集體潛意識』中的『淫婦原型』。……此一『淫婦』的造型：它包括『天生就淫蕩的』、『主動勾搭男人』、『類似一隻飢餓的母獸』……」由此可見淫婦的主要構成條件在於對性採取主動和樂於享受的態度。引文見〈從心理分析觀點看潘金蓮的性問題〉一文，收入《風起雲湧的女性主義批評》一書，谷宛玉編，谷風出版社印行，頁三二三。

這樣一個奇怪的女人了。在小說中，林仙兒第一次出場便是勾引李尋歡、想用她的身體換取李尋歡身上的金絲甲，結果卻換來李尋歡的羞辱：「一個女孩子不可以如此自信，更不可以脫光了來勾引男人，她應該將衣服穿得緊緊的，等著男人去勾引她才是，否則男人就會覺得無趣了。」（冊一，頁八七）

由此可見林仙兒所以勾引不了李尋歡，只是因為她不該對自己太自信，更不該採取主動的姿態，因為這樣一個自信而主動的女人對男性的權力控制而言，是多麼的危險。由此亦可見李尋歡對在權力控制方面的欲望有多麼的強烈，以至於一個女人只要稍有可能損傷他的權力控制能力，他就會感到非常的「無趣」。

除了李尋歡之外，林仙兒還被兩個人打敗過，一個是上官金虹，另一個是荊無命，因為她用她的身體去和這兩個人交換的結果，幾乎沒有得到任何實質的利益。這是因為作為死亡與絕望的代表的荊無命本身早已喪失了任何生命的活躍性，所以在性方面也幾乎是一個絕緣體，他既然無法正常地享受性歡愉，當然也就不會沉溺其中，被林仙兒所迷惑。

而上官金虹作為權力的化身，在小說中是最有勢力的江湖人物，且對權力的迷戀與執著超乎常人，所以他可以無害地享受林仙兒提供的性服務。這也可以看出上官金虹和李尋歡其實是多麼相近的人物，他們對權力的迷戀與由此而來的強烈自我控制能力都是超乎常人的。至於迷戀林仙兒甚深，卻從沒和林仙兒發生過實質性關係的阿飛則是一個多少被扭曲的人物。他的熱力血氣本不該禁慾，但古龍不能坐視他內心底層所理想追求的代表人物為林仙兒所污染，因此雖然讓他受盡林仙兒的擺佈，卻透過禁慾為他塑造了癡情、悲情的形象，一來保住了他自我的完整性，二來也為他抹上一絲造作的人文色彩。

至於一般「有血有肉」的男人，如伊哭，他本要為報殺子之仇而找上林仙兒，結果反而被林仙兒所惑，在那一場性行為描寫中因此便充滿了性虐待的欲望與景象。伊哭性虐待林仙兒是因為他在林仙兒的性魅力前全面潰敗了，連殺子之仇都可以拋在一旁，他必須以虐待的方式來發洩對林仙兒的恐懼與怨恨。而這也成為小說中後來所有林仙兒性愛場面的描寫模式，可見得林仙兒不僅讓伊哭懼怖，而是可以讓大多數男人都感到懼怖的。這種懼怖之深，不僅表現於男性主動對林仙兒施以性虐待，還更進一步地讓林仙兒自己表現出喜歡被性虐待的姿態。

這種反向的描寫有二種作用，一是合理化男性對林仙兒的性虐待行為，讓林仙兒表現咎由自取的形象；再則是藉由林仙兒的主動要求受虐來膨脹男性的自我與權力控制欲。如果林仙兒妄想竊奪男性的權力（即使還必須透過非常辛苦的陰謀設計），必須付出這麼大的犧牲，或者反過來說，男性的權力可以勾引林仙兒受虐的欲望的話，豈不是更證明了男性權力的無上地位與魅力，擁有這樣的父權的男性自我又豈能不加倍膨脹？

然而男性的自我與權力控制欲愈膨脹，面對林仙兒的恐懼就愈深，因為林仙兒不是一個可以被輕易滿足的女人。雖然小說中並沒有說明林仙兒是否可以從那些被她勾引的男人身上得到性滿足，可是從她一再地更換性伴侶以及她在性行為中的受虐傾向可以看出她並沒有得到滿足。[12]

性虐欲的產生往往是因為一般的性刺激不足，所以轉由肉體上的痛苦加以補償，林仙兒一再藉由被虐來產生性衝動，就是表示她不容易從一般性行為中得到滿足，更何況她還喜歡看到男人為她廝殺，為她流血。面對這樣的女人，男人只好用更多的權力去籠絡她，也就更容易產生喪失權力的恐懼。而在《多情劍客無情劍》這樣的小說情節中，男人一旦喪失了權力，也就喪失了自我。

對古龍而言，這的確代表了男性自我生死存亡的關鍵，不可等閒視之，所以他用這麼多的篇幅來描寫林仙兒，不斷地凌虐她、羞辱她，為的就是驅魔般地排除林仙兒對男性自我所可能造成的傷害性。所以最後他要讓林仙兒成為長安城最卑賤的娼寮中的妓女，而且變得醜陋不堪，任何男人都可以肆意蹂躪她而無所畏懼了。

可笑的是在古龍如此費力為男性驅魔而將林仙兒極力摧殘的描寫中，反而讓我們清楚地看到一個女人在父權社會中想要求得獨立自主的生存有多麼地艱辛、多麼地危險。只有像林詩音那樣幽怨哀婉的女子，或是像孫小紅那樣聰明卻只為男性著想的女孩才是值得男生追求和依靠的，因為她們都沒有獨立自主的人格。

12 靄理士在其所著的《性心理學》中說：「……求愛過程中種種附加的情緒，例如憤怒與恐懼，本身原足以為性活動添興奮。因此，假如性衝動的力量不夠，一個人未嘗不可故意的激發此類情緒，來挽回頹勢。」引文見《性心理學》，潘光旦譯，三聯書店印行。

特別是在古龍如此深深陷溺於因林仙兒所引起的男性自我分裂的危機與權力流失的懼怖而毫不自覺，反而一味怪罪於林仙兒的驅魔式描寫裏，我們更可以看出林仙兒的不幸與悲哀，因為她已不是一個完整的人物，而是一個概念化的典型，除了作為一個可怕的性獸外，在她身上找不到其他作為一個完整的人該有的部分的描寫了。

五、囈語與格言

古龍武俠作品中特殊的語言文字風格一直是眾多評論家所爭論不休的問題，如葉洪生先生在羅列以古龍為代表的新派武俠作品時，第一點即指其文體上的特色：「運用現代筆法技巧，且儘量口語化，力求簡潔。同時針對出版社或報刊『論稿紙行數計酬』慣例，多以『散文詩體』或『敘事詩體』分行分段。

其濫用結果，乃使句與句、段與段之間全拆成碎片，不知所云。尤有甚者，往往一個『殺』字就霸佔一行，居然蔚為風尚！」[13]葉先生似對此種文字風格甚不贊同，稱之為「文字障」：「反觀古龍的『新派』小說，從一九七六年寫《鐵血傳奇》以降，幾乎很少見到超過三行的段落，且多半是一句一段，沒有段與行的區別。揆其分段之離譜，大約有以下幾種情形：

13引文見《武俠小說談藝錄》，葉洪生著，聯經出版社一九九四年版，頁九十。

一，以一個動作或聲音分段。二，以人、時、地分段。三，以場景的片面事物分段。四，將邏輯或因果關係的複合句及條件子句割裂成數段，等等。筆者並非盲目反對『新派』分段；如果某句話、某個詞、某個字的作用有其特定意義，自可適量使用；否則『見句破句、見行破行』，變成每一句、每一行、每一段都在用強調語氣，即無『強調』之可言。甚至成為一堆句不成句、文不成文的『雜碎』而已。一種新的『文字障』赫然形成！」[14]針對這一點，龔鵬程先生曾提出不同的見解：「……又或嗤其文體句句分行、支離破碎，是因為報刊及出版社都論行數計稿酬，所以用這種方法湊篇幅、賺稿費，不免有『商品化的弊病』。這些說法都不恰當。

古龍並不是從武俠小說寫起的新手。他在高中時期便是標準的文藝青年，寫散文、新詩、短篇小說。因此他原本較熟悉擅長的，就不是傳統武俠文學的寫作型式。……把武俠寫作轉向他本不陌生的現代文學路子上去，實在是非常自然的事。……所以他的轉變，自有他整體文學素養上的條件和原因，不能只從圖利或心境孤涼等方面去理解。」[15]

這兩種理解俱有其說服力，然而不論古龍是為圖稿酬而形成文字障，或是汲取現代小說的筆法意境造就武俠小說中的一種新的文類革命，他的語言文字風格必得與其意旨內涵結構相稱呼應，否則不可能取得成功的嘗試則是必然的。關於這方面，本文

14 引文出處同註〇一三，頁四〇六。

15 引文見〈武俠小說的現代化轉型〉一文，龔鵬程著，收入真善美出版社之《楚留香傳奇》導讀，頁十七至十八。

將以《多情劍客無情劍》一書為主，從其中經常出現的囈語式、格言式的文字表現加以分析，尋繹其與全書內涵意旨之間的關係。

就以古龍著墨最多、最津津樂道的女性形象為例，古龍實在說了不少的話：

「一個女孩子不可以如此自信……否則男人就會覺得無趣的。」

「只有驕傲和自信，才是女人最好的裝飾品。一個沒有信心、沒有希望的女人就算她長得不難看，也絕不會有那種令人心動的吸引力。」

「女孩若是真的關心一個人，絕不會等什麼機會。」

「世界上絕沒有任何一個男人能真的了解女人，若有誰認為自己很了解女人，他吃的苦頭一定比別人更大。」

「一個女人若只有用眼淚才能打動男人的心，那女人不是很愚蠢，就是很醜陋。」

「女人的眼淚永遠是對付男人的最有效的武器。」

「女人長得醜，簡直比男人生得笨還要可怕。」

「醜的女人也有魅力的，有時候甚至比漂亮的女人更能令男人心動，因為她的風姿態度、一顰一笑、一舉一動都能挑逗起男人的欲望。」

這些對女人的形容語皆似是而非，甚且彼此互相矛盾，如自信對女人而言，究竟是增加魅力還是讓男人感到無趣？女人主動的問題亦如是。再如眼淚就女人而言，到底是最有力的武器還是愚蠢女人才用的下下策？而醜陋的女人是否真是無可救藥的可怕或者另有一番風味？至於一再宣稱男人絕不可能瞭解女人豈不是剛好對這麼多女人的評價語形成反諷？這樣反反覆覆的矛盾話語，豈不像是夢中囈語？更值得注意的是，這些囈語竟都出以格言式的斷語形式。

從本文前面對《多情劍客無情劍》中所呈現的自我分裂辯詰、認同與情慾的宰制、焦慮的分析中，可以輕易解開形成這些反覆矛盾的囈語格言的背後意涵究竟為何。因為一切的情節都是心象的推衍展現，都是自我的不同分裂體的衝突對話（情慾是引起這些衝突對話的一個重要環節，所以產生了進一步的焦慮），因此面對同一對象就可以產生完全不同的解釋，而且都是合理的。因為這些話語本就是自我分裂及內在衝突所發出的呻吟，當然必須出之以彼此矛盾的囈語形式。

而包含在囈語中的格言斷語正是為了消解內在混亂所造成的不安，而進行的一場又一場由暫時性界定來放逐分裂威脅的儀式，其效果幾乎如同在情節上對林仙兒進行性虐待以補償權力控制流失的恐懼一般。而這一類的囈語格言並不僅僅出現在對女性的描述上，舉凡人性、友誼、規範……等各類議論皆是如此，可是從內容意涵到語言文字風格都深深浸染著自我分裂與企求統一的不安與焦慮。

由此還可以進一步說，那些支裂的段落、句式不也正代表了內在分裂的心象？所以古龍特殊的文字風格表不是無根的、莫名的，而是與他創作的主旨意涵相連結、相呼應的。

六、結語

陳平原先生在《千古文人俠客夢》一書中提出武俠小說有四個主要情節模式是：仗劍行俠、快意恩仇、笑傲江湖與浪跡天涯。分別代表了行俠手段、行俠主題、行俠背景與行俠過程。[16]

就類型研究的角度而言，這的確是對武俠小說的類型特徵的很好說明。但是將之置入古龍的武俠作品中，卻時時可見扞格之處。以《多情劍客無情劍》為例，書中人物雖也仗劍卻不行俠，或至少所行之俠非一般以義為歸依之俠；而人物之間的恩仇固然也有快意的表現，卻不能算是其行俠的主旨，因為書中的人物並不背負血海深仇而出現，整個情節發展也與恩仇沒有太大的關係，快意恩仇在其中只是點綴。

至於人物活動的江湖，形象非常模糊而且受盡嘲諷，很難成為在情節發展上起一定限定作用的主要背景，而且對瞭解內涵主旨也沒有太大的幫助。浪跡天涯似乎是最合乎該書的風格取向表現的，然而也非藉此展現獨立蒼茫、傲視千古的個人意志，反而是自我分裂衝突下的自我放逐。

16 陳平原先生的觀點詳見《千古文人俠客夢》，陳平原著，人民出版社印行。

由此可見，即使是類型化特徵明顯的武俠小說，在面對一部部可以獨立自足的個別作品時，也難以用幾個泛論的情節模式加以圈限。更何況類型化的研究往往是從概略的博覽中形成先入為主的意念，再從許多作品中找尋相似之處為例證，好處是可以就文類發展上進行史的整理觀察，並且作為大範圍的文化分析論述的基礎，而其缺點則是容易因此而成為泛論，千篇一律，面貌相同。許多當前可見的武俠研究都有這種傾向。

這種研究固然有其必要之處，然而如果不能面對作品，誠懇地深入分析的話，又如何能在概括其類型特徵時得有精確的掌握？更何況這其中還多多少少隱含了對武俠小說這一類所謂通俗文類的輕視，總覺得必須從類型的角度總結其特色與流衍史並以之為文化研究素材才是有意義的，彷彿光是研究單一的通俗作品是得不出太多興味的。其實這是一種涉及文學解釋權的潛在偏見。

所以本文採用深入剖析單一文本的方式來作為理解古龍武俠作品的基礎，因為筆者相信不如此無以掌握古龍的內在創作意旨，而不能掌握創作意旨則難以真正釐清其於整個武俠小說類型衍化中的真正特色與定位。

淡江大學博士 翁文信

楚留香研究：朋友、情人和敵手

一、前言

古龍與金庸、梁羽生等前輩最大的不同之處，不僅在於他找到了自己獨特的敘述文體和方式，更在於他將自己的整個身心生命都投入了自己的創作之中，大約自《武林外史》開始，古龍的小說就不再僅是單純的武俠故事，同時也是古龍本人的人生書寫和生命抒情。這就像傳說中的鑄劍大師干將、莫邪將自己投入高爐烈火中，用自己的熱血和生命鑄造絕世名劍。

《楚留香傳奇》及其楚留香形象，就是一個重要的例證。

要研究和分析楚留香的形象，當然有很多途徑。本文的思路，選擇從楚留香的朋友、情人和敵手三個方面作觀察研究。首先看他擁有怎樣的朋友、怎樣的情人、怎樣的敵手；進而觀察他本人是怎樣的朋友、情人、敵手，最後看他到底是怎樣的一個人。

二、朋友

「無論任何順序上說，朋友，總是占第一位的。」[1]

金庸小說的主角多是一些只有俠義同道而沒有私交朋友的人，而古龍小說的主人公則多是一些離不開朋友的人。在古龍小說中，我們總能看到能隨時隨地呼朋喚友、給人間帶來歡樂、溫暖和光明的「歡樂英雄」。這當然與作者的性格有關。古龍在《午夜蘭花》中居然這樣寫：「我記得我曾經問過或者是被問過這一個問題，答案是非常簡單的。——『沒有朋友，死了算了。』」[2]

古龍筆下的楚留香當然也是一個喜愛朋友的人。正如作者在《楚留香和他們的朋友們》文中所說，「誰也不知道楚留香究竟有多少朋友」[3]。被作者點名的，有胡鐵花、姬冰雁、中原一點紅、左輕侯等，這幾個人當然是楚留香最好的朋友。這幾個人，一個是浪子，一個是富豪，一個是殺手，一個是世家掌門人，他們的身分完全不

1 古龍：《楚留香和他的朋友們》，《楚留香傳奇》第一卷第七頁，珠海出版社《古龍作品集》第四五卷，一九九五年三月第一版。本文中所有來自《楚留香傳奇》的引文，都選用同一版本。《楚留香傳奇》第一、二、三、四卷即《古龍作品集》的第四五、四六、四七、四八卷，以下不再一一說明。

2 古龍：《午夜蘭花》第四部第二章，《楚留香傳奇》第四卷，第二〇六八頁。這裏的「我」指的是古龍自己，作者在一部小說中跳出來表明自己的觀點，在古龍的作品中也非常少見。可見這裏所要表達的觀點，是何等重要。當然，《午夜蘭花》的敘述方式非常獨特，時空形式不斷改變，值得專門研究。

3 古龍：《楚留香和他的朋友們》，《楚留香傳奇》第一卷，第十頁。

同，性格更是千差萬別，但卻有許多共同點，他們意氣相投，都是楚留香的朋友，而且都為有楚留香這樣一個朋友而感到榮幸和自豪；當他們聽到楚留香有難的時候，都會毫不吝惜地拋卻戀人、聲名、財富、地位和身家性命趕到楚留香身邊。作者沒有提及的，還有如《蝙蝠傳奇》中的快網張三，為了讓胡鐵花安全脫險，毫不猶豫地鑿沉了自己安身立命的小船；進而為了楚留香和胡鐵花這兩個朋友而不惜自賣自身！

楚留香的朋友中，最重要的當然是胡鐵花和姬冰雁。這是因為，他們不僅是楚留香最好的朋友，也是他最老的朋友。「雁蝶為雙翼，花香滿人間」的三人組合，已經成了江湖中美麗的傳說，不但提供了他們之間無上友情的想像空間，也由此暗示了這個三人組成功和快樂的最大奧秘：如果說性情衝動的胡鐵花和深沉多智的姬冰雁這兩種截然相反的性格是互補互動、張力無限的「兩儀」，那麼楚留香就是其中的「太極」，即生生不息的動力之源。

金風玉露一相逢，便勝卻人間無數。

自從胡鐵花、姬冰雁這樣的朋友出現，《楚留香傳奇》就變得更加姿彩燦爛、生氣勃勃。世界上只有一個人稱呼楚留香為「老臭蟲」，那個人當然就是胡鐵花。你可能會忘記《大沙漠》、《畫眉鳥》、《蝙蝠傳奇》等故事內容，但你不可能忘卻楚留香和他的朋友們之間的友情佳話：不可能忘卻這些朋友間鬥酒、打架、爭執及其相互挖苦打趣；不可能忘卻他們之間驚人默契和永遠爽朗的笑聲；不可能忘卻胡鐵花即使深夜也總是不想離開楚留香的屋子、不想去獨自入睡，而若要入睡，在楚留香身邊就會睡得格外踏實香甜。

當《新月傳奇》中的「狗窩」——樹屋——出現的時候，相信無限美好的童年往事和人間純情鬥會湧上讀者的心扉；而當《午夜蘭花》中胡鐵花要為楚留香復仇而不得不去發財致富、籌備超大量的復仇基金，以至於當真變成了瘦得臉上只有兩個洞的大闊佬的時候，相信任何鐵石心腸的冷漠者都會熱淚盈眶。人們都認為胡鐵花是一個酒瘋子，「只有楚留香知道胡鐵花絕不是個瘋子，所以胡鐵花可以為了楚留香也可以做出任何人都做不到的事，甚至可以把自己像火把一樣燃燒，來照亮楚留香的路途。」人們都認為姬冰雁是一塊木頭、石塊或冰塊，也只有楚留香才知道他不是，且「在他已經凝固冷卻多年的岩石下，流動著的是一股火燙的血，他也像胡鐵花一樣，隨時可以為了他的朋友付出一切。」[4]

楚留香是怎樣的一個朋友？對此問題，一向沉默寡言但有言必中的姬冰雁曾有斬金截鐵的評說：「人能交著這樣的朋友，實在是天大的運氣。」[5]我當然同意姬冰雁的評說，以下是具體的論證。

對胡鐵花：無論胡鐵花這個熱血直腸的朋友給他帶來多大的麻煩，無論胡鐵花怎樣的挖苦諷刺強詞奪理，楚留香最多也不過是摸著自己的鼻子苦笑。而楚留香卻對胡

4 上面的兩段引文均來自古龍的文章《楚留香的朋友們》，《楚留香傳奇》第一卷，第九頁。

5 古龍：《大沙漠》，《楚留香傳奇》第一卷，第四八五頁。

鐵花說：「每個人都知道我們是好朋友。都認為我對你好極了，你出了問題，我總會為你解決。連你自己說不定都會這麼想……只有我心裏明白，情況並不是這樣子的……其實你對我比我對你好得多，你處處都在讓我，有好酒好菜好看女人，你絕不跟我爭，我們一起去做了一件轟轟烈烈的大事，成名露臉的總是我……。」[6] 其中包含了楚留香交友之道的首要原則，那就是把朋友的個性、尊嚴和利益置於首位。胡鐵花是本能地這樣做，而楚留香則更具內省理智。

對姬冰雁：無論這位朋友有怎樣的沉默與怪癖，無論他作出怎樣的選擇和行為，他總能指望得到楚留香的理解和尊重。在《大沙漠》故事中，楚留香早已發現姬冰雁並未癱瘓，只是不想去大沙漠冒險，楚留香非但沒有責怪，反而勸說胡鐵花：「你要交一個朋友，就得瞭解他的脾氣，他若有缺點，你應該原諒他，我認識他的時候，就已知道他是個這樣的人了，我為何還要生氣……。」結論是：「能令這樣的人始終將我當朋友，我已很滿足了。」[7] 結果姬冰雁果然沒有讓人失望。其中包含了楚留香交友之道的另一條寶貴原則，那就是對朋友的個性特徵及其行為方式的諒解和寬容。

對中原一點紅：無論他的殺人之劍何等凌厲凶狠，楚留香始終堅持不予還手；無論他的語言和行為多麼冷酷乖戾，楚留香總是報以微笑和良言；無論他心中有怎樣的寂寞和孤苦，也終究被溫暖和慰藉。楚留香對他的友善和溫暖，點燃了一點紅心中的

6 古龍：《新月傳奇》，《楚留香傳奇》第四卷，第一八三〇頁。

7 古龍：《大沙漠》第三十章《出此下策》，《楚留香傳奇》第一卷，第二七二頁。

人性之光；楚留香對他的尊重和愛戴，終於消融了一點紅心中的冰雪，化為汩汩溫泉。楚留香改變了他的心理狀態和對人間的觀感，也改變了他的人生態度和人生軌跡。進而，在《大沙漠》故事中，中原一點紅斷臂之後，和曲無容一起，離開了楚留香，楚留香並沒有過多挽留，因為，作為朋友，楚留香從來都不會不尊重朋友的人格尊嚴和選擇的自由。然而楚留香卻又為自己確立了下一個行動目標，那就是一定要找出殺手集團的首腦，為中原一點紅解除後顧之憂，為他此後人生掃除障礙。

對左輕侯和張三：這兩個朋友有一個共同特徵，那就是左輕侯烹調鱸魚妙絕天下，而張三的烤魚絕技堪稱無雙。楚留香結交這兩位朋友，或許與他好吃有關——因為他本來就是一個講究享受生活的人——這正是楚留香與傳統意義上的大俠的不同之處，然而他們之間的友情還不止於「酒肉朋友」。在《鬼戀傳奇》中，楚留香努力破壞「借屍還魂」案，固然是要讓天下有情人皆成眷屬，更重要的卻還是要冒著生命危險去解開左輕侯與天下第一劍客薛衣人兩個家族之間的百年仇怨，讓自己的朋友繼續享受嘯傲王侯的寧靜安逸。

對小禿子和小麻子：《鬼戀傳奇》中楚留香與無名的少年小乞丐居然也交上了朋友，而完全沒有受到階級、輩分、名聲、本領等社會差異的影響，則最為奇特，也最為感人。小禿子要請楚留香喝豆腐腦、吃燒餅油條，留香照樣欣然前往，如對山珍海味。這不但表明楚留香平易近人，當真將一個無名的少年乞丐當成了朋友；更表明他善於體察人情，尊重他人的面子和尊嚴。有趣的是，後來小禿子為了楚留香而到薛衣人家放火，楚留香非但沒有感激，反而差一點要與他絕交，原因是「我雖然什麼樣的朋友都有，但殺人放火的朋友倒是沒有」；直到小禿子發誓遵守「大丈夫有所不為」的訓戒，楚留香才說「只要你記著今天的這句話，你不但是我的好朋友，還是我的好兄弟！」[8]在這一情節段落中，不僅充分表現了楚留香的俠義情懷，而且充分顯露了他的平等作風。

對南宮靈和妙僧無花：這是楚留香的一對特殊的朋友，因為他們後來成了楚留香的敵手和仇人。楚留香與他們交往的故事，至少有三點值得總結。第一，是人間的朋友關係隱含了很大的變數，而楚留香也會交錯朋友；第二，楚留香之所以交錯朋友，客觀原因是對方善於隱瞞自己的真實面目，主觀原因則是楚留香從來善意待人，對朋友從不願意惡意猜度；第三，一旦發現朋友成了道德敗類和法律意義上的罪人，他也會對他們劃出不可逾越的公共道德和社會法律的交友底線，絕不會因為是朋友就默認甚至幫助對方掩蓋犯罪的事實。這一道德與法律原則，可以說是楚留香交友之道最大的與眾不同之處。

對天下人：作者說楚留香：「他的朋友中有少林方丈大師，也有滿街去化緣的窮和尚；有冷酷無情的刺客，也有瞪眼便殺人的莽漢；有才高八斗的才子，也有一字不識的村夫；有家財萬貫的大富豪，也有滿頭癩痢小乞丐……這些人多多少少都受過他

8古龍：《鬼戀傳奇》第十一章，《楚留香傳奇》第三卷，第一〇六五頁。

一點恩惠，得過他一點好處。」[9]這足可以說明，楚留香的朋友遍天下，而且絕對施多受少；進而，楚留香行俠人間，從沒有以他人的救星自居，而是四海之內皆兄弟也，即始終對人平等對待；最後，楚留香友情和善意之花香滿人間，接近佛教的慈悲，更接近基督教的博愛。

總之，楚留香堪稱大眾之友，不管是不是武林中人，都可能自豪而快慰地說「我的朋友楚留香……」。

只是，另一方面，正如作者所說，雖然「有很多讀者都認為楚留香這個人是一個可以令大家快樂的人，可是在我看來他這個人自己是非常不快樂的。」[10]他的不快樂，或許是因為性格，一個喜歡喝酒而從來不會喝醉的人，不免要讓自己的快樂受到侷限。或許是因為智慧，正如他的好友胡鐵花所說：「他的確生了雙利眼，可是我並不羨慕他，因為這樣他反而會少了許多樂趣，永遠都不會像我這麼開心。」[11]或許，正因為他總是「朋友永遠第一，朋友的事永遠最要緊。有些人甚至認為，楚留香也是為別人活著的」[12]，正如一支蠟燭要燃燒自己照亮他人，那麼他自己的內心孤獨和寂寞又有誰來照耀呢？

9 古龍：《桃花傳奇．楔子》，《楚留香傳奇》第三卷，第一四八五頁。
10 古龍：《楚留香和他的朋友們》，《楚留香傳奇》第一卷，第九頁。
11 古龍：《畫眉鳥》，《楚留香傳奇》第二卷，第五九七頁。
12 古龍：《蝙蝠傳奇》，《楚留香傳奇》第三卷，第一三八〇頁。

三、情人

「在淑女面前他是君子，在蕩婦面前，他就是流氓。」[13]

楚留香的朋友多，情人也不少。《新月傳奇》中的白雲生一下子就找來了七八個楚留香的情人：有在蘇州認得的盼盼，在杭州認得的阿嬌，在大同認得的金娘，在洛陽認得的楚青，在秦淮河認得的小玉，在莫愁湖認得的大喬，還有剛剛認識的情情。這些，顯然還只是楚留香情人名錄的一部分。這些足夠說明，楚留香每到一處，都會有一段露水姻緣。不難想像，「香帥女郎」的數目，一定不會少於「龐德女郎」。

在《楚留香傳奇》中，我們還會認識新的「香帥女郎」，如《大沙漠》中的琵琶公主、《鬼戀傳奇》中的石繡雲、《蝙蝠傳奇》中的東三娘、《桃花傳奇》中的張潔潔、《新月傳奇》中的玉劍公主等。這些姑娘的身分各不相同，琵琶公主是龜茲國的公主、石繡雲是村姑、東三娘是蝙蝠島上的妓女、張潔潔是麻衣教中的聖女、玉劍公主是有公主身分和武林俠女。

無論身分如何，這都是些美麗的姑娘——即使東三娘的眼睛瞎了，也改變不了她那美麗動人的風姿。此外，我們還能看到這些人有如下共同特徵。

13 古龍：《桃花傳奇・楔子》，《楚留香傳奇》第三卷，第一四八五頁。

首先，她們全都對楚留香一見鍾情，且一往情深，如作者所說：「見到楚留香的時候，她們的心，就會變得像初夏暖風中的春雪一樣溶化了。」[14]其次，她們都有自主的意志，在與楚留香的性愛關係中，沒有任何人強迫，而是她們心甘情願，《新月傳奇》中的妓女情情甚至願意為留住楚留香而拒絕了價值一百五十萬兩銀子的珠寶。再次，實際上，在我們看到的故事中，大多數場合都是女性主動，琵琶公主、新月公主、石繡雲、張潔潔，更不必說蝙蝠島上的東三娘，莫不是主動獻身。又次，這些女性都有自由的身分，其中一部分是妓女，而另一部分是待嫁之身，沒有一個是已婚女性。

最後，也是最奇特的一點，那就是這些女性當然不大可能是中國歷史中人，甚至也幾乎不大可能是現實中人，而只能是一些非常現代的小說世界中人。她們全都具有現代人那種從傳統的婚姻家庭中解放出來的自由身分，且大多具有非常開房的性愛觀念和非常平等的性愛態度。因而，她們與楚留香的性愛或感情關係，全都具有非（婚姻家庭）功利的性質。她們全都瞭解楚留香的習性，全都認可楚留香大眾情人的身分，全都但求一夕擁有，而不求永遠相伴。

琵琶公主說「我們本來就是兩個世界的人，能夠偶然相聚，我……我已經十分高興」[15]，石繡雲說「我和你根本就不是一個世界裏的人，我就算能勉強留住你，或者一

14 古龍：《楚留香和他的朋友們》，《楚留香傳奇》第一卷，第十一頁。
15 古龍：《大沙漠》，《楚留香傳奇》第二卷，第五七六頁。

定要跟你走，以後也不會幸福的。」[16]而唯一與楚留香有婚姻約定的張潔潔，也明白對方「本就不屬於任何一個人的，本就沒有人能夠佔有你」[17]，從而主動幫助楚留香離開與世隔絕的山洞。

如此，楚留香又是怎樣的一個人、怎樣的一個男人呢？

首先，毫無疑問的，楚留香是一個好色之徒。他甚至還有自己的好色理論，即「他認為上天既造出了這樣的美色，你若不能欣賞，這不但辜負了上天的好意，而且簡直是在虐待自己。」[18]所以，楚留香從來不隱瞞自己好色，最突出的例子，莫過於《血海飄香》中他居然請求任慈夫人葉淑貞即大美人秋靈素撩開自己的面紗。所以，「江湖上人人都知道楚留香的弱點。楚留香唯一的弱點就是女人，尤其是好看的女人。」[19]

就這一點說，楚留香形象似乎非但不是傳統的俠客，反倒更像採花淫賊。因為楚留香的觀念和行為，明顯不符合傳統中國的道德觀念，甚至也不符合現代中國人的社會習俗。迄今為止，大多數人都還是將色眼、綺念、性愛、情感、婚姻等同起來。一夫一妻制的法律規定和與之相關的道德約束，講究男女授受不親，甚至要求人們目不斜視，如此才合乎規範道德。而傳統中國的文學觀念，卻又總是將作品當作了社會道

16 古龍：《鬼戀傳奇》第十二章〈一夜纏綿〉，《楚留香傳奇》第三卷，第一〇八七頁。
17 古龍：《桃花傳奇》，《楚留香傳奇》第四卷，第一七一一頁。
18 古龍：《大沙漠》，《楚留香傳奇》第一卷，第三五一頁。
19 古龍：《桃花傳奇》，《楚留香傳奇》第三卷，第一五一六頁。

德的宣傳品或教科書。按照這一觀點，到處沾花惹草的楚留香，當然不是傳統道德的典範。但，聖賢有云，食色性也。異性相吸、男歡女愛，目好好色、耳好好聲，只不過是人性之常。楚留香的思想觀念和行為表現，只不過比大多數人更加坦白誠實，更加自然率真——這就是為什麼當他聽到龜茲公主看中的不是自己時，「他話雖說得愉快，其實卻有些酸酸的，他臉上雖帶著笑，其實心裏卻不是滋味」[20]。

其次，我們應該看到，楚留香雖然好色，但卻並非好淫。他雖然長著一張「再想規規矩矩做人都難得很」[21]的英俊面孔，更有那永遠親切而溫柔、魅力不可抵擋的微笑，然而面對許多充滿魅力的尤物主動投懷送抱，楚留香並非來者不拒。如《血海飄香》中的沈珊姑，《大沙漠》中的石觀音，《桃花傳奇》中的艾虹、卜阿娟、小酒鋪的老闆娘、萬福萬壽園的金姑娘，《新月傳奇》中的櫻子、杜先生、豹姬以及長腿、大眼等四位無名的漂亮姑娘等等，就全都被楚留香所拒絕。即使面對十足的蕩婦，他也從來就不是一個真正的流氓。才智超人的蝙蝠公子原隨雲甚至說：「在下是目中無色，香帥卻是心中無色！」[22]

再次，楚留香不僅多情，且更憐香惜玉。他瞭解女性，熱愛女性，也尊重女性。在楚留香的愛情史中，最值得研究的案例當是他與蘇蓉蓉、李紅袖、宋甜兒這三個姑

20 古龍：《大沙漠》，《楚留香傳奇》第一卷，第三四四頁。
21 這話是金四爺對楚留香形象的評價，見古龍：《桃花傳奇》，《楚留香傳奇》第四卷，第一六二三頁。
22 古龍：《蝙蝠傳奇》，《楚留香傳奇》第三卷，第一三二〇頁。

娘之間的關係。對此，作者古龍也態度曖昧，甚至自相矛盾。他曾說：「也有些女人跟他一起生活了十幾年，幾乎日日夜夜都和他廝守在一起，他對她們卻始終都是規規矩矩的，拿她們當自己的妹妹，當自己的朋友。」且說「有人說『男女間沒有友情』。世上也許沒有幾個男人能真正將女人看成朋友的，楚留香卻無疑是其中之一。楚留香更喜歡朋友。」[23]這無疑是說他們的關係是朋友而非情人。

然在《楚留香和他的朋友們》這篇文章中，卻沒有提及任何一個女性的名字：「我並不認為她們是楚留香的朋友，因為我總認為在男女之間『友情』和『義氣』是很少會存在的，也很難存在。」

進而：「一個風流倜儻的楚留香，三個甜甜蜜蜜的小女孩，同居一船，會怎麼樣？能怎麼樣？答案是：——你說怎麼辦，就怎麼辦；你說應該怎麼樣，大概也就是那麼樣的一個樣子了。」[24]這無疑又在暗示他們之間只能是情人而非朋友了。如此矛盾的說法，固然給讀者留下一道開放性考題，也留下足夠的想像空間；同時更證明作者情感與理智的矛盾，也能說明楚留香情感心理重要特徵：他「從來沒有讓她們失望」同時「他也從來不願破壞一個少女對他的好印象」。[25]

那麼，楚留香究竟是怎樣的一個情人呢？

23 古龍：《桃花傳奇‧楔子》，《楚留香傳奇》第三卷，第一四八五頁。
24 古龍：《楚留香和他的朋友們》，《楚留香傳奇》第一卷，第十一頁。
25 古龍：《畫眉鳥》，《楚留香傳奇》第二卷，第八四三、八四四頁。

首先，他是一個情感開房的放浪之人，一個喜歡談情說愛，但卻不適合家居婚姻的人。對此他毫不隱諱：「第一，我並不想到什麼見鬼的世外桃源去，燈紅酒綠處，羅襦半解時，就是我的桃源樂土。」因而「第二，我根本就不想娶老婆，我這一輩子連想也沒有去想過。」[26]很明顯，他是一個非常注重身分自由和意志獨立的人，「他幾乎什麼事都做，只除了一件事——他絕不做自己不願意做的事，這個世界絕對沒有任何人能夠勉強他。」[27]

其次，他是一個多情的人，但卻並非沒有道德原則。他說「我還沒有習慣替別人的老婆梳頭」[28]，即是因為他從不願違背社會道德。進而，更加難能可貴的是，他注重性愛雙方的人格平等和兩情相悅。在楚留香情感生活中，從沒有勉強他人的行為或心理；當然，對那些把他當成色狼或呆子的女性，無論她多麼美麗誘人，都休想讓楚留香上床上當上鉤。

再次，楚留香顯然喜歡並且享受性愛自由，只因為這是人性的正常表現：「一個很正常的男人，和一個很正常的女人，在一個又冷又寂寞的晚上……你說，這又有什麼不對？」[29]但這並不表明楚留香只是一個不知饜足的性愛機器，實際上，他更加注重

26 古龍：《新月傳奇》第十章，《楚留香傳奇》第四卷，第一八五二頁。
27 古龍：《楚留香和他的朋友們》，《楚留香傳奇》第一卷，第五頁。
28 《桃花傳奇》第四章，《楚留香傳奇》第四卷，第一五六四頁。
29 這是在《大沙漠》中楚留香與琵琶公主有過性愛之後對姬冰雁所說、實際上也是對自己說的話，這話當然也可以看成是作者對讀者作出解釋和交代，見《楚留香傳奇》第一卷，第三八五頁。

且珍惜情感：《血海飄香》和《畫眉鳥》中對待黑珍珠，《蝙蝠傳奇》中對待華真真，那份純粹而且珍貴的情感，讓人惆悵，更讓人感動。

又次，楚留香是一個講究性愛自由的人，但卻不是一個絕對性情自私的人。在《鬼戀傳奇》中，他之所以抵擋石繡雲的誘惑，只是不願意對這個可愛的姑娘造成傷害；而與石繡雲有了性愛關係之後後悔得想要打自己耳光，是因為擔心這個純真幼稚的少女的未來。更重要的例證也許還是在《桃花傳奇》中，從未考慮過結婚的楚留香毫不猶豫地接受了與張潔潔的事實婚姻；從不願寂寞更不願束縛自己的他竟然在與世隔絕的環境中生活了一個月之久；若不是張潔潔勸說並且幫助他離開，楚留香必將為這樁婚姻奉獻終生。

最後，楚留香是一個「博愛」的人，但卻不是一個薄情的人。他不像無花那樣以玩弄女性自娛自誇，也沒有將過去的一夕風流抛擲一空。最重要的例證，是當白雲生將他過去的眾位情人找來，他非但沒有忘卻一人，而且表示：「她們都是我的好朋友，每個人我都喜歡，不管是誰走了，我都會傷心的。」[30] 楚留香有很多情人，但每次都只有一個，而過去的一切則進入了心裏記憶的殿堂，刻畫著他情感生命的軌跡，變成了親切而且永恆的懷念。

總之，楚留香並非傳統意義上的採花大盜，而是典型的大眾情人。楚留香的性愛

30 古龍：《新月傳奇》，《楚留香傳奇》第四卷，第一八六一頁。

和情感故事，超越了以人類自我生產［生育］和物質生產與生活為目的的婚姻和家庭，呈現了性愛和情感的純粹本質。在虛擬的小說環境中，實現了人性的徹底舒展和解放，從而具有重大的審美價值和文化象徵意義。

我不知道古龍這個男性作者的帶有明顯男性特徵的對楚留香形象的這種想像和移情，對女性、尤其是女權主義者是不是一種冒犯？如果有人願意討論的話，我想提供一條特殊的線索，那就是在我們所見的作為作者性情夢想結晶的楚留香情事之中，[31]固然表現出了作者身為男性的浪漫遐思，同時實際上更多地表現出了男性無知覺的潛在自卑——在琵琶公主、石繡雲、張潔潔、新月公主甚至東三娘與楚留香的性愛故事中，無不是女性主動選擇且創造機會，而風流教主楚留香則總是被動接受並完成使命，頗像是這些公主美人的「玩物」。

四、敵手

「為了深入這個人，我不但要變他的朋友，也要變他的仇敵」。[32]

楚留香偷盜過許多大富大貴之家，而且據說每一次偷盜都能如願，如《血海飄

31 據古龍的生前好友于志宏先生和陳曉林先生多次向筆者介紹，古龍本人正像楚留香那樣喜歡酒和女人。于志宏先生甚至說古龍每一部小說的背後都有一個女人的身影。看來像《楚留香與古龍與酒與女人的關係》是古龍研究中的一個重要的題目。只可惜筆者只知其一，不知其二，在這方面難以深入。

32 古龍：《楚留香和他的朋友們》，《楚留香傳奇》第一卷，第七頁。

香》的開頭，他就成功偷盜了北京金伴花家的白玉觀音。這樣成功的偷盜肯定會給楚留香帶來許多仇家。只不過，古龍並沒有寫出這些仇家追捕楚留香的故事，或許是因為，如果將楚留香描寫成因偷盜而被追捕的對象，那會使楚留香的形象受到嚴重的損害。更何況，那樣寫也會難免落入老套。

在《楚留香傳奇》中，沒有出現楚留香的私仇，只有他的敵手。楚留香的敵手，無不是非常神秘、非常強悍又非常古怪的角色。進而，在多數情況下，還會出現「影子敵手」，即真正的對手往往藏身於另一個敵手的陰影後面。

例如《血海飄香》丐幫幫助南宮靈的身後，就藏著更加神秘的妙僧無花；原以為《大沙漠》中的敵手會是黑珍珠，誰料卻是石觀音和她死而復生的兒子無花；《畫眉鳥》中水母陰姬的背後，是石觀音的女弟子柳無眉；《鬼戀傳奇》中的對手不僅是玩弄借屍還魂把戲的有情男女，更有裝瘋賣傻的殺手集團的創始人薛衣人；《蝙蝠傳奇》中的丁楓背後，還有更加深不可測的蝙蝠公子原隨雲；《桃花傳奇》中的真正敵手並非萬福萬壽園中的金四爺，而是神秘山洞家族聖女的母親。《新月傳奇》中的敵手，似乎在擁有六個替身的海盜頭子史天王、東瀛武士首領石田齊彥左衛門和武林女傑杜先生三者之間；《午夜蘭花》中的敵手最為奇怪，並不是「飛蛾行動」中針鋒相對的任何一方，而是佈置這一行動的那一雙神秘的「午夜蘭花手」——甚至連小說作者都沒說清楚這個人到底是誰，只是暗示這個人可能是一個與楚留香關係非常親近的人，很可能是一個女性。

值得注意的是，楚留香的敵手，並非僅是通常意義上的十惡不赦之徒。無論是南宮靈、無花兄弟或是他們的母親石觀音，都不過是復仇心理和權勢欲膨脹的結果；水母陰姬和畫眉鳥則更是某種異態情感的犧牲，鬼戀傳奇的主人公固然值得同情，而殺手之王的極度壓抑和瘋狂變態也未嘗不讓人感歎；蝙蝠公子雖然可惡可怕，但這也不過是殘疾和野心扭曲的產物。有一個身患絕症的女兒的金四爺，和一心要改變女兒孤獨宿命的麻家聖母，非但並不可惡，反而值得尊敬和同情。《新月傳奇》中的史天王英雄氣概、石田齊智禮俱全，杜先生更是大義凜然；而《午夜蘭花》中幕後元兇，據說正是楚留香最親近的人。這樣的敵手，是古龍小說與眾不同之處，也正是《楚留香傳奇》的獨特所在。

還有一點值得注意，那就是楚留香的「敵手」不光是人，而且還包括各種各樣的險惡環境。其中不僅包括良莠不齊且真假不辨的江湖社會壓力，也包括自然妙造或巧奪天工的機關陷阱，還包括變幻無常且無法抗拒的天地神威。如果說《大沙漠》中無邊無際的大沙漠和《蝙蝠傳奇》、《新月傳奇》中無涯無岸的海洋，已經讓人望而生畏；那麼《大沙漠》中迷離恍惚的罌粟谷、《畫眉鳥》中機關重重的神水宮、《蝙蝠傳奇》中的漆黑一片的蝙蝠洞、《桃花傳奇》中的神霧瀰漫的麻家窟，就更讓人聞風喪膽。與這樣的環境對抗，也是小說魅力的一個重要來源。

然而所有這些敵手都被楚留香所擊敗。雖然在絕大多數時候，這些敵手都是不可戰勝的，然而楚留香卻偏偏能夠在幾乎不能取勝的情況下獲得最終的勝利。

作為敵手的敵手，楚留香是怎樣的一個人呢？

首先是俠義和公正。在這一意義上，可以說楚留香是武林正義和人性良知的檢察官。在《血海飄香》中就非常明顯：南宮靈是他的多年好友，妙僧無花也是交誼頗深，楚留香並未將個人私交置於武林正義之上，而是嚴正要求南宮靈去職反省、還要交出背後的元兇；進而要把無花送交司法機關處置。

楚留香形象最大的與眾不同之處，在於作者為他設立了一系列前所未有的「遊戲規則」：第一是決不殺人；第二是尊重法律：「他們所代表的法律和規矩，卻是無論什麼人都須尊敬的」[33]；第三是尊重他人隱私權：「每個人都有權保留他私人秘密，只要他沒有傷害到『他人』，別人就沒有權去追問」[34]；第四是對他人——包括敵手、罪犯——人格的尊重，南宮靈、無花自殺了，他就決不許他人對其人格有任何不敬；第五是不願隨意作有罪推定：「寧可自己上一萬次當，也不願冤枉一個清白的人」[35]……如此等等，使得他的思想和行為，超越了傳統意義上的俠義，而帶有明顯現代性質。

其次是智慧和靈性。楚留香形象的另一創意，是作者引入了偵探小說的寫法，讓他扮演了武林偵探的角色，並相應刻畫了他的無與倫比的智慧風貌。在這一意義上，

33 古龍：《血海飄香》，《楚留香傳奇》第一卷，第二四四頁。楚留香對法律的尊重，是作者「今為古用」的又一奇招。只不過，楚留香尊重法律的思想觀念雖然真實且寶貴，但要他完全遵守法律，那是不大現實的：任何人間法律都有偷盜違法的規定，身為「盜帥」，對這一條法規顯然是無法遵守。實際上，除了曾想將無花交給執法者之外，楚留香此後再也沒有與執法者打過交道。對於武俠小說的主人公，這完全可以理解。

34 古龍：《畫眉鳥》，《楚留香傳奇》第二卷，第七七三頁。

35 古龍：《蝙蝠傳奇》，《楚留香傳奇》第三卷，第一四〇〇頁。

無論什麼人，要成為楚留香的敵人，都是件不幸的事情。因為不論多麼神秘的線索，楚留香都能找到；不論多麼巧妙的陷阱，楚留香都能避開；不論多麼艱險的困難，楚留香都能克服；不論多麼高強的武功，楚留香都能戰而勝之。值得說明的是，楚留香戰無不勝，並不是因為他的武功當真天下無敵，而是因為他生死搏殺中總是能夠將自己的智慧和靈性作最恰當的發揮，從而總是能夠找到克敵制勝的有效方法。

再次是堅韌與自信。楚留香看起來是一個典型的花花公子，是一個喜歡享受生活也善於享受生活的人，然而他也能適應最艱苦的環境，而且還能夠在最絕望的時刻想出避難脫險的方略。他是一個具有堅忍不拔的意志和超凡出眾的毅力的人。當鼻子患病而無法通氣的時候，他居然想辦法訓練出用毛孔呼吸的絕技；那麼在海船遇難的時候他能夠利用棺材泅渡大海，不用動手而僅以自己的機智和耐心讓東瀛第一忍者一敗塗地，就絲毫也不稀奇。

欲問楚留香克敵制勝的最大要領，他可能會說不是武功，甚至也不是機智，而是堅不可摧的信心：對正義的自信，對自己能力和智慧的自信，甚至是對自信的自信。越是在艱險為難乃至絕望無救的境地，楚留香和他的朋友們就越喜歡相互說笑打趣，既為了放鬆心神，也為了增強自信。楚留香的這種充滿自信的歡樂英雄形象，不僅實力無盡，且魅力無窮。

又次是善良與悲憫。楚留香不僅是一個機智的武俠，更是一個赤誠的聖徒，心地善良而又純淨，對人世悲歡和人性弱點滿懷慈悲心腸。在這一意義上，成為楚留香的敵手，實在是一件非常幸運的事情，首先是因為不論有怎樣的深仇大恨，也不論對手是怎樣的罪大惡極，楚留香在任何情況下都不會殺人；其次是無論怎樣的苦衷或隱疾，總能指望得到楚留香的理解、諒解和同情；最後是無論是怎樣的敵手，其人格和生命總能獲得楚留香的由衷尊重；而且在任何時候，楚留香都會為他們隱惡揚善。完全可以說，楚留香是一個不折不扣的現代人道主義者。面對由於人性的種種疾病變態，即使深受其害，楚留香的回應或「報復」常常是以德報怨——例如《畫眉鳥》中對待柳無眉、李玉函夫婦；最常見的表情動作，不過是摸著自己的鼻子，然後苦笑。

最後是好奇和冒險。楚留香形象之所以可敬又可愛且可信，最重要的原因，是作者揭示了他作為好奇客和冒險家的性格特徵。用他的紅顏知己李紅袖的話說，楚留香是一個「專門喜歡多管閒事的人」[36]。所以，僅僅是想到要去冒險面對不可戰勝的史天王，「興奮與刺激使得楚留香胸中就有一股熟悉的熱意升起，至於成功勝負生死，他根本就沒有放在心上。冒險並不是他的喜好，而是他的天性，就好像是他血管裏流著的血一樣。」[37]

也就是說，楚留香行俠江湖的一個重要的原因，是受到好奇心的驅使，要去追求並享受冒險刺激的尖端體驗。與此同時，武林中一些熟悉楚留香的人如《桃花傳奇》中張潔潔的母親等等，也常常會利用楚留香非常好奇且喜歡冒險的特點，製造凶險

36 古龍：《血海飄香》，《楚留香傳奇》第一卷，第廿六頁。
37 古龍：《新月傳奇》，《楚留香傳奇》第四卷，第一八三三頁。

神秘的誘餌，引他入甕。如此，就為整部《楚留香傳奇》提供了紮實且深刻的人性依據。

五、這個人

「誰規定武俠小說一定要怎麼樣，才能算『正宗』！」[38]

現在，我們可以說說楚留香這個人到底是怎樣的一個人了。

首先，毫無疑問，楚留香形象是一個理想化的形象。

他是作者幻想的產物，同時也帶有明顯的理想化色彩。這一點，只要看看古龍對他所作過的多次描述或解說，就能明白。一次說：「他縱然是流氓，也是流氓中的君子，縱然是強盜，也是強盜中的大元帥。」[39]

另一次說：「他喜歡享受，也懂得享受。他喜歡酒，卻很少喝醉；他喜歡美麗的女人，所以一向很尊敬她們。他嫉惡如仇，卻從不殺人。他痛恨為富不仁的人，所以長長將他們的錢財轉送出去，受過他恩惠的人，多得數也數不清。他有很多仇人，但朋友永遠比仇人多，只不過誰也不知道他的武功深淺，只知道他這一生與人交手從未敗過。他喜歡冒險，所以他雖然聰明絕頂，卻常常要做傻事。他並不是君子，卻也絕

38 古龍：《血海飄香・代序》，《楚留香傳奇》第一卷，第六頁。

39 古龍：《桃花傳奇・楔子》，《楚留香傳奇》第三卷，第一四八四頁。

不是小人。江湖中的人，大多數尊稱他為『楚香帥』，但他的老朋友胡鐵花卻喜歡叫他「老臭蟲」。楚留香就是這麼樣一個人！」[40]

又一次說他「名動天下，家傳戶誦，每一個少女的夢中情人，每一個少年崇拜的偶像，每一個及笄少女未嫁的母親心目中最想要的女婿，每一個江湖好漢心目中最願意結交的朋友，每一個銷魂銷金場所的老闆娘最願意拉攏的主顧，每一個窮光蛋最喜歡見到的人，每一個好朋友都喜歡跟他喝酒的好朋友。除此之外，他當然也是世上所有名廚心目中最懂吃的吃客，世上所有最好的裁縫心目中最懂穿的玩家，世上所有賭場主人心目中出手最大的豪客，甚至在巨豪密集的揚州，『腰纏十萬貫，騎鶴下揚州』的揚州，別人的風頭和鋒頭就全都沒有了。」[41]

不用仔細分析也能發現，作者對楚留香的三次描述，其間差別就是對楚留香這個人物，越來越理想化。在最後的描述中，楚留香幾乎成了神話人物了——現實中不存在那樣的完美人物。這很正常。因為幾乎所有武俠小說的主人公都是接近神話的理想英雄。

其次，楚留香形象是一個現代化形象。

真正令人驚詫的是，楚留香不像是一個古代人，也不像是一個中國人。因為，一

40古龍：〈楚留香這個人〉，《鬼戀傳奇》引言，《楚留香傳奇》第二卷，第九二三頁。原文是分行的，基本上是每句話占一行。為了節省篇幅，這裏將原文壓縮成了一段話，特此說明。

41古龍：《午夜蘭花》第一部第三章，《楚留香傳奇》第四卷，第一九二四至一九二五頁。

個古代人，尤其是一個古代中國人，絕對不可能有楚留香那樣的價值觀念和生活方式。這一點，也正是古龍小說不被一部分武俠小說讀者所理解和看好、甚至遭人詬病的一個重要原因。那些不喜歡古龍小說的人，習慣了這樣一種思維邏輯：既然武俠小說是講述中國古代故事，就要儘量模仿古代中國人；要講述人間故事，就要儘量模仿人間現實的生活習俗。而古龍的小說偏偏要明目張膽地打破這一理所當然的思維邏輯和閱讀習慣，偏偏要創造出楚留香這一非古非今、非中非西、非假非真的藝術形象，挑戰武俠小說的「正宗」。

創作楚留香形象的思維邏輯是：既然所有的武俠故事都是作者的想像和虛擬，既然不必模擬，為何一定要去仿古，而不能更加自由大膽地書寫和創造？

如此，楚留香形象就成了古龍突破武俠「正宗」約定即仿古要求的一個重要的標本。在這一形象中，作者徹底打破了歷史時空的侷限，即並不按照中國古代某一歷史階段的時代特徵去刻畫這個人物，而是直接賦予人物以帶有明顯理想色彩和現代特徵的道德品質及其人格內涵，使得這一人物成為真正的現代小說中的人，你也可以說是一種虛擬的遊戲形象。

楚留香的價值觀念和行為方式中，充滿了明顯的現代特徵，諸如遵守法律、從不殺人、尊重他人人格、尊重個人隱私、提倡人人平等、實踐性愛自由等等，無不超越了傳統的古代武俠世界。楚留香的思想行為，甚至也超越了現代，更像是具有未來色彩的「新新人類」。

再次，楚留香形象是一個人性化形象。楚留香形象的創作起點、邏輯依據和關鍵特徵，是人性化。構成楚留香形象的關鍵要素，不在於歷史或地域的真實，而在於人性——「只有『人性』才是小說中不可缺少的」[42]。

楚留香形象的理想化特徵，是基於人性的理想；而作者之所以要讓楚留香形象超越或擺脫歷史的羈絆而呈現出現代化特徵，也正是因為中國歷史及其傳統道德理念常常是對人性的蒙昧、壓抑和桎梏。我們所看到的帶有明顯現代特徵和理想色彩的楚留香傳奇，實際上是人性舒展和解放的歡歌：「人生並不僅是憤怒、仇恨、悲哀、恐懼，其中也包括了愛與友情、慷慨與俠義、幽默與同情。我們為什麼要特別著重其中醜惡的一面？」[43]同沈浪、葉開、王動、卜鷹、小方、陸小鳳、丁寧等古龍筆下無數的「歡樂英雄」一樣，楚留香也是古龍心目中健康人性及其道德理想的化身。

又次，楚留香形象是一種個人化的典型。

作為健康人性和道德理想的化身，楚留香也像沈浪、葉開等人一樣，是一個十足的個人主義者和自由主義者，按照中國的說法，即一個純粹的浪子，亦即林語堂筆下

42古龍：《血海飄香・代序》，《楚留香傳奇》第一卷，第六頁。
43古龍：《血海飄香・代序》，《楚留香傳奇》第一卷，第六頁。

的喜歡一切自由且寄託著造物主希望的「放浪者」[44]——為此，作者不僅斬斷了楚留香的一切家族宗法社會關係，而且乾脆讓他長期生活在一條隨時準備漂泊異鄉的船上！楚留香在朋友、性愛、對手等方面所表現出來的一切價值觀念和行為規範，無不建立在自由的個人身分及其「個人自由」的原則基礎之上。實際上，沒有個人自由，也就沒有真正的人性解放。而沒有真正的人性解放，則楚留香的形象也就不可思議，甚至無從產生。

最後，楚留香形象是一個「古龍化」的形象。

如果不作為結論，而僅僅是一種「猜想」，我想說，楚留香形象不僅是古龍的心血結晶，也是古龍的心理複製或精神拓片，即是古龍生命情感的自敘傳，是古龍人生理想的特殊造影。在《血海飄香》中，楚留香因為烈酒、豪賭、女人三項嗜好，就毫不猶豫地決定扮演子虛烏有的張嘯林這個人物；這三項，其實也是古龍本人的嗜好，他當然也會興高采烈地將自己扮演成虛擬幻想的楚留香。進而，楚留香的形象，自然也融入了古龍本人的人生態度、生活方式和生命體驗：例如朋友永遠第一，這正

44 林語堂先生在其重要著作《生活的藝術》之〈醒覺〉章之〈以放浪為理想的人〉小節中對放浪者有非常精彩的論述，認為「人類放浪的質素，終究是他的最有希望的質素。」有意思的是，古龍本人卻將楚留香命名為「遊俠」，而將胡鐵花命名為「浪子」，認為「遊俠沒有浪子的寂寞，沒有浪子的頹喪，也沒有浪子的那種『沒有根』的失落感，也沒有浪子那份莫名其妙無可奈何的愁懷。」而「遊俠是高高在上的，是受人讚揚和羨慕的，江湖大豪們結交的對象，是『胯下五花馬，身披千金裘』，是『騎馬倚斜樓，滿樓紅袖招』的濁世佳公子。」（見古龍：《楚留香和他的朋友們》，《楚留香傳奇》第一卷，第八頁）我的看法是，楚留香既是遊俠，同時也是浪子。這似乎並不矛盾：楚留香也有寂寞、頹喪、失落和愁懷的，甚至比胡鐵花還深。

是古龍本人的人生信念；楚留香的道德操守，是古龍價值觀的體現；楚留香的智慧風貌，是古龍聰明才智的結晶；楚留香的生活方式，是古龍生活的精確投影；楚留香的人生際遇，是古龍理想夢幻的直接顯現——正因為生活中的古龍沒有那樣英俊、那樣完美、那樣好運，所以楚留香才會如此風流瀟灑，如此快意人生。只有出於移情的動機，古龍才會創造出楚留香的形象。否則，何以解釋楚留香的故事和形象，會一而再、再而三地出現，進而在古龍其他多部小說中，會一而再、再而三地出現與楚留香類似的形象？

是耶非耶？盼望高人指正。

著名文學評論家 陳墨

藏於葉後的花：重讀《邊城浪子》有感

「誰家玉笛暗飛聲？誰不『中二』在少年！」

年輕的時候難免有些自以為聰明的念頭——例如我曾經想過，古龍塑造了小李探花這麼一個極富傳奇的人物，然而，以李尋歡為主角的故事卻只有一部《多情劍客無情劍》，那會不會有一種可能，先生是想繼續寫小李飛刀傳奇的，可他有些瞻前顧後，擔心新的故事不如以前的精彩，所以「另起爐灶」，用葉開、傅紅雪來代替小李飛刀和阿飛，如果新故事成功了那當然好，就算沒寫好，至少也不會辱沒了李尋歡的威名……

現在我當然知道我的想法是錯的，而且錯得十分厲害。

因為我實在低估了古龍對於武俠新文學的探索力道，尤其是最近重讀「邊城」，我突然留意到，原來這個熟悉的故事底下有一朵「藏於葉後的花」！

這朵「葉後的花」，指的就是故事暗線之下的葉開。

真正的葉開並不只是我們看到的代表著李尋歡式仁慈博愛的符號，實際上他是一個有自己思想、有波折、有成長的靈魂，在開始我們的答辯之前，我們不妨換個說法——初入邊城的葉開，他到底是一個怎麼樣的人？

需要提醒的是，這個問題的答案也許和很多讀者心中的固有印象並不相同。

（一）有關《邊城浪子》的疑問

最近有個說法，說的是葉開寬恕了馬空群和丁白雲這些殺父仇人，這是因為葉開從他的師父身上學到了仁慈和寬愛，可為什麼傅紅雪一路復仇過來，葉開卻沒有寬恕或者拯救那些倒在傅紅雪刀下的人呢？這不是很矛盾嗎？

——這個問題很尖銳，尖銳得讓我感到一絲震撼。

還有人說，葉開很早就知道傅紅雪報錯了仇，但他故意不把真相說出來，然後任由傅紅雪展開「復仇」殺戮，直到故事的尾聲，葉開才跳出來仁義道德說教一番，然後博一個乾乾淨淨，不沾血腥的卓絕俠名……

——這一次，我真的感覺到了恐懼。

我從未有過類似的想法，因為我一直都相信，先生筆下的飛刀傳人，那個「樹葉的葉，開心的開」，絕對不是那種矯情偽善的人！

可是，我要如何才能反駁別人對於葉開的評價呢？畢竟那些話聽上去似乎還真有些道理。

也有書友說，葉開原本是不知情的，有很多真相是他來到邊城之後才慢慢發掘出來的。

——按這樣的說法，葉開更像是一個楚留香式的孤膽偵探。

網友「青青小葉」就是這種說法的擁護者，她指著原著的第十章，說這裏明明白白寫著，葉開在屋頂偷聽了沈三娘和傅紅雪的對話之後，才知道了馬空群是十九年前白天羽滿門血案的凶手……

雖然「有書為證」，但我並不認同「青青小葉」的觀點。

我的論點就是，如果葉開直到這個時候才知道自己的仇人是誰，那他為什麼會出現在邊城？好端端的一個人，總不可能無緣無故跑到蓑草連天的關外之地吧？

當然，反駁的一方會說，葉開知道當年凶案的線索就在萬馬堂，所以他才會來到邊城，這個說法是有道理的，但問題是，就在小說第十章之後，葉開已經明確知道馬空群是殺父凶手，那他為什麼不向自己的仇人動手呢？

——難道葉開在等傅紅雪先動手？

——如果真是這樣的話，葉開何止是偽善，簡直就是可恨了！

當然，我們再進一步假設，葉開沒有馬上出手對付馬空群，是因為他想利用馬空群釣出更多的真相，可這樣一來，我們又回到了最先的問題：小李飛刀的傳人在最後寬恕了當年血案的「始作俑者」，但葉開為什麼不阻止傅紅雪一連串的復仇殺人行動？元凶可以寬恕，當年的幫凶同謀卻一個不留，這不是很奇怪嗎？

——難道葉開真的想藉傅紅雪的刀來成全自己的俠名？

這絕對不是古龍先生的原意。

要解決這個難題，最好的辦法就是帶著疑問，重讀「邊城」。

我第一次看《邊城浪子》的時候是二三十年前，印象中這本小說沒有盪氣迴腸的大戰，沒有李尋歡和嵩陽鐵劍生死相予的惺惺相惜，沒有香帥與水母陰姬刺激香豔的「死亡之吻」，換句話說，它不夠刺激！

這就是「邊城」給我的印象，但在今天細讀之下，我忽然發現，《邊城浪子》絕對值得更高的地位。

——這本小說已經不是那種用懸疑、凶殺題材來討好讀者的故事，與此相反，它更像是一本接近於觸及靈魂深處的文學，在那個以仇恨為舞台的故事背後，古龍真正寫的，是人物的掙扎和成長。

當其他武俠小說的主角仍然在重複著武功開掛、內功升級這些套路的時候，古龍寫的已經是人性的歷練和成長。

（二）成長

成長分很多種，從男孩子到男人的轉變當然也是一種成長。

故事伊始，我們看到傅紅雪握著刀，跛著腳走入邊城，就在無名小屋的徹底黑暗中，沈三娘（翠濃）引導著傅紅雪，幫助他完成了從一個孩子到男人的蛻變，那一刻初嘗情慾的小傅「仍然沒有鬆開手中的刀」，可在幾日之後，沈三娘再次來到傅紅雪的小屋，這時候傅紅雪「已在忙著找她的衣鈕……」

這些發生在傅紅雪身上的變化並不是「拳頭加枕頭」，而是有關於一個男人的成長，除此之外，對於愛和被愛，傅紅雪同樣也在慢慢地學習。

曾經的傅紅雪義無反顧愛上翠濃，哪怕翠濃的身分令他蒙羞，在翠濃拋下他之後，傅紅雪變得無比痛苦和敏感，最後翠濃重新回到小傅的懷抱，可他最多也就開心了一兩天，之後他就把翠濃遺棄，如同拋落一件羞於再穿在身上的衣裳……

對那些既自尊又自卑然後又過於纖弱敏感的男孩子來說，對喜歡的人無情，只不過是為了保全自己的自尊心，讓自己相信自己並不是一個失敗者。

——對於愛的患得患失，是每個人成長中的一部分。

恨亦如是。

熟悉原著的人一定會記得傅紅雪的變化，原本他懷著殺意，一個接一個地找出當年的凶手並展開報復，但在故事的中後段，傅紅雪卻自發地開始了反思，在長街之上，郭威帶著全家老小向他約戰，面對這些如同小草般脆弱的人，傅紅雪竟然顯得茫然和遲滯，當郭威那個只有幾歲的小孫子拖著比自己還重的鬼頭刀，蹣跚著向他跑來的時候，傅紅雪甚至不知道隔擋，也不知道閃避，他甚至想，是不是應該用自己的死來完結這場仇恨！

現在，我們就來重溫先生的這一段文字。

郭威道：「我殺了姓白的一家人，你若要復仇，就該把姓郭的一家人全都殺盡殺絕！」

傅紅雪的心已在抽緊。

郭威的眼睛早已紅了，厲聲道：「現在我們一家人已全都在這裏等著你，你若讓一個人活著，就不配做白天羽的兒子。」

他的子媳兒孫們站在身後，全都瞪大了眼睛，瞪著傅紅雪。

每個人的眼睛都已紅了，有的甚至因為緊張而全身發抖，可是就連他那個最小的孫子都挺起了胸，絲毫沒有逃避退縮的意思。

也許他只不過還是個孩子，還不懂得「死」是一件多麼可怕的事。

但又有誰能殺死這麼樣一個孩子呢？

傅紅雪的身子也在發抖，除了他握刀的那隻手外，他全身都在抖個不停。

長街上靜得連呼吸聲都聽不見。

風吹來一片黃葉，也不知是從哪裏吹來的，在他們的腳下打著滾，連初升的陽光中彷彿也都帶著那種可怕的殺氣！

郭威大喝道：「你還等什麼？為什麼還不過來動手？」

傅紅雪的腳卻似已釘在地上。

他不能過去。他絕不是不敢——他活在這世界上，本就是為了復仇的，可是現在他看著眼前這一張張陌生的臉，心裏忽然有了一種從來未曾有過的奇異的感覺。

這些人他連見都沒見過，他跟他們為什麼會有那種一定要用血才能洗清的仇恨？

突然之間，一聲尖銳的大叫聲，刺破了這可怕的寂靜。

那孩子突然提著刀衝過來。

「你要殺我爺爺，我也要殺你。」

刀甚至比他的人還沉重。

他提著刀狂奔，姿態本來是笨拙而可笑的，但卻沒有人能笑得出來。

這種事甚至令人哭都哭不出來。

一個長身玉立的少婦顯然是這孩子的母親，她看見孩子衝了出去，臉色變得像是白紙，忍不住也想跟著衝出來，但她身旁的一條大漢拉住了他，這大漢自己也已熱淚滿眶。

郭威仰天大笑，叫道：「好，好孩子，不愧是姓郭的！」

淒厲的笑聲中，這孩子已衝到傅紅雪面前，一刀向傅紅雪砍了下去。

他砍得太用力，連自己都幾乎跌倒。

傅紅雪只要一抬手，就可以將這柄刀震飛，只要一抬手就可以要這孩子血濺當地。

但是他這隻手怎麼能抬得起來。

仇恨，勢不兩立、不共戴天的仇恨！

「你殺了我父親，所以我要復仇！」

「你要殺我爺爺，所以我也要殺你！」

就是這種仇恨，竟使得兩個完全陌生的人，一定要拚個你死我活！人世間為什麼要有這種可怕的仇恨，為什麼要將這種仇恨培植在一個孩子的心裏？

傅紅雪自己心裏的仇恨，豈非也正是這樣子培養出來的！

這孩子今日若不死，他日長大之後，豈非也要變得和傅紅雪一樣！

這些問題有誰能解釋？

鬼頭刀在太陽下閃著光。

是挨他這一刀，還是殺了他？假如換了葉開，這根本就不成問題，他可以閃避，可以抓住這孩子拋出三丈外，甚至可以根本不管這些人，揚長而去。

但傅紅雪卻不行，他的思想是固執而偏激的，他想一個問題時，往往一下子就鑽到牛角尖裏。

在這一瞬間，他甚至想索性挨了這一刀，索性死在這裏。

那麼所有的仇恨，所有的矛盾，所有的痛苦，豈非立刻就能全都解決？

——《邊城浪子・情深似海（第三十九章）》

很少武俠小說會用這樣長的篇幅來刻畫一個人物的內心掙扎，有人說，《邊城浪子》就是一本武俠版的「王子復仇記」，事實上，復仇的過程從來都不是先生的重點，真正的重點是他們在復仇路上的不斷反思和自我救贖。

要注意的是，我說的是「他們」，而不是「他」。

——在《邊城浪子》這個故事裏，完成了反思和在自我救贖中成長的復仇者，並不是一個人，而是兩個。

這第二個人就是葉開！

古龍用明線寫傅紅雪，但葉開的心路變化歷程，先生用的是暗線。

——這也是我們最容易忽略的地方，原著中有不少草蛇灰線，隱隱透露著葉開的內心世界，也只有把那些暗線的描寫補充上去，那才是一個完整的葉開。

在很多讀者的心目中，葉開是小李飛刀的傳人，肯定理所當然地傳承了李尋歡的仁愛和寬恕，所以他到邊城不是來殺人，而是來救人的，但實際上這個想法很可能是錯的。

——葉開之所以來到邊城，其實就是為了復仇！

從某種意義來說，葉開就是第二個傅紅雪，他是來復仇的，而不是特意跑到邊城來宣揚他的仁愛和寬恕精神！

在《邊城浪子》的尾聲，古龍把真相一下子倒出來，於是我們知道了葉開是白天羽真正的遺腹子，也知道了葉開從李尋歡身上學到了飛刀絕藝和仁愛博大的精神……然而，這只不過是故事裏頭明白可見的葉開。

在古龍筆底沒有觸及的地方，還有一個同樣經歷著痛苦與掙扎，直到最後才破繭而出的葉開。

（三）復仇者葉開

如果說，每個人都有兩張面孔，那初到邊城的葉開，他既是崇尚正義和仁愛的葉開，也是在復仇路上躊躇的葉開，嚴格來說，葉開一直處於自我矛盾之中，在未入邊城之前，葉開其實已經知道當年血案的大部分真相，只不過他還沒有想好，自己應該用鮮血還是用博愛來看待當年的仇恨？這時候的葉開表面上平如湖水，實際上他的內心卻是掙扎和糾結的，換而言之，在未曾得到心底最終的決定之前，葉開在萬馬堂一直在觀察，也一直在等。

——他等的是自己內心的決定。

廣東人有句俗話叫「見一步，行一步」，這就是初入邊城時候葉開的真實情感，如果我們真要用仇恨和寬恕來比擬天平上兩邊的砝碼，那我會說，這時候的葉開更傾向於復仇者的一面。

——「青青小葉」認為葉開在第十章之後才知道馬空群的仇人身分，我認為這是對《邊城浪子》的最大誤讀，恰恰相反，葉開就是因為要向他的仇人復仇才會來到萬馬堂的。

我們不妨再換一種說法來展開討論——在到達邊城之前，葉開除了知道自己的身世，他對於當年的血案究竟知道多少？

我相信在葉開的背後有一個人，他很早已經查出馬空群是當年的凶手，而且這個人很可能同樣知道傅紅雪的存在，正因為這樣，葉開才會和傅紅雪幾乎同時抵達邊城，在此之後，葉開接下來的行動並不是名偵探孤身破案，他所做的，其實是用自己的心和眼睛來檢驗那個神通廣大人物所說的真假！

——如果我的想法是正確的，這一個比葉開和傅紅雪更早知道真相的人，很可能就是李尋歡。

——在小說沒有提及的地方，李尋歡告訴葉開，馬空群是他的殺父仇人或仇人之一，但最關鍵的一點，在對待仇恨的問題上，李尋歡把決定權交到了葉開的手上。

這也是李尋歡人格中最偉大的地方。

小李飛刀雖然是葉開的恩師，但他沒有居高臨下地指示葉開一定要怎麼做怎麼做，他所做的只是讓葉開自己成長，讓葉開自己判斷，到底應該用哪一種態度來面對當年的仇恨。

這才是整個故事最大的暗線，同時也是李尋歡（或者說古龍先生）最值得令人尊敬的地方！

小說中有關葉開前往邊城的原因，看上去古龍好像寫了，可實際上並沒有寫，先生留給我們的是一段有意或者無意的「留白」，書中唯一明確寫著的就是葉開知道自己的身世，至於葉開什麼時候知道馬空群是兇手，這一點在書上隻字未提。當然，有很多人仍然認為葉開在進入萬馬堂之後才知道仇人是誰，但這樣是解釋不了葉開後來的一連串舉動的，而且這樣也很容易墮入葉開是偽善者的陷阱。

——那葉開到底是為了什麼才來到邊城呢？

因為他需要親自求證真相，哪怕這個真相是一個他很尊敬的人所告訴他的，畢竟這件事關係著很多人的生命和榮辱，所以他一定要謹慎，一定要親自確認，而第二個原因，就是葉開在很長一段時間裏，他始終不知道自己應該用哪一種方式來迎接仇恨！

——面對仇恨，是以牙還牙，還是像他的師父那樣用寬恕來面對傷害自己的人？

需要強調的是，我說的是用寬恕來面對仇恨，這只是一種面對仇恨時候的冷靜態度，而不是鼓吹「老好人」或者「濫好人」。

——以德報怨，何如？

——子曰：「何以報德？以直報怨，以德報德！」

這才是我們應該有的態度。

李尋歡教給葉開的不單是武功和仁愛，還教給他對待仇恨的態度，在仇恨面前，我們應該盡可能保持冷靜理智的態度，而不是用情緒來決定自己的方向，甚至我們應該用多一點的耐心和同理心來分析前因後果，而不是一味地頭腦發熱，熱血上湧。

請不要忘記，出場時候的葉開只有十九歲，他不是楚留香、李尋歡那種一出場就是久經風浪而且人格健全的人物，可以說，很多人在十九歲的時候連自己的人生規劃都還沒有開始，《邊城浪子》裏的葉開是古龍中後期作品之中極不常見的少年主角，也因為這樣，這時候葉開的性格和行為仍然有很多未確定的地方，需要他去學習，去體驗，去成長。

——再驚險再刺激的小說最多也就是「傳奇」，只有在故事中構建人物的反思與成長，那才是偉大的小說。

可以設想，這時候的葉開雖然人在邊城，但他的心卻是矛盾的，作為人子，葉開當然要承擔起報仇雪恨的責任，但他從小受到李尋歡的教誨，仁慈和愛早已在他的心中紮根。

作為葉開，他有一百個復仇的理由，「以牙還牙，以血還血」，這也是江湖人的法則，凶手就是凶手，哪怕事隔十九年，犯下血案的人仍然應該受到懲罰，仁愛和慈悲雖然美好，但不代表所有的人和所有的事都需要毫無原則的寬恕。

也因為這樣，葉開在一開始並沒有像故事尾聲那樣用寬恕來對待仇恨，甚至我們從他對待馬芳鈴前後不一的態度也可以看出些許端倪，在故事中段的時候，葉開的確沒有阻止傅紅雪殺人，因為那時候的葉開依然是迷惘的，連他自己也不知道心中的去向。

在《邊城浪子》的大部分時間裏，葉開其實都在尋找著這個答案，可以肯定的是，暗線下的葉開更傾向於復仇，只不過他的報仇之路沒有傅紅雪那麼血腥，復仇的心也沒有傅紅雪那麼堅決，而在書中也有好幾處地方明白寫道，葉開「放下不變的笑容，取而代之的是凌厲的眼神」！

——這個時候的葉開，就是復仇信念在心中翻滾升騰的葉開。

而在葉開越來越接近當年的真相，並且知道丁家是血案主謀的時候（關於丁家主謀這一點，李尋歡可能也未必清楚），這一刻的葉開仍然想過要出手，他試圖把丁靈琳氣跑，這說明葉開已經在考慮向丁家復仇的事，到了故事的最後，當傅紅雪在復仇路上不斷反思而走近到他復仇終點的時候，葉開也幾乎在同一時刻來到他復仇的最後一站。

——當傅紅雪在血腥中進行反思的時候，葉開也同樣在掙扎，傅紅雪的痛苦和迷惘，葉開同樣都有，只不過這些隱藏起來的段落，並沒有在小說中直白地用文字描畫出來。

在故事的尾聲，傅紅雪已經不想再追殺那些和當年血案有關的人，他的目標只有一個馬空群，因為這時候的傅紅雪已經完成了內心對於復仇信念的掙扎，也明確了自己要走的那條路——殺死馬空群，終結復仇之旅，回到翠濃的墳前，在清風冷月中緬懷一段無法重來的感情，而在差不多同一時候，葉開終於做出了最後的決定，作為當年受害者的唯一後裔，他決定用寬恕來解開所有的結。

所以，葉開絕不是從一開始就決定寬恕仇人，他是在不斷反思之後才作出的決定，相信這也是小李探花最希望見到的結果。

世上沒有無緣無故的寬恕，毫無原則的仁愛也不適用於古龍筆下的江湖，最後葉開放下了仇恨，是因為在此之前，他的心中早已經歷了無數次的掙扎。

葉開不是楚留香，香帥一生不沾血腥，這是因為他擁有著「多智近乎妖」的實力，而且香帥堅信只有法律才有權利懲治凶手，李尋歡則屬於另一種人，他在必要的時候也會殺人，只不過這些暴力無損於他的仁愛和偉大。

就像葉開，葉開同樣會用飛刀殺人，但他說過，他會保證自己的每次出手都有他必須出手的理由，因為李尋歡傳授給葉開的也是他最希望葉開做到的，就是在每次動手之前能為對方先想一想。

——只要你肯多想一想，就會知道你的選擇是不是最優的選擇。

「紙上得來終覺淺」，但如果你真的做到了這一步，那說明你已經完成了成長。

所以，《邊城浪子》不僅僅是一個先生擅長的雙主角故事，從某種意義上來說，葉開和傅紅雪可以視為同一個人，他們如同事物的陽面和陰面，傅是本體，葉是影子，只不過這個影子是很少有人留意到的陰影罷了。

「雙主角，一體性」的特點貫穿著整部小說，所以葉開和傅紅雪同時到達邊城，而當傅紅雪企圖暴力玷辱馬芳鈴的時候，葉開其實也有著類似的做法。

很多人覺得小傅企圖汙辱馬芳鈴是他人生當中無法洗脫的劣跡，但這件事真正的起因卻是馬芳鈴的身分——如果傅紅雪真的汙辱了馬空群的女兒，那等於是向他的仇人展開了一次令仇人痛入心扉的報復。

同樣地，葉開對待馬芳鈴也可作如是觀。

初見馬芳鈴而又未識馬芳鈴的時候，葉開是那種典型的「好色而慕少艾」，可是當葉開知道馬芳鈴的真正身分之後，馬芳鈴對葉開的如火熱情就一次一次撞上了冰山。

三讀「邊城」之後，我更加堅定了自己的想法。

葉開第一次見到傅紅雪的時候，先生寫葉開留意到傅紅雪「左腳先邁出一步後，右腿才慢慢地從地上跟著拖過去」，這時候古龍用「彷彿覺得很驚奇，也很惋惜」來形容葉開的感受。

——葉開為什麼會覺得驚奇和惋惜？

——如果傅紅雪只是一個葉開初見初聞的人，他又怎會無端地覺得惋惜？

所以，葉開很早就知道傅紅雪出現在邊城的原因，這也間接證明葉開很早就知道馬空群是當年血案的凶手。

然而，初讀《邊城浪子》的人，包括之前的我，很容易會被小說原文誤解，以為葉開直到第十章之後才知道仇人的身分，關於這一點，我和網友「青青小葉」曾經展開過激烈而有趣的辯論。

——我當然認為我是對的。

接下來我們不妨再重溫一段文字，寫的是傅紅雪強暴馬芳鈴未遂之後，葉開和他展開了一段他們相識以來真正意義上的對話。

馬蹄聲也已遠去，天地間又歸於寂靜，大地卻像是一面煎鍋，鍋下仍有看不見也聽不見的火焰在燃燒著，熬煎著它的子民。

傅紅雪嘔吐得整個人都已彎曲。

葉開靜靜地看著他，等他吐完了，才冷冷道：「你現在還可以殺我。」

傅紅雪彎著腰，衝出幾步，抄起了他的刀鞘，直往前衝。

他一口氣衝出很遠的一段路才停下來，仰面望天，滿臉血淚交流。

他整個人都似已將虛脫。

葉開跟了過來，在他身後靜靜地看著他，冷冷道：「你為什麼不動手？」

傅紅雪握刀的手又開始顫抖，他突然轉身瞪著葉開，嘶聲道：「你一定要逼我？」

葉開道：「沒有人逼你，是你自己在逼自己，而且逼得太緊。」

他的話就像是條鞭子，重重的抽在傅紅雪身上。

葉開慢慢地接著道：「我知道你需要發泄，現在你想必已舒服得多。」

傅紅雪握緊雙手，道：「你還知道什麼？」

葉開笑了笑，道：「我也知道你絕不會殺我，也不想殺我。」

傅紅雪道：「我不想？」

葉開道：「也許你唯一真正想傷害的人，就是你自己，因為你……」

傅紅雪目露痛苦之色，突然大喝道：「住口！」

葉開歎了口氣，還是接著說了下去，道：「你雖然自己覺得做錯了事，但這些事其實並不是你的錯。」

傅紅雪道：「是誰的錯？」

葉開凝注著他，道：「你應該知道是誰……你當然知道。」

傅紅雪瞳孔在收縮，大聲道：「你究竟是誰？」

葉開又笑了笑，淡淡道：「我就是我，姓葉，叫葉開。」

傅紅雪厲聲道：「你真的姓葉？」

葉開道：「你真的姓傅？」

兩個人互相凝視著，像是都想看到對方心裏去，挖出對方心裏的秘密。

只不過葉開永遠是鬆弛的，冷靜的，傅紅雪卻總是緊張得像是一張繃緊了的弓。

——《邊城浪子．殺人滅口（第十章）》

這段文字說明了葉開十分清楚傅紅雪強暴馬芳鈴的原因——葉開口中「你應該知道是誰（的錯）」，就是說他知道傅紅雪絕對不是色慾薰心，而是因為馬空群當年的血案，才會有今日傅紅雪對馬芳鈴的施暴。

在和「青青小葉」爭辯之後，我有幸透過互聯網與丁情先生取得聯繫，然後得到了肯定的答案。

丁大俠雖然沒有回應我關於「李尋歡將復仇的決定權交給葉開」的猜想，但他告訴我，葉開在前往邊城之前就已經知道馬空群是自己的殺父仇人。

——丁情是古龍先生的關門弟子，也是台灣電視劇《邊城刀聲》的編劇之一，同時他還是姊妹篇《邊城刀聲》的執筆人，所以他的解答毋庸懷疑。

所以，葉開的確是一個復仇者，他也的確展開過對殺父仇人的報復。

——葉開來到邊城展開的第一段報復，就是傷了一個女人的心。

（四）也說馬芳鈴

初識馬芳鈴的時候，葉開的舉止並不算很君子，但如果用男人的眼光來看待葉開，卻又往往覺得葉開的行為「尚可理解」。

乍見馬芳鈴，葉開是一種純粹的對美貌少女的關注和示好，男人見獵心喜的毛病，就連至聖先師也無法完全避免，何況是向來有些自命不凡的葉開?!

後來，葉開從蕭別離口中知道馬芳鈴的身分，這時候葉開對她的態度越發變得狎呢，他會厚著臉皮摟住馬芳鈴不放，刻意挑動那顆早已怦怦亂跳的少女心，我相信，這時候葉開對馬芳鈴的行動已經是一種下意識的報復，因為葉開原本就是衝著復仇而來，而馬芳鈴恰巧又是仇人的女兒，只不過後來發生了一件事，令葉開對於馬芳鈴的態度慢慢發生了變化。

那就是傅紅雪幾乎強暴馬芳鈴的事件。

這件事雖然很快平息，但葉開對馬芳鈴的態度卻冷淡起來，究其原因，就是因為葉開從傅紅雪身上看到了自己的影子，甚至看到了自己內心的醜惡，因為葉開很清楚，傅紅雪真正想汙辱的並不是馬芳鈴的身子，而是她的身分。

——從這時候開始，葉開應該開始了反省，如果以復仇之名，通過故意親近馬芳鈴而向自己的仇人報復，那和某些衣冠禽獸有什麼分別？

在接下來的草原月夜，葉開大可以占有馬芳鈴，那本是她自己願意的，況且馬芳鈴又是這樣的美麗多情，換了其他人，多半就會半推半就，承受下這份美人恩典，但葉開卻放棄了唾手可得的報復，推開了馬芳鈴的擁抱。

葉開對馬芳鈴從熱情到冷淡，背後的原因是她無法理解的，像馬芳鈴這類人，她們的愛往往是熾熱的，恨也是同樣燙手的，之後的馬芳鈴越發變得敏感和暴戾起來，她懷疑自己，懷疑一切，甚至迫切想找一個靠山來證明自己的女性魅力，可以說，葉開的確改變了馬芳鈴的人生軌道，但你能夠說葉開全部都做錯了嗎？

說起來，馬芳鈴的命運也是很令人扼腕惋惜的。

她原本是草原上馳騁縱橫的天之驕女，雖然有些驕蠻任性，但也不失為嬌媚可愛的好女兒，只不過感情路上的一次挫折令她性格大變，最可怕的地方，是她承受不了打擊，一生再也快樂不起來。

在馬芳鈴的身上，我看到了薩耶卓瑪。

薩耶卓瑪是上個世紀四十年代青海湖畔的一個小姑娘，說起她，自然就要提起王洛賓和他為了紀念薩耶卓瑪而創作的歌曲——《在那遙遠的地方》。

在那遙遠的地方有位好姑娘
人們走過她的帳篷都要回頭留戀地張望
她那粉紅的小臉好像紅太陽
她那美麗動人的眼睛好像晚上明媚的月亮
我願流浪在草原跟她去放羊
每天看著那粉紅的小臉和那美麗金邊的衣裳
我願做一隻小羊跟在她身旁
我願每天她拿著皮鞭不斷輕輕打在我身上……

「卓瑪」在藏語裏就是仙女的意思，薩耶卓瑪是當地千戶的女兒，當年草原的金銀灘上就有一個說法：

「草原上最美的花兒是格桑花，青海湖畔最美的姑娘是薩耶卓瑪。」

當時的王洛賓還不是後來的西部歌王，他只是一名廿六歲的教書先生，因為跟隨電影《民族萬歲》攝製組而來到青海采風，為了拍攝需要，卓瑪在鏡頭前扮成了牧羊女，王洛賓則穿上了藏袍，跟在卓瑪後面放羊。

電影鏡頭只有幾分鐘，卻改變了卓瑪的命運。

忙碌一天的拍攝完成之後，夕陽的金光將錦衣華服的卓瑪裝扮得如夢如幻，眼前的情景讓王洛賓看得有些發呆，卓瑪輕輕用馬鞭抽打在他的身上，後來王洛賓跟著攝製組離開，但卓瑪的心卻再也抹不走王洛賓的痕跡。

——很多年後，卓瑪的妹妹回憶說，「一九三九年的春天，草原上來了一群人，說是拍電影的。當時這片草原上只有我們一家，這群人就住在我們家裏，其中有個年輕人，歌兒唱得好，我們都不知道他的名字，就叫他王先生。薩耶卓瑪經常騎馬和王先生在草原上到處亂跑，家裏人也管不了。她的脾氣很暴躁，一發脾氣說打人就打人，但她一見到王先生就像變了個人似的，不管啥時候，倆人說走就走。她與王先生一塊放羊，一塊看電影，經常在一起……」

在此之前，王洛賓已經有一個叫洛珊的女友，最終他也沒有因為卓瑪而留在青藏草原，但卓瑪卻拒絕了很多藏族和蒙古族人家的提親，即使是和她的千戶父親反臉，她還是執意嫁給了一個漢人，很可惜，卓瑪婚後的生活應該不是那麼美好，她仍然很暴躁，很容易生氣，三十二歲不到就病死了。

網上現存的卓瑪照片是她病逝之前所拍，只能說是五官還算端正，但我看過當年的黑白電影片斷，十七歲的卓瑪在鏡頭前露出了半邊側臉，卻已足夠美豔動人。

可以說，在卓瑪短暫的一生裏，她曾經快樂過，但那段快樂留給她的不僅僅是回憶，更多的是一個烙印。

——如果不是王洛賓，卓瑪對婚姻愛情的態度可能就大不一樣，文化的差異，還有彼此對於婚姻感情生活的不同目的，導致了卓瑪後半生的怏怏寡歡。

類似薩耶卓瑪的故事同樣發生在馬芳鈴身上。

同樣是情竇初開的年紀，同樣是喜歡上了彼此相差很大的男子，可能就是這種強烈的反差，讓她們都對眼前的男子動了心。

草原上沒有人不怕馬芳鈴的鞭子，但葉開非但不怕，而且還讓馬芳鈴吃了虧，就在馬芳鈴對著葉開咬牙切齒的時候，這個男人已經悄悄闖入到她的心裏。

馬芳鈴有著絕對值得驕傲的資本，也自視極高，可是她和其他的女孩子並沒有什麼不同，在遇到自己喜歡的人之後，她也會收起自己的驕氣和傲氣，但如果最終感情所托非人，她就會感到錐心蝕骨的疼痛，而且這份挫敗感也會比任何人都要深刻。

薩耶卓瑪如是，馬芳鈴如是。

不得不說，古龍先生對人性的把握極為到位。

可以說，葉開的確對馬芳鈴動過心，盡管葉開早已有了丁靈琳，卻正如王洛賓同樣有一個相愛的女友，而他仍然和薩耶卓瑪嬉笑無間，甚至為她創作了一首流傳百世的好歌。

——但我們需要指責葉開嗎？

好像也不能。

像葉開這樣的人，遇到一個漂漂亮亮的對他有點心動的小姑娘，他會板起臉孔，把人家打發走嗎？

——只要是男人，大概都不會這樣做吧。

男人多多少少總會有些自以為是的毛病，自我陶醉的本事更是與生俱來，正如長得醜的男人往往認為自己有男子氣概，年紀大的男人總覺得自己比小白臉更加穩重更有男性魅力……

生活中是不是有很多這樣的人？

唯一不同的是，葉開在完全有機會占有馬芳鈴身子的時候選擇了放手，所以，盡管他做的事並不完全對，但至少不能算是一個壞人。

在第十六章〈一入萬馬堂，休想回故鄉〉有一段描寫，說的是葉開和馬芳鈴在草原茶亭避雨，這時候的馬芳鈴「已有很久沒有說話」，「臉色很不好，顯然是睡眠不足，而且有很多心事的樣子」。

很多人不知道馬芳鈴的心事是什麼，先生也沒有明寫，有人認為，馬芳鈴的心事就是她發現自己心裏已經暗暗喜歡上了傅紅雪，但這時候的葉開偏偏應該是她的男朋友，所以馬芳鈴才會感到矛盾和迷惘。

更何況先生在這段描寫中，用的是「心亂」兩個字來形容馬芳鈴。

——她為什麼會心亂？

——難道馬芳鈴真是因為傅紅雪而心亂？

如果真是這樣，為什麼在這段文字之後，在同一個「安樂窩」，馬芳鈴追問葉開有沒有對她動過心，而在得到肯定答案之後，馬芳鈴就用自己火熱的胴體貼向葉開呢？

我覺得，馬芳鈴的心亂是她心底裏不敢肯定葉開是否真的喜歡她，因為在之前的月夜，她和葉開單獨相處，就在她明白允許葉開可以對她有進一步行動的時候，葉開卻放開了擁抱著她的手。

在馬芳鈴心中，她大概認為葉開並不是真的喜歡她，又或者是葉開已經不喜歡她了。

按著這個思路，馬芳鈴大概會想，如果葉開不打算和她在一起了，那傅紅雪也許是她的下一個選擇。

在馬芳鈴情竇初開的時節，她的確需要用感情來填補自己的空白。

——女人就是這樣一種奇怪的生物，平時目空一切，視蒼生男子如芻狗，卻也許在某一天，她突然對某個男子死心塌地，這並不一定是因為那個男人十分優秀，真正的原因只不過是剛好在那段時間裏，女人恰好需要一段感情來填補自己的生活。

——這真的很要命。

馬芳鈴的心亂也是由此而來，她已經到了需要愛情的年紀，而她對於葉開的感情還只是萌芽階段，她需要葉開，更多是需要一種證明自己被愛的感覺，但如果葉開明確表示不愛她，那她就會放手，至少她還可以找傅紅雪做下一個對象，只不過在這個時候，傅紅雪在馬芳鈴的心裏最多還只是一個「備胎」，所以她需要葉開的明確答覆。

在那個雨天，在那個沒有旁人的草棚，如果葉開擁抱她，甚至做一些「不好描述」的事，那麼馬芳鈴就會認為葉開是愛她的。

只是葉開並沒有這樣做。

就在馬芳鈴幾乎認定她應該放棄葉開的時候，葉開卻坦承曾經對她動心。

問題是馬芳鈴還不懂得愛，她以為男人的動心就等同於愛情，所以她對於葉開的熱情又再度燃燒起來。

只不過這次葉開直接推開了她，推開了她火熱的胴體。

她突然跺了跺腳，扭轉身，道：「人家的心亂死了，你還要開人家的玩笑。」

葉開道：「為什麼會心亂？」

馬芳鈴道：「我也不知道，我若知道，心就不會亂了。」

葉開笑了笑，道：「這句話聽起來倒也好像蠻有道理。」

馬芳鈴道：「本來就很有道理。」

她忽又轉回身，盯著葉開，道：「你難道從來不會心亂？？」

葉開道：「很少。」

馬芳鈴道：「你難道從來沒有動過心？」

葉開道：「很少。」

馬芳鈴咬了咬嘴唇，道：「你……你對我也不動心？？」

葉開道：「動過。」

這回答實在很乾脆。

馬芳鈴卻像是吃了一驚，臉已紅了，紅著臉垂下頭，用力擰著衣角，過了很久，才輕輕道：「這種時候，這種地方，你若真的喜歡我，早就該抱我了。」

葉開沒有說話，卻又倒了碗茶。

馬芳鈴等了半天，忍不住道：「嗯，我說的話你聽見了沒有？」

葉開道：「沒有。」

馬芳鈴道：「你是個聾子？」

葉開道：「不是。」

馬芳鈴道：「不是聾子為什麼聽不見？」

葉開歎了口氣，苦笑道：「因為我雖然不是聾子，有時卻會裝聾。」

馬芳鈴抬起頭，瞪著他，忽然撲過來，用力抱住了他。

她抱得好緊。

外面的風很大，雨更大，她的胴體卻是溫暖、柔軟而乾燥的。

她的嘴唇灼熱。

她的心跳得就好像暴雨打在草原上。

葉開卻輕輕地推開了她。

在這種時候，葉開竟然推開了她，

馬芳鈴瞪著他，狠狠地瞪著他，整個人卻似已僵硬了似的。

她用力咬著嘴唇，好像要哭出來的樣子，道：「你……你變了。」

葉開柔聲道：「我不會變。」

馬芳鈴道：「你以前對我不是這樣子的。」

葉開沉默著，過了很久，才歎息著道：「那也許是因為我現在比以前更了解你。」

馬芳鈴道：「你了解我什麼？」

葉開道：「你並不是真的喜歡我。」

馬芳鈴道：「我不是真的喜歡你？我……我難道瘋了？」

葉開道：「你這麼樣對我，只不過因為你太怕。」

馬芳鈴道：「怕什麼？」

葉開道：「怕寂寞，怕孤獨，你總覺得世上沒有一個人真的關心你。」

馬芳鈴的眼睛突然紅了，垂下頭，輕輕道：「就算我真的是這樣子，你就更應對我好些。」

葉開道：「要怎麼樣才算對你好？趁沒有人的時候抱住你，要你……」

他的話沒有說完，馬芳鈴突然伸出手，用力在他臉上摑了一耳光。

她打得自己的手都麻了，但葉開卻像是連一點感覺都沒有，還是淡淡地看著她，看著她眼淚流出來。

她流著淚，跺著腳，大聲道：「你不是人，我現在才知道你簡直不是個人，我恨你……我恨死你了……」

她大叫著跑了出去，奔入暴雨中。

——《邊城浪子・一入萬馬堂，休想回故鄉（第十六章）》

值得注意的是，葉開說：「那也許是因為我現在比以前更了解你……」我相信，葉開真正的弦外之音是說他比以前的自己更了解自己，因為這時候的葉開已經知道，從一開始時候對馬芳鈴的「初見歡」，已經變成了後來的挾私報復。傅紅雪強暴馬芳鈴時候反映出來的內心醜惡，讓葉開意識到自己對馬芳鈴的感情同樣可恥，從本質來說，這種欺騙和傅紅雪的行動並沒有什麼不同，彼此都是借著復仇的名義，只不過葉開的做法更加醜惡，更加骯髒！

因為仇恨，一向堅忍克制的傅紅雪將馬芳鈴壓在身下，仇恨成為發洩個人慾望和證明自己是強者的藉口；同樣地，因為馬芳鈴的身分，葉開也曾經不自覺地扭曲了自己，之前他向馬芳鈴的示好也變成了以復仇作為目的。

值得稱許的是，葉開意識到自己的扭曲，所以他懸崖勒馬，而這次的事件也為葉開最終放下仇恨埋下了伏筆。

當我們欣賞《邊城浪子》小說或者相關影視作品的時候，如果我們忽略了葉開的內心世界，那他在故事最後，用寬恕來化解仇恨的最後一幕就會變成假大空，變成了泛泛而談。

感謝先生，用他筆下虛構的武俠世界還原了真實的人生。

願先生在九天之上，一切安好。

古龍作品研究者（廣州）梁子軍

從獻身武道到優雅的暴力：古龍新派武俠的武學內涵

一、前言

武俠小說顧名思義，以「武」與「俠」為主要內容特色。過去，對於「俠」與「義」的關係曾經有過非常多的討論，古龍的作品在這方面也有其獨特的表現，但要談到古龍小說細部描寫的最大特徵，仍應推其武藝的描寫。在本論文中，試以古龍小說中的武藝描寫以及所呈現的武學內涵，說明古龍新派武俠小說的轉型與創新之處。

二、傳統武俠作品中的武藝表現

（一）形象化、程式化、舞蹈化的動作描寫

由於中華傳統武術在發展的過程中，一方面形象化地學習許多動物的姿態，另一方形成了系列的招數套路，所以，自民初以來，傳統武俠小說家筆下的武藝描寫，便承襲傳統武術的特色，而著重在招式的描寫，形成了程式化、舞蹈化的現象。其中，自民初的平江不肖生等開創期武俠作家，到六〇年代香港的梁羽生、金庸等成熟期武俠作家的作品相較之下，仍有從象形走向象意的變化發展，誠如梁守中在《武俠小說話古今》中所言：

> 舊派武俠小說的招式，大多從《拳術精華》之類的書中檢來；這類招式，在傳武術中確實是存在的。它大多摹擬飛禽走獸的活動姿勢，或立或伏，或伸或縮，或進或退，或飛或走，或俯或仰，或上或落，或搖頭擺尾，或翻身探爪，真是動作多樣，姿式優美，令人眼界大開，為之嘆賞不已。……
>
> 比較一下新舊兩派武俠小說中的招式，便見兩者之間有同有異。新武俠小說家既繼承了舊武俠小說家那些象形象勢的招式，又自出機杼，創造出很多象意的[1]

1 梁守中在此中所言的舊派武俠小說家即指民初之武俠小說家，而其中所指之新派武俠小說中，即六〇年代香港之梁羽生、金庸等武俠作家，在本文之新派分判中，仍被歸為傳統武俠，即舊派武俠之列。

招式來。象形象勢的招式重實，可以演練；象意的招式重虛，只可意會，不可言傳，大多無法取勝。各擅勝場，不可相廢。從武術家的眼裏看來，象意的招式是難於接受的；但從讀者看來，武俠小說中有了這些象意的招式，形意結合，虛實相生，既諧謔風趣，又觸發人們的聯想，就更其好看了。[2]

從象形象勢到象意，傳統武俠從民初到六〇年代，變化的是招式的描寫，不變的是招式的承續。在梁羽生、金庸等傳統武俠成熟期的作家筆下，招式的描寫，不論是名稱的意象唯美，還是動作的翻飛描寫，仍是作品中武藝描寫的重要內容，這是所有傳統武俠作品的相同特色，也是後來台灣新派武俠所急於突破的窠臼。以描寫招式作為武藝描寫的重點，所產生的特色即是武術的程式化與舞蹈化。

就程式化而言，它在各種武術套路的基礎上，建立了各門各派的武術特色與形象，所以一想到少林門派，就不外金剛羅漢，而一提到武當門派，就難逃太極北斗，這些程式化的武術套路，不僅成為各門各派的正宗武藝，也成為武學世界的圈圈框框，於是不論是在小說情節中想要自樹一幟的少俠，還是在創作文壇中想要開宗立派的作家，都努力在各大門派的正宗武藝中，另出機杼，翻新各種武藝套數，於是就形成了一種奇特的既立且破的現象，即一方面強調各大門派正宗武藝的博大精深，另一

2引文見梁守中：《武俠小說話古今》（台北：遠流出版公司，一九九〇），頁四七。

方面又讓主角人物往往在各大門派之外自創更高明的武藝功夫。然而，不論如何地又立又破，傳統武俠仍然逃不開程式化的招式的圈限。

就舞蹈化而言，不論是象形還是象意的武藝描寫，都使得武藝的呈現有舞蹈化的特色，也都使得傳統武俠小說中的格鬥對決變得詩化、美化，在輕靈飛舞、旋起翻落的過招形象描寫中，讀者彷彿在觀看一場場雙人對舞，或者是體操表演，輕靈的動作、美麗的肢體與想像的意境互相交溶，間不容髮的生死對決盡化為蝶飛翩翩的美麗過招，武藝猶如舞藝，不但沖淡了武術格鬥的殘忍血腥，更豐富讀者的內在想像，這是一種力與美的結合，肢體動作被隱藏包裝在招式描寫之中。與之相對，台灣新派武俠則發展出一種追求速度快感的武藝描寫，並結合心理狀態，發展出全新的武藝描寫的美感特徵。

以下試舉《神鵰俠侶》中，楊過以「黯然銷魂掌」與周伯通的「空明拳」過招格鬥的段落為例：

楊過自和小龍女在絕情谷斷腸崖前分手，不久便由神鵰帶著在海潮之中練功數年之後，……創出了一套完整的掌法，出手與尋常武功大異，厲害之處，全在內力，一共是一十七招。

……取的是江淹〈別賦〉中那一句「黯然銷魂者，唯別而已矣」之意。自掌法練成以來，直至此時，方遇到周伯通這等真正的強敵。

周伯通聽說這是他自創的武功，興致更高，說道：「正要見識見識！」揮手而上，仍是只用左臂。楊過抬頭向天，渾若不見，呼的一掌向自己頭頂空空拍出，手掌斜下，掌力化成弧形，四散落下。

周伯通知道這一掌力似穹廬，圓轉廣被，實是無可躲閃，當下舉掌相迎，「啪」的一下，雙掌相交，不由得身子一晃，都只為他過於托大，殊不知他武功雖然決不弱於對方，但一掌對一掌，卻不及楊過掌力厚實雄渾。

周伯通吐出胸中一口濁氣，喝采道：「好！這是甚麼名目！」楊過道：「這叫『杞人憂天』！小心了！下一招乃是『無中生有』！」周伯通嘻嘻一笑，心想「無中生有」這拳招之名，真是又古怪又有趣，虧這小子想得出來，於是又猱身而上。楊過手臂下垂，絕無半點防禦姿式，待得周伯通拳招攻到近肉寸許，突然間手足齊動，左掌右袖、雙足頭錘、連得胸背腰腹盡皆有招式發出，無一不足傷敵。[3]

我們從上述這段描寫中，可以清楚看到招數套路在對決格鬥中的精彩應用。首先，楊過所創之「黯然銷魂掌」不僅名稱感人，取自江淹〈別賦〉，用以比喻楊過對小龍女的思念，如此命名已是「武如其人」的表現。而除了名稱有典故外，招式內容更是大有來歷，將九陰真經、彈指神通、蛤蟆功、打狗棒法……等當時各種最厲害的

3引文見金庸：《神鵰俠侶》（台北：遠景出版事業公司，一九八四），冊四、頁一四一二。

武功，都融入了「黯然銷魂掌」的各招各式之中。因此，「黯然銷魂掌」就變成了集小說中各派武學菁華的綜藝招式。

其次，在格鬥過程的描寫中，我們可以看到「黯然銷魂掌」是既象形又象意的。不論是「杞人憂天」還是「無中生有」，在招式使出之時，楊過都有相應的動作出現，就此而言，招式是象形的。然而，這象形卻又只是皮毛上的形似而言，因為接下來對於這三個招式的描寫，又出乎一般武術格鬥的技巧之外，變成了虛寫，所以，招式之名在此又發揮了象意的作用。

除了象形又象意的招式內涵描寫外，從這一段情節中，我們也可以看到楊過和周伯通如何各以程式化的招式應對，此來彼往，都是招式，招招相套，猶如對舞。

再次，這一段描寫也看到了傳統武俠小說中，武學、內功、外技三者相合於招式套路的高明手法。段落之初，在介紹「黯然銷魂掌」的特色時，先強調它「厲害之處，全在內力」，這是前提式地說明了「黯然銷魂掌」不是一般的外家拳掌，而是結合了內力內勁的武功招式。其後，在格鬥的過程中，作者向我們展示了「黯然銷魂掌」作為武功招式，也有它類似外家拳掌的身法技巧。最後，在細敘「拖泥帶水」這一招時，又以五行之說等武學原理，來襯托其功法的精妙。

招式套路運用之妙，於此可見巔峰了。

（二）經脈的描寫：內在的動作

經脈的描寫，在傳統武俠小說中經常出現，通常被使用在三個地方：醫療行為、格鬥點穴與內功修習。

就醫療而言，經脈本是中醫的特色，武俠小說以經脈描寫醫療行為是一種近乎「寫實」的呈現（所用經穴是否合於醫理是另一回事），此外，它也是一種對人體內在結構的一種解剖式的認識。

就格鬥點穴而言，經脈是格鬥武藝的延伸應用，它建立在人們的實際經驗之上（例如碰觸到某些穴位時，人們的肢體會有部分產生酸麻的反應），加上幻化、衍生，九虛一實地誇大應用於對決格鬥之中，使它成為武俠小說中最具特色的一門武藝。

就內功修習而言，經脈的描寫是奠基在傳統醫學與道教內丹修鍊所累積的知識而發展。武俠小說中，經脈與內功相當合一的描寫，多半呈現於修習過程，也有部分應用於格鬥過程中的內力比拚。不論是修習過程，還是內力比拚，經脈穴位的描寫，都呈現出一種內在的動作感，特別是在格鬥過程中的經穴應用，更呈現出一種內外合一的（或者說由內而外）的動作描寫。

以下，試以《神鵰俠侶》中一段修習內功以療痛重傷的描寫為例：

> 連日小龍女坐在寒玉床上，依著楊過所授的逆衝經脈之法，逐一打通周身三十六處大穴。這時兩人正在以內息衝激小龍女任脈的「膻中」穴。此穴正當胸口，

> 在「玉堂」穴之下一寸六分，古醫經中名之曰「氣海」，為人身諸氣所屬之處，最是要緊不過。
>
> 小龍女但覺頸下「紫宮」，「華蓋」，「玉堂」三穴中熱氣充溢，不住要向下流動，同時寒玉床上的寒氣也漸漸凝聚在臍上「鳩尾」、「中庭」穴中，要將頸口的一股熱氣拉將下來。只是熱氣衝到「膻中穴」處便給撞回，無法通過。她心知只要這股熱氣一過膻中，任脈暢通，身受的重傷十成中便好了八成，只是火候未到，半點勉強不得。她性子向來不急，古墓中日月正長，今日不通，留待明日又有何妨？因此綿綿密密，若斷若續，殊無半點躁意，正和了內家高手的運氣法要。[4]

從上面這段描寫中，可以看出經脈穴道在內功修習過程中所佔的重要性，熟悉人體經脈穴道的讀者（熟讀傳統武俠小說的讀者，往往能從小說中概略習知人身幾個重要經脈穴道的位置），藉由這樣的描寫，心意便隨著那一道道熱「氣」，而周循於身體上下。這是一種內在的動作的呈現，也是一種無聲無息的武藝的發展，相應於外顯的各種武術招式（不論是象形抑或象意），經脈穴道也往往自成為內斂的武藝門派象徵。所以，九陽神功和九陽真經走的經脈不同，一陽指和六脈神劍更是要透過特別的穴位才能修習和施展。更有甚之，不同門派的功夫，強調的經脈穴道絕對不同，所

4 引文見金庸：《神鵰俠侶》（台北：遠景出版事業公司，一九八四），冊四、頁一一七六。

以，各大門派都有他們擅長的修習內功的經脈，也都有他們特殊的點穴、解穴手法，而強調是邪門外道的功夫，更是專練一些奇僻的經穴。

由此可見，經脈穴道的描寫，就其修習內功的應用而言，猶如各種招式套路，形成了各具特色的門派象徵，就此而言，經脈穴道就猶如是招式套路內化，而成為一種內在的動作描寫了。

（三）習藝過程的描寫

傳統武俠小說非常重視習藝乃至練功過程的描寫，往往情節的發展即隨著主角人物武藝的不斷提昇而推衍。這種強調日積月累、拜師學藝（或從秘笈中學習）的習藝過程的描寫，相應地顯現出一種重視傳承、講究來歷的江湖規範。

以《神鵰俠侶》而言，主角楊過的習藝過程可說既幸運又坎坷。坎坷之處在於他原可在桃花島中向郭靖、黃蓉二位高手習藝，卻因為身世恩仇所絆，而必須改投全真派門下。又因在全真派門下受人欺凌，而致叛出全真派，習藝過程可說一波三折。然而，情節的曲折離奇的安排，又讓楊過的習藝過程在坎坷之餘，處處絕處逢生，充滿幸運。他幸運地認識了歐陽鋒，習得「蛤蟆功」，又幸運地被小龍女收留，習得「玉女心經」、「九陽真經」，最後他更因緣際會地習得黃藥師的「彈指神通」與「洪七公」的打狗棒法。最終得以融各家所長，自創「黯然銷魂掌」。

不僅如此，楊過修習每一種武藝的過程，在小說中也都被細細地描寫，不僅是習藝的經歷，甚至是練功的過程，都有詳盡的描寫。例如，在楊過拜小龍女為師後，向小龍女學習的第一套掌法「天羅地網勢」時，對於小龍女如何捕捉麻雀給楊過練習掌法，楊過又是如何從一次捕捉三隻麻雀，逐次增加，練到後來可以將八十一隻麻雀圍阻在雙掌掌勢之中，這其中過程都有詳盡的描寫。又如後來學習「玉女心經」的內功時，也是如此，從練功圖說到雙人合練的過程，都有來有歷地交代清楚，這樣的習藝過程的描寫，讓讀者感受到一代武術大師的成就，並非一蹴可幾，而是勤習苦練方能達到。

傳統武俠小說對於習藝、練功過程的描寫是相應於他們強調門派、師承的江湖世界與規範。由於習藝、練功的過程被完整呈現，任何功夫都有其來歷，因此，門派、師承就重於一切了。即使主角人物往往自創武功，或得有秘笈（另一種師承來歷的表現），或集各派大成，然而，名門正派、師承淵源在傳統武俠小說中，仍是佔非常重要的地位，至少，作為襯托主角人物的特立獨行或橫出江湖時，門派、師承仍是非常重要的烘托因素。

相反地，在古龍的武俠世界裏，對於習藝、練功過程往往隻字不提，影響所及，門派、師承也就變得無足輕重了。以《多情劍客無情劍》為例：

阿飛?!

李尋歡笑道：「你難道姓『阿』嗎？世上並沒有這個姓呀。」

少年道：「我沒有姓！」

他目光中竟似忽然有火焰燃燒起來，李尋歡知道這種火焰連眼淚都無法熄滅，他實在不忍再問下去。

誰知那少年忽又接道：「等到我成名的時候，也許我會說出姓名，但現在……」

李尋歡柔聲道：「現在我就叫你阿飛。」

少年道：「很好，現在你就叫我阿飛——其實你無論叫我什麼名字都無所謂。」

……

李尋歡明亮的眼睛黯淡了，瞪著阿飛道：「我有沒有問過你不願回答的話？有沒有問過你的父母是誰？武功是誰傳授的？從哪來？到哪裏去？」

阿飛道：「沒有。」

李尋歡道：「那麼你為什麼要問我呢？」

阿飛靜靜地凝注他半晌，展顏一笑，道：「我不問你。」[5]

在這段描述裏，在冰雪中突然出現在這世上的少年阿飛，不僅沒有習藝、練功過程的描寫，甚至連出身來歷都成為秘密。就像李尋歡不去追問阿飛的父母是誰？武功

5 引文見古龍：《多情劍客無情劍》。

是誰傳授的？從哪來？到哪裏去？這些問題，台灣新派武俠作家如古龍者，也認為讀者不必要也不想要再去追問主角人物的這些問題。從此，古龍新派武俠作品不僅沒有歷史背景，更沒有了人物出身、武功來歷。這一轉變，相應於傳統武俠而言，無疑是非常大的改變，而且有它複雜的代表意義，並且與台灣武俠小說多半無歷史背景的描寫是相呼應的。[6]

相反地，《神鵰俠侶》中的主角人物楊過，雖和《多情劍客無情劍》一樣是個孤兒，然而他的出身來歷卻非常清楚，甚至連他的名與字（名過，字改之）都直接說明了他是惡人楊康的兒子，背負著原罪出生，來這世間是要悔改他父親所犯之過的。出身來歷一清二楚，習藝練武也歷歷可見，飽含著淵源脈絡的歷史感油然而生，所以《神鵰俠侶》的時空背景也是非常明確的（北宋末年）。由此可見，傳統武俠小說中的人物情節不僅是鑲嵌在歷史興替之中，同時也是定位於門派、師承、出身……等複雜的社會人際網絡之中，如此一來，它對傳統文化的深植與依賴也就成了必然的現象。

這與七〇年代的台灣新派武俠作家們急於呼應當時的時代氣氛與讀者新變企求的作為是大相逕庭的，也難怪以古龍為首的台灣新派武俠作家必在這些地方進行翻天覆地的轉變。

6 沒有歷史背景的描寫，其原因固然有如葉洪生在《武俠小說談藝錄》中所指出的，因政治禁忌而不願碰觸歷史與替的情形（頁七五）。然而，在台灣新派武俠作品中，沒有歷史背景的設定，恰好也與人物沒有出身相應，而成為小說內部的一種必然發展。由此可見，台灣武俠小說不重歷史背景，當不僅僅是政治禁忌所形成，而也同時是有所呼應於小說發展的新變意義。

三、古龍武俠小說中的搏擊描寫與武學思維

陳墨先生在《金庸武學的奧秘》一書中如此比較評論梁羽生與古龍小說中的武學思維與武藝描寫：

與金庸齊名、鼎足而三的另兩位新派武俠大師梁羽生、古龍對武的態度也頗說明問題。其中梁羽生梁大俠是正統的俠派，他對武俠小說的創作要求是「寧可無武，不可無俠」。可見梁大俠對俠的理想風範的信仰和追求，可以稱之為理想派與正統派。相比之下，古龍則是現實派和現代派，他對武的態度是「武功不是給人看的，是殺人的。」——梁與古二人對「武」的態度可以說是異曲同工，一說「寧可無武」一說「武不是給人看的」，總之對於武功、技擊不很放在話下。[7]

陳墨先生隨後指出相較之下，金庸顯得更重視武俠小說中的武藝描寫，並以「藉武而立藝」、「藉武而言學」、「藉武以傳道」[8]三個層次說明金庸小說中的武學內涵。陳墨先生對於梁羽生、金庸小說中的武學內涵的析論是否允當，在此不論，但對於古

7 引文見陳墨：《金庸武學的奧秘》（雲南，雲南人民出版社，一九九四），頁二。
8 同前注，頁四。

龍小說中的武學內涵的評議，筆者卻難以認同。

古龍固然喜歡強調武功是殺人的，中期以後對於搏擊過程的招式描寫也儘量簡化，但那絕不代表古龍對小說中的武藝描寫的重視不如金庸，其中的武學內涵也絕非是所謂「現實派和現代派」可以概括。

事實上，陳墨先生認為金庸小說中具備「藉武而立藝」、「藉武而言學」、「藉武以傳道」三個層次的內涵，在古龍武俠小說的武學發展過程中都經歷過，事實上那也並非金庸獨尊的專長，五〇、六〇年代的港台武俠名家如梁羽生、司馬翎在這方面都頗具功力，這種藉武以立藝、言學、傳道的武學內涵，從一個「藉」字就可以看出各家的共通性，那就是利用武藝的描寫將傳統哲思、藝術浸染其中，武在其中是沒有獨立地位，是被「藉」來指涉其他事理的手段罷了。

這種作法在古龍早期的武俠小說中也很常見，在這些早期作品中，古龍也是將武藝的描寫（與習練）跟傳統哲思、藝術相走這條路線，「藉」武以言事理、「藉」武以言道術。

不過，古龍很快就發現這種「武戲文寫」的手法雖然可以引入內涵豐富的文化思想，但卻已成俗套，應當有所突破。此外，更重要的是，這樣的武學思維就「武」內涵發展而言有一種根本的侷限，那就是武成為一種被「藉」來「藉」去的手段，武的獨立性與自主性喪失了，武學內涵想要更深刻地發展反而變得不可能了，因為武被工具化了。

所以，古龍小說中的武學內涵也隨著他筆下「有所必為」的浪子俠客走上了創新之途，他從以武為手段捻出了獻身武道的精神，再從獻身武道的精神發展出優雅的暴力美學。這才是古龍真正的武學思維路向，與其武學內涵所繫，這也清楚說明了古龍對武的內涵的重視與探索不僅不亞於金庸，恐怕還遠勝於金庸。如果我們僅從招式的描寫以及隨著招式描寫而來的傳統哲思的化用來評斷武俠小說中的武學內涵的話，那是惑於亂雲敷空式的武藝表演，自然無法看出對古龍而言，武學本身的主體性、自足性才是更根本的思考方向。

無論武學思維與內涵如何，最終在藝術表現上都得落實到武打搏殺過程的描寫，而其中動作是最主要的關鍵，如何處理動作的描寫，將決定一個武俠作家小說中的武藝表現與武學內涵的基本風格。

古龍曾在〈寫在《天涯・明月・刀》之前〉一文中，對於動作的描寫，提出他自己的看法：

> 應該怎樣來寫動作，的確也是武俠小說的一大難題。
>
> 我總認為「動作」並不一定就是「打」！
>
> 小說中的動作和電影畫面的動作，可以給人一種生猛的刺激，但小說中描寫的動作就是沒有電影畫面中這種鮮明刺激的力量了。
>
> 小說中動作的描寫，應該是簡單的，短而有力的、虎虎有生氣的，不落俗

套的。

小說中動作的描寫，應該先製造衝突，情感的衝突，事件的衝突，盡將各種衝突堆構成一個高潮。

若你再製造氣氛，緊張的氣氛，肅殺的氣氛。

用氣氛來烘托動作的刺激。[9]

曾有數百部改編電影上映、自己也曾親身編過許多武俠劇本的古龍，對於動作在影像與文字如此全然不同的媒介上的呈現方式，當然有很深刻的體會。他深深知道，文字描寫再怎麼俐落精彩，也比不上電影流動的一個畫面來得震撼。如何讓讀者利用一行行文字間、遲滯的閱讀過程去追趕內在心象中迅雷而過的搏鬥畫面，每一位武俠作家都感到吃力，特別是在武俠電影興起之後。

然而，文學的欣賞建立在語言系統的基礎之上，換言之，透過意義的掌握，我們才能欣賞文學作品。所以，文字描寫想要處理一切情景意象，使用的都不該是去追逐視覺畫面的說明，而是內在意義的呈現，因為唯有意義的流動，才是文學閱讀的根本。

張大春先生在《小說稗類》中，如此看待現代小說中的動作描寫：

9 引文見古龍：〈寫在「天涯・明月・刀」之前〉，《天涯・明月・刀》（台北：風雲時代出版社，一九九九），頁六。

以語體文作工具、以個人身分（而非書場傳統）從事，以西方迻借而來的形式為規模——這三項條件構成中國現代小說的基本輪廓，作品千篇一律地以印刷於紙頁上的方式面對讀者，幾乎也就在此一轉捩之後未幾，電影和電視工業相繼掌握、控制了受眾的閱聽節奏和需求，相較之下，白紙黑字的動作書寫變得迂緩、曲折、遲滯甚至無能負載。……簡單地說，祇緣於小說早已捨棄了「描述動作」的書寫任務，小說早已進入動作內部。……現代的小說家祇有在察覺某個動作內部還有意義、且此動作顯然無法被影音媒介充分掠奪的情況下，才會去書寫它。[10]

七〇年代的台灣，電視已逐漸普及，電影更是主要大眾娛樂之一。看過李小龍在電影裏以截拳道俐落地擊敗壞惡人的畫面後，再回頭去閱讀武俠小說裏繁瑣而緩慢的武打招式描寫，的確容易令人不耐，所以古龍在武俠小說中的動作描寫上進行了革新，而此一革新對照於影視娛樂工業在台灣的發展是有著時代的意義的。

回到小說、回到動作。我們要如何為以搏殺過程為情節重點的武俠小說找出動作之中的意義？如何讓這些動作不會被文字閱讀的遲滯過程拖住？如何讓武俠小說中的動作描寫仍能激起讀者內心「虎虎生風」的想像？古龍提出了衝突的鋪陳與氣氛的描寫這樣的解決辦法。而不論是衝突還是氣氛，都是將動作的描寫由外在的肢體伸

10引文見張大春：《小說稗類》（台北：聯合文學出版社，一九九八），頁九八。

展，轉移焦點到內在的意義發掘。

以下，試從幾個面向探討古龍武俠小說中的武藝表現及其轉變意義。

（一）由外而內的動作描寫：精神意志決勝

在古龍的武俠小說中，經常可以見到主角人物武功低於敵人，最後卻能擊敗對手的出人意料的決鬥結果。從《大旗英雄傳》中的鐵中棠、《武林外史》的沈浪、《鐵血傳奇》的楚留香、《多情劍客無情劍》中的李尋歡……莫不如此。他們得以戰勝敵人魔頭的原因雖不完全一致，可是憑藉的都是心理、精神層面的力量則是無庸置疑的。

在《大旗英雄傳》中，古龍強調的是鐵中棠的機智與冷靜，讓鐵中棠逃過了敵人的追殺，並且還能適時反擊。這一特色，楚留香也遺傳了。楚留香在對抗石觀音、水母陰姬……這些武功遠勝於他的對手時，經常也利用他的機智與冷靜來取得優勢，甚至多次利用心理戰術來贏得決鬥。

所以，在古龍的武俠小說中，他不談秘笈不論招式更不去描寫什麼神功化境，而是把決勝的關鍵由外在的武技的學習與修為的累積，轉至強調內在的精神、意志的鍛鍊。[11]

除了機智、冷靜外，敢於拚命的決心與氣勢常常也是取勝的關鍵。在《劍・花・煙雨江南》中，少年小雷的功夫低微卻能擊敗血雨門的高手五殿閻羅，憑的就是一股他敢死敢拚的勇氣。同樣地，在《離別鉤》中，捕頭楊錚也是靠著不惜一死的拚命打法而順利制服了許多大盜，更特別的是，古龍對小雷、楊錚的功夫的描寫，不僅是沒有門派淵源，根本連基本架勢都沒有，他們只是憑著自己的直覺跟狠勁在搏殺。可以想見，古龍如此處理小雷、楊錚的武功，讓他們回到最簡單、原始的「幹架」形式，隱含著強調拚命的決心所能激發的戰鬥意志。

由外在的搏擊動作轉向內在的精神意志的描寫，應用於決鬥過程中，最象徵性的方式就是強調心理戰術的運用，以及情感力量發揮著關鍵的影響。在《鐵血傳奇》中，楚留香利用了石觀音的自戀情結，用擊碎石觀音鏡中的倒影來擾亂她的心神，獲致勝利。而在《陸小鳳傳奇之鳳舞九天》中，面對武功遠勝自己的宮九，陸小鳳跟沙曼使出的招數是以情慾的力量誘發宮九喜歡性虐待的癖好：

情慾是人類的弱點，尤其是對在比鬥的人，更不能興起情慾。

11「七種武器系列」是另一個古龍強調精神、心理層面在武學內涵中的重要性的好例子。從長生劍到七殺手，每一種武器都代表了一種精神、心理甚至品德，如信心、誠實、勇氣、仇恨……等。古龍以這些精神、心理乃至品德狀態代表武器，除了隱含只有使用武器的人才是真正擁有「武」的主人外，同時也說明了精神力量在決勝時扮演的關鍵地位。

宮九更不能，這是宮九的弱點。

沙曼瞭解宮九，更瞭解宮九的弱點。所以她要陸小鳳用鞭，自己則以色相的犧牲，來勾起宮九的情慾。

長鞭的「唰」「唰」聲響，加上陽光照在沙曼白玉般的肌膚上，宮九氣息已喘動如一頭奔跑了數十里的蠻牛。

當沙曼扭動腰肢，做出各種動作時，宮九瘋狂般撕扯自己的衣服，喘著氣狂叫：「打我！打我！」

……

然而陸小鳳並沒有鞭打宮九。他是用刺。他把內力貫注在鞭上，軟軟的鞭一下子變得又直又硬。

陸小鳳就用這樣的硬鞭，一鞭刺入宮九的心臟中。[12]

在這段描寫中，陸小鳳幾乎不費吹灰之力就殺死了武功遠高於他的宮九，而整個搏擊過程中的動作只有一個，就是最後一刺，剩下的都是沙曼擺弄自己身體的情慾姿態。我們在這兒除了可以看到心理戰術的成功運用，以及性虐待癖如何被嘲諷地轉用到決鬥場面外，還看到了古龍小說中常見的，死亡與性慾合而為一的描寫。暴力的緊

12引文見古龍：《陸小鳳傳奇之鳳舞九天》（台北：風雲時代出版有限公司，一九九八），下冊、頁二五九。

張刺激強化了性慾的動能，性慾的高張又提昇了暴力的興奮度，這是古龍小說隱含的對情慾的焦慮。

最經典的描寫還有楚留香對決水母陰姬的場面，由於水母陰姬不如楚留香那樣精通水性，楚留香與她在水中決鬥時，利用水母陰姬浮出水面換氣之際，抱住陰姬的身體，並用自己的雙唇窒息了陰姬的呼吸：

> 吻，本是甜蜜的。
>
> 但在幾十雙眼睛之下接吻，就不是件令人愉快的事了，何況這一吻中根本就沒有絲毫甜蜜之意。
>
> 這一吻是死亡之吻。
>
> 另有一種殘酷的美。
>
> 殘酷的魅力。
>
> 若非身歷其境的人，誰也領略不出這其中的痛苦滋味，但億萬人中，又有幾人能身歷其境？
>
> 楚留香本是為了掙扎求生才這麼做的，但此刻，也不知怎地，他心裏竟起了一種無法描敘的異樣感覺。
>
> 水勢在他身子下沖激著，就像是火焰。[13]

13 引文見古龍：《楚留香傳奇》。

在這裏，意圖殺死陰姬的「動作」竟只剩下一個不懷好意的深吻。不論其中所隱含的心理意義從精神分析的角度是否可議，單就搏殺動作的描寫而言，確乎深具創意與想像。

不過，無論如何，陸小鳳對宮九、楚留香對石觀音與水母陰姬都讓人有一種「勝之不武」的感覺，某種程度而言，這是情感與武術結合上的負面示範。但古龍對於情感施加在的武術搏殺時的效益，也有非常正面的描寫。譬如在《邊城浪子》中，古龍借阿飛之口解釋了《多情劍客無情劍》裏頭，小李飛刀所以能戰勝武功高強於他的上宮金虹，純粹是因為小李飛刀站在正義的一方。阿飛特別提到偉大的武功不光是靠苦練，還要有偉大的精神，而荊無命竟也同意，只有心中存著正義的人，才能在決鬥時發揮最大的力量。同樣地，楚留香也是如此對柳無眉解釋自己為何經常總能打敗武功高過自己的對手。

> 楚留香忽然笑道：「魔教子弟並非劍法不精，而是他們的心術不正，行事太邪，所以和人動手時，就不能理直氣壯，所以他們的劍法就算比別人高，也難免落敗，『邪不勝正』，這句話正是千古不易的道理。」
>
> ……
>
> 楚留香目光炯炯，凝注著她，一字字道：「但一個人只有在知道自己做的事

是對的時候，才會有必勝的信心，是麼？」

柳無眉沉默了半晌，嫣然笑道：「這道理香帥你自然是最明白的，只因我早已聽說過，楚香帥戰無不勝，無論遇著多麼強的對手，也有不敗的自信。」

楚留香沉聲道：「那只因在下自信所做所為，還沒有一件對不起人的，否則在下就算武功再高，也已不知死過多少次了。」[14]

無論這套說法求證於古龍自己所寫的武俠小說的情節是否可以找到許多反例，但它所彰顯的意義，卻還是值得肯定的。

（二）從有形到無形：無招勝有招

前已論及，招式套路原為傳統武俠小說中的重點內容之一，古龍新派武俠的「新變」，在武藝描寫方面，自然也展現出從有招到無招的變化。

傳統武俠小說也分別有招與無招，並且講究無招勝有招的說法，梁守中的《武俠小說話古今》中就談到：

金庸對武功的創造，對招式的創新，大概已臻最高境界……名稱怪異、武功神

14 引文見古龍：《楚留香傳奇》。

妙，是異想天開的創造。而招式名稱的隨心所欲，變化多端，由形而意，由實而虛，轉向詩化雅化，更是一般武俠小說作者所望塵莫及的。後起的台灣武俠小說家古龍，深知博大精深不及金庸，便避開金庸之所長，純出偏鋒，另闢蹊徑。他寫武俠打鬥極少使用招式（有的甚至全無招式），只是大起大落，三兩下便決出勝負，用的正是「無招勝有招」的寫法。[15]

同樣地，陳墨在《金庸武學的奧秘》中，也論及《倚天屠龍記》裏張三丰傳張無忌太極劍法的描述時，以格律章法比喻武功招式：

「無招」的功夫，以及傳劍時只傳「劍意」不傳「劍招」之說，看似神奇，實則正是高明所在。武功方面的招式，有點像詩詞的格律與文章的章法，有格律規定，寫詩者注意平仄對仗，填詞者注意音韻節奏，作文者注意起承轉合，這在一定的程度上是必需的。也有不少精妙的格律詩，也有不少千古不朽的古詞曲。然而正因其「招式」嚴謹，限制和拘束了詩人的才思情感，所以亦有不少的詩人為其所限，為其所傷。……[16]

15 引文見梁守中：《武俠小說話古今》（台北：遠流出版公司，一九九〇），頁五六。
16 引文見陳墨：《金庸武學的奧秘》（雲南，人民出版社，一九九三），頁一三九。

由上面的敘述中可以看出，傳統武俠也對各種招式套路的使用有所反省，所以衍生出有招無招之辯，與無招勝有招的說法。然而，不論是劍意也好、無招也好，畢竟都是僅止於對有形招式拘束了格鬥者的臨場應變的情形的反省，而不是真的對於過招比式的描寫方式有所改變，否則，這一類的無招勝有招之說，就不會只是流於點綴和說理了。

畢竟，在這些講究無招之說的段落前後，仍是大段大段的招式套路的描寫，由此看來，傳統武俠小說中的「無招勝有招」只是另一種招式套路，是一種對於有形有象的招式套路的消解，強調格鬥者在對決過程中，應靈活應用所有的招式（或化有形招式於隨心應變之中），而並不是真要揚棄招式套路的武藝描寫。

古龍武俠小說中的「無招勝有招」則不同於此。在古龍的武俠世界裏的「無招勝有招」並不是用以強調對有形招式的靈活應用，而是要求在格鬥過程的武藝描寫中，要徹底揚棄招式套路的描寫，讓有形的招式化為無形的氣勢，所以，不僅是從有招到無招，更是從有形到無形。此一新變，就不再是招式套路思唯模式下的內在省思，而是意求推翻招式套路此一武藝描寫的一種新的內容敘述的新變標舉。當然，無招自有招中來，尤如頓悟須賴漸修，無招勝有招的思維本不隱含對招式的摒棄，筆者在此關注的焦點亦不是情節之中有招無招之辯，而是在動作描寫上，確確實地從「有招」變為「無招」，就此而言，確然是對招式套路描寫的一種摒棄。

陳墨在前面引文中，以詩詞文章的格律章法，比喻招式套路，藉此說明傳統武俠小說中的無招勝有招之說，猶如文學創作時面對格律章法要能靈活應用，不為所拘。筆者在此借用其比喻，同樣以詩詞文章中的格律章法，比喻武俠小說中的招式套路，那麼台灣新派武俠小說的無招勝有招，就絕非是強調格律章法的靈活應用，而是如同五四新文學運動之後誕生的新詩，徹底拋棄了舊有的格律章法那般，從有形到無形地，摒棄了招式套路的描寫。因此，此一新變，自然有其文學內、外部因素的發展與時代意義。

就文學內部因素而言，每一文類的發展，都有與時俱進、求新求變衍化需求，武俠小說此一次文類亦不例外。如前所述，招數套路的運用描寫，在傳統武俠小說作品中，作為主要內容之一，從民初綿延至五、六〇年代，經過數十年的經營、千百作家與作品的努力，可說菁華現盡，奇峰難逾，已經到了難以突破卻又不得不突破的瓶頸，所以金庸筆下才會漸漸發展出「無招勝有招」的說法。

然而，如前所述，金庸的「無招勝有招」仍是招式套路中的一種反省作用而已，基本上仍不脫招式套路，對於求新求變的積極需求，顯然無法滿足。所以，勢必要有更基本、更徹底的變革，才能真正突破招式套路此一武藝描寫的陳舊窠臼。古龍為首的台灣新派武俠作家因應此一文學內部企求變革的發展規律，將招式套路從武藝描寫中淡化甚至取消，正是武俠小說長期發展後，必然產生的新變現象。

就文學外部因素而言，時代的氛圍與思潮的影響，則是推動台灣新派武俠小說變革發展的背景與基礎。這其中包括了隨著經濟發展、中產階級的崛起所引發的個人主義抬頭的時代氛圍，還有武俠相關藝術，如電影中的武藝呈現的變化影響。就前者而言，個人主義的抬頭，讓個人的生存與意願，高於集體的意識與規範，所以，出身來歷不再重要、門派師承也無足輕重，同樣地，對決格鬥過程中的武藝描寫，自然也從帶有強烈集體意識的招式套路，轉變為追求速度快感與格鬥者的個別心理狀態的描寫。因為唯有如此，才能展現每一位格鬥者卓然獨立的生命狀態及與眾不同的生命特質。同時間發展的其他武俠相關藝術，例如武俠電影，在處理對決格鬥時的武藝表現時，也從早期武俠電影一招一式的冗長對打，變成鏡頭剪輯切換迅速的快感呈現，這一現象，或許也與當時的台灣新派武俠小說的發展不無關聯性的影響。

我們試看《多情劍客無情劍》中，主角人物之一的阿飛，第一次拔劍殺人的描述：

> 白蛇格格笑道：「殺人？你能殺得了誰？」
>
> 少年道：「你！」
>
> 這「你」字說出口，他的劍已刺了出去！
>
> 劍本來還插在這少年腰帶上，每個人都瞧見了這柄劍。
>
> 忽然間，這柄劍已插入了白蛇的咽喉，每個人也都瞧見三尺長的劍鋒自白蛇的咽喉穿過。
>
> 但卻沒有一個人看清他這柄劍是如何刺入白蛇咽喉的！

沒有血流下，因為血還未及流下來。[17]

在這段格鬥描寫中，沒有招式、沒有過程甚至沒有劍光，只有結果，所帶給讀者的閱讀感受就是一個「快」字！古龍以省略過程的簡捷筆法，具體化地展現了阿飛的快劍，就如同人們看不見阿飛拔劍的過程（太快了）般，讀者也讀不到格鬥的過程。無獨有偶地，緊跟在阿飛之後出手的李尋歡，他的飛刀也和阿飛的劍一樣，殺人沒有過程：

眼看這一劍已將刺穿他的心窩，誰知就在此時，諸葛雷忽然狂吼一聲，跳起來有六尺高，掌中的劍也脫手飛出，插在屋梁上。

劍柄的絲穗還在不停的顫動，諸葛雷雙手掩住了自己的咽喉，眼睛瞪著李尋歡，眼珠都快凸了出來。

李尋歡此刻並沒有在刻木頭，因為他手裏那把刻木頭的小刀已不見了。

鮮血一絲絲自諸葛雷的背縫裏流了出來。

他瞪著李尋歡，咽喉裏也在「格格」地響，這時才有人發現李尋歡刻木頭的小刀已到了他的咽喉上。

17引文見古龍：《多情劍客無情劍》。

但也沒有一個人瞧見這小刀是怎會到他咽喉上的。[18]

就如同阿飛的劍從他的腰際直接插進了白蛇的咽喉；李尋歡的飛刀，也同樣從他的手掌，直接躍入了諸葛雷的咽喉。至於拔劍、出劍的過程，擲刀、飛刀的過程，那是凡人看不見的（太快了），既然一般人看不見阿飛和李尋歡的快劍、快刀，那麼，讀者自然也就讀不到格鬥的過程。過程都省略了，招式套路自然沒有生存的空間了。

省略了過程之後，格鬥的描寫將如何進行？讀者的閱讀快感要轉移到哪裏？古龍所摸索出來的答案是衝突的鋪陳和氣氛的烘托，這使得決鬥的勝負變得隨機而充滿不確定性。

（三）從白描到烘托：心理的描寫

傳統武俠小說對於對決格鬥的描寫，極注重過程的細膩描寫，在寫作手法上，往往針對格鬥者的武功門派、招式套路，就武學理念、內功心法、外功技擊……等各面向，進行白描式的摹寫，務使讀者能有親眼目睹之感。

在此一實寫、白描的技法中，對決雙方的勝敗多半取決於格鬥者身負武藝的高低，雖有變數，往往也是出之於詭計謀略，與格鬥者個人之心理狀態無關。

18 同前注。

到了古龍，對於格鬥過程的描寫，漸漸離開過程的實寫、白描，而轉為以決鬥時的氣氛（或格鬥者的氣勢），以及心理狀態的描寫，來烘托對決的過程。試以上面所舉，阿飛殺死白蛇的段落為例，古龍強調阿飛的快劍的方式是以旁觀者都看到了阿飛的劍刺入了白蛇的咽喉，可是卻沒有人能看清阿飛究竟是如何出劍，這樣的方式來烘托阿飛的出劍之快，無人能擋，阿飛的劍快到刺進白蛇的咽喉時，甚至，「沒有血流下，因為還未及流下。」

這是典型的古龍式的描寫，也是後續的台灣新派武俠作家經常模仿的格鬥過程的武藝描寫。除了透過旁觀者的言行、反應來烘托格鬥者的武藝特色外，古龍還非常重視格鬥者的內心狀態，以及此一心理狀態對於格鬥者的武藝的影響——那同時也就成了影響勝負的關鍵。

以下試以《多情劍客無情劍》中，李尋歡得知在「兵器譜」上排名第一的天機老人，代他赴約，前去跟排名第二的上官金虹決鬥時，李尋歡與天機老人的孫女，孫小紅之間的一段對話為例：

李尋歡緩緩道：「一個人的武功若是到了頂峰，心裏就會產生一種恐懼，生怕別人會趕上他，生怕自己會退步，到了這種時候，他往往會想法子逃避，什麼事都不敢去做。」

他黯然歎息，接著道：「越不去做，就漸漸會變得真的不能做了，有些人就會忽然歸隱，有些人甚至會變得自暴自棄——甚至一死了之……自古以來，這樣的例子已有很多，除非他真的能超然物外，做到『太上忘情』的地步，對世上所有的一切事都不再關心。」

孫小紅只覺得自己的身子在漸漸僵硬，冷汗已濕透了衣服。

因為她知道她爺爺並不能「忘情」。

他還在關心很多事，很多人。[19]

在這段對話中，孫小紅原以為她的爺爺，也就是「兵器譜」上排名第一的天機老人，武功本在排名第二的「上官金虹」之上，代替李尋歡前去與上官金虹決鬥，必勝無疑。但沒想到，在李尋歡的分析下，天機老人其實必敗無疑，而且是敗在自己內心的恐懼，一種害怕會退步、害怕被別人超越的恐懼。

後來，天機老人果然敗給了上官金虹，雖然古龍沒有再費筆描寫天機老人與上官金虹的決鬥過程，但從這一段描述中，已可知道，天機老人是因為控制不了自己內心的恐懼，而敗給了上官金虹。這種勝敗取決於格鬥者內心狀態的觀點，在傳統武俠中幾乎未見，但在古龍的小說中卻是理所當然而且常為古龍所津津樂道。

19 引文見古龍：《多情劍客無情劍》。

（四）從累積到靜止：隨機的勝負

俠客的出身、門派既已無足輕重，格鬥過程的描寫又揚棄了招式套路，連勝負的關鍵都以格鬥者的心理狀態作為決定的要素，那麼，每一位俠客的武藝就不再有持續修習成長的必要（因為不如心理狀態來得重要），每一場決鬥的勝負也就變得隨機而充滿意外（因為不是比較格鬥者身負的武藝就可以決定勝負）。

沒有出身、沒有來歷、不重門派、不問招式的武藝，給人一種切斷淵源脈絡的決絕姿態，這樣的俠客與武學，自然也就不會強調在武藝上的繼續成長與鍛鍊。因為過去不重要，未來也不重要，只有決鬥的當下才是重要的。所以，《多情劍客無情劍》中，百曉生所定的「兵器譜」，排名定了，每一位俠客的武藝就如排名那般，從此靜止，不再成長也不再變化了。

這一點和傳統武俠小說喜歡描寫主角人物如何拜師學藝、如何融會貫通、如何卓然成家的過程，實在大異其趣。在整部《多情劍客無情劍》中，阿飛的劍術自始至終都沒有變化，變化的是他隨著與林仙兒之間的糾纏所影響到的，他的心志。（再由心志影響到他決鬥時的勝敗）李尋歡的飛刀，更是自始至終都一樣神乎其技。

換言之，傳統武俠小說喜歡讓俠客的武藝有所成長，藉由武藝的累積成長而在決鬥中逐步取勝。但在古龍的武俠小說中，俠客的武藝自出場後即被膠著，很少再有累積成長的機會，於是俠客若要打敗武功高於他的對手，憑藉的就不是武藝的累積成長，而是決鬥過程中各種有利於自己的優勢條件的掌握，而這些優勢條件卻是隨機變化不定的。

古龍筆下的武俠人物，往往在武藝方面都是這樣始終如一的。他們從一出場就是那麼地強悍，而到他們倒下，仍是那樣的武藝，一點也沒有增長，同時一點也沒有減退，其中沒有武藝再學習與再增長的描寫。這其中代表的意涵，應是一種對傳統武俠強調武藝的鍛鍊累積的描寫的一種反叛。如果再加上決定勝敗的關鍵改由格鬥者的心理狀態來決定，筆者以為，古龍筆下的俠客展現出一種個人意志勝過規範教育的意識。

如果排名第一的天機老人可以敗給排名第二的上官金虹，上官金虹又可以敗給排名第三的李尋歡，那麼，這樣的排名意義對於對決的勝負似乎就不再有了真正的意義，就好像名門正派在古龍的小說總是沒有辦法保證能夠產生優秀的俠客或高明的武者。這麼一來，勝負之間，在古龍的小說中，就產生了一種隨機的樂趣，並且隱含著反思的姿態。

（五）從循序到反序：個人意識抬頭

古龍新派武俠小說動作描寫上的變革，本是他對傳統武俠小說進行轉型創新的一個面向。這個面向所呈現出來的思想內涵為何？其中的江湖世界觀有何轉變？筆者以為，從俠客們對決格鬥過程中的武藝與動作的描寫的變化中，可以看出古龍心中的江湖世界，從循序變成反序，由講求社會規範走向個人意氣。江湖世界反序之後，俠客的個人意識自然就跟著抬頭了。

在傳統武俠作品之中，每一位俠客的武藝都是有所本的，不論是出自名門正派，還是獲得前人秘笈，總之皆有淵源可溯。在江湖世界中，武藝的來源就代表了師承、代表了門派，同時也就是整個江湖世界的集體意識與規範的基礎。

在重視招式套路及其背後的門派師承的傳統武俠小說裏，他們的江湖世界觀也同時被門派師承所代表的集體規範所限制（就如同他們的格鬥動作也被侷限在拜師所學的招式套路之中）。由於絕大部分的招式套路都是經過眾人、歷代的研發才被創造出來，任何的門派更是強調傳統與傳承，所以，重視招式套路與門派師承的俠客們，自然也就在不知不覺中，受到其背後所代表的集體意識與規範所牢牢圈限了。

這一點，其實在《神鵰俠侶》寫到楊過不能娶小龍女的情節時，即有明確的表現。在那段情節裏，金庸描述當時宋人甚重禮教規範，楊過既然曾拜小龍女為師，小龍女就不能再嫁給楊過為妻。

這樣的說法，就現代讀者的眼光看來或許難以接受，但就傳統武俠小說的江湖世界觀而言，確是必得如此的結果。所以，即便金庸不強調《神鵰俠侶》的時空背景是重視禮教的宋代，僅僅是門派師承重於一切的江湖規範（不論是哪個時代的江湖，只要是傳統武俠小說世界觀中的江湖），就將使楊過不能娶小龍女為妻。（也因此，最後楊過娶了小龍女為妻之後，還是必須隱居終南山）由於招式套路、門派師承皆被揚棄，古龍筆下的俠客們不再受這背後所代表的集體意識和規範所限制，個人意識自然就可以抬頭了。我們試以《多情劍客無情劍》中，百曉生的兵器譜的排名及其下場，即可看出端倪。

號稱「無所不知，無所不曉」的百曉生所編撰的「兵器譜」，為天下高手品評武藝高低，將天機老人列在第一名、上官金虹列在第二名、李尋歡列在第三名，可是結果是上官金虹打敗了天機老人，李尋歡打敗了上官金虹，甚至連百曉生本人也死在李尋歡的飛刀下。臨死之際，百曉生喊著「我錯了」三個字，古龍再加按語，說明百曉生口中喊的錯，是錯估了小李飛刀。

由此看來，百曉生的兵器譜上的排名並不重要，而且勝負與排名之間也無絕對的關係。這與《神鵰俠侶》中華山論劍的排名有很大的不同。華山論劍的結果，第一名的中神通王重陽果然是最強的，其餘四人，南帝、北丐、東邪、西毒，他們的功夫則總在伯仲之間，單打獨鬥，誰也勝不了誰，誰也不會死在誰的手中。

這種尊重排名的表現，其實就是一種尊重社會規範的表現。《多情劍客無情劍》則不然，不僅兵器譜的排名一直被突破，百曉生也非「無所不曉」而是會犯錯、會被色誘的，這其中的反諷意義非常明顯。

當武藝排名不再具有參考價值、門派師承不再令人刮目相看，連勝負成敗也都繫於某種隨機的心理變化，俠客面臨的不可預測性變得非常地高，只有依賴自己的意志力才能突破困境。個人意識於此必然高昂了。

總結而言，以武藝表現為文類特色的武俠小說，任何針對武藝描寫的變革都是內在主題意涵變化的重要觀察焦點。古龍新派武俠小說中，俠客沒有師承[20]、不靠秘笈的設計，代表著武藝進一步的個人化，因為它暗示著這些武藝可能都是由俠客們所自創的。

即便並非自創，古龍也強調描寫這些武藝與俠客的融合為一，就像他描寫傅紅雪的刀是天上地下、獨一無二般，在古龍的武俠小說中，每一位俠客的武藝都是獨特的，不適用於別人的，所以李尋歡的飛刀是獨特的、阿飛的快劍是獨特的、傅紅雪的快刀也是獨特的，更別提那些特別的武器如子母雙鳳環、離別鉤……等等。這點與講究師承的傳統武俠小說是大異其趣的，在金庸的武俠作品裏，同一套降龍十八掌，喬峰、洪七公、郭靖……都賴以成名；九陽神功影響了張三丰也成就了張無忌；而九陰真經更是射鵰三部曲中的許多俠客人物的武藝來源。

相形之下，古龍俠客與武藝的緊密結合，強烈顯現著俠客的個人意識與風格。簡單來說，古龍要透過他的俠客告訴讀者：走自己的路。

20 即便有師承關係，如李尋歡的徒弟葉開，古龍仍然強調小李飛刀的獨一無二，並不因葉開而影響。我們由此亦可瞭解，為何葉開的形象不如李尋歡鮮明，因為他的武功不是獨一無二的，而是師承自李尋歡的，就此而言，他就不如傅紅雪那樣獨特了。

四、由藝入道提昇武學內涵

前曾敘及，傳統武俠小說中藉以言藝傳道的表演性的武藝描寫，古龍並非不能為之，事實上在古龍早、中期小說中也有許多這一類的闡述，只是古龍很快就放棄往這個面向發展，採取了創新的描寫方式，表達出一種渴望捨此而直悟武道的姿態。而這一武學思維的發展過程，大抵經過了藉武論道、悟禪入道到獻身武道這幾個階段。

（一）藉武論道與禪悟入道

藉武論道是傳統武俠作家常見的武學思維，其手法不外乎將武藝描寫與傳統哲思結合，透過招式的名稱、動作的表演而來連結、闡述傳統哲學思想或道德價值。這類手法不論是香港的金、梁，台灣的司馬翎等人都很駕輕就熟，古龍對這一類的手法並不陌生，例如在《名劍風流》裏，古龍就以「見山是山、見山不是山、見山又是山」的禪思來詮解主角俞佩玉領悟高深武學的過程：

「明明是山，我畫來卻可令它不似山……我雖未畫出山的形態，卻已畫出了山的神髓。」

他耳旁似又響起放鶴老人蒼老的語聲：

「拘於形式的劍法，無論多麼精妙都非本門的精華，『先天無極』的神髓，乃是在於有意而無形，脫出有限的形式之外，進入無邊無極的混沌世界，也就是返璞而歸真，你若能參透這其中的奧妙，學劍便已有成了。」[21]

古龍在此藉日本禪師青原椎信所說的：「未參禪時，見山是山；既參禪後，見山不是山，可是禪悟以後得個休息處，見山又是山，禪就在其中。」來譬喻俞佩玉的習武過程，其情景實類同於金庸在《倚天屠龍記》中，描寫張三手教張無忌太極劍時要得其意而忘其形，都是藉武以言道，讓讀者在閱讀主角習武的過程中，同時領略中國傳統哲學思想內涵。

同樣的手法，同時期的《浣花洗劍錄》中亦可看到。在周方教導方寶玉領略武學的「武道法自然」這一章節中，古龍從流水奔騰的生生不息，談到琴棋書畫俱有自然玄機，就藉武論道的手法而言，實已非常精彩：

寶兒一怔，道：「這……這……」目光一陣閃亮，突然大喜呼道：「我知道了，這只因流水之間，實含蘊著一種生生不息之機，絕非任何力量所能斷絕，若有人武功能如流水一般，必當無敵於天下。」

周方神色更是欣慰，但口中卻肅然道：「對了，這生生不息四字，正是上天

21引文見古龍：《名劍風流》（台北：風雲時代出版社，一九九七），第二部，頁六四。

賦與人間之最大恩惠，你固然可自星辰之變化升沉，草木之盛榮枯蒼，流水之連綿，日月之運行，這些事裏瞧出這生生不息的至理，但武道中最最深奧之精華中，也斷然必有生生不息之玄機存在，兩下相較，互為因果，你更也該由此知道，這自然之現象，實是天地間最最搏大精深之武學大宗師。」

……

這時方舟已綴纓靠岸，遙遙望去，只見一個黃衫人，散髮披肩，赤著雙足，箕踞在臨江一方巨石上，撫弦操琴。

周方目光淡淡一掃，自管接著道：「非但琴韻如此，其他任何人為之事也是一樣，萬萬不能與自然之生機相比，例如花道、棋道、劍道……這些事到了登堂入室時，看來便似無隙可破，其實，其中仍是有破綻可尋，你只要能從自然之玄機中，悟出萬物變化之理，使也不難窺破其變化中之破綻關鍵！」

……

寶兒突然一躍而起，滿面懼是狂喜之色，截口道：「以此類推，我武功雖不如人，但只要窺出別人劍法中之空虛破綻，窺出他變化中之節奏關鍵，便不難以弱股強，將他劍路一擊而斷！」周方面現微笑，道：「不錯！」[22]

22引文見古龍：《浣花洗劍錄》。

古龍在此以生生不息之機譬擬武道與自然渾為一體的最高境界，並由琴韻有隙可破暗示一切人為造作的落於下乘，其以武論道的手法甚為高明。不過，若仔細比較這二段描寫中「武」的地位，已可看出古龍的武學思維開始從藉武論道朝向獻身武道的方向發展。其中的關鍵就是後者的「武」的地位已可與自然造化之機相渾同。

俞珮玉雖然領悟了劍道必須反璞歸真，不拘泥於形式，但劍道在此卻仍僅止於「應用」的層面，只是幫助俞珮玉瞭解更高妙的劍術之理而已。

到了周方對方寶玉的闡述裏，武道不但師法自然，其究極之處可契自然造化之機。武道的地位被明顯地提昇了，如果再配合書中來自東瀛的白衣劍客一心一意要獻身武道的描寫，武道已經開始獨立於俠客的「應用」，而得到其主體性與自足性，不再僅僅是行俠的手段或工具了。

從藉武論道發展到獻身武道，禪悟的概念在古龍的武學思維中發揮了嫁接的作用。在《多情劍客無情劍》裏，李尋歡、上官金虹與天機老人之間有一段很精彩的武學對話：

上官金虹道：「我手中雖無環，心中卻有環！」

……

李尋歡道：「妙參造化，無環無我。無跡可尋，無堅不摧。」

上官金虹道：「好，你果然懂！」

李尋歡道：「懂即是不懂，不懂即是懂。」

這兩人說話竟似禪宗高僧在打機鋒。

老人道：「他們自以為『手中無環，心中有環』，就已到了武學的巔峰，其實還差得遠哩！」

……

少女道：「要怎麼樣才真正是武學的巔峰？」

老人道：「要手中無環，心中也無環，到了環即是我，我即是環時，已差不多了。」

少女道：「差不多？是不是還差一點？」

老人道：「還差一點。」

他緩緩接著道：「真正的武學巔峰，是要能妙滲造化，到無環無我，環我兩忘，那才真的是無所不至，無堅不摧。」

……

少女道：「禪宗傳道時，五祖口念佛揭：『身如菩提樹，心如明鏡台，時時勤拂拭，不使留塵埃。』這已經是很高深的佛理了。」

老人道：「這道理正如『環即是我，我即是環』，要練到這一步，已不容易。」

少女道：「但六祖惠能說的更妙：『菩提本非樹，明鏡亦非台，本來無一物，何處落塵埃。』所以他才承繼了禪宗的道統。」

老人道：「不錯，這才真正是禪宗的妙諦，到了這一步，才真正是仙佛的境界。」

少女道：「這麼說來，我學的真諦，豈非和禪宗一樣？」

老人道：「普天之下，萬事萬物，到了巔峰時，道理本就全差不多。」

少女道：「所以無論做什麼事，都要做到『無人無我，物我兩忘』時，才能真正到達化境，到達巔峰。」[23]

不論是有形的動作招式還是無形的經脈內力，武藝都是有跡可循的，既落於形跡就無法說是妙生萬物的自然玄機，只有達到物我兩忘的境界，武藝才可能展現武道的真諦。古龍在此還不厭其煩地說明要達到物我兩忘的武道真諦的過程是要先放下手中的環，然後放下心中的環，最後連心都放下了，自我也消融了，如此物與我自然就相忘相融了。一旦到了這種物我兩忘的境界後，則一理通而百理通。所以，古龍藉由禪悟方式契入武道的思維方式是很清楚的，他希望透過物我兩忘的方式，頓悟萬物萬物背後的形上至理，就武學內涵而言，那就是足以令俠客獻身的武道。

23引文見古龍：《多情劍客無情劍》。

（二）習武學藝與獻身武道

在傳統的武俠小說裏，武雖與俠對舉，但地位卻是遠次於俠，本身並沒有主體自足的地位，充其量只是仗義行俠的必要手段之一罷了。這種武學觀點以梁羽生為代表：

> 武俠小說，有武有俠。武是一種手段，俠是一個目的。通過武力的手段去達到俠義的目的。所以，俠是最重要的，武是次要的。一個人可以完全沒有武功，但是不可以沒有俠義。[24]

這種標舉俠義、貶低武藝的武學思維所產生的武俠小說，自然是以習武學藝作為武學內涵的主要表現形式。於是武藝在小說的作用不是透過傳統哲思的溶入而藉武論道，就是藉由俠客學習武藝的過程襯寫生命的歷鍊與人格的成長。無論哪一種方式，武藝都沒有獨立自主的地位。若真要嚴格地因名求實，照這種理念認真落實寫出來的小說，恐怕比較適合稱為俠義小說，因為武已經成為陪襯而已。

相反地，古龍筆下的武藝和武學卻擁有著和俠義並重的主體自足性，而且其高深奧妙處完全得以讓俠客獻身其中。描寫這種獻身武道精神的作品，無疑以《浣花洗劍

24 引文見柳蘇：〈俠影下的梁羽生〉，《梁羽生的武俠文學》（台北：風雲時代出版社出版、遠景出版事業公司發行，一九八八），頁四三。

錄》與《三少爺的劍》為最傑出。

《浣花洗劍錄》中自東瀛遠道而來的白衣劍客孤身挑戰中原所有武林高手，他為的不是名不是利而是求敗，他渴望著遇到真正的高手將他打敗，渴望著能讓他自己身殉武道。所以當他最終死在方寶玉的劍下時，他的內心竟充滿平靜與感激，古龍如此稱述：「無論如何，這白衣人雖是人間的魔鬼，卻是武道中的神聖，他的人就似乎為『武道』而生，此刻終於也因『武道』而死，他究竟是善？是惡？誰能說？誰敢說？」[25]為何無法判斷白衣人究竟是善是惡？那是因為白衣人殺人無數卻不為俠義，他不斷地找人決鬥，不管那人是好還是壞，只管那人武藝是否高強，越是高強他越要挑戰。就是這種只在乎武功不在乎俠義與否的作風，讓世人無法評斷他的行為是善。

但也因為他一心追求更高深的武學且不惜以身相殉的精神著實令人感動，所以世人也不敢遽然斷之為惡。如果從武為手段、俠為目的的觀點來看，白衣人的善惡很容易判斷，因為他的行為並不行義，所以他自然是惡。可古龍刻意在此強調白衣人的善惡難以評斷，正是要藉以彰顯在古龍的武俠小說中，武的地位足以與俠義並舉的武學思維。武既不必賴俠義而取得正當性，那麼白衣人的行為自然也就不能用俠義與否的觀念去評價了。

然而，武道何以竟會讓人以身相殉？武道不是師法自然、妙契自然造化的玄機？

25引文見古龍：《浣花洗劍錄》。

何以其極致竟會背離了「生生不息」的玄機，而招致白衣人的自我毀滅？這就要從《三少爺的劍》裏，燕十三手中那「毒龍」般的第十五劍尋求解答了。

燕十三神妙的劍術，一開始也是先從禪悟中契道的。古龍如此描寫燕十三悟出代表死亡與毀滅的最後第十五劍：

> 這一劍本來就是劍法中的「神」。
>
> 「神」是看不見，也找不到的，祂要來的時候，就忽然來了。可是你本身一定得先達到「無人、無我、無忘」的境界，祂才會來。這道理也正如禪宗的「頓悟」一樣。[26]

這一劍既已達到「無人、無我、無忘」的境界，當然也已契入自然玄化之機，可是最後帶來的竟是死亡與毀滅：

> 沒有變化，沒有生機！這一劍帶來的，只有死！
>
> 只有「死」，才是所有一切的終結，才是真正的終結！
>
> ——流水乾枯，變化窮盡，生命終結，萬物滅亡！

26引文見古龍：《三少爺的劍》（台北：風雲時代出版社，一九九八），下冊，頁一八二。

這才是「奪命十三劍」真正的精粹！這才是真正奪命的一劍！
這一劍赫然已經是第十五劍！[27]

同樣是頓悟武道的最高境界，何以在周方的口中是生生不息的自然玄機，到了燕十三手中卻成了死亡與毀滅的象徵？那是因為在生生不息的自然玄化之中，同樣也往復著生死循環的現象與過程，物我都能兩忘，生死亦可泯同，在同為自然之道的形上玄理上，武道與不息生機同源，可在作用面的分別相上，武道卻隨時可以衍化出招致死亡的毀滅力量。而這種力量一旦發出，便勢不可擋，即便是創生這股力量的人們也要為其所傷。所以，燕十三必得死在他自己的劍下，其理至明。

燕十三本是類同於白衣劍客的人物，他一心一意尋找與謝曉峰決戰，不惜以身相殉，就如同白衣劍客遍鬥中原武術名家一樣。然而殺死白衣劍客的畢竟還是方寶玉這個人，而不是他的劍，因為方寶玉的劍還握在手中。

可是到了燕十三與謝曉峰的對決情境裏，燕十三的第十五劍一旦發出，如同召喚了死神降臨，那一劍已經脫離了燕十三的掌控，所以古龍稱那一劍為「毒龍」：

謝曉峰道：「他想毀的，並不是他自己，而是那一劍。」

27引文見古龍：《三少爺的劍》（台北：風雲時代出版社，一九九八），下冊，頁一七八。

鐵開誠道：「那一劍既然是登峰造極，天下無雙的劍法，他為什麼要毀了它！」

謝曉峰道：「因為他忽然發現，那一劍所帶來的只有毀滅和死亡，他絕不能讓這樣的劍法留傳世上，他不願做武學中的罪人。」

他的神情嚴肅而悲傷：「可是這一劍的變化和力量，已經絕對不是他自己所能控制的了，就好像一個人忽然發現自己養的蛇，竟是條毒龍！雖然附在他身上，卻完全不聽他指揮，他甚至連甩都甩不脫，只有等著這條毒龍把他的骨血吸盡為止。」[28]

燕十三雖然對謝曉峰發出了致命的第十五劍，可是因為他曾救過謝曉峰，心中對謝曉峰毫無殺機，下不了手，所以最後只能迴劍自殺，死在那死神般的第十五劍下。龔鵬程先生認為燕十三迴劍自殺說明了他面臨的是一種倫理抉擇：

奪命十五劍出現時，他極驚懼，因為他不但發現了一條自己都無法控制的毒龍，也面臨了前所未有的倫理情境：此招必殺，必可勝過謝曉峰，也一定可以殺死他，但該不該、能不能、願不願殺他呢？

燕十三迴劍自殺，就是他選擇了的答案。[29]

28 引文見古龍：《三少爺的劍》（台北：風雲時代出版社，一九九八），下冊，頁二〇五。
29 引文見龔鵬程：《俠的精神文化史論》（台北：風雲時代出版社，二〇〇四），頁二六〇。

從殺人與自殺的角度觀察，燕十三的確是面臨了應不應然的倫理抉擇。但若從那「毒龍」一般的第十五劍冷看人世，則此一倫理抉擇困境的產生，正是因為代表死亡、滅毀力量的武道的一面（此一力量可生可滅，所以死亡僅為其一面）脫離了俠客的掌握（更遑論義的規範），取得自足的主體性而造成的。因為這一劍脫離了燕十三的掌握，所以燕十三無法將它停止，這才陷入了必得殺人或自殺的抉擇困境。

藉由這一困境，古龍深刻反省武道的負面作用，當「武」的最高力量被發掘出來時，它隨時可能脫離人們的掌握而成為反噬人們的「毒龍」。這條「毒龍」如果光從燕十三的第十五劍難以理解的話，或許可從現代人們運用核能的巨大力量於毀滅性武器的創造略加連想，便可心有戚戚了。

五、復仇模式的反思與優雅的暴力美學

復仇是文學重要的母題之一也是武俠小說常見的情節模式。誠如王立先生在《武俠文學的復仇母題與意象研究》中所述：「復仇是人類許多民族長期盛行的習俗，也是人類情感和文學的一個永恒主題。而有關復仇的文學表現，首要的問題是雙方仇怨因何而起，復仇主體（復仇者）行使復仇行為的動機意念由何而來，他怎樣形成了堅

定的復仇意志，為此有了哪些情緒表現與心靈搏鬥。」[30]王立先生並且比較分析中西復仇文學後，針對復仇動機說明二者之間有「西方為了個體尊嚴與中國為了家族倫理」的差別[31]，而這一點也適足以說明為何傳統武俠小說中的情節模式，總是充斥著少年為父報仇的故事，背後所隱含的文化傳統質素。

由於武俠小說流行已久、作品甚豐，對於復仇模式的反省也經常為作家所重視。例如在金庸的《天龍八部》裏，喬峰一心想找出「大惡人」來為自己的父母與恩師復仇，卻沒想到父親根本沒死而且還是他一心想找到的「大惡人」。這種藉由誤會來消解仇恨的方式，古龍也在《邊城浪子》中予以使用。傅紅雪在《邊城浪子》裏自一出場就被描寫是為復仇而生的，在他的成長過程中，養育他的母親為他灌輸的就是不斷的仇恨與報復的思想，所以當他走向萬馬堂，決定為了被害的父親白天羽，向仇人馬空群高舉復仇之刀時，他的意志是如此地堅決。可是到了最後，他卻發現自己根本就不是白天羽的兒子，他這一生為復仇而存在，變成了一個可怕的笑話。

另一種更直接截斷復仇意念的方式發生在《劍・花・煙雨江南》中。

小雷的父母死在「九幽一窩蜂」的手中，可是面對著其中之一的「人面桃花蜂」，小雷卻無法對她復仇，只因為她也是為報殺母之仇而來：

30 引文見王立：《武俠文學母題與意象研究》（大連：遼寧師範大學出版社，二〇〇五），頁一五〇。

31 詳見《武俠文學母題與意象研究》第九章相關論述。

「為什麼？為你父母復仇？你能為父母復仇，我為什麼不能？我若做錯了，你豈非也同樣錯了？」她的話也尖銳得像刀。

小雷的手緊握握著她碎裂的手腕，她全身都已因痛苦和恐懼而顫抖。

可是她還能勉強忍耐支持，她久已習慣忍耐痛苦和恐懼：「何況我並沒有殺人，我的手還沒有染上任何的人血，我母親卻是死在你父親手上的，我親眼看到他的刀，割斷了我母親的咽喉。」

……

小雷看著她的臉，緊握著的手突然放鬆。他忽然也有了種想要嘔吐的感覺。[32]

小雷想吐，因為他的父母死在面前，而他卻找不到正當的理由向眼前的兇手進行復仇。很單純的冤冤相報何時了的反省，但卻相當直截了當。

不過，平心而論，古龍對復仇模式的反省並無特高明之處，大抵他用以消解仇恨的方式，過去許多武俠作家也嘗試過。由於武俠小說以武為中心，復仇模式在武俠小說中的表現必定是出以「快意恩仇」的方式，讓俠客手刃仇人。因此，我們從復仇模式進入到暴力描寫，後者才是古龍武俠小說的重要特色。

對於暴力描寫的精緻化，武俠小說向來奉行不遺餘力，所以陳平原先生認為這裏

32引文見古龍：《劍・花・煙雨江南》（台北：風雲時代出版社，一九九九），頁廿八。

面透過著中國文化傳統中的「嗜血欲望」[33]。的確，武俠小說不僅不避暴力，而且往往美化暴力。前述傳統武俠小說中將武功招式詩文化、意象化的描寫，也是對暴力的美化，並未真正反省暴力所帶來的傷害。因為，若要反省暴力，就要站在受害者的角度，而一旦觀點轉移到受害者，則每一刀每一劍都變得殘忍而毫無美感了。可是這種站在受害者立場的同理與同情心，在武俠小說中卻甚少見到。

以古龍為例，也只有在《孤星傳》、《流星・蝴蝶・劍》中曾透過斐鈺、孟星魂殺人後的痛苦，稍稍反省了暴力的殘酷。然而大部分時候，武俠小說都是對暴力張開歡迎的雙臂。頂多是以各種藝術化的手法，將暴力的血腥氣息掩飾下來罷了。所以，李歐先生就曾說古龍所謂的「優雅的暴力」，其實不過是攻擊性的文飾：

> 武俠小說作為通俗性的類型文學，暴力不可避免地是其主要話語。「武」畢竟就意味著某種暴力，實際上，暴力話語即是武俠小說的生存基礎之一，因為它能迎合或滿足讀者的生物性層面上的攻擊性所帶來的心理需要。而且，高文化意義的描述，正確的價值導向，能夠程度不等地紓解這種攻擊性。武俠小說的神話性質和程式化的結構，使其話語模式成為一種文化儀式。
>
> ……

33 相關論點詳見陳平原：《千古文人俠客夢》（北京：人民文學出版社出版，一九九二）第六章中的相關論述。

古龍本身就有強烈的暴力嗜好。……古龍則特別看重張鶱的《耳目記》中的一段故事，認為「非常武俠」（《楚留香傳奇．代序》）。其主要情節為諸葛昂與高瓚鬥豪，瓚烹一十餘歲的雙生子，呈其頭顱手足，而諸葛則當場將其愛妾蒸熟而噉之，「盡飽而止」。……於是，古龍又宣稱要寫「優雅的暴力」，並以此而自喜，論者也大有讚揚之語。綜觀其「優雅」，大致有二，即將暴力動作的描繪優雅到詩意，和將暴力內涵優雅到神聖。[34]

除了認定古龍本身喜歡暴力，小說中的血腥特重之外，李歐先生還認為古龍筆下有許多人物（如西門吹雪）都有病態的心理：

西門吹雪是個非常值得心理分析的對象。他有明顯的心理障礙，如儀式化的「強迫症」——「天黑絕不見人」等怪癖。他殺人前，必須嚴格遵循一系列固定的程序，甚至遠赴大西北極荒僻之地，也要調動數十人，大擺排場，為他準備熱水，毛巾之類，來完成這些程序。他「白衣如雪，心冷也如雪，他的一生好像從未愛過一個人，就算愛過，也已成為傷心的往事。他沒有愛人，沒有朋友，甚至

34引文見李歐：〈極致之變的陷阱——古龍武俠病態對理剖析〉，《當代文壇》第四期（四川，二〇〇〇），頁五八。

連仇人都沒有」[35]。

筆者同意武俠小說中對於暴力的描寫確有激起／發洩人們心中嗜血欲望的效果，不獨讀者，作者亦然。但僅憑古龍舉〈耳目記〉中的故事為例，就論證古龍本身具有強烈的暴力嗜好，恐怕是言過其實。事實上，我們從古龍的生平事蹟中，實在看不出他比金庸或其他武俠作家更嗜好暴力。

至於所謂優雅的暴力對於攻擊性的美化，不獨古龍如此，所有武俠小說家都有意無意地透過美化的招式描寫去掩飾暴力血腥的氣息。李歐先生或許是將古龍作品對比於金庸小說後才得出古龍特重血腥暴力的結論，的確，金庸因為在小說中放入了大量詩文與傳統藝術，沖淡了情節內容的暴力氛圍，同時又透過豐富曲折的情節降低搏擊描寫的比例。而古龍的小說因為去除了學藝過程、招式套路的描寫，傳統文化藝術質素的摻雜又不如金庸，所以情節焦點很容易被壓縮到不斷發生的決鬥過程。

但若以搏殺過程描寫而言，古龍因動作簡化，其實同樣也大大降低了暴力成份。姑不論後來的鬼派武俠小說總是血流成河、屍橫遍野，光是對照與古龍同時的成名武俠作家柳殘陽的鐵血江湖中的描寫，就可發現，古龍小說真的很「不夠暴力」了。

古龍在暴力上的處理被特別提及，恐怕是因為古龍在這方面的操作有高度自覺，

35 同前注，頁五九。

並形諸於他的創作理念，提出了所謂「優雅的暴力」這樣的說法。這「優雅的暴力」是否即是一般所謂的暴力美學呢？所謂的暴力美學通常是指以一種詩意的、美感的描寫去呈現暴力的心理或行為。古龍對這種手法也很嫻熟，例如在朱猛一刀斬殺孫通時，古龍如此描寫：

小高只看見刀光一閃，忽然間就變成了一片腥紅。無數點鮮紅的血花，就像是燄火般忽然從刀光中飛濺而出，和一片銀白的雪色交織出一幅令人永遠忘不了的圖畫。

沒有人能形容這種美，美得如此淒豔，如此殘酷，如此慘烈。在這一瞬間，人世間所有的萬事萬物萬種生機都似已這種美所震懾而停止。[36]

美則美矣，但這是不是就是古龍口中「優雅的暴力」的極至展現？林清玄在〈訪古龍談他的「楚留香」新傳〉中，曾轉述了古龍自己口述的關於什麼是「優雅的暴力」的說明：

許多人都誤以為武俠的世界是一個暴力的世界，血濺五尺，干戈七步。楚留

36 引文見古龍：《英雄無淚》（台北，風雲時代出版社，一九九九），上冊、頁四七。

香是個異數也是個藝術，他從來不殺人，他免不了暴力，但古龍說他是「優雅的暴力」。

什麼是「優雅的暴力」呢？

剛開始楚留香的故事時，古龍寫的一張短箋最能表達！

「聞君有白玉美人，妙手雕成，極盡妍態，不勝心嚮往之。今夜子正，當踏月來取，君素雅達，必不致令我徒勞往返也。」

這就是「優雅的暴力」，這種「優雅」，是中國古代英雄裏缺乏的，為了讓中國的英雄也有這樣的人物，古龍創造了楚留香。[37]

從古龍自己的說法裏，可以發現，他所謂「優雅的暴力」不僅是小高眼前所看到美豔殘酷的殺人畫面，而是設法將藝術與暴力結合，使暴力優雅化。換言之，所謂的「優雅的暴力」所指是古龍希望對武俠小說中的暴力描寫進行「藝術化」的轉變。筆者同意李歐先生認為這種優雅的暴力仍然還是一種攻擊性的文飾，古龍並沒有因為在描寫中將暴力行為予以藝術化、降低負面感受而免除了其為暴力行為描寫的本質，但若從此一優雅的暴力跳到西門吹雪是一位強迫症患者都就顯得有些粗糙。

筆者以為，正是從古龍提出的優雅的暴力是將暴力的描寫藝術化的操作說明中，適可藉以理解像西門吹雪這樣的人物，並不一定只能從精神分析的角度說他是強迫症

37 引文見林清玄：〈訪古龍談他的「楚留香」新傳〉。

患者，還可以從中國文化傳統中的藝術成癖的觀點中去加以理解。

從明代中葉開始，中國文人就吹起了一陣讚賞癖趣的風氣，袁宏道在《瓶史》一書的〈好事〉篇中說：

> 嵇康之鍛也，武子之馬也，陸羽之茶也，米顛之石也，倪雲林之潔也，皆以癖而寄其磊塊雋逸之氣者也。余觀世上語言無味，面目可憎之人，皆無癖之人耳。若真有所癖，將沉湎酣溺，性命生死以之，何暇及錢奴宦賈之事。[38]

人皆有癖，癖各不同，但不論所癖為何，都代表了該人真心的體現，性靈的抒發，所以才能沉湎酣溺，生死以之。由此而言好趣好癖，則趣癖實已代表人情落於現實生活的自然表現；更重要地，由於這些趣癖不是一時玩物，而是性靈所抒，因此，趣癖（或趣癖背後的情慾）就是性靈的表徵，這麼一來，人們就可以由趣癖觀性、由情慾觀性，性因情而可以被理掌、掌握，而不再像宋明理學追求「未發之時」的始善之性，那樣地難以捉摸了。

透過對趣、癖的追求，袁宏道與當時的文人們標新立異地肯定了人們的情慾，並且強調趣癖、情慾本是性靈所抒，由此而言性與情，便是逐步由形上的玄思，轉入形

38引文見黃永川：《瓶史解析》（台北：中華花藝文教基金會出版，一九九〇），頁八五。

下的實學。表現在當時文人生活美學的，就是對於生活藝術的奇、趣、癖……的追求。

明代文人不只在口頭、文章上言趣談癖，也不僅僅是在各項生活藝術的發展上投注心力，他們更在生活實踐上不斷以各種標新立異的行為和舉措，來衝擊當時的社會氛圍。其流風所及，使明代中晚期的文人行跡時遭放蕩之譏。當時許多文人，常有驚世駭俗的言論和舉動，這不僅僅是明代城市經濟勃興帶來的影響，更是當時文人想藉由求奇、求癖的行為，來衝撞當時社會的假道學風氣，並試圖解脫自身真性靈的一種矯枉過正的偏激行逕。

明代文人為強調真心性靈而擁護各種藝術嗜癖到如痴如狂的情形，基本上已成為文化傳統中對文人藝術的一種固著形象，並可在後世許多小說中尋得。即以武俠小說而論，不也經常出現各種嗜武成癖的人物，或沉迷在琴、棋、書、畫等傳統藝術中玩物喪志的武林怪傑？這類的人物形象不也已經成為傳統武俠小說中的典型人物之一？

由此而觀照古龍小說筆下的西門吹雪的種種怪異行為，就不是那麼難以理解了。事實上，對比於明代文人的許多偏激行為，西門吹雪的許多癖好還不算是太怪異呢！基於武俠小說作為通俗文類本含具了高度文化傳統此一特徵而言，筆者以為與其用變態心理去看待西門吹雪（何況是否變態尚待爭議），不如從傳統文化中藝術與嗜癖的密切關係去瞭解古龍的嘗試。說穿了，古龍所謂的優雅的暴力，不過是一方面藉著文藝化的描寫增加形象美感，另一方面透過癖嗜的特徵引入文化傳統中的藝術家顛狂形象來增加其「藝術化」的努力。

如果再就西門吹雪此一形象所象徵的精神內涵來看，身為一個如《浣花洗劍錄》中的東瀛白衣劍客般獻身武道的「劍神」，他的特立獨行與不為世人所理解本來就是極自然之事，所以他的許多「怪癖」除了是「藝術化」的結果，其實同時也是他獨特人格與內心世界的外顯。古龍如此說明他心目中的劍神西門吹雪：

> 我總覺得要作為一位劍神，這股傲氣是絕對不可缺少的，就憑著這股傲氣，他們甚至可以把自己的生命視如草芥。
>
> 因為他們早已把自己的生命奉獻給他們所熱愛的道。
>
> 他們的道就是劍。[39]

如果西門吹雪的劍就是他的道，那麼他的殺人就是求道的行為，就像白衣劍客不願濫殺武功低微的江湖群豪一般，西門吹雪對於拔劍殺人這件事當然也是極為慎重的。如此去理解西門吹雪，對於他殺人之間為何要堅持一系列的程序的行逕，就可以明白了，因為那一系列的程序都代表一種如同宗教儀式般的過程，引領他獻身於他的劍道、武道，而這一過程當然也可以是藝術的、優雅的。

淡江大學博士 **翁文信**

39引文見古龍：〈劍與劍神〉，《劍神一笑》（台北：風雲時代出版社，一九九八），上冊，頁三。

仗劍江湖載酒行：古龍的生命歷程與其創作風格

一、前言

文評家趙滋蕃在《文學理論》中將作家的世界區分為外在世界和內在世界。外在世界裏，作家寫作依靠：一是自己的生活，二是自己的生命。作家接受了所生存環境的影響而決定其作品要寫些什麼、如何去寫。作家的背景知識、興趣性向、生理心理狀況、周遭人事等，都會對作家內心產生一定程度的影響，使他的作品往往映現其內心世界。[1]王國維曾對外在環境與內心的體悟如何影響作家的創作寫下了他的看法：

1 詳閱趙滋蕃：《文學原理》（台北：東大圖書股份有限公司，二〇〇一年），頁三〇四。

詩人對宇宙人生，須入乎其內，又出乎其外。入乎其內，故能寫之。出乎其外，故能觀之。入乎其內，故有生氣。出乎其外，故有高致。[2]

古龍自己也認為：

一個藝術家的創作，非但和他的性格才智學養有關，和他的身世境遇心情感懷關係更密切，尤其是文人，把心中之感受，形諸文字，如果你沒有那種感受，你怎能寫出那種意境。[3]

所以我們可以推論作家作品的形式風格、作品中的主角人物、作品背後所欲表達給讀者的想法，都與作者本人關係密切。作品背後往往都會有作者的影子。讀古龍的小說後，認真分析就會發現古龍小說中主角人物在性格上、行為上、思想上都呈現出某些共同的特點，這些特點在古龍身上也能找尋到。「文如其人」用在古龍身上最是恰當不過了。他的人與文處處洋溢著浪漫與激情，故事的主角更常反映出自己的身世、心境與經歷，讀他的小說彷彿在讀他的一生。古龍的一生也好像是活在他筆下的武林世界，扮演著仗劍江湖的漂泊浪子。

2 王國維：《人間詞話》（台北：金楓出版社，一九九一年六月），頁四八。
3 古龍：〈不是下車〉刊於《民生報》一九八四年五月八日，第八版。

有些讀者初讀古龍的作品，對其小說中奇詭的情節短暫的著迷之後，便將之束之高閣；更有讀慣金庸作品的讀者，拿金庸的尺度來衡量古龍的文字語言，看了幾頁之後，便譏為膚淺、毫無深度。然而有些擁護古龍的書迷們，卻將古龍的作品推崇到武俠小說至高無上的地位，認為古龍寫出了真實的人性，直可與文學大家分庭抗禮。[4]

兩種截然不同的觀點，拉鋸成擁古與擁金兩派。古龍和金庸被拿來相提並論，相互比較。雖然在不同武俠風格之間進行優劣之比較並無多大意義，但諸多的評價一面倒地推崇金庸、貶低古龍。這種情況並未影響古龍書迷的喜好，仍有眾多的古龍迷堅持所愛。古龍的風格雖然引起的爭議至今仍多，愛之極深者甚眾，厭之甚切者也多，但是，每個對武俠略有涉獵的人，都會問：「為什麼狂熱地喜歡古龍的人那麼多呢？」

有人從古龍的書中，讀到生命的啟示，有人得到情感的共鳴和感悟。這個不肯屈

4 大陸網站（新俠網）上有一篇談論古龍與金庸的文章，頗值得擁金與擁古兩派的武俠小說迷參考與深思。文章作者認為：古龍與金庸的作品若在同一標準下比較，正如拿海明威《老人與海》來和《三國演義》比較一樣可笑。金庸迷拿綜合中國文學、武術、古典詩詞、琴棋書畫……包羅萬象的金庸作品來貶低筆調現代化、西化，不受歷史背景侷限的古龍作品，是沒有必要的，文學作品給人的感受本就因人而異，視讀者個人對作者的創作形式接受程度而定。本文作者更說：「我認為古龍對筆下人物的心理描寫，完全可以和一流的純文學作品媲美（包括中外）。」詳見〈談不識古龍者與金庸的迷思〉流覽日期二〇〇五年五月十四日。又歐陽瑩之推崇古龍：「我認為當代港台及僑居海外的小說家沒有一個及得上古龍——文藝小說、現代小說、武俠小說家包括在內。」見歐陽瑩之：〈泛論古龍的武俠小說〉原載於香港《南北極》月刊，一九七七年八月號。收入古龍：《長生劍》（台北：風雲時代出版社，一九九七年），頁二〇二。

服的、狂熱的、不合常規的武俠天才的作品，為什麼特別容易觸動到讀者內心深處的某些部份？古龍又是如何用自己的書，去和能讀懂自己的心的人交流？而他的小說為什麼能感動那許許多多的古龍迷？

若要找尋這些答案，那麼就要深入探索古龍的生平際遇。要研究古龍的作品，也必先探索古龍這個人的外在世界和內在世界，並從中尋找其人與作品之間的連結，以期更能對他所創造的英雄人物、江湖世界有更深的瞭解。今試從古龍的生命歷程、外表、性格及嗜好來探究古龍。

二、古龍的生平經歷

古龍，本名熊耀華，祖籍江西南昌。一九三七年出生於香港，一九八五年九月二十一日逝世，年四十八歲，他的出生年代至少有三種說法：[5]

（一）一九三六年：曹正文在《中國俠文化史》中介紹：「古龍，姓熊，名耀華，祖籍江西，一九三六年生於香港，屬鼠。」[6]羅立群亦在《中國武俠小說史》中說：「古

5持至少三種版本說法的，參見費勇、鍾曉毅：《古龍傳奇》（台北：雅書堂文化事業有限公司，二〇〇二年），頁二。

6曹王文：《中國俠文化史》（台北：雲龍出版社，一九九七年），頁二二七。

龍，原名熊耀華，生於一九三六年，卒於一九八五年九月二十一日，終年四十九歲。」[7]

（二）一九三七年：葉洪生於《葉洪生論劍——武俠小說談藝錄》介紹：「古龍本名熊耀華（一九三七至一九八五），江西人，台灣淡江英專（即淡江大學前身）肄業。」[8]《俠骨柔情：古龍的今世今生》作者彭華在三種說法中，也採用葉洪生的看法。[9]陳墨引述覃賢茂《古龍傳》中所整理的意見，也傾向古龍出生於一九三七年的說法。[10]而曹正文在《古龍小說藝術談》又有別於前說，介紹古龍為「一九三七年生於香港。」[11]

（三）一九三八年：陳康芬於《古龍小說研究》寫：「古龍本名為熊耀華（一九三八——一九八五），江西南昌人，出生於香港，十三歲隨父母遷台定居。」[12]另大陸學者陳穎也持古龍出生於一九三八年的說法。[13]

以古龍「在人間逗留了四十八年」[14]來推算，以一九三七年較為合理。本文因此採

7 羅立群：《中國武俠小說史》（遼寧：遼寧人民出版社，一九九〇年），頁：三二〇。
8 葉洪生：《葉洪生論劍——武俠小說談藝錄》（台北：聯經出版事業公司，一九九四年），頁三九一。
9 彭華：《俠骨柔情：古龍的今世今生》（台北：大都會文化事業有限公司，二〇〇四年），頁六至七。
10 陳墨：《武俠五大家品賞》（台北：風雲時代出版社，二〇〇一年），下冊，頁四至六。
11 曹正文：《古龍小說藝術談》（台北：知書房出版社，一九九六年），頁一六九。
12 陳康芬：《古龍武俠小說研究》（台北：淡江大學中國文學研究所碩士論文，一九九九年），頁廿四。
13 陳柏：《中國英雄俠義小說通史》（江蘇：江蘇教育出版社，一九九八年），頁四六四。
14 此句見倪匡為古龍所撰訃文。〈古龍返回本來、倪匡撰寫訃文〉刊於《民生報》一九八五年九月廿五日，第九版。

用古龍生於一九三七年。

又台灣武俠研究學者葉洪生及林保淳在《台灣武俠小說發展史》第二章第三節〈「新派武俠」革命家——古龍一統江湖〉中記載：「古龍，本名熊耀華（一九四一—一九八五），江西南昌人，生於香港，十三歲時隨父母來台定居。」並加批注：「關於他的生年，外界說法不一，今以熊家戶籍記載為準」。[15]若以一九四一年算起，古龍逝世的年紀與四十八歲相差太多，況且政府遷台時，戶籍登記記錄多有錯誤，因此，將此資料作為參考，暫不採用。

關於古龍出生到來台的事蹟，我們所知甚少。古龍絕少提起，朋友們當然也無從知悉，因此有關文獻的記載付之闕如。只知古龍在香港渡過他的童年。一九四一年香港被日本佔領，戰爭的威脅與動亂影響了古龍幼小的心靈。成名的古龍不願意寫作血淋淋的武打場面，應是童年的經驗使然。

一九五〇年，古龍隨父母遷台定居。父親擔任過台北市長高玉樹的機要秘書，[16]家境不錯。古龍為長子，有弟妹四人。後來父母離婚。十八歲的古龍將家庭破裂的憤怒

15 葉洪生、林保淳：《台灣武俠小說發展史》（台北：遠流出版事業股份有限公司，二〇〇五年六月一日），頁二一二。

16 古龍的父親熊鵬聲本為沒沒無名的武俠小說作家，筆名為東方客。後來幫助高玉樹競選台北市長當選而進入政治界。見鄒郎：〈來似清風去似煙〉《大成》，第一四四期，一九八五年，頁六一。

與怨恨全部歸咎於父親。與父親激烈爭吵後，古龍離家出走，從此再也沒有回過家。[17]其叛逆性格在此表露無遺。

未成年的古龍孤獨在台北縣瑞芳小鎮掙扎求生，到處打工掙錢養活自己。這段艱辛困苦的日子對古龍而言，是深深烙印且不堪回首的記憶。靠朋友的幫助，於台北浦城街找到一個小住處，安定下來。古龍筆下的男主角多為無家的浪子與這段自身經歷應有密切關聯。他一邊打工，一邊唸書，並考進淡江英語專科學校（即淡江大學前身）夜間部。

早在十一、二歲時就開始寫小說，但是直到一九五六年時，古龍的文藝小品〈從北國到南國〉分兩期刊登在吳愷雲主編的《晨光》雜誌，才領到生平第一筆稿費。這給了古龍莫大的鼓舞，於是古龍開始了他的寫作生涯。

古龍在淡江英語專科學校唯讀了一年即中輟了，除了要打工賺錢、曠課太多外，認識了生平第一位紅顏知己——鄭莉莉，是最重要的原因。初次墜入情海的古龍帶著鄭莉莉在瑞芳鎮同居，享受著一直以來渴望的溫馨家庭生活。

這時的古龍開始到處投稿賺取稿費，來維持他和鄭莉莉的生活，他既寫詩，也寫

17 古龍與父親熊鵬聲有三十多年不通音訊，直至熊鵬聲因帕金森症陷於時昏迷時清醒的狀況，想見古龍一面，於是登報尋子。報上的廣告是這樣寫的：「古龍親父熊飛（鵬聲）覓獨子熊耀華到仁愛路四段仁愛醫院訣別，千祈仁人君子緊催古龍立救父命料理人事以盡孝道」。古龍才與父親見面。詳見《聯合報》，一九八五年四月十日，第五版。

散文，當然也寫文藝小說，都是純文學作品。以純文藝作品來謀生並沒有想像中那麼愜意，尤其是他和鄭莉莉的兒子[18]也出生了，慢慢的古龍感受到生活壓力越來越大，不得不想辦法賺更多的錢。當時正流行武俠熱，古龍曾讀了不少民初與當代武俠小說家的作品，並替諸葛青雲[19]、臥龍生[20]代筆寫作連載武俠小說。[21]當槍手的經驗，磨練了古龍的寫作技巧，也賺進了比寫純文學更優渥的稿費。從此古龍投入了武俠小說的創作。

一九六〇年，古龍第一次使用「古龍」為筆名，出版他的第一部武俠小說《蒼穹神劍》，並沒有受到廣大的迴響。直到《浣花洗劍錄》一出，才受到眾多讀者的矚目。而後古龍繼續完成了一些佳作，真正享受到成名的滋味。這時他離開鄭莉莉母子，來到繁華的台北，過著聲色犬馬的生活，一擲千金的日子。其時古龍的創作活力旺盛，常常同時寫多篇武俠稿，到沒錢花用時，就寫個十幾萬字給出版商看，並要求

18 古龍為了紀念，特別將他的兒子取名為熊小龍。後因是私生子，改為鄭小龍。

19 諸葛青雲（一九二九—一九九六年）本名張建新，山西解縣人。台北行政專科學校（即中興大學法商學院前身）畢業，曾任總統府第一局科員。一九五八年發表處女作《墨劍雙英》。一九八八年由金蘭出版社出版最後一部作品《傲笑江湖》（續寫金庸之《笑傲江湖》）。

20 臥龍生（一九三〇—一九九七年）本名牛鶴亭，河南鎮平人。一九五六年因受到「孫立人事件」牽累，提前白軍申退伍，生計艱難，為了糊口，得友人童昌哲（即伴霞樓主，時任《成功晚報》副刊編輯）鼓勵，始嘗試走武俠創作之路。因祖居南陽臥龍崗，牛鶴亭青少年時曾在當地「臥龍書院」求學，因取「臥龍生」（意為臥龍書院學生）為筆名。一九五七年發表處女作《風塵俠隱》。一九九七年於上海《新民晚報》連載《夢幻之刀》，未能完成即病逝。

21 諸葛青雲的《江湖夜雨十年燈》第二集即由古龍續寫，參見葉洪生：〈當代台灣武俠小說的成人童話世界〉收入林耀德、孟樊編：《流行天下》（台北：時報文化出版杜，一九九二年一月五日初版），頁二一二。

預支稿費，有時錢拿了就沒下文。後來出版商等不到他的續稿，竟逕自找人代筆，以應付讀者催逼。在出版界受到議論的古龍只好閉門思過，開始認真寫了一些品質較好的小說。

在經歷多次短暫的感情之後，古龍遇見梅寶珠，認真考慮起婚姻生活。於是梅寶珠成為古龍第一位明媒正娶的結髮妻子，替他生了第一位婚生子[22]，也讓古龍享受了幸福美滿的家庭生活。

因武俠片興起，古龍開始跨足演藝圈，先是應香港導演邀請寫作了《蕭十一郎》的電影劇本，然而反應平平，直至一九七六年香港邵氏公司楚原導演拍攝《流星・蝴蝶・劍》，電影大賣座之後，台港掀起古龍熱潮[23]。因此古龍改寫了多部小說為劇本[24]，來拍攝電影，並靠作品的電影票房與改編權利金，賺進比稿費更多的財富。

那時邵氏影城有一條不成文的賺錢公式：古龍＋楚原＋狄龍＝賣座[25]。一九七七年，台灣、香港、新加坡、泰國、印尼、馬來西亞六個地方的十大賣座電影中，古龍的原

22 取名為熊正達。

23 一九六九年古龍先是應徐增宏導演之邀寫作了《蕭十一郎》劇本，拍成電影，反應平平。後來邵氏導演楚原重拍《蕭十一郎》於一九七九年一月廿八日在台上映。詳見黃仁等同編：《中國電影電視名人錄》（台北：今日電影雜誌杜，一九八二年七月一日初版），頁一三八至一三九。

24 據《中華民國上映電影總目》所收錄：一九七六年至一九八二年間古龍擔任武俠電影編劇總共有廿五部；而所拍攝的武俠電影原著作者為古龍的則有六十部之多。詳見梁良編：《中華民國上映電影總目》（台北：中華民國電影圖書館，一九八四年九月初版）。

25 見金琳：〈古龍武俠世界、影壇留一頁〉刊於《民生報》，一九八五年九月廿三日，第九版。

著就佔了四部之多。真是個空前的紀錄。[26]在名利雙收後古龍乾脆自己投資電影公司[27]，執導、改編自己的作品[28]，著實風光好一陣子。此時因公司事務繁重，且專注心力在拍片與改寫劇本上，再也無法全心寫作。

後來古龍一些享譽盛名的武俠作品，都被其他電影公司拍成武俠電影，自己的公司反而落入無片可拍的窘境。古龍只好重新創作，可惜古龍所創作的《劍神一笑》上映後反應不如預期。眼見自己執導的電影不受觀眾熱烈的歡迎，古龍遂改拍科幻片《再世英雄》，邀請好友倪匡編劇，冀望能重振票房。《再世英雄》上映後也無法再造巔峰，最後古龍只好黯然將電影公司結束。改投入電視戲劇的製作。[29]

浪子性格的古龍，並沒有與梅寶珠白頭偕老。離婚之後的古龍更加變本加厲的過起浪子的生活，縱情酒色，揮霍無度，不僅揮霍金錢、情愛、甚至健康也受損害。直

26 見薛興國：〈問「劍」古龍〉《聯合報》，一九八五年六月一五日，第九版。

27 一九八〇年古龍投資電影公司，名為『寶龍電影公司』（此名用古龍與妻子寶珠各取名字中一字為之。）古龍自任編劇、監製、導演，拍了《楚留香傳奇》、《楚留香與胡鐵花》、《劍神一笑》、《再世英雄》（此為倪匡編劇的科幻片）四部電影，詳見黃仁等同編：《中國電影電視名人錄》（台北：今日電影雜誌社，一九八二年七月一日初版），頁一三八至一三九。與梁良編：《中華民國上映電影總目》（台北：中華民國電影圖書館，一九八四年九月初版）。

28 《楚留香傳奇》一九八〇年四月十二日上映、《楚留香與胡鐵花》一九八〇年九月十二日上映、《劍神一笑》一九八一年五月廿二日上映。

29 一九八二年古龍為華視製作第一檔連續劇《新月傳奇》。參閱《民生報》，一九八二年六月三日，第九版。一直到去世後還有已送新聞局審查的連續劇將在電視台播映。

到又遇見一位紅顏知己——于秀玲，才又開始過平靜的生活。[30]

長時間的縱慾飲酒使古龍的身體健康受損，肝硬化、脾臟腫大、胃出血等病症接踵而來，住進醫院三次，後來戒酒了半年。在稍微恢復健康之後，古龍又繼續過量飲酒，終於在一九八五年九月二十一日晚間六點零六分過世。[31]

好友倪匡知悉古龍死訊，難過地在香港通宵喝酒，並撰寫訃告：

我們的好朋友古龍，在今年的九月廿一日傍晚，離開塵世，返回本來，在人間逗留了四十八年。

本名熊耀華的他，豪氣干雲、俠骨蓋世、才華驚天、浪漫過人。他熱愛朋友、酷嗜醇酒、迷戀美女、渴望快樂。三十年來，他以豐盛無比的創作力，寫出了超過一百部精采絕倫、風行天下的作品，開創武俠小說的新路，是中國武俠小說的一代巨匠。他是他筆下所有多姿多采的英雄人物的綜合。

「人在江湖，身不由己」。如今擺脫了一切羈絆，自此人欠欠人，一了百了，再無拘無束，自由遨翔於我們無法瞭解的另一空間。他的作品留在人世，讓世人知道曾有那麼出色的一個人，寫出那麼好看之極的小說。

不能免俗，為他的遺體，舉行一個他會喜歡的葬禮。時間：七十四年十月八

30 古龍與于秀玲的婚姻並未登記，因此許多記載都將于秀玲視為古龍的同居女友。
31 參閱〈古龍在暮色中步出這個世界〉刊於《民生報》，一九八五年九月廿二日，第九版。

日下午一時，地址：第一殯儀館景行廳。人間無古龍，心中有古龍，請大家來參加。[32]

倪匡不愧為古龍最知己的朋友，將古龍多姿多采的一生，作了相當中肯的評價。尤其是「熱愛朋友、酷嗜醇酒、迷戀美女、渴望快樂」十六個字正是古龍一生的寫照，全無作態與矯飾。更說古龍是：「他筆下所有多姿多采的英雄人物的綜合」，正是說明古龍的作品中有著強烈的個人色彩，每個英雄人物的塑造都融入古龍本人的特質與好惡。

古龍追悼會由倪匡主持，隆重感人。好友王羽託人購買了四十八瓶軒尼詩XO白蘭地，放於古龍遺體四周，讓古龍長眠在美酒之中。

倪匡寫了一副廣為流傳的輓聯：

人間無古龍，心中有古龍。

喬奇也用古龍最受歡迎的兩位武俠人物撰寫一副：

32見〈古龍返回本來、倪匡撰寫訃文〉刊於《民生報》，一九八五年九月廿五日，第九版。

小李飛刀成絕響，人間不見楚留香。

一九八五年十月八日，古龍葬於淡水明山海濱墓園。[33]走完了傳奇的一生。

三、古龍的外表與性格

（一）古龍的外表

一個人的身材照理說應該和他的創作沒必然性的關連，但是實際並非如此。外表直接關係到人際之間的互動，尤其是與異性的交往，這是不能否認的。既然外表的影響不能抹滅，難免會左右作家的心理狀況，連帶也影響了作家的創作。

古龍長得其貌不揚，五短身材卻頭大如斗，並不是個英俊的男人，甚至土頭土腦像賣豬肉的販子。他的朋友們因他腦袋瓜子特別大，替他取了「大頭」的綽號。鄒郎對古龍的身材形容說：

> 他早年的長相特殊，頭大如斗，肚大如簍，身軀矮，腿兒短，老友們喜稱他為「武大郎」。[34]

33見〈古龍之喪今公祭〉刊於《民生報》，一九八五年十月八日，第九版。

34鄒郎：〈來似清風去似煙〉《大成》，第一四四期，一九八五年，頁六十。

這樣的外表的確不能讓人第一眼就喜歡。龔鵬程描述三十八歲的古龍：

> 古龍當然不再少年，三十八歲原也不大，但在他精力亢沛的神采裏，看起來卻似半百。稀疏微禿的頭髮，順著髮油，平滑地貼在腦後；走起路來搖搖晃晃的骨架，撐起微見豐腴的的身軀。沒有刀光，也沒有殺氣坐在縟椅上，他像個殷實的商人，或漂泊的浪子。[35]

可見古龍在外表上是不易討好的，無足夠引人之處。這樣的外表究竟對古龍產生了什麼樣的影響，我們無法從古龍口中或文章中找到證據，但是外表對古龍是絕對有影響的。我們在古龍早期作品《孤星傳》中找到蛛絲馬跡。

古龍塑造了一對孤苦伶仃的青梅竹馬戀人，男孩寧願挨餓也要讓女孩吃飽穿暖，因此男孩營養不良而長得瘦弱矮小。

後來兩人分別被收養，際遇弄人。再相逢時，矮小瘦弱的男孩站在高大豐滿的女孩面前，簡直自慚形穢到無地自容，因為身材的關係，兩人預期的結合儼然出現了突兀的變化。

35 龔鵬程：《夜訪古龍：猶把書燈照寶刀》（台北：小報文化出版社，一九九三年），頁八八。

雖然古龍最後還是讓他們有了美滿的婚姻，但對於矮小身材的自憐是無法掩蓋的事實。否則古龍不會在《孤星傳》裏利用男女主角外貌上的差異，來辯證外表與情感之間的影響與關係。

古龍小說中有很多高佻健美的女子，若能與男主角匹配為俊男美女的組合，才是相得益彰。因此古龍小說中男主角大多塑造成高大英俊、體格英偉，可以說是作者的心理補償作用所致。然而現實生活中的古龍身邊雖不乏長腿細腰的美女相伴，與她們站在一起時，敏感的古龍深沉的心中應會浮現《孤星傳》中那男孩的自卑，只是驕傲與好強的個性讓古龍不願意表現出來。

後來在事業上有成的古龍對於自己的外表也慢慢有自信心了。他在《大人物》塑造了一個平凡的主角——楊凡來為自己代言。他將楊凡的形像描繪得如同在為自己素描。楊凡是個「矮矮胖胖的年輕人，圓圓的臉，一雙眼睛卻又細又長，額角又高又寬，兩條眉毛間幾乎要比別人寬一倍。他的嘴很大，頭更大，看起來簡直有點奇形怪狀」[36]，可是腦子卻特別聰明。

所有楊凡的特徵古龍都一一具備，如頭斗大、身矮胖、眉間寬闊，可知古龍完全以自己的形象來塑造這個人物，而且讓這個人物最後獲得佳人的芳心。女主角田思思因為領悟到這樣的男人才是所謂的「大人物」，人的外表並不是擇偶的優先條件，深

36 古龍：《大人物》（台北：風雲時代出版社，一九九七年），第一部，頁一一四。

入接觸瞭解楊凡這個人之後才明白：他沉靜、坦蕩聰明、穩重如一座屹立不搖的山，是一個讓女人有安全感的男子漢。

這是古龍對平凡外表的辯駁與宣言，他想告訴世人：「我很醜，可是我很溫柔」，別只看我的外表，來瞭解我的內在！隱隱約約中可發現其實古龍對這樣的外在其實還是不夠滿意的，否則不會塑造楊凡來告訴世人：不要只看重表面，一個外在平凡的人，內心可能有一個超級英雄的存在。

（二）古龍的性格

上文我們介紹了古龍的外在形象，這樣一個的男子居然受到無數美女的青睞，甚至奉為偶像，究竟原因為何？

既然古龍在外表上不出色，那麼應該是內在的性格吸引了異性。古龍的性格如何吸引異性？而這些異性又是被古龍性格中的哪一種特質所吸引？這是值得探索的問題，因為對戀愛的態度往往影響到作品中的愛情觀。

古龍的性格影響了他一生的歡聚與別離，連帶也影響了他的創作、與英雄人物特質的塑造。古龍是一位將創作與個人的生命情調聯繫得非常緊密的作家。瞭解其性格有助於對其作品的理解，因此我們有必要對古龍的性格做一番探索，下文即探討古龍的性格。

古龍的弟子丁情[37]曾說：「古大俠對美女的魅力就在於他的『寂寞』。」[38]而這種寂寞來自對內心深處真正快樂的追尋。

古龍最好的朋友倪匡就在訃告裏提到古龍「渴望快樂」，為什麼古龍特別渴望快樂？這要追溯到古龍童年時代，父母感情不睦，經常爭吵，使敏感的古龍無法享受到愛的感覺，也沒有安全感。家庭的破碎使古龍飽嘗孤獨與寂寞，所以特別渴望快樂。再加上個性好強，與父親爭吵離家後，寧願執著獨自掙扎求生，也不願意回家。

這段際遇，年少的古龍提早受盡了人世冷暖，最終使他變得孤傲和怪僻，也造就了他的浪子性格。

這性格反映到他的作品上，他塑造了一個又一個的浪子，如李尋歡、阿飛、楚留香、陸小鳳……。而這些浪子都是古龍內心孤獨和寂寞的寫照，也是古龍驕傲孤僻性格的表現。因為驕傲，因為孤僻，古龍筆下主角人物的思想和行為方式常常顯得非常奇特，處處與常人有異，甚至流於偏激。

古龍尤其喜歡利用數目字中的奇數來表達浪子的孤獨飄泊，特立獨行的心跡，其作品中主角人物命名稱號多是奇數如燕七、燕十三、蕭十一郎等。作品中出現的數字

37 丁情本名蔣慶隆。古龍大弟子以及朋友。師從古龍前是電影界人士，藝名小黃龍。《那一劍的風情》、《怒劍狂花》、《邊城刀聲》三部書是在古龍指導下完成，正式出版時掛以兩人名字。

38 丁情：〈古大俠的最後一劍〉收入《邊城刀聲》（台北：風雲時代出版社，一九九九年）。

往往也都是奇數，此與世俗喜歡好事成雙的習俗有著極大的差異。[39]這種「好用奇數」的習慣，正顯現出古龍個性中亟欲脫離常規而自成一格的叛逆心理。

而在《蕭十一郎》中蕭十一郎曾放歌：「暮春三月，羊歡草長，天寒地凍，問誰飼狼？人心憐羊，狼心獨愴……」解釋給沈璧君說：「世上只知道可憐羊，同情羊，絕少會有人知道狼的痛苦，狼的寂寞。世人只看到狼的痛苦，狼的寂寞。世人只看到狼吃羊時的殘忍，卻看不到牠忍受著孤獨和饑餓在冰天雪地流浪的情景，羊餓了該吃草，狼餓了呢？難道就該餓死嗎？」[40]這種尖銳而一反世俗的思想，在古龍筆下尚有不少。[41]

正是這種不被人瞭解的寂寞與孤傲，吸引了無數女子，其母性的本能被激發，渴望去撫慰古龍的孤獨寂寞，去瞭解古龍的孤傲與偏激。正應驗「男人不壞，女人不愛」這句話。因此古龍的身邊永遠有對他付出真情而無怨無悔的女子，如紅顏知己于秀玲。更有無數紅粉過客飛蛾撲火般投入古龍懷中，而後默默離去。

但是，一身傲骨的古龍個性中並不完全只有寂寞與孤傲，他將心裏的隱痛寫在他的武俠小說中，並嘗試用更樂觀善良的一面來滌淨人世間的、也是他心裏面的陰暗

39 此說見周益忠：〈拆碎俠骨柔情——談古龍小說中的俠者〉收入淡江中文系主編：《俠與中國文化》（台北：學生書局，一九九三年），頁四五六至四五八。

40 古龍：《蕭十一郎》（台北：風雲時代出版社，一九九七年），第一部，頁一五九至一六〇。

41 如《流星・蝴蝶・劍》中有一段文字：「她欺騙別人，只不過是為了保護自己，只不過是為了要活下去。一個人若是為了保護自己的生命，無論做什麼事，都應該是可以原諒的。」比段文字將不得已的欺騙用生存的藉口合理化，與世俗的看法有著明顯的差異。見古龍：《流星・蝴蝶・劍》。

面。希望讀者看完他的小說後都是愉快的。他曾說過有位想自殺的人讀了他的小說後，發現生命還是值得珍惜的，他高興得像是得到了最榮譽的勳章一樣。[42]我們可以發現童年所歷經的戰火並沒在他心中播下仇恨的種子，渴望和平安定的古龍，在小說中表現出來的是對血腥和殺戮的揚棄，並處處洋溢著樂觀主義、人道主義的精神，歌頌的是愛與正義、自由與和平、寬容與生命的熱愛。所以他的武俠小說，絕大多數都是正義最終戰勝邪惡的結局。

古龍是一個飽經痛苦而善良的人，因為飽經痛苦，瞭解痛苦是如何啃噬人的靈魂，因此不再去描寫痛苦。他努力想表現的是「幸福、歡樂和自由」，他自己也說過：「人性並不僅是憤怒、仇恨、悲哀、恐懼，其中包括了愛與友情，慷慨和俠義，幽默與同情的。我們為什麼要特別注重其中醜惡的一面？」[43]這些古龍想要傳達給讀者的特質，絕大部分已內化成為他性格的一部份。我們看到的是一位感情豐富、慷慨正直、熱愛生命、創造歡樂、善良而充滿同情的古龍。這是他性格中俠義的一面。

古龍好酒，自然顯現在外的是道地的酒徒性格：豪爽、健談、剛毅、不屈。在與朋友相聚酒酣耳熱之時，古龍表現出大口喝酒、大塊吃肉的豪邁態度；然而夜深人靜獨處的時候，古龍是飽嘗寂寞孤寂的。他在〈楚留香和他的朋友們〉文中描述胡鐵花：

42 古龍：〈談我看過的武俠小說（四）〉收入《聯合月刊》，廿二期，一九八三年五月，頁七四。
43 古龍：〈談我看過的武俠小說（四）〉收入《聯合月刊》，廿二期，一九八三年五月，頁七四。

他看起來雖然嘻嘻哈哈，希裏嘩啦，天掉下來也不在乎，腦袋掉下來也只不過是個碗大的窟窿，可是他的內心卻是沉痛的……

……別人越不瞭解他，他越痛苦，酒也喝得越多……[44]

相信這段話是古龍藉由胡鐵花來描述自己的處境。而與古龍後期住一起的弟子丁情也曾描述：古龍雖然「時常將歡樂和笑聲帶給大家，然而他的內心深處卻是孤寂的。」[45]由此可知古龍在人前人後性格上有著極端不同的差異。

綜合上文所述，發現古龍的性格充滿著矛盾：他自卑卻又驕傲、寂寞孤獨卻又創造歡樂、偏激孤僻卻又善良充滿同情。一生為寂寞所苦，處心積慮掙扎想擺脫，卻無時不被寂寞所籠罩。

其實這種矛盾的性格是能在一個人身上並存的。若非他好強又執著，就不會脫離家庭、自立更生；若非他寂寞孤獨，就不會特重友情、沉溺酒色；若非他驕傲偏激，怎麼有出奇的浪漫、和強烈想出人頭地、求新求變的意志。

正憑著這種特殊性格與巨大的內心趨力，古龍才成為我們所認識的古龍。這也就是古龍之所以為古龍的原因。更是作品中一直存在強烈古龍風格、古龍特色的原因。

44 古龍：〈楚留香和他的朋友們〉收入《午夜蘭花》。

45 丁情：〈古大俠的最後一劍〉收入古龍：《邊城刀聲》（台北：風雲時代出版社，一九九九年。）

四、古龍的「三好」及其創作基調的形成

酒、色、友、小說是構成古龍人生的四大元素，除了小說作品之外，古龍給人最深的印象，便是好酒、好色、好友。

而古龍的許多武俠小說中主角人物的嗜好也幾乎脫離不了這三樣——「好酒、好色、好友」，便形成古龍作品中的創作基調。以下將介紹這三樣元素究竟對古龍造成什麼影響？反映在作品上又呈現如何面貌？

（一）縱酒狂歌

談到古龍喝酒的歷史，要從讀淡江時談起，幾個好友找來了各式各樣的酒與小菜到淡水海邊防波堤上，一邊聽海風、聆海濤，一邊喝酒。後來古龍再想起時說：「那種歡樂和友情，那一夜的海浪和繁星，卻好像已經被『小李』的『飛刀』刻在心裏，刻得好深好深。」[46]可看出古龍喝酒原因之一，是為了享受朋友相聚的歡樂與情感。

古龍曾說：「其實，我不是很愛喝酒的。我愛的不是酒的味道，而是喝酒時的朋友，還有喝過了酒的氣氛和趣味，這種氣氛只有酒才能製造得出來！」[47]

古龍這些話過於刻意強調「酒」對朋友相聚時歡樂氣氛的營造，足見古龍在情感

46 古龍：〈不唱悲歌〉收入《九月鷹飛》（台北：風雲時代出版社，一九九八年）第四部，附錄，頁一八八。

47 林清玄：〈敬酒罰酒都不吃〉收入古龍：《獵鷹》（台北：萬盛出版社，一九八九年），頁四。

上對「酒」的充份依賴。年少得志的古龍有了高額的稿費後，開始上舞廳、俱樂部消磨與應酬。酒酣耳熱的氣氛、女孩的耳語溫存讓古龍慢慢迷戀這種人為營造的熱鬧，沉醉其中無法自拔。

古龍曾說：「你若認為酒不過是種可以令人快樂的液體，那你就錯了。你若問我：酒是什麼呢？那我告訴你：酒是種殼子，就像是蝸牛背上的殼子，可以讓你逃避進去。那麼就算別人要一腳踩下來，你也看不見了。」[48]

細究古龍喜歡涉足聲色場所的原因，由於流離動盪的童年生活，使得敏感的古龍所感受到的痛苦多於平常人，也更缺乏安全感與歸宿感，內心存在著無法排遣的苦悶，也許是因為要逃避，逃避寂寞的痛苦、渴望快樂而不可得的痛苦。使他成為一個嗜酒的浪子。他在「酒」中找到了暫時的慰藉與快感。

逃避寂寞的方法有很多，古龍選擇了呼朋引伴、長醉酒鄉、揮霍情愛，希望以遺忘的方式從寂寞中掙脫出來，稍稍獲得一點精神寄託。然而這無疑是飲鴆止渴，曲終人散後，古龍沒有更快樂，反而更加空虛、失落。這樣的生活才可以讓古龍暫時忘卻內心的痛苦，但也只是「暫時」而已。

林保淳先生曾在〈俠客與酒〉一文中提到，中國人飲酒往往是「心理」的寄託，基本上可分為二：一是「忘」，二是「壯」。「忘」是藉酒精的迷醉，使人忘懷現實

48 龔鵬程：《夜訪古龍：猶把書燈照寶刀》（台北：小報文化出版社，一九九一年），頁九九至一〇〇。

世界的失意與挫折；「壯」是指藉酒精的麻醉，擺脫理智，盡情抒發平時所受的壓抑與無處宣洩的情緒。[49]古龍一生離不開酒，完全是這兩種飲酒的心理寄託在作祟。熾烈的美酒釀成醺醉的快樂，讓古龍體驗到自我生命的存在，並以此來對抗現實生活的殘酷與苦痛。

古龍喝酒的方式，是豪邁的大口大口喝，喝的時候絕不廢話。燕青在〈初見古龍〉文中提到古龍「默不作聲，只是酒來必乾，自得其樂」，「喝酒時，頭一仰，便是一杯」[50]，那種豪邁的酒量，讓他暗暗心驚。古龍喜歡把朋友灌醉，更喜歡朋友醉倒在他家。喝酒的時候從來不提自己悲傷的事，只談他如何豪放、如何開心，總是把悲傷埋在心底，把歡樂帶給別人。

一九八〇年，吟松閣事件古龍被殺傷手部，流血過多休克，送醫急救，輸血兩千西西，才脫離危險。[51]這是因「酒」而受的傷，每當醉酒時，古龍都會展示給友人欣賞，就像一個俠士展示著光榮的傷痕一樣。這事件完全展現古龍的酒徒性格——正

49 林保淳：〈俠客與酒〉參見「中華武俠文學網」討論區之「林保淳先生武俠評論」專欄 http://www.knight.tku.edu.tw/home.htm，流覽日期：二〇〇四年八月八日。

50 轉引自陳墨：《武俠五大家品賞》（台北：風雲時代出版社，二〇〇一年），下冊，頁八〇。

51 「吟松閣事件」發生於民國六十九年十月廿二日晚上。陳文和、葉慶輝及柯俊雄、王羽等人，在北投吟松閣飲酒，正好古龍也在鄰室與朋友喝酒。葉慶輝在走廊上遇見古龍，邀他一同到隔壁喝酒，古龍拒絕。後來，陳文和再邀古龍仍被拒，雙方因而發生口角，陳文和與葉慶輝乃持兇器，在吟松閣出口處將古龍右手殺傷。古龍因流血過多休克，經友人送醫急救，始未殘廢。詳見〈「小葉」揮刀逞兇焰 「大俠」拒飲幾斷腕〉《聯合報》，一九八〇年十月廿四日，第三版。

直、剛猛、豪爽、絕不低頭。

離婚後，酒成了麻痹古龍的止痛劑，他說：「每天好不容易回到家裏，總是轉身又出去，每天做的只有一件事：喝酒！」已經到了無酒和鎮靜劑就無法睡著的地步，清醒時也要吃興奮劑才能清醒。[52]

經過這段自暴自棄的日子，身體終於不堪負荷，肝硬化、胃出血接踵而至。他也知道喝酒傷身，但他將自己化作兩頭燒的蠟燭[53]，只執意發出奪人眼目的光彩，所以對於喝酒而使自己一步步邁向死亡是無畏的。他寫道：

因為我也是個江湖人，也是個沒有根的浪子，如果有人說我這是在慢性自殺，自尋死路，那只因為他不知道——

不知道我手裏早已有了杯毒酒。

當然是最好的毒酒。[54]

其實古龍也知道酗酒的後果，只是心靈的空虛與寂寞，需要「酒」來救贖。長期的酗酒，讓他的健康日益敗壞。三進三出醫院，雖然後來戒了半年酒，但身體稍稍好

52 見林清玄〈敬酒罰酒都不吃〉收錄《獵鷹》（台北：萬盛出版社，一九八九年），前序，頁五。

53 古龍有一個人生哲學是將自己比喻作兩頭燒的蠟燭，這樣亮光強，也容易快點結束。參閱過來人：〈細數武俠小說作者〉刊於《民生報》，一九七八年五月廿四日，第七版。

54 古龍：《三少爺的劍》。

轉，又再喝個不停。

他的弟子丁情推測了古龍為了酒，置生死於度外的原因：

我只能說：「古大俠的壓力太大了，到了末期，他大概也想通了，已大徹大悟了。」

這些長久累積下來的壓力，已不是他所能承擔的，既然如此，他又何必一味的承受下去呢？

所以臨死的前幾天，他又開始縱情喝酒。[55]

終於古龍以他獨特的方式離開了人間。留下的作品中一個個狂喝豪飲的浪子。林保淳認為：「古龍是武俠作家中最擅於寫酒的，古龍寫酒，不但是在寫俠客，更是在寫心事，藉著酒，古龍彷彿是在抒發自身難以言喻的情懷。」[56]

因此古龍的小說中幾乎部部有酒、酒徒、酒經（指有關酒的言談與格言）。「酒」成為古龍小說中不可缺少的元素。

55 丁情：〈古大俠的最後一劍〉收入古龍：《邊城刀聲》（台北：風雲時代出版社，一九九九年），第四部奇譚，頁一八三至一八四。

56 詳見林保淳：〈俠客與酒〉參見「中華武俠文學網」討論區之「林保淳先生武俠評論」專欄 http://www.knight.tku.edu.tw/home.htm，流覽日期：二〇〇四年八月八日。

（二）偎紅倚翠

據說古龍臨死前的最後一句話是：「怎麼我的女朋友們都沒有來看我？」[57]古龍一生對生命中的女子無盡的追逐，臨終時卻沒有女朋友相陪，這是多麼淒涼的感歎。

從破碎的家庭中出身的古龍，絲毫沒有享受過正常且美滿的家庭生活，也沒有對家庭負責的雙親來作為模仿對象。對於「家」古龍非常渴望，卻不知如何去經營。因此成年之後，古龍與妻子或同居女友的關係都不長久，問題的根本出自古龍原生家庭的不完整。

這種經驗導致古龍小說中的故事主角絕少有正常的婚姻生活，譬如《桃花傳奇》中的楚留香終於與張潔潔結為夫妻，但是只有一個月，楚留香即已無法忍受平淡的婚姻生活，張潔潔瞭解根本沒有人能獨佔楚留香，因此想盡辦法幫助他離開，否則楚留香將會因不快樂而不再是昔日的楚留香。在結尾，楚留香選擇了一扇門，用堅定的步伐跨出了那扇門，古龍寫道：「在這一瞬間，他已又回復成昔日的楚留香了。」[58]看得出古龍將自身的經歷投射在楚留香這個角色中以自況。

古龍從沒有循規蹈矩依照所謂「正統」的方式去交過女朋友。和古龍在一起的女子，大部分都是舞廳酒家的小姐或是慕古龍之名而投懷送抱的女子。想必古龍自己也

57 丁情：〈古大俠的最後一劍〉收入古龍：《邊城刀聲》（台北：風雲時代出版社，一九九九年），第四部奇譚，頁一八五。

58 古龍：《桃花傳奇》（台北：風雲時代出版社，二〇〇一年七月初版），頁一九五。

在心裏面有所疑問，究竟這些女子是如何看待他，是真心真意，還是逢場作戲？這些疑問造成古龍對女子的不信任感，因此離開枕邊人時都不甚留戀。

為什麼古龍特別鍾情於風塵女郎？古龍曾寫說：

> 風塵中的女孩，在紅燈綠酒的相互競映下，總是顯得特別美的，脾氣當然也不會像大小姐那麼大，對男人總比較溫順些，明明是少女們不可以隨便答應男人的事，有時候她們也不得不答應。
>
> 從某種角度看，這也是一種無可奈何的悲劇。
>
> 所以風塵中的女孩心裏往往會有一種不可對人訴說的悲愴，行動間也往往會流露出一種對生命的輕蔑，變得對什麼事都不太在乎，做事的時候，往往就會帶著浪子般的俠氣！
>
> 對於一個本身血液中就流著浪子血液的男孩來說，這種情懷，正是他們所追尋的，所以一跌入十里洋場，就很難爬出來了。[59]

這段話也許正能解釋古龍留戀於風塵女子的原因。她們滿足了古龍情慾的需求與虛榮的自尊，她們所擁有的特質正是身為浪子的古龍所需要與欣賞的。對於溫順的柔

59古龍：〈卻讓幽蘭枯萎〉收入《誰來跟我乾杯》（天津：百花艾藝出版社，二〇〇一年一月初版）。

情慰藉，逢場作戲的古龍常是來者不拒地全然收下。也許是得來容易，古龍也不很珍惜這些女子的來去，只享受「今朝有酒今朝醉」的短暫激情。古龍小說中許多女子的身分都是「風塵女子」，甚至連女主角的身分也如此。而描繪女子寬衣解帶裸露胴體的章節更是不避諱，與傳統武俠小說含蓄帶過的方式迥異。除了一些為色而淫的武俠小說外，武俠小說中「風塵女子」出現頻率最高的作家，恐怕非古龍莫屬。很明顯的這是古龍個人生活經驗所致。

這些與女人相處經歷促使古龍在寫作時，對其武俠小說中男女角色的貞節觀念並不重視，只要男主角願意接受女主角的引誘，即使發生性關係也無不可。甚有女子自行對男主角投懷送抱，男主角也照單全收，絲毫無任何愧意，例如《新月傳奇》中玉劍公主、《楚留香傳奇》中琵琶公主自行獻身給楚留香，楚留香更是欣然接受。

成名後的古龍追逐女人雖無往不利，偶爾也有惹出麻煩的時候，但古龍絕不說交往過的女子的壞話。每當回憶起以前的女友，古龍都是談美好的一面。即使是鬧上法院、登上報紙社會版的「趙姿菁事件」[60]他還是不出惡言。[61]若說古龍一生中最大的錯，

60「趙姿菁事件」發生於民國六十六年八月十九日，古龍偕同當時十九歲的女演員趙姿菁（本名趙倍譽）出遊三天，未知會趙家。趙母尋回趙姿菁之後，控告古龍誘拐趙女離家。詳閱〈古龍吃官司•應訊後交保！〉刊於《聯合報》，一九七七年九月八日，第三版。

61龔鵬程記述古龍對於「趙姿菁事件」的一段話：「對於這件事，自始至終，我沒有發表過一句話。因為無論我說什麼，都有人會被傷害。如今，事情已經過去了，也沒有什麼可談的。簡單地說，我與她已確有感情，這事如果不是第三者插入，絕不會弄得如此糟。」參見龔鵬程：《猶把書燈照寶刀》（台北：小報文化出版社，一九九三年），頁一〇〇。

就是對不起曾用真心愛他的女人。如同筆下的楚留香浪跡天涯、處處留情，卻不懂得去珍惜在船上等待的蘇蓉蓉。

古龍這種「視女人如衣服，視朋友如手足」的心理，導致筆下的李尋歡竟能為朋友讓出林詩音，然後終身痛苦。對於女人的地位，他一向擺在朋友之後，也不曾產生過像對朋友般的情意。他說：「白馬非馬。女朋友不是朋友。女朋友的意思，通常就是情人，情人之間只有愛情，沒有友情。」[62]他認為愛情是不顧一切、不顧死活、讓人耳朵變聾、眼睛變瞎，但也是短暫的，無法持久，除非轉變成友情。友情無論如何還是高過愛情。雖然筆下的男主角身旁總圍繞著眾多婀娜多姿的女子，但是對男主角而言，這些女子還是比不上朋友重要。

（三）視友如親

古龍說：「無論任何順序上來說，朋友，總是占第一位的。」[63]

在古龍自立更生的日子裏，朋友無疑的是他最重要的精神依靠，寂寞的時候有朋友相陪，落魄的時候有朋友相助，他說：

62 古龍：〈不是玫瑰〉刊於《民生報》一九八五年七月一日，第八版。
63 古龍：〈楚留香和他的朋友們〉原刊於《中國時報》，一九八二年九月十六日、十七日。收入《午夜蘭花》（台北：萬盛出版社，一九八九年），前序，頁十。

一個孤獨的人，一個沒有根的浪子，身世飄零，無親無故，他能有什麼？朋友！

一個人在寂寞失意時，在他所愛的女人欺騙背叛了他時，在他的事業遭受到挫敗時，在他恨不得買塊豆腐來一頭撞死的時候，他能去找誰？朋友！[64]

這段話可看出古龍對朋友的依賴與看重。在寂寞失意、生活遭受困難時所依靠的還是只有朋友。剛出道時，古龍與當時武俠小說界的「三劍客」——諸葛青雲、臥龍生、司馬翎[65]論交，牛哥夫婦[66]、鄒郎也是古龍常借宿幾宿的友人。這些朋友在古龍出紕漏時，總是義無反顧伸出援手，尤其是牛哥夫婦最常為他解圍。諸葛青雲曾說：「古龍死過一千次，牛嫂一定救過他九百九十九次。」[67]可想見交情之深。

古龍常以酒會友，一到燈紅酒綠的場所，彷彿相識滿天下。古龍交朋友像小孩一

64古龍：〈不是玫瑰〉刊於《民生報》一九八五年七月一日，第八版。

65司馬翎（一九三三—一九八九年）本名吳思明，廣東汕頭人，別署「吳樓居士」、「天心月」。將門之後。一九四七年舉家移居香港。政治大學政治系畢業。曾任《民族晚報》記者、《新生報》編輯。一九五八年發表處女作《關洛風雲錄》一舉成名。一九八三年於《聯合報》連載最後一部作品《飛羽天關》，一九八五年被腰斬而輟筆。一九八九年七月中旬病逝於汕頭故居。

66牛哥，本名李費蒙，漫畫家。牛嫂，馮娜妮，是古龍中學和淡江英專的同學。

67參見〈古龍生前開闢武俠小說新頁，死後留下傳奇軼事無數，掀起豪情，文藝團倍思前緣〉刊於《民生報》，一九八五年九月廿三日，第九版。

樣單純，只要有酒，即使初相識，也很容易成為生死之交，上至騷人墨客，下至販夫走卒，他都能夠共敘樽前，酒逢知己千杯少。所以古龍朋友階層之廣、交友之複雜，簡直是駭人聽聞，有市井小民、影視紅星、武俠名家、酒國常客、更有詩人如周棄子、畫家高逸鴻、文壇名宿陳定山。家中除陳定山贈的字聯[68]外，尚有不少名家字畫。真所謂相知滿天下。

可是，古龍相識滿天下，能夠真正瞭解他的人，卻不很多。在眾多的朋友中，與古龍最知心的要算是香港作家倪匡。他們在一九六七年相識，立刻相見恨晚，成為莫逆之交，常常在深夜，有七八分醉意時，互打長途電話彼此傾訴內心的抑鬱。有一次古龍生病，遠在夏威夷的倪匡得知，馬上趕來探望。甚至古龍病重時，國際電話一打三個小時，面不改色。[69]從這裏可見兩人那份真摯不移的感情。

在古龍年少離家，自立更生的日子裏，受到朋友適時的幫助，自然產生「安得廣廈千萬間，大庇天下寒士俱歡顏」的宏願，因此，成名之後的古龍對於朋友相當講義氣，尤其對境況不佳的朋友特別照顧有加，如武俠片演員王沖與弟子丁情曾一直寄住在他家，只要有機會，古龍就不斷向人推薦他們。這種全心呵護的友情實在少見。尤其是對丁情更是疼惜，因為同病相憐的身世，古龍付出愛與鼓勵，甚至逼丁情學寫

68 陳定山特別以古龍與梅寶珠的名字，作了兩副嵌字聯：「古匣龍吟秋說劍，寶簾珠卷晚凝妝。」「寶靨珠璫春試鏡，古韜龍劍夜論文。」贈古龍。參閱過來人：〈細數武俠小說作者〉刊於《民生報》，一九七八年五月廿三日，第七版。

69 參閱林佛兒：〈我印象最深的香港作家〉刊於《文訊》，第二十期，一九八五年十月，頁四十。

武俠，培養能自立的本事。還曾經撰文介紹丁情[70]，加以推薦。古龍對朋友是這樣毫無保留地付出，也贏得這些朋友在他生命最後歷程的無怨相陪。因此學者羅龍治認為：「古龍四十八年短暫一生，『友情』是超乎名利的最大收穫」。[71]

因此，古龍的武俠小說中最特出的便是對友情的描寫，與生活中重朋友的性格一致。特別的是：古龍並不追尋像中國傳統小說以及金庸小說男主角之間的結義兄弟之情[72]，而是著眼於純粹的友誼，並在友情中加入生活挫折與現實的考驗，雖然貧困、潦倒、饑餓，但有了友情的支持、同甘共苦、肝膽相照，仍舊能活得快樂自由而瀟灑。所以古龍在楚留香身邊安排了胡鐵花、姬冰雁，在沈浪身邊安排了熊貓兒。寂寞的阿飛也有李尋歡願意在他最落魄的時候拯救他。這些故事人物在在顯現古龍現實生活中對於友情的渴望與重視。甚至《歡樂英雄》一書，通篇運用頌揚的筆調來歌詠友情的真誠與可貴。

武俠小說的主題，大部分在顯現大俠個人的蓋世武功與傳奇經歷，因此較少在小說中用極大的篇幅單獨對友情進行鋪陳與描繪，所以「友情」為主旨的武俠小說是較

70 此文為古龍：〈誰來與我乾杯〉登於《聯合月刊》，第廿二期，一九八三年五月，頁七五至七六。後收入《邊域刀聲》（台北：萬盛出版社，一九八九年），頁三至十。

71 參見〈古龍生前開闢武俠小說新頁，死後留下傳奇軼事無數，掀起豪情，文藝團倍思前緣〉刊於《民生報》，一九八五年九月廿三日，第九版。

72 傳統武俠小說中男角之間的友情大部分是透過結義方式去認定彼此的情感，同手足兄弟一般，金庸武俠小說中男角之間的感情也不脫此約定俗成的方式，因此《天龍八部》段譽、喬峰、虛竹結義為兄弟。而古龍並不強調結義，著眼於朋友彼此間的瞭解，雙方是對等的、平行的關係，甚至是一個尊重的敵人也可能是最瞭解自己的朋友。

少見的，正因為少見，更突出古龍對這種純粹友情的看重。古龍不走民初以來武俠小說中以武功、愛情為主題的寫作方式，而將焦點放置於「友情」之上，形成古龍武俠的一個特色。

至於朋友眼中的古龍又是怎樣一個人。鄒郎說：

實在說，古龍的一生，是活在不得志的狂狷生涯中，他是「人在三界外，卻在五行中。」的亂世書生。[73]

劉德凱[74]說：

古龍就是活生生的「楚留香」，他的個性與生活一如他筆下的「楚留香」，少不了酒、女人、朋友。[75]

這些朋友為古龍精彩的一生作了最好的批注。

73 鄒郎：〈來似清風去似煙〉收入《大成》，第一四四期，一九八五年，頁六一。
74 古龍自編自導，拍攝的《楚留香傳奇》、《楚留香與胡鐵花》電影，片中由劉德凱飾演楚留香。
75 見〈他走得一如在世時的瀟灑〉刊於《民生報》，一九八五年九月廿三日，第九版。

五、古龍創作的養分——閱讀

古龍給人的印象除了武俠小說，不外乎是酒、女人，甚少人注意到古龍生命中還有一項重要的嗜好：閱讀。進淡江英語專科學校之前，古龍早已嗜讀各種文學作品。據報導，古龍的藏書之豐、包含之繁之廣，令人歎為觀止，約有十萬冊以上，包括珍貴的原版和絕版書。古龍能速讀，每天至少看三、四小時以上的書報。[76]

身為一位武俠小說作家，古龍必須不斷的汲取、充實，以維持寫作時源源不絕的構思與題材。就學時即養成的閱讀習慣，古龍終其一生無絲毫停歇。關於古龍閱讀所涉獵的範圍，薛興國也曾寫道：

> 他看的書很雜，天文地理什麼都來，連天文台出的「天文日曆」也看。不過近年他偏愛翻譯的間諜和偵探小說。[77]

這正說明古龍閱讀範圍廣泛，且偏愛與他寫作風格有關的間諜、偵探小說。古龍武俠小說中浪子遊俠探案、抽絲剝繭尋謎追凶的情節，應是取法福爾摩斯等名家的偵

76 參閱〈古龍在暮色中步出這世界〉刊於《民生報》，一九八五年九月廿二日，第九版。與荻宜：〈浪子·書生·古龍〉《聯合報》，一九八三年十一月廿八日，第十二版。

77 薛興國：〈古龍點滴〉刊於《民生報》，一九八五年九月廿六日，第九版。

探推理小說，這一點，眾多讀者與研究者都同意，於此便不再細述。

作家在完成自己的風格之後，閱讀與自身風格相仿的作品，應是秉持一種觀摩的心態。但當一個作家在自身作品風格未完成前所閱讀的書籍，與作家風格完成後的作品有著相同、相似的創作技巧或主題精神時，我們應可對此一現象，提出二者之間有關連性之假設。

鑒之於古龍的作品與其閱讀之軌跡，一般認為，念淡江英專的古龍深受西方小說與哲學思想的影響與啟迪[78]，但閱讀這些作品對古龍的創作究竟產生的影響為何？在這些作品的交互影響下創作的古龍，是否因此形成了「古龍式」[79]的風格？而「古龍式風格」中取法的，又是這些作家、作品中呈現的什麼特質？這都值得我們深思與探討。

在古龍閱讀與取法的作家、哲學家之中影響古龍最深遠的首推德國哲學家尼采與美國作家海明威。古龍閱讀尼采應是在淡江英專讀書時有所接觸。第一位明白指出尼采與古龍在作品觀點上有雷同之處的是歐陽瑩之。她在〈「邊城浪子——天涯・明月・刀」評介〉中提到：

78 葉洪生曾寫道：「一般多以為他是受到吉川英治、大小仲馬、海明威、傑克倫敦、史坦貝克小說乃至尼采、沙特等西洋哲學的影響與啟迪。」這段說明大多數研究者與讀者的看法。詳見葉洪生：《葉洪生論劍——武俠小說談藝錄》（台北：聯經出版事業公司，一九九四年），頁三九一。

79 古龍曾表示從《絕代雙驕》寫到《天涯・明月・刀》，他人口說所謂的「古龍式小說」、「古龍式文」、「古龍式對白」才漸漸成形。詳閱古龍：〈轉變與成型〉收入《誰來跟我乾杯》。

我認為古龍的作品富有尼采味，「邊城浪子——天涯・明月・刀」便表現出尼采初期所謂阿波羅和狄諾索斯兩股精神（the Apollinian and Dionysian spirits）所代表的條理節制和進發激情的互相衝突、調和，也表現出尼采後期所謂掙強意志（Willto power）的成長。[80]

他在〈泛論古龍的武俠小說〉一文中又說：

在古龍的小說裏，我們可以發現尼采所推揚的那種豪雄自強的意志，堅毅勇猛的精神，冰清深遠的孤寂，橫絕六合的活力，甚至乎對女人的那些偏見。[81]

歐陽瑩之列舉尼采與古龍二人書中的文字以對照，尤其在對「女人」的觀點上，古龍和尼采有著相同的態度與觀點，甚至連將女人比喻成「貓」的說法也一致。尼采對女人的看法，影響古龍許多作品對女人的表述方式。

除此，歐陽瑩之更指出兩人在對朋友與孤獨的領略是如此的相似。由此我們可知古龍與尼采的思想有很大程度的契合。

80 詳見歐陽瑩之：〈「邊城浪子——天涯・明月・刀」評介〉收入古龍：《長生劍》（台北：風雲時代出版社，一九九七年），頁二一九。

81 詳見歐陽瑩之：〈泛論古龍的武俠小說〉原載於香港《南北極》月刊，一九七七年八月號。收入古龍：《長生劍》（台北：風雲時代出版社，一九九七年），頁一八五。

嗜酒的古龍對尼采的「酒神精神」[82]是否因「酒」而有所好感，我們所能推知的是：尼采深深影響古龍的創作，尼采的酒神精神更是深深觸及古龍的內心。大陸學者方忠也認為，古龍是一位具有「酒神精神」的作家[83]，通過醉狂的狀態體驗在現實生活中無法實現的生命自由與快樂，在近乎自我毀滅的酗酒中，古龍深刻體會到生命真實的存在，與豐盈充沛的力量。這時「酒」已經不只是一種酒精飲料，「而是個體生命與宇宙大生命溝通的橋樑。」[84]

古龍將這種精神寫入作品中，因此他筆下的主要人物沒有一個不愛喝酒：李尋歡越咳越要喝、胡鐵花越不被瞭解酒就喝得越凶。陸小鳳有著高超的酒技躺著喝。林太平饑寒交迫居然還能分辨所喝之酒名。其他藉酒澆愁或豪飲狂喝的例子實在不勝枚舉。

葉洪生曾撰文說道：「文藝氣氛的濃厚，與人生價值的重估，正是古龍作品的二

82 尼采認為：酒神精神是一種具有形而上深度的悲劇精神，他解除了一切痛苦的根源，獲得了與世界主體融合的最高快樂。「灑神」本是象徵情緒的放縱，「酒神狀態」即是醉，是情緒的總激發與總釋放，是一種痛苦狂喜交織的癲狂狀態。酒神祭典時人們打破一切禁忌，狂飲爛醉、放縱情慾，表現個體自我的毀滅和與宇宙本體融合的衝動。通過個人的毀滅，體會宇宙生命之豐盈，繼之肯定生命的整體，再造一種新生。詳閱尼采（Nietzsche，F.W.）著，劉崎譯：《悲劇的誕生》（台北：志父出版社，一九九三年），頁十三至廿六。與周國平：《尼采在二十世紀的轉捩點上》（台北：林郁文化事業有限公司，一九九二年二月初版），頁八九至一二〇。

83 詳閱方忠：〈繁複人性的多維凸現——古龍武俠小說的主題意蘊〉《台灣研究》，第一期，一九九九年一月，頁七八至八二。

84 詳閱鄭曉江：〈生命的昂奮與衰竭——尼采人士哲學與中國傳統人生哲學之比較〉《南昌大學學報》，社會科學版，第廿五卷第三期，一九九四年九月，頁廿四。

大特色。」[85]周國平也說：「尼采哲學的主要命題，包括強力意志、超人、和一切價值重估。」[86]尼采思想與古龍作品的關係自是不言而喻。兩人皆對長久以來約定俗成的人生價值產生質疑，而重估自身生命的價值。尼采曾說：「一切價值的重估——這就是我關於人類最高自我認識行為的公式，他已經成為我心中的天才和血肉。」[87]

尼采對一切價值的重估著眼於宗教、善惡、道德人生之上，而古龍則表現在其作品中對江湖世界、人性善惡與權力的「解構」[88]上，因此古龍筆下主角不僅有著亦正亦邪的特色，所構築的武林世界也與傳統正邪兩分的江湖世界迥然不同。最明顯的例子為《白玉老虎》與《邊城浪子》的趙無忌與傅紅雪，這兩人原本一心一意想要報仇，故事發展到最後，兩人才發現所謂的仇人已不再是仇人。

當報仇的動力消失，他們面對的是一個全然解構的世界，突然頓失所寄，逼使故事主人公重新面對一個人生價值驟異的真相世界。古龍賦予作品這種「重估人生價值」精神，與尼采的思想有相當地一致性。

除了尼采，海明威對古龍的影響也極大。薛興國便說：「古龍最喜歡的西方作家，

85見葉洪生：〈冷眼看現代武壇——對二十年來台灣武俠作家作品的總批判（下）〉收入《文藝月刊》，六三期，一九七四年九月，頁一三七。

86周國平：《尼采在二十世紀的轉捩點上》（台北：林郁文化事業有限公司，一九九二年二月初版），頁一〇六。

87轉引自周國平：《尼采在二十世紀的轉捩點上》（台北：林郁文化事業有限公司，一九九二年二月初版），頁二二二。由周國平譯自《看哪！這人》《尼采選集》，第二卷。

88參看陳曉林：〈試論武俠小說的「解構」功能——以金庸、古龍、梁羽生作品為例〉收入《九月鷹飛》（台北：風雲時代出版社，一九九八年四月四十版），頁一九八至二〇一。

是美國的海明威。」[89]古龍曾自述寫了十年小說之後才接觸到武俠小說的內涵精神——一種「有所必為」的男子漢精神[90]，這種精神被一些學者們認為與海明威的「硬漢」精神相當相似[91]，因此認定古龍有這樣的體悟應是閱讀海明威小說所得到的啟發，這一點大多數的讀者與研究者皆認同。[92]但是在創作語言上，學者們的認知就有差異，眾多讀者、研究者認為古龍師法海明威的電報體對白方式，但是葉洪生卻持反對態度[93]，且認為古龍一句一行的寫作方式將導致「文字障」[94]的形成。姑且不論這種寫作方式的優劣，我們著眼於古龍類似電報體的創作語言是否受到閱讀海明威作品的影響上。

89 見薛興國：〈古龍心事誰能知？〉刊於《民生報》，一九八五年，第九版。

90 古龍〈不唱悲歌〉收入《九月鷹飛》（台北：風雲時代出版社，一九九八年），頁九五。

91 古龍取法海明威除了「電報體」之外，塑造人物形象上古龍有意學習海明威筆下的「硬漢」。詳閱曹正文：《古龍小說藝術談》（台北：知書房出版社，一九九六年），頁一六八。

92 最具代表性是陳墨所說：「古龍的文體，有三方面影響。其中第一是美國作家海明威的『電報體』文體語言的影響。看得出來，海明威是古龍喜歡的作家，不光是他的文體，而且包括他的整個的文學成就及他的真正男子漢的氣質與風度。很自然，讀海明威的小說，就會不知不覺地受其影響，摹仿其精華。」參閱陳墨：《武俠五大家品賞》（台北：風雲時代出版社，二〇〇一年），下冊，頁七二至七三。

93 陸灝、張文江、裘小龍三位發表的〈古龍武俠小說三人談〉中談到古龍的語言受海明威影響。曹正文也接受此說，並認為古龍雖學海明威的對話寫作方式，但古龍的對話禪語與機鋒並存，並非全盤套用。然而早在一九九四年十一月《葉洪生論劍——武俠小說談藝錄》出版之前，葉洪生即聽過古龍受海明威影響的說法，但葉洪生並不認同此說。直到寫作《台灣武俠小說發展史》時，提出古龍文體三變之說，釐清古龍師法海明威語言寫作是在《孤星傳》至《浣花洗劍錄》時期。以上參閱陸灝、張文江、裘小龍：〈古龍武俠小說三人談〉《上海艾論》，第四期，一九九八年，曹正文：《古龍小說藝術談》（台北：知書房出版社，一九九六年），頁一六六。與葉洪生：《葉洪生論劍——武俠小說談藝錄》（台北：聯經出版事業公司，一九九四年），頁一〇五至四〇六。葉洪生、林保淳：《台灣武俠小說發展史》（台北：遠流出版事業股份有限公司，二〇〇五年六月一日），頁二三二。

94 參看葉洪生：《葉洪生論劍——武俠小說談藝錄》（台北：聯經出版事業公司，一九九四年），頁四〇六。

海明威創作的語言簡潔有力，如同拿著一把斧頭將整座森林的小枝葉砍伐一空，只留下基本的枝幹。[95]留下來的是精心錘鍊臻於平淡的文字，需要讀者用心去領略與想像。海明威將自己的創作語言名之為「冰山原則」，意為他這些精煉的語言恰似在水面上的冰山只看得見八分之一，其餘的八分之七為作家豐富的想像與內涵，需要讀者閱讀之後的理解與創造。這一點，古龍在人物對話與寫景上表現得最出色。

古龍使用簡潔平淡的文字描述，造成一種令人遐想的意境，如「春天、江南。段玉正少年」。[96]只用九個字便交代男主角的出場，雖然看似尋常，仔細咀嚼卻有著深長的意境存在。這正是古龍取法海明威的「冰山原則」的最好證明。

越是簡潔的語言越具表現力與象徵力，因為其能給予讀者思維與想像的空間。

尼采對於語言也抱持相同看法，而他的哲學著作多以格言形式寫成，這不只是出自於愛好，在他看來是出自於必須。[97]他說：

> 格言、警句——在這方面我在德國人中是第一號大師——是「永恆」的形式：我的野心是要在十句話中說出旁人在一本書中說出的東西——旁人在一本書中沒有

95 此一比喻為赫・歐・貝茨在〈海明威的文體風格〉一文中所提出。詳閱赫・歐・貝茨：《海明威研究——外國文學研究資料叢刊》（北京：中國社會科學出版社，一九八〇年），頁一三三。
96 古龍：《碧玉刀》（台北：萬盛出版社，一九八九年），頁一。
97 此項說法見於周國平：《尼采在二十世紀的轉捩點上》（台北：林郁文化事業有限公司，一九九二年二月初版），頁三一六。

說出的東西……[98]

由此可看出尼采除了強調語言的精煉外，對於將哲學用格言警句形式來寫作，尼采相當自豪。他這種將哲學詩化的寫作方法，顯然深深影響將武俠小說詩化的古龍。古龍書中俯拾即是的格言，雖有人愛不釋手閱讀再三，卻也有學者認為是「囈語格言」，代表古龍內在分裂的心向。[99]研究者由不同的角度切入，便有不同的看法與評價。利用格言警句方式來達到作者介入書中來講述道理的目的，而且使用之頻繁，古龍可說是武俠小說第一人。

除西方哲學文學外，古龍也取法日本小說，據葉洪生所言，古龍師法日本小說的內容與作家重要的有：武學方面師法吉川英治、小山勝清的宮本武藏系列小說，以及楚留香的「風雅的暴力」的塑造與寫作文體，師法柴田錬三郎。[100]女作家馮湘湘亦撰文列舉古龍與柴田錬三郎小說中多雷同之處，以證明古龍取法於柴田錬三郎。[101]兩位學者對古龍如何師法日本作家皆有精闢的剖析。

98 此項說法見於周國平：《尼采在二十世紀的轉捩點上》（台北：林郁文化事業有限公司，一九九二年二月初版），頁三一九。由周國平譯自尼采：《偶像的黃昏》、《尼采全集》，第八卷。

99 詳閱翁文信：〈試析《多情劍客無情劍》中的自我辯證與情慾焦慮〉收入《台灣現代小說史綜論》（台北：聯經出版事業公司，一九九八年十二月初版），頁三四三至三四四。

100 葉洪生、林保淳：《台灣武俠小說發展史》（台北：遠流出版事業股份有限公司，二〇〇五年六月一日），頁二三二至二三五。

101 參閱馮湘湘：〈古龍和柴田錬三郎〉載於《香港文學》，二〇〇一年三月。

綜上所述，古龍的閱讀非常廣泛，且他不斷的師法世界偉大的哲學家與小說家，無論是文學精神抑或創作技巧方面，古龍將之融鑄於自己創作之中，讓其作品閃耀著屬於自己的光芒，繼而創造出其獨特風格。而尼采、海明威正是對古龍風格的形成，最重要的師法對象與導師。

六、結語

在《流星・蝴蝶・劍》的開頭寫道：

流星的光芒雖短促，但天上還有什麼星能比它更燦爛，輝煌！

當流星出現的時候，就算是永恆不變的星座，也奪不去它的光芒。

蝴蝶的生命是脆弱的，甚至比最鮮豔的花還脆弱。

可是它永遠只活在春天裏。

它美麗，它自由，它飛翔。

它的生命雖短促卻芬芳。

只有劍，才比較接近永恆。

一個劍客的光芒與生命，往往就在他手裏握著的劍上。

但劍若也有情，它的光芒卻是否也就會變得和流星一樣的短促？

回顧古龍的一生，正如同他筆下的「流星」、「蝴蝶」，美麗且光彩奪目，卻短暫消逝，徒留悵惘。而他的作品就如同他所提到的「劍」那樣的永恆並顯現耀人的光芒，古龍這位劍客也因其作品而成就其永恆的文學生命。

雖然古龍的早逝是台灣武俠界的莫大損失，也是眾多古龍迷一直深以為憾的事，然而考察古龍風風雨雨精彩萬分的一生之後，熱愛古龍的讀者應會同意：古龍的早逝，何嘗不是上天對他這個武俠天才的眷顧。以古龍好強孤傲的個性，「美人遲暮，英雄沒落」應是他所怕見的，因此上天在他再也無法承受身體的病痛、內心的愁苦以及外界環境的壓力時，帶走了他。

以一位作家來說，四十八歲正值創作高峰期，無論是文筆、智慧都應該是已臻成熟的階段，但是古龍卻已英年早逝了。如果上天給他多一點健康與時間，他的小說，會再異峰突起呢？還是會徹底地放棄了創新？可惜古龍已經不能給我們答案了。

沒有一本文學作品能夠完全脫離創作者而獨立存在，無論該作品是寫實或想像、嚴肅或通俗。一個讀者或批評家為了獲得對該作品的理解，勢必探索作家的世界，瞭解作家的生命、生活環境、創作背景之後，對於其作品即會產生情感上的共鳴，如此才能對作者有同理心的瞭解，不致被先入為主的傲慢與偏見蒙蔽了心智。

深入探索古龍生命歷程之後，再讀古龍的作品，令人感到古龍本人與其作品的關連是那樣的密切。正如陳墨所言：「對古龍來說，酒—色—才—氣（指內心）是聯繫得很緊密的。」[102]正因為古龍本人與其作品之間的關連太密切，欲研究他的武俠小說若不從古龍本人入門，單只看作品本身，則無法掌握古龍風格之來由與作品之關係。

古龍的作品，某種程度顯示了自身的經驗，如在寫作他的自傳一般，古龍將自己的靈魂交出去給讀者之後，博取了讀者同情的理解，彷佛他所展示的不再是自己本身，而是每一位讀者的化身。正因如此，古龍的作品深深吸引了許多古龍迷。由此，我們略可解釋為什麼古龍迷會這麼狂愛古龍的作品了。古龍這一生永遠化不開的寂寞與永不止息的追求，正是讓他的作品深具魅力的真正原因！

彰化師範大學國文研究所碩士 **蘇姿妃**

102 陳墨：《武俠五大家品賞》（台北：風雲時代出版社，二〇〇一年），下冊，頁十七。

對比

英雄和美女：古龍小說的創新和危機

武、俠、情、奇是武俠小說的四大要素，其體現者是英雄和美女。從這個意義上說，武俠小說也就是英雄和美女的小說。古龍得到人們的推崇，並不在於他會說故事（武俠小說家都會說故事），而在於他筆下的英雄和美女在眾多的武俠小說家中自成一格。

中國武俠小說的文化取向是中國的傳統文化，而古龍把世界文化之中的現代意識和現代情緒引進了武俠小說之中，大大拓展了中國武俠小說的文化空間。人類的思維總是處於二律背反之中，在人類的社會活動越來越集團化的同時，人們對社會集團化的意義產生了懷疑；在人們都在尋求某一種信仰作為生存的精神動力時，人們似乎又對信仰中的某些既定的人生結論產生了懷疑。這種思維常使現代人的行為和理想、理性和感性產生矛盾。在社會大集團的生存空間中，人們卻越來越感到孤獨；在既定的人生模式中，人們對自我價值的存在越來越感到恐慌。這就是現代社會的孤獨感和寂寞感。古龍的小說表現的就是這樣的現代意識和現代情緒。李尋歡、蕭十一郎、楚留香、陸小鳳，這些古龍筆下的英雄人物無不是這種。

現代意識和現代情緒的象徵。他們是俠肝義膽的武林高手，他們為江湖世界而生，也為江湖世界而死，他們離開江湖世界就無法生存。然而，他們又是那麼地孤獨和寂寞，他們所遇到的人，無論男女老少，幾乎都心懷叵測、陰險毒辣；他們很少朋友，古龍小說《流星‧蝴蝶‧劍》的主題竟是「你的致命敵人，往往是你身邊的好友」，即使有一兩個朋友，也很難與他們達到思想交流的境界。

在《蕭十一郎》中，蕭十一郎自稱自己是「孤獨的狼」，不同於成群的「羊」，羊受傷了有人照顧，狼受傷了只能依靠自己，「暮春三月，羊歡草長，天寒地凍，問誰伺狼？人心憐羊，狼心獨愴。天心難測，世情如霜……」，這番淒涼的話語和這首寂寞的歌，顯然裹挾著傷感和無奈。

也許是與這世界格格不入，他們對死亡也就看得很輕。死亡在他們看來只不過是一個正常的人生歸宿，他們需要的是快意的生活、快意的人生。《多情劍客無情劍》中的李尋歡既喝了一口毒酒，那就乾脆把一壺毒酒都喝掉，就是死也要死得快活。金庸、梁羽生小說中的大俠在決戰之前，總是閉門靜思，加緊研練心法絕技，古龍《武林外史》中的沈浪在與快活王決戰之前卻總是美餐一番。俠盜楚留香的那只漂流不定的船，也許有著暗示主人公人生飄忽的含義，但裝飾之豪華令人咋舌，還有美酒、美肴和三位充滿魅力的美女宋甜兒、李紅袖、蘇蓉蓉。那位不知生死在何處的有四條眉毛的陸小鳳更會享受：

「舟，扁舟，一葉扁舟。一葉扁舟在海上，隨微波飄蕩。舟沿上擱著一雙腳，陸小鳳的腳。陸小鳳舒適地躺在舟中，肚子上挺著一杯碧綠的酒。他感覺很幸福，因為沙曼溫柔得像一隻波斯貓那樣膩在他身旁。沙曼拿起陸小鳳肚子上的酒，餵了陸小鳳一口……」不再是苦守古墓，勤學苦練；不再是古廟晨鐘，枯坐守禪；而是生命無畏，人生無定，充滿了情慾和物慾。今朝有酒今朝醉，古龍小說夾雜著一股世紀末情緒。

在武俠小說作家中，寫作最輕鬆的大概要數古龍了。他後期的小說中沒有什麼歷史背景，毋須為是否違背歷史的真實而拘束；他筆下的人物沒有什麼國家大業、民族復興的重任，他們介入江湖糾紛相當程度上是由於自我的興趣，隨興所至，作家的筆就顯得特別地瀟灑；古龍不會武功，似乎也不願意在紙上摹畫武功，那就乾脆不寫武功的招式，只寫武鬥的結果。

《多情劍客無情劍》中是這樣寫李尋歡的飛刀和阿飛的快劍的：「他瞪著李尋歡，咽喉裏也在『格格』的響，這時才有人發現李尋歡刻木頭的小刀已到了他的咽喉上。但也沒有一個人瞧見小刀是怎會到他咽喉上的。」這是李尋歡的飛刀；再看阿飛的快劍：「忽然間，這柄劍已插入了白蛇的咽喉，每個人也瞧見三尺長的劍鋒自白蛇的咽喉穿過。但卻沒有一個人看清他這柄劍如何刺入白蛇咽喉的。」想達到這麼快，就要達到人劍合一的上乘境界。既遮掩了自己的弱項，又將其美化，實在是聰明之舉。

這種聰明還體現在小說的情節安排和人物刻畫上，最能代表這一特色的是《絕代雙驕》。這部小說的故事就像一個大惡作劇，情節安排就像做遊戲，移花宮的兩位宮主所設計的讓江楓的兩個親生兒子互相殘殺的詭計是遊戲的開始，江小魚和花無缺的兄弟相擁是遊戲的結束。

這其中，江小魚和花無缺所做的每一件事，又無不是依據遊戲的規則在進行。小說中最生動的人物都帶有遊戲色彩，惡人谷的「十大惡人」、占小便宜吃大虧的「十二星象」、耍盡心機的江玉郎，特別是油滑的江小魚，本來就是惡作劇的產物，又被「惡作劇」般地培養，而他又惡作劇地對待每一個人。作者寫得輕鬆，讀者也讀得輕鬆。聰明的是作者沒有忘記要在遊戲之中寫出人性來。遊戲本來就是假的，人性卻是真的。在遊戲中人的機智、貪婪、惡毒、狡詐……

人性中的所有的特點都會充分地暴露出來，古龍將這些人性表現得淋漓盡致。

這就是古龍小說中的英雄和美女的形態和心態，他們瀟灑人生，卻又多愁善感，快意恩仇，卻又自傷自憐。不過，雖然古龍筆下的英雄美女表現了作家的人生理念，但男女之別又決定了他與她的不同位置。在大多數武俠小說中，女性的位置是微不足道的，甚至是卑下的（有些作家對女性比較尊重，如司馬翎、臥龍生的部分作品）。在《水滸傳》中，女性被視作為禍水；到朱貞木等人的現代武俠小說中，出現了「眾女追一男」的格局；金庸、梁羽生的小說中女性總是為情而活，被情所累。這些女性形象儘管都不完美，但她們都還有自己的意志和奮鬥的目標，她們還是一個人。

在古龍的小說中，女性只是一個符號，代表了情慾和淫慾。《武林外史》中的朱七七為了追到沈浪，歷經千辛萬苦，日散千金在所不惜；《火併蕭十一郎》中的鳳四娘為了蕭十一郎會從花轎中跳下逃跑；楚留香身邊的那三個女人更是經常爭風吃醋……這些女人都在追逐她們心中的偶像，她們是情慾的象徵。還有一些女性也在追逐她們心中的偶像，但其手段是卑鄙毒辣，《絕代雙驕》中的邀月公主、憐星公主、屠嬌嬌；《俠盜楚留香》中的石觀音、水母陰姬；《多情劍客無情劍》中的林仙兒……這些女人追逐男人不是為了情，而是為了自我的淫慾，她們是淫慾的象徵。無論是情慾和淫慾，她們都依靠男人而生存，都是缺乏女性自我的人格。

不僅如此，古龍小說中還有不少對女性的不健康的描寫，《武林外史》中漂亮的朱七七被易容成又醜又啞的老太婆，得到解救要放到藥水盆裏數日方才泡鬆皮膚，小說就讓沈浪為赤裸的朱七七一根一根地拔掉身上的麻絲；《陸小鳳》中最後陸小鳳殺掉了宮九，不在於陸小鳳武功高強，而在於身後的沙曼脫光衣服引發了宮九的性變態。古龍還常常以對女性的殺戮和女性情慾的表現來刺激讀者感官。例如：

屋子裏的情況，遠比屠宰場的情況更可怕，更令人作嘔。

三個發育還沒有完全成熟的少女，白羊般斜掛在床邊，蒼白苗條的身子還流著血，沿著柔軟的雙腿滴在地上。

一個缺了半邊的人，正惡魔般箕踞在床頭，手裏提著把解腕尖刀，刀尖也在滴著血。

她的呼吸更急促，忽然倒過來，用手握住了陸小鳳的手。

她握著實在太用力，連指甲都已刺入陸小鳳的肉裏。

她的臉上已有了汗珠，鼻翼擴張，不停的喘息，瞳孔也漸漸擴散，散發出一種水汪汪的溫暖。

一是寫恐怖，一是煽動情慾，這樣的感官描寫遍佈古龍的小說，是古龍小說特有的風景線，它們與神奇的人和離奇的事裏挾在一起，大大刺激了讀者的閱讀欲望。女人就如玩物和工具，她們只是提供給男性的享樂或為男性所用。古龍小說中這種「重男輕女」的現象，有人認為這是重友情輕愛情，表現英雄的人格。這是粉飾之詞。應該看到古龍的小說有著嚴重歧視女性的傾向。

古龍說過：「我們這一代的武俠小說，如果真是由平江不肖生的《江湖奇俠傳》開始，至還珠樓主的《蜀山劍俠傳》到達巔峰，至王度廬的《鐵騎銀瓶》和朱貞木的《七殺碑》為一變，至金庸的《射鵰英雄傳》又一變，到現在又有十幾年了，現在無疑又已到了應該變的時候！」古龍竭力地使自己的小說求新求變。那麼古龍又是怎樣變革武俠小說的呢？這與他接受的教育有很大關係。他就讀於台灣淡江英專，期間閱讀了大量的外國小說，接受的是現代教育。

在創作上，他最初是以創作純文學登上文壇的，寫過一些愛情小說。這些文化經歷都給他的武俠小說創作留下了痕跡。他說：「要求變，就得求新，就得突破那些陳舊的固定形式，嘗試去吸收。《戰爭與和平》寫的是一個大時代中的動亂，和人性中善與惡的衝突，《人鼠之間》寫的卻是人性的驕傲和卑賤，《機場》寫的是一個人如何在極度危險中重新認清自我，《小婦人》寫的是青春和歡樂，《老人與海》寫的是勇氣的價值，和生命的可貴……這樣的故事，這樣的寫法，武俠小說也同樣可以用，為什麼偏偏沒有人用過？誰規定武俠小說一定要怎麼樣寫，才能算正宗？」從這裏可以體會到古龍變革武俠小說的基本思路：從外國小說中接受養分作為武俠小說的新元素。

「外國小說」是一個泛化的概念，但與中國文化為中心的東方文化比較起來，卻說明了另一種價值取向。古龍這段話中列舉的小說雖多，卻有一個共同點，那就是不同於中國文化中的人性。古龍小說中的現代意識和現代情緒正是源於這些外國小說所表現出來的人性。不僅是小說的價值取向和人物塑造，小說情節同樣受到外國小說的影響，其中最為深刻的影響，在我看來是「硬漢派小說」。

「硬漢派小說」是起源於二十世紀五〇年代，盛行於六〇、七〇年代，八〇年代走向高潮，至今仍在流行的英美偵探小說新形式，代表作如達希爾・哈米特《馬爾他雄鷹》、雷蒙德・錢德勒《長眠不醒》、伊恩・弗蘭明的〇〇七系列小說等。「硬漢派小說」以偵破案件和捉拿刑事犯為主要情節，主人公被捲入案件，或是被派遣，或是無意中被拖進去，或是為了說清自己身上的冤情去抓真正的罪犯。他們總是單槍匹馬，其危險不僅來自對手，還來自自己身邊。他們的心永遠是孤獨、寂寞的，卻又是頑強的。拚搏生活也享受生活、忍受折磨也迎合誘惑、堅持原則也不拘小節，這是他們對生活的態度。當然，在他們偵破案件時，身邊都有美貌的女性，無論是敵是友，最後終被主人公的魅力所征服（如〇〇七系列中的龐德女郎）。

個人英雄主義的主題，曲折離奇的情節，陽剛陰柔相兼的格調是「硬漢派小說」的基本風貌。將這些特徵與古龍的小說相比，就會發現，它們太相似了。楚留香、陸小鳳、沈浪、李尋歡、蕭十一郎，他們既是一位大俠，又何嘗不是一位偵探。他們的所作所為就是偵破一個案件，這個案件就是一個江湖秘密。他們身邊也有很多女人，這些女人無論是敵是友，見到他們都是要死要活的。「硬漢派小說」給古龍提供了構思小說情節結構的藍本，給他的小說人物帶來了現代的氣息，說古龍的小說是「硬漢派武俠小說」一點也不過分。

古龍的小說受到「外國小說」的影響是明顯的，聰明的是他對其做了個性化的處理。這種處理表現在四個方面：

第一，他在小說之中儘管表現了很多新的思想，但從不走極端。現代意識和現代情緒體現在小說情節發展的過程中，結尾從來都是「中國式」的。個性主義體現在人物的行為上，儘量與中國道家文化結合起來，善惡是非的評判標準也從來都是「中國式」的。惡有惡報，善有善報，這也是古龍小說最常見的結局和道德底線。有了一個令人滿意的結尾和做人的標準，中間不管你怎麼變，怎麼西方化，中國讀者都能接受。

第二，「硬漢派小說」是偵探小說，偵探小說就少不了神秘和離奇，而神秘和離奇是偵探小說與武俠小說的相融之處。對這些相融之處，古龍展開了極度渲染和誇大。古龍的小說不寫朝廷王室，也很少寫武林派別，總是寫邪派魔教如何在江湖上興風作浪，而這些邪派魔教的所在地總是在人跡稀少之處，要麼是大沙漠，要麼是海底，要麼是冰封的北國，要麼是陡峭的絕壁。

這些地方本已神秘離奇了，作者還寫了邪派魔教在這裏設置了種種的機關，那就更不可思議了。環境描寫是靜態的，很多作家都可以寫，古龍的特色寫神秘離奇的人。明明是尋常之輩，卻是武林高手；明明是仁慈之輩，卻是邪惡魔頭，愚者弄巧，智者中計，兇手背後有兇手，圈套背後有圈套。《七種武器》寫的是七則意外的故事。兇手和圈套撲朔迷離，卻似有所悟。《長生劍》中方玉香處處講朋友的意氣，被白玉京視為朋友，實際上卻是一個陰險的小人；那個在白玉京面前那麼溫柔的女人，竟然是青龍會的女魔頭。值得提出的是，古龍在渲染和誇大小說的神秘和離奇的同時，還在人性的挖掘中為這些神秘和離奇尋找根據，因此，他的小說中的某些情節神秘和離奇，讀者卻能接受，似乎還有所悟，有所得。

在《離別鉤》中，狄青麟在與萬君武賭氣買馬，贏了馬的狄青麟卻又將馬送給了萬君武，然後又將萬君武殺了。小說的人物如此善變，讀者也能接受，因為看到了狄青麟的陰險和狡詐，誰會相信慷慨送馬者竟是兇手呢？狄青麟明明喝下了美女青兒下毒的酒，然而他卻沒有死，而且殺了青兒以及幕後策劃者花四爺，人物如此地神奇，令人吃驚，但細想起來卻能接受，因為狄青麟本就是一個善於偽裝之人。不可思議是偵探小說的特點，古龍則把不可思議推演到人際關係之中，並從中尋找出根據，這是古龍的藝術功力了。

第三，優秀的武俠小說總是不甘心停留在武功和俠義的層面上，總是要展現更多的人生內涵。金庸和梁羽生的小說是江山和江湖的結合體，他們將人生和生活哲理通過歷史評判和人物描寫表現出來，古龍的小說是偵破和江湖的結合體，它缺少歷史滄桑感，卻具有情節的多變，於是他乾脆根據情節的發展來點評人生哲理性，例如：

只要是人，就有痛苦，只看你有沒有勇氣去克服它而已。如果你有這種勇氣，它就會變成一種巨大的力量，否則，你終身被它踐踏和奴役。

和賭鬼賭錢時弄鬼，在酒鬼杯中下毒，當著自己的老婆說別的女人漂亮，無論誰做了這三件事，都一定會後悔的。

這些人生哲理或生活哲理都出現在小說情節發生轉變的時候，並且都有事實的證據，似乎也就成了人生經驗的某種總結。由於古龍小說情節多變，這樣的語言也就遍佈古龍的小說。

第四，與注重情節相匹配的是古龍小說的敘述語言。他很少用長句，而多用短句，而這些短句又常常如散文詩式排列。這些排列的短句總是抓住中心詞，反覆地變換意思，如：

屋子裏有七個人。／七個絕頂美麗的女人。／七張美麗的臉都迎著他，七雙美麗的眼睛都瞧著他。／阿飛怔住了。

這裏「七」是中心詞，圍繞「七」字推動情節發展。這樣的句型排列，增加了小說的節奏感和緊張感，還帶有一些俏皮的意味。這是古龍的創造。

仔細分析這四方面的「個性化的處理」，古龍實際上是在修正小說中可能出現的過分的「西方化」傾向。

應該說，他修正得不錯，使得他的小說既擺脫了中國傳統的武俠小說的創作之路，給他帶來了獨特的風格，又保持了「中國武俠小說」的基本原則。

古龍是中國武俠小說的革新者，然而，革新者的價值除了自己的成功之外，還應該帶領後來者一起形成一個新的局面。從這個意義上說，古龍並不成功。

古龍之後武俠小說的創作中再也沒有出現讀者基本認同的武俠小說大家，為什麼呢？是後來者不會講故事麼？不是。是後來者缺少才氣嗎？也不是。在我看來是後來者對古龍的創新思維認識不夠，只追隨古龍的創新，卻沒有能充分地瞭解古龍小說創新中的偏頗，只看到古龍怎樣地從外國小說中吸取營養，卻沒有看到古龍又努力地「修正」。

武俠小說畢竟是中國的國粹，它是建立在中國傳統的文化和中華武功之上的，排除了中國傳統的文化和中華武功，「中國式」的武俠小說就難以成立了，或者就不能稱為「武俠小說」。嚴格地說，古龍的創新思維是與武俠小說傳統文化的要求相背離的，外國小說中的人性說到底是以個人主義為根本，偵探小說說到底是以法律作為其價值取向，這些都與中國的傳統文化慣性形成差異。

古龍的成功在於他從人物塑造和情節結構的層面上吸取外國偵探小說的營養後，在個性化處理中創造性地彌補他吸取外國小說經驗之中的不足，雖然很多地方顯得外露和吃力，但他畢竟在基本原則上掌握好了一個「度」。如果看不到古龍小說創新中的偏頗，以為只要將外國的新鮮因素拿來改變武俠小說的模式就是創新（當代香港很多武俠小說作家追求的武俠小說與魔幻、科幻小說的結合、大陸的新武俠小說作家追求武俠小說與動漫的結合），只是創新中的誤區。這些創新的武俠小說看起來有了新的因素，丟掉的卻是小說的「武俠味」。

武俠小說需要創新，但是創新之路究竟怎麼走，古龍小說提供的是創新的勇氣和成功的個案，還是放之四海而皆準的標準？這是後來者們值得思考的問題。

蘇州大學文學院教授 **湯哲聲**

參考文獻

1古龍：《蕭十一郎》、《陸小鳳傳奇》、《邊城浪子》、《多情劍客無情劍》、《離別鉤》七種武器：第二冊。

系譜的破壞與重建：試論古龍的武林與江湖

人稱「現代武俠之父」的平江不肖生（向愷然）出生於一八九〇年，長沙楚怡工業學校畢業後，赴日留學入華僑中學，一度返回中國，後來計畫二度前往日本，卻苦於旅費無著，還好有同鄉編劇家宋癡萍介紹，將手寫之《拳術講義》賣給《長沙日報》，得以成行。

二度留學，從日本回到上海，向愷然將在日本的見聞裁減拼湊，寫成《留東外史》，沒想到大受歡迎。接著連續又寫《留東外史補》、《留東新史》、《留東豔史》等相關小說。

葉洪生〈近代武壇第一『推手』〉（收在《武俠小說談藝錄》中）描述：「當《留東》四部曲陸續在上海出版時，因文中頗涉武功技擊，真實有據，乃引起行家注意；

加以向氏生性詼諧，健談好客，遂與往來滬上的奇人異士、武林名手如杜心南（南俠）、劉百川（北俠）、佟忠義（山東響馬）、吳鑑泉（太極拳家）、黃雲標（通臂拳王）及柳惕怡、顧如章、鄭曼青等結交為好友，切磋武學。上海灘青紅幫首腦杜月笙、黃金榮、虞恰卿等亦為座上客，時相過從。由是見聞益廣，對於江湖規矩、門檻無不知曉。」

自己通達武術拳法，能寫吸引讀者好奇的通俗小說，再加上與現實幫派份子密接過從，這三項條件，成就了平江不肖生「現代武俠」之父的地位。

可是「現代武俠」到底是什麼？平江不肖生究竟開創了什麼前人未及發掘想像的武俠成份呢？

平江不肖生最具代表性的作品，公推《江湖奇俠傳》、《近代俠義英雄傳》。這兩部小說，皆以「傳」名，而且細繹其形式，明顯是中國文學「紀傳體」與章回小說的奇妙結合。

《江湖奇俠傳》和《近代俠義英雄傳》，所傳者皆非一人一俠。雖然電影推波助瀾，使得《江》書中的「紅姑」聲名大噪，下過紅姑及「火燒紅蓮寺」故事，在原書中一直到八十回左右才登場，前面大肆鋪寫的，是「爭水陸碼頭」的來龍去脈。「火燒紅蓮寺」之後，小說又熱火火地拉出另一條張汶祥「刺馬」的軸線來。《近代俠義英雄傳》以霍元甲貫穿其間，然而讀者卻不可能不對一開頭就出場的大刀王五，或後來的羅大鶴、孫福全等人留下深刻印象。

《江》、《近》二書，都是「群傳」、「群俠傳」。平江不肖生大量援用了史家的「傳」體，給予每位出場的英雄豪傑，清楚的身世來歷。

這種筆法，在敘「爭水陸碼頭」時最為明白，甚至有時引起讀者閱讀上的困擾。第四回中，平江不肖生先敘述了平江、瀏陽兩地「爭水陸碼頭」的事件梗概，繼而說：「只是平、瀏兩縣農人的事，和笑道人、甘瘤子一般劍客，有什麼相干呢？這裏面的緣故，裁應了做小說的一句套語，所謂說來話長了！待在下——從頭敘來。」

這一敘，先敘了楊天池的一大段來歷，中間連帶介紹楊繼新出身，作為後文伏筆。楊天池拜師練藝，回到義父義母家剛好遇上「爭水陸碼頭」，平江不肖生藉事件轉圓，改而追蹤怪叫化常德慶的來歷。常德慶的師父是甘瘤子，於是又得費一番唇舌講甘瘤子，再由甘瘤子牽出桂武來。繞了一大圈，講了五、六人的曲折生平，好不容易回頭寫了一段常德慶與楊天池「爭水陸碼頭」的交涉，不料筆一轉，平江不肖生又寫起向樂山來！向樂山的事從第十二回寫起，一路寫到了第十九回，故事還是沒回到常德慶、楊天池身上，卻從向樂山再牽出矢復、萬清和……

這種寫法，一方面有章回小說如《儒林外史》的影子，一個角色牽出另一個角色，如撞球般一個撞一個，下過另一方面換個角度看，這些角色的每一段詳細刻畫，事實上就等於一篇「奇俠傳」，事件只是敘述的引子、幌子，真正重要的，是留下這些「奇俠」一一身世來歷，與奇行奇遇吧！

給每一位奇俠一個來歷，就是給他一個身分，一份真實性。這種真實性倒下必然如施濟群評注中說：「向君言此書取材，大率湘湖事實，非盡向壁虛構者也。」是否事實，我們無須查考，不過一個角色有了那麼詳盡的生平故事，就顯見他不是作者單純為了情節推進方便而去捏造出來的，這角色、這些角色，作者不斷喻示著，有小說情節以外的豐富生命經驗可供取汲。是這種「非功能性的敘傳細節」，給了這些角色「真實性」。

用張大春的話說：「俠不是憑空從天而下的「機械降神」（duesexmachina）裝置……，俠必須像常人一樣有他的血緣、親族、師承、交友或其他社會關係上的位置。」

張大春還解釋：「在《江湖奇俠傳》問世之前，身懷絕技的俠客之所以離奇非徒侍其絕技而已，還有的是他們都沒有一個可供察考探溯的身世、來歷；也就是辨識座標。俠客的出現本身就是一個絕頂離奇的遭遇、一個無法解釋的巧合。」然而在平江不肖生手裏，眾多奇俠不只個個有來歷有身世，而且彼此關係交錯，組成了一套人際系譜。（見張大春的《小說稗類》）

人際系譜把俠組成了「江湖」、「武林」，也就是眾多奇俠組構成一個異類世界。人間系譜一面讓奇俠不再只是出現在一般凡人間的「奇觀」，有了他們自己的生活、自己的交往：人際系譜另一面也讓奇俠世界平行於「平凡世界」，兩者關係交動，有了空前巨大改變。

以前的俠，個個依其絕技存在，像是點綴在巨大夜空中的點點亮星。《江湖奇俠傳》後，俠與俠組成的武林、江湖，自成一片空間，或「反空間」，與夜空同時存在，而且還偶而透過「蟲洞」交錯穿越。

從這點上看，平江不肖生以下的武俠之所以足可開創新時代新局面，關鍵正在其「系譜」，與「系譜」織造出的異類世界。江湖或武林，從平江不肖生的小說裏透顯出來，成了一個藏在日常生活中，一般人卻看不見聽不到摸不著的隱形世界。江湖、武林與現實，不即不離，亦即亦離。

從此之後，江湖、武林成了底層的另類中國。事實上，平江不肖生的小說會流行起來；作為一種文類，「武俠小說」會有那麼旺盛且長久的生命力，吸引了一代代的作者與讀者，其中一項歷史源由，應該就來自在中國主流大傳統歷經挫折崩潰之後，人們可以藉由「武俠」的仲介，想像一個充滿義氣英雄的「底層中國」、「小傳統中國」。

十九世紀以降，中國迭遭打擊，終至使得一切舊有秩序都失去了合法性。當然也失去了效力。科舉瓦解了、朝廷瓦解了、鄉約宗祠瓦解了，進而連政府官家權威也瓦解了。在這種惡劣悲觀的現實下，人們還能依賴什麼？

依據像上海杜月笙那樣的仲裁者。杜月笙及青洪幫的傳說在民初廣泛流傳，甚至被誇張放大為傳奇，正反映那個時代的「秩序渴望」。除了「秩序渴望」之外，還有「尊嚴渴望」，渴望對著西方勢力不斷挫敗的中國，還可以有些值得肯定、值得驕傲的地方。

平江不肖生在《近代俠義英雄傳》中，大寫霍元甲「三打外國大力士」，先後打敗了俄國人、非洲黑人和英國人，洗刷了人家對中國「東亞病夫」的歧視輕侮，最清楚反映出武俠小說在對治「尊嚴渴望」上的重大功效。

武俠小說創造的武林、江湖，裏面藏著各式各樣的中國英雄。他們神武、英雋、智慧，而且充滿美德。中國文化的美好、中國社會得以戰勝西洋的，不在朝廷、士大夫或富商大賈的那個「顯世界」，而在武林、江湖所以形成的「隱世界」裏。「顯世界」雖已被證明不堪一擊、破敗狼狽，沒關係，還有「隱世界」的存在。

這種想像，靠想像來維持尊嚴的路數，不是很像相信靠神符鬼咒就能「扶清滅洋」的義和團嗎？老實說，是蠻像的。平江不肖生必然也自覺到霍元甲「三打外國大力士」故事精神裏，有太多「義和團成分」在，才刻意在《近》書中，安排讓霍元甲不只反義和團，而且還入義和團陣中，誅殺義和團首領。

不過，霍元甲殺了義和團首領，殺不斷武俠小說在社會意識功能上與義和團的相近關係。武俠小說，是那個悲苦年代的逃避，同時也是安慰。從不堪的現實逃入一個想像的世界，而且這想像，因為有著完整的系譜與身世，看來如此具體立體。平江不肖生以降，武俠小說提供的最大閱讀安慰，就在似真地告訴讀者，在你們身邊周遭，卻仔細躲藏沒被你們識破，存在著另一個中國，一個保留了俠義精神高貴特質的中國，一個具有足以擊敗外國勢力能量的中國。這個有英雄有狗熊的江湖，不是任何人為了說故事為了寫小說，而去捏造出來的（不是「機械降神」），平江不肖生這種寫小說的人，是因為得了機緣之助，得以識破那世界一小角的偷窺者，將那個世界的樣貌，轉述傳達給我們知道。

虛構的小說作者，卻想方設法排除附著在自己敘述身分上的虛構，假裝那敘事聲音來自一個記錄者。《江湖奇俠傳》裏長段的向樂山故事，是怎麼開頭的？平江不肖生寫道：「清虛道人收向樂山的一回故事，凡是年紀在七十以上的平江人，十有八九能知道這事的。在下且趁這當兒，交代一番，再寫以下爭水陸碼頭的事，方有著落。」

這是平江不肖生的重要寫作策略，也是他開創「武俠史」的主要貢獻之一。用這種方式開啟了讀者及未來作者們心中虛實互動、現實與江湖兩世界彼此穿梭互舛的無窮可能性。

平江不肖生對「武俠史」做出的另一大貢獻是他創造的幫派系譜。不只讓群俠各歸其位、各有所屬，俠與俠之間有了千絲萬縷的恩怨情仇，這套系譜還具備了不斷創新擴張的彈性，誘引著後來的武俠作者跟隨他的腳步，投入在這塊「想像武林」的創造中。

當年的「南向北趙」，為什麼是向愷然而不是趙煥車成了「現代武俠小說之父」？為什麼趙煥亭的《奇俠精忠傳》，其知名度與地位遠不及向愷然的《江湖奇俠傳》？除了小說本身的因素外，我們不能忽視文類傳承上所造成的選擇效果。也就是後來寫作武俠小說的人，受到平江不肖生暗示，跟隨平江不肖生的例子，將他們的故事附麗在平江不肖生關係上的那個武林、江湖圖像上，這些後來者成就了平江不肖生，他們選擇寫一種「平江不肖生式」的武林，而不是「趙煥亭式」的，真正注定了「南向北趙」中誰會成為「正統」。

同樣情況，我們也可以在平江不肖生與還珠樓主之間看到。《蜀山劍俠傳》氣魄不為不大、成就不為不高，然而《蜀》書的氣魄、成就，尤其是巨大的篇幅，反而阻止了後來者仿襲，《蜀山劍俠傳》如一座孤峰，凸出傲立；《江湖奇俠傳》的文學風景，卻是一片連綿不斷的山脈。

再抄一段張大春的論斷：「系譜這個結構裝置畢竟為日後的武俠小說家接收起來，他甚至可以做為武俠小說這個類型之所以有別於中國古典公案、俠義小說的執照。一套系譜有時不只出現在一部小說之中，他也可以同時出現在一個作家好幾部作品之中。比方說：在寫了八十八部武俠小說的鄭證因筆下，《天南逸叟》、《子母離魂圈》、《五鳳朝陽》、《淮上風雲》等多部都和作者的成名巨制共有同一套系譜。而一套系譜也不只為一位作家所獨佔，比方說：金庸就曾經在多部武俠小說中讓他的俠客進駐崑崙、崆峒、丐幫等不肖生的系譜，驅逐了金羅漢、董祿堂、紅姑、甘瘤子，還為這個系譜平添上族祖的名題。」

事實上，後來的武俠小說幾乎一脈相成沿襲了同一套系譜，不同作者不同作品會有不同主角，但是這個（或這些）主角賴以活躍的舞台背景，卻如此相類似。

由不同作者撰寫的武俠小說，卻出現同樣的少林、武當、崆峒、崑崙以及丐幫，後來又擴及四川唐門、慕容家等必備的武林門派。而且不同作品裏萬變不離其宗，少林就得要有少林的樣子、武當得要有武當的精神、丐幫要有丐幫掛布袋的固定方式。

那個江湖、武林貫串武俠小說，又隨著眾多武俠小說的陸續問世而逐步擴張。

如此就構成了文學史上少見的一組空前龐大的「互文關係」（intertextuality）。每一本武俠小說都是所有其他武俠小說的「互文」，透過那共同的江湖、武俠想像，每一部武俠小說都指涉向其他所有的武俠小說，他們彼此依賴，又彼此緊密對話。

龐大的互文組構，落到閱讀經驗上，製造出來的第一層效果是：讀任何一本武俠小說，都等於在為其他武俠小說作準備。從這本武俠小說裏得到的少林印象，會在另一本武俠小說裏獲得印證加強；從這本武俠小說裏讀來的崑崙形象，會在另一本小說裏獲得補充發展。武俠小說的主角換來換去，讀者可能會忘掉、可能會搞混，然而那背景的江湖世界，反覆出現，再鮮明、再清楚不過。

即使是讀武俠小說的老手，恐怕都很難明確指出以下這幾位大俠，各出自哪幾部小說，幹過什麼樣轟轟烈烈的偉大事蹟吧？張丹楓、袁振武、上官雲彤、江小鶴、俞劍英……，可是即使是初涉武俠的讀者看到少林、武當、崑崙、崆峒，會不曉得其間差異與武功個性嗎？

龐大且緊密的互文結構，製造出第二層閱讀效果，那就是武俠小說是一種文類閱讀，武俠的作者，不容易凸顯其寫作上的辨識度。不是說這些前仆後繼作者們，才情不夠沒有創意。而是在這種互文結構陰影下，作者只能在前人已經鋪好了的「共同舞台」上搬演其絕世武功與英雄氣概，每一部小說先天上就有了太多類似、共同的地方，讀者又對這片類似、共同的江湖武林最熟悉、最容易領受，那還能留下多少空間讓個別作者塑造風格、爭取認同？

一直到金庸崛起之前，很少有武俠小說讀者，唯讀一家作品。戰後台灣「武俠潮」裏，有多少報紙版面造就了多少武俠小說作者，臥龍生、東方玉、司馬翎、諸葛青雲、高庸、上官鼎……，但熱愛武俠的一般讀者，真分得清誰是誰、哪部作品是哪位的傑作嗎？

不容易。他們同活在一個江湖上，他們的英雄同闖蕩在一個武林裏。

一直到今天，金庸、古龍仍然是武俠小說中辨識度最高、最具特色的兩位作家。他們憑什麼在眾家寫手中脫穎而出？

這個問題，被問過太多次，也得到過各式各樣答案。讓我們試著從江湖系譜的角度，也來找出可能答案。

面對龐大的江湖系譜，金庸和古龍的態度策略，大不相同。金庸的策略是將歷史人物寫入江湖系譜裏，讓歷史世界與武俠世界產生直接聯繫，藉歷史來擴大系譜，又藉系譜來收編歷史。金庸「……向《水滸傳》裏討來一位賽仁貴郭盛，向《岳飛傳》裏討來一位楊再興，權充郭靖、楊康的先人，至於《書劍恩仇錄》裏的乾隆、兆惠，《碧血劍》裏的袁崇煥，《射鵰英雄傳》裏的鐵木真父子和丘處機，《倚天屠龍記》裏的張三丰，《天龍八部》的鳩摩智……以迄於《鹿鼎記》中的康熙，無一不是擴大這系譜領域的棋子。」（見張大春，上引文。）

最精彩的例證，當然是《鹿鼎記》，金庸創造一個「反英雄」韋小寶，讓他穿梭遊走在虛構的武林與真實的歷史事件中，最終達到以假亂真的效果，讓讀者相信清史上的大事，從殺鰲拜、平三藩到簽中俄尼布楚條約，原來都是韋小寶的功勞。如此一來，不只是歷史給予原來被翻寫無數多次、彈性麻痹的江湖武林新的活力，而且還巧妙援引了一般人所受的歷史教育、所吸收的歷史知識，用來協助創造武俠小說的意義。換句話說，金庸讓原本的江湖武林「互文」範圍，超脫了武俠小說的界線，一攬一拉，將歷史納了進去。

這種擴大系譜的本事，別人學不來，成了金庸的招牌。金庸還有另一番創意，那就是詳細改寫重寫江湖一幫一派的來歷。表面上依循舊有江湖系譜，然而實際上都是留其軀殼、重注精神。靠著這些創意路數，金庸昂揚地取得了清晰的「作者」身分，和其他混在「大江湖」裏的人，分別開來。

那古龍？古龍卻是大開大闔索性拋開了那套傳統江湖系譜，來寫作他主要的武俠傑作。

古龍的武俠小說是以性格突出到近乎畸形，卻又讓人不得不愛的人物角色為中心的。讀古龍小說，讀者記得的「座標」，顯然是楚留香、李尋歡、蕭十一郎、江小魚、傅紅雪……這些俠客。可是讓我們考驗自己記憶，試問一下：這幾個人，都是何門何派？這幾部小說的情節是以何門何派的恩怨情仇為主題的？

如此一問一尋索，我們只能得到一個結論：古龍的武俠小說，是不怎麼理會原來的那些江湖武林系譜的。古龍武俠小說中，俠的個人與個性，明顯超越了江湖。

古龍小說裏，當然還是有門派、有幫派，可是那些門派、幫派，往往都是原本大系譜中的邊緣角色，或者乾脆是古龍自己編派、發明的。像「天星幫」屬於系譜邊緣面目模糊的部分。「伊賀忍術」從日本劍道小說裏借用來，別的武俠小說裏不曾見到的。還有像在《絕代雙驕》中佔據中心位置的「移花宮」，那不折不扣是古龍自己的發明。

換句話說，古龍的門派幫派，都是傳統武俠小說讀者不會有清楚印象、固定概念的。熟讀以前的武俠小說，無助於我們理解「天星幫」、「伊賀忍術」或「移花宮」。古龍將他的武俠事件，從原先的那個大舞台移走了，讓他們在別人不那麼熟悉習慣的另類舞台上搬演。

古龍的「新派武俠」之所以「新」，很多評論者集中注意其獨特的文字風格，不過除了文字風格以外，古龍的「新」還有一部分在於他「拆解江湖系譜」的作法。自覺或不自覺地，古龍跳脫了前面指述的那個「大互文結構」，自覺或不自覺地，古龍走離開了平江不肖生開創下來的那套江湖系譜，自己想像一個江湖，或一個「非江湖」。

為什麼說是「非江湖」？因為原本「江湖」的浮現，是根基於「群俠」之上的，「群俠」的彼此人際關係，才構成了「江湖」。可是到了古龍筆下，總是單一角色，壓蓋過了「群俠」。武俠小說原本的「群性」，被古龍以個性，以個性化的個人英雄主義取代了，於是「群俠」的關係不再重要，江湖也就不再重要了。

古龍武俠小說的「個性」(相對於其他武俠小說的「群性」),在《絕代雙驕》裏面表現得最徹底。這部小說的情節,原本明白指向「雙主角」——從小失散的雙胞胎兄弟江小魚和花無缺。可是古龍一寫寫活了那鬼靈精怪、惡作劇不斷,卻又心地善良且近乎軟弱的江小魚,在「小魚兒」的對照映襯下,連花無缺都只能黯然退任成配角了。管它書名叫《絕代『雙』驕》,讀者讀到的,毋寧比較接近「江小魚及其兄弟的故事」。

從這裏我們也就探測到古龍「新派」真正的秘訣。不是沒有別人(尤其是新手)試著寫過不在「江湖系譜」裏的武俠故事,然而這種嘗試往往都得不到讀者的青睞,因為讀者已經先預期了要在武俠類型小說裏讀到「類型」,也就是讀到他們熟悉的東西。江湖系譜正是他們賴以辨識武俠小說此一文類的基本元素,找不到這系譜,或發現系譜被改得面目全非,讀者不會因而欣賞作品的「創意」、「突破」,而是忿忿地評斷:「這不是武俠小說!」掉頭而去。

吾友張大春寫《城邦暴力團》,自己覺得是「新武俠」,可是長年研究武俠小說的林保淳教授卻認為《城邦暴力團》不是武俠小說。作者與論者看法之異,多少正反映了這種「辨識習慣」的影響。

古龍的成就,正在拆掉了人家熟悉的江湖,卻能補以鮮活清楚的俠與「俠情」,讓習於江湖系譜的人,轉而在俠與俠情中,得到滿足與慰藉。

古龍之「斬」,正在於他破壞了那套傳統江湖系譜。古龍在武俠歷史上最重要的地位應在作為一個敢於拆解江湖系譜，竟然還能吸引讀者眼光的傑出作品。

不過換個角度看，或許我們也就從這裏看出晚近武俠小說快速沒落的一點端倪。讓我們別忘了，遭古龍挑戰破壞的這套江湖系譜，原本正是眾多武俠小說彼此聯繫的根本。借著江湖系譜，這本可以達到那本，這位作者連到那位，讀一本就為讀下一本練了功打了底，武俠小說全部互文來互文去，逃不開「江湖關係」，讀者自然能在那江湖系譜的熟悉反覆中，得到基本的閱讀快樂。

如果沒有了系譜、沒有了互文，那麼每一本武俠小說就得孤零零地存在，靠自己的力量去爭取讀者、吸引讀者。讀者閱讀武俠小說，就不再是批發式的類型經驗，轉而成了零售式的精挑細選了。類型小說失去了類型基礎，就會變得要靠個別作者的個別本事來面對讀者。

金庸有那麼大才氣、古龍有那麼多奇想，他們作品可以獨立存在、獨立吸引讀者。然而其他作者作品？破壞掉了江湖系譜，等於拆掉了他們小說主舞台，使得他們筆下那些精彩不足的人物、情節，顯得如此單調貧乏。

並不是要把武俠小說沒落和責任，怪給金庸和古龍這兩位傑出的作者，而是要點出平江不肖生以降的那套江湖系譜，在武俠小說的創作與閱讀上曾經發揮過多大的作用。這套江湖系譜固然拘限了武俠創作者的想像自由，使得大批武俠小說都面目相似，也讓仿作者得以快速複製大量作品，不過這套江湖系譜卻也保證了讀者的基本興趣與最低滿足標準。

金庸以其他人無法模仿的方式擴大了系譜，古龍則索性以恣意天分破壞了系譜，系譜不再，武俠也就走完了其輝煌的類型階段，變成作品才份表演與個性釋放的另一種文學載體。其消息變化，至微又至巨啊！

名作家、文學評論家　楊照

新派武俠小說的中興：論古龍的武俠小說

一

新派武俠小說興起於五十年代初。

一九五二年，香港的一場拳師擂台賽在澳門舉行，轟動了香港。《新晚報》在比武後的第三天便開始連載梁羽生的開山之作——《龍虎鬥京華》，這位梁大俠一入「武林」便身手不凡，邊寫邊發的《龍虎鬥京華》竟為新派武俠小說打開了「場子」。三年後，另一位大俠——金庸的《書劍恩仇錄》也在同一報紙上連載，受到讀者的好評。從此，新派武俠小說便一發而不可收，在六、七十年代風靡海外華人界，直到八十年代依然餘韻不絕。

新湧現的這類武俠小說家把他們的作品稱為「新派」，自然也得到了讀者的認可。平江不肖生的《江湖奇俠傳》之類的老一派武俠小說，到了四十年代已經難登大雅之報了。金、梁的「新派」問世，改變了這個局面，武俠小說得以重新在台港文壇領一方天宇。

所謂新派之「新」，新在用新的手法塑造人物、刻畫心理、描繪環境、渲染氣氛，不是像舊派那樣只著眼於情節的敘述。新派武俠小說追求文學性，也從西方小說中汲取技巧，甚至借改造情節，使原來已經走到山窮水盡的舊式武俠小說進入了新的境界，呈現出新的氣象。

梁羽生受中國傳統文化影響較深，尤其受到了中國古典詩詞深深的薰陶。他的小說行文儒雅，回目對仗工整而有韻味，文中首尾的詩詞更是令人叫絕，體現出明清古典小說對他的深刻影響。梁的小說之所以具有開山之勢，是因為他對武俠的「人性」開始了探索，而不像舊武俠小說裏把「俠」寫得沒有人情味，性格缺少完整性或根本不統一。

如果說梁的武俠小說是對舊派武俠小說的「揚棄」的話，那麼，後來居上的金庸，便徹底衝出了舊格局。金庸對武俠小說作了多方位的開掘，代表著新派的最高成就。

金庸原名查良鏞，從一九五五年到一九七〇年，他共寫了十五部武俠小說，以《鹿鼎記》閉門封筆。金的創作數量是梁的三分之一。他的作品在整體上成一系統，人物互有關聯。其中，《書劍恩仇錄》、《飛狐外傳》、《雪山飛狐》是中篇三部曲，《射鵰英雄傳》、《神鵰俠侶》、《倚天屠龍記》構成長篇三部曲。

金的作品博大精深，氣勢非凡，總是與重大歷史事件聯繫在一起的。上面所列三部中篇就是以興漢滅滿為主線的，而那三部長篇又緊緊圍繞抗金、撫元的民族鬥爭而展開。梁羽生的作品也往往將故事置於歷史大背景中，他的系列作品《白髮魔女傳》等也談軍國大事，夾雜著呂四娘刺雍正、眠山派反清復明等歷史事件，但缺乏金庸作品那種磅礴的氣勢和淵博的歷史知識，梁的作品中最有生命力的，是他那獨具一格、絢爛多姿的愛情描寫。

金庸、梁羽生儘管風格各異，但他們都把筆伸向歷史，力圖展示盡可能真實的歷史風貌，在歷史氛圍中，通過「武俠」這類本身就已經具有鮮明個性的形象，表現中華民族生存發展史中，真、善、美與假、惡、醜的鬥爭。這其中隱含著作者對人的理想化設計和希望我們民族團結一致、奮發向上的激情。所以，我們稱金、梁的武俠小說為「歷史主義」新派。

「歷史主義」新派武俠小說被金庸推上了巔峰，也同時走入了末路。

在金庸氣勢恢宏、情節曲折的作品深層，蘊藏著一個傳統的、根深蒂固的「中國夢」，一個幾千年來中華民族深層意識中反覆躁動的集體潛意識，即民族的自我中心觀念和對賢明君主及大一統太平盛世的嚮往。在現代社會中，客觀條件固然改變了，但從心理結構而言，讀者心理具有某種歷史繼承性。因而，金庸作品在客觀上滿足了讀者這一深層情結的需要。

金庸小說以歷史背景為時間座標，從南宋一直寫到清朝後期，藝術上漸趨成熟，到了《笑傲江湖》已至絕頂。武俠小說表現歷史固然有其獨到之處，但浩如煙海的民族歷史又遠不是武俠小說所能反映全面的。讀者所以喜歡這種歷史氣氛，是因為它給了讀者某種真實感，儘管稍有歷史知識的人就會判斷出書中的大多歷史情節只是作者的想像或有意安排。美國武俠小說家蕭敬人說：「真正能撥動人心弦的，正是有血有淚有情有義的人性描寫。」金庸小說的魅力也正在於此，武功只是道具，歷史只是一種氣氛。

在文學創作中，一種作品模式在藝術上達到了頂峰，作家便由欣喜轉而憂思了——因為他不得不作更艱苦的探索，以達到更完美的境界。

金庸的武俠小說漸漸形成了「金庸模式」，而「金庸模式」到了《笑傲江湖》已臻完美，所以，作家面臨著突破與創新。

於是，《天龍八部》與讀者見面了。金庸在這部巨著中試圖突破自己的「定式」，在結構上五冊各有主人公，有散的傾向，人物塑造等藝術手法上也有變化，但「金庸模式」的痕跡依然清晰可見。真正一反「金庸模式」的是作者的「封筆之作」《鹿鼎記》。這部書已不是嚴格意義上的武俠小說了，它寫一個市井潑皮韋小寶由於機遇處處取得成功的故事，確切地說，是一部類似於《唐·吉訶德》的反武俠小說。

經過藝術上的努力和思索，金庸在一九七〇年以這樣一部小說結束其武俠小說創作生涯，可謂意味深長。

金庸出色地完成了一代使命，留下一部可供接力的《鹿鼎記》便激流勇退了。「歷史主義」新派武俠小說走向了末路。

西方文學史上，賽凡提斯以《唐．吉訶德》將騎士小說掃進了歷史。金庸的《鹿鼎記》之後，台港武俠小說面臨著兩條道路：要麼再度創新；要麼從文壇上消失，宣告武俠小說創作永遠成為歷史。

在這種背景下，古龍步入了台港武俠小說界。

古龍以其獨特的風格突破了金、梁模式，他對武俠小說的開拓性探索為這一流派重新贏得了讀者，從而使新派武俠小說進入絢爛多彩的「中興」時期。

二

古龍原名熊耀華，祖籍江西，一九三八年生於香港。十一、二歲時，舉家遷往台灣。遷台後不久，家庭離異，父親拋棄妻小，古龍便從此開始過饑寒交迫的生活。後來，他靠半工半讀上完了中學，又進了淡江英專學習。畢業後，做過不少種類的工作。

古龍從高中時代就開始試寫並發表武俠小說，他的初期創作較為平庸，並沒有多大特色。《蒼穹神劍》的出版便使人們開始對他另眼看待，等到他寫出《流星．蝴蝶．劍》並在不久後被拍成電影，古龍的大名便在台港家喻戶曉了。

一九八五年九月廿一日，古龍因肝硬化撒手人間。

在近廿五年的創作生涯中，古龍計有七十餘部武俠小說問世，本來他計畫寫一部「大武俠時代系列」，但沒有完成。除了武俠小說，他還寫過不少現代題材的小說和短小精悍的雜文。古龍較有影響的武俠小說有數十部，主要是：《蒼穹神劍》、《流星·蝴蝶·劍》、《天涯·明月·刀》、《歡樂英雄》、《楚留香》傳奇系列、《多情劍客無情劍》、《邊城浪子》、《九月鷹飛》、《蕭十一郎》、《陸小鳳》……其中有不少已搬上了銀幕或電視螢幕。

古龍的武俠小說是新派武俠小說繼金、梁之後的又一奇峰，他衝破「歷史主義」的禁錮，作品幾乎不牽扯任何歷史背景，甚至故事發生於何朝何代都不作交代，在這種真空狀態下，作者和讀者自然只注意人物的本身而不是其他。所以，古龍的人物塑造具有獨創性，相比於金、梁筆下的人物，有別樣的藝術魅力。

金、梁的國學根基深厚，傳統的倫理道德觀念不可避免地成為束縛筆下人物性格的隱形鎖鏈，（儘管這也是其作品成功的一個因素）比如，他們十分講究正邪之別，更謹於男女性愛，對少女的貞操，女子的胴體，諱莫如深，他們筆下的人物，刁如黃蓉，邪如厲勝男，放浪如金世遺、齊勒銘等，算得上是情場上的出格人物，但在「性」的方面，都如無瑕之璧。即使是寫始亂終棄的事，也總有一方「守身如玉」，從一而終，而到最後總會有好的結局。

古龍則不然，他筆下很少有正邪分明的角色，尤其是在「男女」方面，古龍的英雄更無幾個「正人君子」。且不說常常不知自己「銷魂在何方」的俠盜楚留香，就是幾乎沒有犯過禁的陸小鳳，也每每有女孩子相伴而行，是清是濁就更難說清楚了。一可見，古龍武俠小說的倫理觀念相比於金、梁的「歷史主義」小說更西方化，這也反映了創作主題觀念的不同。

古龍的英雄模式，打破了一刀切的常規，寫出了人物性格的組合性。正如他在《天涯・明月・刀》序裏所說：「情節的詭奇變化，已不能算是武俠小說中最大的吸引力。但人性中的衝突則是永遠有吸引力的。」古龍小說人物最成功的地方就是把人物的內心矛盾、性格中的衝突、心理上的扭曲綜合地表現了出來。

孟星魂是《流星・蝴蝶・劍》中的第一號人物，在古龍諸作中，也頗具代表性。這一人物的特徵，大致可以簡括為：外冷內熱，外剛內柔，外邪內正。

孟星魂是一個冷面殺手，出場時，已手刃十一人，十一人都與他無怨無仇，他只是受高老大的差遣，因為他曾受惠於高老大，所以他儘管有一身絕頂武功，也甘當不為人齒的職業殺手。可以說，是報恩的熱情和衝動支配著他的殺戮行為。如果說這種「熱」不值得讚許的話，那麼，他心中潛藏的不可名狀的躁動，便值得我們重視了：「每次殺了人後，每次看到劍鋒上的血跡的時候，他還是忍不住要一個人躲著偷偷嘔吐。……殺人後，他就再也不用控制自己。他必須狂賭酗酒、爛醉，去找最容易上手的那個最好看的女人，來將殺人的事忘卻。他卻很難忘卻，甚至根本無法忘卻。」——一個被折曲了的、但良知尚未泯滅的靈魂在痛苦地顫抖著，渴望跳出心靈的重壓，尋找自由翱翔的天地。我們不難斷定，一旦時機來臨，一旦真切地感知到來自冥冥之中的召喚，他就會迸發出火一般的熱情，一發而不可收。

孟星魂以剛硬出名，他堅強如鋼，「只要一下定決心，就永無更改。」然而就是這位硬漢，與一位倍受蹂躪的美麗女性——小蝶邂逅相遇，立時便墜入情網，他們廝守於海灘，過了一年多捕魚織網、「平凡單調」的家庭生活，他覺得「開心」，「滿足」，並由衷感歎道：「我活過，我現在就正活著」。「他們兩人彼此都令對方的生命變得有了價值，有了意義。」

小說的結尾，歷盡磨難的孟星魂終於回歸海邊，與妻兒相伴。「英雄氣短，兒女情長」，兩種性格的對立統一，使孟星魂成為一名充滿人情味的俠義英豪。

至於「外邪內正」，更多地是從私生活角度著眼的。孟星魂曾是「狂賭、酗酒、嫖女人」的浪漢，「在他的生命之中，曾經有過各式各樣的女人」，——簡直是個流氓。小說中其他人物，如老伯、石群、葉翔、小何等幾位正面人物莫不如是。但就是這些人，卻對友誼恪守不移，對愛情堅貞不渝，甚至為之獻身都心甘情願，含笑撒手。（當然，這種現象與作者的倫理觀有直接關係，這裏不作詳論。）

也許，將孟星魂的個性特徵概括為亦冷亦熱，亦剛亦柔，亦邪亦正更為準確。如果單純地把以上分析理解為「本質」上是好的，那就曲解了作者的意圖。孟星魂的身上，是冷、熱、剛、柔、邪、正乃至更多的品格特徵混跡一體、無法分解的，很難以本質、表象來劃分。

深懷著正義衝動與纏綿不盡的愛，孤獨、偏激、迷狂、玩世不恭而又富於野性的武俠，類似孟星魂這樣的形象，就是古龍的英雄模式。

古龍筆下的英雄，不能以好壞、邪正截然劃分，但卻反映了人感情和性格的內在衝突，從一個側面揭示了人的本質真實。魯迅先生曾說：「文藝之所以為文藝，並不貴在教訓，若把小說變成修身教科書，還說什麼文藝？」小說中人物如果被寫成純粹的好人或壞人固然無可非議，這至少反映了人們道德倫理等方面的理想，但在真實生活中，這樣的典型實在太少了。

武俠小說寫的人物出自市井者居多，在性格上應和這一階層有較高的一致性。古龍小說相比於「歷史主義」小說，儘管背景遠離特定的歷史階段，但人物卻更加貼近了生活——因為現實中的人物性格本就是組合型的。

當然，武俠小說人物的最主要特徵是「武」和「俠」。武是一種手段，俠是一個目的，武俠的行為就是以武力的手段達到俠義的目的。如果說武俠小說是「成人的童話」，那麼「武功」便是童話中的法術，而「俠義」則是由神巫完成的人們對美好事物的幻想。沒有了法術或神巫，童話就不會有，同樣，沒有了「武功」或「俠義」，武俠小說也就不存在了。

所謂「俠義」，即是對大多數人有利的或正義的行為，古龍的武俠小說雖然對「俠」的認識與前輩們不盡相同，但本質上還是相差無幾。而對於武功的描寫，古龍具有很大的突破性。

「武」，具體的叫「武功」，抽象的叫「武學」。

古龍的武功描寫別具一格，他基本上擺脫了一招一式的老寫法，像李尋歡的飛刀，陸小鳳的靈犀一指，只要一出手，就幾乎戰無不勝。有時，古龍幾乎避開描寫武打的真體場面，只是從側面烘托，把想像的空間留給已情緒高漲的讀者。

在《多情劍客無情劍》中，本來武功最高的天機老人、上官金虹和李尋歡的較量應是驚心動魄的，可在古龍筆下，卻迴避了正面描寫，其中寫李尋歡與上官金虹的決鬥，只寫兩個觀戰者在撞不開門的情況下焦急地等待勝負，最後李尋歡走出來，只輕描淡寫地說了三個字：「他輸了」。

這樣的描寫不著一字，盡得風流，在簡單樸素之中，蘊有驚心動魄的力量。

古龍對「武」的描寫最能引人深思的是他對上乘武學的參悟。他與金庸一樣，描寫武打時，超脫了一般的敘述，貫穿著自覺探求上乘武學的精神。武功和武學不同，武功具體，武學是超越了一般動作的理論，非技法所能限。由武功進而到武學，是武俠小說的一大飛躍。

古龍小說中所含的武學至理，都是作者將先人的智慧和自己的生活閱歷反覆印證後所得到的精華。金庸的小說中頗多佛理，古龍受其影響，技勝一籌。《浣花洗劍錄》中，紫衣侯的師兄隱身於人群之中，對小說的主人公作有意無意暗中指點。他傳授武功並沒有教一招一式，而是先領他去看大江的流水，讓他面對江水靜靜地看上三個時辰，使他從江水生生不息之機和波浪之間看似一樣卻又絕不相同的微妙複雜的變化中，領悟上乘武學的至理。這樣師天師人師心師物，以自然之物觀照人生，確有超然的哲理，也是作者靜觀外物所體味到的生活智慧。從思想角度看，古龍對武學達到這樣程度的領悟，其中滲透了他對「禪」這一哲學至理的認識。

在《多情劍客無情劍》中有一段寫李尋歡與上官金虹比武，有這樣的描寫：

兩人對峙，李問上官：「你的環呢？」

「環已在。」

「在哪裏？」

「在心裏。手中無環，心中有環。」

眼看交手了，上官對李說：「好，請出招！」

「招已在！」

「在哪裏？」

「在心裏，我刀上雖無招，心中卻有招。」

他們自以為「手中無環，心中有環」就已到了武學巔峰，其實還差得遠哩！要手中無環，心中也無環，到了環即是我，我即是環時，已差不多了。

天機老人說：「真正的武學巔峰，是要能妙參造化，環我兩忘，那才真是無所不至，無堅不摧了。」

三大高手的對話在這裏相應不同的認識層次，那是「身是菩提樹，心如明鏡台」與「菩提本無樹，明鏡亦非台，本來無一物，何處著塵埃？」的區別。「禪」為何物？恐怕通俗的解釋就是「專心致志於一」，因而把武學至理與禪相聯是有理論基礎的。能在一招一式中蘊含著中國傳統文化中的一些最精深的資訊，是古龍小說中武功描寫吸引人的一個主要原因。古龍武俠小說中滲透著禪機哲理的武學議論是一大特色。

再者，古龍的武俠小說中描寫武打場面，很少有百八十招相持不下的，往往只一擊得手。就如傅紅雪的刀，其快無比；小李飛刀的刀，其準無比；西門吹雪的劍其狠無比——在古龍筆下，武俠就像西方現代槍手一樣，動作迅猛，一擊便中。古龍在《流星・蝴蝶・劍》中這樣解釋：「高手相爭只有第一擊才是真正可以致命的一擊。一擊之後，盛氣已衰，自信之心也必將減弱，再擊就更難出手。」可見，古龍對武學的參悟已融入了對生活真諦的解悟。

古龍筆下的英雄和他們使用的武功具有同一種精神內含，這是一種「有所必為的男子漢精神，一種永不屈服的意志和鬥志，一種百折不回的決心」，是一種「雖千萬人吾往矣」的精神，「這種精神只有讓人振作向上，讓人奮發圖強。」（《不是集》）正是這種精神把武和俠統一起來，構成了古龍武俠小說中絢爛多彩的「武俠系列」。

以上分析了古龍武俠小說內容方面的特色。在形式方面，語言的獨創性運用和情節、結構的偵探推理化色彩是其小說能夠有吸引讀者的主要因素。

「簡潔明快、乾淨利索、一氣呵成、具有警策、哲理性」是古龍武俠小說語言特色的高度概括。

古龍受歐美小說的影響較大，擅長寫新詩、散文，他的創作也是從文藝小品開始的，所以養成了快節奏的創作習慣。他最欣賞美國作家海明威的作品，稱道其文字洗煉、準確、有力。古龍的小說語言融入了電報式句式和中國古典通俗小說的特色，中西結合、獨具一格。這種散文化的語言形式可以給讀者以輕鬆愉快的審美感受。

但更能引起讀者共鳴的卻是古龍語言給人的深層啟迪。他的作品中，幾乎每一段敘述、描寫，尤其是發自作者口中的議論，往往隱含著更深一層的哲理，讀者除了領略到其表層含義外，還可以經過思考悟出表層語言之後的第二層，甚至第三層含義來。這樣的語言片段被人們稱為「古龍妙語」。

古龍妙語論及女人、愛情、命運、處世、生死、仇敵、乃至酒、賭，世間之物，凡與人情世故相聯者，幾乎無所不論。古龍妙語有的幽默詼諧，有的深沉莊重，有的瀟脫飄逸，不僅形象生動，而且意境疊出。正是這些警言策句填補了小說情節發展的敘述縫隙，一方面在緊張中給讀者以輕鬆的思維調節，另一方面使作品在整體上都呈現出一種啟迪性。

古龍以歐化的散文筆法，刻意抒寫個體的覺醒、困惑、思索與追求。長短句相間富有哲思表現力：長句讀來如江河浩蕩，一瀉而來，突然以短句相接，猶如利刀橫截水流，可以收到波瀾大起大落的效果，使讀者在變化的思維空間中得以充分體味所得到的思維資訊，獲得深層次的啟迪，使藝術欣賞昇華為人生哲理的自我觀照。

正如其小說語言一樣，古龍武俠小說在結構安排和情節佈置上也是以短、快為特色的，他幾乎沒有寫過一部像樣的長篇，他的才華在中篇。古龍小說在結構上有鬆散的傾向，即使是敘述一個故事，也有「外鬆內緊」之感。這是他採用影視藝術的表現手段來展開情節所致。像電影的蒙太奇，他的作品分章分段很多，清晰明快，一方面使讀者消除了讀大段落那種使人窒息的壓迫感、沉悶感，另一方面又讓讀者領略到栩栩如生的視覺形象。

古龍還吸收了西方推理、偵探小說的某些因素，使小說在結構上又具有一種內在的邏輯的緊迫感。他往往敘述一件陰謀被某位大俠（或幾位）最後揭露並制止的故事，他精於構思，苦心經營於情節的安排，力求引人入勝。故事的發展常常不知不覺地把讀者帶入撲朔迷離之中，但幾經周轉，奇峰突入，結果是那樣出人意料，使人震驚，但細細琢磨又合情合理。

至此，我們不妨給古龍的武俠小說作如下概括：人物個性鮮明，具有組合性特徵；故事跌宕起伏，引人入勝，具有偵探、推理性；語言簡潔明快，節奏感強，具有哲理性；武功描寫注重快、準、狠，擺脫了一招一式的束縛，具有現代性，而且，所論武學通於佛學禪理，以禪學至理參悟武學，使「武」這一武俠小說中的彩色外衣具有了通俗的哲理性。

當然，古龍也有遺憾。首先，在人物塑造上，女性形象不成功。其次，在「性」這一方面，古龍小說有不嚴肅的傾向。再次，古龍小說的結構很少創新，有很深的模仿痕跡。

三

與金、梁的歷史主義相區別，古龍的武俠小說可以稱之為「現代主義」新派。以上我們論及他的小說結構、情節的西方化特色，以及蒙太奇等方法的運用，這裏著重談談古龍武俠小說的浪漫主義特色和西方文化氣息。

對情的淋漓盡致的渲染和浪漫主義的激情構成了古龍武俠小說的特點之一。有時為了表現「情」的極致，作者都不惜忽略結構、打亂情節、不顧常識。像《歡樂英雄》、《多情劍客無情劍》等作品中那些情感特色激烈的場面，往往是犧牲作品其他應考慮的因素硬堆上去的。例如，為表明李尋歡的癡情，一定要使他讓出未婚妻，送掉全部家產，獨自一人去關外的冰天雪地裏去流浪。

再如，郭嵩陽為了給李尋歡試探敵情，以身試刀，硬是用身體去接敵手的刀劍，結果留下一具有十九處刀傷的屍體去讓李尋歡研究敵手的劍法。這些在現實中是不大合情理的，但儘管有悖常理，卻具有獨特的震撼人心靈的力量。

作者有意識地把最強烈的情感推到極限，從「理性」的種種侷限中擺脫出來，達到感染人、淨化讀者心靈的作用，寓真實的感情（被強化後）於不真實的情節中，正是浪漫主義的一個中心觀點。

綜觀古龍的小說，除了在藝術手法上具有西方現代色彩外，性格塑造、以至思想內容均隱含著一種「人性解放」的西方文化意識。

古龍筆下的英雄可分為兩類：一類孤獨寂寞，有李尋歡、阿飛、西門吹雪、葉孤城、傅紅雪、花滿樓、孟星魂等；一類放浪不羈，有楚留香、陸小鳳等。前者或是感情上背有重負；或是武功絕頂，苦於沒有對手，感到「高處不勝寒」：或是二者兼而有之。隱於這些表象之後的是人性的被壓抑：自由被束縛，想做又做不成！因而他們痛苦，他們吶喊！

因而，古龍塑造了另一些英雄作他們的楷模。楚留香、陸小鳳等可視為「歡樂英雄」，他們武功高強，無拘無束，無憂無慮，隻身浪蕩於江湖，像自由的鳥兒在廣闊的天宇中翱翔。

這樣的形象寄託了作者對人性自由的期望和追求，而那些孤獨的英雄則是作者在現實中體味到的痛苦和壓抑在作品中的寄託。

金庸的作品往往給主人公背負著「歷史」或「時勢」給予的使命，而古龍的人物隨心所欲，發展的只是個性，因而，金庸的英雄行俠仗義是「不得不為」，而古龍的英雄卻是「想為才為」。

所以，古龍的武俠小說包含了個體通過自我觀照，最後求得掌握自我，達到個性的解放的思想內容。

四

金庸、梁羽生之後，古龍在台港武俠小說界執牛耳十餘年，「現代主義」武俠小說繼「歷史主義」將一通俗文學創作潮流推向了又一個高潮——中興時期。

純中國式的武俠小說到金庸已「觀止」了。古龍把目光投向了西方，大膽借鑑，中西結合，用西方現代文藝手法寫中國古典武俠小說，才又掀起了一個獨特的高潮。

隨著古龍的作古，中興時期結束，武俠小說創作要走向何方呢？

這裏，我們引一段《流星・蝴蝶・劍》裏的文字：

流星的光芒雖短促，但天上還有什麼星能比它更燦爛、輝煌！

當流星出現的時候，就算是永恆不變的星座，也奪不去它的光芒。

蝴蝶的生命是脆弱的，甚至比鮮豔的花還脆弱。

可是她永遠活在春天裏。它美麗、它自由、它飛翔。她的生命雖短促卻芬芳。

只有劍，才比較接近永恆。

流星、蝴蝶是作者人生追求的寫照，也可以來比喻武俠小說創作這一文學活動形式。只要現實中還存在喜歡這種文藝形式的讀者群（夜空和春天），武俠小說這種

「成人的童話」，便會被發展、創新，因為人類需要一種永恆的「劍」——正義、追求、向上的象徵。

包頭師專中文系教師 雎力
包頭師專中文系教師 張軼敏

正言若反
——論古龍武俠小說的特色

一、前言

身為新派武俠小說大家之一，古龍的小說曾經紅極一時，引領通俗閱讀市場十多年，其作品約有六十多部[1]，不乏拍攝成電視、電影者。由於古龍小說吸引的通俗小說強者甚多，影響層面很廣，因此許多評論者也針對其品色加以分析，或與金庸作品相比較，這些文章對於古龍小說的修辭、風格、情節模式等都做了歸納探究。在這樣的基礎上，本文的寫作重點，不擬作個別作品的討論，也不分別剖析語言修辭、情節模

1 于志宏提供資料、周清霖整理的古龍武俠小說出版年表列了六十八部作品，但其中仍有部分為別人代筆完成的。（參見《古龍小說藝術談》，頁二二一至二二七）

古龍曾在漢麟版《鐵血大旗》序言[6]中把自己的小說創作分為三個階段，但就古龍整個寫作風格的轉折與變化來看，則大致可分成四期：[7]傳統時期（一九六〇至一九六三）的古龍武俠小說，如：《蒼穹神劍》等，尚未形成完整的個人風格，以模仿金庸等大家為主。奠基時期（一九六四至一九六七），其個人風格已逐漸成形。一九六七年的《絕代雙驕》，全書出場人物多達百人，在情節佈局、語言風格以及對人性的描寫上，都與金庸作品有了區隔，確立了古龍未來創作的發展路線，在金庸作品的鋒芒籠罩下，古龍開始求新、求變、求突破。

創新時期（一九六八至一九七六）。《絕代雙驕》以後，古龍的武俠小說進入一個全新的階段，他先後寫出了《多情劍客無情劍》、《楚留香系列》、《陸小鳳系列》、《流星・蝴蝶・劍》、《七種武器》等多部膾炙人口的作品。在他筆下的這些主角都是「傳奇英雄」型的人物，一出場即擁有高深的武功和敏銳的頭腦，生活也不以復仇為重心，古龍還借鑑了日本推理小說的技法，並運用電影中的蒙太奇[8]手法，加上獨特的敘事語言，終於開創了新派武俠小說的另一番局面，奠定其在武俠小說史上不可或

6 古龍：〈一個作家的成長與轉變——我為何改寫「鐵血大旗」〉，《鐵血大旗》，頁二。

7 參考《古龍小說研究》，頁廿四至廿八。

8 一種電影藝術的重要表現手法。為英語Montage的音譯。將全片所要表現的內容，分為許多鏡頭分別拍攝完成，再依原定創作構思將這些鏡頭加以組接，使其通過形象間相輔相成的關係，產生連貫、呼應、對比、暗示、聯想等作用，形成組織的片斷、場面，直至一部完整的影片。此表現方法稱為「蒙太奇」。（『國語辭典』教育部國語推行委員會編錄http://140.111.34.46/dict/）

缺的重要地位。此時期的作品，為本文主要研究對象。

古龍在前期的創作高峰之後，因其生活的日益放縱，後來許多作品都未能寫完，請人代筆的情形不少，如《白玉雕龍》大部分由申碎梅代筆，《怒劍狂花》多由丁情代筆。作品的品質未能超越前期，走入衰微時期（一九七七至一九八四）。

（三）求新求變的創作態度

古龍小說的獨樹一幟與其求新求變的創作態度有著密切的關係，他曾說過：「武俠小說若想提高自己的地位，就得變；若想提高讀者的興趣，也得變。」[9]求新與求變實是一體的兩面，因為要想創新，就不得不變，有所改變，才可以創新。一個作家的創作態度，也影響了作品整體風格的展現。推究古龍求新求變創作態度的形成原因，一方面是為了武俠小說的商業化競爭，這是每個通俗小說作家都有的現實考慮，讀者的口味並非一成不變，相同類型的小說是無法持續吸引讀者目光的，所以作家們的壓力就在於要不斷地力求突破改變。

做為一個作家，總是會覺得自己像一條網中的蛹，總是想要求一種突破，可是這種突破是需要煎熬的，有時候經過了很長久很長久的煎熬之後，還是不能化為蝴蝶，化作蠶，更不要希望能練成絲了。為了吸引讀者閱讀，這是驅使古龍在創作上求新求

9 古龍：〈說說武俠小說〉，《歡樂英雄》，頁一。

變的主要動力。[10]

並且，因為時代一直在往前進，人們生活步調的加快，也帶動了武俠小說情節進行的節奏，一個成功的作家必定不會忽略整個大環境對人類生活的影響，印證於古龍身上，我們可以看見他的小說有點像電視、電影的分鏡劇本，一個畫面接著一個畫面，好像鏡頭在推移，影視手法的運用，說明了當時新興的傳播媒體對人們生活方式包括閱讀習慣的改變。

另一方面，則是針對武俠小說文體本身發展的內部規律來看。金庸的小說不論在各方面都已達到成熟的巔峰，後人再怎麼努力也很難超越他的成就，在此情形下，不能超越就得突破，另外走出一條路來。

誰規定武俠小說一定要怎麼樣寫，才能算正宗的武俠小說？

武俠小說也和別的小說一樣，只要你能吸引讀者，使讀者被你的人物的故事所感動，你就算成功。[11]

古龍勇於創新，不僅情節上要變，舉凡文體、句式、人物性格，武打場面等通通要變！於是，古龍作品幾乎不提及任何歷史背景，不交代故事發生於什麼朝代，只注意人物的本身，這即是相對於金庸「融於歷史的人物」而變的。另外，他在武俠小說中成功引入推理小說的結構方式和技巧，奇詭的佈局，撲朔迷離的情節，產生扣人心

10 古龍：〈風鈴、馬蹄、刀——寫在『風鈴中的刀聲』之前〉，《風鈴中的刀聲》，頁一。

11 古龍：〈代序——談「新」與「變」〉，《大人物》，頁三。

弦的效果，像《楚留香》、《陸小鳳》都是如此。可以看出，古龍刻意在營造情節之奇，他想藉由奇特的劇情走出金庸小說的模式，也是因應讀者的好奇心之故。再如，古龍把人物的內心矛盾、性格中的衝突，心理上的扭曲綜合表現出來。其筆下人物反映了感情和性格的內在衝突，這是他小說人物最成功的地方。

而下文要說明的「正言若反」，更是古龍小說「變」的主要方式，不僅突破金庸小說的路線，也因而創造出新穎獨特的奇詭風格。

三、古龍小說中「正言若反」方式的運用

（一）「正言若反」與古龍小說

「正言若反」一言出自《老子》七十八章：

> 天下莫柔弱於水，而攻堅強者莫之能勝，其無以易之。弱之勝強，柔之勝剛，天下莫不知，莫能行。是以聖人云：「受國之垢，是謂社稷主。受國不祥，是謂天下王。」正言若反。——《老子道德真經》[12]

12《道德經名注選輯（一）》，頁五一八至五一九。

明代薛蕙解曰：

正言若反者。世俗之言，但謂為侯王者，唯當受天下之顯榮。今聖人之言則不然，此聖人之正言，非真若反也。由世俗之情觀之，則若反耳。（《老子集解》）[13]

所謂「正言若反」。老子思想以「柔弱」、「無為」、「不生」欲去掉人為的心智造作，看似消極，卻有其積極意義。故「柔弱勝剛強」、「無為則無不為」、「不生之生」，乃合道之正言，但世俗以為反耳。[14]本文，並非對「正言若反」作哲學層次的討論，僅借其字面意義來說明古龍小說的特色。

在古龍的故事中，常會有出人意料的結局，一開始的好人往往是幕後的主使者。每個看似平凡的人物，都因其過往的經歷而有近似變態的內在性格。如：

一個最可靠的朋友，固然往往會是你最可怕的仇敵，但一個可怕的對手，往往也會是你最知心的朋友。——《多情劍客無情劍》

只有看不見的危險，才是真正的危險。——《孔雀翎》

13《道德經名注選輯（四）》，頁二六二至二六三。

14《道德經名注選輯（五）》，頁六〇二。

為其小說中常見的模式。把「正言」作反面的詮解，在正面的描述下，事實往往是相反的。於是，古龍筆下的「正言」其實就好像是「反言」一樣。他在創作小說的過程中，企圖一一推翻原先的「正言」，因而形成了吊詭，即在語句中顯出詭譎、奇怪之處，違反人們日常生活中一般的邏輯定律，使讀者感到眩惑與詫異。[15]他自己曾經承認：

> 那時候寫武俠小說本來就是這樣子的，寫到那裏算那裏，為了故作驚人之筆，為了造成一種自己以為別人想不到的懸疑，往往故意扭曲故事中人物的性格，使得故事本身也脫離了它的範圍。[16]

所以，由正轉到反、由反轉正，古龍的「驚人之筆」以及「別人想不到的懸疑」就是去扭轉讀者的常理判斷，他的創作便依著「意料之外」的讀者心理預設而進行下去，以「正言若反」作各種寫作方式之運用。

15 參見岑溢成：〈詭辭的語用學分析〉（香港科技大學人文學部主編，《邏輯思想與語言哲學》，台北：學生書局，一九九七年）(http://home.kimo.com.tw/shamyatshing/essay/paradox.htm)

16 古龍：〈一個作家的成長與轉變——我為何寫「鐵血大旗」〉，《鐵血大旗》，頁三。

（二）古龍小說中「正言若反」的使用情形

分為以下幾個方面來討論：

1.情節發展

古龍小說在情節設計上，故事最後的真相往往與一開始陳述的方向相背離，不只是最後的結局有這樣大逆轉的現象，在情節的進行中，古龍不斷地推翻之前推論出來的說法與方向，造成情節上的曲折多變與跌宕起伏。書中的人物，如同偵探一樣地查案，閱讀者時常會被導引上一條不正確的方向，繼而發現推測錯誤，造成心理上的震撼與好奇，而更想知道真相，也就產生了持續閱讀的動力。

因為古龍的小說有著濃厚的懸疑性，所以，找出事件幕後的操控者就是全書的重心主軸，在此情形下，常見主使者後面另有主使者，小陰謀後面另有大陰謀，謎中又有謎，多以角色的正反模式推演下來。如《陸小鳳傳奇》在情節發展上便有幾個曲折：其中的關鍵人物是上官飛燕的妹妹上官雪兒，由於她始終懷疑丹鳳公主殺害了上官飛燕，陸小鳳就在雪兒與丹鳳公主二人的說法中判斷真假，但是，雪兒一直被視為滿口謊言的小妖精。

> 陸小鳳道：「雪兒說不定根本就知道她姐姐在哪裏，卻故意用那些話來唬我，現在我才知道，她說的話連一個字都不能相信。」——《陸小鳳傳奇》

上官雪兒對陸小鳳說：「她說的話你相信，我說的話你為什麼就不相信？」「你這個人最大的毛病就是自作聰明，該相信的你不信，不該相信的你反而相信了。」——《陸小鳳傳奇》

最後證實了雪兒說的才是真話。但事實卻又再次逆轉，並非如雪兒所推測丹鳳公主害死了上官飛燕，反過來是上官飛燕害死丹鳳公主並假扮成她，書中出現的丹鳳公主實是上官飛燕假扮的。

在《孔雀翎》中，經過了長時期的逃亡生涯，高立終於打敗了「七月十五」組織裏追殺他的人，他和雙雙真的就過著與世無爭的田園生活，但書中寫道：「只可惜這並不是我們這故事的結束。」（《孔雀翎》）

古龍筆下的平靜生活並非正如表面那樣平靜，往往暗示了背後更大的危機，就好像看似平靜無波的湖面實際上卻暗潮洶湧。於是，順著「正言若反」的模式，果然，唯一倖存的麻鋒找上門來，高立轉而向秋鳳梧求救，借到了無敵於天下的武器「孔雀翎」，最後憑著一股自信殺了麻鋒，不過「只可惜這也不是我們這故事的結束。事實上，這故事現在才剛剛開始。」「他們的幸福直到現在才真正開始。只可惜開始往往就是結束。」（《孔雀翎》）

古龍小說中所描述好像已經結束的事情，實際上往往都相反的，事情不但還沒結束，另一波高潮正要開始呢！再一次順著「正言若反」的模式，高立和雙雙在歡喜之餘，竟然發現「孔雀翎」不見了，喜劇一瞬間變為悲劇。古龍正是藉由正反交替帶出情節的起伏與高潮。然而，最後的真相又再度扭轉乾坤。那人人間之色變的「孔雀翎」原來早就遺失多年了，高立弄丟的只是假的。「孔雀翎」的真假，又是一次對「正言」的推翻。

在《決戰前後》中，以葉孤城與西門吹雪兩大劍客的對決為主軸，但是故事中一再釋放出葉孤城受了重傷的訊息，而事實正好相反，葉孤城不但沒有受傷而且還是整個陰謀的主使者，與西門吹雪的決戰只是幌子，他們的真正目標是皇帝。

在古龍巧妙的安排下，故事中的幕後主使者，往往是主角最好的朋友，也是起初最沒有嫌疑的人。如楚留香的兩名好友，英雄少年的南宮靈和文雅溫柔的無花，竟是主謀者。如《繡花大盜》中的金九齡，其身分為正派的官方人物代表，沒想到卻是陰險狠毒的幕後黑手。在《多情劍客無情劍》中，龍嘯雲是李尋歡最好的朋友，同時也是傷害他最深的人。《流星・蝴蝶・劍》裏的律香川，本是孫玉伯最信任的手下，結果竟是出賣孫玉伯的人。

古龍使用似正實反、似反實正的情節模式，造成了劇情的曲折起伏，牽引著讀者的情緒，閱讀的快感，也就在這樣的正反相續的情節下層開。

2.人物性格

古龍筆下的人物性格都是極具個性的，他運用「正言若反」的方式塑造出一個個獨特的人物。

以花滿樓為例：

鮮花滿樓。花滿樓卻看不見。
因為他是瞎子。但他的心卻明亮得很。
看來一點也不像瞎子的花滿樓。——《陸小鳳傳奇》

花滿樓卻還是同樣愉快，微笑著道：「有時連我自己也不信我是個真的瞎子、因為我總認為只有那種雖然有眼睛，卻不肯去看的人，才是真的瞎子。」

——《陸小鳳傳奇》

花滿樓明明是個瞎子，但是在小說中的描述顛覆了傳統對瞎眼的印象，反而突顯出他所看見的東西比一般人還要多。這就是古龍，用看得更多來形容一個瞎了眼的人，當然此處的「看」指的是他用眼睛以外的器官去體會，以此對比於一些有著正常視覺卻被假相蒙蔽住了的人。

還有如老實和尚並不老實，一出場就說了謊。
出家人奉不該打誑語，我剛才卻在大爺們面前說了謊……——《陸小鳳傳奇》

關於老實和尚和歐陽情的關係：

所以陸小鳳更覺得奇怪，更要問下去：「你也會做不老實的事？」陸小鳳幾乎忍不住要跳了起來，他做夢也想不到這老實和尚也會去找妓女。——《陸小鳳傳奇》

現在他也明白老實和尚為什麼要說謊了。有些男人寧可付了錢去睡在女人屋裏的地上，也不願別人發現他「沒有用」。——《陸小鳳傳奇》

和尚本應不近女色，卻反而去找妓女。老實和尚的說謊和不老實與其「老實」形象是相反的，「老實和尚究竟老不老實？」造成讀者心中的疑惑，因而塑造出一個神秘難測的角色。另外，如身在青樓的歐陽情，居然還是處女，也是打破了一般人認為妓女出賣肉體的印象。

有些孤獨的劍客，如阿飛、中原一點紅、西門吹雪，原本他們看起來都像是無情的人，眼中只有殺人的劍，不知何謂救人與愛人，他們的眼睛不帶任何情感，也沒有任何情緒表現，是完全冷漠的。但是像這樣的人物，在遇到了鍾情的異性後，卻表現出豐富的情感，如阿飛對林仙兒、一點紅與曲無容、西門吹雪與孫秀青。所以，古龍筆下的無情之人，往往不是真的無情，而是因為環境的關係而封閉了他們的心，其實壓抑在心中的情感比任何人都來得豐沛。

有些人表面看來雖然很冷酷，其實卻是個有血性、夠義氣的朋友，越是不肯將真情流露出來的人，他的情感往往就越真摰。——《多情劍客無情劍》

一個人若用情太專，看來反倒似無情了。——《多情劍客無情劍》

古龍小說寫到人物的「笑」，則異於平常人對笑的概念。一般人因為開心而笑，笑帶有正面的意義，但古龍小說中的「笑」多半帶有複雜的心情，尤其是與快樂相反的情緒。

只不過笑也有很多種，有的笑歡愉，有的笑勉強，有的笑諂媚，有的笑酸苦。——《決戰前後》

他們臉上雖在笑，但心裏卻笑不出來。——《孔雀翎》

他還在笑，但笑得就像是這冷巷中的夜色同樣淒涼。——《孔雀翎》

林仙兒突然狂笑起來……她在笑，可是這笑卻比哭更悲慘。

——《多情劍客無情劍》

書中人物都愛笑，他們在遇到危險的時候會笑，如江小魚用笑容來鬆懈敵人的防備；他們在落魄潦倒的時候也會笑，只不過是慘澹絕望的笑容。多數人物在悲傷難過時，我們看不到古龍描述他們憂傷情緒的表現，幾乎沒有哭泣，從老子「正言若反」的思想角度上看來，欲描寫人的哀傷情緒，與其寫此人如何痛哭流涕，不如相反的寫人物的「笑」，一個人真正難過時，不論臉上做何表情但他的心裏仍是十分痛楚的，那麼不刻意地去描寫哀傷表情，反而襯托出此人的難過已到達難以想像的地步，於是古龍採取極端地「笑」來反映人物內心不為人知的情感。

3.武功招數

在古龍小說中越是緊張的對決，在表面上就越看不出激烈拚命的打鬥與刀劍相交，像郭嵩陽與李尋歡、荊無命與阿飛、上官金虹與李尋歡，西門吹雪與葉孤城的交手都是如此，在打之前花了很多的筆墨營造對峙氣氛及彼此氣勢，但是正式交手時卻是一招即定勝負，或由兩人對話判斷武學境界高下，甚至連打都沒打就已知輸贏。

關於武藝的高低，古龍筆下貌不驚人或相貌萎瑣的傢伙，如店小二、乞丐、老頭子等，其實都是身懷絕世武藝者。「正言若反」的情形也同樣發生於武功的強弱對比，小說中的主角功夫雖然不是天下最強的，但是往往能夠擊敗武功比他們強的對手。如石觀音與水母陰姬在小說中一直強調她們的武功沒有弱點，當古龍做此描述時，其實也暗喻了她們終會被擊敗，沒有弱點的人反過來代表一定有弱點。

展現於武打上，當古龍著重描寫出招的變化精妙，模擬某一劍的威力強大時，此人多半是被擊退的一方，而真正的高手出招時，總是看似簡簡單單、平凡無奇的招數，正如書中常說的「沒有變化，有時也正是最好的變化」。同樣地，最有用的兵器卻擁有最樸拙的外表，像阿飛所使用的劍，就曾被許多人嘲笑過，像李尋歡的小刀，看起來則和普通的小刀沒有兩樣。

在個人武藝的施展上，有時和人物形象完全相反。如《多情劍客無情劍》中的大歡喜女菩薩，胖得令人印象深刻。

> 她眼睛本來也許並不小，現在卻已被臉上的肥肉擠成了一條線，她脖子本來也許並不短，現在卻已被一迭迭的肥肉填滿了。
>
> 她坐在那裏簡直就像是一座山，肉山。——《多情劍客無情劍》

當她笑起來的時候「全身的肥肉都開始震動」、「杯盤碗盞叮噹直響，就像地震」。但吊詭的是，在她這樣笨重的外表下，居然擁有一身很好的輕功。一般觀念裏，很胖的人因為身軀太重，行動較為遲緩，不太可能做出輕巧、俐落的動作。古龍卻把最不可能的情況變為可能，將大歡喜女菩薩的輕功，寫成像「大氣球」在飛。

在《繡花大盜》中，一段關於陸小鳳與金九齡打鬥的描寫也是如此：

> 這大鐵椎實際的重量是八十七斤。一柄八十七斤重的大鐵椎，在他（金九齡）手裏施出來，竟彷彿輕如鴻毛，他用的招式輕巧靈變，也正像是在用繡花針一樣。
>
> 這根繡花針雖然輕如鴻毛，在他（陸小鳳）手裏施出來，卻彷彿重逾百斤，他用的招式剛猛鋒厲，竟也正像是在用一柄大鐵椎，霎眼間兩人已各自出手十餘招。
>
> 至強至剛的兵器，用的反而是至靈至巧的招式，至弱至巧的兵器，用的反而是至剛至強的招式這一戰之精彩，已絕不是任何人所能形容。——《繡花大盜》

真正的繡花大盜在選擇兵器時反而選了與繡花針完全相反的大鐵椎。而且在使用招式上，皆與二人手持的兵器性質完全相反，這又是古龍將武術描寫做「正言若反」的呈現。

四、「正言若反」與古龍小說的特色

古龍小說的語言句式短，句法多變，簡潔俐落。「正言若反」的方式使得短短的句子中語意的轉折變化多樣。如：

> 良藥苦口，毒藥卻往往是甜的。——《多情劍客無情劍》
>
> 陸小鳳最大的本事，就是在絕路中求生，在死中求活。——《繡花大盜》

在簡短的句式中，若又要表現出豐富的意義，平順的敘事語句難以達成，而藉由正反語言的對立與融合，增加了讀者在閱讀時的思考衝突性，便促成了簡短有力的句式。此處，也帶出古龍小說特殊的節奏感，比起金庸小說流暢的敘事，古龍小說的節奏不僅快，而且是含有跳躍性的。在正反相續的情節中，讀者的思路隨之上下起伏，從正面陳述到反面事實的推翻有時只發生於一兩句話之間，讀者認知的瞬間轉變，有如坐雲霄飛車一樣陡昇陡降，因此古龍小說的節奏因為「正言若反」的方式而獨特。

古龍小說的一大特點就是故事的懸疑性。書中主角像是福爾摩斯探案一樣地追查事情原委及幕後元兇，在偵探推理的情節中，將讀者導引到錯誤的線索上是常見的模式。因此，古龍「正言若反」方式的運用，恰好增添了故事的懸疑性，許多關於事實的陳述，都與實際情況相反，讓讀者猜不到真相才能引起他們的好奇心，尤其小說中最後的敵人，往往就是主角最好的朋友。像《楚留香》與《陸小鳳》系列是走類似偵探探案的模式，理所當然會有設置懸念等技巧，然而，古龍小說中普遍瀰漫著懸疑性，則是因為其「正言若反」方式運用於情節安排上的結果，讀者對於內容事實的一再扭轉，感覺疑惑與不定，不知道接下來會發生什麼事而推翻了目前的判斷。因此，「正言若反」與懸疑性的表現，是有著密切關聯的。

古龍小說中一些含意深遠的語句，其實也因為正反概念的相反相成，而展現了與眾不同的特殊觀點。如：

葛亭香：「那件事你雖然做錯了，但有時一個人做錯事反而有好處。」

葛亭香：「一個人若有很深的心機，很大的陰謀，就絕不會做錯事。」

蕭少英：「所以我雖然做錯了事，反而因此證明了我並沒有陰謀。」

——《多情環》

做錯事原本是不好的，但在此處蕭少英雖然做錯了事，卻反而證明了他沒有陰謀，才會不小心做錯事，這樣看來做錯事反而是件好事了。類似的語句，具思考性，也像是在訴說著人生的道理。

> 一天中最黑暗的時候，也正是最接近光明的時候。——《銀鉤賭坊》

這句話充滿了樂觀積極意義。黑暗與光明本是相對立的，古龍藉由黑夜與白晝的交替輪迴特性，說明渡過了最黑暗的深夜，也就離黎明不遠了。這也隱喻著人的際遇，當陷入最絕望的谷底時，希望也就在不遠的前方等著我們。

言若相反實相成，經過特定的說明與詮釋後，可以消解語意衝突的地方。有時，古龍在小說中一些富有哲思的句子，便是來自於兩個對立概念下產生的新意義。

五、結論——試析古龍

「正言若反」方式的優缺點

儘管，本著求新求變創作態度的新派大家古龍用「正言若反」方式做了許多突破，如同前文所述，創作了其作品的獨特風格，也擺脫傳統的束縛，走出一條新路線，這是古龍的成就。然而，「正言若反」也必須適度地使用才能顯出良好效果，否則刻意製造正反衝突的情況下，恐怕會造成故事發展過於牽強，缺乏說服力，有時甚至連作者本身都難以自圓其說。

「正言若反」固然造成了情節的跌宕起伏，在讀者心目中產生驚奇，但是，相對地也增加了作者在整體小說結構設計上的難度。小說情節在進行過程中固然是精采連連，但事件發展到最後常留下許多無解的難題：可見，古龍可以用「正言若反」方式推演情節，但是，如何使其合理化，則是一部小說成功與否的關鍵。在這方面，古龍也意識到了，並在小說中不斷地加以解釋，或者延伸出許多枝微末節，目的在於使「奇特」的情節合理化：可惜，「正言若反」方式的使用過於頻繁，為符合「反的邏輯」易將情節割裂得支離瑣碎，每一個小地方分開來看還能夠合理解釋，但匯合在一起時，則難盡善盡美。

「正言若反」達成了古龍求新求變的目的，同時卻也限制了其作品品質向上提昇的可能。

古龍曾經說過：

能活在這個世界的作家中，不能轉變的，就算還沒死，也活不著了。

就如一個作家寫了一部很成功的小說後，還繼續要寫一部相同類型的小說，甚至還要寫第二部、第三部、第四部。

如果一個作家不能突破自己，寫的都是同一類型同一風格的小說，那麼這位作家就算不死，在讀者心目中，也已經是個「死作家」。

可見，古龍對事情看得很清楚，他也一直朝著求新求變的目標努力。然而，求新求變求突破對作家而言本是好事，但若陷入為變而變，為新而新的困局中，反而落入了俗套中。古龍在「正言若反」的使用上即是如此，這本是種創新的形式，一旦使用得多了，讀者與作者本身都將同感疲乏，反而成為另一種僵化的形式。

淡江大學中文系碩士　**劉巧雲**

參考資料

書籍部份：

1古龍：《絕代雙驕》、《多情劍客無情劍》、《流星‧蝴蝶‧劍》、《楚留香傳奇》、《陸小鳳傳奇》、《繡花大盜》、《決戰前後》、《陸小鳳傳奇——銀鉤賭坊》、《長生劍》、《碧玉刀》、《孔雀翎》、《多情環》、《霸王槍》、《鐵血大旗》、《大人物》、《歡樂英雄》、《午夜蘭花》、《風鈴中的刀聲》。

2曹正文：《古龍小說藝術談》，台北：知書房出版社，一九九六年。

3仙兒編：《古龍妙語》，廣西：灕江出版社，一九九七年。

4費勇、鍾曉毅：《古龍傳奇》，台北：雅書堂文化事業有限公司，二〇〇二年。

5劉秀美：《五十年來的台灣通俗小說》，台北：文津出版社，二〇〇一年。

6曹正文：《中國俠文化史》，上海文藝出版社，一九九四年。

7葉洪生：《葉洪生論劍——武俠小說談藝錄》，台北：聯經出版事業公司，一九九四年。

8陳墨：《新武俠二十家》，北京：文化藝術出版社，一九九二年。

9陳康芬：《古龍小說研究》，淡大中文系碩士論文，一九九九年。

10蕭天石主編：《道德經名注選輯》，台北：中國子學名著集成編印基金會，一九七八年。

期刊論文：

1古龍：〈談我看過的武俠小説〉，《聯合月刊》，十九期至廿五期，一九八三年。
2睢力、張軼敏：《新派武俠小説的中興——論古龍的武俠小説〉，《陰山學刊〈社會科學版〉》，第一期，一九九四年。
3胡逸雪：〈略論現代武俠小説的『傳統派』與『新派』〉，《寧德師專學報〈哲學社會科學版〉》第四期，一九九四年。
4傅維信：〈武俠小説的出版傳奇——從還珠樓主、金庸到古龍〉，《書香月刊》，五五期，一九九六年。
5陳曉林：〈奇與正：試論金庸與古龍的武俠世界〉，《聯合文學》，二卷十一期，一九九六年。
6吳勇利：〈淺論九〇年代的幾種通俗文學現象〉，《婁底師專學報》，第三期，一九九七年。
7劉賢漢：〈古龍武俠小説散論〉，《世界華文文學論壇》，第三期，一九九八年。
8方忠：〈古龍武俠小説創作史論〉，《鎮江師專學報〈社會科學版〉》，第三期，一九九八年。
9廖向東：〈港台新派武俠小説與道家文化精神〉，《浙江師大學報〈社會科學版〉》，第三期，一九九八年。
10陳浩：〈金庸古龍武俠小説比較〉，《浙江大學學報〈人文社會科學版〉》，第五期廿九卷，一九九九年。
11方忠：〈論古龍武俠小説的文體美學〉，《世界華文文學論壇》，第二期，二〇〇〇年。
12趙喜桃：〈有感於港台三大武俠小説家——兼評通俗小説的寫作特色〉，《西安教育學院學報》，第二期，二〇〇一年。
13薛興國：〈握緊刀鋒的古龍〉，《亞洲週刊》，二〇〇二年。
14葉洪生：〈文壇上的『異軍』——台灣武俠小説家瑣記〉，《文訊月刊》，一九三期，二〇〇二年。

抽象化的江湖世界：人性煉獄的試金石

武俠小說的江湖世界，是一個基源於歷史與現實基礎的文學想像空間，而其中最重要的內涵，不外乎「武」與「俠」兩大主題。

顧名思義，「武」即指中國傳統的武術或任何以此延伸出去的假想武藝、招式、兵器等相關範疇（包括仙術法器），「俠」即指俠客，具有路見不平，拔刀相助、受恩勿忘，施不望報、振人不贍，救人之急、重然諾而輕生死、不矜德能、不顧法令、仗義輕財等性格特質的人。

而這些疏離於社會，且不同於一般人的特殊階層人員——「俠」，到了武俠小說裏，多半具有一定基礎的武功底子，並以其武功活躍在江湖舞台，因此「俠客過招」自然會變成武俠小說中相當吸引人的描述重心，也是情節跳動之外的附加高度娛樂部份，然古龍卻將這種高手過招的武俠文字擬真化走向，導引到一種以「人性」衝突為主軸的江湖世界，除了對小說人物的不同人性展現外，還在江湖世界裏透露出一種多重的情慾關係。古龍小說的人物和其信守的價值體系，在人性的擺盪與挑戰、情慾的虛空與模糊下，昇華出一種「永恆英雄」閱讀情境之信仰與認同。

從刀光劍影轉向人性情愛糾葛

古龍曾對武俠小說的發展，作了一番簡單的分析：

現代的武俠小說，若由平江不肖生的「江湖奇俠傳」開始算起，大致可以分成三個時代。

寫「蜀山劍俠傳」的還珠樓主，是第一個時代的領袖。寫「七殺碑」的朱貞木，寫「鐵騎銀瓶」的王度廬可以算是第二時代的代表。

到了金庸寫「射鵰」，又將武俠小說帶進了另一個局面。

這個時代，無疑是武俠小說最盛行的時代，寫武俠小說的人，最多時曾經有三百個。

就因為武俠小說已經寫得太多，讀者們也看得太多，所以有很多讀者看了一部的前兩本，就已經可以預測到結果。

最妙的是，愈是奇詭的故事，讀者愈能猜到結局。因為同樣「奇詭」的故事已被寫過無數次了。易容、毒藥、詐死，最善良的女人就是「女魔頭」——這些圈套都已很難令讀者上鉤。

所以情節的奇詭變化，已不能再算是武俠小說最大的吸引力。

但人性中的衝突卻是永遠有吸引力的。

武俠小說中已不該再寫神，寫魔頭，已應該開始寫人，活生生的人，有血有肉的人！

武俠小說中的主角應該有人的優點，也應該有人的缺點，更應該有人的感情。

……

武俠小說的情節若已無法變化，為什麼不能改變一下，寫人類的情感，人性的衝突，由情感的衝突製造高潮和動作。

古龍觀點下的現代武俠小說的三個發展性階段，從還珠樓主到朱貞木、王度盧以至金庸，很明顯地可以看到：現代武俠小說的特色之一，是從俠義傳統過渡到鑄融俠情。而還珠樓主之所以能傲視武林、獨領風騷，主要原因不僅在於中國劍仙小說的豐富想像天地中，藉著小說各式人物修道成仙的種種歷程，體現出儒釋道三家的生命哲學情境：「忠恕之道」、「四維八德」的儒家信仰、「三世因果」、「六道輪迴」的釋家宿命、以及盈虛消長、有無相生、天地生成、陰陽五行、讖緯占卜、服氣引導、修道養生、煉丹法門、符錄驅鬼、神仙飛昇、太上感應、天人合一的道家／道教思想，還在奇幻詭譎的劍仙世界裏，企圖指引出一條複雜人性的可能出路，關於這點，還珠樓主曾在致友人信中自言：

唯以人性無常，善惡隨其環境，唯有上智者方能戰勝。忠、孝、仁、義等號稱美德，其中亦多虛偽；然世界浮漚，人生朝露，非此又不足以維秩序而臻安樂；空口提倡，人必謂之老生常談；乃寄意於小說之中，以期潛移默化。故《蜀山》全書以崇正為本，而所重在一「情」字，但非專指男女相愛。

還珠樓主所重之情，非僅愛情，尚含親情、友情、師徒之情等，然終以不墮入愛慾的超越情觀為終極之境，而在人性七情六欲、善惡混沌、奸邪貪婪的種種面相中，始終堅信邪不勝正的真理。而王度廬與朱貞木，更是以俠骨柔情游走武俠江湖，前者是欲哭無淚、纏綿悱惻的悲劇俠情，後者是寶劍紅粉、眾星拱月的男性浪漫。相較同時的白羽、鄭證因，王度廬與朱貞木的風格都普遍偏重於男女主角之間的情愛糾葛，尤其是王度廬，其小說主角之間的愛情悲劇，在於人物價值取向認知與現實差距所產生之衝突，徐斯年對其小說人物呈現的「性格—心理悲劇」特質作了更進一層的推論：

在敘述結構上基本實現了從「情節中心」向「性格—心理中心」的位移……

人的內部衝突和人性的複雜內涵一旦成為創作的主要追求，必然轟毀流俗武俠小說拘於表層善惡衝突、正邪爭鬥的窠臼。

而朱貞木更是相佐於白羽反應社會與鄭證因幫會技擊的寫實風格，愈發朝向人物心理刻描與時虛時實的武功氛境，武俠小說不再只是著重於武藝描寫與奇詭情節，而也開始添入推動情節的內部動力——人性在環境際遇下所引發的愛恨恩怨情仇，使得武俠小說中的江湖世界，從「武」的外在殺戮過招描摹，轉向到「俠」的內在情愛人性激現，人性與情愛的纏繞糾葛遂成為武俠小說裏人物另一種表現自己的江湖場域之象徵與實指。

到了金庸的武俠江湖，則更是在高潮迭起、千奇詭變的故事情節中，體現出故事人物的不同複雜面貌，與人性本身的各種姿態。其內涵的豐富多變與透視理解，都在在展現出武俠小說刻劃人性的可能寫作發展路徑，而武俠小說的江湖世界不再只是充斥武藝技擊或快意恩仇的廝殺，反是一個人性的各種可能性的展示空間。因此，善惡與正邪之間，也因為人性的介入與參照，使得傳統武俠小說對於善惡、正邪的絕對二元判準，有了一條較寬泛的遊移界線。

也就是說，武俠小說中的善惡、正邪標準，其實大多都在一種相當二元對立的情況下，被固定在道德衡量與認知上——善者絕對是具有道德操守的正人君子，而惡者絕對是處心積慮使壞的奸邪小人，這兩者是完全不可能有互相逾越的可能性，在處境上亦是一觸即發的勢不兩立，但是金庸筆下幾個相當具有代表性典型的武林人物，卻進一步打破這種二元對立的絕對性，至終都遊移於善惡、正邪的邊緣地帶。

如東邪黃藥師，其個性行事就是亦正亦邪、古怪刁鑽、陰晴乖戾，其弟子陳玄風、梅超風偷了九陰真經私奔後，他卻遷怒到其他四個弟子身上，一齊震斷腳筋，逐出師門。對許多聖人之語視為胡言，卻又篤信忠孝為大節所在，非是禮法……（《射鵰英雄傳》）。

西毒歐陽峰更是一代奸雄，不僅為人陰狠毒辣狡詐、凡事亦只求目的不擇手段，所做過的壞事更是罄竹難書，但他對歐陽克的寵溺，以及後來對楊過的關懷，卻都是發自內心的真誠流露，尤其是那段與楊過之間的父子情誼，更是絲毫無一點矯揉造作。而最後與洪七公比武，恩怨盡泯，兩人抱頭互擁而亡，始終自然地呈現出一種由衷真摯的感人氣氛。（《射鵰英雄傳》、《神鵰俠侶》）。

赤練仙子李莫愁、四大惡人之葉二娘為不折不扣的女魔頭，然在面對愛情時卻是堅貞而癡心……（《神鵰俠侶》、《天龍八部》）；表面正人君子、道義凜然、行善不斷的岳不群，卻是一個企圖顛覆江湖秩序的陰謀家……。武林人物的正邪與善惡，因人性的多樣性而彼此逾越了非正即邪、非善即惡的二元定論，而突顯出一個更寬闊、更複雜的江湖人性空間。

到了古龍，仍是接續人性描摹的路徑，但他亦相當明白地指出，人性與情感才是他製造小說高潮和動作的終極關懷，像「七種武器系列」，雖然表面上是寫關於七種不同的武器故事，但每一種武器背後卻都崁嵌一個主題──《長生劍》寫在逆境中仍能笑的勇氣、《碧玉刀》寫誠實、《孔雀翎》寫信心、《多情環》寫仇恨、《霸王槍》寫勇氣、《離別鉤》寫對愛的信諾、《七殺手》寫正直。（另一相關作品《拳頭》寫憤怒。）

所以，七種武器其實就是隱射這七種潛蘊人性所包涵的無比力量，除了將武器予以象徵化外，然其最擅長的處理模式，就是將小說中的正反人物所引起的表面判斷，在情節推演的過程中產生終極意義認知的錯置，也就是說，一個敘述脈絡的「好人」往往是最壞的奪權者與陰謀家，而一個看似放蕩的浪子反是永遠秉持初衷、無怨無悔、情義雙全的真俠士，如李尋歡與龍嘯雲（《多情劍客無情劍》）、蕭十一郎與連城璧（《蕭十一郎》），而就在這樣的表面認知與實際真相上的錯置，主人公不斷地被最親信的身邊人加害，也往往在武林爭名奪利的權力場域中產置出更多他人的誤解，面對背叛與子虛烏有之罪名，江湖變成了展現人性與考驗人性的最佳空間向度。古龍在這方面的創作意識相當強烈：

> 我所寫的人物，都是被投擲到一個人生最尖銳的環境中去的！呈現的是人生最尖銳的選擇與衝突。這種選擇往往牽涉到生與死、名與利、義與鄙等等人生問題，它雖不經常發生於我們真實的人生裏，但卻必是最能凸顯人性與價值的一種境況。

江湖無疑就是一種人生最尖銳環境的可能性集結，在時而驚濤駭浪、時而風平浪靜的江湖中打轉，往往是牽一髮動全身，但卻一秉自己的理念與信仰，在人性情愛的枷鎖、牢錮中尋得一種永恆性的出路與指標，武俠小說的江湖世界對於古龍來說，並非只是一種介於文學想像與社會寫實之間的虛構空間，而是在某種程度上具有反映理想性格與現實社會、人性落差的認知層面，因此古龍才有「江湖人才懂江湖」的感嘆：

不平則鳴，以牙還牙，現代的社會已經不允許這種行為存在了。

他們自己也知道，他們自己也想過正常人的生活，可惜卻往往會因為一口氣忍不下去而鑄成大錯，就算本來是別人的錯，等他們採取行動後也變成他們的錯了，因為他們始終都不能明瞭時代在改變，某些古老的法則已被淘汰，血氣之勇已不足恃，所以他們就必然會受到排斥。

這就是江湖人的悲哀。

這個世界上還有江湖人存在，也永遠有這種悲哀。

但是他們那種守言諾，重信義，鋤強扶弱，永不妥協，路見不平就要拔刀相助，有仇必報，有恩也必報的精神，也永遠隨著他們的悲哀存在。

我瞭解他們這種悲哀，非常瞭解。

他們的精神和行為也並非完全沒有可取之處。

所以我一直試圖將這種可悲的矛盾溶入武俠小說中，而讓人在消遣之餘有所感觸，而能激發我們中國人人性中某種潛在的無畏精神，消除我們這個社會中某些怯懦、迴避、狡詐、不平的現象，使我們中國人在這個苦難的時代中站得更穩，站得更直。

這種寫法是和「橫的歷史」無關的，但卻有一種縱橫開闔的俠義精神貫穿其間。

「橫的歷史」的根棄，正意味武俠小說「去歷史化」的寫作路線，而其中所能縱橫開闔的俠義精神，其實又只是古龍個人男性中心權威意識形態下所凝聚的男性情誼信仰；但是，又在企圖建構的過程中，因其心中對人低度信任與根本質疑態度，而在某種程度上徹底否認朋友之間的義氣與交情互為正比的可能性。於是，有時使得小說裏不遺餘力所頌揚的男性情誼顯得蒼白無力，還間接模糊了中國俠義精神背後「士為知己者死」的內蘊傳統。

但是，在古龍武俠小說中，能夠在詭譎善變的人性江湖歷煉中，激發人性中潛在無畏精神者，正是其能貫徹男性中心信仰權威的「真正男人」，他們永遠能在人性糾纏詆毀下的黑暗江湖處境裏發光發熱，也永遠能超越波濤江湖裏的情愛紛爭、人性衝突，而成為他人的終極指標與崇拜偶像。這些「真正男人」就是古龍武俠小說所歌謳的「英雄」——傳奇英雄。

楚留香、陸小鳳——世俗英雄

楚留香和陸小鳳是古龍小說中最具知名度的兩個武俠男主角，也是最具有傳奇色彩的英雄，而在本質上，兩人亦是同質性相當高的一種原型人物。古龍曾經這麼形容楚留香這個人：

他年紀已不算小，但也絕不能算老。

他喜歡享受，也懂得享受。

他喜歡酒，卻很少喝醉。

他喜歡善舞的女人，所以一向很尊敬她們。

他嫉惡如仇，卻從不殺人。

他痛恨為富不仁的人，所以常常將他們的錢財轉送出去，受過他恩惠的人，也多得數不清。

他有很多仇人，但朋友永遠比仇人多，只不過誰也不知道他的武功深淺，只知道他這一生與人交手從未敗過。

他喜歡冒險，所以他雖然聰明絕頂，卻常常做傻事。

他並不是君子，卻也絕不是小人。

江湖中的人，大多都尊稱他為「楚香帥」，但他的老朋友胡鐵花卻喜歡叫他：「老臭蟲」。

對於武俠小說而言，楚留香之所以算得上相當特別的英雄人物，原因即在於他已拋開武俠小說英雄人物背負、繼承前人使命與自己生命的沉重感或悲劇性；他那種看似玩世不恭卻又有相當嚴謹的個人行事風格與個性，在各種江湖考驗與危機下，仍能展現過人的機智、勇氣、決心、堅毅與愛心，就像古龍其他小說英雄人物一樣。但在日常生活裏，卻又充滿一種追求世俗性歡愉的享樂氣氛，楚留香喜歡女人、喜歡酒、喜歡任何有品質的生命享受：

現在，他舒適地躺在甲板上，讓五月溫暖的陽光曬著他寬闊的，赤裸著的，古銅色的背。海風溫暖而潮濕，從船舷穿過，吹起了他漆黑的頭髮，堅實的手臂伸在前面，修長而有力的手指，握著的是個晶瑩而滑潤的白玉美人。

……

這是艘精巧的三桅船，潔白的帆，狹長的船身，堅實而光潤的木質，給人一種安定、迅速、而華麗的感覺。

……

……這是他自己的世界，絕不會有他厭惡的訪客。——《血海飄香》

而在這艘船上，還有三個聰明美麗的女孩子陪伴著他：溫柔體貼地照顧他生活起居衣著的蘇蓉蓉、對武林人物典故如數家珍的才女李紅袖、善於烹飪技藝的宋甜兒，對於楚留香來說，他的船就像他的家，這三個女子就像他最貼心的女侍家人，是他衷心喜愛的生活歸宿：

他只想回到他那舒服的船上，揚起帆，遠遠離開這些可厭的人群。他只想在那美麗的海洋懷抱裏，那溫柔的海風中，那黃金色的陽光下，完全放鬆自己，安安詳詳地休息一段日子，喝幾杯冰冷的葡萄酒，吃幾樣宋甜兒做的好菜，躺在蘇蓉蓉身旁，聽李紅袖說一些結局美滿的故事。

陸小鳳雖然沒有楚留香的華麗桅船，也沒有可隨侍在側的蘇蓉蓉、李紅袖、宋甜兒，但卻是一個如同楚留香一樣注重享受的人：

一葉扁舟在海上，隨微波飄蕩。舟沿上擱著一雙腳，陸小鳳的腳。

陸小鳳舒適的躺在舟上，肚子上挺著一杯碧綠的酒。

他感覺很幸福，因為沙曼溫柔得像一隻波斯貓那樣膩在他身旁。

——《鳳舞九天》

正如楚留香所言：「……人活在世上，為什麼不能享受享受，為什麼老要受苦？」享受情愛生命、享受物質生活，追求一切正當手段得來的歡愉享樂，並不會影響一個人的價值憑斷，更不會有任何敗德之處，正當享樂原本就是一種理直氣壯，正如同人要吃飯睡覺般自然，陸小鳳也是如此：

陸小鳳心情也很愉快，因為他自己就是陸小鳳。

佈置豪華的大廳裏，充滿了溫暖和歡樂，酒香中混合著上等脂粉的香氣，銀錢敲擊，發出一陣陣清脆悅耳的聲音。世間幾乎沒有任何一種音樂比得上。

他喜歡聽這種聲音，就像世上大多數別的人一樣，他也喜歡奢侈和享受。

——《銀鉤賭坊》

因此古龍想要創造出的英雄人物，並不是超人的神，而是「有血有肉，有思想有感情」的人，他曾清楚地宣示：「武俠小說中，現在最需要的，就是一些偉大的人、可愛的人，絕不是那些不近人情的神」，楚留香和陸小鳳就是古龍心中可愛又偉大的人，而且還擺落武俠小說最常出現的少年英雄形象，呈現成熟風流男人的韻味與氣息：

他雙眉濃而長，充滿粗獷的男性魅力，但那雙清澈的眼睛，卻又是那麼秀逸，他鼻子挺直，象徵著堅強、決斷的鐵石心腸，他那薄薄上翹的嘴，看來也有些冷酷，但只要他一笑起來，堅強就變作溫柔，冷酷也變成同情，就像是溫暖的春風，吹過了大地。——《血海飄香》

而有著「四條眉毛」的陸小鳳，更是個不在道德自律或他律束縛下，毫不掩飾自己情慾的中年男子：

開始的時候，他還不知道究竟是什麼地方不對，不知道還好些，知道更糟——他忽然發現自己竟似已變成條熱屋頂上的貓，公貓。

……

他再三警告自己：「她還是個小女孩，我絕不能想這種事，絕對不能……」

……

陸小鳳知道自己身體某一部份已發生了變化，一個壯年男子絕無法抑制的變化。

……

這小妖精的腿不知什麼時候忽然就露在衣服外面了。

她的腿均勻修長結實。

陸小鳳的聲音已彷彿是在呻吟：「你是不是一定要害死我？」

——《幽靈山莊》

相較於古龍筆下的其他英雄人物，陸小鳳和楚留香的確是較貼近世俗層面，他們和世俗男人一樣，都愛追求享樂、追求冒險，對於男女間的情愛肉慾也並不會有任何道德的制約，而將之視為是一種成年男女你情我願的自然發展過程，然周旋在不同女人的情愛漩渦中，也一樣會有一般世俗中年男子的心情，偶爾由衷生起渴望情愛歸宿與慰藉的迷惘：

陸小鳳忽然覺得很疲倦，他這一生，幾乎從來沒有這麼樣的疲倦過。

這並不是因為那種要命的疲倦，也不是因為那件要命的事。

這種疲倦彷彿是從他心裏生出來的，一個人只有在自己心裏已準備放棄一切時，那才會生出這種疲倦。

——也許我真應該做個「住家男人」了。

在這豔麗的夕陽下，看著葉靈孩子般的笑靨，他心裏的確有這種想法。

——《幽靈山莊》

甚至楚留香還像一般男子娶妻生子：

張潔潔咬著嘴唇，道：「我相信你，但我也知道，嫁雞隨雞，現在我已是你的妻子，你無論要去那裏，我都應該跟著你才是。」

……

張潔潔緩緩道：「那歡呼聲的意思就是說：他們已承認我們是夫妻，已接受你做我們家族中一份子……」

……

楚留香整個人都跳了起來，失聲道：「你已有了我的孩子？」——《桃花傳奇》

雖然陸小鳳和楚留香最後還是回到感情浪子的原點，但是卻也真真實實地經歷了最世俗的愛慾與成家的體制中。

從負重英雄到悲劇英雄到世俗英雄，很清楚看到古龍筆下英雄人物所面臨的三種不同的類型化意義：因外在因素所以必須忍辱負重、肩扛大任的負重英雄，其生命形態是一種外放式的歷練與證明過程；而悲劇英雄展現了一種內發性的生命之路與因自我個性所潛向的人生；而不管是外在或內在的生命導源，英雄並非一定是沉重的或歷盡滄桑的，亦可以是被認同於世俗歡樂享受，而不相悖於任何一項對英雄之考驗。

中原大學通識教育中心副教授 陳康芬

論古龍武俠小說的現代性特徵

古龍自一九六〇年出版第一部武俠小說《蒼穹神劍》到一九八五年病逝為止，共創作了七十二部武俠小說，是台灣唯一能與金庸比肩的一代武俠大家。古龍的武俠小說創作可分為探索期、成型期、全盛期和衰退期。探索期（一九六〇至一九六四），代表作品主要有《蒼穹神劍》、《失魂引》、《浣花洗劍錄》等，此時古龍作品從結構、情節、人物乃至語言都沒有擺脫傳統武俠小說的束縛，正在尋找適合自己的寫作風格。成型期（一九六五至一九六七），代表作品主要有《大旗英雄傳》、《武林外史》、《絕代雙驕》等，此時古龍武俠小說特色基本形成。

全盛期（一九六八至一九七四），代表作品主要有《多情劍客無情劍》、《陸小鳳》、《楚留香》、《蕭十一郎》、《七種武器》等，這一時期作品數量最多，品質最高。衰退期（一九七五至一九八五），這一時期的作品數量和品質均有退步，並且部分作品是請人代筆續寫的，主要作品有《英雄無淚》、《碧血洗銀槍》等。

古龍在《多情劍客無情劍・代序》中寫道：「我們這一代的武俠小說，如果真是由平江不肖生的《江湖奇俠傳》開始，至還珠樓主的《蜀山劍俠傳》達到巔峰，至王度盧的《鐵騎銀瓶》和朱貞木的《七殺碑》為一變，至金庸的《射鵰英雄傳》又一變，到現在又有十幾年了，現在無疑到了應該變的時候了！」求新求變求突破，一直是古龍的藝術追求，他在《失魂引》中首次引入推理的結構方式和技巧，並在《浣花洗劍錄》中闡釋「無招破有招」的武學主張，彰顯「以劍道參悟人生真諦」。從《天涯・明月・刀》開始，他藉「境界」、「殺氣」等形而上的東西來凸現人物人格精神和普遍人性，逐漸形成古龍的創作特色，由此標誌真正「新派」武俠小說的形成。

古龍的武俠小說意境深沉悠遠，富有詩意和哲理，語言灑脫不俗，人物塑造生動深刻，情節「奇」、「險」兼備，構思精巧。其作品雖然是敘寫古代的事，但注入了作者自己的新觀念和新思想，具有獨特的文化價值和現代性特徵。

首先，古龍武俠小說的歷史背景被淡化或虛化。金庸的武俠小說注重歷史環境的表現，或是虛構人物和事件，使其置於歷史背景中，以此營造小說恢宏渾厚的歷史氛圍，例如，《天龍八部》中虛構蕭峰阻遼侵宋情節，再現了宋遼爭戰的殘酷和百姓的苦難；或是直接取自歷史人物和事件鋪衍而成小說，例如，《射鵰英雄傳》中真實反映了全真教和全真七子。盡管這種寫法會受到歷史真實性、時代背景的限制，但是歷史的真實和凝重支撐了整個虛構的故事框架。

金庸以學者之功底和見識來闡釋文化傳統，彌補了武俠小說的單薄和膚淺，更貼近嚴肅文學的審美情感和鑑賞品味。而古龍則根本拋開歷史背景，構築了一個「不知有漢，無論魏晉」的武俠世界，在虛化的時空裏演繹故事。古龍並不注重對歷史人物和事件的借助，而是著重於對現實人生的感受。其武俠小說沒有具體史實的約束，天南海北，古今中外，任憑感性筆觸馳遊，直探現實人生，從而側重於人性、心理的內在沉思和自省。由此可見，金庸的作品依託史實，並注重對歷史和文化傳統的描述、詮釋和新解，與現實有一定的疏遠，而古龍立足於對現代文化和社會現象的鑒照和折射，作品內容更貼近現實社會。

其次，古龍武俠小說具有強烈的節奏感。傳統的武俠小說敘述詳盡鋪陳，帶有很濃的說書人的味道。諸如梁羽生、金庸等開創一代風格的作家，其作品構思縝密，情節曲折，環環相扣，敘述不慍不火，沉穩有餘，跌宕不足。而古龍的武俠小說多角度，快節奏，且大量借鑑吸收類似電影蒙太奇的手法，如場景切換、畫面交錯、鏡頭分割等來表現急速轉換、緊張快捷的場面，渲染危險凝重的氛圍，同時借用類似電影拍攝中推拉距離遠近的變化，由整體而局部，最終呈現其特寫畫面，揭示人物劇烈動盪的心理活動，使人物、情節發展有了凹凸起伏的立體感。

與這種寫作手法相適應，古龍打破傳統武俠小說段落較長的習慣，儘量減少冗長的描述，常用寥寥數筆，勾勒出某一情境，並把氣氛營造得逼真生動。古龍吸收劇本、隨筆、詩歌的語言特色，形成了類似「敘事詩體」、「散文詩體」的行文風格，錘煉出一種簡練俐落的文字模式。

另外，古龍武俠小說具有變幻離奇的情節。古龍自稱自己的小說創作受偵探小說和偵探電影的影響，如偵探小說《福爾摩斯探案》、偵探電影《〇〇七》等，他說「在這苦悶時代，大眾需要這種幻想式的英雄做為生活的調劑。」因此，古龍的作品大量引入了推理分析的技巧。其作品《陸小鳳》、《楚留香》等充滿了懸念、騙局、陰謀等偵探小說的因素，他長於設置懸念的才能在《陸小鳳》中得到最充分的展示。

在《陸小鳳》第一部中，作者先敘述大金鵬王朝的故事，引發讀者對大金鵬王命運的濃厚興趣。緊接著，懸念便一個接著一個。大金鵬王已聲明不殺逆臣，丹鳳公主為什麼突然殺死閻鐵珊？陸小鳳要查看大金鵬王的真實身分，對方卻被斷去雙足，這是誰幹的？陸小鳳在院子裏挖出了丹鳳公主的屍體，她已經死去兩個月，那麼近日見到的那位丹鳳公主必定是假的。

她又是誰？是失蹤多日的上官飛燕嗎？她又為誰指使？最後真相大白：元兇原來是陸小鳳的朋友——老謀深算的霍休。第二個故事《繡花大盜》也一直為懸念所籠罩。繡花大盜橫行江湖，從王府到民間無不人心惶惶。他到底是誰？陸小鳳與之鬥智鬥勇，經歷了種種曲折和危險，發現他竟然是奉旨前來破案的名捕金九齡。整個作品情節撲朔迷離，一環扣一環，跌宕曲折，引人入勝，令人彷彿置身於機關重重的迷陣，具有很強的藝術魅力。金庸擅長情節構思，其開局平淡無奇，宛如悠悠江水，隨著情節的展開，人物紛湧，始見壯闊，令人盪氣迴腸。而古龍的小說情節猶如山洞小溪，跳躍飛濺，時而湍急，時而迴旋，驚險頻出，雖蹊蹺離奇，卻不違情悖理。

所有這些反映了古龍能夠適應現代社會緊張快捷的生活節奏，迎合年輕讀者新的閱讀習慣和閱讀期待，作品內容能夠引起廣大讀者共鳴，體現了古龍武俠小說的現代性特徵。小說內容既有現代社會的某些忌諱，如女人怕胖，喜歡嫉妒；也有現代人常有的偏嗜，如喜歡冒險，追求刺激等。同時，小說還體現了現代人的心理特徵、道德準則和倫理觀念。特別是關於男女情愛的描寫，有人認為古龍寫情「真是寫到了頭」，例如，《多情劍客無情劍》中李尋歡與林詩音的刻骨相思和互相關愛；《蕭十一郎》中蕭十一郎與沈璧君患難與共、至死不渝的愛情。

古龍武俠小說與金庸武俠小說相比，都屬於俠情小說系列，即不僅僅寫行俠仗義，還寫兒女情長。金庸認為真正的感情是一對一的堅貞，即使有多角的情感糾葛，也必須尋求唯一的結局，如《射鵰英雄傳》中郭靖與黃蓉，《神鵰俠侶》中的楊過與小龍女等。而在古龍筆下，男女情愛不僅突破了授受不親的禮教大防，而且可以拋棄從一而終、死守貞節的傳統信條，從而建立了新的情愛觀。

古龍認為「只有人性才是小說中不可缺少的，人性不僅是憤怒、仇恨、恐懼，其中也包括愛與友誼，慷慨與俠義，幽默與同情。」儘管古龍武俠小說有著極為鮮明的現代性特徵，但我們應該看到古龍並沒有完全脫離傳統武俠小說樣式。當然，古龍武俠小說具有強烈的現代性特徵，其所塑造的人物形象與現代人的生活、情緒、心靈相貼近，並通過這些具有現代人格特性的人來折射和鑒照現實社會，進而詮釋和挖掘「人性」。而「人性」正是古龍武俠小說現代性特徵的基礎和內核。古龍通過塑造具有獨特風格的一系列浪子形象來體現其武俠小說的文化價值，例如，《武林外史》中的沈浪；《多情劍客無情劍》中的李尋歡、阿飛；《楚留香傳奇》的楚留香；《蕭十一郎》中的蕭十一郎等。

梁羽生、金庸筆下的俠士大多是按照傳統的「正統思想」來塑造的，他們身分高貴，師承顯赫，如張丹楓、卓一航、陳家洛、袁承志、張無忌等。即使是狂放不羈的人物，如金世遺、令狐冲，也是豁達灑脫，儼然名士風采而非浪子。而古龍筆下的浪子則是一些出身普通的平民人物，縱然武藝超群，也常常一貧如洗，喝酒要賒帳，並為溫飽而勞作。他們無依無靠，無門無派，沒人知道他們從何處而來，他們也不屈服於任何勢力。

正是沒有群體的歸屬，使他們可以不受任何禮教規範的束縛和限制，可以做自己想做的事，無拘無束。他們不拘小節，遊戲風塵，頗有現代「嬉皮士」味道。他們可以浪跡骯髒的街頭小攤，品嚐風味小吃，也可以出入豪華酒樓，享受山珍海味，甚至流連青樓妓院，依紅偎綠……因此，古龍筆下的俠士已不是「為國為民，俠之大者」，而是享受人生、追求個性解放和人格自由的浪子。

對人性的表現，不同的作家有不同的側重點。有的作家將人的社會性存在、人的理智感和道德感視為人性的基本，因此，他們偏重於人性美善的一面，強調人的社會責任，如金庸、梁羽生。有的作家注重人的生物性一面，描寫人的欲望、本能，強調人的獨立性和自我性，古龍顯然屬於此類。古龍認為「武俠小說不該再寫神，寫魔頭，應該開始寫人、活生生的人、有血有肉的人！應該體現人的優點，也應該體現人的缺點，這樣便有人的感情。」所以，古龍筆下的人物沒有「至善」，也沒有「絕惡」，是實實在在的人，既受社會規範的制約，也有與生俱來的欲望和本能。

浪子的行為用傳統的道德觀念去解釋和評判可謂墮落腐朽，但他們卻沒有令人覺得厭惡和痛恨，因為他們坦誠面對自己的欲望和需求，率性而為，光明磊落。與之相對應的是極力用所謂的「俠義」掩飾自己私欲的偽君子，如《絕代雙驕》中的江別鶴，《蕭十一郎》中的連城璧，他們以名門正派、江湖正義自居，但是暗地裏卻無惡不作。

另一種則是過度壓抑而導致心理變態，並由此誘發罪惡，如《楚留香》中的水母陰姬，《武林外史》中的白飛飛，《陸小鳳》中的太平王世子。「坦誠、磊落」是古龍善惡觀最重要的評判標準。壞得坦白、直率，是可以理解，甚至值得同情，如《絕代雙驕》中的十大惡人，他們雖然惡名遠揚，但為了生存和逃避仇殺不得不欺詐作惡，表現出特有的無奈和真實可愛。

古龍在創作武俠小說過程中，並沒有盲目地崇拜和迷信欲望，他在肯定人的本能、欲望的同時，更加肯定社會公理和道德正義，其地位至高無上，如《多情劍客無情劍》中窮奢極慾的林仙兒、《天涯・明月・刀》中渴望永遠掌握天下的公子羽以及《蕭十一郎》中權勢縱橫江湖的天宗逍遙侯，他們都落得可悲的下場。因此，浪子常坦言「我不是君子，但也不是小人」。「不是君子」是對世俗虛偽的不屑；「不是小人」是對公理、正義的遵循和尊重。所以盡管是浪子，但仍然鏟奸去惡，除強扶弱，這才是「有所為，有所不為」的真俠士、大丈夫。

古龍對人性更深層的挖掘是浪子身上濃郁的孤獨感。在飄泊無定的生存狀態和寂寞痛苦中，仍堅持自我的完善和人格的獨立。尼采說「對我們來說，孤獨實在是一種美德，是對理想的渴望和追求。」「我需要孤獨——那是說我要復元，我要返回自己，我要呼吸自由、清新、活潑的空氣。」這正是古龍想要詮釋和挖掘的孤獨。《多情劍客無情劍》裏李尋歡辭去官職，送掉豪宅，雲遊四海。《武林外史》中沈浪散盡家財，仗劍天涯。《三少爺的劍》中謝曉峰流落街頭，為人挑糞餵馬。《天涯・明月・刀》裏傅紅雪更是直言「沒有朋友」。這種飄泊無定的生存狀態，在於他們孤獨的身分，超然於江湖之外，又身不由己地陷身於江湖之中。孤獨還在於他們的「無根」，沒有來由，沒有去處，也沒有歸屬，只是頑強地生活在生命的過程中。

這種孤獨又是那麼無奈和痛苦，李尋歡的孤獨是對林詩音的摯愛和朋友龍嘯雲之間情與義的折磨；傅紅雪的孤獨是背負滿門血海深仇的壓抑；謝曉峰則是為擺脫「神劍山莊」三少爺的名譽，他們的孤獨充溢著被動和壓迫。而他們並非別無選擇，他們可以輕易地得到名利，甚至幸福，但是他們還是選擇了痛苦和孤獨，也決不違背自己的原則，放棄自己的追求而屈服於世俗的誘惑。他們寧可孤獨一世，甚至獻出生命也要堅守自己的理想和獨立人格。因此，傅紅雪拒絕了公子羽財色權勢的誘惑，獲得真正的解脫；西門吹雪排除了外界種種俗事的干擾，在孤夜中達到劍術巔峰；阿飛多次拒絕李尋歡的施捨和關心，成為獨立自由的人。再如，蕭十一郎原本是行俠仗義的武林豪傑，卻被所謂「俠義」的偽君子污蔑為無惡不作的江洋大盜，設下層層陷阱欲置之於死地，他幾乎孤身一人與整個武林為敵，哼著蒼涼的歌曲，緊鎖著眉頭，隱藏著無從訴說的悲傷和憂鬱，但他仍然堅信「只要我做得對，又何必去管別人心裏的想法」。

從蕭十一郎身上，我們隱約看到了存在主義者的影子，他們不斷進行自我選擇，最終獲得個體的本質，從而肯定自我生存的價值。

但是這些浪子與一些存在主義作家筆下常見的憂慮、絕望、頹廢、彷徨無主的「多餘人」不同，他們無論在痛苦中還是在無法解脫的困境中，始終充滿了頑強的生命力和昂揚的鬥志。在挫折中不屈不撓，在孤寂中堅守自我，洋溢著海明威似的「打不敗精神……你盡可把他消滅掉，可就是打不敗他。」

這是一種對生命的張揚，如蕭十一郎時常哼起的那首歌曲「暮春三月，羊歡草長，天寒地凍，問誰飼狼？人心憐羊，狼心獨愴。天心難測，世情如霜！」既充滿了悲愴，也充滿了自然界優勝劣汰、弱肉強食的殘酷和真實。古龍正是在肯定人生存價值的基礎上激發和宣揚生命的珍貴和對人生的熱愛。《武林外史》中的沈浪說：「人無論在什麼時候，都要有活下去的信心，只有生存，才是人類真正的價值。」古龍認為，「武俠小說裏寫的不是血腥與暴力，而是容忍、愛心和犧牲。」

基於這種觀點，古龍避開了傳統武俠小說的招式技擊，而追求致命一擊的速度和殺氣。殺氣並不神秘，它是高手經過長期歷練而形成的充溢全身的蕭殺之氣，也是高手對峙時由於精神高度集中而散發的一種氛圍。從本質上說，描寫一門一派的武功招式是虛的，而這種玄虛的殺氣給人以真實感，這種殺氣氛圍的營造比真刀真槍的打鬥更為驚險激烈，如《多情劍客無情劍》中「誰都看不見上官金虹的環在哪裏，也看不見李尋歡的招在哪裏。但環已在，招已出，每個人都似乎已感覺它的存在。他們雖然還是靜靜地站在那裏，但卻似乎已進入生死一發的情況中，生死已只是呼吸間事！」由此可見，這種「殺氣」的對峙和對決，已不僅僅是個人武功技藝的比拚，而是人與人之間精神、境界乃至人格力量的對抗。

「天上地下，從來也沒有人知道他的飛刀在哪裏，也沒有人知道刀是怎麼發出來的，刀未出手前，誰也想像不到它的速度和力量……不能瞭解他那種偉大的精神，就決不能發出那種足以驚天動地的刀！飛刀還未在手，可是刀的精神已在！那並不是殺氣，但卻比殺氣更令人膽怯。」

這裏所寫的飛刀已不是一種純粹的武功，而是一種高尚的人格、偉大的精神，即「博愛、仁慈、寬恕」。所以，李尋歡能打敗武功在他之上的上官金虹，「因為他並不是為殺人而出手的，他做的事，上可無愧於天，下則無愧於人。」即使是以「魔刀」橫掃天下的傅紅雪也不得不承認真正的「風雲第一刀」是小李飛刀，因為「他的刀不是殺人的，是救人的」。這時江湖暴力的衝突已在古龍的武俠小說中上升到人格力量的對決，而這種人格力量已不僅僅是個人的品性或修為，而是個人的精神、境界的一種內在的意蘊，即「博愛、仁慈、寬恕」所表明的「仁者無敵」——正義必定戰勝邪惡。古龍筆下的浪子由此突破了狹隘的「個人主義」的框架，有了一種恢宏的社會正氣和人類正義，因此浪子才顯得高尚、偉岸。

武俠小說已經具有自己悠久的傳統和獨特的趣味，倘若能夠吸收其他文藝作品的精華，同樣可以創造出一種新的風格，這促使武俠小說在文學的領域中佔有一席之地。古龍武俠小說的現代性特徵，折射和鑑照現實社會，浪子形象的刻畫正是來詮釋、挖掘人性，體現武俠小說的文化價值。古龍通過浪子形象的塑造完成了對人性的挖掘和詮釋，從而奠定了古龍在武俠小說領域乃至武俠文化史上的地位，他以現代性特徵來折射和鑑照現實社會，浪子形象的刻畫正體現武俠小說的文化價值。

淮海工學院文學系教授 **盧海英**

參考文獻

1古龍：《武林外史》，珠海：珠海出版社，一九九七。
2古龍：《蕭十一郎》，南京：江蘇文藝出版社，一九九九。
3古龍：《楚留香》，珠海：珠海出版社，一九九七。
4古龍：《陸小鳳》，南京：江蘇文藝出版社，一九九九。
5古龍：《多情劍客無情劍》，珠海：珠海出版社，一九九七。
6丁情：《那一劍的風情》，珠海：珠海出版社，一九九七。
7劉賢漢：《古龍武俠小說散論》，世紀華文文學論壇，一九九七。

俠之大者與俠之風流：論金庸和古龍之異同

一

毋庸質疑，武俠界中空前而且有可能絕後的兩位大家是金庸和古龍。他們的小說雖然風格各異，但都令人盪氣迴腸，手難釋卷。更為可貴的是，我們決不能僅僅以娛樂的心態來讀他們的作品，因為他們的作品都已進入雅的境界，這是其他武俠作家所萬難比擬的。這一點儘管許多自詡為文學衛道士的人死也不願意承認，但是相信這已成為更多真正武俠愛好者的共識。

上世紀五〇年代，梁羽生繼往開來，以新的思想改造了武俠小說，賦予它更多的歷史內容和更高的藝術特性，從而使武俠小說第一次跳出世俗的範疇進入了高雅的境界。然而真正從創作主體上把握武俠小說本體的當屬金庸，他在前人的基礎上，發展了武俠小說的特性，使之從一般性的通俗娛樂小說上升至具有較高鑑賞價值的文學品類。金庸博學多識，其作品風格雄渾穩健，縝密優美，且幽默風趣。通觀其作，大開大合，呈大家手筆，其恢弘氣象實非其他小家子氣所能比擬。隨後的古龍則獨樹一幟，在梁羽生、金庸之後，以「求新、求變、求突破」的創作原則進行了武俠革新，另闢蹊徑，在柳暗花明之際把武俠小說帶出低谷，開創了又一個武俠新時代。

金庸和古龍的作品都很明顯地將時代精神與傳統文化相結合，又將人的無限豐富性融入俠義之中，表現出現代人的精神觀念從而成為「俠義」與「人性」的結合，「傳統」與「現代」的結合。

然而他們的作品又有顯著的不同。本文試圖對其作一番比較研究以其拋磚引玉。

二

總體來說，金庸更強調人對於社會所肩負的責任和意義，寫出了「俠之大者」，而古龍更側重人作為一個自由個體的意義，寫出了「俠之風流」。當然這只是一個概況，並非說金庸無視人的自由存在，古龍忽視人的社會責任，只是說他們各有側重點而已。這表現在以下幾個方面：

（一）人性慾望的不同闡釋

金庸和古龍的作品都注重表現人性欲望，畢竟人才是整部作品中最積極最活躍的因素，只有具有深刻人性的人物形象才能昭示作品所內蘊的最有價值的人文關懷精神。

金庸和古龍都很重視人的欲望的實現。這種欲望是人的自然本能的流露，比如古龍筆下的英雄如楚留香、李尋歡、陸小鳳，都擁有世界上最真摯的友誼、最甜美的愛情、最充分的物質享受，過著自由自在的生活。他們所擁有的正是普通人的欲望指向，也是普通人所嚮往的美好生活。與古龍小說作品人物有所不同的是，金庸小說的英雄追求的不是塵世的財富和享受，而是國家和民族的大義。但他們不是呆板的「義」的化身，而是一群至情至性的英雄，擁有強烈真摯的情感世界，具有對追求的執著和堅韌。他們大都率性而為、行俠仗義、我行我素，具有強烈的個性主義色彩。

權勢欲與情慾在金庸和古龍的作品中有著共同的體現，但側重點不同。在古龍小說深處，推動情節發展的往往是情慾。如《名劍風流》曲折離奇，撲朔迷離，幕後操縱者竟是姬苦情、姬悲情、俞獨鶴，這三人之間既有兄妹亂倫，又有婚外偷情，人性中最陰暗的一面盡在其中。古龍正是將這些人性中貪、嗔、癡所引起的非理性的心理行為都揭幽發微，集中到了一處，構造出一個瘋狂的世界。同時，他用直抒胸臆的方式和婉轉的曲筆，批判了那種前代仇怨化為現世業報的倫理模式，並塑造出充滿人性和人情的新一代江湖人物，讓我們看到了希望的曙光，蘊含著獨特的藝術魅力。豁達寬容、機智風趣，對人類充滿愛與信心是楚留香一生的追求，也是古龍人格的標誌。

可是在金庸筆下，更多的是表現相互間對權勢的爭奪：《笑傲江湖》嵩山派左冷禪與華山派岳不群為爭奪武林盟主而相互間爾虞我詐、各逞心機；《天龍八部》中慕容家族為復國而用盡心思，不惜挑撥離間，使得武林一片腥風血雨；更有《射鵰英雄傳》中，宋、金、蒙三方逐鹿中原，爭奪江山，武林高手雲集江湖，爭奪九陰真經。一個「權」一個「利」，在金庸作品中成為一切矛盾與糾紛的主要根源。然而，正如慕容博所說的「庶民如塵土，帝王亦如塵土，大燕國不復國是空，復國亦是空。」一切爭權奪利的背後，原來是人生的空虛，人生永遠美滿似乎不太可能，就算最後圓滿，茫然的感覺也在所難免，一切目的都達到了，還是空虛的，中國人的悲歡苦樂往往是交織著茫然。於是，萬念俱灰之後，俠士們只好於悲愴中追尋和營造自己的精神家園，那就是隱逸。

然而，無論是對權勢的迷戀還是對情慾的執著，都源自人性的自私與貪婪。金庸與古龍在不斷探索與深入人物內心時，都感覺到了許多無法言說的困惑，所以他們的作品表現出一種隱痛，一種對於美與惡、愛與恨永遠也無法解釋的無奈，而且暗示著無論你如何解釋，悲劇仍然會代代演下去。

（二）歷史背景的不同選擇

武俠小說裏的故事往往發生在古代社會。梁羽生多部小說的歷史背景都放在明代或清代。其目的是為了把人物放到更為殘酷複雜也更為緊張刺激的政治鬥爭和民族鬥爭的背景之中，以更高的視點和更寬的視角來展示豐富多彩、恢宏壯麗的武俠世界。

在這一點上金庸小說的歷史背景更加明確，多建構於歷史動亂時期，如《射鵰英雄傳》的時代為南宋初年，宋、金對峙，蒙古崛起；《天龍八部》的歷史背景為北宋中期，宋、遼、西夏、吐蕃、大理幾個國家縱橫交錯，《鹿鼎記》時代背景為清初，滿漢衝突。金庸對時代背景的選擇也是為小說的內容和人物形象的塑造服務的。動亂時代更能體現英雄豪情，與廟堂之內懦弱腐朽的官僚相比，俠士有著鮮明的民族正義感。正如郭靖所說「為國為民，俠之大者」，以「為國為民」來對俠作了最高的定義，這是俠之精神的昇華。金庸小說的英雄雖不再廟堂，卻是以天下為己任的真正英雄。

而古龍與金庸截然相反，他完全跳開了歷史，在他的小說裏我們找不到明顯的可以界定的特定歷史背景，「不受任何拘束，而憑感性筆觸，直逼現實人生」。這有兩個方面的原因。一方面當時台灣的政治空氣還處於「高壓」狀態，古龍為了避免「以古諷今」的嫌疑，乾脆不談歷史。另一方面古龍在他的小說裏所要表達的是現代人的生活態度，避開特定歷史時空反而更加有利於人物情感的自由發展。因此他的小說不是注重對於歷史的反思和回顧，而是著重在對現實人生的感受，因此富有現代氣息，如小說主人公的生活態度和享受，楚留香力主的法治，都帶有濃厚的現代人的味道。

可以這樣說，它是把現代人放進一個虛構的古代中去。但他的人物也不僅僅是現代人的影子，同時也包含著古龍對現代人的理解和理想。小說主人公那種悠遊自在的生活，就可以說是對具有強烈生活節奏的現代生活的否定和超越。

由此可見，古龍力圖表現的是現代人的情感，所以他拋開所有歷史環境和時間限制，僅憑感性的筆觸直探現實人生，探討在純粹的人與人交往的狀態中人性是如何展開的，從而創造出一個無須用歷史去支撐，也不能用歷史去支撐的神秘的、現代的浪漫主義藝術世界。在這個世界裏，他的人物來去自如、快意恩仇，把「俠之風流」表現的淋漓盡致。

（三）語言風格的不同表現

好的作品其語言也必有獨到之處。如果說金庸小說的語言是古典雅麗的，那麼古龍小說語言則是飛揚靈動的。

精練典雅的中國古典白話小說式的武俠語言文化是中國特有的傳統文化，用傳統的語言符號，可以更好地表現中國固有的文化底蘊。金庸小說大部分採用中國古典白話小說式的語言，精練，典雅，所有現代詞彙和觀念作者都以極大努力來避免，比如使用文言詞「道」而不用現代詞「說」，用文言句式「好生感激」而不用現代漢語「好感激」，用「轉念頭」、「尋思」、「暗自琢磨」等來代替「思想」、「考慮」，用「留神」、「小心」來代替「注意」等。句子長短相雜，長則十幾個字，短則四個字，錯落有致，具有音韻美，節奏感分明。在句式的選擇上小說多用單句「短句」，沒有冗長累贅的修飾語，結構簡單，顯得十分精練，正是中國古典白話小說語言的特色。金庸把中國的語言文字用到了極致，有人說金庸小說的一大貢獻是矯正了「五四」以來新文學歐化的惡習，金庸的語言文字啟動了中國文字在現代的再生力，重新展現了漢字的韻味。

古龍則明顯不同。他的語言犀利有力，句式散短，句法多變，力避平鋪直敘，行文多跳躍抖動，並向海明威等西方作家學習，借助簡潔流暢、幽默詼諧的口語對白推動故事的發展。吸收眾家之長後，古龍的語言力求新穎變化、意蘊深刻，用散文詩的寫法分行分段，從而創造出電報式的：「古龍體」。

金庸和古龍的語言風格之所以不同，一方面與他們的個性有關，更主要的與他們作品所要表現的主題有關。金庸力求「俠之大者」，所以語言也與中國古代傳統語言更加接近，便於表現儒家「家國天下」的憂時濟民的情懷；古龍追求「俠之風流」，其語言簡潔、明快、節奏感強、跳躍性大，更富於表現他作品中的浪子自由無羈的情懷。

三

總的來說，金庸小說中的主人翁追求的是「俠之大者」，為國為民，在所不惜。古龍則追求「俠之風流」，狂放不羈，率性自由。

金庸的小說強調個體意識與群體意識的統一，這也是他作品中「五四」精神與傳統文化結合的主要表現，「五四」精神強調個性自由，傳統文化宣揚群體意識。而金庸作品中的主人翁既擁有俠的自由個性，又具有強烈的民族精神和憂患意識。他們無拘無束，快意恩仇，而一旦涉及民族大義又能勇於承擔責任。這看似矛盾的兩者，在金庸筆下達到了完美的統一：「俠」的精神體現了做人濟世的尊嚴和作為生命個體自由不拘、至情至聖的本質，所謂的「民族大義」已不再是皇帝朝廷，而是俠客們所認為應該和必須承擔的社會責任，也是他們獨立人格和率真天性的流露。這與傳統的「忠君報國」有著本質的不同。所以，金庸在以是否擁有民族大義這種寬廣的胸懷作為判斷大俠的標準時，既走出了君君臣臣的框架，又沒有忽視武俠文本固有的自由不羈的精神，而是追求一種建立在保持獨立人格與個體自由基礎之上的愛國主義。

而在古龍的筆下，很少涉及國家興亡、民族大義，他更重視人作為獨立的個體存在的價值及人與人之間的平等和尊重。這種價值是與生俱來的，這種平等與尊重僅僅源於人們內心抽象的道德與良心。當楚留香戳穿無花的陰謀時，他卻說「我只能揭穿你的秘密，並不能制裁你，世界上沒有一個人有權利奪取別人的生命……」。花滿樓則昭示了另一種人生境界。「他是個瞎子，卻從不自怨自艾，而是用一顆明亮的心去領略這個世界，用所有的力量去愛這個世界上的生命。這種境界，正是古龍最推崇的，這種無視現實功利的高貴的精神，閃動著理想主義和浪漫主義的光輝。

如果說金庸是大俠，那古龍便是浪子。金庸的小說博大精深，意味深長；古龍的小說靈巧風流，優美如詩。他們作品中所體現的思想觀念與精神內涵對整個現代人類精神文明的建構起著積極的作用。他們以各自的創作提昇的武俠小說的內涵，完成武俠文本從俗向雅的轉化，從人性的高度塑造了一群群栩栩如生的人物形象，彌補和豐富了中國文學的畫廊，功不可沒。

安徽大學中文系碩士 李如

參考文獻

1羅立群：《江湖一怪俠》——代〈古龍作品集〉序，古龍，《大地飛鷹》，珠海：珠海出版社，一九九七。
2金庸：《天龍八部》，北京：三聯書店，一九九四。
3金庸：《神鵰俠侶》，北京：三聯書店，一九九四。
4古龍：《楚留香傳奇》（第一卷），珠海：珠海出版社，一九九七。

奇與正：試論金庸與古龍的武俠世界

在武俠小說領域中，金庸與古龍的作品可能是最膾炙人口的；這種現象一方面顯示了讀者趣味的取向，另一方面也表示作者有其獨到之處。更引人遐思的是，金庸與古龍的武俠小說剛好形成一種對比，前者承續中國傳統，後者注入現代小說的生命，可以說是各有勝場，不相上下。

從金庸到古龍最大的轉變可能是把武俠小說由傳統演義小說的規格與形式，愈來愈走向於表達更自由、形式更開放的寫作手法，這種轉變基本上是與現代文學——由其西方小說比較接近，而與原來中國長久以來傳統演義小說之間的距離愈來愈大；從回目與用字遣詞方面，都可以看出，到古龍筆下已經是相當現代化的小說，而不再植根於民族文學的固定形式，不在屬於陳套（stereo-type）而是嘗試性、開放性非常強烈的新生產物。由於金庸的承續傳統，使得她在小說背景和敘事手法上，處處顯示了中國傳統章回小說和說書的影子，有些地方更刻意地朝此一方向走；至於古龍則力圖走出中國小說的窠臼，邁向更開闊的、與現實結合的現代武俠。

特色：金庸富史識，古龍具現代手法

金庸的著作大部分有明確的歷史背景，這可能是他自覺的創作行為。他在開始構思武俠小說的時候，基本上已經有一個理念，就是站在民間（或在野）的立場，來對正統歷史所闡述，一些遺漏的、無法照顧到的層面給予新的詮釋。從《書劍恩仇錄》，描述乾隆朝的海寧陳家開始，就有這種傾向。因為海寧陳家在清朝是一個大家族，也與乾隆的身世有關。

此後金庸整個的創作愈來愈明顯地採取當權者批判的角度，隱含的意思可能是中國人的精神並非透過正統的當權者之行為來承續，而是透過在野的民間草莽之行徑，他強烈的歷史意識以及他對中國傳統文學，試圖賦予新的面相。他對作品的修改行為，有許多雖然是不著痕跡，但也有一部分是非常著痕跡的。像《射鵰英雄傳》就是，修改後的《射鵰》是從說書開始，即表達此一想法，他自己也表示，所以改成以說書開始，乃以是不忘本源。很明顯的，他本人強烈的歷史意識，以及他自覺的要站在民間的立場，闡揚正史所遺漏或看不到的部分，這個精神融貫了整個金庸的武俠世界。

而此一精神的最高潮是歷史的反諷，金庸塑造了韋小寶這樣一個歷史虛構人物，用反諷的行為把整個歷史和武俠世界，做了強烈地自我的滅化。事實上，在《鹿鼎記》裏，我們可以看出這部書明明白白是在寫康熙，換另一個作家的話，主角很可能就是康熙了，但是金庸這樣的處理，已經能夠把歷史的問題、現實的問題，整個文學技巧的問題，運用得非常自如，能入能出。他對整個歷史的反省，使得他採取一種反諷的態度來處理。

金庸的成就，可能有一部分是因為他身在海外，對歷史的省思可以不受官方歷史解釋的侷限。台灣早期的武俠小說寫作者，一開始就很少有強烈的歷史觀點，除了才情的限制之外，恐怕對歷史不敢做過分的詮釋也有關係，台灣早期許多的武俠小說已經是沒有背景。

另外一方面，小說作者自己塑造一個武俠世界，這在近代武俠小說發展史上，自從早期的朱貞木、白羽、鄭證因以來，已經相沿成習，尤其是關於幫會的沿革，以及所謂武林世家的性格方面，譬如古龍武俠小說裏面常提到的唐門，事實上是鄭證因的著作裏最早塑造出來的。古龍真正的突破，恐怕不在於完全脫離歷史的束縛，而是他在塑造一個新武俠世界時，加入現代人的想法，譬如現代人對傳統小說有起伏、非常嚴謹的寫作方法，已經感到厭倦，古龍是最早能夠把蒙太奇的電影技巧用到武俠小說的寫作上，畫面、背景的切割，交錯進行，節奏快，感情濃烈，表達非常俐落。而在他的寫作生涯裏，武俠人物前後常能夠銜接，譬如說楚留香的角色，我們可以看出是從《武林外史》的沈浪來的，《多情劍客無情劍》的小李探花也和《武林外史》的王憐花有其相關性。事實上，在許多武俠小說裏面已經有這種現象，甚至包括在台灣的諸葛青雲、臥龍生他們的著作裏面也有前後相續的情況，金庸的小說也是一樣，譬如《射鵰英雄傳》結束以後，楊康的兒子楊過就成為《神鵰俠侶》的主角，在下一部從張君寶到張無忌，一路下來，也有他角色塑造的連貫性。

雖然金庸和古龍的武俠小說有其不同的創作理念，不同的時空背景，自足的武俠世界，但基本上兩者都屬於俠情之系統。就近代武俠小說的發展而言，大體可以分為俠義與俠情的兩個系統。前者如平江不肖生的《近代俠義英雄傳》，後者如王度廬的《鶴驚崑崙》系列小說，而金庸與古龍所承續的則是俠情的系統，易言之，這類武俠小說寫的不祇是武術、技擊或俠者行徑，也抒寫兒女之情，就此而言，大體隸屬《兒女英雄傳》之一脈。

但金庸與古龍雖均屬俠情之系統，二者亦有所出入。

寫情：金庸堅貞，古龍浪蕩

金庸與古龍寫情的最大不同，我個人覺得是金庸對情的終極意義非常肯定，除了最後《鹿鼎記》裏的韋小寶之外，金庸仍然肯定真正的感情是一對一的。從《書劍恩仇錄》開始，香香公主喀絲麗與青桐同時愛上陳家洛，但最後陳家洛只能選擇一個。

金庸的小說一路下來可以證明男方與女方基本上都是從一而終；像郭靖與黃蓉都各有感情的糾結，楊過也有其他感情上的遭遇，包括公孫綠萼為他而死，程英、陸無雙的感情糾結等等，但這些其他的感情事件，並不能夠淡化一對一感情的堅貞或純度。

對古龍而言，我個人覺得古龍對感情的本質始終不是那麼執著，這可能是隨著他的生活狀況與思考型態而有所改變，他有時也強調一對一感情的可貴性，但大部分他對感情本質是有所懷疑的。所以在古龍的著作裏，感情並不是最主要的基調，以他最成功的小說《楚留香》來說，主角簡直就是不會談戀愛的人，他沒有真正刻骨銘心地投入過愛情。雖然也有單方面的，女孩子在某種機緣裏受到吸引或甚至於相殉等等，但是並沒有真正對等的關係，我們看不到愛情歷程裏面的生發、成長、挫折、考驗，以及最後無論是圓滿結局或悲劇收場，在古龍的小說裏看不到這些，而金庸描寫感情是比較細膩的，我們可以說金庸的武俠小說部部都是情書，以「碧血劍」來說，我想《碧血劍》真正的主角恐怕是金蛇郎君，金蛇郎君和溫儀的戀情，雖然結局是悲愁的，但其過程可以看出生死相許的程度。

金庸小說裏的愛情，結局往往是惚惚若狂、惘惘不甘的情況。《雪山飛狐》、《飛狐外傳》等書更為明顯，而最大的高潮可能是《天龍八部》中，蕭峰把阿朱一掌打死，這樣的結局可以說是真正生死以之的愛情，雖然它的結是如此可怖，但其可怖卻又不能毀損愛情的堅貞或純度，因此，金庸可說是正面肯定愛情價值，並且，愛情超乎一切恩仇或利害之外。王霸雄圖，血海深恨，皆歸塵土，可是愛情在金庸的意念裏，卻能超脫出來。

至於古龍小說裏的愛情，大部分是一種浪漫式的，有點浪子性格的意味，而浪漫性的愛情便談不上彼此經過艱難的考驗，或是經過長期乖違，像楊過與小龍女分別十六年的狀況之下，還會剩下甚麼。金庸寫愛情的筆調，往往是迂緩而踏實的，古龍寫愛情則是燦爛的，用詞極浪漫，但其愛情的過程卻未曾化為平淡，並且缺少一種對應或心靈互動的情況出現，其中唯一的例外可能是「多情劍客無情劍」裏的小李探花。雖然李尋歡和林詩音從一開始就不能結合，更談不上心靈相投，也正從古龍處理這一事件，表現出他對愛情純度不是如此堅信，所以小李探花最後還是和那個辮子姑娘孫小虹在一起了。我想，在金庸的世界恐怕很難想像這種情況，這種刻骨銘心的相愛，縱使他們不能結合，但怎能有另外的心靈空間，容納其他的女孩子？

人物：金庸重歷練，古龍重經歷

以人物的塑造而言，金庸的小說主角永遠都有一個成長歷程，一個人經過一段時間的磨練之後，基本上和原來的人已有所不同，用文學術語來說，金庸筆下永遠不是「扁平人物」，所以，金庸的長處，是能夠在情節裏面關注到主角或其他人物的成長，也就是說他的小說很少有突變，在情節上如此，性格上亦是如此，除非遭遇極大的刺激，譬如《碧血劍》裏的何玉姑，她事實上是受到感情上的刺激，才有如此的劇烈轉變，也就是說金庸在寫作時，掌握到性格發展的線索，使情節發展成為一個有機的統一。

金庸的小說相當具有連貫性，我們可以說他開始寫時就有了很好的布局，雖然金庸自己的說法，他寫小說是先從人物性格著手，讓他由著性格而有其本身的發展。古龍和金庸恰恰相反，他所重視的是一個事件或場景本身突變的可能性，因此我相信金庸、古龍的人性觀一定大不相同。金庸的人性觀是比較平正、通達的、具有發展性、持續性的人生觀；而古龍則是多變的、不可捉摸的。

古龍筆下的人物在這一幕場景的行為是可理解的，而在另一個場景，他的行為可能是突變的。對讀者接受的程度而言，金庸和古龍都有強大的讀者群，顯示讀者並非只能接受某一種表達形式，我想，金庸的重點還是在於承續了正統文學的表達方式，而試圖使它深刻化，或使它的形象更為鮮明。

而古龍所受的影響，據其自述則為現代西方文學，尤其是美國小說家海明威，所以他重視的是某種力量的象徵，或是某種意念的流轉。對古龍而言，技巧問題遠勝過小說本身內在韻律的掌握，他把隨時能夠製造突變，當作小說技巧裏面很重大的成分，金庸則任何一個變化都是水到渠成、順理成章，所以他顯然是正統文學長篇小說的一種表達方式，這兩種模式恰好是一個對比。現代人在某些方面可能比較喜歡變化多、節奏快、文字簡潔俐落的模式，所以古龍的小說在很短一段時間裏面，有很強的新鮮感覺，也被拍成許多電影。但是，從長久的眼光來看，文學作品除了技巧的展示，情節的突變，噱頭的穿插之外，恐怕還需要一些對人性的掌握，對人性之歷史形成的一些透視，因此，終極而言，正統且嚴肅的文學，才能夠受到時間的考驗而擁有更長遠的讀者；是故，將來金庸小說的流傳及普及程度，顯然還是要超過古龍的。

武功：兩者均能脫離技擊的既定窠臼

就武俠小說的形式而言，金庸與古龍都有所突破，尤其在武功描述方面，二者都脫離技擊小說的窠臼而另闢蹊徑，金庸的著作裏雖然也有武功修練的描述，但那只是一種必需的過程而不是本體，至於古龍，他早期的小說也花了很多時間描述武功的修練，如何在克敵制勝上能有新的突破。但是古龍也受到金庸的影響，金庸認為武功到最後是無招勝有招，一切武功其實都可以被破解，最高的境界無可描述，有點接近禪宗的境界，這一點對古龍的影響可能非常大。

或許在古龍的小說裏，他很自覺的意識到一切招式、武功並不是武俠小說的要義，他認為孤絕、激烈，或者是一個凶險的環境，可以逼發出人的內在潛能，亦由此顯現其個性。這也表示武俠小說發展到古龍時，已經沒有辦法用武功或招式來討好、吸引讀者，因為讀者所要看的武俠小說內涵，恐怕不再是一招一式的問題。而金庸也明白說明他對武功的描述，只是一種技巧上的必要工具而已，其描述練功的過程，只是一個人物在成長過程中必須有種種熬練、種種自我的修持而已。楊過在大風雪中、在怒濤中練劍，只是人成長過程中最具體形化的表達而已。這和學者在學術上要有成就，就必須有一段苦讀的歷程，是可以相互對照來看的。

金庸在表達上要完全順乎人性自然的發展，以及情節自然的推理，所以他不會刻意地省略一些必要過程，但是到了古龍筆下，他已經認為，既然武術描寫不是武俠小說的要義，那何不乾脆把它揚棄。雖然揚棄掉這些招式也使得許多武俠小說讀者不能適應，但我個人覺得這方面的嘗試是值得鼓勵的，因為武俠小說不能夠再停留在原來與武術有關的窠臼裏面，它勢必要有一些新的內涵。

金庸試圖注入了人在歷史時空環境裏，面對種種詭異不可測的情勢，如何一步一步從天真到了悟事實真象。易言之，金庸的小說往往是一種啟蒙小說，而古龍的重點在於追求瞬間的光芒，但在追求此境界時，往往我們看不出過程中的遭遇，而對古龍而言，人生在發光的時候，才是真實而值得讚美的，其他東西反而相形之下不重要了，這可能是金庸和古龍不同的文學觀所造成。

傳統藝術：金庸具體，古龍陪襯

此外，在處理中國的傳統藝術方面，金庸和古龍的態度也有所不同。金庸處理這些東西時，是把它們融入到生活裏面，做為一種具體的描述，而古龍的小說雖然也處理這些東西，譬如《天涯・明月・刀》裏面的琴棋書畫四大使者，也都對他們的長處做了一些出人意表的描述。可是，金庸在小說裏面穿插這些人間世的技藝或學識，是因為在形式上，金庸認為，一個人生活在那樣的時代，應該有一些文化上的具象描述，所結合其學養，配合情節上的需要，把傳統文化裏面可以用文字形象化的東西，一一表達了出來。而對古龍而言，這些東西都變成只是陪襯。古龍既然不重視個人人格的形成與個性的成長，因此，伴隨這些成長所存在的環境誘因，也變成次要或是第二義的東西。

在金庸的著作裏面，琴棋書畫往往會很有機地融入情節裏面，而在古龍著作裏往往成為一種炫學，表示他也懂，不但懂，而且還可以找到一些非常冷僻而又非常動人的情節，將之帶進小說。但這類帶進是一種炫耀的表示，而不是一種有機地融入成情節的必須。我們可以看出，在金庸小說裏面，傳統文化的項目是如何與生活發生關係，在古龍小說裏，往往是既有的東西，在某種情況下，主角或某一高手信手拈來，而不是一種有機地融入。

讀者：金庸多知識分子，古龍多一般大眾

由於基本信念的差異，寫作手法的不同，金庸和古龍在寫作時亦有其預設的讀者對象，基本上，金庸的武俠小說是寫給知識分子看的，因而自覺地對政治問題持有他

個人的看法，這從他對正統朝廷的態度可以看得出來，而他唯一沒有歷史背景的小說「笑傲江湖」，其實寫的是中共的文化大革命，朝陽神教是中國共產黨，葵花寶典就是馬列主義，在小說裏，我們很明確地可以看到一個知識分子，如何技巧地、隱約地批判傳統政治與現實政治政。

對古龍來說，他是一個大眾消費時代的作者，他心目中的讀者不是憂國憂民的知識分子，而是對世事好奇的現代人，需要某些情緒性宣洩，某些幻想馳騁。古龍自己也說過，楚留香其實就是〇〇七的化身，他當時看到〇〇七的電影，覺得在這樣一個苦悶的時代，人需要幻想式的英雄，做為生活上的調劑。〇〇七之所以變成世界性被接受的英雄，當然暗示了某些文化現象，或者是某種社會情緒。現代社會是一個消費性、商業性很強的時代，而現代其實應該沒有英雄。

有人說「推銷員之死」裏面的推銷員可能是現代最後一個英雄，大家都自覺地想要一個幻想的英雄，但對這個英雄卻未真正給予太嚴肅的關注，所以古龍的確可以反應一個大眾消費時代的文化現象，而他也很自覺地要塑造這種文化產品。古龍的小說愈到後來節奏愈快，要求的變化也愈多，因為它整個是迎合或附合了現代消費的需求。而金庸則具有中國文人小說家根深柢固的傳統。這是中國文人傳統與現代商業背景所產生的歧異之面貌。

敘事手法：金庸古典、渾厚，古龍現代、陽剛

因為訴求對象的差異，金庸古龍的敘事手法和文字技巧亦大相逕庭，雖然二者的文字形成強烈的對比，但我個人認為兩者都可以給予很高的評價。金庸的文字當然有深厚的國學修養，但是他在整個情節的敘述上，也有相當熟練的西方文學技巧。「天龍八部」裏寫江南水鄉的一段，恐怕要超過「老殘遊記」裏的寫景場面。他寫楊過在絕情谷追逐太陽的那段文字，即使當散文作品欣賞，也是非常成功的。

整體而言，金庸的作品是雄健靈活，也表現了內斂的才情，古龍的文字則講求精確、氣勢，因此他往往是像雕刻一樣，寥寥數筆就把氣氛營造得十分逼真，真正顯現了陽剛文字的力道。古龍小說裏很少有大片的描述文字，往往是寥寥幾筆勾勒出某一種情境，而在動作進行的過程中，也是極短但極為精確的文字描述，便使情節很快地轉換到另一個場景或變化，他的文字魅力，在香港有人認為，如果以阿波羅和戴奧尼塞斯的文學表現方式來分，古龍表現的是戴奧尼塞斯的魅力。金庸把中國古典文字做融貫的運用，古龍則把古典的智慧整個用現代表現方式銜接起來；金庸的文字是從古典裏面化出來，古龍是用現代眼光來擷取古典，他借用古典的詞語，但給予它另一種面貌與力道。

金庸寫永恆的男女之情，把愛情當作人生的磨練，他所在意的就是如何維持愛情本身的純潔度，或者在試煉中來看愛情會有如何的發展。在古龍而言，他對感情的看

法永遠是一種浪子型的愛情，就是從這種態度來看愛情，所以它是一種短暫的光芒，講求某種愛情的奇異與浪漫性。金庸對愛情的看法是雙向的，愛情不是由於某種需要或某種替代品，愛情也不是最後的歸宿，愛情的萌發和人的成長、人的完成，完全是結合在一起的。而對古龍來講，愛情可能就是一種需要，一種浪漫的光芒之顯現，但是它的最低點往往是一種極快的轉移，極快的淡化。也許我們把金庸視為中國正常的倫理之承續，一種深厚的感情、透過小說把它呈現出來，而古龍的愛情則是現代的浪漫，是一種切片。往後去，也許愛情型態會愈來愈接近古龍筆下這類浪漫型態，而不再是長久持續的相互成長，但無論如何，金庸是把這種傳統典型的堅貞之情，表現得相當美好。

除了寫情的方式，對情的理念不同，金庸與古龍在敘事手法上，亦表現了兩種不同的風格，簡單地說，金庸敘事平穩，古龍則跌宕多奇變。

武俠世界高手輩出，成一家之言者亦復不少，而其中最引人矚目的當金庸與古龍，如果說金庸是現代武俠小說的正統，古龍也許就是現代武俠小說的奇才了。

資深媒體人、知名文化評論家 **陳曉林**

金庸、古龍武俠小說比較論

五〇年代，從梁羽生開始，武俠小說作家完成了方向上的轉換，開始站在新的角度，用新的思想來改造武俠小說。然而，真正從創作主體上把握武俠小說本體的當數金庸，他在還珠樓主、梁羽生等人的基礎上，發展了武俠小說的特性，使它從較原始的類評話小說，提昇為具有較高鑒賞價值的文學品類。隨後的古龍則獨樹一幟。少年時的不幸遭遇所形成的狂放、熱情而又孤獨、古怪的性格與深邃的思考，使他成為武俠界的奇人、怪才。

他的學識不及金庸廣博，但獨特的個性與「求新、求變、求突破」的創作原則卻使他的作品跳出窠臼，更適合快節奏的現代商業社會，具有特殊的魅力，從而繼金庸之後將武俠小說帶人了新的境界。本文將從精神內涵、人物形象、創作形式三方面比較金庸與古龍在武俠小說創作上的異同。

一、精神內涵

傳統的俠義精神往往充滿著浪漫的激情：輕生命，重信諾，鋤強扶弱，懲惡揚善。它不僅使武俠小說中的俠士有生命，也使得「俠文化」根深葉茂，源遠流長。然而，從本質上來說，這種俠義精神仍未脫離封建社會傳統思想的框架，俠士們判斷是非善惡的標準是傳統的封建道德，正義中透射出濃厚的忠君思想。就這一點而論，舊的武俠小說在表現行俠仗義的同時，又成為了封建社會的載道文學。

故而，無論是思想上不可避免的封建意識，抑或行為上單純的伸張正義都已無法包容現代生活的內涵，迫切需要一種人文精神的介入，從而形成各種思想的矛盾複合，使武俠小說在精神涵量上得到提昇。這也正是新派武俠小說「新」之主要所在。

正是在這一點上，金庸和古龍作出了傑出的貢獻。他們既張揚了俠士的自由個性，又不完全受那種「忠君報國」、「除暴安良」之類框框的限制，而是將五四以來形成的人的解放和現代性的時代精神與中華民族傳統文化相結合，既在傳統文化與歷史積澱中提煉出契合武俠小說本體的精神內涵，在肯定個體獨立人格的基礎上強調人的群體意識與社會責任，又將人生的豐富性與多面性融入俠義之中，挖掘個體的本性、欲望、思想、情感，藉古喻今，探索現代商品經濟下人的焦慮、空虛、孤獨和渴望，在精神內涵中注入現代人的觀念，從而使作品從封建意識的宣揚轉向高尚精神的推崇，成為「俠義」與「人性」的結合，「傳統」與「現代」的結合。

在結合的過程中，由於人生經歷、價值觀與道德觀的不同，其作品中所反映的精神內涵也各有側重，大致包括以下幾個方面：

(一)個群關係處理不同：金庸的個群關係統一與古龍對個體生命的重視

金庸的小說強調個體意志與群體意識的統一，這也是他作品中五四精神與傳統文化結合的主要表現。五四精神強調個性自由，傳統文化宣揚群體意識。而金庸作品中的主人公既擁有俠的自由個性，又具有強烈的民族精神和憂患意識。他們無拘無束，快意恩仇，而一旦涉及民族大義又會勇擔責任。

這看似矛盾的兩者，在金庸筆下達到了完美的統一：「俠」的精神體現了做人濟世的尊嚴和作為生命個體自由不拘、至情至性的本質，所謂的「民族大義」已不再是皇帝朝廷，而是俠客們所認為應該和必須承擔的社會責任，也是他們獨立人格和率真天性的流露。這與傳統的「忠君報國」有著本質的不同。所以，金庸在以是否擁有民族大義這種寬廣的胸懷作為判斷大俠的標準時，既走出了君君臣臣的框架，又沒有忽視武俠文體固有的自由不羈的精神，而是追求一種建立在保持獨立人格與個體自由基礎之上的愛國主義。

而在古龍的筆下，很少涉及國家興亡、民族大義，他更重視人作為獨立的個體存在的價值及人與人之間的平等和尊重。這種價值是與生俱來的，這種平等與尊重僅僅源自人們內心抽象的道德與良心。當楚留香戳穿無花的陰謀時，他卻說：「我只能揭穿你的秘密，並不能制裁你，世界上沒有一個人有權利奪去別人的生命……」西門吹雪和葉孤城是仇敵，但是，「仇恨並不是一種絕對的情感，仇恨的意識中也包括了理解與尊敬」。花滿樓則昭示了另一種人生境界。他是個瞎子，卻從不自怨自憐，而是用一顆明亮的心去領略這個世界，用所有的力量去愛這個世界上的生命。這種境界，正是古龍最推崇的，這種無視現實功利的高貴的精神，閃動著理想主義和浪漫主義的光輝。

（二）背景不同：金庸作品中的歷史再現與古龍小說中的時空虛構

在金庸的作品中，歷史的還原是作品不可或缺的骨架。他的小說注重聯繫國家民族的興亡與動盪，賦予故事一個真實的歷史環境，以歷史的真實烘托人物的精神內涵。與此同時，金庸對永無休止的歷史爭戰的刻畫和描繪，又表現出他對中國社會、歷史、文化，對民族性格、民族心理的深刻理解和感悟，其中既有對人類的寬厚與同情，又有著對世俗紛爭的批判、厭倦和無奈。

在這一點上，古龍則自行其路，他不寫「江山」，只寫「江湖」，沒有任何歷史背景，更不注重歷史因素對人的影響，正如他自己所說的：

> 我們這些故事發生的時候，是一個非常特殊的時代。
> 在這個特殊的時代裏，有一個非常特殊的階層。

在這個特殊的階層裏，有一些非常特殊的人物。
這個時代，這個階層，這些人物，便造就了我們這個武俠世界。
在這個世界裏，充滿了浪漫與激情。
充滿了鐵與血，情與仇，暴力中的溫柔以及優雅的暴力。
鐵血相擊，情仇糾結，便成了一些令人心動神馳的傳奇故事。

這裏，「特殊的時代」、「特殊的階層」就是古龍小說「特殊」的「背景」，他拋開所有歷史環境與時間限制，僅憑感性的筆觸直探現實人生，探討在純粹的人與人交往的狀態中人性是如何展開的，從而創造出一個無須用歷史去支撐，也不能用歷史去支撐的神秘的、現代的浪漫主義藝術世界。

他們一個靠歷史寫實兼以藝術的加工，一個靠激情來構建理想中的社會，因此，在金庸筆下能領略社會風情，而古龍的小說更多的是人性世界的袒露。但是，金庸雖重歷史的再現，關注的並不是歷史，而是在某種可變的歷史環境中人存在的可能性。他的作品也不在於呈現某個歷史片斷，而在於理解、分析、考察投人這一歷史漩渦中的人的動作、行為和態度，從中表現出米蘭・昆德拉所說的人的「具體存在」，即人的「生命世界」。

從這個意義上說，他們是相同的。

（三）情節主線不同：金庸作品中的紛爭與古龍小說中的情慾

紛爭與情慾在金庸和古龍的作品中有著共同的體現，但側重點不同。在古龍小說深處，推動情節發展的往往是人的情慾。《絕代雙驕》中，移花宮主不惜耗費二十年精心設計兄弟殘殺的人間悲劇，僅僅出於嫉妒；《名劍風流》曲折離奇，撲朔迷離，幕後的操縱者竟是姬苦情、姬悲情、俞獨鶴，這三人之間既有兄妹亂倫，又有婚外偷情，人性中最陰暗的一面盡在其中。

古龍正是「將這些人性中貪、嗔、癡所引起的非理性的心理行為都揭幽發微，集到了一處」，構造出一個瘋狂的世界。同時，「他又用直抒胸臆的方式和婉轉的曲筆，批判了那種前代仇怨化為現世業報的倫理模式」，並塑造出充滿人性和人情的新一代江湖人物，讓我們看到了希望的曙光，蘊含著獨特的藝術魅力。豁達寬容、機智風趣，對人類充滿愛與信心是楚留香一生的追求，也是古龍人格的標誌。

可是在金庸筆下，儘管有著馬夫人僅因喬峰未看她一眼就使盡陰謀的例子，但更多的是表現相互間的爭奪：《白馬嘯西風》是為爭奪一張高昌古國迷宮的地圖；《連城訣》爭奪連城訣及天寧寺內的金佛寶藏；《射鵰英雄傳》中，宋、金、蒙三方逐鹿中原，爭奪江山，武林高手雲集江湖，爭奪九陰真經。一個「權」，一個「利」，在金庸作品中成為一切矛盾與糾葛的主要根源。然而，正如虛竹小和尚說的：「庶民如塵土，帝王亦如塵土，大燕不復國是空，復國亦是空。」一困一切爭權奪利的背後，原來是人生的虛空，「人生永遠美滿似乎不太可能，就算最後圓滿，茫然的感覺也在所難免，一切目的都達到了，還是空虛的，中國人的悲歡苦樂往往是交織著茫然了」。於是，萬念俱灰之後，俠士們只好於悲愴中追尋和營造自己的精神家園，那就是隱逸。兜兜轉轉，金庸還是回到了中國知識份子最終的精神家園：由儒至道至佛。

然而，無論是紛爭還是情慾，都源自人性的自私與貪婪。金庸與古龍在不斷探索與深入人物內心時，都感覺到了許多無法言說的困惑，所以他們的作品表現出一種隱痛，一種對於美與惡、愛與恨永遠也無法作出解釋的無奈，而且暗示著不論你如何解釋，悲劇仍然會一代一代地演下去。在作品的結尾，古龍往往還會給人以希望，可金庸在以寬厚和悲憫的心懷來描述冥冥眾生的同時，卻更多地創造出非死即隱的悲劇。

（四）情感傾向性不同：金庸筆下的愛情與古龍文中的友情

金庸是寫情的高手，他筆下的愛情既不「猶抱琵琶半遮面」，更不淪落至「只談風月」的模式，而是從愛情中還原人的真實，讓人領略到人性中至情至善的一面。楊康十惡不赦，但對穆念慈仍存一念之情，穆念慈對他的愛更是毫無正邪之分、道德判斷，深陷情網而不能自拔。楊過與小龍女的生死之戀則是一切愛情的典範，經歷了重重的波折，十六年的等待，連金庸都為楊過的深情所感動，一反往常的悲劇情結，讓這對生死相許的戀人最終攜手飄然而去。

在這裏，儘管仍有著程英、陸無雙、公孫綠萼等眾星追月的故事，但金庸還是在一定程度上給予女性情感上的平等權利，她們畢竟曾經在楊過的生活中佔據過一段重要的日子，「鳳凰台上憶吹簫」的情懷會將她們今後的日子一天天填滿。但是，在古龍的筆下，愛情是完全矛盾的：一方面，他筆下的楚留香尊重女人，在極端危險的情況下，冒著功虧一簣的危險為一個瞎眼的女人討回公道；另一方面，他又不時地讓少女在楚留香面前全裸，更有琵琶公主三更半夜鑽進楚留香的被窩，新月公主在出嫁前為楚留香獻出一切，而她們又都知道，楚留香本不屬於任何一個人的，不能用他的終身痛苦來換取她們的幸福。

在這裏，男人對女人最多只有尊重，而不是愛情。女人在男人的生命中只是可有可無的裝飾品，是制約英雄成長的桎梏枷鎖；她們只擁有作為個體生存的人的平等，而無情感上的平等；她們只有愛的權利卻沒有被愛的幸運。這種一廂情願的男權主義思想與古龍作品中蘊含的現代思想顯然有著較大的矛盾。

古龍對愛情是這樣，對友情的推崇則到了無以復加的地步。「莫愁前路無知己，天下誰人不識君」的情懷在小說中掬手可盈。

他筆下的友情是淡淡的，又是熱情如火的。姬冰雁表面上冷冰冰，又怕死又不夠義氣，但當楚留香找上他時，明知九死一生，他仍放棄了金錢、地位和女人，義無反顧地追隨左右；為了朋友，李尋歡連心愛的女人都可以拱手讓出，並不惜因此而痛苦一生；鐵傳甲為了朋友的名聲，寧願自己受冤屈，直至死亡也不肯辯白一字一句。這是「士為知己者死」的義氣，是「延陵季子持劍」的浪漫，是「伯牙鍾子期斷琴」的絕唱。然而，古龍又是矛盾的，一方面，他執著於友情的偉大，另一方面，又時常露出警戒之心。他常常說：「最可靠的朋友往往是最危險的敵人」，因為有資格做對手的人才有資格做朋友」。

這種對友情的推崇，正是他豪爽、狂放、重情重義的性格的體現，同時也折射出他內心深處的痛苦和孤獨，而他在文中對友情的懷疑則包含著現代競爭社會中人們對以相互利用為紐帶的虛情的厭惡和無奈。而在金庸筆下，朋友之情顯然沒有兄弟之誼深厚，惺惺相惜之人往往三言兩語便由「朋友之地」而登上「兄弟之境」。郭靖與拖雷小時候便拜了把子，喬峰與段譽，段譽與虛竹也是一見如故，隨即叩頭結拜。

二、人物形象

金庸與古龍的作品對武俠小說神化與魔化兩個極端對峙的固有規範進行了衝擊，少了神奇與荒誕，多了一絲人間的煙火味與血肉感。他們強調個體生命意識，挖掘人物內在的豐富性和複雜性，為武俠人物譜增添了許多豐滿、有立體感的新形象，使武俠小說真正成為人的文學，從而大大提高了武俠小說的檔次，使之從低淺的地攤文化上升至具有較高欣賞價值的文學殿堂。

金庸與古龍筆下的人物都是在艱苦的環境下仍不屈不撓，繼續奮鬥的人物，他們都在重重的矛盾與夾縫中做人，卻始終保持著自己的信念和尊嚴。這樣的形象，正是我們所需要和期望的中國人的形象，體現著一種民族精神。

不過，在塑造人物形象時，他們又是有所不同的。金庸作品一開頭出現的往往不是主人公，隨著故事情節的不斷深人，主人公由遠及近，逐漸凸現，並在不斷的磨礪中日趨成長，成就事業，最後成為一代大師。《射鵰英雄傳》中的郭靖，《笑傲江湖》中的令狐冲大抵就是這種類型。

在這裏，作者以足夠的耐心，幾條線同時並舉，多個角度同時切入，多個個性同時塑造，慢慢進行，逐步增進讀者感知人物性格與情感變化的心理強度，補足讀者感受從中體現出的文化陋習、人性醜惡、人間真情所需的心理變化時間，不動聲色地讓人蟠然醒悟，意識到現實環境的美好與悲哀，世俗人生的幸福與無奈，憤而不怒，讚而不揚。這種人物塑造方式正體現出了中國傳統的中庸之道，它對讀者的情感定位是有節奏的，緩慢的，從而能被絕大多數人所接受。

而古龍筆下的人物一出場便是高手，是強者，他們尋求的是理解。

蕭十一郎總愛哼一首歌：「暮春三月，羊歡草長，天寒地凍，問誰飼狼？人心憐羊，狼心獨槍，天心難測，世情如霜。」這是強者的悲哀與寂寞。

在充滿競爭意識的今天，人們往往用畢生的精力追求事業與成功，做一個時代的強者。在過分的純理性與虛假面孔的掩蓋下，人的內心卻日益孤獨，疲倦。然而儘管累，卻沒有人敢休息，因為時代與人生「像鞭子一樣永遠不停地在後面抽打著，逼著你繼續往前走，可是它又不告訴你究竟在找什麼，能找到什麼」。

這種現代物質文明高度發展下的空虛感與焦慮感在這裏表現得一覽無餘，與生俱來的強烈情感在現實的懷疑、猜忌甚至陷阱面前是如此不堪一擊。這種孤獨，正是古龍的孤獨，也是超越了古典主義，注入了現代文化哲學的現代人的孤獨，它是時代的折射，更是人物內心對最原始、最純潔的真性情的期盼和對傳統回歸的渴望。然而，古龍又認為，「人性不僅是憤怒、仇恨、恐懼、悲哀，其中也包括愛與友情，慷慨與俠義，幽默與同情」。

因此，儘管不幸、孤獨、痛苦，他們總是用巨大的毅力去忍耐和承擔，靠著勇氣和智慧冷靜地應付。正是這種人所難見的大智慧，加上生活的磨難造就的沉重感，使古龍的男主角風流而不輕佻，機智而不油滑，悲哀而不消沉，他們永遠昂揚著一種生的意志。這種意志不是如金庸筆下一般循序漸進地讓人體驗與接受的，而是一開始就風馳電掣般地給人以震撼，讓人熱血沸騰。從這裏，我們可以窺見金庸與古龍含蓄與外露的不同一面。

應該說，在人物形象塑造上，金庸是技高一籌的。幾乎所有的人都能接受金庸的人物，卻並非所有的人都能接受古龍的英雄。郭靖開始的愚鈍與後來的成就看似有些矛盾，但當我們注意到他天性中正直、勇往直前的一面時，這一切又顯得水到渠成。這種本性中的善與蘊藏在深處的精神、道德的內涵很容易與讀者產生契合。而古龍筆下英雄們的性格基本上是定型的，缺乏發展。他們的存在，僅僅是為了體現某種純粹的觀念與理想。當這些形象僅僅成為作者主觀意念的外化時，容易產生說教之感，難以被人接受，這與金庸道德觀的內蘊顯然有著一定的差距。

另一方面，在挖掘人物內在的複雜性時，金庸更注重內在的合理性。他筆下的人物已從作者操縱的、為維護某種價值觀而行動的創作模式中掙脫出來，置身於一個特定的、具體的環境中。

韋小寶不學無術，用任何一種既有的文化理念去衡量他，他都是一個流氓，但是讀者並不討厭他，反覺其可愛，並對既有文化的合理性作出更深層次的反省，其奧秘就在於金庸善於利用環境的衝突寫人和事的不定性，並作為事態進一步發展的伏筆。而古龍在克服小說人物概念化、公式化的缺陷時有點矯枉過正了，尤其是他後期的作品，人物形象過於複雜，都具有「一半是魔鬼，一半是天使」的矛盾性格，危步於道德的懸索之上，而在這裏，客觀環境與人物命運的驅動力表現不夠，作者的主觀色彩過於濃厚，就必然造成人物舉止的虛幻。

這也是金庸小說為什麼比古龍深厚的原因之一。

在人物形象的刻畫中，武功描寫是必不可少的。金庸與古龍對武功的描寫早已脫離了舊小說中一招一式的描述或人物目射白光的神話，而上升為一種人的生命意志與生存狀態的反映，賦予武功一種深層次的內涵。

首先，在人物武功本身的描寫上，他們都具有重內輕外的創作意向，顯示出一種哲學意念，但尋求的境界有所不同，從中所體現的人物形象的氣質與感受也不同。金庸描寫武功，將武術的演示技巧與武打人物的內功修為寫得層次分明，表現出強中自有強中手、一山更比一山高的意境。古龍武功的特點是「無招之招」，它是以明心見性為宗旨的。在這裏，繁雜、優美的招數全然不見，只有對峙的兩位高手，只有凝神中的緊張以及微妙的心理活動。

其次，在人物武功與人物道德的結合上，金庸和古龍筆下的人物「在表現『除暴安良』的母題時，絲毫沒有流露出以武解決問題的傾向，而是從武德和人生境界兩方面對武作了富有意味的闡釋」。

這裏，金庸以中國的社會道德作為判斷「正」「邪」武功的標準，武功的「正」「邪」即人物的「正」「邪」。而古龍更側重人性對武功的影響，將人類最基本的情感化入武功描寫之中，使武技成為體現一定理想的符號象徵，成為人物的心靈情感和生命的外化形式。所以，古龍的「無招之招」其實很少殺人，真正的高手無論面對怎樣的仇敵，「心中仍洋溢著關愛、寬容與同情」。人物的善與惡、美與醜在這裏一覽無餘。

最後，在人物武功與人物形象所蘊藏的傳統文化內涵的結合上，金庸筆下的主人公總是一點一滴、循序漸進地學到各門各派的武功，並在不斷頓悟中成為大師的。每一個人物的武功都有涵義深遠的名稱，從中折射出琴棋書畫的藝術精神、中國傳統的哲理風韻和人物內心的美學和人生境界。古龍筆下的人物，其武功卻沒有秘笈、沒有招式，小李飛刀自始至終就是那麼一招，而且「例無虛發」，蕭十一郎總能憑藉一把割鹿刀三招以內打敗敵手。他們的武功所尋求的是極限狀態下最美麗的一剎那，它沾染了一種浪漫的、童話般的色彩，又飽含著現代快節奏生活壓抑下人類對自身侷限性與規範性的突圍和對一種自由生命發揮的渴望。這種人物的最深層次、最原始的情感在武功中得到寄託與張揚，從而大大提高了人物形象的內在審美意識與思想深度。

三、創作形式

舊武俠小說創作多是在一種封閉的狀態下進行的，不受或很少受外來文學的影響，情節單純，文體缺乏變化，風格單一。金庸和古龍則在舊武俠小說的基礎上，採用新的文藝筆法塑造人物、刻畫心理、描繪環境、渲染氣氛，而不僅僅依靠情節的陳述，文字講究，西學為用，形成了具有各自風格的新武俠小說。

他們在創作形式上的不同主要體現在以下幾個方面：

（一）情節結構上，金庸的縝密架構與古龍的散文化取向

結構是一部作品的骨骼，情節是作品的皮膚。金庸的作品既繼承了傳統文學的嚴謹結構，又不時運用心理描寫來充實結構的多層次性與多視角。

他的作品規模宏大，一件覆一件，一環套一環，繁繁密密又連綿成氣，放得開，收得攏，前後呼應、構思嚴密、情節完整，正符合中國傳統的閱讀心理，也體現了作者紮實的藝術功力。《笑傲江湖》百餘萬字，人物眾多、頭緒紛繁，圍繞著「爭霸」二字層層展開。

大的爭霸有兩起，一起是以左冷禪為首的嵩山派欲併吞華山、衡山、泰山等五嶽劍派的陰謀；另一起是日月神教為達到「千秋萬代，一統江湖」的野心，與五嶽劍派及少林、武當的鬥爭。

在這兩個大結構的總脈絡下，又有小結構、小脈絡。在這一切紛繁複雜的鬥爭中，主人公令狐冲則是一個志在放浪隱逸之人，經過千迴萬折的鬥爭，終於實現了劉正風、曲洋未能實現的夙願——笑傲江湖。

古龍的作品則是散文化的，小巧而靈美。他筆下的人物總共就那麼幾個，線索也就一條，情節不繁雜卻曲折，撲朔迷離。這種結構與傳統很不一致，它只重過程不重結果，所強調的是事情本身所體現的人的生存的價值。《桃花傳奇》的結尾，楚留香身陷麻衣聖教，被迫在兩扇一模一樣的門前作出選擇，選對了生門則安全離開，錯了將落入萬丈深淵。他的命運到底如何，作者並沒有告訴我們，正如書中最後一句所說的：「這已不重要，重要的是他畢竟已經活過、愛過」。

在推動情節發展時，金庸從《天龍八部》開始成功地運用了現實主義辯證處理人物與情節關係的經驗，將描寫重心從情節轉移到性格上來，以性格作為內在的動力和依據，通過人物性格的發展變化來揭示和推動情節的發展，從而將情節從單純的故事敘述中解放出來。古龍的小說主觀性相當強，是以意向為中心的詩化小說，「靠著情感的投射使不同的物象凝聚成和諧的統一體」，「他的情節設置服從於情緒的變化，漫不經心的排列間飽含著情感的張力。」他在敘述情節時常常不只是描述，而是抒發、感歎，洋溢著一種詩的旋律。

《天涯．明月．刀》中有一段：

夕陽西下。

傅紅雪在夕陽下。夕陽下只有他一個人，天地間彷彿只剩下他一個人。

萬里荒寒，連夕陽都似已因寂寞而變了顏色，變成了一種空虛而蒼涼的灰白色……

……他在往前走。他走得很慢，可是並沒有停下來，縱然死亡就在前面等著他，他也絕不會停下來。

這是小說，更是散文，是寫景，更是抒情，是寫他人的故事，更是寫自己的心路歷程。古龍還常常藉人物的口直接表達對社會、人生的看法，並作為推動情節發展的手段之一。如此創作主體直接參與在小說中是極為少見的。如果作者沒有真情實感，沒有靈動的才氣，那麼，文章就會充斥著過多的廢話與無病呻吟，讓人感到深度不足，膚淺有餘，難以經得起時間的考驗。

（二）文體改進上，金庸的返視傳統與古龍的聚焦西方

作為新武俠小說，金庸和古龍都對舊有的武俠小說模式進行改造，融入了體現現代觀念的情節，吸納了多種文體的內涵，從而大大豐富了武俠小說的容量。在這一點上，金庸更多的是從傳統的小說模式中汲取養料，使武俠小說成為言情、心理、推理、歷史等多種小說的結合體。很多人不得不喜歡金庸的小說，「純粹只看愛情文藝小說的讀者，會被他悲歡離合深情刻骨的戀愛故事所感動；純粹看儀義技擊的讀者，更被那英雄肝膽男兒志氣和極盡武功之能的打鬥場面震懾……」《神鵰俠侶》中，楊過與小龍女一波三折的愛情是對傳統戀愛的反叛，可謂言情小說；元軍攻宋，郭靖固守襄陽，這裏有著歷史小說的影子，而它本身無疑是武俠小說。

在改進舊有的武俠小說模式上，古龍更重視西方小說模式的借鑑和引進，設懸念、重推理、講渲染。《借屍還魂》幾乎就是一部偵探片的藍本，東方的「借屍還魂術」與西方現代偵破術很絕妙地結合在一起。作者通過刻意的誇張與渲染，烘托營造神秘怪異的氣氛，並用懸念誘發讀者閱讀的興趣，在懸念的推展中，各種力量相互衝突，構成情節的演進。

在這裏，楚留香就是中國的〇〇七，他用自己絕頂的智慧撥開迷霧，揭露真相。他的觀察與分析推理能力處處有福爾摩斯的遺風；他善於運用心理學與邏輯學，採用「攻心為上，各個擊破」的方法，很容易讓人想起波洛所破獲的《東方快車謀殺案》。作品中，古龍大膽借鑑現代意識流及西方推理小說的寫作技巧，使人物形象更加深化，情節發展更富邏輯，作品意境更加虛實匯融，產生了獨特的藝術效果。

（三）語言風格上，金庸的古雅典麗與古龍的飛揚靈動

金庸與古龍的作品在某些描寫上同具一種詩的風格，表現出唐詩宋詞的幽遠意境。如他們對武打場面的描繪就極富觀賞性，詩劍合一、文武合一、天人合一表現得淋漓盡致。但是，他們總體上的風格是不同的。金庸的語言是綿密的，從容不迫的；古龍的語言是激蕩的，跳躍飄浮的。

金庸成功地繼承了中國古典小說的傳記語言，又融入了新的文藝筆觸，真正寫出了漢語的神韻。他的語言非常文學化，不僅雅潔，而且文化品味高，環境語言有意境，人物語言有個性，敘述語言有時代感、地域感。如在寫《書劍恩仇錄》時，為了適應小說中清代這一時代背景，他絕對努力地來避免使用現代語言和觀念，用「轉念頭」、「尋思」、「暗自琢磨」來代替「思考」、「考慮」，用「留神」、「小心」來代替「注意」，從而使小說更具韻味。

古龍則本著求新、求變、求突破的原則追求語言的歐化。

他好用短句，簡潔俐落，風格創新，適合快節奏的現代社會。他在《陸小鳳》中寫牛肉湯與老實和尚碰頭的地方只用了六個字：「春夜、夜雨、巴山」。

在《七種武器》中，寫段玉出場背景也只用了九個字：「春天、江南、段玉正少年」。他寫人物對話更是簡短有力，一針見血，禪語與機鋒並存，創造了武俠小說中的「電報式文體」。如《陸小鳳傳奇》之一《決戰前後》中的一段話：

西門吹雪忽然道：「你學劍？」

葉孤城道：「我就是劍。」

西門吹雪道：「你知不知道劍的精義何在？」

葉孤城說：「你說。」

西門吹雪道：「在於誠。……唯有誠心正義，才能達到劍術的巔峰，不誠的人，根本不配用劍。」

看到這裏，勝負已很明顯，劍是否出鞘已不重要。有時古龍還以短句和長句的有機交錯，形成文字排列和閱讀上的節奏感。他認為「長句讀來如浩蕩大河一瀉千里，突然以短句相接，猶如一把劍，把水截斷，可以收到波瀾大起大落的特殊效果」。這種語言表達與他文中所體現的浪漫與激情頗為吻合。

如果說，金庸是大師，那麼古龍是才子。金庸的小說博大精深，意味深長，古龍的小說小巧靈美，滌蕩心胸。他們作品中所體現的思想觀念與精神內涵對整個現代人類精神文明的構建起著積極的作用。

如今，金庸仍然健在，他的作品的文學價值也已得到公認；古龍已然化羽，儘管他的創作「還未能像金庸那樣突破小說及通俗文學的極限，達到欲極而雅、奇極至真的傑作水準」，他所期望的「將純文學世界名著借鑑於武俠小說創作」的目標也未曾完全實現，但是，他在武俠小說史上的特殊地位與在「求新、求變、求突破」上作出的傑出貢獻是任何人都無法取代的。也許，通過兩者的比較，我們能對武俠小說多一點瞭解，多一份關注。

浙江大學人文學院教授、博士生導師，劍橋大學訪問學者　陳潔

參考文獻

1古龍：《楚留香傳奇》（第二卷）。
2費勇、鐘曉毅：《金庸傳奇》，廣東：廣東人民出版社。
3費勇、鐘曉毅：《金庸傳奇》，廣東：廣東人民出版社，一九九六年。
4古龍：《蕭十一郎》（上）。
5羅立群：〈江湖一怪俠—代古龍作品集序〉，古龍，《陸小鳳傳奇》。
6吳秀明：《三元結構的文學》，浙江：春風文藝出版社，一九九八年。
7古龍：《楚留香傳奇》（第四卷）。
8溫瑞安：〈談笑傲江湖〉《金庸茶館（第六卷）》，北京：中國友誼出版社，一九九八年八月。
9陳墨：《古龍論》。

從梁羽生、金庸到古龍：論古龍小說之「新」與「變」

一、前言

古龍（一九三八至一九八五）[1]，本名熊耀華，一生寫作七十二部武俠作品，其中尤以《楚留香》系列、《陸小鳳》系列等作品，風靡港台，繼金庸之後開闢了一條武俠小說的新路，因此被喻為「現代武俠小說的奇才」[2]。倪匡在古龍的訃告中也曾稱譽：「三十年來，以他豐盛無比的創作力，開創武俠小說的新路，是中國武俠小說的一代

1 關於古龍的生年，葉洪生定為一九三七年。參見《武俠小說談藝錄——葉洪生論劍》，台北：聯經出版事業公司，一九九四年十一月，頁三九一：龔鵬程定為一九三八年。參見《台灣文學在台灣》，台北新店：駱駝出版社，一九九七年三月，頁一〇一。（編按：已確定為一九三八年，屬虎）

2 參見陳曉林〈奇與正：試論金庸與古龍的武俠世界〉，《聯合文學》第二卷第十一期，一九八六年九月，頁廿三。

巨匠。他是他筆下所有多姿多采的英雄人物的綜合。」[3]不可否認，古龍在寫作武俠小說初期，純粹是為生活所逼，[4]但是到了後來，古龍已經是為了寫作武俠小說而寫作，並且有意識地對梁羽生、金庸以降的武俠小說作家撰寫的「新派武俠」[5]的寫作傳統進行變革，[6]另闢蹊徑。古龍說：

3 引見張文華編著《酒香‧書香‧美人香——古龍及其筆下的江湖人生》，北京：中華工商聯合出版社，一九九九年三月，頁三六。

4 古龍曾經坦率地說：「因為一個破口袋裏通常是連一文錢都不會留下來的，為了要吃飯、喝酒、坐車……只要能寫出一點東西來，就要馬不停蹄地拿去換錢，……為了等錢吃飯而寫稿，雖然不是作家們共同的悲哀，但卻是我的悲哀。」詳見古龍〈一個作家的成長與轉變〉，引見張文華編著《酒香‧書香‧美人香——古龍及其筆下的江湖人生》，北京：中華工商聯合出版社，一九九九年三月，頁三九。

5 關於「新派武俠」，梁羽生曾說：「新派武俠小說都很注重愛情的描寫，「武」、「俠」、「情」可說是新派武俠小說鼎足而立的三個支柱，因此在談了「武」與「俠」之外，還需要談一談「情」。詳見〈金庸梁羽生合論〉，引見柳蘇等著《梁羽生的武俠文學》，台北市：風雲時代出版社，一九八八年七月，頁一四〇。陳曉林則定義為：「所謂『新派武俠』，是指一九四九年中國的政治鉅變與離亂災劫之餘，崛起於香港一隅之地，而擴及海外中文世界的武俠小說。因其在形式與內容上，都突破了傳統武俠小說情節散漫，題材蕪冗的侷限，而表現為較嚴謹的結構與較明快的節奏，與老一輩武俠名家如平江不肖生、王度廬、白羽、朱貞木，乃至還珠樓主等人，斷然有別。」原載台灣《中央日報》副刊，一九八八年一月二日，引見柳蘇等著《梁羽生的武俠文學》，台北市：風雲時代出版社，一九八八年七月，頁一〇三。

6 據葉洪生研究，司馬翎、陸魚二人對於古龍的「求新求變」，有著刺激與啟迪的作用。詳見《武俠小說談藝錄——葉洪生論劍》，台北：聯經出版事業公司，一九九四年十一月，頁三六五至三九三。又見葉洪生〈文壇上的「異軍」——台灣武俠小說家瑣記〉，《文訊雜誌》，二〇〇一年十一月，頁五四。又龔鵬程也說：「古龍即是由司馬翎再往前發展的。」參見《台灣文學在台灣》，台北新店：駱駝出版社，一九九七年三月，頁一〇〇。雖然，古龍「求新求變」的改革武俠小說的意識，受到司馬翎、陸魚二人的刺激，但是武俠小說的新面貌，終在古龍手上完成，並且影響深遠，這都是司馬翎、陸魚二人無法與之比肩的。

金庸的《射鵰英雄傳》又是一變，到現在又有十幾年了，現在無疑又到了應該變的時候。要求變，就得求新，就得突破那些陳舊的固定形式，去嘗試去吸收。……這十幾年中，出版的武俠小說已算不出有幾千幾百種，有的故事簡直已成為老套，成為公式，老資格的讀者只要一看開頭，就可以猜到結局。所以武俠小說作者若想提高自己的地位，就得變，若想提高讀者的興趣，也得變。[7]

由於古龍執著追求武俠小說的求變求新，又「因自我要求過高，或突破成績不如理想，而感受到的苦悶，也增加了他內心已負荷過重的壓力。」[8]可以說，古龍晚年的生活與精力，是完全投入在武俠小說的「新」與「變」的改革上。

由於古龍的「新」與「變」，是要「突破那些陳舊的固定形式」，所以從武俠小說的歷史背景、俠客成長模式、西方藝術和文學的借鏡等三方面，都可以看到他「求新求變」的改革痕跡。因此本文擬從以上幾個方面，試圖從梁羽生、金庸兩位所代表的「新派武俠小說」作家的寫作風格，與古龍的武俠小說作一比較與探討，以期從武俠小說史的角度，呈現古龍武俠小說的「新」與「變」。

7參見古龍〈說說武俠小說（代序）〉，《歡樂英雄》，珠海出版社，一九九五年三月，頁一。

8參見陳曉林〈古龍離開了江湖〉，台灣：《民生報》第九版，一九八五年九月廿三日。

二、歷史背景的刻意迴避

梁羽生、金庸兩位新派武俠小說作家在寫作武俠小說時，往往將小說的時代背景設定在歷史的框架當中，這與梁、金二人的歷史興趣與歷史學養有著密切的關係。

梁羽生二十歲時，機緣湊合之下，得以師從太平天國史研究專家簡又文，與歷史結下不解之緣，最後畢業於嶺南大學經濟系，他的小說如《萍踪俠影錄》、《大唐遊俠傳》、《女帝奇英傳》等，俱以歷史為時代背景；[9]而金庸則於一九四四年，入讀中央政治大學外交系，他的歷史興趣與學養最直接的體現，莫如其《碧血劍》後附錄的《袁崇煥評傳》[10]一文，其他小說如《書劍恩仇錄》、《碧血劍》、《射鵰》三部曲、《鹿鼎記》等，均結合歷史鋪寫武俠故事。

反觀古龍，只在淡江英專（淡江大學前身）夜間部進讀一年，[11]並沒有梁羽生、金庸的機遇、學歷與家學傳統，其求學背景更無法與梁、金二人相提並論。古龍既然不具備與梁、金等同的歷史學識與學養，因此在他的作品裏，一般沒有明確交代具體的歷史背景，似乎也是理所當然的事情。龔鵬程曾說：

9 參見劉維群著《名士風流——梁羽生全傳》，香港：天地圖書有限公司，二〇〇〇年，頁一〇一。
10 詳見金庸《碧血劍》，台北：遠流出版公司，一九九〇年袖珍本。
11 參見曹正文《俠客行——縱談中國武俠》，台北：雲龍出版社，一九九八年十二月，頁二二七。

古龍的小說，卻只有一個模糊的「古代」，做為人物活動及情節遞展之場域。可是朝代並不明確，地理、文物、制度、官名亦不講究。……這種「去除歷史化」的做法，與宋今人主張以武俠小說「建構歷史化」，實代表了武俠小說發展的兩個方向。[12]

其實這種「代表了武俠小說發展的兩個方向」，正說明了古龍的小說不同於梁羽生、金庸代表的「新派武俠小說」之處，而古龍的「『去除歷史化』的做法」，也正是他「求新求變」的特色之一。

比如古龍在七種武器之三的《碧玉刀》這部小說中，主要藉由小說主角段玉的故事，讚美「誠實」的人格。古龍說：

> 所以我說的這第三種武器，並不是碧玉七星刀，而是誠實。
>
> 只有誠實的人，才會有這樣的運氣！
>
> 段玉的運氣好，就因為他沒有騙過一個人，也沒有騙過一次人——尤其是在賭錢的時候。
>
> 所以他能擊敗青龍會，並不是因為他的碧玉七星刀，而是因為他的誠實。

12 參見龔鵬程《台灣文學在台灣》，台北新店：駱駝出版社，一九九七年三月，頁一〇五至一〇六。

——《七種武器・碧玉刀》

由於古龍在這部小說中要表達的中心思想是「誠實」，所以當他在創作這部小說的時候，完全可以放棄以歷史作為小說的背景，只需虛構一個故事來表述小說的題旨便已足夠，不需要跟隨梁、金的步伐，將小說的時空限置在歷史的框架當中。

古龍的小說「去除歷史化」，除了歷史學識與學養的主觀條件不足外，也存在著客觀因素，因為「台灣早期的武俠小說作者，一開始就很少有強烈的歷史觀點，除了才情的限制之外，恐怕對歷史不敢做過分的詮釋也有關係，台灣早期許多的武俠小說已經是沒有歷史背景。」[13]

台灣的武俠小說作家受制於當時的政治因素，「不敢過份的詮釋」歷史，以致在撰寫武俠小說的時候，有意迴避以歷史為背景的題材，這樣的情形，在早期的台灣武俠小說作家當中，也許形成了一種無形的共識，久而久之，便漸漸成為大部份作家恪守的「本份」。

當然，不能否定的是，也有一部份台灣的武俠小說作家，的確受制於「才情」的限制，沒有能力處理以歷史背景為題材的武俠小說。

早年的古龍也許是因為受制於歷史「忌諱」的束縛，以及受到客觀環境的影響，

13參見陳曉林〈奇與正：試論金庸與古龍的武俠世界〉，《聯合文學》第二卷第十一期，一九八六年九月，頁十九。

才不以歷史為小說的寫作背景。但是，古龍畢竟是武俠小說界的「奇才」，在他長期的閱讀與寫作的生涯中，顯然已經漸漸地豐富了他歷史學識與學養的不足，因為他晚年曾經說過：

> 我計畫寫一系列的短篇，總題叫做「大武俠時代」，我選擇以明朝做背景，寫那個時代裏許多動人的武俠篇章，每一篇都可單獨來看，卻互相間都有關連，獨立的看，是短篇，合起來看，是長篇，在武俠小說裏這是個新的寫作方法。[14]

「大武俠時代」選擇以明朝為寫作背景，可見古龍雖然沒有梁羽生的機緣，金庸的學養，但是在他經過長期的閱讀與寫作後，已經充分具備處理以歷史背景為題材的武俠小說的能力。

可惜的是，在古龍還未開始「大武俠時代」的寫作，便已撒手人寰。

不能否認，古龍的小說不以歷史為寫作背景，確實與梁羽生、金庸兩人所代表的「新派」不同，但這也是古龍「求新求變」的特色之處。古龍刻意的迴避以歷史背景為題材的武俠小說，也許就是他要追求「突破那些陳舊的固定形式」的方式之一。羅立群曾說：

14 引見張文華編著《酒香・書香・美人香——古龍及其筆下的江湖人生》，北京：中華工商聯合出版社，一九九九年三月，頁四七。

以作品內容而論，梁羽生、金庸的武俠小說注重歷史環境表現，依附歷史，從此生發開去，演述出一連串虛構的故事。

……古龍的小說則根本拋開歷史背景，不受任何拘束，而憑感性筆觸，直探現實人生。古龍的小說不是注重於對歷史的反思、回顧，而是著重在對現實人生的感受。現代人的情感、觀念，使古龍武俠小說意境開闊、深沉。[15]

古龍的小說雖然「拋開歷史背景」，但是他著眼於「現實人生」，注重人性的刻畫與描寫。古龍說：「武俠小說有時的確寫得太荒唐無稽，太鮮血淋漓，卻忘了只有『人性』才是每本小說中都不能缺少的。」[16]所以他的小說雖然缺少了像梁羽生、金庸小說的歷史背景，卻多了一份現實人生的刻畫與透視，也使得他的小說更為「開闊、深沉」。

三、俠客成長模式的突破

「新派」武俠小說一般的寫作模式往往是：少年家破人亡、名師收留、獲得神兵

15 參見羅立群〈江湖一怪俠——代《古龍作品集》序〉，《圓月彎刀》，珠海出版社，一九九五年三月，頁四。

16 參見古龍〈說說武俠小說（代序）〉，《歡樂英雄》，珠海出版社，一九九五年三月，頁一。

秘笈、復仇等等。這種相沿成習的寫作模式，在梁羽生的小說《雲海玉弓緣》等作品中偶爾有之，但是在金庸的小說如《俠客行》、《碧血劍》、《射鵰英雄傳》、《神鵰俠侶》、《倚天屠龍記》等作品中，卻屢見不鮮，並且在當時及後來的武俠小說界逐漸形成一種寫作模式，影響深遠。

古龍早期的小說作品中，如《蒼穹神劍》、《月異星邪》、《孤星傳》等，幾乎都是相沿這種俠客成長模式的方法寫作，基本上是處於模仿「新派」武俠的階段，[17]尤其是金庸的武俠小說。他自己曾說：

> 一個作家的創造力固然可貴，但聯想力、模仿力，也同樣重要。我自己在開始寫武俠小說時，就幾乎是在拚命模仿金庸先生，寫了十年後，在寫《名劍風流》、《絕代雙驕》時，還是在模仿金庸先生。我相信武俠小說作家中，和我同樣情況的人並不少。[18]

古龍毫不諱言地承認他對金庸的模仿，並且認為當時許多的武俠小說作家，與他

17 龔鵬程認為古龍早期的小說「結構雖然簡單，對人物的性格刻畫也較後期平板，但其中用了許多現代文學的筆法，足以顯示古龍已有擺脫武俠小說敘述模套的企圖了。對小說主題也正費力經營中。」詳參《台灣文學在台灣》，台北新店：駱駝出版社，一九九七年三月，頁一一一。

18 參見古龍〈關於武俠〉，引見張文華編著《酒香・書香・美人香——古龍及其筆下的江湖人生》，北京：中華工商聯合出版社，一九九九年三月，頁五八至五九。

「同樣情況」。但是從古龍一九六〇年的《蒼穹神劍》面世以來，到一九六六年的《名劍風流》；一九六七年的《絕代雙驕》，前後模仿金庸的小說時間，也只是八年，並不是他自己所說的「十年」，而且在《絕代雙驕》面世以後，古龍已「逐步奠定了他特殊的地位」[19]。

但是在這八年的長期模仿時間裏，卻讓古龍漸漸清楚地瞭解到，金庸小說中固定的俠客成長模式，在面對讀者時已有其不足的地方，古龍說：

……金庸先生所創造的武俠小說風格雖然至今還是足以吸引千千萬萬的讀者，但武俠小說還是已到了要求新、求變的時候。因為武俠小說已寫得太多．讀者們也看得太多，有很多讀者看了一部書的前兩本，就已經可以預測到結局。……所以情節的詭奇變化，已不能再算是武俠小說中最大的吸引力。人性的衝突才是永遠有吸引力的。武俠小說中已不該再寫神、寫魔頭，已應該開始寫人，活生生的人！有血有肉的人！[20]

由於古龍看到由金庸肇始的武俠小說的固定模式，已應有所改變，以相應讀者品

19 參見龔鵬程《台灣文學在台灣》，台北新店：駱駝出版社，一九九七年三月，頁一〇二。

20 參見古龍〈關於武俠〉，引見張文華編著《酒香・書香・美人香——古龍及其筆下的江湖人生》，北京：中華工商聯合出版社，一九九九年三月，頁五九至六〇。與此相似的內容，又見古龍〈寫在《天涯・明月・刀》之前〉，《天涯・明月・刀》。

味的提高，所以他歸結出要寫「人性」，以「人性」的刻畫代替固定的武俠模式。正由於此一理論的歸結與實踐，古龍寫出了《楚留香傳奇》、《多情劍客無情劍》、《歡樂英雄》等「求新、求變」的小說。如《歡樂英雄》中寫王動這個人物時，對於王動的身世背景與武功的來歷，古龍刻意地寫道：

> 他的父母並不是甚麼了不起的大人物。
>
> 他的朋友們，也沒有問過他的家庭背景，只問過他：「你武功是怎麼練出來的？」
>
> 他的武功，是他小時候在外面野的時候學來的——一個很神秘的老人，每天都在暗林中等著他、逼著他苦練。
>
> 他始終不知道這老人是誰，也不知道他傳授的武功究竟有多高。
>
> 直到他第一次打架的時候才知道。
>
> 這是他的奇遇，又奇怪，又神秘。——《歡樂英雄》

王動的父母究竟是誰，師父是誰，武功習自何門何派，在《歡樂英雄》的故事中並不重要。所以古龍將他們一併隱藏起來，以凸顯王動身分的神祕性，讓讀者在閱讀過程中增添了一份想像的空間。這種人物背景的嶄新的處理方式，與梁羽生、金庸為代表的傳統「新派」武俠小說大異其趣。

又如在《流星・蝴蝶・劍》中，古龍在處理孟星魂的背景時，寫道：

他第一次見到高老大的時候，才六歲。那時他已餓了三天。

饑餓對每一個六歲大的孩子來說，甚至比死更可怕，比「等死」更不可忍受。

他餓倒在路上，幾乎連甚麼都看不到了。

六歲大的孩子就能感覺到「死」，本是件不可思議的事。

但那時他的確已感覺到死——也許死了反倒好些。

他沒有死，是因為有雙手伸過來，給了他大半個饅頭。

高老大的手。

又冷、又硬的饅頭。

當他接過這塊饅頭的時候，眼淚就如春天的泉水般流了下來，淚水浸饅頭，他永遠不能忘記又苦又鹹的淚水就著饅頭咽下咽喉的滋味。

——《流星・蝴蝶・劍》

孟星魂父母何在？為何餓倒在路上？古龍沒寫，但留給了讀者空間。古龍著重要刻畫的是孟星魂童年的孤獨與無助，而高老大給他的半個饅頭就買下了他的人和心，使他後來成為了一名殺手。刻畫一個六歲孩童的饑餓與面對死亡的經歷，這就是古龍所說的武俠小說「應該開始寫人，活生生的人！有血有肉的人！」

由於古龍的武俠小說要寫的是人，要刻畫的是「人性」，而不是神一般的武林高手，他的小說主要表現人的嬉笑怒罵、哀哭愁怨等感情。所以他的小說拋棄了「新派武俠小說」一慣用的師門練功、神兵秘笈等等促使俠客成長的寫作模式，如李尋歡「例不虛發」的飛刀，只是一柄普通的小刀；阿飛的劍只是一柄三尺多長的鐵片。古龍在武俠小說中增加了「人性」的描寫與刻畫，讓武俠小說更能接近讀者，獲得讀者的認同感。

四、西方藝術、文學的借鏡

梁羽生、金庸的「新派」武俠小說，對於西方的文學與理論已有初步的借鏡。如梁羽生《七劍下天山》中的人物凌未風，便是借鑑英國女作家伏尼契的牛虻，[21]《雲海玉弓緣》運用了佛洛伊德的精神分析學說；[22]金庸的小說如《雪山飛狐》受到日本電影

21 參見佟碩之〈金庸梁羽生合論〉，收入柳蘇等著《梁羽生的武俠文學》，台北：風雲時代出版社，一九八八年七月，頁一一四。又見梁羽生〈凌未風‧易蘭珠‧牛虻〉，金庸、梁羽生、百劍堂主《三劍樓隨筆》，台北：風雲時代出版社，一九八八年七月，頁七至十。

22 參見尤今〈寓詩詞歌賦於刀光劍影之中——訪武俠小說家梁羽生〉，原載《南洋商報》，一九七七年六月八日，收入柳蘇等著《梁羽生的武俠文學》，台北：風雲時代出版社，一九八八年七月，頁一一五。

《羅生門》的影響，[23]《連城訣》受到《基度山恩仇記》的影響[24]等等。梁羽生、金庸等「新派」小說作家，雖然偶然借鏡西方文學、電影，但是在語言文字、文化等方面，仍然保留傳統的面貌，甚至受到傳統小說的影響更大。[25]

到了古龍，在求學背景、寫作經歷等不同因素下，對於西方文學、電影的借鏡更為明顯、積極，尤其在人物、語言文字兩方面的模仿與「新」、「變」，是古龍以前的作家遠遠不及的。

由於古龍早年就讀台灣淡江英專，少年時期便嗜讀古今武俠小說及西洋文學作品[26]，「為他以後創作武俠小說借鑑西洋筆法，打下了基礎」[27]，也為他日後的「求新求變」創造了有利的條件。六十年代，台灣流行「〇〇七」的電影，眾所周知，古龍創作楚留香的原型，便是受到「〇〇七」的影響。[28]但是古龍在《楚留香傳奇》的第一

23 參見佟碩之〈金庸梁羽生合論〉，收入柳蘇等著《梁羽生的武俠文學》，台北：風雲時代出版社，一九八八年七月，頁一一五。

24 參見徐夢林〈中外逃獄秘笈——談《連城訣》與《基度山恩仇記》〉，台灣：《國文天地》，十一卷一期，總一二一期，一九九五年六月，頁六二至六七。又金庸自己也承認小說受到西方文學的影響，詳見金庸、池田大作《探求一個燦爛的世紀——金庸、池田大作對話錄》，北京：北京大學出版社，一九九八年十二月，頁一九三、二〇四。

25 如金庸《碧血劍》受到明末清初史料典籍以及中國古典小說的間接影響。詳見拙作〈金庸小說《碧血劍》素材探源〉，二〇〇三年浙江嘉興金庸小說國際研討會即金庸小說改編影視研討會論文，二〇〇三年十月十三日；西安：《唐都學刊》，二〇〇四年第二期，頁七至十三。

26 參見葉洪生《武俠小說談藝錄——葉洪生論劍》，台北：聯經出版事業公司，一九九四年十一月，頁三九一。

27 參見曹正文《古龍小說藝術談》，台北縣中和市：知書房出版社一九九七年三月，頁一六九。

28 詳參龔鵬程《台灣文學在台灣》，台北新店：駱駝出版社，一九九七年三月，頁一〇四至一〇五。

回《白玉美人》中，卻特意為盜帥楚留香的出場，設計了一張短箋：

> 聞君有白玉美人，妙手雕成，極盡妍態，不勝心嚮往之。今夜子正，當踏月來取，君素雅達，必不致令我徒勞往返也。
>
> ——《楚留香傳奇》

短短四十四字的短箋，不但凸顯出古龍處理古典文字的功力，也凸顯了盜帥楚留香的瀟灑與優雅，使讀者一開始便感受到楚留香的灑脫與飄逸，形象十分豐滿。

到了七十年代初期，古龍創作《流星・蝴蝶・劍》時，也受到西方電影「教父」的影響，古龍在《關於武俠》中說道：

> 我寫《流星・蝴蝶・劍》時，受到《教父》的影響最大。教父這部書已被馬龍白蘭度拍成一部非常轟動的電影，《流星・蝴蝶・劍》中的老伯，就是《教父》這個人的影子。
>
> ——《流星・蝴蝶・劍》

由於「老伯是《教父》這個人的影子」，所以老伯與教父一樣，喜歡別人對他的尊敬，喜歡幫助尊敬他的人。古龍除了受到電影的影響，還受到文學作品的影響。如他的《多情劍客無情劍》、《鐵膽大俠魂》的主題，便是從毛姆的《人性枷鎖》中轉化來的，但是古龍認為「模仿絕不是抄襲。我相信無論任何人在寫作時，都免不了要受到別人的影響」[29]。

除了小說主題的模仿外，古龍更對現代詩的文字十分著迷，他後期的小說往往以詩化的語言呈現，短短幾個字便是一行，如《天涯・明月・刀》楔子寫道：

天涯遠不遠？
不遠！
人就在天涯，天涯怎麼會遠？
——《天涯・明月・刀》

又如：

死鎮、荒街，天地寂寂，明月寂寂。
今夕月正圓。
人的心若已缺，月圓又如何？

29 參見古龍〈關於武俠〉，原載《大成》四十三期，引見張文華編著《酒香・書香・美人香——古龍及其筆下的江湖人生》，北京：中華工商聯合出版社，一九九九年三月，頁七一。

對於這種詩化的語言，梁守中曾批評「用得太多太濫，便變成了以牟利為目的了。」[30]周益忠則認為古龍「失去了家庭溫暖，孤身由海外來台求學謀生，加上好友、好酒、婚姻生活的不和諧等，心境如此，於是他的小說到了中晚期，在文字風格上就大為不同，……往往一段只有兩三句話，一行未滿又是一段，一句話三兩個字就成了一行的情況，幾乎充斥於其後的小說中。」[31]

古龍早期雖然需要依賴寫作來維持生活與消費，但是其早期作品如《蒼穹神劍》、《月異星邪》、《湘妃劍》、《孤星傳》等小說，並沒有這種詩化語言的明顯傾向，只是用了許多西洋的筆法。[32]

因此，如果明白古龍小說的詩化語言，是來自他「求新求變」，為小說創新而寫作的觀念來看，則這種以詩化的語言來創作小說的行徑，是技法上重大的突破，完全不是為了「牟利」。

古龍在一九七四年創作了《天涯・明月・刀》，一九七五年出版，此時的古龍已

30 參見梁寧中〈古龍小說商品化的弊病〉，《武俠小說話古今》，江蘇：古籍出版社、香港：中華書局（合作出版），一九九二年一月，頁一五〇。

31 參見周益忠〈折碎俠骨柔情——談古龍小說中的俠者〉，淡江大學中文系編《俠與中國文化》，台北：學生書局，一九九三年四月，頁四四五。

32 參見龔鵬程《台灣文學在台灣》，台北新店：駱駝出版社，一九九七年三月，頁一〇二。

經成名獲利，並不需要再依賴這種文字遊戲來「牟利」了，但是他還是寫作了《天涯・明月・刀》，並且說此書：「是我最新的一篇稿子，我自己也不知道它是不是能給讀者一點『新』的感受，我只知道我是在盡力朝這個方向走！……讓武俠小說能再往前走一步。走一大步。」[33]由此可見，古龍此時寫作武俠小說純粹是為了「求新求變」，並非如梁守忠所批評的，是為了「牟利」而運用詩化語言；同樣的是，一個作家的生平經歷，對於他的作品當然有所影響，但是影響層面是不是形諸作家的文字風格上，恐怕是不一定的，所以周益忠的說法還有待商榷。龔鵬程曾經為此辯論說：

這些說法都不恰當。古龍並不是從武俠小說寫起的新手。他在高中時期便是標準的文藝青年，寫散文、新詩、短篇小說。因此他原本較熟悉較擅長的，就不是傳統武俠文學的寫作型式。

參與武俠寫作之後，原也試圖把自己融進這個文類常規中去表現。但在發現寫作遭遇瓶頸，並受到宋今人這類思想的鼓勵之後，把武俠寫作轉向他本不陌生的現代文學路手上去，實在是非常自然的事。

……何況他本系英語專科學校出身，汲採外國文學之英華，亦較只有傳統中國舊學根抵的其他作家便利得多。所以他的轉變，自有他整體文學素養上的條件

33參見古龍〈寫在《天涯・明月・刀》之前〉，《天涯・明月・刀》。

和原因，不能只從圖利或心境孤涼等方面去理解。[34]

確實如此。如果從古龍的學習經歷、寫作風格以及他對西方文學的熟悉與借鏡等角度來看，古龍小說中的詩化語言，可以說是他為武俠小說「求新求變」而努力的成果。

五、結語

以上從歷史背景、俠客成長模式、西方藝術和文學的借鏡等三方面，就梁羽生、金庸兩人代表的「新派」，與古龍說的「求新求變」作一比較論述。雖然有的學者認為古龍最直接受到司馬翎、陸魚的刺激與影響[35]，但是一個作家受到的刺激與影響是多方面的，更何況古龍自己也承認受到金庸的影響，而他最初針對改革的也是以「新派」武俠小說為主，所以古龍受到「新派」小說的影響是可以肯定的。

古龍從一個為生活消費而寫作武俠小說的作家，漸漸地在台灣變成與諸葛青雲、臥龍生鼎足而三的作家，最後，終於在武俠小說史上與梁羽生、金庸兩位「新派」作家並駕齊驅，實屬不易。

34 參見龔鵬程《台灣文學在台灣》，台北新店：駱駝出版社，一九九七年三月，頁一〇二至一〇三。

35 詳見葉洪生《武俠小說談藝錄——葉洪生論劍》，台北：聯經出版事業公司，一九九四年十一月，頁三六五至三九三。

古龍在武俠小說史上能有此成就與地位，原因是他先看到了「新派」武俠小說的不足，需要變新。古龍在經過努力後，完成了他對「新派」小說的變新工作。然而，他後來又逐漸看到了武俠小說的不足之處還有：武俠小說在文學上的地位，以及提高讀者的興趣兩種，而兩者都需要改變，他說：

> 武俠小說若想提高自己的地位，就得變！若想提高讀者的興趣，也得變！不但應該變，而且是非變不可！……我們只有嘗試，不斷的嘗試。我們雖然不敢奢望別人將我們的武俠小說看成文學，至少總希望別人能將他看成「小說」，也和別的小說有同樣的地位，同樣能振奮人心，同樣能激起人心的共鳴。[36]

古龍不止看到了武俠小說的不足，並且著實以作品去實踐理論，所以他的「求新求變」完全是一種自覺的行為。這種自覺的行為與努力誠然可貴，但是到了一九七五年他出版《天涯・明月・刀》時，仍然未能改變當時社會「在很多人心目中，武俠小說非但不是文學，甚至也不能算是小說，對一個寫武俠小說的人來說，這實在是件很悲哀的事。」[37]

雖然古龍為此感到「悲哀」，但是由他後來創作的小說看來，他仍然希望繼續透

36 參見古龍〈說說武俠小說〉（代序），《歡樂英雄》，珠海出版社，一九九五年三月，頁一至二。

37 參見古龍〈寫在《天涯・明月・刀》之前〉，《天涯・明月・刀》。

過努力，提昇武俠小說「在很多人心目中」的地位，使武俠小說成為文學。

如果說古龍早期的「求新求變」，是為了突破「新派」武俠小說的窠臼而努力，那麼，他後期的思考憂慮與努力，則完全是為了突破自己、突破武俠小說的地位而努力，因此他的「求新求變」是有著兩個階段性的，從目標與困難度來看，第一階段顯然較第二階輕鬆、容易。

南開大學文學博士 龔敏

世界觀的歧出：古龍武俠小說「世俗英雄」的文化／社會意義

一、前言

古龍武俠小說的「超越新派」意義：相較於以金庸為宗師的「新派」武俠小說勢力，古龍的「超越」，來自於另闢新的武俠寫作模式的途徑。古龍的創新與成功，反映他對武俠小說情節寫作模式的熟稔，以及對通俗小說與現代社會環境之間密切關聯性的敏銳感知。

前者表現在跳脫「俠客成長歷程」的設計；後者以其武俠世界的人性江湖，投射出台灣現代社會（台北）中都市人的心理樣態與生命想像情境。[1]

1 相關論述請參閱陳康芬《古龍武俠小說研究》（淡江大學中國文學研究所碩士論文，一九九九年六月），頁八一至一四三。

古龍的新式武俠小說，在這兩個意義上，不僅僅只是以語言風格造就其武俠小說的「現代化轉型」成就，[2]而是突顯武俠小說文類的想像世界觀，首次不再訴諸傳統社會或文化歷史範疇，轉而取代以「現代」。這使得古龍武俠小說所營造的想像世界，比任何之前的武俠小說創作者，都更遠離武俠小說文類中，所保存的中國民族文學形式與傳統精神內涵。這個觀點意味著，如果要深究古龍武俠小說的「現代」意義，仍有必要從「內在」作考察。

也就是說，古龍之前武俠小說文類所建立的傳統世界觀，是如何被古龍逐漸揚棄，並將此換置到現代社會文化結構，才可能出現的想像成分。古龍對於「俠客成長歷程」情節模式跳脫的自覺性，是重要關鍵。

「俠客成長歷程」情節模式的捨棄，使得古龍不必再受限於過去武俠小說所累積的文學想像，得以有更多的空間去求「新」求「變」。[3]古龍的創新，使武俠小說的靈魂人物——俠客，不再需要以「變成大俠」作為其情節推進的重心，「變成大俠」背後所預設的各種內外在準則或形象，也就不再是古龍武俠小說著墨之處。

因此，古龍武俠小說中俠客英雄所呈現的「武」與「俠」，可以不必是中國傳統社會所熟悉的武術技藝與精神，也可以不是儒家社會文化結構下道德價值所擬塑的

2 陳康芬《古龍武俠小說研究》頁三五至八十。

3 古龍的創新自覺也有其現實因素，如台北的都市化生活方式、政治因素退出通俗文學的商業化生產機制、讀者閱讀品味的轉變、出版社的重金稿酬方式……等等。陳康芬《古龍武俠小說研究》頁八五至八六。

「俠義」傳統，更不必全然與傳統文化範疇發生精神結構的連結。[4]

古龍另闢情節寫作模式蹊徑的「超越」創新，最值得關注的，即在於塑造出一種過去都不曾出現過的世俗性英雄俠客類型——以「楚留香」作為代表。「楚留香」這種世俗性英雄俠客類型，之所以有別於過去武俠小說所形塑的俠客類型，最大的特徵在於精神人格特質的現代世俗性。[5]這種現代世俗英雄類型的出現，將過去以來武俠小說中，普遍追求抽象生命價值實踐與接受考驗過程的俠客想像，轉換成一種極度個人化與物質性世俗化的人生歷程，並且朝向兩種極端行去——正向的享樂人生與負向的自我放逐。

古龍所開啟的「世俗英雄」類型的俠客想像，完全擺脫過去武俠小說中、俠客之所以能持守「以武行俠之社會正義」的江湖規範，而將俠客在行走江湖時的自我中心意念，作為對人生真理的領悟過程。古龍的世俗英雄，不必謹守江湖規範才能取得認同。英雄自身的存在與英雄的內在自我，就是永遠的俠客證明。這是古龍筆下的世俗

4 關於這個部分，金庸也有其突破之處，如楊過、黃藥師、金蛇郎君等，就是以「情」為其俠客生命重心。但金庸和古龍最大的不同在於：金庸筆下所處理的俠客英雄，一定有其抽象性的生命價值與理念，作為鋪陳人物內在個性或外在形象的動機張力；即使有其驚世駭俗之舉，未能容於世俗之見，一定也能合乎中國文化之「情／理」解釋，這點仍相當貼近儒家精神。古龍筆下的英雄人物，卻很難找到這種穩定性。古龍的英雄俠客，其生命調性與人格傾向，往往具有明顯的情緒化衝動的特徵。

5 俠客本身的存在都有世俗的需要與原理，但本論文所指出古龍新型俠客的世俗性，是指在資本主義社會型態下，所逐漸強化物質文明享樂欲望、甚至取代精神性規範的個體生命型態。這個改變使得古龍筆下俠客的人格結構與精神氣質，很不同於金庸的俠客。

英雄，能被大眾廣為接受的重要原因。

這種以絕對自我為中心所形成的英雄俠客觀，很難附和在以儒道傳統為主的中國文化範疇。不僅在缺乏個人主體性的中國傳統社會結構中，顯得格格不入，[6]也和我們印象中約定俗成的英雄俠客特質——路見不平、拔刀相助，[7]有所落差。這個歧出於傳統英雄俠客認知的特質，使得古龍武俠小說在同時期新式武俠小說創作流中脫穎而出。值得深思的是，古龍所形塑出來的俠客類型，為什麼不曾出現在古龍之前的武俠小說中？究竟發生了什麼樣的本質性裂變？倘若真如筆者所預設，他的形象與內涵已經遠離武俠小說在中國民族文學形式與傳統精神內涵之下的想像範疇，那其形象與內涵背後所對應的想像世界觀，究竟又來自哪裏？又具有什麼樣的文化或社會意義？

關於以上這些提問，我嘗試以通俗小說與其所置身社會語境之間的密切關聯性作為前提，先釐清傳統俠客類型的文化社會，再將首度出現於古龍筆下的世俗英雄，連結於古龍當時創作所身處於時空環境——六〇年代末期到七〇年代末期的台北都市。

6 俠客在中國傳統社會結構中，本身就相當邊緣。俠客的人格特質傾向於個人性，並非古龍世俗英雄所特有。擁有鮮明個人主體性的英雄俠客類型，在其他武俠小說中彼彼皆是。如金庸武俠小說中，楊過反禮教世俗的狂傲不禁，同樣也在中國傳統世俗的禮教社會結構中，顯得格格不入。但古龍與之最大的不同，楊過的自我，仍在情理範疇之中可以推敲其動機與行為邏輯，但古龍筆下的俠客英雄，就完全逾越了情理範疇，而呈現一種「正言若反」的詭異性。陳康芬《古龍武俠小說研究》頁四二至四八。

7 崔奉源列舉出八項「俠」之特質，作為認定「俠」之條件：路見不平、拔刀相助、受恩勿忘、施不忘報、振人不贍、救人之急、眾然諾而輕生死、不矜德能、不顧法令、仗義輕財等。《中國古典短篇俠義小說研究》（台北：聯經出版社，一八九六年）頁十九至二十。

並對照於這個世俗俠客英雄類型所投射的想像世界觀，逐一省思這種俠客英雄類型背後，在通俗小說所可能關照的文化性與現代社會語境之間密切關聯的社會意義。

二、傳統俠客類型的文化社會解讀、古龍武俠小說世俗英雄類型的特色與歧出

武俠小說可以說是現代通俗小說中相當特殊的一種類型，雖然說歷史小說與武俠小說一樣，其內容在現代通俗小說文類中，都是與過去傳統發生最為深遠的類型之一。但歷史小說的虛構性，卻往往容易因制約於歷史史實的既定發生程序，難有更寬闊的想像空間，武俠小說則與之相反。

武俠小說之所以特殊於歷史小說之處，在於武俠小說擁有不一定必然對應於歷史史實的虛構性自由。但這個虛構性的自由，卻是建立在一個具有解讀效應的創作制約上。這使得武俠小說比任何一種類型的通俗小說，都更能保留過去傳統社會文化與歷史思想的痕跡，並且成為讀者能不能進入武俠小說世界的基本理解能力與認同觀點。這是武俠小說相對於其他現代通俗小說的特殊現象。

主要的原因在於，沒有任何一種類型的通俗小說到了現代，還能像武俠小說一樣，需要將帶有濃厚虛構成分的「江湖」，擬塑成一種具有「約定俗成」效力的世界體系，任由創作者自行設定其時間、地點、人物、背景情節等等。因之，武俠小說的

江湖世界，不僅是作者創作武俠小說的想像起點，也是制約點，更是讀者閱讀武俠小說時是否能隨之進入想像或獲得認同的關鍵點，這意味著，武俠小說的成立，連帶將江湖的虛構性，一同建立在一種具有公約效果的認知基礎上。[8]

這使得不同作家筆下的江湖，很難不受前輩作家的影響，也很難擺脫武俠小說在時間進程所累積的文學想像，也在無形中，使得行走於江湖的俠客人物，因為生存境遇的公約設定，使他們更輕易就陷入既定外在形象與內在價值的標準之中。

但相對來說，武俠小說也是因為先有了英雄俠客，才有江湖世界，江湖與俠客，具有一體兩面的依存關係。因此，江湖的產生與形塑過程，必然與俠客人物的類型出現，密不可分。在這裏，我將著重討論俠客與中國傳統社會之間的關聯性，並據此討論：為什麼武俠小說會比任何一種類型的通俗小說，都更能保留過去傳統社會文化與歷史思想的痕跡，以及古龍筆下的世俗英雄與傳統俠客的根本差異性。

中國俠客的歷史淵源已久，具體的說，俠客是中國傳統封建社會結構下的一種很特殊類型人物，不過，要澄清的是，歷史中的俠客範疇人物，多屬已經危害到正常社會秩序與社會規範的盜徒匪類。如秦漢時的豪俠，多是活賊匿奸，收納包庇雞鳴狗盜

8 江湖是武俠小說的表演空間，而武俠小說的江湖，並非地理名詞，也非現實社會，是一個虛構的文學世界，組成之湖的條件則稱之「密碼」，包括江湖意識文化、江湖隱語、宗師門派、江湖規矩、江湖俠客……所有江湖出現之人、事、地、時、物，都形成一套特定之封閉系統，不必拘泥於外界或現實世界的客觀看法或科學根據，都以自身之邏輯、標準、行為來運作，雖然為一虛構之文學時空，但形成之「密碼」，卻可在一定的歷史文化意識下，介乎真實與虛構間，而形成一個具有真實意識的虛構文學世界。戴俊《千古世人俠客夢》（台北：台灣商務，一九九四年十二月）頁六八至七二。

者，或以其豪爽振施來結交賓客，形成政治、經濟、社會勢力，從事鑄錢、掘塚、剽攻殺伐、藏命作奸、報仇、解仇等活動的不法之輩。[9]

但後來經由文學想像的傳播效應，使得俠客變成了具有道德觀念與果敢行為的正面人物類型，與傳統歷史中傾向於負面評價的俠客正式分道揚鑣。文學想像中所展現出個性與公義融合的理想人格，是文學俠客絕對不同於盜徒匪類的最大差異性。

另外，文學中的俠客僅僅游走於邊緣，並未直接挑戰或導致秩序與規範的崩解，不像專營私利的盜匪之徒。另一個重點就是：盜匪並不一定要遵守俠客內在最核心的生命價值——義，但俠客若失去此生命核心價值，就不值得以「俠」稱之。[10]值得繼續深思的是，自從司馬遷的《史記·遊俠列傳》，將「俠客」視為社會性階層的歷史人物類型，而非單獨個案時，俠客在歷史中所持續發生的集體效應，為何會被轉入充滿正向性的文學想像發展，並逐漸形成一種具有文化社會性意涵的類型人物？以俠客

9 這樣的俠到唐朝中葉之後，逐漸產生分化現象。一部份繼承傳統俠客形態，甘睚殺人、亡命作奸，甚至走向神秘化，成為劍俠；一部份與知識份子結合，士風與俠行相互潤澤，俠的精神乃由原始盲昧之意氣私利，轉向漸開公義理性之途。以迄於近代，文人意識與文學作品中的俠，即以表現後面這種類型為主。龔鵬程、林保淳《二十四史俠客資料彙編·序》（台北：台灣學生書局，一九九五年九月）頁一至二。

10 當然到底什麼才算得上是真正的俠客，在各家的武俠小說也有客觀或主觀的內外在的規範條件。其中以金庸武俠小說討論的最為深刻，並也型塑出各種不同的類型：如金蛇郎君、黃藥師、楊過、郭靖、胡斐、歐陽鋒、洪七公、老頑童……等諸多武俠人物，這些人物都有其鮮明性格。但顯然，外在形象與言行舉止，並不是最重要的價值判准，而是內在道德價值理念與（其正當性）情感信念，才是金庸對俠客判準的終極關懷。即使是韋小寶——金庸武俠小說中最具反叛英雄內外形象的俠客人物，雖然不一定具有高超道德價值理念與情感信念，但他的行為規範卻仍然未曾逾越中國傳統文化所能接受的底限。

為中心的俠文化與俠意識，也因之成為中國社會文化中獨出一格的形象理念的價值判斷。這和中國傳統社會的政治文化結構之間，究竟有著什麼樣的關聯性？使得歷史俠客的負面性，可以被文學想像所瓦解，並獲得普遍認同？

司馬遷曾對遊俠這種具有邊緣性格的社會階層人士，作了很深入的觀察：

「今遊俠，其行雖不軌於正義，然其言必信，其行必果，已諾必誠，不愛其軀，赴士之困厄，既已存亡死生矣，而不矜其能，羞伐其德，蓋亦有足多者焉。」[11]

在這段話中，可以看出遊俠人物類型的特殊性：一是遊走於社會正常秩序之外的行為能力，一是儒家歷史道德規範價值所認可的個人生命氣質。前者是造成歷史俠客負面形象的客觀事實；後者則點出文學俠客被賦予正面文化社會性格的基礎。歷史俠客與文學俠客形象上的歧出，即在於各自依循的判準不同所導。

但文學俠客之所以能從歷史的客觀事實中脫胎換骨，重新擁有新的生命風格，這個現象，不能只訴諸文學俠客形象透過道德規範價值的被強化而解決。這是從現象本身所產生的結果去推論原因。現象的發生除了最終顯現的結果外，一定有結構性的原因作為前提，否則無法導致結果的發生。

因此，回到司馬遷從社會性客觀事實與個人性主觀道德面向，所提出的觀察來推測。透過俠客內在道德的強化，雖然可以避免俠客破壞社會集體秩序客觀事實所造成

11 龔鵬程、林保淳《二十四史俠客資料彙編》頁十八至十九。

的危險性，但不能解決俠客破壞社會集體秩序危險性的潛能。

這種現象不得不讓我們思考：為什麼俠客破壞社會秩序卻又能被接受，甚至成為執行正義的象徵性人物？這是否與中國傳統社會缺乏客觀性制度的法制，故而與強調「德治」的儒家政治文化結構，有極大的關係？

傳統儒家以道德作為思想主體的特質，使得中國傳統社會並不朝向建立客觀性制度的「（西方）法治」面向發展，而是傾向以「德治」作為實質政治運作的基礎。因此，政治與社會秩序的維持，仰賴的是「人」，並非是法律與制度。這使得地方行政官員，不只負擔地方行政工作，其身分還包括負責監管稅賦經濟的運作者、維持社會秩序的司法執行者。社會性公平正義的實施，在缺乏制度性發展的社會結構的條件下，只能依靠「人」的運作。

這個結構性的缺口，在儒家「德治」的人文精神影響下，反而更進一步透過君子道德與君子對小人道德性上行下效的強化思維，作為解決之道。但訴諸君子本身的道德主體，與是否能主持社會正義的客觀性之間，已經沒有絕對的必然性存在；更何況「人治」的養成背景，來自於透過儒家經典熟悉度的檢驗、才成為朝廷命官的地方行政官員。再加上中國傳統社會並沒有任何現代公民的基本人權的憲法保障，人民對地方行政官員執行司法審判，所發生的種種弊端，除了宗教超越性的天命因果報應之外，找不到社會性的超越力量。

在這種人治政治結構下，缺乏法律與人權保障的社會型態，只能透過「包青天」

之流的朝廷命官解決。但「包青天」難求，即使求到了，「包青天」遵奉的王法，不過是「帝王家天下」的思想產物，並不來自於保障基本人權的預設前提。故而社會性的公平正義之實踐，極為困難。

反觀司馬遷對俠客：「言必信，其行必果，已諾必誠，不愛其軀，赴士之困厄，既已存亡死生矣，而不矜其能，羞伐其德」的判斷。司馬遷從儒家的道德價值理念中，還是深刻地發現，俠客在衝動行為中，有符合利他判準的「義」的人格特質。

這種利他性的「義」的人格特質，大抵朝向三個面向的想像被強化：一是在缺乏客觀性司法制度的社會結構中，俠客游走社會邊緣的行為模式，在渴望民間社會正義執行者的想像下，不但被容忍，甚至導向「官逼民反」的同情處境，作為其觸法的因果解釋，並從現實社會秩序，逐漸分離出具有實境空間效應的「綠林」。一是透過與儒家知識份子道德形象的相互結合，有效規範俠客的越軌行為，使得俠客不再具有破壞社會秩序的危險性，而可生存於「武林」，也可繼續游走社會正常秩序。一是打造俠客生存與活動的「武林」或「江湖」虛構世界，使得俠客破壞社會秩序的客觀事實，完全被解消。

這三個面向分別展現了文學想像世界中，從中國古典俠義小說傳統，向現代武俠小說發展的演繹痕跡與虛擬程度。但不管哪個面向，這些文學想像世界的現實基礎，均與中國傳統社會形態有著密不可分的關係。所以古龍武俠小說的江湖世界，即使不再有歷史朝代的時間指標，也都還是指向一個古代的中國。

但從俠客人物在這三個面向發展中，所共同指向「義」的利他人格特質強化現象，便會發現：「義」的利他人格特質，可以說是傳統俠義小說與傳統武俠小說中，(正面性)俠客人物內外形象的核心概念。除「義」之外，由王度盧所開啟的另一個典範性人格特質——「情」，在金庸新式武俠小說雖然也提供了新的詮釋。但「情之所鍾」背後所引發的「犧牲自己」表現，仍是來自於利他性的人格特質。因此利他性的人格特質，可以說是傳統俠客英雄形象的基本特質之一。

以「利他性」去檢視古龍「世俗」英雄俠客的人格特質，便會發現古龍的「世俗英雄」——不管是負向的自我放逐或正向的享樂人生，其行動能力主要已不再來自「利他性」的人格特質，而是源於「絕對的自我」。

先從古龍筆下朝向負向自我放逐的世俗英雄代表人物：蕭十一郎、李尋歡來看。蕭十一郎是個很奇怪的大盜，他劫富濟貧、卻常常被誤會成劫財劫色的「大盜」；為突顯他的孤獨與傲骨，又把他塑造成一個生活中身無餘錢、自給自足的「善良尋常人」：

> 蕭十一郎挺了挺胸，笑道：「我本來欠他一吊錢，但前幾天已還清了。」風四娘望著他，良久良久，才輕輕歎了口氣，道：「江湖中人都說蕭十一郎是五百年來出手最乾淨俐落，眼光最準的大盜，又有誰知道蕭十一郎只是請得起別人吃牛肉麵，而且說不一定還要賒帳。」

……

蕭十一郎將山谷出產的桃子和梨，拿到城裏的大户人家去賣了幾兩銀子……

……

原來「大盜」蕭十一郎所花的每一文錢，都是正正當當，清清白白，用自己勞力換來的。

他雖然出手搶劫過，為的卻是別的人，別的事。——《蕭十一郎》

正如引文所呈現，古龍處理蕭十一郎在小說的身分認同，出現兩種不同社會體系價值觀的矛盾。蕭十一郎的「俠」的正當性，來自於「劫富濟貧」；但別人卻認為他「罪大惡極」，原因是劫富濟貧的「大盜」行為。前者是中國傳統社會俠文化所認可的範圍：後者則來自現代法治觀點，不以「劫富濟貧」動機，作為現實中「大盜」可觸法的正當性理解。這個矛盾，古龍並不走向武俠小說的傳統處理模式（俠客成長），以具體情節與內在動機的互動，強化俠的利他性格特質。也就是說，蕭十一郎雖然「出手搶劫過，為的卻是別的人，別的事」，但卻找不出任何具體線索證明他的內在動機。反而透過強化「孤獨的自我」的人格特質，作為這個矛盾的內在因果邏輯：

蕭十一郎無論和多少人在一起，都好像是孤孤單單的，因為他永遠是「局外人」，永遠不能分享別人的歡喜。

……

……他總是會想起許多不該想的事，他會想起自己的身世，會想起他這一生的遭遇……

他這一生永遠都是個「局外人」，永遠都是孤獨的，有時他真覺得累得很，但卻從不敢休息。

因為人生就像是條鞭子，永遠不停的在後面鞭打他，要他往前走，要他去尋找，但卻又從不肯告訴他能找到什麼……——《蕭十一郎》

蕭十一郎的「孤獨的自我」，使得他的愛情——蕭十一郎的生命重心，充滿了矛盾的掙扎：他只能以感情自虐的方式，為最愛的女人「受苦受難」，但又眼睜睜看著他最愛的女人與愛她的女人為他「受苦受難」終身。影響他一生悲劇性格的「孤獨的自我」，說明白了，就是在現實上「缺乏愛的行動力」——不管是對他愛的女人或愛他的女人，他都缺乏對於追求愛情或回報愛情的實踐能力。蕭十一郎的「自虐」，使得他不得不以自我放逐的方式生存下去，而他的「自虐」也同時阻礙別人進入他的世界。他的自我封閉，使得他的俠客形象，很不同於過去武俠小說中的俠客。

再來看李尋歡的愛情——同樣也是李尋歡的生命重心。就像古龍所說的：「他生平唯一折磨過的人，就是他自己」——擁有和蕭十一郎一樣的自虐性格，他的悲劇在於將自己摯愛的未婚妻林詩音讓給好朋友龍嘯雲，整個割愛行為的動機，只是為了報答龍嘯雲的救命之恩與朋友義氣。但仔細去檢索李尋歡為了報恩與朋友義氣的關係，卻會發現這兩者之間是存有矛盾的。

在古龍之前的武俠小說，報恩、義氣與朋友關係總還維持一定正常關係下的聯繫與穩定性。李尋歡唯一的穩定朋友關係，是與阿飛形同父子的朋友之情。值得注意的是，這段朋友關係的聯繫，並不是朋友之義，而是父子之情。如同阿飛父親般的李尋歡，百般照顧阿飛，兩人並不是一種處之於可以彼此平等、實質互惠的朋友關係。最重要的是，阿飛即使誤解他，也始終未曾「背叛」他。但李尋歡與龍嘯雲之間的朋友關係，卻充滿了一種人我關係的不確定性——知己朋友往往是自己最大的敵人；最大的敵人往往是自己的知己。這使得李尋歡較之蕭十一郎，有了更深層的「孤獨」：除了親自將最愛的未婚妻送給別人的愛情困境外，還包括「總是被知己背叛」的友情危機。

就在李尋歡將自己巨額財產當作林詩音的嫁妝，連帶贈送給龍嘯雲之後，他和蕭十一郎一樣，選擇浪跡天涯，但始終無法忘懷心中的最愛。即使發現林詩音因他的錯誤決定而所嫁非人時，他也無法做出任何具體的補救措施，只有由衷的抱歉和更「孤獨」的痛苦。所不同的是，他最後選擇了另一個深愛他、為他犧牲奉獻的孫小紅。這個選擇使得李尋歡得以擺脫蕭十一郎孤獨自我的生命情境，重新享受愛情生命的歡樂：

以前他每次聽到別人說起林詩音，心裏總會覺得有種無法形容的歉疚和痛苦，那也正像是一把鎖，將他整個人鎖住。

他總認為自己必將永遠負擔著這痛苦。

……

李尋歡的手還是和孫小紅的緊緊握在一起。

這雙手握刀的時候太多，舉杯的時候也太多了，刀太冷，酒杯也太冷，現在正應該讓它享受溫柔的滋味。

世上還有什麼比情人的手更溫暖？

——《多情劍客無情劍》

蕭十一郎與李尋歡兩人，同樣都選擇以遺世獨立的態度放逐自我。常理來說，遺世獨立所透露出的對待世俗態度，是一種傾向我行我素的人生價值觀。然而李、蕭兩人「孤獨自我」長相左右的自虐性格，卻成為兩人無法真正投入享樂世俗生活的精神主因。但是楚留香卻跳脫這種自虐性格所造成的精神痛苦，使得「絕對自我」朝向浪子玩世不恭的世俗物質性發展。這個特性不只造成楚留香的世俗享樂性格，還開始擁有以自我為中心的實質生活品味與世界：

現在，他舒適地躺在甲板上，讓五月溫暖的陽光曬著他寬闊的、赤裸著的、古銅色的背。海風溫暖而潮濕，從船舷穿過，吹起了他漆黑的頭髮，堅實的手臂伸在前面，修長而有力的手指，握著的是個晶瑩而滑潤的白玉美人。

這是艘精巧的三桅船，潔白的帆，狹長的船身，堅實而光潤的木質，給人一種安定、迅速、而華麗的感覺。

……

……這是他自己的世界，絕不會有他厭惡的訪客。

——《楚留香傳奇——血海飄香》

正如楚留香所言：「……人活在世上，為什麼不能享受享受，為什麼老要受苦……」楚留香是訴諸享樂、冒險，作為其俠客生命基調。再從俠客愛情方面來看，較之李尋歡最後承諾阿飛會請他喝喜酒的輕描淡寫，到了楚留香，古龍更進一步將世俗尋常男子娶妻生子的實質生活描寫，放進情節之中：

張潔潔咬著嘴唇，道：「我相信你，但我也知道，嫁雞隨雞，現在我已是你的妻子，你無論要去哪裏，我都應該跟著你才是。」

……

楚留香整個人都跳起來，失聲道：「你已有了我的孩子？」

——《楚留香新傳——桃花傳奇》

到了陸小鳳，又比楚留香更直接地表達他對世俗物質的喜好：

佈置豪華的大廳裏，充滿了溫暖和歡樂，酒香中混合著上等脂粉的香氣，銀錢敲擊，發出一陣陣清脆悅耳的聲音。世間幾乎沒有任何一種音樂比得上。

他喜歡聽這種聲音，就像世上大多數別的人一樣，他也喜歡奢侈和享受。

——《陸小鳳傳奇——銀鉤賭坊》

而除了愛情的享樂，陸小鳳還更露骨表達出，中年男子在官能慾望的需要：

開始的時候，他還不知道究竟是什麼地方不對，不知道還好些，知道更糟——他忽然發現自己竟似已變成條熱屋頂上的貓，公貓。

……

陸小鳳知道自己身體某一部份已發生了變化，一個壯年男子絕無法抑制的變化。

……

這小妖精的腿不知什麼時候忽然就露在衣服外面了。

她的腿均勻修長結實。

陸小鳳的聲音已彷彿是在呻吟：「你是不是一定要害死我？」

——《陸小鳳傳奇——幽靈山莊》

像楚留香、陸小鳳這種以世俗物質、感官刺激為生命調性的俠客，即使有任何利他性行為，也只是出於追求冒險的附加價值，很不同於過去英雄俠客以純粹利他精神為第一動機的行為模式。而對蕭十一郎、李尋歡「孤獨自我」精神困境的負向發展，在楚留香、陸小鳳兩人身上，也以近乎自戀的浪子形象，加以取代。這些都不是湊巧，而是象徵俠客一旦擁有了絕對自我，是可以有主體生命，也不妨以自我為中心。[12]這些觀念都在在衝擊著武俠小說英雄俠客的義之傳統。

值得繼續追問的是，古龍的世俗英雄俠客，即使已經與以往武俠小說英雄俠客內在的傳統性，產生本質性的歧出，為何還廣受市場的肯定？市場的肯定，意味著讀者理所當然地接受這個質變，沒有任何困惑。除了市場對武俠小說求新求變的殷切期待之外，具有質變性意義的品味接受，一定有其更深層的原因。否則無法解釋：

12 除了本論文所討論的四位世俗英雄俠客之外，其實，還有一個很有趣的世俗英雄俠客——楊凡。楊凡的外型可以說是作者古龍本人的翻版，因之成為古龍的自戀與自我投射的最佳代言人例證。本論文所討論的四個英雄俠客，其實都可以一一對照古龍在敘或其他文章的內容，或者他人關於古龍的描述與相關傳記中，找到可以「對號入座」的線索。但這些與本論文的命題，並未有直接關聯，故不予討論，僅作為補充說明。關於楊凡，詳見古龍《大人物》（台北：萬盛出版公司，一九八九年一月）。

古龍為什麼可以毫無困難的，讓他的世俗英雄俠客，充滿物質性與感官化，卻沒有遭受到「道德」的責難？這個現象，意味著武俠小說在傳統性的維持，不管是禮教或道德規範，都已經不再是古龍武俠小說所願意遵守的底限，也不是讀者所關切。到底是什麼力量轉換了武俠小說型塑俠客與英雄內在的傳統性？

古龍「世俗英雄」反映的世界觀與台灣資本主義化社會形態

就創作意圖來說，通俗文學之所以不同於精英文學的原因，在於通俗文學的作者是為他的讀者——一般的閱眾而存在；與精英文學為自己的文學或藝術理念而存在，在本質上是不太一樣。如果把這兩者的創作意圖對照以文學生產圈，埃斯卡皮所提出「出版商-作家-讀者」的三環式機制概念；那麼，我們清楚看見：通俗文學作家的作品來自於讀者所反應的市場經濟利益；而精英文學作家的寫作則決定於與出版商息息相關的文學批評社群（文人圈）。

古龍創作所置身的文學生產圈，在行銷市場上，雖然已經開始有彼此混合或越界現象產生，但都未影響古龍武俠小說的通俗文學作家身分。事實上，古龍在精英文學社群中的「剩餘人」心結，[13]不失為一個反省文學場域權力運作的佳例。這並不是要去定位：古龍是不是一個優秀的文學創作者，而是希望從一個文學創作者的敏銳度，重新發現古龍的世俗英雄類型與其置身時代之間的聯繫。

古龍的「世俗英雄」對武俠小說俠客英雄類型傳統性的質變，與讀者在市場的痛快接受。兩者拍合之下，除了古龍「名武俠小說家」地位的確定之外，這個事實，還隱藏了一個很重要的訊息：古龍是個很敏銳的創作者。這不是說他知道讀者想看什麼。事實上，這個部分是要等到他的作品出版之後，市場暢銷了才能一一被檢驗出來。

蕭十一郎、李尋歡、楚留香、陸小鳳等俠客人物的次次成功，顯示古龍的自覺創新，從一開始，就是從一個敏銳的文學創作者為基礎。這四個俠客人物之間的聯繫性，從帶有自虐性的「孤獨自我」精神困境，到自戀性「絕對自我」的浮現，以及隨之而來愈發強化物質與世俗的實質性敘述，都不是偶然。英雄俠客的「自我」與物質世俗性的強化，反映了古龍如何經營——想像他的小說世界，讀者的市場反應，證

13 這裏借用「剩餘人」概念，來說明古龍對於文學創作者與武俠小說作家定位之間矛盾現象的心結。「剩餘人」的觀念來自於俄國文學。俄國透過革命，建立無產階級社會之後，資產階級在這個社會，固其身分、教養、文化品味背景等種種的不同，而難以融入無產階級社會。不管是自我的邊緣化與被社會的邊緣化，都使得資產階級出身的知識份子，難以被定性於社會之中。古龍之於精英文學社群，也有點這個味道。他雖然與精英文學社群有較相同的學歷背景，早年也發表過幾首現代詩，但顯然沒有成功擠身到精英文學的社群中。後來仍繼續從事文學創作，成了武俠小說的名作家，卻在文類與文學品味的價值判斷上，面臨「精英」與「通俗」階級之分。不過，他早年的文學訓練，使得他在武俠小說的表現，的確也發揮了相當作用。其中，以「現代詩形式」作為武俠小說的敘事技巧，使得他首開武俠小說的現代化轉型的原創性。古龍在自己的雜文，有意無意間，會出現遊走於創作者的類精英自我定位與通俗文學文類位階上的矛盾情緒。相關論述詳參陳康芬《古龍武俠小說》頁一五六至一六四。

明了古龍自覺創新路徑的成功。

法國文學理論家郭德曼（Lucien Goldman）曾提出「內容之形式」（the formo fcontent）的概念，來說明作家在作品中所創造的文學現象，本身就是一種社會特性的反射。作家在作品所經營的想像世界，與其對這個想像世界的看法，來自於其所處社會或時代的集體意識。小說家的世界觀，並不是單純只是個人意識的產物，而可以反應社會階級、群體意識與社會現實。因此，郭德曼又用了「異體同構」（homologous structure）概念，來說明社會群體、世界觀、作品之間所形成的關聯性結構。[14]郭德曼的世界觀，連結了小說世界與社會事實之間彼此共存的關係。

因之，以郭德曼的「世界觀」理論作為隱含前提，小說世界與社會事實的共存對應關係是成立的。以此看來，古龍小說中英雄俠客「自我」與物質世俗性的強化，顯示古龍「質變武俠小說傳統性」的世界觀已逐漸成形，而逐漸成形的世界觀，反映了一個明確的社會事實：古龍與他的讀者，都正處於一個開始以現代化的自我與世俗物質置換傳統社會的環境。

先從檢視古龍世俗英雄的世界觀開始。關於這個部分，我僅僅從「俠之為俠者」角度來作說明，並選擇金庸的郭靖與楊過，作為對照式的比較對象。之所以選擇郭靖與楊過的原因，不僅是因為金庸在新派武俠小說的盟主地位，還包括郭靖在金庸武俠

14 何金蘭《文學社會學》（台北：桂冠出版社，一九八九年八月）頁八四至一一五。

小說中，「俠之大者」特質所保留的傳統性，以及楊過的反叛性最具代表性。我相望能從這兩人對照古龍對傳統的質變性歧出。以下簡單清單歸納這些人物在小說的特徵：

人物名稱	出身（身分）	人格特質	行動表現	被視為大俠的原因
蕭十一郎	大盜	特立獨行	愛情、孤獨	武功高超、帶有傳奇性
李尋歡	世家公子	特立獨行	愛情、孤獨→享受現實愛情	武功高超、帶有傳奇性
楚留香	世家公子	特立獨行	情慾、冒險、享樂	武功高超、帶有傳奇性
陸小鳳	世家公子	特立獨行	情慾、冒險、享樂	武功高超、帶有傳奇性
郭靖	農村鐵匠之子	質樸、利他性愛情、保國為民	武功與人格的累積	抗金民族英雄
楊過	金國王子之子（遺孤）	激烈、自我、敢愛敢恨、不畏世俗禮教不顧世俗禮教追求	愛情（與師父小龍女戀愛結婚）、保國為民	武功的累積、除害安良，協助大宋抗金、帶有傳奇性

在這個列表中，我們清楚看到，古龍的英雄俠客，因為跳脫「俠客成長」的情節模式，所以在「俠之為俠者」的檢視下，看不到累積武功與成為大俠之間的因果邏輯。唯一能被檢驗的就是他們的出身、自我、理所當然的武功與傳奇色彩。這可以說是古龍對英雄俠客認知的基本條件。

反觀郭靖與楊過，兩入之間即使有許多不同，他們在小說的發展，不管出身貴賤，都在命運的安排下，從零開始。透過「成長」的累積過程與具體作為，才能讓他們變成「俠之大者」。而楊過雖以表現自我來叛離道統禮教的束縛，他的言行思想仍不會逾越儒家的傳統道德規範——如鍾情於小龍女、自我節制的風流、言出必踐的行動力、盡忠或報孝的判斷（殺郭靖以報父仇的矛盾掙扎）。

但是，楊過的矛盾，在古龍的世俗英雄的行動中，看不到足以交集的地方。郭靖、楊過的生命重心與行為能力，都被設限在一個穩定的精神結構與社會關係中，如堅持愛情的忠貞（非世俗性禮教的貞操）、民族大義的優先實踐、具有實質意義的江湖道義。

古龍的英雄卻反向而行，開始朝向一個物質化的人性世界與個人化的生命形態。如果從「俠之所以為俠者」，視為社會身分流動的指標，這個情況顯示了一個弔詭現象。古龍的世俗英雄指涉的「現代化都市社會」，看起來雖然多采多姿，充滿了不可預期的未來，但隱含了一個危機：社會身分的流通性來自出身資源與自我中心的驅動力。

前者顯示身分流通可能性的匱乏；後者則說明如果沒有出身資源，社會身分的流動，將來自於自我中心的趨利性格；而金庸筆下郭靖所指涉的「傳統社會」世界觀，雖然現實層面缺乏社會身分流動性，但在命運的安排下，仍隱含了一種合理的公平性可能：透過（不以自我為中心）「利他」與「努力」的結合與累積，還是有可能獲得社會身分的流動。

古龍與金庸在台灣市場的成功，依照郭德曼的說法，這兩種世界觀作為一種社會現實存在，各自有其反應的社會階級與群體意識。顯示了金庸與古龍各自呈現的世界觀，除了產生的社會經濟背景之外，同時還包含不同階級或團體意識型態。陳曉林曾發現古龍的讀者以社會大眾為主，而金庸的讀者以知識份子為多。[15]除了社會階層的知識養成與文化品味外，這裏還透露出武俠小說的文化生產，尚存有精英知識份子與社會大眾的界域。但這與其他類型的通俗小說，大多被視之為文學工業機制下的商品文學，是很不一樣的。

如果從文化生產的內容性來說，這個現象，反映了武俠小說與不同社會階層在文化接收度上的落差。正如前文所言，武俠小說是最具傳統性的通俗文類，古龍與金庸的書寫表現，各自表現了兩個對傳統性的背馳向度——去除與保存。顯然的，就讀者群的知識養成與文化品味來說，金庸的武俠小說，在文化生產能力上，不同於古龍的武俠小說。

有趣的是，這反映了武俠小說的「高級」文學品味，與中國傳統性的密切關係，尤其是以中國傳統知識份子的世界觀邏輯，作為其世界觀的呈現。這個現象，顯示出金庸的精英知識份子階層讀者，比古龍社會大眾階層讀者，更為接近中國儒家文化傳統——以利他作為社會實踐的動力；而社會大眾則是直接置身於古龍所捕捉到的台灣

15 基本上，金庸的武俠小說是寫給知識份子看的，因而自覺地對政治問題持有他個人的看法……對古龍來說，他是一個大眾消費時代的作者，他心目中的讀者不是憂國憂民的知識份子，而是對世事好奇的現代人，需要某種情緒性宣洩，某些幻想馳騁。陳曉林〈奇與正——試論金庸與古龍的武俠世界〉頁廿二。

社會現代化情境的世界觀邏輯——出身資源的現實面向與自我中心的趨利性格。

古龍「世俗英雄」的出現，使得武俠小說文類的想像世界觀，首次不再訴諸傳統社會或文化歷史範疇。「俠客成長」模式的揚棄，是重要關鍵。「俠客成長」的想像演繹，不僅維護傳統社會的世界觀，還可以作為調節出身決定社會階級的公平匱乏作用。雖然看似靜態，但以互利作為流動的平衡機制，個人還是具有一種合理性的存在意義。

這與「世俗英雄」生成中，循著資本主義自由經濟市場邏輯，所驅動的現代社會世界觀，訴諸自我趨利性格的公平競爭原則，作為掩蓋出身資源決定社會階級現實層面的公平匱乏，大不相同。在這個現象中，個人存在的合理性，被代之以出身資源，生存動力也被導向自我趨利性格的人性貪婪，古龍「世俗英雄」以自我作為大俠之證明，成為這個世界觀製造出來最大的幸福之「虛假意識」（false consciousness）。

另一方面，透過「世俗英雄」對於物質性享樂的強化，顯示傳統社會人我之間，利他性的文化精神結構開始消解，訴諸自我趨利作為社會公平競爭的合理化原則，並以物質化的世俗享樂，作為直接的報酬代價。

這兩個面向，使得「世俗英雄」的想像世界觀，從中國傳統社會文化的歷史範疇，抽離出來。這使得古龍小說中，江湖世界所指涉的古代中國元素，不再承荷著沉重的道德規範，而僅是以符碼功能存在。

最後檢視蕭十一郎、李尋歡、楚留香、陸小鳳出現時期，以及台灣經濟社會發展狀態，作為兩者之間關聯性的歷史考察：一九六八年到一九七六年，為古龍寫作武俠小說的「創新時期」[16]：一九六三年，作為台灣進入工業社會的年度指標。

根據陳映真對台灣戰後經濟發展的深入觀察：

一九六三年，台灣的工業化產值才真正超越了農業產值，這是工業化的一個重要指標。一九六三年以後，台灣的經濟高額、高速成長，成為一個陡坡直線的圖形。

這種情況到一九七四年達到了高峰。同一年因為世界性的石油危機，台灣戰後資本主義發展遭逢第一次的挫折，向上的直線有了頓挫，變成鋸齒狀發展，可是方向還是向上的。

到一九八〇年代，台灣的資本主義企業體向巨大化、獨佔化、集團化，進入相當發達的獨佔資本主義時代。台灣終於成為一個高度成長、飽食、富裕的社會。而這個社會便進入「大眾消費」（mass consumption）。[17]

這個觀察顯示，古龍在一九六八年到一九七六年間的創新期，剛好是台灣經濟工業化社會成長最快速的時期。古龍「世俗英雄」的產生與形成的世界觀，有其既定現

16 陳康芬《古龍武俠小說研究》頁廿五至廿六。
17 陳映真〈文學的世界已經變了？——談新世代的文學〉《聯合報》二〇〇〇年四月十日，副刊。

實社會上的歷史條件。而工業社會型態的出現，同時意味著台灣社會的現代化發展，在經濟實體方面，已逐漸具有成熟的資本主義運作基礎。

這也說明台灣從傳統農業社會，轉型到現代工業社會的過程中，生產關係與人際結構，都產生巨大的變化。前者的生產方式以機械量化為主；後者則停留在人力或獸力階段。前者與人的生產關係，是一種抽象化流通轉換的異化過程；後者則還保留人與自然界的實體關係。

根據馬克思的解釋：資本家以資本買下機器，以薪資報酬方式，雇用勞力操作機器，機器生產大量商品，流通市場，透過交易機制，商品價值被轉換成資金，又成為資本。

在這個過程中，人與機器之間的生產關係，從人操作機器所產生的勞力價值，進化到機器運轉得以生產大量商品，大量商品流通市場後，因消費行為而產生的經濟價值。這些價值，都是經由可量化計算的貨幣形式而彼此流通。

資本主義社會的生產結構，能否形成循環，持續運作下去。這與不同形式的價值，能否順利被轉換成可流通的貨幣形式，有極密切的關聯。因此，順著這個生產邏輯推下去，貨幣流通的速度，將會決定經濟價值利益的多寡。

在此，馬克思提出兩個重要的觀察：資本階級對勞工階級的剝削；人的欲望取代需要。前者使得資本家得以降低生產成本，而獲得更高的商品利潤，增加資本，再投入生產；後者則可刺激商品的被消費與再生產的機能。兩者相輔相成。

就古龍的創作而言，到八〇年代，雖然情節與人物的設計創新度，已經不再奇上逞奇；但在形式上，卻相當能掌握住文學商業化之後的趨向。（這個部分反應在他對短篇「大武俠世界」的構想上。）

這種生產邏輯與關係所決定的社會型態，使得資產階級與勞工階級，在先天出身與社會性存有的剝削關係中，缺乏一種公平正義。這個批判意識，點出資本主義的社會，具有幾個特徵：一、出身資源決定社會階級的公平性匱乏；二、不斷被激起、難以滿足的欲望；三、強化享樂與物質的世俗性生活環境。

傳統農業社會則不然，勞力與農作物之間的生產條件，決定於自然環境，而非機器與人力的技術理性。這使得傳統農業社會中，各個經濟生產實體之間，並不存有可等而換之的形式條件（貨幣的量化形式），以作為流通之基礎。反之，農業經濟實體的持續運作，必須來自於人與自然之間的穩定性。這種穩定性，使得人與自然之間的生產關係，始終保持主體對主體：而非主體的客體化。

這些現象，顯示古龍「世俗英雄」的創新，與當時台灣社會具有成熟資本主義運作基礎的發展，息息相關。古龍武俠小說世界觀的裂變性歧出，顯示資本主義邏輯所滲透的社會語境，已經悄悄地改變著一般武俠小說讀者的文化精神結構。

結論

古龍小說的「世俗英雄」，與之前武俠小說的俠客類型，除了外在形象的少年俠客，轉換到中年的成熟男子；在本質上，也逐漸從俠之內在規範（道義或情義……等等）的建立，取代以特立獨行的「絕對自我」。

「絕對自我」的出現，使得情節設計的邏輯，得以不必訴諸「俠客成長」模式，貌似已理所當然。從負向的自我放逐，到正向的世俗享樂，古龍的「世俗英雄」的世界觀，都已經不侷限在過去武俠小說中，關於中國傳統文化或社會的道德範圍。反之，呈現出資本主義化社會的功利傾向與缺乏社會性公平的經濟階級現象。這個本質性的裂變，使得古龍的武俠小說，除了形式的「現代化」，就文化社會意義內涵來說，「現代性」社會語境，透過古龍的創新，開始滲透於武俠小說。雖然具有原創性，但也使得武俠小說文類中，所固有與累積的傳統世界觀，受到前所未有的衝擊。

中原大學通識教育中心副教授 **陳康芬**

參考書目

1古龍：《蕭十一郎》、《陸小鳳傳奇》、《繡花大盜與決戰前後》、《銀鉤賭坊》、《幽靈山莊》、《鳳舞九天》、《蝙蝠傳奇》、《桃花傳奇》、《午夜蘭花》、《新月傳奇》、《火併蕭十一郎》、《飛刀．又見飛刀》、《多情劍客無情劍》、《楚留香傳奇》。

2何金蘭：《文學社會學》，台北：桂冠出版有限公司，一九八九年八月，初版。
3林保淳、龔鵬程：《二十四史俠客資料彙編》，台北：學生書局，一九九五年九月，初版。
4曹正文：《武俠小説世界的怪才——古龍小説藝術談》，大陸：學林出版社，一九九五年十二月，初版。
5陳康芬：《古龍武俠小説研究》，淡江大學中國文學所碩士論文，一九九九年六月。
6崔奉源：《中國古典短篇俠義小説研究》，台北：聯經出版社，一九八六年，初版。
7淡江大學中國文學系：《俠與中國文化》，台北：學生書局，一九九四年四月，初版。
8《縱橫武林——中國武俠小説國際學術研討會》，學生出版社，一九九八年九月，初版。
9戴俊：《千古世人俠客夢——武俠小説縱橫談》，台灣商務出版社，一九九四年十二月，初版一刷。
10龔鵬程：《大俠》，錦冠出版社，一九八七年十月，初版一刷。《俠的精神文化史論》，風雲時代出版社，二〇〇四年，初版。

金庸與古龍小說計量風格學研究

一、引言

金庸與古龍均為新派武俠小說家的代表人物，兩人均創作了大量具有深遠影響的小說。前人對二者風格多有對比：曲俐俐從金庸與古龍小說中對於「俠義」詮釋、對於武功的創新以及文本結構和語言技巧等差異進行了對比；[1]王開銀列舉了小說中具體反映兩人語言風格上差異的內容，闡述了各自風格的演變和產生原因；[2]陳潔從小說的精神內涵、人物形象以及創作形式三個層面對二者小說進行分析。[3]總體說來，對於二人小說的風格研究多從文學的角度，從定量——計量風格學的角度對二者風格的比較

1參見曲俐俐：《金庸、古龍武俠小說比較論》，延邊大學碩士學位論文，二〇一二年。

2參見王開銀：《金庸、古龍武俠小說語言風格比較研究》，新疆大學碩士學位論文，二〇〇八年。

3參見陳潔：《金庸古龍武俠小說比較論》，《浙江大學學報》一九九九年第五期。

非常少。

計量風格學是區別於傳統風格學，以定量的方式利用文本中可以量化的語言特徵來對文本風格和作者寫作習慣進行研究的一門學科。其理論基礎是認為文本的語言特徵表現了作者個人在寫作活動中的言語特徵，是作者個人風格不自覺的深刻反映，並且這些特徵又可以在一定程度上通過數量特徵來進行刻畫。[4]

目前，計量風格學研究中所提取的語言特徵是多種多樣的，從字元、詞到短語均可用來作為考察文本風格的特徵項。**Jack Grieve** 實驗了從詞長、句長、用詞豐富度、字母頻率、詞頻、標點符號、搭配以及N元文法等角度，採用卡方檢驗等方法對所選取若干文本的作者歸屬進行判定。[5]

Carole E‧Chaski 從句法、標點符號、句子複雜度、文本易讀性、單詞拼寫錯誤、標點錯誤、語法錯誤等方面採用卡方檢驗等方法對四位同齡女作者的部分作品進行了分析和比較。[6] **Argamon' Levitan** 從虛詞使用的角度採用分類的方法對作者的風格進行分

4 參見K.Calix, M.Connors, D.Levy, H.Manzar, G.McCab, S.Westcott, Stylometry for E-mail Author Identification and Authentication, Proceedings of CSIS R esearch Day, New York, 2008。

5 參見Jack Grieve, Quantitative Authorship Attribution：An Evaluation of Techniques, Literary and Linguistic Computing, Vol. 22, No. 3, 2007, pp.251-270。

6 參見Carole E.Chaski, Empirical Evaluations of Language-based Author Identification Techniques, Forensic Linguistics, Vol. 8, No. 1, 2001, pp.1-65。

析。[7]大陸內金奕江等還使用虛詞頻率作為特徵來對網際網路上的寫作風格進行分類研究，取得了較好的效果。[8]Fuchun Peng等建立了一個獨立於語種之外的基於字元的N元文法模型，所研究的語種包括希臘語、英語、漢語，同時使用樸素貝葉斯的方法對其進行分類。[9]Gamon除了統計詞長、句長和虛詞之外，還在八個詞性標記基礎上抽取八一九個不同的三元詞類組合，並以其頻率作為特徵，使用支持向量機的方法對文本進行分類。[10]這些作者運用的方法總體說來比較單一，沒有能夠從多角度、運用多種方法和比較系統地對文本風格進行分析。

本文選取金庸與古龍各自六部小說作為語料庫，總規模超過九八十萬字，從計量風格學的角度，通過定量統計與定性分析相結合的方法，從平均段落長度、詞長離散度、具體實詞、虛詞、高頻詞、詞類以及標點符號等多個層面，進行系統的分析比較。

本文選取的古龍與金庸各自六部小說分別為：古龍的《大旗英雄傳》、《武林外史》、《絕代雙驕》、《楚留香傳奇系列全集》（以下稱《楚留香傳奇》）、《小李飛刀系

7 參見Argamon S.Levitan S.Measuring the Usefulness of Function Words for Authorship Attribution, ACH-ALLC2005, Victoria, 2005, pp.1-3。

8 參見金奕江、孫曉明、馬少平：《網際網路上的寫作風格鑑別》，《廣西師範大學學報》（自然科學版）二〇〇三年第一期。

9 參見Fuchun Peng, F.Schuurmans, D.Keselj, V.Wang, S.Language Independent Authorship Attribution Using Character Level Language Models, Hungarian Academy of Science, 10th Conference of the European Chapter of the Association for Computational Linguistics, Budapest, 2003, pp.267-274。

10 參見Gamon, M.Linguistic Correlates of Style: Authorship Classification with Deep Linguistic Analysis Features, Proceedings of the 20th International Conference on Computational Linguistics, Stroudsburg, 2004, pp.611-617。

古龍	總字數	總詞數	金庸	總字數	總詞數
大旗英雄傳	510,601	382,424	射鵰英雄傳	758,780	568,804
武林外史	562,900	425,953	神鵰俠侶	810,591	614,360
絕代雙驕	647,283	488,032	倚天屠龍記	817,568	616,293
楚留香傳奇	993,335	728,461	天龍八部	1,021,443	762,806
小李飛刀	1,110,332	819,356	笑傲江湖	827,171	611,048
陸小鳳傳奇	793,209	575,212	鹿鼎記	1,021,369	741,469
總計	4,617,660	3,419,438	總計	5,256,922	3,914,780

表一　金庸與古龍所選小說的總字數、總詞數統計

列全集》（以下稱《小李飛刀》）和《陸小鳳傳奇系列全集》（以下稱《陸小鳳傳奇》）；金庸的《射鵰英雄傳》、《神鵰俠侶》、《倚天屠龍記》、《天龍八部》、《笑傲江湖》和《鹿鼎記》。對所選十二部小說的總字數、總詞數進行統計，得到表一。

可以發現，在所選的十二部小說中，古龍的《大旗英雄傳》、《武林外史》、《絕代雙驕》三部的篇幅較短，其餘的篇幅均較長。

二、基於頻率統計的二者差異比較

（一）平均段落長度

對金庸與古龍各自六部小說中的字數及段落數進行統計，並計算總字數與總段落數之商，此即為平均段落長度。平均段落長度反映出一個作家的分段習慣，顯示了文本的複雜性，是測量文本可讀性（閱讀和理解的容易程度）的重要指標。分段多、段落長度小，文本顯得比較簡單，更容易被理解和提供更好的閱讀體驗，即可

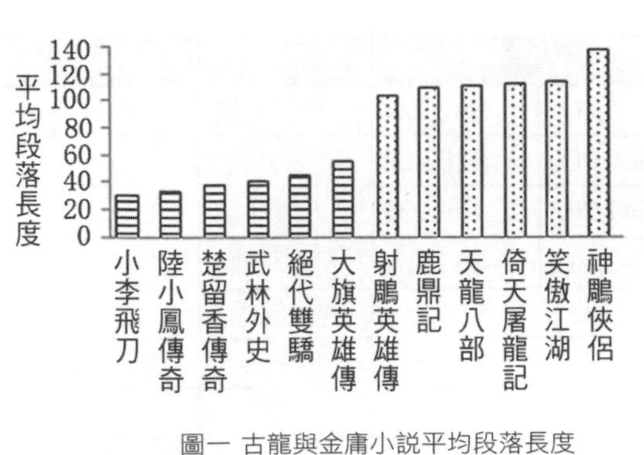

圖一　古龍與金庸小說平均段落長度

讀性更強；分段少，段落比較長，文本顯得複雜一些，理解相對困難，閱讀體驗稍差，即可讀性稍弱一些。（圖一）給出了金庸與古龍小說的平均段落長度：橫軸是每部小說的名字，縱軸標記的是小說的平均段落長度。

從圖中可以看出，從《小李飛刀》、《陸小鳳傳奇》、《楚留香傳奇》、《武林外史》、《絕代雙驕》、《大旗英雄傳》、《射鵰英雄傳》、《鹿鼎記》、《天龍八部》、《倚天屠龍記》、《笑傲江湖》至《神鵰俠侶》，平均段落長度逐步增加。金庸小說的平均段落長度都高於古龍小說。古龍的小說分段較多，每一段的字元數很少，使得整本小說呈現出一種散文化的效果；金庸則不然，分段較少，複雜度上昇。

（二）詞長變化程度

對每部小說中不同詞長的詞進行統計，並計算每個詞的詞長與平均詞長之差的平方和與總詞數之商，得到之結果的算數平方根，即為該小說的詞長變化程度。詞長變化程度反映了作者的用詞習慣。詞長變化程度越大，說明作

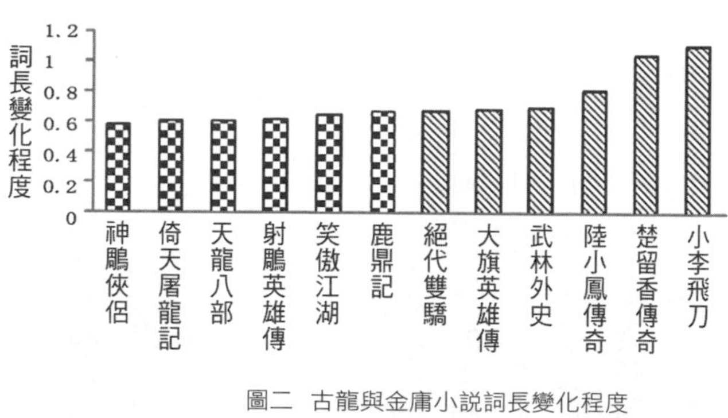

圖二　古龍與金庸小說詞長變化程度

者使用詞語的長度變化越大，整個文本的語言更富變化；詞長變化程度越小，說明作者使用詞語長度變化越小。對十二部小說進行詞長統計及相關計算，得到結果（圖二）。

圖二中，橫座標為金庸與古龍的十二部小說，縱座標為詞長變化程度。可以看出，十二部小說中，詞長變化程度最小的為金庸的《神鵰俠侶》，最大的為古龍的《小李飛刀》。

從總體來看，金庸六部小說的詞長變化程度相較於古龍六部都要小。並且，古龍小說詞長變化程度可以明顯分為兩個部分：《大旗英雄傳》、《武林外史》和《絕代雙驕》為一部分，詞長變化程度稍小，而其餘幾部小說，詞長變化程度較大。《小李飛刀》、《陸小鳳傳奇》和《楚留香傳奇》都是一系列篇幅較短的小說集合。

因此，可以推測，古龍篇幅較短的小說語言變化較大，尤其是在《小李飛刀》的構成部分《天涯・明月・刀》的創作過程中，古龍嘗試用詩化的語言進行小說創作，變化更加顯著，使得《小李飛刀》的整體詞長變化程度較高。與之相對應，金庸的小說相對比較穩定，與古龍相比，其詞長變化程度都相對較低。

（三）兩組詞語使用上的差異

家國天下的責任與江湖人的個體感受眾所周知，金庸在《神鵰俠侶》中說過：「為國為民，俠之大者。」因此，在金庸的小說中，主人公往往是以一個匡世濟民的英雄人物形象出現的，江湖與傳統世俗社會往往密不可分。「有人的地方，就有江湖」是金庸筆下江湖的最好詮釋。

他們一方面具有一般的俠義精神，如扶危助困、打抱不平；另一方面，又將自己的生命與言行和國家民族大義結合起來。他們既有江湖俠客的放蕩不羈，又有傳統「忠君愛國」觀念的光輝。

古龍則不然，古龍更加關注的是江湖人個體的存在價值，描寫的是個體的感受，國家民族是其刻意遠離的，江湖人永遠漂泊在江湖中。這一點，我們從金庸與古龍的小說中對有關家國責任與個體感受的詞語使用頻率可以看出來。分別檢索有關家國責任的一組詞——國家、國、朝廷、皇帝、百姓、老百姓、民、義、盡忠、中華，以及與個體非常相關的一組詞——生命、生活、死亡、希望、幸福、痛苦、夢想、寂寞、孤獨、愛情、友情、仇恨、恐懼——在十二部小說的使用次數，並計算每十萬詞中這些詞語使用的比例，分別作堆積面積圖（圖三和圖四）。

堆積面積圖是將兩個或多個資料序列堆積起來，既可展示不同個體在同一序列資

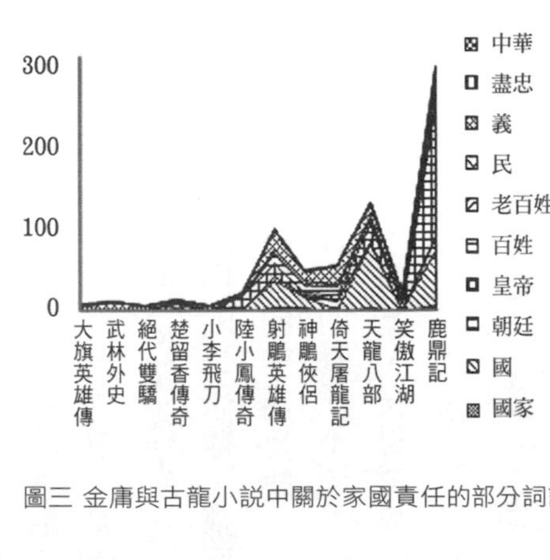

圖三 金庸與古龍小說中關於家國責任的部分詞語

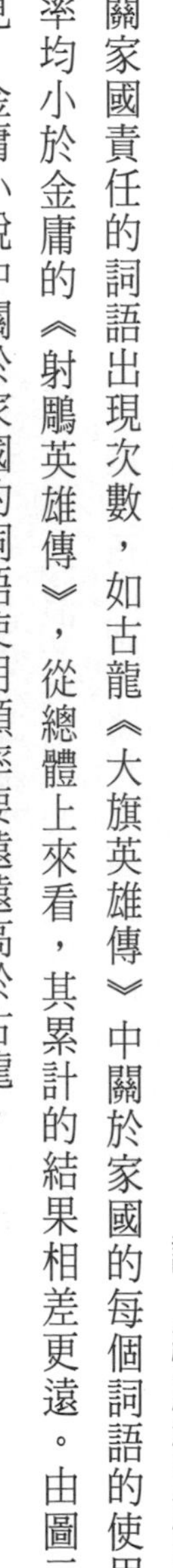

圖四 金庸與古龍小說中關於個體的部分詞語

料上的差異，亦可表現資料總值趨勢的一種圖表。

本文中，堆積面積圖既可反映各小說在所選詞語使用頻率上的個體差異，也可反映總體累計差異。圖三中，橫座標為古龍和金庸的十二部小說，縱座標為使用有關家國責任的詞語出現次數，如古龍《大旗英雄傳》中關於家國的每個詞語的使用頻率均小於金庸的《射鵰英雄傳》，從總體上來看，其累計的結果相差更遠。由圖三可見，金庸小說中關於家國的詞語使用頻率要遠遠高於古龍。

在金庸的筆下，俠是獨立個體與集體社會成員的統一體。因此，其作品中的主人公，很多既有俠的自由個性，又有強烈的民族精神和憂患意識。當他們一旦踏入江湖，除了快意恩仇之外，不可避免地被牽扯進世俗社會之中。一旦涉及民族大義、國家興亡，又會勇於承擔責任。在金庸小說中，「俠」的精神就是獨立奔放、至情至性、自由豪邁的個性與勇於承擔社會責任的統一。與之相對應，從圖四可以看出，古龍對個體的重視程度要遠遠高於金庸。與金庸著意刻畫的匡世濟民、一身正氣的遊俠不同，在古龍的筆下，主角往往是江湖浪子。

這兩者的差異，甯宗一在為新版《古龍作品集》所作序中作過闡述：「遊俠沒有浪子的寂寞、沒有浪子的頹喪，也沒有浪子那種沒有根的失落感，也沒有浪子那種莫名其妙無可奈何的愁懷。」[11]、「浪子無根，英雄無淚」。江湖浪子就像是漂浮在江湖上的浮萍，沒有目的地地遊走在江湖，總有一種沒有根的失落感。國家、民族離他們太遠，他們更關注對個體至關重要的生命、生活，乃至始終揮之不去的陰影——死亡。他們也有「希望」，尋求幸福，感到痛苦。

在漂泊江湖的歲月中，與伴隨遊俠的讚譽和羨慕不同，寂寞與孤獨是江湖浪子永恒的伴侶。他們渴望愛情，珍惜友情。他們行走在江湖上，也會感到恐懼，甚至會問：「痛苦的極限是恐懼，那麼恐懼的極限又是什麼？」[12]這些個體感受的存在，也正是古龍個人經歷的深刻反映。金庸一生春風得意，由此更加關注國家、民族的命運以及個人在社會中的責任不同；而古龍的一生跌宕起伏，坎坷崎嶇。

他經歷了戰亂、父母離異、事業與感情多次受挫，甚至於從事武俠小說創作也是

11 甯宗一：《感悟古龍——新版〈古龍作品集〉序》，見古龍：《多情劍客無情劍》，珠海：珠海出版社，二〇〇五年，第八頁。

12 古龍、丁情：《怒劍狂花》，珠海：珠海出版社，一九九五年，第七八頁。

由於純文學創作毫無成就被迫改行的。自身經歷的豐富性，始終縈繞、無法排遣的孤獨感，以及童年缺失性體驗導致的寂寞與自戀情結，決定了古龍感情細膩，對生活敏感多情，對人性理解獨到，也決定了他在小說中更加在意表現江湖人的所思所想，以及漂泊江湖的孤獨寂寞。

（四）虛詞的使用

虛詞被認為是最容易區分作者風格的特徵。其與文章主題無關，不涉及任何語義資訊，並且作者在寫作過程中使用虛詞時往往是無意識的，因此，通過虛詞的使用，容易發現作者的寫作習慣和用詞風格。為探索金庸與古龍小說的風格差異，本文選取了金庸、古龍小說中如下四十九個虛詞：介詞（八個）：被、為、在、於、同、比、給、向；助詞（五個）：的、地、著、之、者；語氣詞（十一個）：啊、呀、吧、呢、罷、嗎、了、難道、而已、嘛、也（y）；副詞（二十個）：居然、竟然、十分、非常、果然、其、才、皆、即、尚、別、就、再、沒有、沒、也許、最、更、也（d）、都；連詞（五個）：或、可、所以、因此、但是。

本文使用假設檢驗中的秩和檢驗來對金庸與古龍小說中每個虛詞的使用是否具有差異來進行檢驗。「秩」就是按資料大小排定的次序號。次序號的和稱「秩和」。秩和檢驗就是用「秩和」作為統計量進行假設檢驗的方法。

以「為」字為例，我們假設：金庸和古龍對介詞「為」的使用沒有顯著差異。

作者	小說	每萬詞頻率	秩	作者	小說	每萬詞頻率	秩
古龍	陸小鳳傳奇	2．12	1	金庸	鹿鼎記	7．03	8
古龍	小李飛刀	3．26	2	金庸	倚天屠龍記	7．35	9
古龍	絕代雙驕	4．22	3	金庸	神鵰俠侶	7．42	10
古龍	楚留香傳奇	4．64	4	金庸	天龍八部	7．89	11
古龍	武林外史	4．65	5	金庸	笑傲江湖	8．90	12
金庸	射鵰英雄傳	5．12	6	古龍	大旗英雄傳	5．15	7

表二　金庸與古龍小說中「為」字使用頻率排序

為了完成檢驗，需要將金庸與古龍十二部小說中的「為」字使用頻率進行標準化。標準化過程就是先統計每個虛詞在每部小說中出現的次數，計算每部小說中每萬詞中使用各個虛詞的頻率。接著將標準化後的數值從小到大排序，排序完成後的序號一至十二即是「為」在各部小說中的「秩」（表二）。

統計學上，一般把機率小於或等於零點零五的事件叫做小機率事件，言其可能發生的機會只有百分之五。這裏的小機率事件實際上指的是不可能發生的事件。如在一個籃子中有一百個球，其中只有五個紅球，那麼，一次性從中取出一個紅球的機率是很低的，這便是小機率事件。在假設檢驗中，我們先假設某一結論是成立的，如果這個假設導致了一個小機率事件的發生，那就表明原來的假設是不正確的，我們拒絕接受該結論；如果沒有匯出不合理的小機率事件，則接受該結論。[13]查「秩和」表得知，小機率事件發生的範圍是：秩和 ≤26 或者秩和 ≥52。由於 W=22＜26，所以拒絕假設，即認為在古龍與金庸的小說中，

13韓寶成：《外語教學科研中的統計方法》，北京：外語教學與研究出版社，二〇〇〇年，第六四至六五頁。

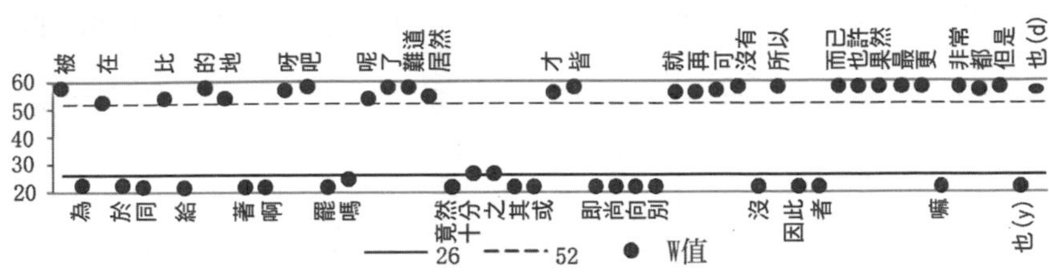

圖五 金庸與古龍小說中四十九個虛詞使用頻率假設檢驗結果

「為」字的使用是不一致的。

我們把四十九個虛詞的秩和值用直觀的方式表現出來（見圖五）。圖五形象地表示了四十九個虛詞的秩和值與值二十六和五十二的關係，其中橫座標為四十九個虛詞，而縱座標為秩和值，每一個虛詞的秩和值用一個黑點表示。

在所選擇的四十九個虛詞中，被、在、比、的、地、呀、吧、呢、了、難道、居然、才、皆、就、再、可、沒有、所以、而已、也許、果然、最、更、非常、都、但是、也（d）二十七個詞的秩和值大於等於五十二，而為、於、同、給、著、啊、罷、嗎、竟然、十分、之、其、或、即、尚、向、別、沒、因此、者、嘛、也（y）二十二個詞的秩和值小於等於二十六。根據秩和檢驗，我們認為這些虛詞在金庸與古龍的小說中均有較為顯著的差異。

（五）高頻詞的使用

高頻詞是反映文本內容及作者用詞習慣的一個重要語言特徵。我們對金庸與古龍小說中前一百個高頻實詞進行統計，發現二者小說中均有：聲、想、她、他、三、這、四、誰、出、問、打、眼、大、自己、刀、手、多、死、風、聽、姑娘、我們、好、笑、話、站、間、知、見、身、劍、事、叫、雙、句、說、看、他們、口、天、快、頭、老、我、兩、下、那、小、你、心、氣、咱們、做、長、去、真、人、知道、殺、走、上、瞧六十二個詞。

古龍獨有的三十八個詞是：這裏、眼睛、歎、條、別人、你們、找、動、變、喝、這種、臉、件、冷、酒、種、敢、輕、帶、一點、身子、覺得、地方、女人、面、次、兄、說話、聲音、目光、朋友、少年、心裏、男人、望、看見、坐、緩緩；而金庸的是：說道、招、派、武功、教、二、師父、心中、名、成、前、年、心想、處、師、弟子、主、開、力、女、傷、教主、入、兄弟、法、夫人、覺、驚、請、字、幫、步、僧、六、神、武、皇上、急。

可以看出，在共有的六十二個詞中，絕大部分都是反映武俠小說的一些共性特徵：江湖人物仗劍天涯（劍、刀、走、去），被牽扯進各種江湖事務，見到形形色色的人物（她、他、自己、我們、咱們、你、姑娘、我），在江湖中快意恩仇（手、死、殺、打、笑……）。古龍與金庸各自的三十八個詞，則從側面反映了二者內容上的差異：相對於金庸重視武功，企圖成名成家（招、武功、名），講究師門傳承（師父、師、弟子），注意描寫江湖門派的紛爭（教主、教、派），除了關注兄弟情（兄弟）之外，還關心家國天下（皇帝、夫人）；古龍更加關注的是與江湖浪子個體密切相關的人和物，如女人、兄弟、朋友、少年、男人；更多描寫他們的一舉一動（眼睛、臉、說話、聲音、目光、身子），個人感受（覺得、心裏、冷），乃至江湖浪子游走於江湖（地方）的重要伴侶——酒。總而言之，從高頻詞中可以比較清楚地發現二者關注點的差異。

（六）詞類的總體使用情況

詞類是詞的語法分類，是詞在語法結構中表現出來的類別。不同詞類在文本中的使用數量，是構成文本風格的一個重要特徵。[14] 如在學術文章中名詞與動詞的比率要遠遠高於其在小說與口語中的比率。小說或口語更善於描寫人物的動作，刻畫人物的行為和心理。所以在小說和口語中，動詞和形容詞多於名詞。而學術文章更多關注抽象的狀態、過程和對象，對名詞的使用往往多於動詞。對金庸與古龍小說中部分詞類使用情況進行考察，分別統計在金庸與古龍十二部小說中，名詞（n）、動詞（v）、代詞（r）、形容詞（a）、副詞（d）、介詞（p）、助詞（u）、數詞（m）、方位詞（f）、連詞（c）的使用次數，並計算每部小說中，每一百詞中各種詞類的數量。對得到的結果分別作圖比較。對實詞——名詞（n）、代詞（r）、形容詞（a）、數詞（m）、動詞（v）、方位詞（f）——作折線圖（如圖六）；虛詞——副詞（d）、介詞（p）、助詞（u）、連詞（c）——作圖（如圖七）。

14 道格拉斯・比伯、蘇珊・康拉德、蘭迪・瑞潘：《語料庫語言學》，劉穎、胡海濤譯，北京：清華大學出版社，二〇一二年，第四三頁。

圖六與圖七中，橫座標為古龍與金庸的十二部小說，縱座標為詞類使用的頻率。每個圖中不同形狀的點表示不同的詞類，如：圖六中，菱形表示名詞，正方形表示動詞。每一條折線反映出某個詞類在全部十二部小說中的頻率變化趨勢。在幾種主要實詞中，從名詞的使用來看，總體上看不出明顯的差異。古龍小說中名詞使用頻率較高的主要是前面三部單篇小說，而幾部系列小說在名詞的使用上頻率較低；金庸的小說篇幅較長，並且名詞使用頻率比較一致。名詞主要是人名、地名、物名，這種差異形成的原因主要是隨著篇幅的減小，小說中的人物、場景、物品的數量自然也會大幅減少。

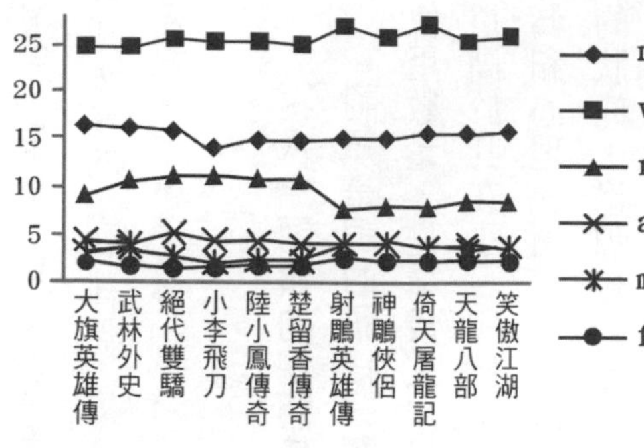

圖六 金庸與古龍小說中部分實詞使用頻率圖

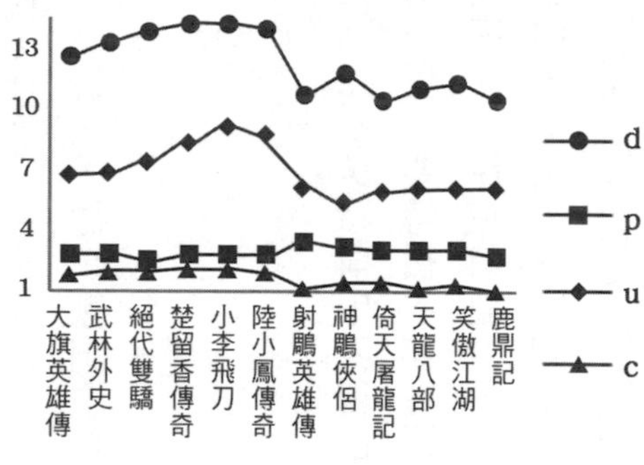

圖七 金庸與古龍小說中虛詞使用頻率

從形容詞來看，兩人的使用都比較平穩，同時使用的頻率也不相上下。可見，雙方在對人物、場景等的描寫方面都是不遺餘力。詳細而生動的人物、場景的描寫，是兩人小說的重要特點之一，也是其小說長盛不衰的重要原因。如古龍和金庸在下面所選的段落中都使用了較多形容詞。

秋風肅殺，大地蒼涼，漫天殘霞中，一匹毛色如墨的烏騅健馬，自西方狂奔而來。一條精赤著上身的彪形大漢，筆直地立在馬鞍上，左掌握拳，右掌斜舉著一桿紫緞大旗，在這無人的原野上，急遽地盤旋飛馳了一圈。

——古龍《大旗英雄傳》第一回「西風展大旗」

福建省福州府西門大街，青石板路筆直地伸展出去，直通西門。一座建構宏偉的宅第之前，左右兩座石壇中各豎一根兩丈來高的旗桿，桿頂飄揚青旗。右首旗上黃色絲線繡著一頭張牙舞爪、神態威猛的雄獅，旗子隨風招展，顯得雄獅更奕奕若生。雄獅頭頂有一對黑絲線繡的蝙蝠展翅飛翔。左首旗上繡著「福威鏢局」四個黑字，銀鉤鐵劃，剛勁非凡。——金庸《笑傲江湖》第一回「滅門」

從代詞來看，兩人的使用都比較平穩，而金庸使用代詞較少，古龍相對較多。代詞主要用於指稱已經提到過的人名、地名或物名，與名詞有一定的互補關係；同時，古龍三部系列小說中代詞使用頻率要高於前面三部單篇小說：可見，在古龍的小說中，由於系列小說的每一個部分的篇幅都較小，因此也就不易對於人名、地名、物名發生混淆，故多用代詞來指代。如：

他懶洋洋地翻了個身，陽光，便照在他臉上。

他雙眉濃而長，充滿粗獷的男性魅力，但那雙清澈的眼睛，卻又是那麼秀逸，他鼻子挺直，象徵著堅強、決斷的鐵石心腸，他那薄薄的，嘴角上翹的嘴，看來也有些冷酷，但只要他一笑起來，堅強就變作溫柔，冷酷也變作同情，就像是溫暖的春風，吹過了大地。

他抬手擋住刺眼的陽光，眨著眼睛笑了，目中閃動著頑皮、幽默的光芒，卻又充滿了機智。

——古龍《楚留香傳奇．血海飄香》第一回「白玉美人」

從動詞來講，金庸使用動詞的頻率總體要高於古龍。在武俠小說中，動詞是構成動作場面的重要因素。金庸小說中動詞的高頻率使用，正是金庸在武打場景描寫方面著墨較多，一五一十地將功夫展現出來的表現。古龍小說則更多渲染氛圍，直接說明結果，較少描寫具體的動作，正如古龍自己所言：

「我總認為『動作』並不一定就是『打』！……小說中動作的描寫，應該先製造衝突，情感的衝突，事件的衝突，盡力將各種衝突堆構成一個高潮。然後你再製造氣氛……用氣氛來烘托動作的刺激。武俠小說畢竟不是國術指導。」[15]這是導致其在動詞使用頻率上較低的一個重要原因。如：

他連退三步，斜身急走，眼見風波惡揮刀砍到，當即飛起左足，往他右手手腕上踢去。風波惡單刀斜揮，逕自砍他左足。長臂叟右足跟著踢出，鴛鴦連環，身子已躍在半空。風波惡見他恁大年紀，身手矯健，不減少年，不由得一聲喝采：「好！」左手呼的一拳擊出，打向他的膝蓋。

——金庸《天龍八部》第十四章「劇飲千杯男兒事」

刀光一閃！

小李飛刀已出手！

刀已飛入他的咽喉！

沒有人看到小李飛刀是如何出手的！

——古龍《小李飛刀．多情劍客無情劍》第二十四章「逆徒授首」

從數詞來講，兩人使用都比較平穩，而金庸在數詞的使用頻率上要比古龍高。可

15 古龍：《寫在〈天涯．明月．刀〉之前》，《天涯．明月．刀》，珠海：珠海出版社，一九九五年，第四頁。

見，與古龍講究神韻、意境不同，金庸更喜歡在小說的敘述中多使用數詞詳細描摹場景，使小說真實性更強。如：

小酒店的主人是個跛子，撐著兩根拐杖，慢慢燙了兩壺黃酒，擺出一碟蠶豆、一碟鹹花生、一碟豆腐乾，另有三個切開的鹹蛋，自行在門口板凳上坐了……

——金庸《射鵰英雄傳》第一回「風雪驚變」

從方位詞來看，其在金庸小說使用頻率要遠遠高於古龍。由於方位詞就其語義來說，並不僅限於表達方位，方位詞可以用來表示方位、時間、數量及其他意義（如範圍），因此，方位詞使用越多，描寫也就更為細緻。如：

郭靖大怒，施展擒拿手中的絞拿之法，左手向上向右，右手向下向左，雙手交叉而落，一絞之下，同時拿住了那公子雙腕脈門。

——金庸《射鵰英雄傳》第七回「比武招親」

從圖七來看，兩人在虛詞使用上的差異是相當大的：金庸小說介詞的使用頻率要高於古龍，而助詞、副詞、連詞的使用頻率則要低於古龍。這進一步反映了二者在虛詞使用習慣上的差異。

三、基於文本聚類的二者風格差異比較

文本聚類是文本風格研究中的一種重要方法。聚類是對數據對象進行劃分的一個過程。它要求將小說集合分組成多個類，使得同一個類中的小說具有較高的相似性，而不同類中的小說內容差異較大。通過文本聚類，可以清楚地反映出不同類的小說在所選特徵項上的總體差異。

我們使用歐氏距離計算不同小說間的距離：

$$d_{ij} = [\sum_{k=1}^{n} (x_{ik} - x_{jk})^2]^{\frac{1}{2}} (i,j = 1,2,\ldots,m)$$

xik、xjk 表示第 i 篇和第 j 篇小說分別在第 k 維空間中的值。其所計算的是在 n 維空間中任意兩篇小說的向量空間 $a(x_{i1},x_{i2},\ldots,x_{in})^T$，$b(x_{j1},x_{j2},\ldots,x_{jn})^T$ 之間的距離。[16] 小說之間的相似性與距離是相反的。兩部小說之間的距離越小，它們之間的相似程度越高。兩部小說之間的距離越大，它們之間的相似程度越低。

在進行聚類前，由於不同小說語料規模大小具有差異，為使從語料中得到的資料

16參見JiaweiHan，MichelineKamber，JianPei：《資料採擷：概念與技術》，范明、孟小峰譯，北京：機械工業出版社，二〇一二年，第二七六、二九一頁。

具有統一性和可比性，需要對資料進行歸一化處理。歸一化的目的就是消除語料規模大小對頻率統計的影響，使聚類的結果更具合理性。以虛詞為例，某部小說中某個虛詞頻率歸一化後的數值等於該虛詞頻率除以所選取的該小說所有虛詞頻率的平方和開平方後的商。

例如：從所選的四十九個虛詞的角度，計算金庸《笑傲江湖》與古龍《武林外史》的距離為公式（2）。

$$d_{ij} = \sqrt{\sum_{k=1}^{49} \left(x_{ik} - x_{jk}\right)^2}$$

其中，i為《笑傲江湖》，j為《武林外史》，k為虛詞，即k=1，2，…，49。xik、xjk分別為第k個虛詞在《笑傲江湖》和《武林外史》中出現的頻率歸一化後的值。

本文使用層次聚類與K-means兩種聚類方法實現對所選的語言特徵項進行聚類。

（一）層次聚類

層次聚類，指聚類過程是按照一定層次進行的。其工作過程是：在聚類開始，將每部小說作為一類；然後計算每兩類小說之間的距離，尋找各類之間距離最小（即相似性最高）的兩類，將其歸為一類。並重新計算新生成的類與各舊類之間的距離；如此反復，直到所有的小說都歸為一個大類。層次聚類不僅需要度量小說與小說之間的距離，還要度量類與類之間的距離。[17]

我們使用歐氏距離來計算任意兩部小說的相似性，並使用最大距離法來度量類與類之間的距離，即以兩類小說之間的最大距離作為兩類的距離。使用電腦中 R 語言的 hclust（）函數來實現對於小說的層次聚類。

1. 基於虛詞特徵的文本聚類

針對第二部分所選的四十九個虛詞，利用層次聚類方法來考察金庸與古龍的小說在虛詞使用上的總體差異。層次聚類結果（如圖八）。

圖八中，橫座標為全部十二部小說，縱座標反映的是不同類（每部小說都視為最小的類）之間的歐氏距離。如《神鵰俠侶》與《射鵰英雄傳》的歐氏距離為〇．〇五與〇．一之間，《鹿鼎記》與金庸其他五部小說所組成的較大的類的歐氏距離接近〇．二，而金庸與古龍各自六部小說所組成的兩個大類之間的距離接近〇．四。兩類的距離遠近反映了相似程度的高低。

可以看出，金庸小說中，《笑傲江湖》與《天龍八部》距離最近，而與《倚天屠龍記》稍遠，《神鵰俠侶》與《射鵰英雄傳》距離最近，而《鹿鼎記》距其餘五部小說最遠。古龍所著小說中，《大旗英雄傳》、《武林外史》距離最近，而與《絕代雙驕》距離稍遠；《楚留香傳奇》和《陸小鳳傳奇》距離最近，而與《小李飛刀》距

17 參見 Jiawei Han，Micheline Kamber，Jian Pei：《資料採擷：概念與技術》，范明、孟小峰譯，北京：機械工業出版社，二〇一二年，第二七六、二九一頁。

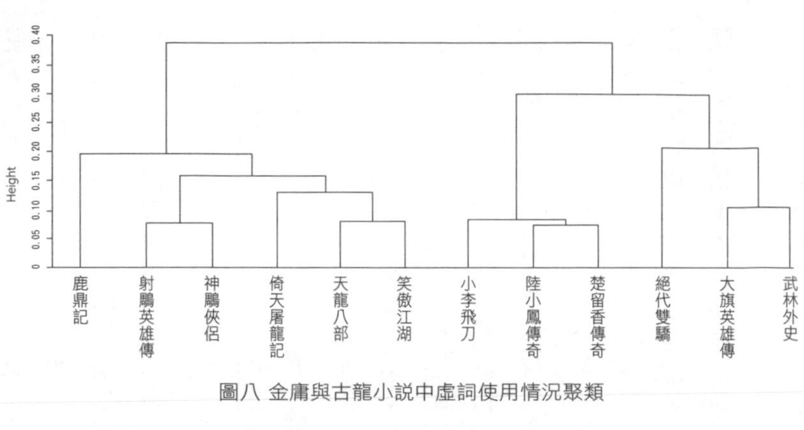

圖八 金庸與古龍小說中虛詞使用情況聚類

離稍遠，且後三者與前三者距離更遠。

同時，金庸與古龍的小說距離相對非常遠，即相似性較小，可以分為兩類。從虛詞使用上來看，金庸與古龍的小說風格並不一致。

2.基於小說高頻詞的文本聚類

金庸與古龍小說中的前一千個高頻詞占到了每部小說總詞數百分之七十以上，基本可以代表金庸與古龍在用詞上的總體情況。對詞頻進行歸一化處理，然後進行層次聚類，得到（圖九）。

在圖九中，橫座標為全部十二部小說，縱座標反映的是不同類之間的歐氏距離。從高頻詞使用來看，在金庸的小說中，《射鵰英雄傳》與《天龍八部》距離最近，而與《鹿鼎記》距離稍遠，此三者與《笑傲江湖》與《倚天屠龍記》距離更遠，而《神鵰俠侶》距離其餘五部小說最遠。

在古龍的小說中，《小李飛刀》與《陸小鳳傳奇》距離最近，而與《楚留香傳奇》稍遠；《絕代雙驕》與《大旗英雄傳》的距離最近，與《武林外史》的距

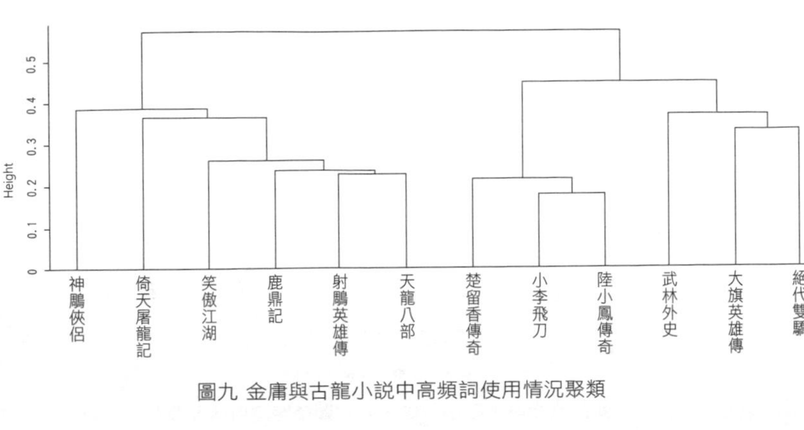

圖九 金庸與古龍小說中高頻詞使用情況聚類

離稍遠，而後三部小說與前三部小說的距離更遠一些。

但是，總體說來，金庸與古龍的小說的距離比較大，明顯分為兩個部分，說明二者的小說之間相似性很小。可見，兩位作家在高頻詞的使用上也有較為明顯的差異。

（二）k-means聚類

k-means 聚類是一種劃分聚類。其基本思想是：首先從所有小說中任意選擇 k 部小說作為聚類中心，其他小說則分配給與其距離最近的中心所代表的類；再將 k 類各自的中心（即此類中所有小說的均值）作為新的聚類中心，然後重新按照距離對小說進行分類。這樣一直反覆運算下去，直到聚類中心不再改變為止。其最終目的是要實現類內小說之間相似性最大，而類與類之間的相似性最小。[18]

鑒於本文的資料來自於金庸與古龍兩位作家的小說，故本文確定兩個聚類中心。同時，採用歐氏距離

18 JiaweiHan，MichelineKamber，JianPei：《資料採擷：概念與技術》，第二九三頁。

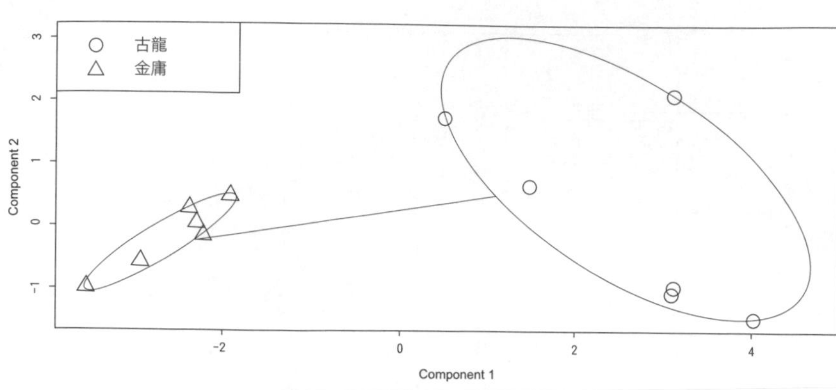

圖十 金庸與古龍小說中十大詞類整體使用情況聚類

計算小說與聚類中心之間的距離。我們使用電腦R語言中的 kmeans（）函數實現對十二部小說的 k-means 聚類。

1. 基於十大詞類的文本聚類

對第二部分所選取的十大詞類的總體使用情況進行聚類分析。我們對不同詞類的使用次數進行歸一化處理，然後進行 k-means 聚類，得到（圖十）。

圖十中，圓圈與三角形分別代表古龍與金庸的小說，橢圓代表不同的類。可以看出，代表古龍六部小說的六個圓圈聚為一體，而代表金庸六部小說的六個三角形則聚在另外一個橢圓中。可見，就十大詞類的整體使用情況來看，古龍與金庸小說各自內部分別聚為一體，距離較近。金庸的不同小說之間的距離要小於古龍的不同小說間的距離，反映了古龍的小說間的差異比金庸的小說間的差異要大。

而兩位作家的小說之間則距離較遠，截然分為兩個部分。可以斷定，二者在所選取的十大詞類的整體使用上差異是顯著的。

2. 基於標點符號使用的文本聚類

標點符號是句子組織結構的一個重要表現，具有停頓意義的標點符號也是構成文本節奏的重要因素。國外研究中多使用標點符號來分析作者風格，在國內學界，也有通過統計各個標點符號的使用頻率、相互的比率以及連續使用同一點號的模式等角度來研究作品風格。[19]

我們對金庸與古龍所選每部小說中九種標點符號——句號、省略號、問號、嘆號、頓號、分號、逗號、冒號、引號——的使用次數分別進行統計，將得到的結果進行歸一化處理，然後進行 k-means 聚類，得到（如圖十一）。

圖十一中，圓圈與三角形分別代表古龍與金庸的小說，不同的橢圓表示不同的類。從上圖可以看出，就標點符號使用情況來看，二人各自的小說是聚為一類的，相似性很大。金庸不同小說之間的距離要小於古龍不同小說間的距離，反映出古龍小說間的差異比金庸小說間的要大。

兩位作者的小說之間距離較遠，可以清晰地分為兩個部分。由此，可以判斷，金庸與古龍在標點符號的使用上也具有明顯的不同。在金庸與古龍的小說中，句

19 參見常淑慧：《基於寫作風格的中文郵件作者身分識別技術研究》，河北農業大學碩士學位論文，二〇〇五年，第一九至二十頁。

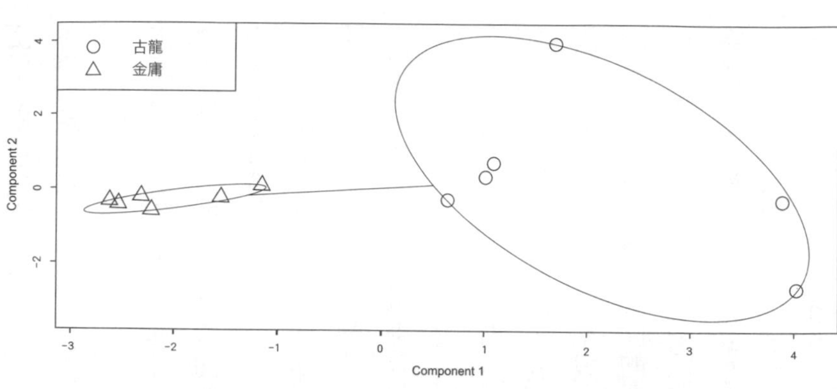

圖十一 金庸與古龍小說中標點符號使用情況聚類

號、省略號、驚嘆號、分號的使用上比較接近，無明顯差異。而在頓號、逗號、冒號、引號、問號的使用上差異顯著。

古龍使用頓號、逗號、問號在總的標點符號數中所占比例均要比金庸低，同時古龍小說中，三部單篇小說的句號和問號使用的頻率要遠遠低於其餘三部系列小說，而使用頓號、逗號的比例要遠遠高於其他三部小說。這正是古龍的長篇小說較多地使用頓號、逗號做停頓，而篇幅較短的小說，尤其是後期使用詩化的語言創作的小說，則更多地使用句號、問號來做停頓，使得小說的句子數量增大，句長變短，達到詩化的效果。

與此同時，古龍小說比較多地使用對話描寫，來敘述事情和刻畫人物形象，表現在標點符號的使用上，便是冒號與引號的使用頻率較高。而金庸的小說相對更多地使用頓號、逗號來做停頓。

四、結語

「金庸是大師，古龍是才子」。[20]「我認為金庸的成就無疑相似於杜甫。杜甫為詩聖，金庸則為俠聖……李白為詩仙，古龍則為俠仙。」[21]這既是對於兩人成就的高度總結，也是對於兩人風格差異的高度概括。

本文通過定量統計與定性分析相結合，對金庸與古龍的小說從多個層面、系統地進行了比較和分析：

一、比較了平均段落長度、詞長變化程度，發現金庸小說的平均段落長度要比古龍的長，而詞長變化程度要小。兩者相比，古龍小說更易讀，語言變化更豐富。

二、通過金庸和古龍在有關家國責任和個體感受的詞語使用上的差異，發現金庸更重視家國責任，古龍更喜歡描寫個人感受。

三、對金庸和古龍小說中四十九個虛詞的使用情況進行了考察。先把金庸與古龍各自六部小說分別作為一個整體，分別記作A和B，通過秩和檢驗發現每個虛詞在A和B中的使用差別非常顯著。進一步，通過層次聚類判別任意兩部小說在四十九個虛詞整體運用上的相似性，結果顯示兩位作者自己的任意兩部小說在四十九個虛詞的整體運用上比較相似，而屬於不同作者的兩部小說在四十九個虛詞的整體運用上相似

20 陳潔：《金庸古龍武俠小說比較論》，第一三八頁。
21 覃賢茂：《古龍傳》，成都：四川人民出版社，一九九五年，第三八〇頁。

程度較低。

四、對十大詞類進行頻率統計，發現二者在名詞和形容詞使用上比較一致，金庸使用動詞、方位詞和介詞的頻率要高於古龍，而在代詞、數詞、助詞、副詞和連詞的使用上則要低。通過劃分聚類發現：屬於同一作者的任意兩部小說對十個詞類的整體使用比較相似，不同作者的兩部小說在十個詞類的整體使用上相似程度較低。產生這些差異的主要原因在於：金庸善於描述武打場景，對場景的描寫更為細致，而古龍更善於渲染氛圍。古龍小說篇幅相對較短，使用代詞不容易混淆。

五、對金庸與古龍高頻詞使用的差異進行了考察，發現金庸與古龍小說中前一百個高頻實詞具有很大的差異。其共有的高頻詞體現了武俠小說的共性，而差異反映了兩位作者小說內容和關注重點的不同：金庸更喜歡描寫門派紛爭、講究師門傳承，在表現江湖兄弟情外，不忘社會責任；而古龍則更多地關注與個體密切相關的人與物。並且從前一千個高頻詞來看，金庸與古龍的小說也是迥然不同的。

六、比較了金庸與古龍對標點符號使用的差異。古龍使用頓號、逗號和問號的頻率要比金庸低，而在冒號、引號要比金庸高。主要原因在於：古龍小說的句長較短，句子數量較多。同時，古龍較多使用對話來描述事情和刻畫人物形象。

不同於前人主要以內省的方式對金庸與古龍小說風格進行對比，本文從計量風格學這一前人幾乎未曾涉獵的角度，將定量統計二者小說之間的差異與定性分析這些差異產生的原因結合起來，系統使用頻率統計、數值標準化、數值歸一化、統計性檢驗、層次聚類以及劃分聚類等統計方法比較全面地比較了二者的差異，並對這些差異採用長條圖、堆積面積圖、散點圖、折線圖、層次聚類圖和劃分聚類圖等多種圖形形象化地表現出來。

本文的研究工作主要是在詞彙、詞類和標點符號的層面上進行的研究。進一步的研究工作應該是在句法、語義或語篇的層面上來展開。但從目前的研究現狀來看，針對小說的電腦自動句法分析、語義自動分析和語篇自動分析還不成熟，所以針對大規模的小說文本在句法、語義和語篇的自動統計還非常受限。

中國清華大學人文學院教授 劉穎
清華大學人文學院中文系研究生 肖天久

賞析古龍—古劍龍吟 名家會評

策劃：陳曉林
主編：林保淳、盧亮廷
發行人：陳曉林
出版所：風雲時代出版股份有限公司
地址：10576台北市民生東路五段178號7樓之3
電話：(02) 2756-0949
傳真：(02) 2765-3799
編輯：劉宇青
美術設計：許惠芳、吳宗潔
校對：許德成
圖片提供與說明：程維鈞
行銷企劃：林安莉
業務總監：張瑋鳳

初版日期：2020年12月
ISBN：978-986-352-878-4
風雲書網：http://www.eastbooks.com.tw
官方部落格：http://eastbooks.pixnet.net/blog
Facebook：http://www.facebook.com/h7560949
E-mail：h7560949@ms15.hinet.net
劃撥帳號：12043291
戶名：風雲時代出版股份有限公司
風雲發行所：33373桃園市龜山區公西村2鄰復興街304巷96號
電話：(03) 318-1378　傳真：(03) 318-1378
法律顧問：永然法律事務所 李永然律師
　　　　　北辰著作權事務所 蕭雄淋律師
行政院新聞局局版台業字第3595號 營利事業統一編號22759935

定價：480元

國家圖書館出版品預行編目資料

賞析古龍—古劍龍吟 名家會評 ／ 林保淳, 盧亮廷主編. --
臺北市：風雲時代，2020.09　面；公分

ISBN 978-986-352-878-4（平裝）

1.古龍 2.武俠小說 3.文學評論

857.9　　109011484